U0064822

浪淘沙
下
沙 第五章
餘音，附錄

第五章 王八婊子在巴丹

一

自從在馬尼拉碼頭跳船，跟周台生一家人分別，周明勇就都躲在他的一位菲律賓朋友家裡，一直等到那船已經開航幾日，而且確知他父母兄弟一家人全部離開了菲律賓，他才開始在「王兵街」上露面。

因爲一向都在父母的羽翼之下長大，突然獨自一個人在菲律賓留下來，一時周明勇也不知如何是好，好在「王兵街」上多的是舊時父親的華人鄰居故友，大家知道了他的情況，也都爭相給他零工，供他食宿，這樣持續有三個月之久，終於叫他生膩了，覺得老是寄人籬下也不是長久的辦法，剛好這時菲律賓政府在招募「菲律賓斥候軍(Philippine Scouts)」的新兵，爲的是增加菲律賓的防禦軍力，以抵抗可能來自日本方面的侵襲，這正中明勇下懷，於是他便走出了「王兵街」，毅然決然加入「菲律賓斥候軍」的新兵訓練。

原來這「菲律賓斥候軍」與一向的「菲律賓正規軍(Philippine Regular Army)」大不相同，後者純由在地的百姓抽調，在地訓練，負責在地的軍防；而前者則是個人志願參加，全套美軍的訓練與配備，協助麥克阿瑟以「遠東美軍司令」的名義統御下的美軍，防衛菲律賓的國土與安全。由於明勇已正式高中畢業，以及在訓練與服役期間表現的果敢與優越，一年下來，他節節上昇，到「珍珠港事變」的前夕，他已擢昇到少尉，率領一排斥候軍，擔任「克拉克機場」的駐守任務了。

二

明勇得知「珍珠港事變」的消息是十二月八日清晨五點半的事情，那時他晨夢方酣，突然被擔架床前的軍用電話鈴驚醒，原來是機場的總機接到來自馬尼拉美軍總部的緊急電話，叫他們轉告「克拉克機場」的所有軍事單位，日本已經偷襲珍珠港，宣佈全體總動員，武裝戒備，等候上級的命令。

明勇喚醒他那一排的所有兵士，自己也裝戴整齊，從營房走了出來，這時天已黎明，萬物開始顯出朦朧的輪廓，那水田盡頭的兩三間村屋雖然還在深夢裡，可是水田中央開闢出來的圓形對空機關砲陣地已見移動的人影，那些美國砲手已將成帶的子彈裝上槍膛，滴滴達達，操作起機關砲的彈簧與齒輪來了，對過那機關砲陣地便是廣袤的機場，靠著機倉有兩排P–35和P–40的戰鬥機，另有一排B–17的轟炸機停在機倉後面，有十來架戰鬥機已駛到跑道上，開了馬達在試引擎，試了一會又熄火，熄了一會又試，似乎只是待機候令，並沒有起飛上空的意思。

因爲總部一直沒有命令下達，而且天空又十分平靜的樣子，兵士空等了幾小時後，警戒的心情也終於鬆懈下來，那機關砲陣地的一個美國砲手開始抽起香煙，一個嚼起泡泡糖，三個人對坐在砲下的沙包上閒聊起來，他們看見明勇對他們走近，其中的那位嚼泡泡糖的上士班長便自動丟了一塊泡泡糖給他，用英語對他說：

「嗨！Joe，這個給你！」

「謝謝你，Joe。」明勇把泡泡糖接到手裡時說，既把泡泡糖塞進口裡，又繼續說：「有什麼新的消息沒有？」

「Brereton將軍向Sutherland將軍建議派一隊轟炸機去轟炸台灣，他們正在馬尼拉總部擬定作戰計畫。」抽著香煙的那位下士砲手說。

「這算什麼新消息？那已經是老消息了。」既不抽煙也不嚼糖的中士砲手插嘴道。

「那麼新的消息是什麼呢？Joe。」明勇好奇地追問道。

「這轟炸台灣的作戰計畫已經被麥克阿瑟將軍駁回了。」那中士說。

「什麼理由呢？Joe。」明勇鍥而不捨地問。

「理由是——自殺。」那上士班長笑著說，看明勇偏著頭不肯相信的樣子，便接下去說道：「你想想，Joe，我們一共有幾架遠程轟炸機？這些轟炸機需要戰鬥機掩護，可是我們哪裡來運載戰鬥機的航空母艦？再者，台灣的上空有嚴密的空軍保護網，我們送肉餵虎，豈不等於自殺？」

「那麼還有其他消息沒有？」明勇最後又問。

「有！只剩下最後一道命令——小心戒備，以策我們機場飛機的安全。」那中士替那上士班長回道，也隨他露齒而笑了。

從機關砲陣地走回來，明勇迎頭遇到他那一排的一個深眼黑膚的菲律賓兵，明勇認出這是一對孿生兄弟的哥哥，便對他說：

「阿奇諾！你的孿生弟弟在哪裡？」

阿奇諾雙手緊握著他那支步槍，只用下巴指向十步外另一位持槍站崗的菲律賓兵，一句話也不說，對明勇會心地微笑，明勇也對他回笑，轉身對阿奇諾的孿生弟弟走了過去。

三

中午接近十二點，當明勇的一排兵正在營房前面休息等待午飯的時候，驀然明勇聽見飛機的鳴聲，這聲音異於往昔美國飛機的機聲，他猛地抬起頭來，見那北方山頂的白雲裡，從台灣來的方向鑽出了一群綠色的飛機，排成整齊的V字形，咄咄對著克拉克機場直逼而來。立即從那機關砲陣地傳來那上士班長變調的吼聲：

「空襲！空襲！日本飛機——！」

不到一刻，那排飛機已經俯衝下來，從明勇的頭上低空飛過，那戰鬥機上的機槍和地上對空的機關砲幾乎同時響起，互相對射起來。明勇睜眼望著，他不但看見了那機翼下的兩顆血紅的日徽，甚至看清了座艙上的駕駛，一個個頭上綁著白巾，臉上露著必死的猙獰。幾乎所有菲律賓兵都各自去尋找掩避物藏躲起來，只見阿奇諾怒不可遏，端起他的那支步槍對空射擊，而他的孿生弟弟一時找不到步槍，便把腳下的一隻皮靴拔了，擲向那飛機去。

那日本戰鬥機第一批俯衝下來，又來第二批，等第二批俯衝過了，那第一批已在上空繞了一圈，又開始向地上俯衝了，他們攻擊的主要目標是機倉、油庫和跑道上的飛機，攻擊時炸彈與機槍雙管齊下，等這些對象毀滅殆盡了，才開始收拾那些跑道以外的飛機，以及敢於反擊他們的對空機關砲陣地。有一架P–35的戰鬥機於槍林彈雨中在跑道滑動起來，已經快要騰空飛起，卻被一顆炸彈炸中，終於傾斜靜止下來，化成一團火球，那駕駛活活燒死在座艙裡。有幾十個駕駛員奮不顧身從營房奔向他們各自的飛機，大多在半途就被日本的機槍掃射而死，難得剩下幾個登上他們的飛機，卻因爲機身已中彈而發不動引擎，空坐在座艙裡等日機來轟炸，然後與飛機同歸於盡。

機場與營房，極目都是火焰及黑煙，地上到處是纍纍的彈窟與橫七豎八的死屍，那機關砲陣地的上士班長發起狠來，更加猛烈地射擊來襲的敵機，其中有一隻飛機上空繞了一圈後，回來往那陣地投了一顆炸彈，明勇感到一陣熾熱的爆風，整個人被風推落到身旁的土溝底，他想他的腿被炸斷了，忙伸手去摸了摸，不見血濕，而且還可以伸直，才放了心，只奇怪怎麼飛機繼續從頭上飛過，卻不再聽見達達的機關砲聲，他趕緊從土溝爬出來，對那機關砲陣地蹣跚而去，見那陣地旁邊炸了一個大洞，三位美國砲手已倒臥血泊之中，上士的一雙手臂已不見蹤影，而其他兩個也不能動彈，他發起火來，揮拳對天詛咒，然後攀到砲座上，扳動扳機，對著迎面而來的敵機瘋狂發射起來……

四

所有日本飛機在傾洩完炸彈與槍彈之後，終於飛回台灣的方向去了，明勇這時才感到精疲力竭，攤在砲座上喘息起來，也不知道過了多久，他懵然聽到有人用英語在大聲呼喊：

「嘿！Joe，你還活著嗎？」

明勇慢慢把頭抬起，見那沙包下有一個美國醫務官在向他招呼，他左臂上掛一個紅十字的白布圈，鋼盔上也有另一個十字徽，他斜揹著一箱急救包，後面跟著兩個扛擔架的美國兵。明勇無力地向那醫官點點頭，正想再攤下去喘息，卻又被那醫官喚起，聽見他問道：

「你受傷了嗎？」

明勇硬裝出微笑，對那醫官搖搖頭。

「既沒死也沒傷，坐在那裡幹什麼?快下來，快下來，下來幫忙抬傷患，現在誰也沒有閒空可以睡大覺！」那醫官堅決地說。

明勇從砲座上翻下來，想跟隨那醫官走，回頭瞥見躺在沙包上的那三個砲手，便對那醫官說：

「他們怎麼啦！」

「已經檢查過，都死了。」那醫官憑著職業性的冷靜與無情搖兩下頭說。

「那麼我們就來把他們扛走。」明勇哀憐地說。

「把他們留到最後吧，我們現在管傷的都來不及，哪裡還有時間去管死的。」

那醫官皺起眉頭說道，向那扛空擔架的兩個醫務兵敏捷一揮，領他們尋找其他傷患去了，明勇也跟著他們去。

他們在一部四輪朝天的卡車旁發現了五個美國兵，這些兵原是來這卡車底下找掩避的，沒想到這卡車反而成了日本飛機的目標，結果炸彈投到卡車旁邊，把卡車倒翻了，炸死了兩個，兩個輕傷，一個重傷，流血不止。那軍醫把他帶領的一個醫務兵留下來，幫他替那兩個輕傷的美國兵裹傷，命明勇跟另外一個醫務兵，用擔架把那重傷的美國兵扛去臨時搭棚的野戰救護站急救。那醫務兵走在前頭領路，明勇跟在後面，一路上煙火瀰漫，隨時還可以聽到油箱與火藥的爆炸聲，夾雜著塌屋倒牆下傳出來的呻吟聲，明勇咬牙切齒，又暗暗詛咒起來：

「這些混帳的日本仔！看我以後一個個把他們殺死！」

「你道他們『混帳』?他們才不『混』哩！」前頭的那個醫務兵回過頭來說，一邊仍馬不停蹄向救護站走去：「他們事先一定把這機場偵察得清清楚楚，哪裡有油庫，哪裡有飛機，都詳詳細細登記在地圖上，而且每個炸彈的投手事先都好好練習過了，否則就不可能投一個中一個，不中油庫就中機倉，不中飛機就中卡車，就沒見過一顆炸彈白白投在空地上的。」

明勇和那美國醫務兵把那傷兵扛到臨時救護站，協助站裡的軍醫爲他打靜脈點滴，便又抬了空擔架到處去找另外的傷患去了。當他們連續抬了十幾個傷患回到救護站的時候，有一個十二歲大的華人男孩，裸著上身，赤著腳，只立在帳棚前東張西望，卻又羞怯沒敢進去，一見到明勇，便壯了膽子，自動來拉他手，另一隻手指向水田盡頭的那幾間村舍，用閩南話對他說：

「較緊！較緊！緊來去救阮阿姐，伊直欲死去ㄚ！」

「是安怎？」明勇低下頭來問。

「不知啦……」那男孩猛搖頭：「伊規身軀全全血，直欲死去ㄚ，拜託你較緊來去救伊！」

明勇把那男孩的意思用英語轉告給那美國醫護兵，他只把雙肩一聳，表示並不反對，於是換明勇領頭，由那男孩帶路，一逕往那村舍急步而去。

遠遠還沒到那竹編的村屋，明勇已看見村前的赤土廣場上圍了一圈人，那男孩箭似地飛向那群村民，一邊尖聲高喊著：「人來ㄚ！人來ㄚ！」只見那人牆頓時讓開一條縫，給明勇和那醫務兵扛著擔架走進去，那人牆中心的空地上鋪了一張草蓆，蓆上躺著一個十六歲的華人少女，穿一件藍格子裙，罩一件透風的白麻上衫，衫上東一塊西一塊染了鮮紅的血，她瞠目張嘴，胸脯上下起伏，十分痛苦的樣子，一個中年華人跪在蓆旁，淌淚抽泣，偶爾用衣袖拭鼻端的鼻涕。

明勇排開眾人，把擔架平鋪在地上，跟那醫務兵兩人合力將那少女輕輕抬到擔架上，把擔架一下扛起，就對著來路快步走向救護站去，只聽見身後那男孩牽著那中年人顛簸的跑步聲，一邊叫著：「阿爸，較緊！緊趨偲來去！」

把那少女抬到臨時救護站，等候了相當一段時候，等那站上的一個滿腮鬍鬚的美國軍醫忙完了別的傷患，走到那少女的身旁一看，皺眉蹙額，搖頭喟歎起來：

「我的天！不知有幾十塊彈片哪！」

說著，便伸手想解那少女的上衫，卻不料那少女驚坐起來，用雙手護著胸口，連連搖頭叫道：

「NO！NO！NO！NO！……」

那軍醫與那醫務兵面面相覷，不知如何是好，經明勇移步向那少女的父親解釋了，那父親才走上前去跟他女兒細說，只見那少女一直猛烈地搖頭，把胸口的衣領抓得更緊，終於惹起她父親的火來，便舉起他的大巴掌，對她怒目吼道：

「幹您娘咧！人欲加你褪衫醫你的傷，你果不給人褪，你到底是欲褪抑是不褪？若不褪我就欲加你揌❶落去！」

那好心的醫務兵見狀，連忙來攔那父親的巴掌，而明勇則上前用閩南話對那少女溫柔勸說了一番，終於見她慢慢回心轉意，點頭答應那軍醫把她身上那件千瘡百孔的血衣脫下來，脫的時候，那少女幽幽哀鳴，明勇心頭不忍，悄悄從帳棚裡蹭了出來。

明勇整整忙了一個下午，一直忙到天黑，才疲倦地回到他的營房，那營房已被炸彈炸去一半，他的那一排斥候兵便七零八落地躺在那剩下的半棟營房歇息，他驀然聽到徐緩走調的吉他

---

❶揌：台語，音(sai)，意(摑)。

聲，有人於營房末端燈火闌珊處在彈「鴿子(La Paloma)」，他倏地發起火來，大聲喝道：

「誰在彈吉他？」

「阿奇諾在彈，排長。」有人走到明勇身旁，輕聲對他耳語道。

「是什麼時候？還有這種閒情彈吉他？」

「排長你不知道？阿奇諾的孿生弟弟被炸彈炸死了。」那同一個人又輕輕地說。

明勇聽了這話，心頭驟然感到一陣歉疚，便跨過地上一個個橫陳的身軀，來到營房的末端，停在阿奇諾的跟前，阿奇諾頭連抬也不抬，依然靠牆坐在地上，痴痴地彈著懷裡的吉他，他臉上畫了兩道淚痕，下巴掛一雙淚珠，隨著身子的搖晃，閃閃發光……

五

在這次日本飛機偷襲克拉克機場以及馬尼拉附近的軍事基地之後，整個菲律賓群島過了一天寧靜的日子，緊接著第三日，日本陸軍便向呂宋本島進攻，有十二艘運兵船由海軍護衛，分別在北岸的阿巴里(Aparri)與西岸的威岡(Vigan)登陸，麥克阿瑟即刻派了剩餘的美軍飛機加以反擊，炸沉了四艘運兵船，另外傷了三艘。在馬尼拉總部的參謀人員都知道這只是風雨欲來的前奏，日本不過藉這支小部隊的攻擊以收聲東擊西的效果，他們的主力部隊還隱在後頭，尚未來臨。

在其後的兩個禮拜，日本除了另一支部隊在南呂宋的雷加思比(Legaspi)登陸，只有連綿的空襲以及在登陸地點與菲律賓守軍的零星小戰，雙方損失輕微，而戰局也始終不曾擴展開來。可是到了這年十二月二十一日，島上的陸戰卻突然激烈起來，也就在第二天十二月二十二日薄霧朦朧的早晨，等待的日本大軍終於凜然來到。

這支大軍由三個艦隊運載，其中包括由高雄出發的二十七艘運輸艦，由馬公出發的二十八艘運輸艦，和由基隆出發的二十一艘運輸艦。這三個艦隊以運輸艦共運了八萬日本兵，分別由三組巡洋艦、驅逐艦和砲艦護航，在台灣與呂宋之間的巴士海峽會合，由留學英國任過台灣軍司令的「本間雅晴」中將當總指揮，浩浩蕩蕩在碧瑤西邊的「仁牙因灣(Lingayen Bay)」登陸，一路南進，對著呂宋中腰的克拉克機場和馬尼拉襲來。

就在仁牙因灣登陸的第三天，另有一支日本大軍也在馬尼拉東南邊的「拉萼灣(Lamon Bay)」登陸，這支大軍既已在拉萼灣登陸，本間中將的戰略便驟然圖窮匕現一覽無遺了，只要這南北兩軍迅速前進，呂宋中部的美軍主力就會受到前後夾擊，最後終必被日軍困死在馬尼拉市中。爲了避免馬尼拉受到戰爭的破壞，也爲了保存美軍的戰鬥力量，麥克阿瑟乃下了命令，將原來設在馬尼拉的美軍總部移到馬尼拉灣口的可里幾多島上，將呂宋的所有美菲部隊集中撤往馬尼拉灣北面難攻易守的巴丹半島，而宣佈馬尼拉爲沒有軍事設施的「和平市」。因爲可里幾多島與巴丹半島只隔著兩哩的海水，兩岸的美軍既可以守望相助，又可以共同扼阻日艦入灣，即使日本陸軍占領了馬尼拉，他們也只得了空瓶，瓶塞仍掌在美軍的手中。

六

麥克阿瑟發下呂宋全島的美菲部隊撤往巴丹半島的命令，明勇是在十二月二十四日「聖誕節前夕」的早晨收到的。

這天一大早，克拉克機場便連連聽到爆炸聲，接著黑煙一縷縷從地上昇了上來，原來是美軍在撤退之前把搬不走的汽油、火藥、麵粉等物一一引火燃燒，任何能由引擎帶動的車輛一律開向往巴丹半島的路上，而那些故障不能動的就用手榴彈炸毀，務必將遺下的機件徹底破壞，連一顆完整的螺絲也不要落到日本軍的手裡。

從克拉克機場往巴丹半島的公路是雙線柏油路，兩線都擠滿了坦克、軍車、巴士和民用汽車，間或有步行的百姓和部隊夾雜其間，像條大河，滾滾流向密林山區的半島去。那公路兩旁是深掘的土溝，溝底到處是拋棄的廢車、油桶、彈藥箱、衣物等等。那百姓各自循路向前，而那部隊則組隊前進，因爲交通阻塞，隊伍拖了幾哩之長，有時不得不停在路旁，等落伍的伙伴從後面趕到，才重新整隊，又投入那擁擠的人流。

太陽一上山頭，空氣便燠熱起來，特別是揹槍揹囊全副武裝，更加焦灼難熬。如果只這炙膚的烈陽還好，偏偏又加上漫天的風沙和時時來襲的日本飛機，每當那敵機俯衝轟炸或低空掃射，全公路上的人員都一字散開，躲到車底或滾到土溝裡，等敵機飛過，才全部歸隊，又重新上路，那已經是幾十分鐘以後的事了。

中午的時候，敵機又沿著公路轟炸一遭，有一輛菲律賓正規軍的卡車被炸彈炸中了，燃燒起來，一時交通阻斷，卡車後的隊伍都不能前進。十分鐘過了，那卡車的火勢也減弱了，可是那一車的正規軍個個懶洋洋的，只站在車旁圍觀，竟或抽起煙來，要等那火完全熄滅，這終於叫五十公尺後的阿奇諾不耐煩起來，便破口咒罵道：

「這些正規軍眞混帳！也不顧後面還有人員車輛，也不顧頭上還有日本飛機。」

「與其在這裡等死，不如上前親自動手！」立在阿奇諾前頭的明勇說。

「怎麼個動手法？排長。」阿奇諾問道。

「咱們一起把車推到溝裡去啊！」明勇說。

「為什麼不呢？」阿奇諾敲了一下脇下的吉他說。

於是明勇一聲命令，他率下的那一整排斥候軍便隨在他的後頭，排開眾人來到卡車的一旁，跟著，扶車的扶車、抱輪的抱輪，只聽得明勇口喊的「一，二，三！」那卡車便在眾手齊推之下，滾落到路旁的溝底去了，頓時公路豁然開朗，而那車後幾里的隊伍也就開始前進了。

下午的時候，敵機又回來低空掃射，明勇前頭一輛大卡車的菲律賓正規軍照例跳車一哄而散，只是飛機過後仍久久不見正規軍的人影，於是又把路上的交通給阻擋了，這終於又叫阿奇諾生氣起來：

「又是這些混帳的正規軍！難道他們都逃兵了不成？」

「管他們逃不逃，咱們自己幹！」明勇說。

「這回你要怎麼幹法呢？排長。」

「就把那大卡車開走啊！」

「為什麼不呢？」阿奇諾又敲了一下吉他道。

於是明勇一聲號令，一排斥候兵便蜂擁攀上那部大卡車，由阿奇諾駕駛，一路往巴丹半島的方向開了起來……

七

明勇的大卡車走走停停，整整開了一個下午，沒再遇到來襲的敵機，終於在傍晚時分，開進了一個小村莊，這村莊不但有村舍，而且還有一間小學校，有一部三十噸的小型坦克竟然撞倒校門前一尊雷沙的雕像，坦克的下肚卡在雕像的石基上，既不得前進也不能後退，像隻被翻身的大海龜，顯出十分可憐的窘相。

有兩個美國的裝甲兵立在坦克的一旁，雙手插腰，在搖頭詛咒，一臉無可奈何的表情。明勇叫阿奇諾把卡車停在他們的身旁，探出窗口，對他們說：

「嘿！Joe，需要幫忙嗎？」

那其中的一個高個子美國兵轉過頭來，如遇救兵地微笑起來，回答明勇道：

「看你能不能把這大笨龜幫著拖出來？Joe。」

「這卡車有鐵鍊，讓咱們賭賭看吧。」明勇說。

於是明勇跳下卡車，對阿奇諾吩咐一聲，指揮他把卡車開到坦克後頭，這時車上的人也都躍身下來，大家七手八腳把鐵鍊拴在坦克的鐵鉤上，阿奇諾開足馬力倒車，又加上坦克自己的努力，那笨重的車身左右搖晃兩下，終於從那石基滑落下來，大家拍手鼓掌，尤其那兩個原來垂頭喪氣的美國兵，竟高興地吹起口哨來。

明勇的伙伴把鐵鍊收拾好了，而那兩個美國兵也來跟明勇道謝，便見他們爬進那坦克的座艙，向前開動起來，才前進不了一丈之遠，那左邊的輪帶突然鎖住，整隻坦克便繞一邊旋轉起來，於是那坦克又停止引擎，原先那兩個美國兵又從座艙跳出來，往坦克的四周察看了一會，其中的那個高個子咒罵起來：

「Damn it! 幾時這左邊的惰輪撞歪了還不知道！」

明勇迎上前去，關懷地問道：

「你可以把惰輪拆下來換新的嗎？」

「Damn it! 連輪帶的零件都沒有，還談什麼惰輪！」

「那怎麼辦呢？Joe。」明勇同情地問。

「還有什麼辦法，只好自己修理了。」

那高個子美國兵說罷，沒有時間再詛咒了，只對那砲塔裡駕駛坦克的美國兵喚了一聲，叫他把艙裡的工具一件一件遞出來給他，最後那艙裡的人也跳出來，三個人開始合力修理起坦克來。

想矯正那坦克的惰輪並不是一件容易的事，首先他們必得把輪帶拆下來，再將惰輪卸下，然後揮起鐵錘將那輪軸捶直，完了才把惰輪裝上，輪帶重新繫好，發動引擎試車。但不幸，每次走不了一丈，那輪帶便脫落下來，於是坦克又像翻背的大龜躺在沙中動彈不得了。

如此拆卸了又裝上，前後有三、四次，明勇看得不忍，便叫他的斥候兵也一起下來幫那三個美國兵的忙，這樣兩個鐘頭不覺蹉跎過去，幾乎幾千幾萬公路的人員車輛已擦身撤向巴丹半島去了，一直等到夜幕低垂，而路上也已人少車稀，他們還修不好那撞壞的坦克。

有一部吉普車偎了過來，見是一大堆菲律賓斥候兵圍在坦克旁邊，那車上的一位美國少尉便對穿軍官制服的明勇說：

「嘿，Joe，你們得開拔了，那些日本兵已經在我們後頭了。」

「等一下，我們還在幫你們美國朋友修理坦克呢。」明勇回說。

「等不得了，現在再不走，待會兒你們就過不了下去那座橋了，我是奉命來炸橋的。」

那三個趴在輪下的美國兵也聽見了，便從地上爬起來，那高個子美國兵狠狠踢了那惰輪一腳，大聲咒道：

「Damn it! 如果咱們有零件，早已經到巴丹半島了！」

明勇於是邀那三個美國兵坐他的卡車，他們答應了，只是那高個子美國兵又補了一句：

「等我們替這笨龜下蛋吧！」

明勇一時聽不懂，只見那高個子輕捷跳進坦克的砲塔，那駕駛立在輪帶上，那第三個美國兵則站在地上，一手接過一手，把砲彈從艙裡搬運出來，於是明勇的斥候兵也走過去幫忙，大家把砲彈搬到卡車上。

等所有的砲彈都搬完了，而其他的兩個美國兵也上了卡車，那高個子卻突然在車前停住，對明勇說：

「等等，我竟忘了跟這笨龜告別！」

說罷，返回坦克，一腳跳到輪帶上，對那砲管就是一吻，然後拔起腰帶的手槍，對住艙裡的引擎猛射了五、六槍，才又走回來，上了卡車，對身旁的明勇說：

「開拔了！笨龜只剩龜殼，他們要就拿去吧！」

他們的卡車終於在沒有人跡的公路上開駛起來，只有那美國少尉坐吉普車殿後保護著，果然開不到兩里就遇上一座鋼鐵拱橋，原來那橋下支柱上都已安好炸藥，兩端由幾個美國兵守衛著。明勇的卡車過了橋仍然繼續前進，而那後頭的吉普車過了橋便在橋的這端停下來，那少尉下車跟那衛兵說些什麼。

兩分鐘後，那鐵橋及橋端的人影已遠遠拋到車後去了，明勇突然聽見轟隆一聲巨響，他忙把頭轉回去，見那連綿的樹影冒出了一大朵蕈狀的黑煙，遮沒了北半天，那鐵橋已經炸斷了。

八

當明勇的卡車來到另一個村莊的時候，天已幾乎全黑了，路旁東一簇西一堆停了不少車輛，顯然有人在這村裡歇息了，明勇也感覺十分疲勞，便想找個地方讓車上的兄弟下來休息，於是叫阿奇諾把車開慢下來，兩隻眼睛往路的兩邊極力搜索起來。

在村莊的一個十字路口，有兩個美國兵正在指揮交通，把所有車輛引向右邊的路上去，有一部中型軍車打亮兩盞前燈，從後頭超過明勇的卡車，往那十字路口直闖過去，卻被那兩個揹衝鋒槍的美國兵擋住，那兩個美國兵中的一個指揮那車子往右彎，但那車子卻似乎想直走，兩方相持不下，於是從車中跨出了一個菲律賓的正規軍軍官，他用帶土腔的英語對那美國兵吼道：

「你道我是誰？我是上校！」

「我管他媽的你是誰？你快給我把車燈關掉！」其中的一個美國兵說。

「你豈有此理？我偏不關！」

那上校還想跟那美國兵爭辯下去，不意那另外一個美國兵一個劍步搶到路中央，把他們兩人一把推開，舉起衝鋒槍，對著兩隻大車燈猛射起來，等一切重歸黑暗，而碎玻璃也紛紛落地，才聽見他粗暴地回敬那上校說：

「咱們少將有令，任何車輛，夜裡不許開燈，不許闖進十字路口，這就是了！」

那上校的車子悶悶地拐向右邊的路上去，明勇的卡車跟在它的後頭繞了一個大彎，依然慢慢向前開著，終於在村尾的一間老天主教堂前面找到一塊清幽的草地，便拐了進去，大家下車坐下來休息。明勇在草地上歇了一會兒，才發現有搖曳的火光從那破玻璃的桃形窗口洩漏出來，一陣撩人的歌聲縹緲傳到耳朵，有人在教堂裡唱「平安夜」……

在明勇一旁的阿奇諾驀地坐直起來，默默聽了一會歌聲，然後悄悄自草地立起，揹著他的槍和吉他，對著教堂的大門走去，明勇一時好奇，也跟著阿奇諾的後頭行去。

進得那扇大門，一股焦味往鼻孔直衝而來，原來這教堂挨過敵機的轟炸，但見滿地瓦礫與灰燼，滿天月光與星斗，四面只剩殘壁破窗，唯有那聖壇的半圓穹窿巍然獨存，那壇前的石砌聖桌點著一根蠟燭，燭光照亮神龕裡釘在十字架上受難的耶穌雕像，十來個美國兵圍繞在燭前，悄然靜立，聆聽一個三十多歲的上尉在聖壇上說話：

「今晚是聖誕夜，就在這個時候，地球每個角落都在慶祝耶穌基督降生到我們這個多難的世界，我們亞美利加的立國就奠基在祂宣揚的崇高教義上，讓大家一起來祈禱，無論任何情況，都不要忘記祂教導我們的博愛與寬恕的精神……」

大家低頭默禱了一會，然後那上尉又領他們合唱了一回「平安夜」，便見每人把放在地上的槍枝一一拾起，魚貫步向教堂的大門，留下最後的上尉，將燭火吹熄，與明勇擦身而過，也從大門走出去。

等這隊美國兵全部都消失不見了，阿奇諾才移步走向聖壇，他把步槍和吉他斜倚在聖桌的一側，往桌下的抽屜摸出一根新的蠟燭，插在燭台上，劃了一根剛才美國兵用剩的火柴，把蠟燭點燃了，然後在桌前跪下，低頭合掌，對那神龕裡的耶穌像祈禱起來。明勇在旁肅立，懷著一股敬意靜靜注視他。

阿奇諾就這樣默禱約有幾分鐘之久，他終於抬起頭來凝望耶穌，用右手在胸前畫了十字，慢慢自地上立起，彎身將桌上的蠟燭吹熄，拎起桌旁的步槍，同明勇反身走出教堂。踏出教堂的大門，明勇才注意到阿奇諾的背上只有他的步槍，便轉頭對他說：

「阿奇諾，你忘了你的吉他。」

「沒有，我把它捐了。」

「皮夾丟在機場，沒錢付蠟燭，所以把吉他捐了。」

「爲什麼？阿奇諾。」

九

從這年聖誕前夕到隔年元旦的一禮拜裡，由四面八方湧到巴丹半島的軍民共有十一萬之多，其中包括八萬美國與菲律賓的軍隊，其餘三萬便是隨軍隊逃亡的菲律賓難民。既已將軍民安頓就緒，又在半島外圍設立了防線，麥克阿瑟便命人清查半島上的儲存，發現儘管武器彈藥補給充足，可是所存的糧食僅夠維持十一萬軍民一個月之用，爲了盡量拖延半島的抵抗與防禦以待來自美國本土的救援，麥克阿瑟乃下令，從正月二日開始，不分軍民上下，每人每日的口糧配額一律減少一半，雖然從此處在半飢餓狀態，但官兵的士氣仍然十分高昂，大家都相信美國的艦隊已在太平洋上，不日來到，在日軍還沒攻破美軍防線之前，他們就會在半島登陸，替他們解圍。

明勇的斥候兵跟其他的美國兵聯合守衛巴丹半島最外面的防線，他們白天大部分時間都在結鐵絲網與挖壕溝，晚上就躺在竹叢裡，受盡老鼠的啃嚙與瘧蚊的叮咬。全隊斥候兵分兩班輪流睡覺與看哨，每睡一小時覺就得起來看一小時哨。因爲天天辛苦工作，夜夜又無眠無休，大家都弄得精疲力盡，即使沒受傷或陣亡，也都一個個病倒下來。

明勇得過一次馬拉利亞，一個醫務兵來把他送到離前線不遠的救護站，這救護站很小，設在一塊竹林裡的小空地，只有這位醫務兵和另外一位護士看護一大群得馬拉利亞的病人，他們每天給這些病人打奎寧針。

明勇在這前線救護站躺了一禮拜，每天就睡在帳棚裡的帆布床上發冷發熱，有一夜他的體溫升到一百多度，他實在是熱得受不了了，便拎了鋼盔到溪邊汲了水往帆布床直倒，被那守夜的護士撞見了，走過來問他說：

「你做什麼？」

「要把這布床淋濕了好睡，我熱得簡直要著火了。」

「可是睡濕床會患風濕，你知不知道？」

「管他呢，患風濕總比現在燒焦好多了。」

護士看明勇執意，也沒奈他何，便任他倒在濕床上睡了。再過兩天，惦記夥伴在陣前作戰，儘管馬拉利亞尙未全好，還是拖了半癒的病體，跑回原來的防線去了。

十

自從美軍退守巴丹半島以來，日軍沒曾一日停止攻擊，每回攻擊總是先用野戰砲與迫擊砲轟轟，幾千顆砲彈射在要攻擊的小小陣地上，同時又夾以飛機的轟炸與低空掃射，然後以傾城的步兵像怒濤駭浪似地湧來。日軍衝鋒陷陣的勇武與瘋狂是守軍從來不曾見過的，儘管他們的傷亡十分慘重，但他們總是有無限的兵源與火藥從後補充，又加上勢在必得的鬥志，終於一步一步地向南推進，叫美軍的防守地盤一寸一寸地被敵人蠶食了去。

每天一些指揮的軍官總被召集在一起，聽取上司下達的反攻命令，面授前夜參謀部擬就往北方前進三哩的作戰計畫，可是等到夜幕降臨，他們不但沒能向前推進半哩，反而因爲敵方砲彈過烈而往後退了半哩。敵人的慣技不是整個防線全面攻打，他們總是找出防線的弱點，集中火力猛烈攻擊，於是本來堅強的抵抗防線只因一處被攻下，爲了避免側面威脅，其他兩側的美軍只好往後撤退，又重新設立一條新的防線，就如此那東西橫貫巴丹半島的防線便不得不一線一線往南推移。

明勇的這一排斥候兵臨時配備了一支重機關槍，這是克拉克機場撤退時，美軍在機場的工兵從一架炸毀的P-40戰鬥機上拆下來的，原來那一組使用的美國兵已中彈受傷，才轉給明勇的斥候兵使用，由阿奇諾當槍手，坐鎮在全排斥候兵的前端，面對密密層層的鐵絲網，等候敵軍來襲。

有一天，日軍大舉來攻，對著鐵絲網這邊的陣地衝鋒而來，一邊狂奔一邊撕肝裂肺地嘶叫著，阿奇諾猛按機槍，子彈雨點般地橫掃過去，只見那些日本兵有的倒在地上，有的掛在鐵絲網上，可是一點也不畏縮，仍然浪似地湧來，一波過了又一波，最後把鐵絲網都掛得滿滿，如曬衣架似地，將整個射擊的視野都遮斷了。然而日軍的攻勢依舊毫不減弱，他們的屍體在鐵絲網上層層疊起，就用屍體在網上鋪了一張肉毯，然後踩過肉毯往這守軍的陣地衝來。

阿奇諾的機關槍因爲不停地發射而燒紅了，可是他仍繼續發射，終致槍管彎曲而射不出子彈，於是他只好改用步槍射擊，等敵人更加逼近，他就準備用刺刀肉搏了。

明勇一直使用他的手槍，一邊射擊一邊觀察兩軍的形勢，等到發覺阿奇諾的機槍停止鳴響，而他的斥候兵也一個一個倒了下來，可是日軍仍蜂擁而來，眼見寡不敵眾，又不忍他的兵士全排覆沒，他只好下了命令，指揮他的弟兄往後撤退。

明勇最後一個離開陣地，他走在全排斥候兵的最後頭，有一顆子彈打中他的肩膀，他一個踉蹌仆倒在地上，他痛苦已極，一時爬不起來，阿奇諾回頭看見了，又翻轉跑回來，跪在明勇的身旁，問道：

「排長，怎麼啦？」

明勇不言語，只用手掩右肩，他的腋下濡濡滲了一片鮮血，阿奇諾沒再多說，一手將明勇從腰抱起，另一手抓明勇的左手環住自己的脖子，半攙半扶，將他拖向後方來。

十一

因爲子彈深入肩肌之內，必得動手術才能將子彈取出，在防線附近前線救護站裡的醫務兵和護士無能爲力，他們只好用車子把明勇送到巴丹半島南端的戰地醫院來，經軍醫開刀將子彈從肌肉挾出，暫時在醫院療養，等傷口恢復再回北面的前線去。

這戰地醫院其實不過是從山坡樹林闢出來的一塊營地，營地裡幾十排凌亂的帳篷，每個帳篷裡有四張帆布床以容納四個傷患，那些新來的傷兵因爲帳篷已被人佔滿，只好在溪邊的闊葉樹下搭床，遇到雨時方暫時躲進別人的帳篷裡去。那營地四周便是菲律賓土人的村子，村民都用泥巴椰子葉蓋了通風的茅屋，東一起西一落，與醫院外圍的帳篷雜錯相間，分不出界限。無論如何，這營地看起來總也不像個醫院，唯一還能叫人猜想到醫院的只有那斜坡上傷兵用石灰刷成的白色大十字了。

在明勇的同一個帳篷裡，他的肩傷可算是最輕的了，其他的三個——一個是頭傷，一個是腿傷，還有一個則是四肢皆傷。

患頭傷的是一個與明勇同屬的菲律賓「斥候軍」，他叫「奧斯卡」，年紀大約三十歲，整顆頭顱都包著紗布，不知是頭震傷的關係還是天性使然，他從來都不說話，整日只坐在他的帆布床上，一根接一根地抽著香煙。

患腿傷的是一位美國步兵中士，叫「馬丁」，二十五歲左右，他因爲腿傷不曾及時治療，乃致烏黑潰爛而終於不得不把一隻小腿鋸掉。他走路時都用兩支三角杖支撐，老愛把軍帽斜戴在一邊，吊兒郎當的，說話冷嘲熱諷，把嘴歪向另一邊。他不耐久呆在自己的帳篷裡，一有空就拐到營地的每個帳篷轉，嘴裡老嚼著泡泡糖。

至於那四肢皆傷的是一位美國醫務上士，叫「漢思」，年紀跟馬丁差不多，因爲不久前在前線救護站服務時被一顆飛來的砲彈炸傷，四肢傷勢太重，只好四肢全部鋸掉，鎮日在帆布床上躺著，大小便時不得不滾著下床，所以馬丁便謔稱他叫「皮球」，漢思也不以爲忤，以後便以皮球自居。原來他天性善良，篤信宗教，對萬事都十分達觀，不但那每天來一次的軍中神父「彼得」喜歡他，連負責這排帳篷的美國護士「蕾娜」也喜歡他，每次爲他換好紗布，老愛坐在他的床邊跟他聊天，聊個沒完，不忍離去。

有一天，他們四個傷患剛好都在帳篷裡，眼看明勇又在讀他那本隨時都帶在身邊的克羅塞維茲的「戰爭論」，坐在他對面的馬丁突然不耐煩起來，把口裡的泡泡糖往床下一吐，又從口袋摸出了一塊新的泡泡糖，塞進嘴巴，衝著明勇說：

「唉！你別再啃那些戰爭什麼的撈什子了，簡直浪費生命，所有理論都是紙上談兵，眞正上了戰場，才不是那麼一回事！」

明勇抬起頭來，同時把那本「戰爭論」順手合上，對馬丁發出理解的微笑。

「打個比喻吧，」馬丁繼續說了下去：「理論上軍隊是要用軍紀來嚴格訓練的，平時訓練好了戰時才可以衝鋒陷陣，其實狗屁不通！我看那些平時最會踢正步最會敬禮最會擦槍擦領章擦皮鞋的，眞正聽到炮聲，個個怕得像老鼠，直跪在濠溝裡哭；而那些平時服裝不整襪子不齊常到城裡玩女人晚歸遭禁閉的，一上戰場，個個既勇敢又鎮定，射起機關槍來可以連射十分鐘眼睛眨也不眨一下。」

明勇與漢思同意地點點頭，奧斯卡也沒反對，只一心一意地抽他的香煙。馬丁頗覺得滿意，一時收不住話興，便轉向明勇與奧斯卡，換了話題道：

「不是我故意挑剔你們菲律賓人，你們菲律賓的『正規軍』實在是世界上最差勁的了，戰爭開始，你們還用木槍操練呢。其實說了解你們菲律賓人，再沒比我馬丁更了解的了，你們根本不是打仗的貨色，你們太愛人了，愛每個人，甚至連敵人都愛，不忍殺他們，這也無可非厚，因爲愛人原是你們的天性，怎麼可能一夜就改變過來？而這愛人的天性，加上裝備缺乏與訓練不足，咱們美國老爺還想借你們的力量幫咱們去打日本兵，鬼咧，甭想了！不瞞你說，如果再叫我帶兵上陣去打仗，我寧可帶一小隊日本兵也不願帶一大連你們菲律賓的『正規軍』！」

明勇默默不語，可是奧斯卡這純正的菲律賓人卻停止抽煙，把眉頭皺緊，似乎要發怒了，馬丁趕緊補充道：

「當然，你們『斥候軍』就大大不同了，這營地有誰敢說你們『斥候軍』半句壞話，可別叫我馬丁聽到，看我用這枴杖捅他的背！」看見奧斯卡緩和下來，馬丁也就放了心，又繼續接下去說：「你們本來就是美軍的一個部隊，你們是標準的戰士。我聽人說有一隊『斥候軍』遇著了一隊日本坦克，這些『斥候軍』不顧死活，爬到坦克砲塔上往艙裡扔手榴彈，炸毀了他們好幾輛坦克。我不知這傢伙是說眞的還是在吹牛，不過依我馬丁的經驗，我是完全相信的，因爲我就親眼見過你們『斥候軍』打仗猛不可擋，一點兒也不輸給咱們美國兵。」

奧斯卡微笑起來，終於又抽起他的香煙，而馬丁也樂了，換了一塊新的泡泡糖，放大膽子，回到原先的話題，又說了下去：

「別人上前線只帶槍，而這些『正規軍』上前線每人都帶一包生米，一隻活雞，有的還推一部腳踏車哩。每次日本飛機來俯衝掃射，他們就四面散去，非等上兩把個鐘頭休想他們會回來，等你下令把他們集合了，你總會發現人數比先前少掉幾個。他們永遠不是兵，他們根本就不想打仗……」說到這裡，馬丁轉向漢思：「我說得對嗎？皮球兒。」

漢思點頭表示同意，於是馬丁更加氣壯，繼續把一肚子氣發洩出來：

「這些『正規軍』有一萬種逃兵的藉口，要去找上校啦，要去拿彈藥啦，要去看軍醫啦，要去喝水啦……應有盡有。當他對你說：『我去找我們同夥，Joe!』這分明他是最後一個了，以後你自個兒去幹吧！有時在壕溝裡剛好遇到了他們要逃走，他們照樣大搖大擺從你身邊走過，豎起兩根指頭對你說：『V表示Victory(勝利)，Joe!』我無可奈何，也只好豎起兩根指頭，向他說：『V表示Vacate(逃離)，Joe!』」

馬丁似乎把氣都發洩光了，他終於靜止下來，沉默籠罩了整個帳篷，篷裡只聞馬丁的嚼糖聲和奧斯卡的吐煙聲。不料才靜了片刻，馬丁卻又轉成另一種自嘲的口氣說：

「當初打仗的時候，咱們的上司軍官就來找我們士官說誰要領菲律賓的『正規軍』去打？有幾個傻瓜自告奮勇去了，結果大都被打死，爲什麼呢？原來當那傻瓜帶隊領頭去攻擊目標，他隊裡的『正規軍』就一個個往後溜掉，等那傻瓜到達目標，身後一個『正規軍』也沒有了，全隊只剩下他一個人！我這傻瓜總算幸運沒被打死，只傷了一條腿，就是走不動，等咱們美軍的救兵來到，已經太遲了，腿不管用了，只好把它鋸掉！」

「你的上司見到你回來一定十分高興吧？馬丁。」明勇開口說。

「沒有，他十分不高興。」馬丁搖頭沒有表情地說。

「爲什麼？馬丁。」明勇大惑不解地問。

「因爲我在敵人的陣地躺了三天咱們美國兵才來救我，我的上司老早把我報死了，後來見我回來，又得重寫報告，更正一番，實在是夠煩的了，也難怪他會不高興！」馬丁說著，兀自苦笑起來。

一個護士提一只繡紅十字的醫葯箱走進帳篷，她體態豐滿，一張小愛神似的胖臉，一雙海藍圓滾的大眼睛，她動作敏捷，口齒伶俐，先跟漢思、奧斯卡、明勇打過招呼，看見馬丁把他剩下的一條腿翹在三角枴杖上，便笑對他道：

「你呢？馬丁，你好嗎？」

「獨腳人唱獨角戲，再好也好不到哪裡去。你說是不是？我親愛的蕾娜小姐。」馬丁歪著嘴調侃地回答。

「對不起，馬丁，我說不是，」蕾娜搖頭說，仍然滿臉盈盈的笑：「瞧瞧你鄰床的漢思，你還不感到害羞？」

馬丁把頭撇向一邊，專心嚼起嘴裡的泡泡糖來，而漢思卻因爲有人拿他做榜樣，頓時不好意思地紅起臉來了。

蕾娜首先半跪在漢思的床前爲他四肢的切口換藥與紗布，漢思的一雙目光專注地凝視著她那張可愛的臉，她那母親般的細膩與體貼倏然叫漢思感動起來，於是他搖頭嘆息起來：

「唉……像你這麼好心的女孩，竟然在這麼糟糕的地方工作！」

「你說什麼啊？漢思，」蕾娜停手抬起頭來說：「跟你比起來，我這點工作又算得了什麼呢？瞧瞧你自己，傷得這麼厲害，不先關心自己，反倒關心起別人來了，所以我常常跟彼得神父說，你是這戰地醫院最叫人喜歡的傷患，如果每個人都像你這麼心胸開闊，他們的傷不知要快好幾十倍呢。」

「心胸開闊？」漢思側頭自問，然後搖起頭來：「不，我只是不反抗命運而已，一切早已寫好註定，你再反抗也沒有用處。就舉一個我自己親身的經驗來讓你們聽聽吧，當我還在前線救護站服務的時候，有一天他們送來了兩個傷兵，這兩個傷兵受傷的部位完全一樣，都是在鋼盔的太陽穴地方，中了同樣日本來福槍二十五厘米的硬頭子彈。其中的一個是菲律賓人，他的子彈穿過鋼盔，在鋼盔裡繞了一圈，從腦後跑出來，除了燒掉幾根頭髮，連半寸擦傷也沒有，只因爲嚇昏了，才抬到救護站來；而另外一個是美國人，他的子彈不但穿過鋼盔，而且在他的腦袋瓜子開了拳頭大的洞口。同樣的子彈，打在同樣的部位，一個站起來走開，一個被抬去埋，這就是命運，早已寫好註定，誰也反抗不了的。」

整個帳篷的人都同聲歎息起來，只有馬丁把手交握在腦後，歪頭斜睨帳篷頂柱，用口哨吹起美國國歌「星條旗」來……

蕾娜護士爲漢思換好紗布後又爲奧斯卡與明勇換了，最後才來馬丁的床邊，爲他卸下紗布。馬丁一邊把鋸斷的一條腿伸給蕾娜消毒，一邊低頭對她說：

「我親愛的蕾娜小姐，剛才我的芳鄰漢思先生歎息你來這麼糟糕的地方工作，倒想問你一句，你對這麼糟糕的地方有何感想？」

「我的感想嗎？」蕾娜停手，閉目凝思了一會，然後微啓櫻唇回憶地說：「本來我是在馬尼拉的陸軍醫院工作的，自從日本飛機來轟炸馬尼拉，我們護士就聽到要撤退的風聲，一直等到聖誕前夕，正式撤退的命令才下來，告訴我們說要退到巴丹半島去，那裡已經建了一間醫院，醫務設備十分齊全，只等我們去了，就可以開始作業。我們那時都在做美夢，夢見一幢磚砌的大醫院，上下樓有昇降梯，磨石地板洗得一塵不染，每間病房有玻璃大窗，窗外可以望見草地與花朵。所以我們穿上漿洗的白色制服，坐上汽車，搖晃了一整天，來到我們的新醫院，當我們下車，大家面面相覷，因爲這裡沒有我們夢想中的醫院，只見一片新闢的營地，到處空空的，只有幾個附近的菲律賓人圍上來看我們。好久以後，才聽見一個護士在問：『這是我們的醫院？』其實每個人也在問同樣的話，只是一時驚呆了說不出來。這第一天不知道怎麼過的，一直到了第二天，才開始我們的工作，走上正常的軌道。」

當蕾娜爲馬丁綁了紗布收拾好醫藥箱走出帳篷，彼得神父與她擦身鑽到帳篷裡來。彼得神父長得高頭大馬，一襲黑袍，一雙黑鞋，年約五十，滿頭銀絲，他手抱黑皮金邊的聖經，胸掛耶穌受難的銀十字架，笑盈盈地對篷裡的四個傷患打招呼，然後在漢思床前的一張鐵架木椅上跪下來，爲大家做例行的晨間祈禱。

漢思閉起眼來跟神父一起祈禱，奧斯卡熄了煙悄悄地偎了過去，馬丁自床上立起，撐著他的三角杖一步一步拐出帳篷，而明勇則斜躺下去，重新把克羅塞維茲的「戰爭論」打開來。

十二

兩個月來，日本飛機在巴丹半島上到處空襲，只要有軍事人員與軍事設施的地方，一概投彈轟炸，可是對於明勇所住的戰地醫院，日本終能遵守國際協定而不加以攻擊，歸結起來，這應該是山坡上那個石灰劃的白色大十字之賜了。

可是儘管日本飛機不投炸彈，他們卻常常來撒宣傳單，這些宣傳單經常由馬丁從外面帶回到帳篷來，每次他一拾到宣傳單回來，他就立在帳口，用那兩支三角杖撐住身子，當眾對大家朗誦，然後以揶揄的口吻對那宣傳單冷嘲熱諷，非到帳裡的漢思和明勇笑彎了腰絕不罷休。

三月中旬，馬丁又從外面拾回一張宣傳單，這回他一反往常調皮的態度，用十分嚴肅的口氣，對大家誦讀了起來：

親愛的戰士：

巴丹半島就要陷落了，整個呂宋已掌握在日本陸軍手中，馬尼拉海灣已受日本海軍控制，可里幾多島已完全被封鎖，等待援軍已沒有希望，你們的生命危在旦夕。

如果你們還繼續抵抗，日軍將竭盡全力把你們全部摧毀，即使到最後一兵一卒，亦不罷休。

這是你們停戰的最後機會了，抵抗是無用的，多一天抵抗只是多一個人死亡。

親愛的戰士，請你們慎重考慮，即刻放下武器，停止一切抵抗。

日本皇軍總司令

讀完日軍的宣傳單，馬丁不再像往日一般把宣傳單冷嘲熱諷了，他只懶懶地向他的帆布床一歪，往口裡塞了一顆泡泡糖，雙手習慣性地交握在頸後，呆視著帳篷頂柱，陷入沉思之中。

這事才過三天，馬丁突然從帳篷外拐進來，氣急敗壞地對大家叫嚷道：

「跑了！跑了！咱們的總司令麥克阿瑟已經跑了!!」

「別在那裡開玩笑吧，馬丁。」漢思躺在帆布床上正經地說。

「我哪裡有心開玩笑？我說的是眞話，不然你們自己看去！」馬丁說著，自口袋裡摸出了一張印刷的紙條遞給漢思，因爲漢思沒有手，只好由明勇來代接，兩人便互相依偎，讀起那紙條來：

美國軍部公報，三月十七日：

本日麥克阿瑟將軍的座機已由民答那俄安全飛抵澳洲，將軍之夫人、兒子及軍事侍從亦同機相隨。

二月二十二日羅斯福總統指令麥克阿瑟將軍將其軍事總部由菲律賓遷至澳洲。在菲的美菲軍隊已轉由溫來將軍(General Wainright)指揮，渠乃一位卓越精明之戰略家。

「麥克阿瑟是幾時離開可里幾多的？馬丁。」讀完了公報，漢思急切地問馬丁道。

「天曉得！起碼是一個禮拜前吧。」馬丁回答，一邊嚼起他的泡泡糖。

「由民答那俄到澳洲坐飛機，由可里幾多到民答那俄坐什麼呢？」

「聽說是坐魚雷艇(PT Boat)。」馬丁說，然後把語調一變：「大家有沒有注意到？咱們的總司令是帶他全家跑的，包括他的太太、兒子、軍事侍從，聽說還有他兒子的奶媽，一個叫『阿珠』的廣東女人，就不知道他們家的狗和他們家的貓是不是也一起帶走？」

帳篷頓時充滿了陰鬱的氣氛，連奧斯卡也停止抽煙，只把耳朵張開，全神貫注傾聽著。

「呸！」馬丁把口裡的泡泡糖往地上一吐，在床上斜躺下來，又開口繼續說：「有趣的還不止此呢，當他到達澳洲，一下飛機就對記者發表了一場動聽的演說，等一下……」馬丁又從口袋掏出了另一張紙條，然後正襟危坐一本正經地唸了起來：「『美國總統命令我衝破日本防線由可里幾多來澳洲，其目的在於重新組軍對日本攻擊，以緩和菲律賓的局勢。我已經出來了而且我必將回去(I came through and I shall return)！』」

馬丁往口裡塞了一顆新的泡泡糖，才嚼了幾下，又開始自言自語地說了起來：

「多雄偉啊！多闊壯啊！『I came through and I shall return！』記得小時候常常跟人打架，每次打不過人家，我就逃了，可是總沒面子白白地逃，所以逃到對方追不到的距離就停步，轉過身來，雙手插腰，對他大聲地說：『給我記著！以後再跟你算賬！』多雄偉啊！多闊壯啊！」

馬丁轉了半個身，看見奧斯卡又開始抽煙，便對他說：

「眞對不起，奧斯卡，我向你賠罪了，以前怪你們菲律賓的『正規軍』臨陣逃脫，現在我不怪了，因爲咱們美國的『正規軍』也一樣臨陣逃脫。天下『正規軍』一般逃，可能咱們美軍更糟，因爲你們是從下層逃起，咱們則是從上層逃起，你們逃時不說半句話，咱們逃時振振有辭而且冠冕堂皇。」

奧斯卡沒有回應，只繼續抽煙，默默地吐他的煙圈，而明勇與漢思則面面相覷，不知說什麼好，只見馬丁不但努力嚼他的泡泡糖，尙且小心吹起泡泡來，吹得又肥又大，勃地一聲破了，貼滿了整張臉，他伸手把臉上的泡泡膜揉成一團，擲向帳篷口去，然後把雙手握在頸背後，望著帳篷屋頂，說了起來：

「今天又有一張日本的宣傳單，它的內容是這樣的：

親愛的戰士：

巴丹半島的陷落已指日可待了。

放下你們的武器吧，否則你們就要遭到全軍覆沒的悲慘命運。

你們的指揮官志在把你們全部犧牲，到最後才逃脫，以保全他自己以及他全家的生命。

親愛的戰士，請你們慎重考慮，停止一切抵抗。

日本皇軍總司令」

馬丁把日本的宣傳單讀完，明勇見他雙手空空，便問他道：

「馬丁，你這宣傳單在哪裡呢？」

「還在日本皇軍的宣傳部裡。」馬丁沒有表情地說。

「你在開玩笑……」

「沒有！」馬丁坐直起來，橫眉怒目地說：「他們一定是這樣擬的，不然你明天瞧吧！」

隨後馬丁又懶懶地躺了下去，開始用一種悲涼的聲調朗誦起這陣子在巴丹半島美軍之間流傳的一首打油詩來：

We are the battling bastards of Bataan,
No papa, no mama, no Uncle Sam.
No aunts, no uncles, no cousins, no nieces,

No food, no planes, no artillery pieces.
And nobody gives a damn!

咱們是王八婊子在巴丹，
沒爸沒娘沒靠山。
沒親沒戚沒兄弟，
沒砲沒米沒飛機。
管他媽的去他娘！

彼得神父從外面走進帳篷，是早上祈禱的時候了，馬丁於是自床上起來，撐著他的三角杖拐出去，才出了帳篷三步，又轉了回來，氣勢磅礴地對大家說：

「I SHALL RETURN!!!」

說罷，威武不屈地拐了出去。

十三

好久以來，有一架日本小型戰鬥機差不多每天早上都來戰地醫院的上空巡察一番，只是對醫院從來都沒有任何行動，馬丁便把這架飛機管叫「東條」，大家都對它沒有畏懼，因爲有山坡上的那個白色大十字保護他們，他們都知道「東條」一向是遵守國際協約不攻擊醫院的。

可是就在麥克阿瑟成功逃離菲律賓的消息由美國正式公佈之後的第二天早上，這架「東條」

突然一反常態，竟然對醫院投下幾顆炸彈，炸毀了無數帳篷與村舍，有一顆炸彈直接命中帳篷，把帳篷裡的四個傷患全炸死了，另有一顆甚至把山坡上的白色大十字炸得粉碎，使這醫院喪失了不可缺的和平的標誌。

當「東條」開始向醫院俯衝轟炸，彼得神父剛好走進明勇的帳篷想爲漢思和奧斯卡做晨間祈禱，這時馬丁還在帆布床上沒曾出去，他們聽見炸彈爆發，煙土瀰漫，整個營地一片呼救呻吟的叫聲，彼得神父即刻登到鐵架木板椅上，一手抱聖經，一手握十字架，仰頭對著帳篷頂柱洩漏的一隙天空，喃喃祈禱起來：

我們在天上的父：
願人都尊祢的名。
願祢的國降臨。
願祢的旨意行在地上，
如同行在天上。

……………………

「這日本飛機怎麼竟炸起醫院來呢？」明勇眉頭緊鎖憤憤地說。

「怪『麥克』吧，別怪『東條』！誰叫咱們『元帥』脫逃，也怪不得人家『首相』生氣！」馬丁歪嘴冷笑道。

彼得神父出去有一會兒，蕾娜護士走進來，炸彈轟炸後，她正到處巡視，爲被炸的傷患裹傷。有一個二十出頭的菲律賓青年立在帳篷口，他是這戰地醫院的衛生工友，就住在營地附近，他雙手抱著一個兩個月大的女嬰，臉色蒼白，全身發抖，喘息地對護士說：

「蕾娜，找你好久，終於找到你……」

「嬰兒受傷了嗎？」蕾娜一見女嬰便本能地問。

那青年搖搖頭，卻說不出話來。

「那麼你找我有什麼事？」

「這嬰兒給你……」

那青年說著，走前兩步，就把女嬰遞過來給蕾娜，蕾娜大吃一驚，反指著她自己，偏著頭說：

「給我？我的天！我恐怕不能……你爲什麼？」

那青年的眼眶紅起來，聲音也哽咽了，囁嚅地說：

「我太太炸死了，我爸媽也炸死了，全家只剩下這嬰兒跟我，我要工作，不能養她，所以這嬰兒給你……」

「老天！我也要工作，沒能全心照顧這嬰兒，需要人幫忙才行。」蕾娜猶豫地說，仍然沒敢伸手去接那女嬰。

「我們幫忙好了！」從來不說話的奧斯卡破天荒開口說。

「什麼？奧斯卡你——」立在一旁的馬丁瞠目結舌地說，頻頻搖起頭來：「No way!要幫你自己一個人去幫吧，我這個大Baby都得人來照顧，哪裡還能去照顧別人的小baby?」

可是不顧馬丁的反對，奧斯卡仍然把女嬰從那青年的手裡接下來，以後就由蕾娜掛名做女嬰的保姆，而實際由奧斯卡餵養這嬰孩了。

蕾娜因爲女嬰的關係，以後來明勇這帳篷的次數就更加頻繁了，她一有空閒就來帳篷看嬰孩，她把幾件收藏備用的內衣襯裙剪下來給嬰孩做尿布，奧斯卡每天便像母親一樣爲嬰孩洗尿布，晾在帳篷的繫線上給太陽曬乾。

附近的傷患都知道奧斯卡這帳篷裡收養了一個女嬰，大家都爭先輪流來抱，人人都想爲這女嬰做點小事，而明勇與漢思就更不必說了，到了最後，連馬丁也覺得好玩，常來逗嬰孩笑。

因爲醫院裡沒有奶瓶，蕾娜只好把牛奶裝在空藥瓶裡叫奧斯卡去餵，奧斯卡沒有奶嘴，只好用湯匙一匙一匙地餵，餵得嬰孩滿嘴滿臉，領潮衿濕，叫人不忍，有一天蕾娜看了，搖頭歎息起來：

「噯呀！奧斯卡你太辛苦了，而這baby也太可憐了，如果我們能弄到一個橡皮奶嘴就好了！」

馬丁默默聽著，沒說一句話。

第二天，當蕾娜又來帳篷看奧斯卡餵嬰孩的時候，馬丁從外面拐進來，一聲不響地從口袋裡摸出了一個用過的橡皮奶嘴，遞到蕾娜的手中，蕾娜低頭一看，驚叫起來：

「老天！你哪裡弄到這奶嘴？我親愛的馬丁。」

「阿瑟兒留下來的。」馬丁淡淡地回答。

「誰是『阿瑟兒』呀？」

「你不知道？我親愛的蕾娜，就是『麥克阿瑟』(Mac Arthur)的兒子，那個跟他老爺逃到澳洲的『阿瑟兒(Arthur)』啊！」

十四

明勇在戰地醫院療養肩傷是三月初開始的，等他傷癒回到原來的部隊已經是三月底的事，這期間美菲軍的防線又往南移了七、八哩，離戰地醫院已沒多遠，所以明勇不必坐車，步行也就到了他的部隊。

回到自己的部隊，最高興的是阿奇諾，爲了歡迎明勇回來，也爲了補充他在醫院缺少的營養，他特別親自動手，準備了幾塊白斬肉另加一粒剝殼蛋來款待明勇，明勇捏起一塊肉就往嘴裡送，皺起眉頭，又抓了那粒蛋往口裡吞，歪起嘴巴，側頭問阿奇諾道：

「明明是雞肉卻沒雞肉味，明明是雞蛋卻沒雞蛋香，阿奇諾，這是怎麼一回事啊？」

阿奇諾仰頭笑了起來，說：

「這巴丹半島哪裡還找得到雞和雞蛋呢？早在半個月前就被搜羅精光，排長現在吃的是蜥蜴肉和蟒蛇蛋，其實就連這兩樣野味也所剩無幾了。」

「蜥蜴肉和蟒蛇蛋？」明勇驚得目瞪口呆：「我一生都沒曾吃過，這還是第一次！」

「你一生都沒吃過而這個月第一次吃的東西可多呢！自從這個月月初，每天的口糧由早先的二分之一又減到四分之一，大家餓得沒法，開始殺這半島上的水牛來吃，至少一千頭也有吧。」阿奇諾說。

「水牛不是農夫耕田用的嗎？而且麥克阿瑟也有命令，規定不許食用水牛，怕吃到病牛自己生病。」

「田都變成戰場了，誰還用水牛來耕呢？而且麥克阿瑟一直都在可里幾多島，天高皇帝遠，肚子又餓得慌，誰還聽他的命令？」

「除了水牛肉，還吃了什麼肉？阿奇諾，你說。」

「還吃了馬肉。」

「這半島哪裡來的馬肉？」

「怎麼沒有？就是第二十六騎兵團的馬啊，一共有兩百五十頭，到三月中都吃光了，然後開始吃驢肉，也屬於這騎兵團的，原是運輸軍火的，一共八十四頭，也吃光了。」

「馬肉和驢肉吃光了，以後又吃什麼肉呢？」

「吃狗肉和猴肉。」

「等狗肉和猴肉都吃光了呢？」

「就輪到現在吃蜥蜴肉和蟒蛇蛋了。」

「你剛才不是說連這兩樣也所剩無幾了嗎？阿奇諾。」

「我說的正是如此，排長。」

「等這也吃光了怎麼辦？」

「我看只好吃人肉了，排長。」阿奇諾說著，聳一聳肩，轉頭遙望起前方日本軍隊的陣線來。

明勇歎息起來，頻頻搖頭，面露憂色，阿奇諾回過頭來瞥見了，說道：

「其實排長大可不必憂慮，恐怕早在吃人肉以前，咱們整排兵都已病倒，連吃也不能吃了。」

明勇的臉孔轉成淒苦之色，阿奇諾卻毫不動容，彷彿家居閒談，繼續說了下去：

「本來一人份的口糧由四人分，又加上多勞少睡，還有不病的嗎？所以你這前線去走一趟，不是得赤痢，就是得腳氣，水腫啊，夜盲啊，各種各樣缺少營養和維他命的病都上陣來了。」

「這些病怎麼在戰地醫院都沒見到呢？」

「這些病既然都是缺少營養和維他命引起的，送去戰地醫院也沒有用，所以乾脆不送，更何況幾千幾萬人得同樣的病，送了不把醫院擠破才怪。」

明勇沉吟地點點頭，不知說什麼好，好久好久，才聽見阿奇諾換了語調說：

「想起來，排長上回得馬拉利亞，眞是『病得其時』，如果現在才得，事情就糟了。」

「這是怎麼說的？阿奇諾。」

「你想想，在這前線的兵，差不多四個有三個或多或少都得了這種病，半島裡的奎寧差不多用光了，想衝破日本防線到別地方去找奎寧的補給又不成功，所以現在一得，只好冷熱由天了。」

事實確如阿奇諾對明勇說的，「飢餓」和「疾病」把巴丹半島上金將軍(General King)指揮的八萬部隊的戰鬥力削減到令人難以置信的地步，到三月中，只剩下原來的五分之一，到四月初，則幾近於零了，而從這時起，日軍又加強攻勢，終於在四月十日，金將軍不顧在可里幾多島上溫來將軍總司令的反對，毅然決然向日本的本間將軍總司令投降了。

十五

整個巴丹半島在一夜之間驟然安靜下來，再聞不到礮聲和槍聲，更不見飛機來轟炸，幾個月來第一次又聽到清晰的鳥聲與蛙鳴，儘管有些乖異，但終究給人一種和平之感，每個人都從戰爭的狀態中鬆懈下來，彷彿一切殘殺與痛苦都已過去，剩下的便是等待日軍來臨了。

早有命令從日軍的指揮部下來，所有美菲部隊都往附近的村莊集合，把身上的武器與彈藥堆在村子的廣場，違者以游擊隊論處，就地槍決。既已遵照命令把手槍扔在那堆積如山的槍枝堆上，明勇便跟隨其他繳械的美菲兵士來到村口的泥路兩旁，他舉目張望，到處可見白旗，有手帕、有床單、有襯衣、有枕套，橫七豎八地懸掛著，他心頭感到一陣羞辱與酸楚，他看見人人面露憂懼之色，都在互相揣測，日本征服者會不會將俘虜全體處決？

明勇與所有的官兵等了一個早晨，等到太陽高昇，空氣焦熱起來，才聽見霍霍的腳步聲從遠方傳來，大家一起把眼光放去，在那鄉間泥路的轉彎處，第一個日本兵終於出現了！原來這先鋒部隊是日本礮兵隊，他們並不是來接收管轄俘虜的，他們只是路過這村莊，更向南去，因為儘管巴丹半島的美軍已經投降，隔岸可里幾多島的美軍還在繼續抵抗，他們奉了上司的命令，快馬加鞭要去攻打溫來將軍統率的島上孤軍。

這些日本先頭部隊似乎對俘虜沒有惡意，當他們列隊從明勇面前走過，他們臉上都掛著友善的微笑，因為初見美軍，還好奇地左右顧盼，低聲交談著。為了泥路坎坷難行，他們把山礮拆了，有的扛礮管，有的扛礮架，有的扛車輪，其他的不是提著槍就是揹著這些扛兵的背囊。因為長久在叢林裡戰鬥，每個日本兵都周身污穢，他們把鋼盔懸在背上，頭上只戴呢織金星的戰鬥帽，頸子用兩片遮陽布護著，卻仍然滿額大汗，尾隨著成群的蒼蠅。

這長列的日本礮兵隊迤邐從村莊經過，到中午的時候，才就地歇息，吃他們的午餐。有一個三十歲左右的日本軍官，戴一副白金邊眼鏡，留一撮小髭，一臉貴族的斯文與典雅，騎著一匹白馬，從明勇面前走過。由那軍官的穿著和配戴看來，他顯然不屬於眼前這礮兵隊，大概是總部的幕僚之類，到處巡視，剛好路過此地。當那軍官瞥見明勇身旁的一位美軍上尉，他將馬頭勒住，繞了一個小彎，來到上尉的跟前，用一口漂亮的牛津英語對上尉說：

「你們肚子餓嗎？我猜你們一定很餓了。」

說罷，那軍官下了馬，從馬背的一只皮袋裡掏出五、六個罐頭，他親自把罐蓋打開了，其中有牛肉，有沙丁魚，芳香撲鼻，令人垂涎，他都一一遞給上尉和他身邊的兵士，然後立著看他們坐在地上享用，一邊搖頭喟歎，一邊用手裡的馬鞭輕拍他腳上的馬靴。

「眞謝謝你啊，軍官。」上尉吃完了罐頭裡的沙丁魚，代表他的屬下對那日本軍官說：「這是幾個月來最豐富的一頓午餐！」

那日本軍官微笑起來，過後又恢復原來那嚴肅的表情，語意深長地對上尉說：

「往後你們會遇到許多好的日本兵，也會遇到許多壞的日本兵，如果你們受到什麼委屈，請不要把所有日本人都一體看待，終究我們不是未開化的野蠻人。」

說完了話，那軍官又跨上他的白馬，揚鞭騎向村裡去，他的背影連同馬影早已消失不見了，但好久好久，他那牛津英語說出來的話卻一直在明勇的耳裡迴響，怎麼拂也拂不去。

十六

中午才過，又有另一隊日本兵從村子經過，這是一個步兵團，每個兵都揹著步槍，槍口都上了刺刀，在陽光下閃閃發亮，叫人睜不開眼睛。

那部隊最前頭的幾個兵已經走過，有一個肩章一塊豆乾兩顆小金星的一等兵蹣跚地走到明勇的跟前，不知是太疲勞還是中暑，竟然在美菲俘虜的眾目之下暈倒在路中，附近的幾個日本兵和後頭的一個日本軍官立刻圍了上來，只見那軍官氣得滿臉發紫，用手勢下了一道命令，便有兩個日本兵把那暈厥的一等兵自地上攙起，拖進路對面的一叢竹林裡去。不到半分鐘，一聲槍聲從那望不透的竹蔭傳到路這邊來，隨著，那兩個日本兵又從竹林出現，回到原來的隊伍，繼續向南前進。明勇周遭的美軍都面面相覷，露出萬分驚訝之色。

有一個滿腮鬍鬚的日本兵靠到路邊來，對明勇他們發出獰笑，突然對他們連揮了幾拳，用洋涇邦英語吆吼道：

「Amerika! Go you to hell!! Amerika! Go you to hell!!」

大家都往後退了幾步，一時心寒膽顫起來。

那步兵的隊伍愈拉愈長了，已不像先前那樣密集，有一個粗眉闊嘴的日本兵獨自一個人踽踽而行，趁沒有其他日本兵看見的時候，奔到明勇那撮人的跟前，見上尉胸袋上插的一支鋼筆，伸手就想來搶，上尉一邊推拒，一邊指著他肩上軍官的徽章，希望那日本兵知所停止，沒想到那日本兵對上尉怒吼一聲，往他的肚腹擂了一拳，趁他彎腰撫痛的當兒把鋼筆一拔，揚長而去。

過了不久，又有一個短腿的日本兵靠到路旁來，他一雙細瞇的老鼠眼在每個俘虜身上搜索著，忽然停在一個美軍上士的一對無框著色的近視眼鏡上，他裂齒訕笑一下，做手勢命那上士把眼鏡脫下來給他，那上士倒退了一步，也做手勢向那日本兵表示那眼鏡是特別爲他配製的近視眼鏡，於那日本兵一點用處也沒有，可是那日本兵卻不管，用步槍的刺刀直指上士的胸膛，向上士表示他堅決要一副美國的太陽眼鏡留做戰勝的紀念，兩個正在相持不下，遠遠走來了一個高大的日本少尉，在那日本兵的背後雷吼了一聲：

「氣を付け——！」

只見那日本兵倏地挺身立正，面呈死灰，像凍結了一般。

那日本少尉繞到那日本兵面前，把那副著色的近視眼鏡由那日本兵的手裡奪回，還給那目瞪口呆的美國上士，示意叫他收藏起來，反身解下那日本兵皮帶上的刺刀刀鞘，往他的全身軀幹抽打起來，一邊抽還一邊罵，打得那日本兵臉上脖子青一塊紫一塊，像被車輪輾過一般，但他卻始終沒敢稍動一下，一直等到失去知覺，暈倒在地上爲止。

十七

這些過路的日本兵接二連三隨意地搶，由單獨的搶劫慢慢轉成了集體的掠奪，他們最愛搶的是鋼筆、手錶、摺合刀、撲克牌，等這些被先前的日本兵搶光了，他們開始搶香煙、戒指、刮鬍刀、美鈔，最後沒得搶時，連美國兵身上搜出的年輕太太的照片也一併搶了去。

有一個八字腳的日本兵瞥見一個美國中士左手無名指上的一只金戒，便挪步過來，打手勢叫那中士把金戒給他，那中士搖頭拒絕說：

「不！你要什麼都可以給你，但這是我的結婚戒指，不能給你……」

那日本兵根本聽不懂中士的英語，卻明白中士拒絕給他戒指的表情，他突然光火起來，把步槍上的刺刀卸了下來，擒住中士的手，猛地一刀把他的無名指割落在地上，然後不慌不忙把那截斷指拾起，將沾血的金戒輕易取出，把手指還給那痛苦哀嚎的中士。

在旁的美菲兵士震驚得不能言語，個個呆若木雞，一直等到那日本兵把刺刀插回槍口，大步離去，才見明勇身後的阿奇諾悄悄移到那中士的跟前，撕了自己的內衣來爲他裹傷。

明勇無意間發現他身旁美軍上尉的左手無名指也帶了一只黃金戒指，便問他道：

「你那戒指可也是結婚戒指？上尉。」

上尉點頭做答。

「你何不把它脫下來藏在口袋裡？」明勇繼續說道。

「我試過了，就是脫不下來，自從結婚，一向就沒曾脫過。」

「但你非脫不可。」明勇說著，斜面瞟了那斷指的中士一眼：「你何不吐口水試試？」

「我試過了，仍然脫不下來。」

上尉聳肩說著，搖頭歎息起來，把左手插進口袋裡，明勇無法可想，也隨他搖起頭來。

有一小隊日本兵帶了一個菲律賓人來向俘虜做全面搜查，那菲律賓人原是菲律賓正規軍的少校軍官，不久前才在前線被日軍俘擄的，因為他會說日語，就被他們強徵來做他們的軍中翻譯。這人長得十分倏朗，一臉聰明與機智，似乎為了被迫扮演的角色而感到不盡尷尬與無奈。

那穿長統靴佩武士刀的隊長叫那菲律賓翻譯傳話給俘虜，命每個人把背囊與口袋倒翻過來，將所有私人的東西一律攤在腳跟前接受日本兵的檢查。只見那幾個日本兵分別從地上的私物堆裡取走一些貴重的細物，最後剩下他們不要的牙刷、手帕與水壺。凡有不順從的，日本兵一概拳打腳踢，整個檢查的過程中，摑腮子的巴掌聲不絕於耳。

一個日本兵在一個美國俘虜的私物堆裡翻到一只圓形小鏡，那鏡子背面繪著和平的富士山，掩在盛開的櫻花中。那日本兵從地上躍了起來，拿那圓鏡去給隊長看，又在他耳邊嘀咕了什麼，那隊長臉色大變，拖了那菲律賓翻譯來到那美國俘虜的面前，對他橫眉怒目，拿那鏡子問他話，然後轉頭命令那菲律賓人翻譯。於是那菲律賓人便問那美國兵說：

「隊長問你這鏡子是從哪裡弄來的？」

「是我還在美國時，在一家百貨公司買的。」那美國兵回道。

那菲律賓人用日語對那隊長說了，但後者卻一臉猜疑的表情，搖了一會頭，跟那菲律賓人說了幾句，那菲律賓人於是又問那美國兵說：

「隊長問你買這鏡子做什麼？」

「刮鬍子用啊。」那美國兵認眞地說。

那菲律賓人向那隊長翻譯了，但他仍是搖頭，而且暴怒起來，咒了幾句日本話，那菲律賓人也覺情勢不對，連忙壓低聲音對那美國兵耳語道：

「他懷疑你是向他們日本兵搶來的。」

聽了這話，那美國兵嚇得像一隻死鼠，慌忙辯解道：

「假如是向日本兵搶的，爲什麼那鏡子背面還印有『MADE IN JAPAN』的字？只有運到美國的日本貨才會印有這種字啊，不相信你請他自己翻到背面看看。」

那菲律賓人就偎了過去，把隊長手中的圓鏡翻了過來，指那富士山下印著的「MADE IN JAPAN」的字樣給隊長看了，可是隊長仍然不改初衷，他早已胸有成竹，只轉身向他的部下發了一道命令，便有兩個日本兵走過來，把那迷惑的美國兵押到路對面的竹叢槍斃了。

那兩個日本兵才揹著步槍從竹叢回來不久，又有另外一個日本兵在另一個美國兵的私物堆裡找到幾張日本鈔票，有十元的、五元的、一元的，甚至還有幾枚日本銀角和銅錢。只聽見那日本兵的叫聲，那隊長已拖了那菲律賓翻譯過來，命那翻譯問這美國兵說：

「隊長問你這些日本鈔票和銀角銅錢是從哪裡弄來的？」

「在馬尼拉向古董商買的……」那美國兵戰戰兢兢地說。

「隊長問你買這些日本錢做什麼？」

「我喜歡收集各種鈔票和錢幣……」

「隊長問你是不是從陣亡的日本兵身上偷來的？」

「冤枉啊，冤枉啊，絕不會有這種事情……」

儘管那美國兵百般呼叫喊冤，那鐵石心腸的隊長仍然向他的部下發了命令，把那美國兵押到路對面的竹叢裡，跟先前的一個美國兵一樣槍斃了。

那日本隊長親自搜查了幾個美國俘虜，無意間在一個美國二等兵的腳上，發現了一雙日本軍部特製的國防色銅扣鞋帶，繫在一雙美國皮鞋上，他於是叫那菲律賓人來翻譯，問那美國二等兵說：

「隊長問你這雙日本鞋帶是哪裡弄來的？」

那美國二等兵，見那隊長一問，已經面色灰白，全身顫抖，遲疑了老半天，才結結巴巴回答說：

「從一個死去的日本兵鞋上解下來的……」

「爲什麼啊？」

「因爲……因爲……我的鞋帶斷了……」

那菲律賓人爲這個美國二等兵的誠實回答而瞠目結舌，更爲這回答的後果而出冷汗，正在那裡猶豫躊躇，不知如何把他的意思翻譯給隊長，沒想到隊長早已等得不耐煩，先開口催他道：

「他到底說了什麼呀？快說！快說！」

「他說……他說……」那菲律賓人呑呑吐吐尋找字眼慢慢地說：「那鞋帶是他用東西跟一個

日本衛兵交換的。」

「用什麼東西交換的？」

「用……一支鋼筆。」

「但那日本衛兵哪裡來一雙多餘的鞋帶？」

「是他從一個死去的夥伴鞋上解下來的。」

「馬鹿！馬鹿！我不相信！」

那隊長搖頭用力地說，接著一把將那嚇得半死的美國二等兵從隊伍裡拖出去，大家一時都停止呼吸，正等待那隊長下令把那美國二等兵帶去路對面的竹叢槍斃，萬萬料不到他不再經由那菲律賓人翻譯，直接做手勢，命那美國二等兵把衣服脫下來，那美國二等兵馴服地脫了衣服，那隊長又命他把褲子脫下來，那美國二等兵又馴服地脫了褲子，終於在眾目睽睽下脫得赤條精光一絲不掛，這時那隊長才飛起長統鞋往那美國二等兵的下腹猛踢了一腳，只聽見他哀叫一聲，抱著肚子滾到地上去，於是那隊長便開始踢他的臉、他的肩、他的背，踢到他血涎迸濺，面目模糊，但終於沒把他槍斃，任阿奇諾把他抱回隊伍，爲他穿衣敷傷。

這隊日本兵一一把俘虜檢查過了，最後才查到明勇和上尉的跟前來。給明勇檢查的是一個斜眉倒睫的矮日本兵，他看見擺在他腳前的僅有一只水壺和一本克羅塞維茲的「戰爭論」，臉上浮起懷疑的臉色，似乎不相信他全身只有這麼簡單的兩樣東西，便仔細搜起他的身子來。那日本兵伸手到那只沒法倒翻的褲袋裡，不期然碰到一樣金屬的東西，便倒退兩步，舉起步槍，用刺刀尖直指明勇的心，用日本話怒吼起來。

明勇趕緊把褲袋裡的東西摸出來，原來是一支手槍的空子彈夾，剛才疏忽了，竟忘記拿出來，他於是慌忙把它扔在腳前，不意那日本兵已迎了上來，只聽一聲吶喊，便用槍托把明勇摜倒在地上，一時明勇感覺滿天金星，他伸手去撫那痛極的頭，在左額角上摸到了一盆大口，血從那口子汩汩流出來，流滿了一隻手。

有好一陣子明勇只覺昏昏噩噩似醒未醒的，等到他終於痛定下來，把眼睜開，他瞧見上尉正在脫他左手上的那只結婚金戒，可是左脫右脫怎麼脫也脫不下來，而他面前的日本隊長又窮盯不放，他已經怒不可遏，把武士刀都拔出來，快要去割上尉的指頭了，明勇衝了過去，把血手伸給急壞的上尉，說道：

「拿我的血去抹吧！上尉……」

抹了明勇的血，上尉終於把金戒脫下來給那點頭的隊長，他滿意地將金戒放進胸袋，把武士刀插回刀鞘，領了他的那一隊兵，連同那菲律賓翻譯往村子裡去。

「瞧你傷得這麼厲害，排長。」

明勇轉過頭來，看見阿奇諾一張悲惻愁慘的臉，一邊搖頭歎息，一邊撕下最後一片內衣，來爲他裹傷。

十八

接連兩日，巴丹半島南端的馬力威(Mariveles)一片大混亂，所有美菲俘虜都四面八方往這小鎮集結，等待日軍上方的處置，而此地又當公路的要衝，所有要去攻擊可里幾多島的日軍都得路過這地方，因此，這平時安靜的小鎮頓時變成一個大市場，整天萬人鑽動，千馬麕集，隨時都可以看到日本的軍隊從鎮前經過，有坦克、卡車、騎兵、礮隊，天驚地動，震耳欲聾，還捲起漫天的黃沙，把萬物都蓋了一層厚厚的塵土。

起初日軍上方不知如何處置集中在馬力威的這七萬俘虜，因爲他們全部都病弱傷殘，不但對日軍毫無幫助，反而阻擋了日軍的進軍，拖延他們攻佔可里幾多島的計劃，因此，將俘虜他遷清除巴丹半島的南岸，以利日本的軍事活動，已成爲刻不容緩的課題。幾經研究，日軍上方終於決定把所有俘虜遣往克拉克機場的更北二十哩——一個叫「歐東尼軍營(Camp ó Donne11)」的山中空營去。

他們將俘虜分組先後地遣往北方，每組大約一百人左右，排成四列，並肩而行，每組由一個或兩個日軍衛兵押送，有的隨俘虜步行，有的騎腳踏車跟著。爲了加速遣送，俘虜的隊伍分兩路同時北進，一路繞巴丹半島東邊的大公路進行，而明勇與阿奇諾的這一路則繞半島西邊的小鄉路進行，一直到巴加(Bagac)的小鎮才橫過巴丹半島的山脈，去跟東岸大公路的隊伍會合。

因爲只是湊數成組，所以明勇的這隊俘虜是個大雜燴，其中有官，也有兵，有菲律賓的正規軍與斥候軍，也有美國的步兵、炮兵、坦克隊與空軍飛行員。爲了便於統御，那騎腳踏車的日本衛兵把一個美軍中將放在縱隊的前頭，由他領隊前進。這中將爲了稱呼方便起見，所有美國兵都只叫他「將軍」。這「將軍」是西點軍校出身，長得高頭大馬，有一雙深烱的眼睛，卻是一臉牧師的慈祥，他身無重物，只頭上一頂遮陽的晴雨帽，肩上一條擦汗的毛巾，腰間一只水壺，因爲體恤身後那些病弱和衰竭的兵士，他儘可能把腳步放慢，但是每次發覺那隊伍緩慢下來，那在前面的日本衛兵就把腳踏車返轉回來，怒斥「將軍」，命他加快，於是他只好伐開大步，緊跟在那日本衛兵的車尾，可是還跟不到幾步，那隊後的兵士就開始怨聲載道地叫了起來：

「將軍啊！看在上帝面上，別走太快啦，咱們跟不上哪！」

明勇的這個縱隊與前面的另一個縱隊相距有百步之遙，當他們經過一片濃蔭的谷地，有一個美國兵突然從路旁的一個帳篷口出現，走到兩隊之間的空地來。那帳篷上漆了一個紅十字，顯然不久之前還是一個前線的救護站，而那美國兵則是一身瘦條的背影，走起路來東搖西晃，腳不由己，可見是一個被遺棄的傷兵，忽然從昏迷之中醒來，投入行進的隊伍，懵懵懂懂地跟著人家走。

迎面來了一長隊日本的重型坦克，有二十輛左右，要開往馬力威一帶去參加可里幾多島的戰鬥，因爲路窄車大，所有俘虜都閃到路旁，一邊前進，一邊與坦克擦身而過，可是那傷兵大概是被坦克的震動驚嚇了，竟立住腳步，不再前進，於是便有一個走路押送的日本衛兵走上去命他前進，他才滑動了腳步，卻仍然是輕挪慢移，怕撞到坦克似地，那日本衛兵終於不耐煩起來，便擒了他的背領，猛力推他，只見那傷兵往前踉蹌了幾步，踢到路上的一塊大卵石，斜滾到路中去，這時剛好來了一輛大坦克，轟隆過後，那美國兵已被坦克的鐵輪壓扁在地上了，在這坦克後面，緊跟著還有十幾部坦克，每部坦克都一一從那美國兵的身上輾過，當那整隊坦克已全部通過，而明勇也走到那美國兵的跟前，他發覺那美國兵的身子已經一點痕跡也沒有了，只剩下那件草綠色的制服平貼在深陷的輪溝底，變做路的一部分，任誰也猜不出那制服曾經包過一個有骨有肉的人。

十九

從那谷地走上來，迎面又遇到一列日本卡車，都開向南方去，那卡車的車斗上坐了滿滿的日本兵，大概是第一次見到俘虜，相錯而過的時候，對明勇他們吐痰，用日本穢話叫罵著。有一個日本兵動了邪念，將步槍倒轉過來，用槍托橫掃路邊的俘虜，也不管他們死活，一律往俘虜頭上敲去，這惡行一旦開始，於是後面的幾卡車日本兵也都競相傚尤，伸出長把的槍托，一路向俘虜掃過去。

領隊的「將軍」還算機警，每回見到那伸出卡車的槍托，他都及時蹲伏下來，躲過了敲擊，可是他隊後的人就沒有他身快，有一個戴鋼盔的美國兵被敲中，發出了重擊的鳴響，還好戴著鐵帽，儘管敲倒在地上，但立刻又爬了起來。有一個菲律賓兵就沒有同樣的幸運了，因為他只戴著遮陽的軟帽，一旦被砸中，便倒在地上，全身猛烈抽搐起來，抽了好一陣子，便眼白上翻，口吐白沫，腦殼破裂死了。

在明勇的前頭幾排有兩個美國兵還揹著背包，一個是軍官，他揹了一個似乎很重的大皮包；另一個是士兵，他則揹了一個大帆布袋子，滿袋子鼓鼓凸凸的，不知道裝了些什麼。明勇問他身旁一個用三角布吊了右手的美國兵說：

「你看前頭那揹背包的是誰啊？Joe。」

「是咱們隔壁營的軍需官，名字不記得了。」

「那皮包裡可是什麼啊，好像蠻重的樣子。」

「除了帳簿還能有什麼？他大概還想拿帳簿回美國去向上司報帳。」那手傷的美國兵譏誚地說，不屑地搖起頭來。

「對過去那個揹帆布袋的又是誰啊？Joe。」明勇又問那美國兵道。

「是咱們營裡的傳令兵，綽號叫『魔鬼的門徒』。」那美國兵斜眼睨著那揹帆布袋的美國兵說。

「你說什麼?『魔鬼的門徒』?……」明勇大感驚訝地說。

「正是!因爲他是摩門教徒,所以大家封他這個綽號再合適不過啦。」

「我不懂,摩門教徒就是摩門教徒,爲什麼又要叫人家『魔鬼的門徒』?」明勇自言自語說,不覺搖起頭來。

「你不懂?來,來,來,讓我來給你開導啓蒙吧。」那美國兵說著,用左手揉了揉那受傷的右手掌心,繼續說了下去:「你知道,耶穌教人一個丈夫只娶一個太太,而他們則教人一個丈夫娶好幾個太太;歷史明明記載耶穌一生都在巴勒斯坦過活,而他們卻宣稱耶穌到過美洲傳教。簡直混說,這不是『魔鬼的門徒』是什麼?」

因爲明勇不明白摩門教的教義,也就不便分說,只是想把話題轉到別地方去,不期然又瞥見「魔鬼的門徒」那一大囊帆布袋,便問那美國兵道:

「你說說,他那背囊裡到底藏了什麼寶貴的東西啊?」

「還不是他那本寶貝的『摩門經』。」那美國兵不加思索地說:「他每天必唸的,那『摩門經』他說一天不唸就活不下去。」

「只那本書背囊也不致那麼大包啊,還藏了什麼呢?」

明勇摸了摸他自己口袋裡的那本袖珍本的「戰爭論」,說道:

「他那寶貝的手風琴。」

「他來菲律賓當兵還帶手風琴?」明勇迷惑地說。

「是啊,因爲他每天必須奏一小時手風琴,否則他就活不下去,哪裡知道你們菲律賓這鬼氣候,有時熱,有時濕,一下把琴給烘裂了,一下又把琴給潮變了形,他只好寫信叫家裡的人寄來了一套工具，隨時修理，隨時演奏，所以那套工具也一併放在那背囊裡。」

走在明勇身邊的阿奇諾聽了那美國兵的話，大概想起了他自己的吉他，突然插嘴道：

「從來也沒聽過有人愛琴愛到這個地步。」

「而你說他一天不奏手風琴就活不下去?Joe。」明勇又補了一句。

那美國兵默默點點頭，才說：

「他說這樣才不會想家，否則他會發瘋，還說什麼手風琴壞了可以修理，人壞了就沒得修理……一派鬼話！」

那傷臂的美國兵似乎把「魔鬼的門徒」的壞話都傾囊倒空了，因爲好久他再也找不到話好說，一直等到他們涉過一條溪流，又開始爬山的時候，那美國兵才轉換語調，用讚美的口吻說：

「不過話說回來，『魔鬼的門徒』也不能說沒有一點可愛之處，比如說每隔個把月他就給全營開一次音樂會，他不但獨奏，而且還獨唱，唱的都是咱們家鄉的民謠，像『老黑喬』啊、像『史溫尼河』啊、像『噢，蘇珊娜』啊、像『肯塔基老家』啊……全營都愛聽，爲大家解了不少異鄉的寂寞。」

這段山路陡峭坎坷，十分難行，只見本來在前頭的「魔鬼的門徒」慢慢落後，終於落到明勇的同排，與明勇並肩而行，這時明勇才有機會打量起他來，卻見他皮膚雪白細嫩，一張孩兒臉掛一對金魚眼般的凸透鏡，他的身子本來已經臃肥，再添上那大包背囊，使他的腳步更加困頓，而且氣喘如牛，那傷臂的美國兵見他可憐，便好心地說：

「『魔鬼的門徒』，我勸你把整包背囊丟掉算了，否則你走不到盡頭的。」

「一樣也丟不得，別說整包背囊了，不行！不行！」

「魔鬼的門徒」回答道，滿額滲著汗珠，更往後落了一步。再過不了多久，他終於脫隊，而且漸離漸遠，誰也見不到他了。

近午的時候，明勇的縱隊停在路旁的樹蔭下休息，後面的另一個縱隊趕上來，也在附近的空地休息。那吊臂的美國兵從地上立起，告訴明勇說他要到另外那個縱隊看看「魔鬼的門徒」是不是在他們那裡。十分鐘後，他走回來了，臉色蒼白，一語不發坐在明勇的腳邊，失神地仰望天上如絲的白雲……明勇感覺有異，便問那美國兵道：

「找到『魔鬼的門徒』沒有？」

那美國兵猛搖了一會頭，衝口而出：

「見『魔鬼』去了！」

「你說什麼啊？Joe……」

「那另一隊領頭的人告訴我，『魔鬼的門徒』離了我們隊之後，不但越走越慢，還發起癲來，亂說夢話，有一個日本兵就把他推到路旁，用槍口頂住他的後腦勺，扳了槍機，於是他連身帶囊都滾到溝底去了。」

那美國兵淡淡敘述著，一雙眼睛慢慢紅了起來………

二十

烈陽不斷的曝曬，又加上坦克和卡車捲不盡的黃沙，使人汗流浹背，全身塵土，很快就疲倦了。從早晨開步以來，俘虜就沒進食物，一過中午，大半連水也喝光了，於是在飢渴交迫之下，腳步也就蹣跚起來，隊伍也逐漸拉長了。開始那押送的日本衛兵還吆吼喝令，叫大家重整縱隊，但終究兵少俘虜多，最後喉嚨也喊啞了，只好任俘虜三五成群，各組小隊，靠著路邊，向北躑躅而行。

與明勇同組的有六個人，除了「將軍」、阿奇諾與他，另有三個美軍——一個中校、一個中尉和一個綽號叫「荷蘭人」的中士。

那中校身體瘦長，因爲美軍投降的前一天中了日本炸彈，有一粒鉛筆心大的小破片鑽進小腿的脛骨與腓骨之間沒有拿出來，從開步以來腳就有點痠痛，起初也不以爲意，只用舊毛巾把傷處包紮好，可是走了一個上午，小腿卻發炎腫大起來，這同時他全身竟發起燒來，而且愈走愈覺軟弱無力，只好由中尉和「荷蘭人」輪流來扶他前行。

那中尉中等身材，一頭波浪的柔髮，一雙溫和的眼睛，臉頰白底透紅，說話斯文有禮，帶一股紳士的眞摯與熱情。那「荷蘭人」剛好與中尉成了鮮明的對比，他骨粗體壯，滿頭捲曲的硬髮，一大把濃密的紅鬍子，因爲當兵前做過拳師，所以兩肩發達如虎，雙臂多毛如熊。

那隊伍實在拖得太長也太零散了，日本衛兵只好叫前頭的俘虜在路旁休息，等待後面的俘虜，明勇這組六個人也隨大家坐在地上休息。有一大隊日本步兵與俘虜相錯向南方前進，其中一個一等兵的綁腿忽然鬆懈了，便停在路中重新綁他的綁腿，那大隊也顧不得那一等兵，把他拋落在後頭，繼續迅速向南行進。

等那一等兵紮好綁腿從地上立起的時候，那先前的日本大隊已離他遙遠，幾乎都快看不見了，明勇以爲他端起路上的步槍就要飛跑去追那大隊，卻不料瞥見了距他十步的「將軍」，眼睛彷彿遽然發亮，對著「將軍」走過來，來到「將軍」的面前，用食指先指「將軍」肩上的兩顆大星星，然後再指他自己肩上的兩顆小星星，露出一排蛀牙微笑起來，比手劃腳向「將軍」表示他們同一官階。「將軍」望望自己的肩章，再望望對方的肩章，發覺那一等兵果然所言不虛，也啞然失笑，隨後打手語跟那一等兵交歡言談起來。

驀然，那一等兵的一雙眼睛停留在「將軍」左腕的一只瑞士「勞力士」白金錶上不動了，他張了大口貪婪地凝視那錶好一會，便伸了右手要來搶「將軍」的錶。「將軍」注意到那一等兵左腕也有一只日本「精工舍」的老銅錶，便半開玩笑地指著對方的錶，做手勢表示他們兩只錶可以互相交換。坐在周圍的俘虜大家都提心吊膽，眼看那一等兵就要用槍托把「將軍」摜倒在地上了，卻大出他們的意料之外，那一等兵竟然猛烈點起頭來，大笑三、四聲，剝下自己的老銅錶，換得了「將軍」的白金錶，帶到腕上去，還高舉起手來對著陽光瞄了幾下，得意地點點頭，才提了步槍，飛跑追趕他的部隊去了。

過了一刻多鐘，又來了另一個大隊的日本兵，這隊日本兵不像先前的那隊日本兵急著向前趕路，也許已經走累了，便在路對面空地休息下來，剛好與明勇的這堆俘虜遙遙相對。那些日本兵已經歇息好一陣子了，明勇發覺其中有一小堆日本兵齊向他們這小群俘虜望過來，那為首的伍長還對他的部下不知說了些什麼，於是他們七、八個日本兵同時自地上立起，一起對路這一邊邁了過來。

那日本伍長來到「荷蘭人」的跟前，翹翹食指，命「荷蘭人」站起來，然後繞著他走了一圈，一邊摸摸自己無鬚的下巴，一邊欣羨地望著「荷蘭人」那大把濃密的紅鬍子，用日本話嘖嘖讚美起來：

「好個瀟灑的美髯公啊！」

說著向前靠近一步，伸手撚起「荷蘭人」的髭鬚來，撚完了一邊還不夠，更伸了另一隻手撚另一邊的髭鬚，一直把那左右髭鬚撚尖了，像兩根老鼠的尾巴，才翻轉身來面對他的同伴，用一種詼諧的聲調對他們說：

「嘿，諸君還記不記得咱們小學時代玩的『拔河比賽』？」

「記得啊，伍長。」那七、八個日本兵異口同聲地回道。

「諸君想不想再來玩一下『拔河比賽』？」

大家開始迷惑了，其中有一個日本兵搔了搔頭皮，側頭問道：

「想是想，可是繩子在哪裡啊？」

伍長故作表情地拍了幾下額頭，彷彿被這疑難困倒了，突地猛轉半個身，指著「荷蘭人」的那大把撚尖的髭鬚，叫道：

「在這裡！」

那七、八個日本兵立刻笑了起來，眼看已經把鍋子炒熱了，那伍長一刻也不想叫它冷卻下去，隨即命令他的部下道：

「小林君，你來拉繩子的右端！小島君，你來拉繩子的左端！」

小林和小島兩個日本兵一邊笑著一邊從人堆裡跨出來，各用一隻手抓住「荷蘭人」髭鬚的一端，伐開弓步，屏聲息氣地等待著，只聽那伍長喝令道：

「一！二！三！拔——!!!」

小林和小島便相背用力拔將起來，因爲髭尖且滑，只來回拉鋸兩下，兩個人都拔溜了手，雙雙滾到地上去了，於是全場大哄，笑得每個日本兵前俯後仰，快活到了極點。

所有俘虜都袖手坐在地上旁觀，一點動作也沒有，就連「荷蘭人」自己，也只能撫撫被拔的髭鬚，捏捏他那雙巨大的拳頭，咬牙切齒，低聲詛咒而已。

二十一

明勇的六人組又向前進行，這一程輪到中尉來扶中校走路，走了大約半個鐘頭，又逢上另一大隊日本兵與他們俘虜相錯而過，那些步兵大概從老遠的地方南來集合，顯得又累又渴，就像俘虜一般。

中尉扶著中校走了好一陣子，實在太辛苦了，便立下腳來稍作休息，有一個日本兵脫了隊，越過馬路來到他們的面前，把中校從頭打量到腳，做手勢問中尉爲什麼要扶中校走，中尉忙做手勢回答那日本兵說中校的小腿中了子彈片不能行走，才得由他扶著走，那日本兵懂了，似乎滿意地點起頭來，卻不料把手伸過來，慢條斯理地解開了中校腰上的水壺銅扣，將水壺從鬆開的帆布袋裡抽出來，旋開壺蓋，先仰頭往嘴裡灌了一大口，然後再對住他自己水壺的壺口，把水壺灌滿，最後把水壺一翻，將剩下的水倒在地上，一邊倒還一邊側過頭來對中校獰笑。

中校啞口無言地眼看那日本兵把他省喝節用的最後一滴水倒盡，然後聽他把水壺無情地擲在他的腳邊，發出空洞的金屬聲。中校心想那日本兵既已把惡行做完，大概就要走回他的隊伍去了，便困難地彎腰，伸手把地上的空水壺拾起來，沒想到那日本兵把腿一飛，將中校手中的水壺遠遠踢到馬路中央去，另一腿再一飛，正中中校的下巴，把他踢倒在中尉的腳跟前，其他的四個俘虜對那水壺連望也不敢望，齊來將中校自地上抱起，七手八腳，攙的攙，扶的扶，把中校推向前去，又重新踏上他們的路。

那後頭的日本兵都看到這一幕，於是便有另外一個日本兵也橫過馬路來到這邊，他看見中尉走在最後面，便把他喊停，解下他的水壺，搖了搖，聽不見水聲，旋開壺蓋翻轉了，竟倒不出一滴水來，一時發了火，把水壺扔在地上，對住中尉左右開弓，連摑了幾下耳光，直把他打倒在地上，才憤憤回到他的隊伍去。

明勇這組人又向前走了一個小時，前面來了一大隊日本礮兵，那些笨重的小礮都由馬曳著，礮兵則牽著馬韁跟在馬的旁邊走。明勇這六個人跟前後的幾個小組俘虜都停下腳步，盡量閃到路邊讓那礮兵隊通過，沒想到那礮兵隊突然在一位日本軍官的喝令下，竟停在路中不進了。在明勇正對面的那隻黑馬也停了蹄，低下頭來喘息，自鼻孔噴出熱氣，從發黃的馬齒垂下成絲的唾涎，那馬臀飛繞著成群的蒼蠅，儘管那馬尾左右交揮想把蒼蠅甩開，可是怎麼甩也甩不開。

那牽馬的日本兵雙手插腰望著他那隻焦渴的黑馬搖了一會頭，轉過身來看見路這邊的俘虜，便向他們走過來。他打手勢叫明勇這組人把剩下的四只水壺從腰上解下來給他，他把這四只水壺遞給後面跟上來的另一個日本兵，叫他拿到馬的腳邊去，完了，他又與那個日本兵繼續向後面的幾組俘虜搜集了十幾只水壺，都堆在一起，然後從馬背的袋子拖出一口摺壓的帆布桶，撐開了，兩人合力把所有水壺裡的水倒到桶裡，提那半桶水來給那黑馬解渴，等那黑馬喝夠不喝了，他們便拿剩餘的水灑在馬背，給馬沖涼，爲馬洗臀。

那礮隊依舊在路中歇息，俘虜這邊的日本衛兵卻在發令催他們重新上路了，所有俘虜都不得不划開腳步向前行進，只是頻頻轉頭來回顧馬腳下的那堆空水壺，心痛如絞，卻又無可奈何。阿奇諾突然碰碰明勇的肘，湊到耳邊對他說：

「我去把我們的水壺拿回來。」

明勇聽了，忙阻止他道：

「使不得，阿奇諾，他們會把你打死……」

「你看著吧，排長。」

阿奇諾說罷，返身踅回那匹黑馬，他不敢直接走過去，怕被那兩個日本兵瞥見，他躲躲藏藏，先掩在小礅的陰影裡，等了一會兒，才像山貓一樣匍匐過去，趁那兩個日本兵沒注意的剎那，敏捷地在馬後的那堆水壺中隨便摸了兩只，飛一般跑了回來。

阿奇諾把一只水壺扣回自己的水壺袋裡，把另外一只水壺遞給明勇，說道：

「諾，這是你的水壺，你拿回去。」說著阿奇諾微笑起來：「你看，排長，他們終究沒把我打死。」

「可是你卻把我嚇死了，阿奇諾。」明勇舒了大口氣說，一邊接了水壺，一邊跟著阿奇諾微笑起來。

二十二

因爲四月是菲律賓雨季來臨前乾季的最後一個月，火焰般的太陽無情地把大地烤成焦土，連那滿山的野草也因乾旱而全部枯萎，極目所及儘是龜裂的黃土，幾十里難得看到一點清爽的綠意，四個月來不斷的炸彈與礮轟更把原始的樹林燬滅殆盡，只餘燒黑的殘枝斷幹而不留一片青葉。從日出就開始熱，日愈到中天愈熱，日往西移熱度依舊不減，整天一直就那麼酷熱，彷彿在密閉的火爐之中，瞬息就要烤成人乾一般。

每個俘虜都垂著頭，張著嘴，機械似的一腳跟住一腳，蹣跚而行，全日烈陽當空，沒有絲風可以透涼，也沒有枝葉可以遮蔭，滿身樸樸都是腳跟揚起的灰塵，眼覺得劇痛，嘴感到涸乾，人生的七情六慾都飛到九霄雲外，唯獨剩下一個模糊的念頭，水，水，水……

那些押送俘虜的日本衛兵時時在換班，有些還有慈悲心，但大部分卻是殘忍，幾乎患了虐待狂，這些衛兵在沿途遇到有水井的地方，就故意命令俘虜停在水井之前，叫他們立正乾望著那清涼透明的井水從竹管汩汩湧出，卻不許他們去取水解渴，有誰敢走近水井的，當場就被衛兵槍斃或刺死，然後等俘虜受夠了酷刑，衛兵才又命令他們繼續向前行進。

那路愈往北走，兩旁的死屍也愈多，這些屍體大都是雙方爭戰時被子彈打死沒人收埋的兵士，因爲已經死了有相當時日，一個個腫脹如球，有的甚至爆裂開來，從那深黑的洞口看得見無數蛆蟲在裡面蠕動，成隊的黑蟻在腐爛的胳下爬行，成群的金蠅在乾癟的臉上飛旋。一陣又一陣嘔心的惡臭迎面逼來，刺激人的鼻孔，叫他們不得不暫時停止呼吸，掩面急步而過。猛抬頭，看見枯樹上有兩三隻巨喙烏鴉在爭食一塊剛從腐屍撕下來的人肉。

自從在路上看見第一具屍體起，細心的中尉就開始數，不但心裡數，口裡還發出聲音，叫同隊的其他五個同伴都聽見，可是數到五十以後，中尉就不再數了，好奇的明勇問他說：

「怎麼不再數下去呢？中尉」

中尉用手背擦擦汗，搖頭歎息說：

「數不清，數不清，還是留點力氣，只怕再數下去就走不到盡頭。」

他們往前走了一大段路，突然阿奇諾驚叫一聲，拉拉明勇的衣衫，對他說：

「你瞧前面有一口水池！」

明勇對著阿奇諾手指的方向望去，果然離路百步的地方，掩在一叢枯芒的後面隱約看得見一泓水池，平滑如鏡，泛出透涼的深藍，直叫人心曠神怡。明勇把這發現轉告其他四個夥伴，大家不約而同張大眼睛，瞬間精神抖擻起來，他們左右看看，發覺附近沒有日本衛兵，不是領在前頭就是押在後頭，一時都想跑去那水池喝水，卻被阿奇諾搖手阻止，對他們說道：

「不好，這樣太容易被發現了，不如我一個人去弄水來，反正我們有兩只水壺，灌滿了夠大家喝一個下午了，你們仍照樣走路，好像什麼也沒發生，過會兒再到前頭會你們。」

說畢，接了明勇遞給他的另一只水壺，彎半身，東偵西察，時跑時停，一路像兔子奔向那枯芒後面的水池去。

大家都照阿奇諾的話，保持原來的速度向前行進，等他們走了大約有五分鐘的路，阿奇諾果然在路的彎頭出現，左右手各拎一只灌滿的水壺，忙擎一只給「將軍」，擎另一只給明勇，面露笑容，等他們兩人先喝，其他人再輪流喝，沒料眼睛銳利的「荷蘭人」突然叫了起來，指著水池的這一端盡頭叫大家看，明勇手捧著滿水的水壺，也隨大家看的方向望去，只見那平靜的水池上怵然浮著幾具人體和馬屍……一時驚得大家目瞪口呆，不知如何是好，倒是那挨了日本衛兵腳踢以來都不曾說話的中校開口說了：

「這水喝不得，非倒掉不可！」

「將軍」和明勇面面相覷，正為要倒掉這得來不易的水而感到無限的痛心，卻聽見中尉說道：

「且慢，我這兒有氯丸，放到水壺裡消毒三分鐘，再髒的水喝了也沒有事。」

中尉說著，也不知從身子的哪裡摸出了兩粒綠色小丸子，各往「將軍」和明勇的水壺裡投了一粒，叫他們搖散了，等了三分鐘，見他們兩人仍是不敢喝，便把明勇的水壺接來，笑道：

「說沒有事就是沒有事，你們不敢喝，我就先喝給你們看。」

說完，就把水壺一倒，往喉嚨灌起來，灌完一口，才還給明勇，大家看中尉那麼自信地喝了水，也不再顧慮，就輪流喝起那兩壺水來。

往後的兩個小時裡，明勇一直擔心胃腸會發作，可是終於平安無事，他才感到中尉的可愛，於是偎到他的身旁，問他說：

「你那氯丸是哪裡來的？中尉。」

「臨出發前向醫官要的。」中尉回道。

「你怎麼突然會想到這些？」

「不知道，也許是習慣吧，從小父母就教育我們要如何保護自己，所以身上經常都帶著重要的東西，一刻也不離身。」

「你父母眞想得遠！」明勇讚美道。

中尉頷首領情，笑而不答。

前頭的那隊俘虜在一間無人的村舍前停了下來，那村舍的旁邊是一塘魚池，因爲天乾水降，只剩半塘池水，水面佈滿浮藻，周圍還生起紅藻，可是那些俘虜卻不顧這些，打手勢懇求那兩個日本衛兵讓他們下魚池去喝水，那兩個日本衛兵笑了起來，幾乎不敢相信他們竟想喝那池底的污水，在一陣搖頭之後，其中的一個衛兵終於對他們說：

「OK！OK！」

那些俘虜聽了，一窩蜂奔向那魚池，像一群鴨子似地，喝起那混泥的污水，有幾個機靈的俘虜，還用毛巾過濾，濾掉水裡的浮藻和紅藻。

終於有一個日本軍官從遠處跨來，對那些圍著魚池不去的俘虜大喊一聲，見那些俘虜驚慌四散，回歸原隊，才回頭對那兩個衛兵怒斥一頓，但意猶未足，他還命那兩個衛兵把制服上沾有水漬的俘虜一個一個從隊中拉出來，命他們立在路旁，揮手叫其餘的俘虜繼續向前推進。

明勇的這隊人也跟其他隊的俘虜一樣魚貫從那幾個不幸被挑中的俘虜面前走過，當他們走了大約有百步的距離，突然身後響起一陣槍聲，他們回頭去看，那原先的幾個俘虜已經滾到路旁的乾溝裡去了。

從這時到傍晚，沒有一個俘虜再嚐到一滴水，唯有明勇這隊例外。有一回，阿奇諾偷偷離了隊，鑽到路旁沒人管理的廢田裡去，過後笑嘻嘻地拎了兩支甘蔗回來，折成六節，每人分一節啃了起來，明勇一生都沒吃過這麼清心潤肺的甜甘蔗！

二十三

日落的時候，明勇他們來到一座西班牙時代留下來的古堡，那三合土砌的城牆已經剝落發黑，長滿青苔和蘆葦，城門的門楣上彫著西班牙的盾形王徽，徽上還頂著顯赫幾百年的菲律普皇冠。那原來的巨木城門早已拆卸了，換了兩門鐵柵欄，柵欄敞開著，幾個持槍的日本衛兵在站崗，有一個日本士官正坐在離門幾步的帆布椅上吃一盒白飯，飯上放了兩大塊豬肉，他們六個人不約而同地駐足停步，都把目光集中在那個士官上，那士官也發覺了，用他手上的筷子揮向堡裡，裂口用濃重的日本腔英語笑道：

「Pretty soon you eat!」

他們點頭向那士官表示謝意，姍姍經過那道黝黑的長廊，來到那堡裡的四方形廣場，那廣場上一片荒草地，早有一大堆俘虜集合在那裡，他們向那堆俘虜偎了過去。

在草地的一角有三個日本伙伕頭正在炒一口大鍋飯，那主廚頭上圍一條白毛巾，雙手把一支大杓子，用力地翻著鍋底的白飯，一個幫廚忙著往鍋裡傾醬油，另一個則在開罐頭，把一罐又一罐油紅臘腸倒進鍋裡去，一陣陣飯香夾著肉味從那鍋子飄來，頓時叫餓了一整天的飢腸轆轆絞痛起來。

「咱們今晚在這裡吃在這裡睡。」一個戴童子軍帽的俘虜自動對「將軍」說。

「我知道在這裡吃，但你怎麼知道在這裡睡？」「將軍」反問道。

「一個『藩市日仔』(Francisco Nip)』剛才對咱們說的。」

「你說『藩』什麼啊？」「將軍」伸長脖子問。

「我說『藩市日仔』，一個『三藩市的日本二世』，他英語說得跟咱們完全一樣，只不過咱們是美國俘虜，而他則是日本翻譯官，過會兒你就會看到。」那戴童子軍帽的俘虜說著，扮一個鬼臉，望別處去了。

有兩個日本兵用一架手提車運來了一汽油桶水，下到廣場的另一角，於是全體一百多個俘虜一擁而上，爭先恐後地用帽子舀水起來喝，幾個日本衛兵立在一旁望著俘虜笑。既已解了一天的渴，俘虜終於安靜下來，開始等待那叫人垂涎欲滴的臘腸炒飯來。

驀然，一個日本少佐軍官氣勢洶洶地跨到廣場的正前方，後面跟著另一個二十出頭的日本軍官，這年輕軍官短腿、黑肉、低額、凸嘴、塌鼻、細眼，那種日本人的標準體形。

「那小子就是『藩市日仔』。」那戴童子軍帽的俘虜用眼角斜乜那年輕軍官，用嘴角低聲對「將軍」說。

只見那「藩市日仔」立正恭聽那少佐用日語對他說了幾句話，便轉過身來，用純正而流利的美國英語向俘虜大聲發令道：

「立正——！」

聽了這命令，所有俘虜都大吃一驚，連那在旁守押的幾個日本衛兵也一改剛才鬆懈的態度，個個都嚴肅持槍警戒起來。那戴童子軍帽的俘虜用肘來頂一下「將軍」，對他耳語道：

「又要搜查了。」

「將軍」回望那俘虜，同意地點點頭，卻不料那「藩市日仔」接著又發了另一道命令：

「向門外開步——走！」

一時鴉雀無聲，大家面面相覷，驚訝的程度在剛才的百倍之上，可是仍然不得不聽從命令，一個跟著一個走出那不久才進來的長廊，來到古堡外面的大路上，又聽到那「藩市日仔」發令叫大家列隊，等把隊列好了，那跟出來的少佐軍官才跺腳蹬足橫眉豎眼對俘虜咒罵了一頓，由那「藩市日仔」翻譯道：

「當初你們來到這裡，我本來是要讓你們在這裡吃在這裡睡的，現在一切都改變了！因爲你們當中有三個軍官私藏手槍，爲了懲罰你們，我不讓你們吃了，你們必須再往北走，到『巴陽』才可以休息！」

聽見「藩市日仔」的話，全場大譁，竊語四起，那戴童子軍帽的俘虜尤其憤憤不平，壓低聲音詛咒起來：

「連篇謊話！誰私藏手槍搜到了，不是立刻槍斃就是當場砍頭，哪裡還能夠活命留到現在？再說，從開步以來，搜也不知搜幾百次了，一根牙刷都逃不過，更何況一把手槍？」

立在旁邊的「荷蘭人」咬咬牙根捏捏拳頭附和道：

「呸！不必多說了！這些日本鬼子看咱們苦還沒受夠，想再給咱們多添些苦受罷了！」

那少佐軍官顯然也看出俘虜們懷疑的表情，爲了維持他的尊嚴，他便向隊前的那幾個日本衛兵下了命令，於是那幾個衛兵就走到隊伍，隨意挑了三個有軍官肩章的俘虜，押進古堡裡去，而其餘的俘虜，在「藩市日仔」的一聲令下，又開步向北前進。

儘管已經日落，天還十分亮，那前方的土路一直伸展到天邊，好像永遠也走不到盡頭，那被腿傷折磨了全天的中校不禁歎息起來：

「『巴陽』到底離這裡有多遠？天曉得我這條火腿還能拖到那裡……」

「不遠，不遠，四哩而已。」阿奇諾回答道，迎前一步：「我看中尉和『荷蘭人』扶你一天也累了，現在讓我來扶你，中校。」

於是阿奇諾就扶起中校，與中校及明勇並肩而行，明勇側頭望了阿奇諾一會，好奇問他道：

「你怎麼知道這裡離『巴陽』才四哩呢？阿奇諾。」

阿奇諾的臉像花開一般地微笑起來，得意地回答道：

「爲什麼不知道？這條路我已經不知踏過幾萬遍了，我就在『巴陽』再北一點的『巴鄉』出生的啊。」

從這古堡到「巴陽」的路上，日本衛兵增加了一倍，軍令又嚴格執行起來，原來三五成群的小隊，又組成井然的縱隊，四個人一排，排與排間必須緊密地挨著，所有衛兵都騎在腳踏車上，在前頭牽引，或從後面催逼，俘虜們必得加快平常雙倍的步伐，才跟得上腳踏車的速度，因此，走了一段路，大家已經腳痠皮痛，幾乎快走不動了，這其間，那個「藩市日仔」卻悠閒地坐在一部擄獲的美軍吉普車，叫一個日本兵駕駛，對那些衛兵發號施令，往返於縱隊的首尾之間。

有一個丟了帽子的美軍俘虜，因爲曬了一整天太陽，又餓了一整天肚子，疲乏過度，竟然精神錯亂，發起譫語來，隨著亂了腳步，左搖右晃，離隊走到路中去了，這時，那「藩市日仔」的吉普車剛好從隊前反方向開回來，只聽見那車子刹地一聲停在那俘虜前面五步的地方，「藩市日仔」倏地從車上跳下來，對那俘虜大跨兩步，不由分說，揮了拳頭，一拳就把那俘虜揍倒在地上，反身叫隊後的衛兵來收拾。

明勇他們幾個人見狀大驚，惟恐會有不堪設想的後果，走在明勇後排的中尉與「荷蘭人」於是奮勇跑了過去，左右往那俘虜的脇下一提，把他拖進隊伍，挾持他跟著其他俘虜並肩邁進。

他們走了兩個小時後，「藩市日仔」終於傳令給衛兵，讓俘虜在一處空地上休息，所有俘虜都往地上坐下來，而那神經錯亂的俘虜更直條條躺了下去，閉住眼睛，嘴角淌血，繼續低聲呻吟。

那「藩市日仔」也下了吉普車，徒步在俘虜堆之間，到處巡視，他來到明勇他們的腳跟前，無意中瞥見剛才挨他拳打的俘虜，便停下腳步，把他注視良久。坐在旁邊的那個戴童子軍帽的俘虜見了，也回頭瞟那可憐的夥伴一眼，抬起頭來，對那「藩市日仔」好心相勸道：

「他也是從三藩市來的，你何苦那樣對待他呢？」

「那太好了！」那「藩市日仔」叫起來，嘴兩邊向下彎成猙獰的冷笑：「他大概從來都不知道什麼叫『屈辱』，我正好教了他一課！」

說罷，「藩市日仔」不自覺又磨拳擦掌了一番，掉頭而去。

他們休息了約有十五分鐘，隊伍便又啓程前進，好在路已過了大半，再走不到一個鐘頭，「巴陽」已遙遙在望了。

在夜幕降臨的時分，他們終於走到這晚可以眞正吃飯和睡覺的小鎭。那些日本伙伕頭早在一塊農家的曬穀場上煮好了一汽油桶白飯，俘虜列隊從桶前走過，一個伙伕頭便用鴨嘴鋤把白飯一鋤鋤剷到他們的帽子或雙手裡，另一個伙伕頭則伸手到麻袋抓鹽，一把把撒在他們的白飯上，俘虜就邊吃邊走開了去。

因爲俘虜過多，沒能同在一處過夜，爲了管理方便，日軍上方就把他們分成兩隊，一隊帶往小鎭的一間小學操場睡，一隊就到小鎭的鬥雞場睡，明勇他們幾個人就分在到鬥雞場去的分隊，連早上看到的那個揹皮包的軍需官也在同隊裡。

那鬥雞場滿地雞屎，又擠了五六十個俘虜，一時屎腥夾著汗臭，直薰得人透不過氣來。每個人都沒有足夠的空間可以躺下來，必得背靠背曲足盤坐，十分侷促，十分辛苦，終於叫腿粗臂壯的「荷蘭人」自嘲地發起牢騷來：

「咱們眞像鬥敗的雞！」

「恐怕還不如呢，簡直像擠在竹籠裡待宰的雞！」中尉更進一步說。

阿奇諾頷首表示同意，然後漫不經心地說：

「鬥雞場的規矩，鬥敗的雞本來就是要斬頭的。」

頓時，大家面面相覷，默默無語。

「藩市日仔」在俘虜睡覺之前又來鬥雞場巡視，這時天已十分暗了，只剩一點朦朧的餘暉，但他仍然瞥見那軍需官手抱的皮包，把它搶去打開了，從中摸出了兩把鈔票，冷笑起來，對那軍需官說：

「你以爲你要上哪兒去？娼寮嗎？即使要去，也得叫你的同夥跟你一塊兒去！」

說罷，把鈔票往天空一丟，飛滿整個鬥雞場，飄落在每個俘虜的頭頂、肩膀、懷裡、手中……

二十四

第二天早晨睜開了眼睛，明勇看見鬥雞場的每一寸空地都鋪著菲律賓的披索，花花綠綠，滿目琳瑯，彷彿馬尼拉「王兵街」元宵過後，滿街彩紙爆竹一般。

中尉早已經醒了，他就面對著明勇，手裡正把玩著一張鈔票，明勇笑了起來，對他打趣地說：

「你還拾菲律賓披索幹嘛？一點用處也沒有了，中尉。」

「這不是菲律賓披索，是日本鈔票。」中尉淡淡地說。

明勇大吃一驚，把身子坐直起來，伸手將中尉手裡的那張鈔票拿來，仔細端詳，見那鈔票的一面印有日本神社，另一面印有日本的「聖德太子」，果然是道地的日本鈔票，於是進一步問道：

「你這張鈔票是哪裡來的？」

「一個日本軍官跟我交換的。」中尉依舊淡然地說。

「他們還願意跟你交換？我不相信……」

中尉見明勇那一臉疑惑之色，爲了使他相信，便絮絮說了起來：

「就在我們投降的第二天，第一次看見日本的先頭部隊，有一個滿腮鬍子的日本軍官走到我的面前，打手勢要抽煙，問我有沒有煙？我口袋裡剛好還剩下半包駱駝牌的『LUCKY』煙，就掏出來送給他，他接在手裡珍惜地觀賞了一番，點了一支，抽起來，大概從來都沒抽過這種美國煙，他十分快活，就掏了鈔票要跟我買，我搖手表示不賣，是送給他的，但他也搖手表示他不要人送，他只要買，兩個啞巴就這樣相持不下，一直等我接受了他的鈔票，他才高高興興把那半包煙放到口袋裡去，所以說起來，那半包煙既不賣也不送，只是像禮物一樣跟那日本軍官的鈔票互相交換的。」

聽完了中尉的話，明勇沉默了半晌，才歪著頭瞇起眼睛問他道：

「而你一直都把這張日本鈔票藏在身上，你爲什麼不把它丟掉？」

「爲什麼丟掉？我要留做紀念啊！」中尉說。

明勇一時不想說話，他抬頭遙望天邊那逐漸發亮的魚肚白，深深歎了一口氣，說道：

「我也是投降的第二天早上才看到日本的先頭部隊，可是我卻沒有你那麼幸運，我因爲忘了袋裡放一個空子彈夾，結果挨了他們一記槍托，現在額頭還咻咻地痛。你說我倒霉也罷，但還有比我更倒霉的，有一個藏有一面日本鏡子的，還有一個藏有日本鈔票的，兩個都被他們槍斃了，理由是他們的東西是向日本兵搶來的，這些固執的日本兵就這麼相信，你怎麼辯都沒用，唉……」明勇猛烈搖起頭來：「兩個冤大頭，白白丟了命！」

中尉不語，似乎略有所動，於是追問明勇道：

「你的意思是如果還把這日本鈔票藏在身上，有一天我也會被他們槍斃？」

明勇並不回答，只默默地點點頭，中尉於是垂下眼瞼，把手中的日本鈔票依戀地珍視了一會，慢慢把它捲成一根紙煙的形狀，用中指一彈，落向腳跟，與地上狼藉的披索混成一堆。

沉默持續了好一會，中尉終於又自動開口說：

「坦白告訴你，我身上除了那張日本鈔票，其實還藏了一把日本扇子……」

明勇倏地改變了原來的姿勢，一副不敢相信的臉色，只見中尉輕盈地從內衣裡摸出了一把嬌小玲瓏的日本摺扇，慢慢展開來，明勇的目光落在那絲綢閃亮的扇面，那上頭畫了一隻白鶴，仙姿飄逸，飛向海上初昇的一輪紅日……

「這把扇你又是跟誰交換來的?」明勇忍不住地問。

「不是，是在馬尼拉買的。」中尉搖頭回道：「那時珍珠港事變還沒爆發，有一天放假，在海邊的那條Bonifacio Drive閒逛，忽然看見一家日本店的玻璃窗上掛了這把扇子，覺得稀奇美麗，就把它買下來，打算回美國送給我太太做禮物，她一向就喜歡東洋扇子。」

「現在你還打算帶回去給你的太太嗎?中尉。」

「爲什麼不?等戰爭結束，我仍然可以帶回去送給她。」

明勇又沉默了半晌，然後才善意地勸中尉道：

「我想你還是把這扇子丟掉比較好，就像那鈔票一樣。」

「絕不!那鈔票可以丟，這扇子我不丟，即使被日本兵搜到了，他們也會相信這是日本店買的，不是向日本兵搶的，因爲日本兵哪個還帶女人扇子的?」

說罷，中尉又仔細把扇子摺好，小心藏到內衣裡去。

二十五

巴丹半島的縱貫山脈上主要有兩座山峰，北峰的「若鐵山(Mountain Natib)」和南峰的「巴丹山(Mountain Bataan)」，明勇走的路便是切過巴丹山的西麓往西北海岸的「巴角(Bagac)」前進的，它先在山中迂迴蛇行，然後緩緩降到平原，最後終於中國南海海邊的巴角。巴陽就在平原的前端，由這裡去巴角還需要再走兩天才可到達。

從馬力威到巴陽的山路，沿途幾乎看不到菲律賓的鄉民，可是自巴陽開始，不但可以見到鄉民，而且路愈往北走鄉民也愈多了起來，這些鄉民往往在路旁靜立，用同情的眼光目送俘虜從他們的村前走過，也有一兩個慈善的鄉民，敢於冒生命的危險，趁日本衛兵沒有注意的當兒，把手邊的食物偷遞給俘虜，叫俘虜感動流淚，沒料在一片殘酷的黑暗裡竟還見到一線人性的光輝，想跟他們道謝時，卻苦於不敢出聲，只好頻頻點頭，對他們啞笑而已。

自巴陽出發，阿奇諾一路焦急的臉色，巴望能在路邊早些遇見認識的鄉民，可是兩個小時過了，仍然看不到一張熟悉的面孔，一直來到巴鄉的村頭，遠遠望見那老天主堂前的那株枝椏參差的龍眼樹上坐了幾個村童，等稍近一些，才發現其中有一個十歲的男孩，全身脫光，只穿一條白短褲，戴一頂毛邊大草帽，懸一雙赤足在半空中盪秋千，漫不經心地望著俘虜從教堂前面迤邐而過。阿奇諾的臉上突然發出異樣的光采，他用力向那男孩吹了一聲口哨，大叫一聲：

「馬哥──！」

只見那男孩把頭轉向這邊來，一雙偌大的黑眼珠，對著這群俘虜尋找了一會，終於看見了對他揮手的阿奇諾，於是在樹上也回叫了一聲：

「阿奇諾──！」

叫完了，便靈活地從樹上縱身一跳，對著阿奇諾飛奔過來。

明勇與阿奇諾換了位置，讓阿奇諾靠到路邊去跟馬哥用塔加洛話交談了幾句，便見馬哥把身一轉，像鹿一般奔向村裡去，因為跑得太快了，那頂毛邊大草帽飛落在路旁的乾溝裡，可是馬哥卻不顧，頭也不回，一逕往前奔去。

馬哥的小影子消失以後，阿奇諾就一直不安地向前瞻望，焦渴等待著，等了沒多久，終於看見一個六十多歲的老婦，由馬哥領著，搖搖擺擺地蹭向這方向來，後面跟著五、六個年輕的女人，爭相來攙扶那老婦，怕她跌倒的樣子，阿奇諾再也顧不得日本衛兵，脫離隊伍，向前迎了過去。

當明勇他們走到阿奇諾的旁邊，看見那老婦一手抓住阿奇諾的手，另一手在摸他的臉頰，他們禁不住停了腳步，默默注視起他們來，明勇這才發覺那老婦滿臉皺紋與青痣，一口長期抽煙形成的黑齒，她帶了一對磨光的銅耳環，頭髮已經非常稀疏，腦勺的髮鬃還黑，但額上的髮根則全白了，她喃喃地跟阿奇諾說著塔加洛話，一直往俘虜隊伍裡尋覓著什麼，只見阿奇諾做了一下急遽的手勢，然後痛苦地將雙眼一閉，立時便見那老婦抽泣起來，舉起嶙峋的瘦腕去拭滾下來的眼淚，明勇把頭轉到別處，阿奇諾的孿生弟弟即刻在眼前顯現了。

那押送這隊俘虜的日本衛兵也似乎被這場面感動了，不忍驚動阿奇諾與那老婦的親情，故意裝成沒看見，只顧呼號那些停步的俘虜，命令他們繼續向前進。

一直等到明勇走出了村子，才見阿奇諾從後面趕來，回歸俘虜的隊伍。已走了好一段路，突然又聽見那熟悉的聲音在喊：

「阿奇諾——！」

大家都把頭轉回去，看見馬哥提了一只草袋，氣呼呼地追上來，把那草袋遞給阿奇諾後，就立住不前，揮手跟阿奇諾作別。

阿奇諾把草袋拉開，發現袋裡有一支土製捲煙、兩塊米粿、三根香蕉、四粒蛋。他只把那支捲煙自己留著，而把米粿、香蕉、蛋都分給近旁的同伴吃了。明勇分到一粒煮蛋，剝了殼後，蛋還是燙的，顯然剛剛才煮的，他咬了一口，快活地對阿奇諾說：

「你母親眞疼你，阿奇諾。」

「不是我母親，是我祖母。」阿奇諾搖搖頭，黯然地說：「我三歲就沒了父母，是祖母一手把我們孿生兄弟養大的……」

二十六

走了兩小時，空氣又熱起來，那太陽又像昨天一樣燒烤大地，每個人都汗流浹背，另一天的「酷刑」又重新開始。

前面的路邊有幾株廣蔭濃葉的老榕樹，這時日本衛兵大概自己也走累了，便對俘虜揮手，指向那些榕樹，於是大家便各自成群，在樹蔭底下坐下來歇息。

有一卡車日本步兵從路上經過，大概已曬了一上午太陽，想休息喝水，回過頭把卡車停在對面的那株沒有人的榕樹下，二十多個步兵紛紛提槍從車斗跳下來，也坐在地上，解開水壺，倒水解渴，這邊的俘虜一個個轉頭過去，用歆羨的眼光巴望他們津津有味地喝水。

一個日本少尉軍官喝完了水，把水壺掛回腰帶，從口袋摸出一包日本香煙，從中抽出一支，叼在嘴角，當他把香煙包重又收進口袋，無意間瞥見離他十五步之遙的「荷蘭人」，他的目光以及他的全身倏然不動了，他保持那怪異的姿勢有幾秒之久，終於徐徐立起，對著「荷蘭人」這邊走過來。

「荷蘭人」的這堆俘虜個個都停止呼吸，目不轉睛地注視那逐步挪近的日本少尉，阿奇諾還用肘碰明勇的背，輕輕對他耳語道：

「瞧他們又要拔『荷蘭人』的鬍子了。」

那日本少尉來到「荷蘭人」的跟前，命他自地上站起來，對著他那大把濃密的紅鬍子左看右看，著實欣賞了一番，唏噓感歎起來，他嘴角的香煙不期然掉在地上，他彎身將它拾起，歪著頭用生硬的英語笑問「荷蘭人」說：

「Want a cigarette?」

這話大出「荷蘭人」的意料之外，他一時不知如何是好，只好彎起嘴來，以微笑回答那少尉。不料那少尉把香煙舉到「荷蘭人」的嘴邊，提高嗓子重複說道：

「Say! Want a cigarette, yeh?」

「荷蘭人」依然微笑著，只客氣地搖搖頭表示不敢。

那少尉驀然將笑臉一收，眉頭一皺，半帶命令道：

「Say! Yes!」

「Y……e……s……」「荷蘭人」沒法，只好囁嚅跟著說。

於是那少尉才又快活起來，把手裡的香煙往「荷蘭人」的嘴裡一插，雙手在自己的身上摸索了一陣，回頭對身後觀望的日本兵用日本話叫道：

「喂！哪個有火柴？」

即刻有一盒火柴從那堆日本兵中丟了過來，少尉敏捷地接了，劃了一根火柴，恭恭敬敬地爲「荷蘭人」點起香煙來，「荷蘭人」基於禮貌，趕緊引頭輕吸了兩口，好讓煙頭不致熄滅，等到香煙已經點燃了，正想伸手夾住香煙猛吸一大口，萬不料那少尉猝然把香煙從他嘴上一把拔掉，反轉煙頭，燒起他的髭尖來，一時那堆看戲的日本兵爆出了狂笑，而這邊的俘虜則鴉雀無聲，個個面如死灰。

「荷蘭人」一動也不動地乾立著，任那少尉燒了一邊髭尖又燒另一邊，儘管臉上青筋暴凸，手底拳頭緊握，也只敢在牙縫裡低聲詛咒：

「……damn……it……」

一直等到那卡車發動了引擎，所有樹下的日本兵都爬上車斗，那少尉才慢條斯理地走回卡車，一邊抽煙，一邊還頻頻回頭來對「荷蘭人」獰笑。「荷蘭人」始終沉默著，用眼睛狠狠跟隨那少尉，直到那卡車離開他們有百尺之遠，他終於破口大罵起來：

「DAMN IT TO HELL!」

阿奇諾走了過去，把身上的那支土製捲煙遞給胸膛正在起伏的「荷蘭人」，對他說：

「氣也沒用，還是這支給你補償。」

隨後他從地上撿起那日本少尉遺漏的半盒火柴，劃了一根，爲「荷蘭人」點起煙來……

二十七

因爲押送的日本衛兵隨時都在更換，前一分鐘的衛兵可能還有一點人性，後一分鐘的衛兵就換成了猛獸，殺人不眨眼。在第二天的路上，明勇就親眼目睹兩樁叫他膽顫心寒的刺人事件。

首先是一個美國騎兵軍官，當他投降的時候，還穿著長統馬靴，以後開步行軍他還繼續穿那雙馬靴，因爲太重又太緊了，走到第二天兩腳就起水泡，他終於脫了馬靴把它們丟了，赤足走路，走不了多遠水泡破了，只好用毛巾包腳走路，可是腳仍然痛，而且愈來愈厲害，只好慢走，逐漸脫隊，越離越遠，一個押送的日本衛兵走上來一個刺刀把他捅死在路邊。

另一回是一個菲律賓正規兵，他大概是口渴兼中暑，忽然發現路旁溝底有一窟淺水，便離了隊往那窟淺水蹭去，在旁的美國俘虜對他喊叫：「Joe，快上來！後面日本衛兵來了！」可是那正規兵對他們的警告彷彿置若罔聞，只搖搖晃晃往水窟一跪，連臉帶身趴在上面，沒命地舔起水來。果然有一個日本衛兵從隊後追來，衝到溝底，先對那正規兵的大腿踢了一腳，見他只顧舔水不肯爬起，便拿刺刀對準他兩片肩胛骨的中間部位猛力一刺，只聽那正規兵像嬰兒一樣哀嚎了一聲，雙手向前一伸，癱在水上不再動彈了。那日本衛兵刺刀戳得太深，一時拔不出來，便一腳蹬在那正規兵的脊背，才將刺刀拔出，從溝底爬上來，又回歸到原來的崗位上。

除了這些押送的日本衛兵，另有一種綽號叫「清掃隊」的日本兵，遠遠尾隨在俘虜縱隊的後面，如果有俘虜離隊被先頭日本衛兵遺漏的，這些「清掃隊」就負責加以清掃，無論走的、立的、坐的、臥的，一律灌以傾盒的子彈，故意棄屍路中，好讓後來的俘虜做爲警惕。

從早上巴陽出發以來，中校就自覺走不動路了，那小腿裡的破片始終就沒有給他一刻好過，現在則變本加厲，不但整條腿腫脹如桶，刺痛如針，全身也更加衰竭，到達虛脫的地步了，眼看道路還那麼遙遠，中校終於長歎一聲，對一直跟他做夥的五個同伴說：

「我看我是不行了，你們還是先走，讓我慢慢跟吧……」

「他們會把你槍斃掉！」扶著中校的「荷蘭人」說。

「那我只好碰運氣了，我實在是走不動了……」中校說，又爲腳痛而皺起眉頭。

「中校，別說你走不動，就連我們好好的，也一樣走不動，但是不得不走啊！」

走在另一旁的中尉說，趕上來一步，扶著中校的另一側，與「荷蘭人」兩個人幾乎是把中校提著走。有差不多兩三哩的路上，大家都沒說一句話，但中校終於又忍不住說了：

「我眞的告訴你們，我是完了，還是把我忘了吧，我一哩也走不到了……」

「我跟你完全一樣，中校，連一哩也走不到了！」中尉說著，腳仍然不停地一步一步向前移動。

有一個日本衛兵，一身臃肥，一臉彌勒佛相，見中校渾渾噩噩，踟踟躕躕，便偎了近來，笑對他說：

「Sleepee? You want sleep? Just lie down road. And you get long good sleep!」

說罷，那彌勒佛日本兵又對同夥的其他五個俘虜笑了笑，才又端著上刺刀的步槍走回路中去，五個俘虜始終沉默一句話也沒說，而中校則眨眨眼睛，彷彿才從夢中清醒過來。

將近中午的時候，有一個俘虜從後面快步趕到明勇這組人來，這人一頭濃黑的鬈髮，一雙深炯的眼睛，一對優美的嘴唇，像范倫鐵諾那樣意大利美男子的可愛臉型，他一俟近來，就開門見山對他們六個人低語道：

「嘿，好傢伙，有誰需要幫忙嗎？我是醫生。」

所有人眼睛就亮了起來，都睜睜地側過來注視這毛遂自荐的美男子醫生，中校有話沒力說出來，中尉於是代他說了：

「咱們中校的腿裡藏了一粒『鑽石』，看你能不能把它取出來？」

那醫生要求檢查一下中校的腿，於是他們這組人便停了下來，大家都靠到路邊，把中校和醫生圍在核心，用身子遮住他們兩人的太陽。半分鐘後，醫生抬起頭來，對仍坐在地上的中校說：

「『老兵』，你知道我沒痲藥，這會很痛，只要你忍得住，我就取得出！」

醫生話都還沒說完，已經有一個日本衛兵遠遠跑來，對他們吆吼，命他們前進，大家都轉頭對他望去，才發現原來就是剛才對中校說洋經邦英語的那個彌勒佛日本兵，中尉把手一拍，自信地對大家說：

「你們且不必動，這個由我來應付。」

於是中尉離開了大家，迎向那眉頭深結的彌勒佛日本兵，攔住他，一邊做手勢，一邊用英語，把醫生要替中校取破片的情形簡單跟他敘說了一番。只見那彌勒佛日本兵把他左手的肥掌一伸，叫道：

「Wait! Wait! Wait!」

他提著槍跑到路中央，對路的兩端張望了一陣，看沒有其他日本官兵走近來，便又跑回來，連連對那堆人點頭，催道：

「Quick! Quick! Quick!」

醫生立刻動起手來，而其他的人也七手八腳按住中校的四肢，以免他受不住痛苦而扭傷了自己，中校直挺挺躺地上，望著一環憂慼的臉孔留下的一小洞藍色的天空，咬緊牙根等待著，可是醫生的小刀才觸及傷處，只來得及大哀一聲，他便不省人事了。

等中校又睜開眼睛，醫生已經收拾好工具打算離開了，他立著身子，回頭對中校迷人一笑，說道：

「咱們倆都過河了，好漂亮的一粒『鑽石』哪!我得趕路，願上帝保佑你。」

中校目送那好心的醫生去了，見他那健美的背影逐漸消失，才猛然後悔不但忘了問他名字，竟連感謝也沒說一聲。

一直等他們六個人又重新上路，那彌勒佛日本兵才鬆了一口氣，恢愎原先的笑顏，悄悄走到中尉旁邊，一手提槍，一手搔頭摸耳了一番，說道：

「Someday me go Hollywood. Me going to be movie star ……」

大家都聽見了，大家都笑了，才發現那彌勒佛日本兵的臉紅到耳根，他們從來都沒見過這樣一張可愛的日本臉！

二十八

中午的時候，有一班衛兵來換彌勒佛日本兵的這一班衛兵，彌勒佛日本兵他們就地歇息了，可是明勇他們六個人仍得繼續往前走。中校自從腿裡取出彈片，一時比以前更加虛弱，一直都由「荷蘭人」與中尉兩人揹著走，經過一個多小時的跋涉，不但他自己衰竭，連「荷蘭人」和中尉也感到精疲力盡，再也不可能前進了。這時因爲隊伍拖長，不但前後沒有其他俘虜，就連日本衛兵的影子也不見半個。突然中尉瞥見路旁的小丘上有一間泥巴椰子葉搭的茅舍，便指給大家看，對他們說：

「趁沒人在旁邊，讓咱們爬到那小丘上去，在那小茅舍大家可以休息一陣子。」

連「將軍」在內，大家都認爲這是個好主意，於是便在「將軍」的帶領之下，大家爬向那小丘上去。

等他們來到茅舍敞開的入口，老天爺！他們才發現早有六個日本兵躺在茅舍裡午寐，聽到他們的腳步聲，那些日本兵都驚醒過來，忙著尋找他們的武器，於是六個赤手的俘虜與六個提槍的日本兵便以驚訝的目光互相對視著，彈火彷彿有一觸即發之勢。

這令人窒息的僵局似乎持續有幾世紀之久，進也不好，退也不好，終於逼得立在最前頭的「將軍」不得不挺身而出，用手語向那些日本兵表示他們這組人有一個腿傷得不能走路，大家才想到這小丘上的茅舍裡來休息一會兒。

「Yes, All of you can rest here!」一個日本兵用純正的英語流利地回答。

「將軍」他們六個人都感到萬分詫異，六雙眼睛同時對著說話的那個日本兵身上望去，才發現原來他是一位十八歲的准尉，階級在茅舍裡的其他日本兵之上，不但階級，就是他那白皙的皮膚與魁梧的身材也和一般日本兵不同。

明勇他們六個人陸續走進那蔭涼的茅舍，各自找到空地躺了下來，那日本准尉從中校進來之後，眼睛就沒有一刻離開過他，他首先解開了水壺的帆布扣子，把水壺遞給中校喝，其他的日本兵也學了樣，跟著紛紛把自己的水壺解下來給其他的五個新來的人喝。

那日本准尉不但給中校喝水，而且從他的背囊裡掏出了幾塊牛奶餅干，遞給中校，對他說：

「Take them! You need strength.」

看中校在嚼牛奶餅干，那准尉又從彈藥袋裡摸出了一小圓罐「メンソレタム」的日本皮傷藥膏，遞給中校，示意叫他塗在發炎的腿傷處，然後等中校塗完了，要把藥膏還他，他又說：

「Keep it! I have another can.」

這一切「將軍」都仔細看在眼中，暗地裡對這位年輕的日本准尉產生了無限的好感，不自覺向他挪了過去，並且友善地跟他交談起來，話題很快就轉到這次巴丹的戰爭上，只聽那日本准尉坦然說道：

「You are soldier and I am soldier, that's why we are fighting. As a matter of fact, nobody likes war, I specially hate it!」

「將軍」於是提起日本天皇是神，所有日本人都願意爲祂效死的傳聞，問那准尉是不是眞的？那准尉沖口回答道：

「The story is a bunch of bullshit!」說罷，他翻白眼把他的五個同伴掃視了一下，壓低聲音說：「To hell with the Emperor!」

「將軍」他們六個人並不敢呆太久，只休息了大約半個鐘頭，便起身離開那小丘上的茅舍，「荷蘭人」和中尉揹著中校走在最前頭，「將軍」殿在最後。已經跨出了茅舍，「將軍」忽然又心血來潮踅了回去，問那准尉他的英語爲什麼那麼流利？只見那准尉的嘴角滲出了兩抹苦笑，回道：

「My family went to California when I was five. I grew up there. I came back to Japan for high education then the war broke out, and I was caught to be here.」

說到這裡，那准尉莫可奈何地搖了一會頭，想再說下去，卻是如梗在喉，只好深深地歎息起來。

不知是休息的關係還是准尉那罐藥膏的效果，中校的腿覺得輕鬆了許多，儘管走起路來仍然是一跛一跛的，但終於能夠跟著同組的人蹭到這一天的休憩地。

這夜明勇他們六個人跟其他幾百個俘虜要睡在一間鄉下小學的操場上，傍晚時分，有一個在俘虜之間巡邏的日本兵，忽然瞥見「將軍」手指上刻著西點軍校校徽的畢業戒指，便在他的跟前停下來，指著他的戒指，示意叫他脫下來給他。

「將軍」把手抽回來，似乎抗拒著，不願把戒指脫給那日本兵，只見那日本兵橫起一雙脫窗的眼睛，只用一隻單眼怒視「將軍」，已經伸手要去拔他腰上的刺刀了，明勇於是大聲對「將軍」吼道：

「給他算了！將軍，那太不值得了！」

「將軍」終於不情願地將戒指脫下來給那日本兵，見他拿著戒指揚長而去。

過了半個鐘頭，每個人都已經躺在地上歇息了，突然那眼睛脫窗的日本兵又走回來，卻是空手沒提步槍，後面跟著一位高大的日本大佐。等那日本兵來到「將軍」的腳前，他先對「將軍」一指，然後怯怯地回望他身後的那個一臉怒容的日本大佐，那日本大佐於是向前跨了一步，把一只戒指遞給坐在地上的「將軍」，回頭用日語對那日本兵說了些什麼，便見那日本兵對「將軍」必恭必敬地鞠了一個九十度躬，嘴裡連喊著：

「Sumimasen, Sumimasen.」

這下大家才發覺那日本兵的兩頰腫得像麵包，上面還留著鮮明的掌痕，顯然不久前才吃過幾記耳光的。眾人正驚異著，只見那日本大佐轉怒爲笑，用英語向「將軍」翻譯道：

「他在向將軍說：『對不起，對不起。』」

說完這話，那日本大佐回頭向那怯鼠一樣的日本兵使了一個眼色，那日本兵便抱頭鼠竄，一下就不見了，這時那日本大佐才禮貌地問「將軍」道：

「請問將軍是西點軍校幾年畢業的？」

「一九三一。」「將軍」回答。

「我也是西點軍校畢業的，是一九三六……」說到這裡，那日本大佐突然將馬靴一碰，挺直身軀，對「將軍」行了一個隆重的軍禮，說道：「向學長敬禮！」

「將軍」連忙自地上掙扎起來，伸直久彎的脊背，給那日本大佐回禮。

二十九

第二天早晨，有一個日本伍長來俘虜堆裡找了四個體格粗壯的美國兵，命他們跟他走向操場的另一端，「荷蘭人」便是其中的一個。

當他們跟著那顴骨高聳的伍長來到小學倉庫的後面，「荷蘭人」才發覺那地上已堆了一堆俘虜的屍體，美國人和菲律賓人都有，顯然都是夜裡病死的，那些扛屍體來的幾個瘦削的菲律賓俘虜已經十分疲倦了，正坐在倉庫下的草地上休息，周圍立著幾個持刺刀步槍的日本兵，就在屍體的一旁丟了幾把圓鍬，那伍長對那些圓鍬一指，命令「荷蘭人」他們四個美國兵就地挖起墳坑來。

「荷蘭人」他們挖了半把個鐘頭，終於挖出了一窟方丈的大墳坑，因爲地下水位高，挖到肩深時，坑底已滲了一池子水，那伍長看看不便再挖深，便叫他們四個美國兵停止，等他們上了坑，才命那些草地上的菲律賓俘虜過來，開始把屍體一具一具塡到坑裡去。

有一具菲律賓俘虜的屍體原來還未全死，浸到水裡，突然醒了，試著想從水中立起，卻被那伍長一腳踢回坑底，淹在水裡不再動彈。

另有一具菲律賓俘虜的屍體忽地從坑底坐直起來，被那伍長踢回去，卻又坐直起來，又踢一腳，仍又坐直起來，弄得那伍長沒法，便向在旁的一個日本兵奪來刺刀步槍，對準那俘虜的咽喉猛力一刺，回頭命執圓鍬的美國俘虜趕緊把土剷到坑裡去。

有一個垂死的美國俘虜，從坑底想爬出來，他無力地舉起一隻手，用沾滿泥土的嘴巴喃喃地說：

「I……want……live……I……only……weak………」

那伍長見了，揮手命令「荷蘭人」用圓鍬敲那俘虜的頭，「荷蘭人」不忍，那伍長便衝過來，用刺刀抵住他的背，更大聲命令他敲那俘虜的頭，他終於恍恍惚惚地服從了，等那俘虜癱回坑裡去，那另外的三個美國俘虜即刻被迫填土，不到一刻，那美國俘虜已整身埋在土裡，只剩下一隻白皙的手掌還露在土上，似乎在揮手跟他的同伴作別。

回到原來的隊伍到出發上路之前，「荷蘭人」一直都呆若木雞，默默不語。「將軍」覺得詫異，便問他說：

「你怎麼搞的？『荷蘭人』。」

「我殺了咱們一個美國人……」

「荷蘭人」沮喪地說，突然咬牙切齒起來，雙拳緊捏如鐵，眼睛深閉著，從眼角沁出了兩滴晶瑩的淚水。

經過一夜的休息，中校的腿傷已大見恢復，腫脹與刺痛也減少一半，因此當他們開拔上路，中校已不用兩個人在兩邊扶持，單只中尉已經足夠。走了一段路之後，中校更是信心大增，側過臉來對中尉說：

「我看再過一天，甚至連你中尉也不需要了，到時恐怕我自己可以走了。」

「我恨不得你可以跑呢，那樣才落得大家輕鬆。」中尉回道。

大家同時把視線集中在中校的臉上，見他眉宇浮起笑影，每個人也都跟著笑了，只有「荷蘭人」一個人不笑，他心事重重，面上一片陰影。

近午的時候，全隊俘虜停在一個農家的竹林子下休息，阿奇諾指著曬穀場盡頭的一棵芒果樹，對他們同組的人說：

「我們到那樹下去，這裡人多又不通風，那邊要比這裡涼快多哪。」

同組的人都同意了，於是他們六個人便離了大隊，越過曬穀場，對著那棵芒果樹走去。才在那芒果樹底坐下來，中尉便發現頭上結了一樹子青皮芒果，於是對大家說：

「待我爬上去摘幾粒芒果下來分大家吃。」

阿奇諾抬頭一瞧，搖頭笑道：

「這芒果青皮未熟，恐怕還很澀。」

「讓咱們試試，若眞澀再丟掉不遲。」中尉說道，把鞋子脫了，袖子翻了，赤足空手爬到芒果樹上去。

中尉才攀到半樹腰，就有一個高瘦的日本衛兵端著上刺刀的步槍從曬穀場那一頭的竹林子跑過來，邊跑還邊用日本話對樹上的中尉吆吼著，中尉先是一怔，然後急著從樹上爬下來，因爲下得太快，竟然把藏在內衫裡的那把日本摺扇抖了出來，比他先一步掉在樹下，剛好落在那個日本衛兵的腳跟前，明勇看見那日本衛兵不慌不忙將那扇子從地上拾起，他的一顆心開始沉了下去。

那日本衛兵先把扇子仔細觀賞一會，將它展開了，搧了兩下，又合起，用日本話問起中尉來，中尉比手劃腳用英語把那扇子的來源盡力跟他說明了，只見那日本衛兵似懂非懂地點了三下頭，回身走向原來的竹林子去，這時明勇的心跳才慢慢恢復了正常。

卻不料三分鐘後，又從曬穀場那一頭的竹林子出現了一個矮胖的日本軍官，後面跟著那剛才的日本衛兵，兩人一矮一高，急步對著芒果樹這邊快步走來，那日本軍官穿著短袖軍官服，戴一頂軟布戰鬥帽，踩一雙馬靴，佩一把武士力，因爲刀長腿短，那刀鞘的鞘尖一字從曬穀場的那頭劃到這頭，發出割耳的金屬聲，當他走過半個曬穀場，明勇才發覺那日本軍官手抓的竟是中尉的那把日本摺扇，他的心不但又沉了下去，而且額頭開始冒出冷汗。

當那矮胖的日本軍官來到芒果樹下，經那背後日本衛兵的指點，就大步跨到中尉跟前，一腳把他踢仰在地上，中尉翻了半個身，雙膝跪地，想撐直脊背，要向那日本軍官解釋，沒想他已颼地一聲將那武士刀從鞘裡抽出，一雙短臂把住刀柄，將刀高高舉在他的頭上，這姿勢維持有幾秒之久，每個人都停止了呼吸，只見那日本軍官雙眼暴凸，血管鼓脹，那冰涼的刀刃反射著樹隙洩漏下來的陽光，閃得叫人睜不開眼睛，猝然那刀颯地一聲從空中劈了下來，一直砍進泥土裡，隨著中尉的一顆頭也就從頸子處斷裂，像賦予了自己生命似地往前飛去，在地上反跳了兩下，滾到那幾個同伴的腳間，這同時，中尉那沒了頭的身子向前匐倒，四肢猛烈抽搐起來，手掌一開一閉地翕合著，從那肩上的刀口處噴出如泉的鮮血，把黃土染成了一片殷紅的血泥。

所有人都面呈死灰，「荷蘭人」緊閉的眼角又沁出淚水，中校不忍再看，把臉撇開去，驀然，明勇瞥見了中尉的那把日本摺扇，掉在他赤足腳跟旁，半開著，扇上的白鶴濺了一羽毛血，彷彿被太陽的火焰焚燒一般。

自從明勇這小組剩下五個人以後，整個路程大家都不再說話，「荷蘭人」比以前更加沉鬱，兀自趑趄漫步著，已沒心顧及他人，因此原先中尉的位置便由阿奇諾頂替，一路都是由他攙扶中校行走，而「將軍」與明勇只好殿後，負責守護的責任。

正午的時候，俘虜停在一個路旁棄用的停車場集體休息。那停車場的一頭種了一排綠油油的菩提樹，另一頭堆了幾個生鏽的空汽油桶，就在停車場的入口處鄉人挖了一口自流井，清涼透明的井水從竹管龍頭汩汩流瀉出來。

起初俘虜還少，那些日本衛兵任俘虜自己去喝那井水，有的喝夠了，還裝滿身上的水壺，可是俘虜愈來愈多，大家逐漸把水龍頭圍起來，開始你擠我推，爭喝那珍貴的涼水。

手快腳靈的阿奇諾早已搶先跑去水龍頭喝了幾口井水，甚至還灌了一水壺回來給坐在停車場上的中校喝，眼看中校已喝了一口，把水壺遞給其他同伴輪流喝，他迫不及待地對明勇說：

「快把你的水壺也解下來讓我去裝！再遲一步恐怕就來不及了！」

果然如阿奇諾所料，當他提了明勇的水壺跑到水龍頭，正好有一批五六十人的俘虜擁到，大家層層把水龍頭圍住，爭先恐後，此喧彼嚷，甚至打起架來，亂成一團。

那些守押的日本衛兵開始不耐煩起來了，特別是那個斜戴遮陽戰鬥帽的日本伍長，他終於對他的部下揮一下手，於是幾個日本衛兵便跟住他向水龍頭的那群俘虜圍攏過去。起初那些俘虜並沒注意到，爲了爭一口水喝，大家仍然一波推過去又一波推過來，直到有個俘虜無意中用肘撞到伍長的腰，經那伍長一聲怒吼，大家才警覺過來，作鳥獸散，可是那不小心的俘虜卻被伍長一把擒住，立刻有兩個日本衛兵飛步趕來，聽那伍長的命令，把那俘虜押到停車場盡頭的一株菩提樹下，用地上的鐵線把他綁在樹幹上。

明勇他們四個人一直都坐在原來的停車場上，當疲乏的中校還在探問到底發生了什麼事端的時候，明勇一眼瞥見被捆在菩提樹下的俘虜竟然是阿奇諾！他的臉色立作死白，一滴冰水沿著脊梁直流下來。

那伍長走到菩提樹前二十步之遙，舉起槍來對阿奇諾發射，那子彈打中他的左肩，一團血花自他的腋下散發開來，阿奇諾的嘴巴因痛苦而扭曲起來，他睜大眼睛，無可奈何地看那伍長把舊的彈殼退掉，把新的子彈上膛，又舉槍對他瞄準，只聽罷地一聲，這第二發子彈不響，那伍長於是把第二發子彈退掉，想上第三發子彈，才發覺那彈槽已空，沒剩半顆子彈了，這時他方撂下阿奇諾，把槍斜靠在旁邊的一個空汽油桶，緩步走到冷清清的水龍頭前，彎身喝了一大口井水，又走回那汽油桶，點了一支煙，悠閒地抽了起來……

那伍長抽了幾口煙，將煙擱在那汽油桶上，拾起他的槍，來到阿奇諾的面前，慢條斯理從腰間拔出刺刀，插在槍口上，然後提起槍來，突然對準阿奇諾的心臟猛刺一刀，阿奇諾發出一聲哀號，抬頭仰對蒼天，接著一刀刺在胸膛，阿奇諾低聲呻吟，垂頭俯視大地，再一刀刺在鼠蹊，阿奇諾已沒有聲響，也不再動彈了，伍長這才滿意地點點頭，慢條斯理從槍口卸下刺刀，拿阿奇諾的衣角把刀上的血拭乾了，插回原來的刀鞘，走回那汽油桶，捏起那截沒吸完的煙，猛抽一口，擲在地上用腳踩熄，走開去。

在下午的行進中，那公路到處都鋪了一層厚厚的塵土，人走在路上，足陷及踝，彷彿踩在麵粉堆裡一般。因爲有陣陣海風從西北吹來，那公路便時時揚起漫天的黃土，不但把整條路的視線都遮斷了，所有俘虜也都吃著滿嘴的沙土，那些日本衛兵爲了避免飛沙，都靠到路邊的風頭去了，只在俘虜隊裡發生了事端，才提著上刺刀的步槍蹭到路的右邊來。

既然沒有了中尉與阿奇諾，中校只得由「將軍」與明勇輪流來攙扶，而「荷蘭人」更是孤步獨行，好像眼中已全然沒有他們的影子。說來「將軍」與明勇也十分同情「荷蘭人」，這天連續的三個事件對他的刺激實在太大了，此刻他已貌合神離，只像一個無言的遊魂繞在他們的周圍而已。

在明勇的前面，有一個美國俘虜脫離了原隊，慢慢落到他們這組人的跟前來，猝然他往前踉蹌了幾步，斜倒在路旁，立刻便有一個日本衛兵從路那邊橫越過來，用槍托對住那俘虜的臉連連猛摜，打得那俘虜抱頭哀嚎，卻是精疲力竭，怎麼爬也爬不起來，於是那日本衛兵便繼續用槍托敲擊下去……

驀地，明勇身旁的「荷蘭人」箭也似地衝了過去，從背後將那日本衛兵由那俘虜身上一把拉開，緊跟著一拳對準他的下巴揮了過去，將他擊倒在地上，四腳朝天，仍不罷休，還騎在他的肚子上，兩隻巨掌鉗子似夾住他的頭，像旋螺絲般地扭轉起來，扭得他臉色變黑，口吐白沫，還繼續扭轉下去，終於勃地一聲，扭斷了他的脖子，把他的頭扭到背後，將他的整張臉撳壓，埋到灰土裡，這時「荷蘭人」才發出長久以來的第一口聲響：

「看哪！中尉……看哪！阿奇諾………」

「將軍」和明勇目擊兩分鐘內發生的一切，驚得目瞪口呆，不知所措，一直等到那日本衛兵已完全靜止下來，而「荷蘭人」也放鬆了雙手，他們才如夢初醒，感到事態的嚴重性，趕忙驅前，連人帶槍，合力把那氣絕的日本衛兵抬到乾溝，塞進離他們不遠的一個路下涵洞裡，還拔了幾束枯草把洞口掩了，才將一切收拾乾淨，從乾溝爬到路上來，另一隊俘虜與一個日本衛兵已在路盡頭出現了！

「荷蘭人」又恢復了往日的常態，他將那暈厥的美國俘虜自地上抱起，然後扶著他前進，而中校又再度由「將軍」與明勇兩人輪流扶持。有一回，「將軍」得閒走到「荷蘭人」的身邊，「荷蘭人」開口對他說：

「『將軍』，我看我得逃了。」

「將軍」側頭看了一下「荷蘭人」，看他兩眼篤定，胸有成竹，便問他道：

「你逃到哪裡去呢?」

「哪裡都好,只要逃離這群『殺人魔』。」

「沒糧沒藥是很難活命的哦,『荷蘭人』。」

「但總比求人慈悲在別人的刺刀下苟活強些。」

「將軍」不語,望著前面由明勇扶持的中校那隻瘸腿,歎息起來,過了好一會,他才又問「荷蘭人」道:

「那麼你打算幾時逃呢?」

「荷蘭人」沒有回答,就在這時,從海邊吹來了一陣大風,颳起漫天的飛沙,像一道帷幕從前頭往後面一路拉了過來,當他們被那塵土重重包圍,再也望不見那身後的日本衛兵,「荷蘭人」才大聲地對「將軍」說道:

「現在——!!!」

說罷,將剛才昏倒在路上的美國俘虜往「將軍」一送,「荷蘭人」一骨碌滑下那乾溝,對著路旁不遠的一片竹林奔去,等那風沙過後,視野又回復明朗,「荷蘭人」連影子也看不見了。

這天傍晚,明勇他們終於走到海邊的巴角,大隊俘虜便在這小城的一間天主教堂的大廣場上休息,這天主教堂是西班牙殖民時代遺留下來的古老建築,因坐北朝南,夕陽正好照在它那白灰斑駁的面牆上,那牆的下端有兩個桃形窗口,上端的三角屋頂築起一支十字架,十字架與窗口之間鏤空了一凹圓形壁龕,裡面塑了聖母懷抱聖嬰的彩色雕像,映在夕暉之中,特別顯得溫柔與慈祥,似乎給那些受創的俘虜帶來無限和平與安寧。

這個晚上,明勇與「將軍」並列而睡,已經睡到半夜,明勇翻身醒來,發現「將軍」也醒著，雙手交握在脖子下當枕頭，凝望那教堂的方向，那教堂已化爲一片模糊的黑影，只剩那三角屋頂淡淡描出它那玲瓏的輪廓。

「你還在望那三角牆上的聖母嗎？『將軍』。」明勇笑問「將軍」說。

「不是，我在望那牆頂上的星星。」「將軍」悄悄回答，依然目不轉睛地望著原來北面的方向。

「你那麼喜歡望星星？」

「將軍」發出了兩聲輕微的笑聲，自言自語說了起來：

「我中學的時候，對天文發生過相當一陣子的興趣，那時每天晚上都爬到屋頂去，一手拿星圖，一手拿手電筒，一會兒開燈看手裡的星圖，一會兒熄燈望天上的星星，家人都以爲我發瘋了，而鄰居更起疑心，以爲我想偷他們的東西。」說著，「將軍」又噗哧笑了起來。

明勇也枕起頭來，循著「將軍」的視線望了一會北方的天空，只見那渺茫的蒼穹有無數星星，閃閃爍爍，甚是美麗，只是數目既多，又粒粒相似，眞不知要從何分辨起。

「那麼天上的星星你都認得吧？」明勇又問道。

「有幾億幾萬怎麼可能全部認得？不過幾顆大星和幾個星座總還不曾忘記。」

「別說什麼大星和星座了，我連北極星是哪一顆都不認得，只知道這顆星在北方，它一直不動，眾星都繞著它旋轉，可是到底在哪裡？請你指給我看看。」

「將軍」似乎快活起來，撐起半身，靠到明勇身邊來，手指北空的星星，絮絮向他說了起來：

「在三角屋頂的左邊上空有七顆連起來像杓子一樣的大星，那就是著名的『北斗星座』，下頭的四顆星形成斗子，往上三顆連成斗柄，你如果想像那斗子往下倒水，其中有一滴水沾在三角屋頂的十字架上，像露珠那麼亮，那顆像露珠的大星就是『北極星』，它正在地軸的頂端，整個天空都繞著它旋轉。」

明勇循著「將軍」的指引，不但辨認了常聞的「北斗星座」，而且生平第一次找到了久仰的「北極星」，不禁神飛魂躍，著實觀賞讚歎了一番，似乎意猶未足，更進一步問「將軍」道：

「那麼『北斗星座』周圍的那些星星又屬於什麼星座呢？」

「這要從何說起？」「將軍」說著，沉吟了半晌，才又繼續說下去：「好吧，就從『北斗星座』的斗柄開始吧。你如果把斗柄的三顆星連成一條弧線，然後把這弧線一直延長出去，你就碰到五顆連起來像五角風箏的大星，這只風箏的尾巴吊了另一顆很亮的大星，這顆大星是天上第四明的明星，叫『Arcturus』，由這五顆大星加上那顆明星組合起來的星座就叫『牧夫座』。以那三角屋頂做中線，跟『北斗星座』相對的地方有四顆連起來像平行四邊形的大星，上頭頂一顆也是很亮的大星，這顆大星是天上第五明的明星，叫『Vega』，由這四顆大星加上那顆明星組合起來的星座就叫『天琴座』。再回來三角屋頂的左邊，由『北極星』與那斗子外邊的兩顆大星連成一條直線，然後把這直線一直延長出去，你會碰一串像倒鉤的星星，鉤的一旁有三顆星連成的三角形，這倒鉤和那三角形合起來就叫『獅子座』，你看看，那倒鉤像不像獅子頭？那三角形像不像獅子尾？」

明勇依照「將軍」的描述，一一認清了北面天空另外這幾座輪廓顯明的星座，感慨唏噓之餘，不禁興歎道：

「創世以來，這些星座便釘在天上，看它們的人天天在變，但它們自己卻永遠不變。」

「也不盡然如此，」「將軍」意外插嘴道：「其實天上的每顆星星都有它自己的軌道，它們之所以在天上形成星座，只是偶然湊合而已，但終究那星座本身也隨時在變形，最後連星座的每顆星星也不得不各自離散。」

說罷，兩人便不再對話，完全陷入淒涼的岑寂之中。

驀然，天上滑落兩顆流星，愈近地面愈見明亮，可是還沒觸及大地，已燃燒殆盡，終被黑暗吞沒了。

三十

在巴角日本兵讓明勇他們足足休息了兩天，主要的原因是等後面的俘虜全部到達，好結隊橫過巴丹半島，去跟由東岸大公路北上的俘虜會合，然後再一道往北到「歐東尼軍營」的俘虜營去。在巴角休息的這兩天，他們只吃了餅干喝了水，於第三天早上出發之前，日本兵才臨時為每個俘虜配給了一些生米，然後把美國俘虜跟菲律賓俘虜截然分開，至此明勇便不得不跟僅存的兩個同組的難友揮別，眼巴巴望著「將軍」獨自一個人扶著中校悄然離去。

由巴角到東岸大公路上的「別了(Pilar)」有兩條路可通，一條是順著巴丹山與若鐵山之間的山谷而行的公路，另一條是沿著巴丹山的北麓而與那山谷公路平行的山路，所有美國俘虜都走北邊的那條公路，而所有菲律賓俘虜則走南邊的這條山路。

與明勇在山路同行的約有一千個菲律賓俘虜，他們大都是第九十一師的菲律賓兵，其中大部分徒步而行，而少部分的一些傷病俘虜則坐在幾部卡車上，由他們自己菲律賓同伴駕駛，跟著隊伍彳亍而行。因為走的是一段封閉的山路，兩頭既有日本重兵守住，途中就不再有衛兵押送，於是俘虜們在沒有敵兵監視之下，戰爭的恐懼渙然冰釋，幾個月以來第一次感到全然的鬆懈，一路上，濃蔭夾道，悠閒漫步，採樹上的草莓，折路邊的甘蔗，累了就坐下來吹山間的清風，渴了就蹲下來喝石底的甘泉，自馬立威開拔以來，從來都沒有如此愉快的行程！

在傍晚的時候，俘虜們來到一條標明叫「Pantingan River」的山溪，這山溪從南面巴丹山上沖瀉下來，傾入橫亙的山谷，然後轉折向東，沿著山谷流到巴丹半島的東岸去。這溪有三丈寬，深僅及胸，涓涓流水，清澈見底，每個俘虜乍然看見，僅來得及將鞋脫掉，便連衣帶褲整個人投到溪底去。

明勇也跟其他俘虜一樣，在那沁涼恬適的溪水中浸了長足的時間，一直到幾個月來身上的塵埃都洗滌乾淨，從溪裡爬上岸來，才發覺褲袋裡的那本克羅塞維茲的「戰爭論」已字印模糊皮脫頁散，他也無可奈何，只好將它扔到溪裡，隨波漂向下游去。

因爲天色已暗，而那溪上的鐵橋又部分被炸彈毀壞，必得修復，卡車才能通過，於是俘虜們就決定這晚在溪邊過夜，當下大家都取出配米，用鋼盔當鍋，生火煮飯。既已吃了一頓飽飯，每個人便舒舒服服地躺下來，閉上睡眼，沉入難得甜蜜的夢鄉。

第二天早晨，那些菲律賓俘虜裡面原來的工兵們一起身，就開始修復那炸壞的鐵橋，等到修復完成，卡車和俘虜都過了橋，已經是十點多鐘，這時太陽已昇到山頭，而山中的濃霧也散了，明勇這才看見另一幅戰爭的慘象，原來在美菲軍投降之前，這一帶山林曾經發生過一次激烈的戰鬥，眼前便是那場殺戮留下的殘跡，有落地的電線、有積水的炮坑、有彈箱油桶、有廢車焦輪，所有日本兵都收了屍，餘下的美國兵和菲律賓兵則到處狼藉著，個個肚子膨脹如球，眼睛凹成窟窿，俘虜必得掩鼻躡足才能通過。

迎面走來了一大隊日本兵，他們見到俘虜們竟有幾部卡車在使用，大感驚訝，便把車上的司機和傷病俘虜都趕下來，將大隊日本兵都裝上卡車，把車轉回頭，開向巴角去了。

既已丟了卡車，那些傷病俘虜只好由其他俘虜攙扶，繼續向前行進。才走了兩哩路，俘虜們又遇到另一大隊日本兵，這一大隊的日本兵不像前一大隊的日本兵，他們似乎並不急於向前推進，倒是將俘虜們喝止，當路搜起他們的身子來，等將全隊俘虜搜查過了，依然不放他們前行，只叫他們立在原地，彷彿在等待什麼……

大家在炎陽下等了一個多鐘頭，終於望見一部黑色轎車從「別了」的方向匆匆駛來，當車子在俘虜隊前戛然煞住，從後座鑽出了一個日本陸軍中將，高瘦的身子，帶一副黑框的深度近視眼鏡，立刻日本大隊的幾個高級軍官都迎了過去，先必恭必敬地向那中將行了軍禮，然後在他跟前圍了一個小圈，垂聽他的緊急訓令。一當那中將把訓令傳畢，他隨即鑽進那黑色轎車，又匆匆往「別了」的方向駛去，像一陣旋風，轉瞬不見了。

那黑色轎車才去不久，那些日本軍官便迅速行動起來，其中有一個穿白色亞麻的日本平民也夾在他們裡面，明勇猜測那平民大概有不平常的任務，果然沒有猜錯，因爲才這麼想著，那日本平民便從日本大隊跨了出來，用帶著日本腔的塔加洛話對所有路中的菲律賓俘虜喊道：

「所有軍官和士官都靠到路邊去！所有兵都站到路中央來！」

那些俘虜們都依照命令做了，軍官士官與兵截然分開起來，於是那當翻譯的日本平民便又命令道：

「所有軍官和士官留在路邊不動！所有兵向前開步——走！」

明勇目送所有菲律賓兵迤邐從他身邊走過，等這些兵離開他們有一箭的距離，那些日本兵便散開來，先將剩下大約三百個菲律賓軍官與士官分成三個縱隊，每隊四排，然後用地上的雙股電線將每個人的雙腕綁在背後，最後再將每排的前後連成一串。

眼看一切準備就緒，那日本指揮官便下令將三縱隊俘虜押向離路不遠的一個像獅子口的山坳，當三縱隊俘虜都已來到山坳裡，日本兵又把三縱隊連成一個大橫隊，命他們一律面向獅子口，這時俘虜們個個面呈死灰，知道大難臨頭，沒有多久可活了。

俘虜們就這樣背對著日本兵，不安地立了幾分鐘，終於那日本平民翻譯又開口用帶腔的塔加洛話說了：

「朋友們，請別太緊張，要寬心一點，如果你們早一點投降，就不會落到今天的命運，因為你們抵抗，使我們傷亡慘重，我們才不得不如此。現在在你們死去之前，如果有什麼要求，就請說吧！」

這些話一說完，那群俘虜大譁，哀聲四起，有求饒命的、有喊無辜的，但背後那鐵石心腸的日本指揮官一概不理，終於有一個上士，離明勇一丈之遠，他歪過頭去，對後面的日本兵大呼道：

「我母親是日本人！你們不能把我殺死！」

那平民翻譯聽了，試著把這上士的塔加洛話譯成日本話說給那指揮官聽，可是那指揮官卻不理睬，從中把他喝止，轉身對其他的日本官兵揚手一揮，附近的日本軍官便將武士刀颼颼地抽了出來，並且對著俘虜徐徐走攏過來。

眼見沒法可以救屬下的命了，明勇斜對面的那個隊裡階級最高的菲律賓上校只好轉身對那日本指揮官要求道：

「我代表這裡全部菲律賓軍人向你請求——用機關槍或步槍把我們槍決，而且讓我們面對槍手。」

因爲說話的是菲律賓上校，那日本指揮官倒還耐住性子聽那日本平民的翻譯，可是聽完了話，卻將頭猛搖兩下，拒絕了那菲律賓上校的請求。這其間有一些沒有指派任務的日本兵也圍攏上來，其中有兩個人還點了香煙給快要昏厥的俘虜吸，有一個甚至從胸裡掏出釘在十字架的銀耶穌像讓那些信天主教的俘虜吻。

在那日本指揮官的一聲命令下，對俘虜的屠殺終於開始了！從隊伍的那一端，幾個日本軍官揮武士刀砍俘虜的頭，從明勇的這一端，另幾個日本兵拿刺刀戳俘虜的背，每次刺刀戳進身子，痛苦的慘叫便震動山谷，在群山之間引起回響，久久不去，直到被日本軍官落刀時的喊殺聲從中切斷，於是另一聲慘叫又起，淹沒了那原先低弱的回聲。

一連一個多鐘頭，那些日本軍官與日本兵在焦陽之下揮汗屠殺菲律賓俘虜，如果一刀刺不死，他們就連刺幾刀，一直刺到俘虜死去才止。就這樣，一個殺完，又殺一個，一列倒了，又一列，直殺到手痠腳軟精疲力盡了，才退到旁邊休息擦汗，立刻又輪到別人上來，繼續砍伐下去。

那橫列的俘虜已愈來愈短，而這一頭拿刺刀刺俘虜的日本兵也愈來愈近明勇了，突然，說他母親是日本人的那個菲律賓上士尖聲大罵道：

「所有日本人都滾到地獄去——!!!」

立刻便有一個日本兵從隊伍的末端奔過來，也不管那上士罵的是什麼，先一個刺刀刺穿了他的背，等他躺在地上，又連續捅了他兩刀，仍不罷休，還對他連開了三槍，才又回到隊伍的一頭繼續殺人。

明勇斜對面的菲律賓上校才被日本兵的刺刀劈倒不到一刻就輪到明勇了，他右肩胛的三角骨首先吃了一刀，他痛苦地叫了一聲，向前踉蹌兩步，立刻左腰又吃一刀，他伏倒在地上，然後臀部又吃了一刀，那日本兵以爲他死了，更可能已經殺累了，便退到一旁，走上來另一個日本兵，一刀刺進隔旁俘虜的背。

明勇靜靜面地匍匐著，因怕引起日本兵的注意而竭力咬緊嘴唇，不讓自己的呻吟從牙縫洩漏出來。他隔鄰的那個俘虜挨了刺刀後倒在地上翻滾踢蹴了一陣，終於把一隻小腿壓在明勇的後腦勺子上，悄然死去。因爲那死者的腿肚把明勇的半張臉都遮蓋了，這時他才敢微微將頭側向一邊，張口呼吸，移動眼睛，觀察右方，一直提心吊膽那些日本兵會走回來，再捅他幾刀，把他結束。

這場屠殺整整進行了兩個多鐘頭才停止，事後那些日本官兵又在附近歇息逡巡了好一陣子，等最後一個日本兵離開那堆積如山的死屍走回「別了」的方向，已經是黃昏的時候了，明勇這才敢將整個頭抬起來，環顧四周，突然感覺傷痛欲死，喉乾欲裂，想要爬起，卻沒能動彈，才恍然記起原來他的雙腕被電線綁縛，而且牢牢與背後的那個死伴連結在一起，他於是翻轉身子，歪過頭想用牙齒將那節相連的電線咬斷，可是那雙股電線也實在太粗太硬了，怎麼咬也咬不斷，努力了幾十分鐘，只啃破了橡皮，皮內的銅線，仍然毫無損害。他終於無力癱瘓下來，感到孤獨與絕望，忽然萌發短見，將頭擠進土裡，想把自己悶死，但終究悶死自己並不是一件容易的事情，除了吃一嘴巴沙土，給自己加添額外的痛苦，離那死城仍遙不可期，他禁不住興起一聲悲哀的歎息。

驀然，明勇聽到另一聲歎息從背後傳到耳朵，他倏地將身轉了過來，發現那斜對角的上校原來還活著，用一雙驚異的眼睛凝視著他，叫他喜出望外，開口說：

「上校你還活著……」

「你也是……」上校囁嚅回道，聲音十分微弱。

也不必多說話，只交換那麼一下眼色，他們立刻就意會到兩人互相的需要，於是他們都忍痛拖曳著身子，相對偎了近來，一直等到背碰到背，才摸索著去解對方腕上的電線。

把兩人手腕的電線都解開之後，明勇與上校連滾帶爬，徐徐爬開那一山斷頭殘臂的屍堆，但終究身衰體竭，每每爬了一二十尺，就不得不停下來喘息，等喘息夠了，才重新再往前爬。上校似乎十分羸弱，他老拋在明勇的後頭，彷彿跟不上來，有一回明勇回頭仔細把上校打量，才猛然發覺他肚子已經爆裂開來，從傷口流出腸子，拖在地上，像馬尼拉王兵街被人剖腹剝皮的蛇……

上校沒能爬多遠，他終於停了下來，趴在地上，把臉側向一邊以便呼吸，明勇一直守在他旁邊，看他嚥了最後一口氣，他似乎死得十分不甘心，雙眼睜睜地，滴下兩行淚。

離開了上校，明勇開始孤獨前行，因爲怕遇到日本兵，他不敢回到那條山路，只跟那山路平行，沿著山麓向東蹣跚漫移。天漸漸暗下來，一直到完全烏黑伸手不見五指，他才幽然聽見遠處涓涓的溪水聲，於是他耗盡了剩餘的全部力氣，奮勇邁向前頭去。他趴在溪上喝足了一肚子透涼的溪水，又掬水來洗背部的傷口，然後側臥在溪邊，呼呼睡去。

第二天早上醒來，明勇發覺，背部的傷處都爬滿了螞蟻，成千的蒼蠅在臉上嗡嗡地叫喧，他連忙爬到溪底去，把渾身的螞蟻洗淨，爬回岸上來，驀然看見有兩個死裡逃生的俘虜也在這溪邊過夜，明勇對著他們挪了過去，來到他們跟前，才發現一個俘虜的後腦有一道深深的刀口，腦髓露到腦殼外面來，他已在夜裡死去，另一個俘虜的一隻耳朵被削掉，頭部和肩胛雖有幾處刀傷，但傷得遠比明勇輕微，明勇與他寒暄之後，兩人便相偕向前行進。

他們一塊兒走了一天的無人之徑，拿山中的生果野菜以及蝸牛來充飢，晚上他們又找到另一處溪邊過夜，次晨醒來，明勇才發覺那俘虜已不見影蹤，大概嫌明勇傷重，怕被他拖累，所以清晨早起，不告而別。

此後連續三天，明勇獨自一個人在山林之中緩步漫行，夜裡睡覺時蚊子和螞蟻叮咬固不必說，白晝行路時水蛭也一一爬到腿上，一旦吸著了，怎麼剝也剝不掉。這期間，他的身體更形衰弱，時時暈倒在地上，必得躺臥良久，才能再爬起來。

第四天早晨，明勇在朦朧裡首次聽見村落的雞啼聲，他睜開了眼睛發現自己睡在圳溝邊，溝裡的清水脈脈地流著，溝的兩岸是一片半人高的玉米田。他倏然振奮起來，便爬起身，沿著溝邊的小徑大步往前跨去，期望能儘快走到村落，可是才顛顛躓躓走了十來步，便因爲身子太虛而頭昏起來，接著眼前一黑，又暈倒下去。

他倒在圳溝邊大概有相當一段時候，等他慢慢恢復知覺，他的耳朵不期然聽見有人在用塔加洛話對他說：

「喂！兵哥，你到底是死的還是活的？」

他徐徐把頭抬起，轉向那聲音來自的方向，他看見兩個十一、二歲的小孩躲在玉米葉後面，伸出頭來對他張望，其中一個較黑的是菲律賓小孩，而另外一個較白的是華人小孩，兩個人的眼睛原先都驚懼如鼠，看見明勇移動，便突然發亮了，那菲律賓小孩更是快樂地大叫起來：

「啊！是活的！是活的！」

隨著，那菲律賓小孩一手提一支竹製魚竿一手拎三尾鯽魚，從玉米叢裡鑽出來，那華人小孩空手跟在後面，兩個人蹭到明勇的跟前，把明勇從頭到腳打量了一番，看他整背刀傷，滿腿水蛭，一把骨頭，一堆破布，計量他再也走不動了，那菲律賓小孩於是對他說：

「你等在這裡別動，過一會兒就來載你。」

兩個小孩果然沒有食言，他們跑開明勇有一小時之久，一條渡船便在圳溝頭幽然出現了，那華人小孩蹲在船頭，而那菲律賓小孩則立在船尾，用一支高過他幾個頭的大竹竿熟練輕巧地撐船，等渡船靠到溝岸，兩個小孩便跳上岸來，既把明勇扶到船上，即刻又把船對著來向撐回去。

明勇躺在船底，仰望那萬頃的藍空，炎陽高照著，卻沒有一點風，空氣悶得簡直令人窒息，剛才起身上船，已感到目眩，此刻船又搖晃得厲害，更覺得天旋地轉起來，沒到一刻，他又暈了過去……

三十一

原來這菲律賓小孩叫「力多」，而這華人小孩叫「阿仁」，他們來自山腳下的一個小村子，這村子只有二十多戶人家，住的都是菲律賓農夫，有種香蕉的、有栽玉米的、有養魚的。一條山溪繞村莊而過，溪的兩岸都是茂密的喬木與竹林，爲了操作方便，養魚的村人就挖了圳溝，把幾個魚池與山溪接連起來，因此只要撐一隻渡船，整個村子便無往而不達了。沿著那山溪蜿蜒而下，在村前可以看到一塊墳場，墳上碑棺雜錯，草木叢生，有蘆葦菅芒、有蓮蕉紫藤，在死人頭上勾枝鬥葉，互爭陽光。

這村子離海岸既遠又不在橫貫山路旁，儘管日軍早已將整個巴丹半島佔領，可是村人從來還沒有見過一個日本兵，如果勉強要說，也只有從「別了」那個海邊城鎮疏遷來住的阿仁一家子見過日本兵。原來阿仁的爸爸「阿仁爸」一向就在「別了」的鎮上開一家雜貨食品店，因爲他店裡出售的香蕉一直都由力多的爸爸「力多爸」的香蕉園供應，日子久了，遂成爲朋友。日軍剛來到「別了」，阿仁爸還把雜貨食品店苦撐了一陣子，但由於貨物來源斷絕，生意做不下去，只好把店門關了，舉家移來山腳的小村與力多爸共住。本來因爲常跟菲律賓人交易，阿仁爸就說得一口塔加洛話，所以搬來這村子跟菲律賓人相處一點也不成問題，可是阿仁除了在家裡說慣的福建話，他一句塔加洛話也不會，所以剛來時確實有很大困難，還好有力多在同一個屋頂下日夜作伴，幾個月下來，他的塔加洛話也說得跟他爸爸一樣流利了。

自從力多與阿仁把明勇用渡船載回家，他就一直在他們那一間用泥巴椰子葉搭成的村舍裡療傷，力多爸和阿仁爸兩家主人對他無限慇懃百般照顧固不必說，整個村子的人——包括最年長的壽翁和剛出生的嬰兒，甚至每家的狗——都來探望他，每回還帶手伴物一起上門來，因此，明勇的床邊不時都堆滿一山吃不完的魚乾、肉乾、雞蛋、鴨蛋、香蕉、蕃茄、玉米和甜粿。

在這些來探望的村人中，有一個綽號叫「鬥雞公」的老頭，他年約六十五，頭上箍一圈紅頭布，亮出光禿的天頂，下巴留著幾根稀疏的白鬍鬚，鼻子上掛一副圓形黑框的老花眼鏡，他經常圍一條方格子的沙龍裙，踩一雙粗大開趾的天然足，手抱一隻鬥雞，不時從衣袋裡掏出毛刷來梳鬥雞的羽毛，不然就拿剉子出來磨雞喙與雞爪，把懷裡的鬥雞寵得像三代單傳的孫兒。

鬥雞公喜歡過來跟明勇閒聊，每回來時都抱不同的鬥雞，有時紅冠白羽的、有時黑冠黃羽的，看得明勇眼花撩亂，有一天，終於叫明勇忍耐不住，遂開口問他說：

「鬥雞公，你到底一共養了幾隻鬥雞啊？」

「三十隻。」鬥雞公回答。

「三十隻？那麼多！」

「不多，不多，我以前還養了幾百隻呢，那時沒幾天就提一籠雞到城裡去鬥。」鬥雞公說著，不覺莞爾微笑起來。

「現在還鬥嗎？鬥雞公。」

「沒嘍，沒嘍，自從日本軍來了，就下令禁止鬥雞，聽說那邊的鬥雞場關了，我就沒再上城裡去。」鬥雞公一邊說，一邊懷舊地歎息起來。

「既然不能再鬥雞，還養那麼多幹麼？」等鬥雞公把氣歎完，明勇緊接著又問道：

「你想這日本軍能呆多久？目一瞬，美國軍又回來了，把他們通通趕出菲律賓，那時不又可以鬥雞了嗎？」

鬥雞公說得眉飛色舞起來，把梳了好一陣的毛刷放回袋裡，摸出了那把剉子，更勤地把那雞喙磨成針尖的鑽子。

在這長久的療傷期間，明勇從來也沒感覺過無聊或孤獨，不但經常有村人上門來看他，只要他們一走，便有力多與阿仁來伴他，如果力多在的時候，大家都說塔加洛話，而當明勇與阿仁單獨的時候，他們兩人就說福建話，明勇發覺阿仁再沒有比跟他說福建話時更愉快的了。

當明勇跟力多與阿仁三個人在一起時，力多最愛說些鄉間釣魚抓鳥的趣話，而阿仁則愛回憶他從前在城裡的往事。有一天，力多突然心血來潮，用塔加洛話問阿仁道：

「阿仁，你說你在城裡見過日本兵，你怕不怕？」

「開始很怕，都不敢出去，只躲在窗裡偷看，以後看多了就不怕。」阿仁用塔加洛話回答。

「你不怕他們把你抓去殺死？」力多說。

「不怕。」阿仁搖搖頭說：「因爲我們店門前有一排大樹，他們總愛坐在樹下休息，把槍架在樹旁，我們最愛看槍了，所以就走近去看，他們都讓我們看，只是搖手對我們說日本話，叫我們不要碰。」

力多的眼睛發亮起來，一臉羨慕的表情，阿仁頗爲得意，又繼續說了下去：

「這沒什麼奇，有一件事才奇呢，有一次，我們又走近去看槍，聽見有兩個日本兵坐在樹下說福建話，我們都很奇怪，就問他們日本人怎麼會說我們的福建話，他們才說他們不是日本人，是台灣人，從台灣來的，然後就問我們：『有查某否？你知影伊攏在嘟？』」

因爲最後一句話是特別用福建話說的，在旁一直靜聽的明勇覺得滑稽，不禁噗哧一聲笑了出來，卻叫力多鎖住眉頭，抗議地叫道：

「『查某』是什麼？『查某』是什麼？」

「『查某』是什麼哦？『查某』就是『女人』啦！」阿仁笑答道。

力多會意，也笑了起來，於是三個人笑作一堆。

「有一件事情我最記得……」隔了好一會，阿仁又回憶地說：「有一個馬來小孩，住在我們對面，才八歲，在菜市場偷了一粒桃子，被人抓到了，人家把他交給巡邏的日本兵，那日本兵問他是用哪隻手偷的，他說是右手，那日本兵就叫他把右手伸出來，一刀把他的右手砍斷了，他跑回家，他的爸爸媽媽看了，都哭得像死人一樣。」

力多伸伸舌頭，眨眨眼睛，驚得像一隻籠子裡的老鼠。

三十二

明勇已經在這山下小村療養了一多個月，他背上的刀傷也慢慢痊癒了，當力多和阿仁來床邊跟他作伴，他沉醉在他們那無憂無慮的兒童世界裡，一時把什麼都忘了，可是當他們離床到外頭去玩耍而房子只剩下他孤獨一個人時，一縷愁思常常自心中昇起，這小村只是暫棲之地，他不能長久寄人籬下，馬尼拉已被日軍佔領，而他也沒有臉再回去見人，所有菲律賓斥候軍都成了俘虜，與日軍的正面作戰已完全停止，那麼他此後何去何從？他還能夠做些什麼呢？

有一天傍晚，力多和阿仁照例又來明勇的床邊跟他說些孩兒瑣事，完了便說屋裡太熱，要到外面去透風，離開了明勇。他們去了大約有兩個鐘頭，突然氣呼呼地跑回來，兩個人偎到明勇的床邊，面色鐵青，阿仁還全身打顫，牙齒不住地發出相碰的響聲。明勇發覺事有蹊蹺，便問他們道：

「你們到底怎麼啦？好像見了鬼。」

「我們就是見了鬼！」力多衝鼻回答，也開始哆嗦起來。

明勇仰頭大笑，對力多道：

「沒有的事，大概是你神經錯亂，把影子當成鬼。」

「不是影子，是鬼，不然你問阿仁，我們兩人都看到！」力多堅定地說。

明勇側過頭來試探阿仁，見他猛烈地點頭，百分之百同意力多的話，明勇這才多少相信力多大概不是神經錯亂，只是他始終不相信，於是便說：

「是影子還是鬼我到底沒看到，你倒是把你看到的說來讓我聽聽。」

力多點了一下頭，嚥了一口口水，說了起來：

「快晚的時候跟你說我們要到外透風，一出門我們就往溪邊去，那風從村前吹來，我就跟阿仁說：『風頭蚊子少風尾蚊子多，我們到村前去。』所以我們就順著溪彎來彎去，慢慢走向村前去。走了沒一會兒，天就暗了，那溪邊的玉米田裡生起幾點火光，阿仁問我說：『那光光的是什麼？』我說：『螢火蟲啊。』阿仁說：『啊，我在城裡都沒見過螢火蟲，我們去抓一隻來看看。』所以我們就到玉米田裡抓螢火蟲，阿仁抓了一隻不夠，又再一隻，又再一隻，一直抓到村前的墳場，抓了滿滿一褲袋，我對阿仁說：『你褲袋裡的螢火蟲不夠大也不夠亮，前頭的螢火蟲才又大又亮呢，因爲所有村子裡的螢火蟲都是從這裡飛出來的。』阿仁說：『那前頭是什麼呢？』我說：『墳場啊。』阿仁怕起來，對我說：『那麼螢火蟲都是死人變的嗎？』我說：『是啊，大家都這麼說。』所以阿仁螢火蟲不要了，把一褲袋螢火蟲都倒在玉米田裡，拉我的手說：『回家吧，回家吧，有沒有更近的路呢？溪邊那條路太長了，我害怕……』，我說：『有一條近路，就是要切過我爸的香蕉園。』阿仁說：『就切過你爸的香蕉園回家吧，愈快愈好，我眞怕……』，所以我們走進我爸的香蕉園。才走過兩排香蕉欉，你猜怎麼樣？先起了一陣冷風，所有香蕉葉都響起來，然後一個黑影從香蕉園裡跑出來，一直跑，一直跑，跑向墳場去，鑽到土裡不見了，阿仁叫起來：『鬼！鬼！快跑啊！』我也跟他一樣害怕起來了，便拉著他的手，儘快跑回家……」

說完了這長篇大話，力多才靜止下來，小小的胸膛一上一下地起伏著，這時，一直都沉默的阿仁才彷彿恢復了正常，他伸過手來碰一下明勇的肩膀，怯怯地問他說：

「阿叔，你說說，從香蕉園跑回墳場又鑽到土裡去，那黑影不是鬼是什麼？」

明勇聽了，連連搖頭，不知如何回答。

接連三天，不必說黃昏的時候力多與阿仁不敢出門，就是白天的時候也只在房舍附近溜躂，連他們的香蕉園也不敢走近一步，至於那村前的墳場就更不用提了。第四天從中午開始，天上就黑雲密佈，然後幾個月以來破天荒下起傾盆的大雨，這雨來得無聲無息，既沒雷聲也沒閃電，只是突然自天上灑了下來，跟著狂風大作，吹得窗戶格格地響，而整幢房子也彷彿動搖了，那屋裡原本悶熱的空氣，驟然變涼，因爲雨一直下個不停，到傍晚的時候，竟然冷了起來。

這天晚上，力多爸和阿仁爸兩家子人吃過晚飯，大家坐在屋子裡聊天，力多和阿仁照例靠在明勇的床邊跟他說兒話，因爲外頭繼續風雨交加，既無星星也無月亮，所以黑暗得什麼也看不見。驀然，那屋前響起了一陣敲門聲，那門聲既急且重，猜想也知道不是屋旁隔壁的鄰人，大家面面相覷，但是沒有動作，力多和阿仁更是瞪大眼睛，偎到明勇的身邊去……

那門靜了一會兒，又激烈地敲了起來，力多爸知道再保持沉默是不可能的事，可是又有些顧慮，終於開口用塔加洛話問道：

「誰啊？」

「我是台灣人啦，不是日本兵啦，請您開門……」那門外的陌生人用福建話說。

力多爸聽不懂對方的話，正不知如何是好，阿仁爸卻從椅子立了起來，用手止住力多爸，自己奮勇蹭到門前，把耳朵靠在門上，用福建話問對方說：

「開門欲創什麼？」

「我腹肚眞飫❷，想欲加您討一點仔糜❸，拜託請您開門……」

阿仁爸沒敢做主，便走回來向力多爸解釋，兩人商量了一陣，終於同意由阿仁爸去給那陌生人開門。門開了，一個二十歲左右的青年在微弱的燈光下幽然出現！這人光頭赤足，形容憔悴，

---

❷飫：台語，音(iau)，意(飢餓)。
❸糜：台語，音(be)，意(粥，稀飯)。

他只穿濕漉的內衫與內褲，雙手緊抱胳膊，因寒冷而縮成一團……

阿仁爸招手叫那青年進來，隨後把門關了，便立刻有一個女人端椅子來給他坐，另一個女人拿毛巾來給他擦，還有第三個女人去盛了一碗剩餘的稀粥來給他喝，等他咕嚕咕嚕吞完了稀粥，而且稍微恢復了一點臉色，大家才慢慢把他圍攏起來，連力多與阿仁也夾在人縫裡，聽阿仁爸又開始問起他來，那些懂福建話的人私下替不懂的人做翻譯。

「你講你是台灣人，阿你哪會來阮這莊裡？」阿仁爸問道。

「我本來是日本兵，但是我走兵❹，所以才走來您即丫。」那青年說。

「你爲什麼哪欲走兵？」

「不是我愛做兵的，是偲日本人強迫我做兵的，我早就想欲走丫，但是攏沒機會，來到即丫才眞正走。」

「阿你不知走外久丫嘍？」

「已經直欲四、五工丫。」

「四、五工丫哦？」阿仁爸詫異地說：「阿你攏匿在嘟？」

「匿在墓仔埔彼丫，日時睏在棺材內，暗時才出來四界討吃。」

全屋發出一陣唏噓，力多爸和阿仁爸連連搖頭，而力多與阿仁則往後退了半步，兩人都伸出半截舌頭來。

「阿你哪會忽然間想欲來加阮撞門？」阿仁爸又問道。

---

❹走兵：台語，意（逃走之兵）。

「實在是我腹肚眞飫ㄚ，芎蕉番麥❺安怎都吃𣍐飽，而且雨來棺材灌水，𣍐睏得，姑不終才決心出來加您撞門。」

「你哪不去撞別間，哪特別來撞阮即間？」

「因爲您即間厝離彼墓地上近，走過彼芎蕉園就到。」

說到這裡，阿仁陡然喧嚷起來，指著那青年背後凸出內衫的堅硬塊物，叫道：

「彼是啥？彼是啥？」

「彼短槍啦！」

那青年一邊說，一邊伸了右手從背腰的皮帶拔出一支手槍來讓大家看，大家看了，一時都驚得面無血色，退後三步，只有明勇邁前一步，望了望那把日本手槍，問那青年說：

「你既然走兵，復帶短槍欲創什麼？」

「欲創什麼？萬一日本兵若欲來掠我通佮伊削❻噣，阿若削𣍐贏也通家己用。」

這台灣青年語意深長地說，全場的人都聽不懂他的最後一句話，只有明勇例外，也因此只有他才頻頻點頭，深深歎息起來。

三十三

收容明勇時，力多爸是高高興興的，可是收容這個名叫「李再生」的台灣人時，力多爸卻是

❺番麥：台語，意(玉蜀黍)。

❻削：台語，音(siah)，意(「鬥」之俗稱)。

憂心忡忡了。終究明勇是菲律賓兵，又會說塔加洛話，村民都把他看成自家人；可是李再生卻是日本兵，又不會說塔加洛話，自然就變成了村民的敵人，想把他的心情與處境說給村民明白恐怕比登天還難，但這還只是第一重憂心，尚有第二重憂心便是他乃日本軍的逃兵，日本軍的報復行爲是力多爸早就風聞的，萬一李再生被他們發現了，他本身砍頭不必說，恐怕連這屋子裡的兩家子，甚至整個村子的所有村民，也會遭池魚之殃而難逃劫數吧。就這樣左思右想周考熟慮之後，力多爸和阿仁爸終於決定不讓李再生像明勇一樣在村人面前拋頭露面，同時還禁絕兩家大小不得將藏匿台灣人的風聲透露到外面去。

可是在一間用泥巴椰子葉搭成的空蕩村屋裡，想藏匿一個村民不識的外鄉人，終究不是一件容易的事情，也因此這計劃了整夜的秘密第二天便被人撞破了。原來那經常抱雞來探望明勇的鬥雞公，這天早上又不請自至，悄悄溜進門來，恰好李再生正大口在嚼女人給他的早飯，一時來不及藏躲，被鬥雞公撞見了，鬥雞公目不轉睛地盯住李再生那顆剃得精光的和尚頭，一臉狐疑之色，力多爸再也遮掩不住，只好照實跟鬥雞公說明了，然後叮嚀他說：

「鬥雞公，這件事只讓你一個人知道，可千萬別傳出去，你應該明白，閒言事小砍頭事大哪。」

「力多爸，你當我鬥雞公多年少？還不明白這種事體的利害關係嗎？你儘可放心，別說我自己，就連這隻雞我也不叫它把事情傳出去！」

鬥雞公說著，又從口袋習慣地摸出了剉子，給懷裡的那隻紅冠白羽的長尾鬥雞磨了幾下嘴喙，逍遙地蹓了出去。

對力多爸而言，李再生無意之間被鬥雞公撞見，多少是一件令人不安的凶兆，所以這一夜他在床上睜著雙眼難以成眠，果然第二天災禍好像就來臨了，有一隊日本兵首次侵入小村，從村頭一路往村尾挨家挨戶持槍搜查，好在力多腿快，聞訊跑回來通知，力多爸總算來得及將李再生與明勇遣往村外的玉米田去躲，閃避了日本兵的第一次搜查，使兩家子平安度過了。

可是第三天，同隊的日本兵又來了，這回他們不再挨戶搜家，一開始就搜索那村外的玉米田，於是力多爸只好叫李再生與明勇爬到屋頂的泥巴椰子葉中去躲，躲了一整天，等那隊日本兵空手撤出村子，才叫他們下來，於是第二次搜查又安然度過了。

類此老鼠躲貓，終非長久之計，只要日本兵鍥而不捨，總有一天李再生和明勇會被他們發現，那時全村子的命運就難以想像了，就這樣力多爸輾轉反側思索了一夜，第四天早起，當著阿仁爸的面前，對李再生與明勇說了下面的話：

「你們兩位，我有話跟你們說，你們要好好仔細聽。你們看，日本兵在兩天裡連續來了兩次，一旦來了，看樣子不會即時離去，一直會駐在附近，等抓到人爲止。不是我不留你們，實在是你們留在這裡也太危險了，我想了又想，最安全的辦法，就是叫力多帶你們到『猴洞』去躲，這『猴洞』就在山溪旁邊，距我的香蕉園不遠，洞口離水只有幾尺，山洪水漲就淹在水底，因爲在竹林的水灣裡，沒有幾個村民知道，那外頭來的日本兵就更不必說了。你們暫時躲在洞裡，等日本兵搜查搜累了，撤軍離去，我再叫你們回來。」

阿仁爸把力多爸的塔加洛話翻成福建話說給李再生聽了，李再生的眉頭打起結來，期期艾艾地回力多爸道：

「你講的是眞有道理，孤阮兩個給伊掠去沒要緊，恐驚復連累您兩家就害嘍。孤一項代誌想欲問一下清楚，阮在『猴洞』的時陣，不知欲安怎找物吃嘍？」

力多爸聽完阿仁爸的翻譯，笑了起來，拍拍李再生的肩膀說：

「這你們不用煩惱，我老早已做了打算，因爲『猴洞』離這裡有相當一段路，若三餐送飯去給你們，不但來回不方便，也太容易被人發現，實在不妥，所以我就叫力多在附近找東西給你們吃，你們根本就不必離開『猴洞』，你們以爲如何？」

阿仁爸又把力多爸的話翻給李再生聽，李再生才開朗起來，叫道：

「安倪眞好！我當初日時睏棺材暗時出來討吃，就是安倪活落來的，即馬有力多找物來給阮吃，這都比當初猶較好咧哦，眞多謝！眞多謝！」

於是力多爸又去把力多叫來仔細吩咐了一番，便命他們三人立刻動身，趁天還沒全亮，儘早往「猴洞」去。

三十四

到「猴洞」去的竹林裡有一條模糊的小徑，既已把李再生與周明勇帶到「猴洞」，力多回頭抱來了一蓬又一蓬的刺竹，沿徑撒了一地，使人再也分不出路來，往後他也不再走小徑，只在竹林裡另覓新徑，而且每回都走不同的路。

力多不但自己做了，也同時教李再生與明勇同樣做法，叫他們白天不要走出「猴洞」，要用水時夜裡才到溪底去提，每回要走不同的路，而且儘量不要在沙上留下足跡。

力多每天來「猴洞」兩次，有時還偷偷把阿仁帶來，來時褲袋裡總是裝滿附近採的瓜果與蔬菜，有時還有生蛋與鮮魚，這時李再生就在洞裡起火煮蛋和魚，跟明勇兩人分吃。

這「猴洞」的日子李再生似乎過得十分寫意，因爲洞裡既安全又有不虞匱乏的食物，悶時還有明勇可以聊天，再也沒有比明勇可以用福建話跟他交談更令他愉快的了，如果說有什麼令他不快的，大概只有住在洞裡的那幾隻猴子了，這些猴子高蹲在伸手不可及的石頭上，互相依偎成一堆，用偌大的眼睛注視你，只要你輕輕一動，牠們就驚懼地嘰嘰大叫，在頭上亂蹦亂跳，撒落無數石頭與沙粒，叫人不得不將頭抱緊，蒙住眼睛。

有一天，力多拿了幾根香蕉來「猴洞」給李再生與明勇吃，也順便把阿仁帶來，阿仁著迷地望李再生吃了好一會香蕉，竟開口對他說起話來：

「你知否？你彼陣仔猶未住阮厝，有一遍由芎蕉園走轉去墓仔埔，阮料做你是鬼仔咧，驚到欲死去！」

「有影否？」

李再生把嚼香蕉的一張大嘴停下來說道，側臉瞥見明勇點頭在旁邊附和，只好相信，於是三個人忽地啞然失笑了，只有力多一個人因聽不懂福建話而笑不出來，拉住阿仁的手猛搖，問道：

「你們在笑什麼？你們在笑什麼？」

阿仁於是把剛才的話用塔加洛話對力多重說了一遍，聽得力多也跟他們笑成一團，驚得洞裡的猴子互相擁抱，嘰嘰亂叫。

等兩個孩子都出了「猴洞」，洞裡又寂靜下來，明勇無意間又想起阿仁的話，便問李再生道：

「你睏在放死人的棺材底敢繪驚？」

「欲驚啥？日本兵都比死人猶較驚咧！」李再生聳聳肩，無動於衷地回答。

明勇搖頭歎息起來，凝望洞外的藍天有好一陣子，倏然心血來潮，側過頭來問李再生說：

「有一項代誌眞久攏放在我心肝內，你做過日本兵，可能較會了解，爲什麼伊哪欲將彼三百個菲律賓兵刣刣死？」

「你是不是講彼遍山內的『大屠殺』？」李再生問。

明勇點點頭，他不久之前才將他死裡逃生的經歷說給李再生聽。

「這眞簡單，」李再生於是說：「你知影彼個坐黑頭仔車、掛目鏡的日本軍官是啥人？伊就是奈良中將，伊是日本第六十五旅的指揮官，伊的管區便是彼角勢的山區，我有聽見講，有一隊四十一師的菲律賓兵，沒外久進前偷入去伊的管區，趁伊區內的日本兵在營裡列睏的時陣，加伊刣死𣍐少個，絕對是爲了報仇，奈良中將才會下令將您三百個菲律賓兵刣刣死。」

「但是阮彼隊兵是九十一師啊，並不是四十一師啊。」

「啊！安倪是您衰運，給人料做是四十一師，才會加您刣刣死。」

明勇深深歎息起來，隔了好久，才又打破沉默問李再生道：

「欲刣會使攏刣，但爲什麼您哪會將軍官、士官佮兵仔分開，放兵仔走，孤孤刣軍官佮士官？」

「你料做刣人若吃飯咧哦？也著愛出力，敢𣍐倦？若攏刣，刣哪會了？」

「安倪不如用機關槍來掃，都有人加偲要求，偲都沒欲答應，偏偏仔欲用武士刀佮槍尾刀來刣，刣到鼻吧喘。」

「即點表示你不曾做過日本兵，不知影日本人的心理，報仇若用槍，彼哪是報仇？報仇著愛用刀，死落不才慘，死落不才慢，這不才達著報仇的目的！」

明勇吟哦唏噓起來，慢慢把頭轉向洞外的天空，那天上已昇起幾朵曇狀的白雲，好像要下驟雨了，他一整天都沒再說半句話。

三十五

有一個月夜，明勇夜半被猴子喧鬧的叫聲猛然驚醒，睜開眼，藉那流洩到洞裡的月光，看見李再生一手攏著褲頭，一手指向洞底，倉皇失措驚恐萬狀地叫道：

「在彼丫！在彼丫！在彼丫！……」

「是什麼啦？」明勇大聲問道。

「都彼個查某！伊欲加我褪褲啦！……」

明勇猶豫起來，定睛把洞底一瞧，除了黝黑一片，什麼也沒看到，卻是不信，便從褲袋裡摸出了火柴，劃了一根，照亮洞底，除了那幾隻合抱在一起嘰嘰亂叫的猴子，眞的連一隻老鼠也沒看到，禁不住笑起來，調侃地對李再生說：

「即聲❼你絕對是去看著鬼。」

那火光使李再生清醒，也讓他安靜下來，等火熄了，他才又躺下去，自言自語說了起來：

「眞久以來我攏做仝款夢，夢見仝一個查某欲加我褪褲。」

聽了這話，明勇忍不住又噗哧笑起來，說道：

「大概是你想彼個查某想尙過頭，才會定定做仝一個桃花夢。」

「什麼桃花夢？敢白蛇夢咧！這是一場惡夢，我苦不緊❽加彼個查某獪記得！」李再生抗議地

❼即聲：台語，意(這樣子)。

❽苦不緊：台語，意(恨不快點)。

說。

這下明勇便不再笑了，把揶揄收斂，換成同情的口氣問道：

「你敢知影你哪會安倪？」

李再生默默點頭，這惹起了明勇的好奇，於是他更進一步地問：

「阿你是安怎才會安倪？」

李再生沉吟半晌，深深吸一口氣，然後絮絮說了起來：

「你曾聽見廣州有中國革命七十二烈士的墓否？這墓在廣州城東門外口沙河附近的一粒小粒山的頂頭，這山本來叫做『紅花崗』，因爲紅花歹聽，做墓的時陣順續加伊改做『黃花崗』。欲去這『黃花崗』的路是一條膽仔膠❾路，路的兩旁種兩排樹仔，墓的正面有一個千若凉亭仔的墓牌，墓後面企一個自由女神的石像。」

「阿你對這哪會即倪熟？」明勇在旁插嘴道。

「我家己有去過不才會即倪熟。」李再生說著，嚥了一口痰，又繼續說下去：

「我是在台灣給偲日本仔調去做兵的，在台灣訓練了後，偲用船一送就加我送來廣州，彼個時陣廣州已經陷落兩年丫，一切攏在日本軍的統治下，平常時也沒什麼代誌發生，孤久久才有聽見一兩件中國間諜暗殺日本兵的事件。因爲我是上低級的二等兵，所以偲就派我顧城門，我顧的城門是東門，正對面就是白雲山，彼白雲山腳有一粒小粒山就是我抵才講的『黃花崗』，我駐的軍營便在東門佮『黃花崗』的中間，因爲離『黃花崗』沒外遠，城門顧煞有閒的時陣，我攏愛去

❾膽仔膠：台語，音(tam-a-ka)，意(柏油，瀝青)。

『黃花崗』看彼墓的建築，坐在墓頂看山腳的珠江佮廣州市街，我安怎哪會對這即倪熟？你即馬知影丫嚄？」

洞內沉默了片刻，看看明勇沒再提出問題，李再生於是又說了下去：

「有一日，我在營內歇睏，忽然間有人傳講有兩個中國間諜，在營的附近試探營裡的狀況，隨時頂高的人就下令，留在營內的幾個人攏武裝起來，大家做夥去𨑨彼兩個中國間諜。即兩個間諜穿仝款服裝，但是一個眞躼，一個眞矮，彼個躼的眞勢走，一下仔就走到沒看得人影，彼個矮的較含慢⑩走，伊一路循彼膽仔膠路向『黃花崗』走，阮就一路在後面𨑨，伊直直走，有時仆倒，但是復爬起來，走到彼七十二烈士的石碑前才去給人掠著，怹一割先到的日本兵就加伊踐⑪加伊踢，因爲大家攏眞氣中國間諜，有幾若個日本兵猶復給怹暗殺過，所以加伊打沒一下仔，怹就你一槍我一槍加伊打死列彼仙自由女神的石像下腳。」

李再生說到這裡戛然而止，又深深地呼吸起來。

「阿續落咧？」明勇不耐煩地追問道。

「續落去哦？續落去怹彼割日本兵就落山，因爲我上煞尾來，又復是二等兵，怹就命令我留列彼丫顧屍體，等候日本憲兵起來山頂現場驗屍。怹大家攏落去丫，春我一個佮彼屍體做陣，即個時陣我才有時間通詳細看彼屍體。即個中國人大約十六、七歲仔，留一個西洋頭，面肉眞白，目睫毛誠長，穿一領白色的學生衫，一領白色的學生長褲，彼衫頂有兩個落袋仔，褲腳的鞋春一

---

⑩含慢：台語，音(han-ban)，意(粗笨)。
⑪踐：台語，音(cham)，意(踐踏)。

腳，一腳大概是列走的時陣落去，我看伊彼倪少年就給人打死，想著伊父母抱伊的屍體列哭的情形，我心肝一下軟，目睭遂痠起來。沒外久，一台黑頭仔車來丫，由車內跳出兩個憲兵兼兩個衛兵，伊來到彼屍體的面前，由頭到尾加伊看看咧，其中一個憲兵就講：『應該檢查一下！』另外彼個憲兵頭頓頓咧，就對我講：『喂！二等兵，你加伊檢查一下！』我將槍放在土腳，跪列屍體的邊仔，開始伸手去摸伊的兩個胸袋仔佮兩個褲袋仔，結果摸著一個圓鏡、一支柴梳、一本筆記簿仔、一支鉛筆佮一條手巾仔，我攏交給彼兩個憲兵，伊看看咧，其中一個憲兵就復講：『才安倪而而？復摸看覓咧，看摸有地圖抑是密碼什麼物件否？』我加伊講：『憲兵大人，我衫褲攏摸透透丫，已經沒什麼物件丫。』伊有一點仔受氣，就講：『你孤摸外衫外褲，內衫內褲都猶未摸咧，你知影外多秘密的物件會使藏在彼內面？』我不得已只有是將彼個人的外衫褪起來，了後復褪伊的內衫，忽然間我摸著兩粒細粒乳仔，我大驚一跖，手緊抽倒轉來，越頭對彼兩個憲兵講：『是一個查某呢！』伊兩個行近來看，也看著伊胸前彼兩粒乳，但其中一個頭晃晃咧，對我講：『我沒相信伊是查某，眞多查甫也有乳，褪伊的褲起來看覓！』我沒辦法，也是著愛伸手去褪伊的外褲，了後才褪伊的內褲，十蕊目睭金金看，果然是查某！伊彼個所在除了一撮幼毛仔，什麼物件都沒……忽然間，我雙手拉拉掣，大粒汗小粒汗流到規身軀。由即日起，我就定定做惡夢，每回攏夢見仝即個查某欲加我褪褲。」

李再生說完故事已不知睡多久了，那投射到洞裡的月光也由地上慢慢移到洞壁，最後消失不見了，可是明勇卻一直醒著，在那深邃黝黑的洞底，他彷彿望見了那可憐的少女，他甚至聽見了她悲切的哭聲，他感動，他喟歎，久久不能自已，直等到洞口透進浮光，耳朵聞到雞啼，他才疲倦至極而朦朧睡去……

三十六

對李再生而言，夢魘是屬於夜間的事，一到白天，就把它忘得一乾二淨。可是對明勇而言，卻沒能那般灑脫自如，一個小女子因爲愛國女扮男裝去試探敵情，而終至悽慘犧牲了生命的故事實在是太動人了，連著幾日在腦中繚繞低迴，依依不肯離去，他本來爲了抵抗日軍被俘重傷而感到有點自悲自憐，聽完這故事，這種感覺突然一掃而空，代之而起的卻是一股熱血，像海浪一樣洶湧澎湃，流貫全身。

也正因爲如此，明勇一覺得無聊，他總又向李再生問起那小女子的事，可是李再生總也不願再提，只是輕輕地喟歎道：

「噯呀！即丫都沒地買銀紙，否我著燒幾把仔給伊，求伊漫復來佮我哥哥纏⑫。」

有時看明勇問這小女子實在問得太勤了，李再生便把話一轉，說道：

「倆哪會攏在講查某咧？一半遍仔也講一下查甫咧，我問你啦，你有幾個兄弟仔？」

「三個。」明勇回答。

「阿偲即馬在創啥？」

「我也不知影，我孤知影一個在台灣佮阮阿公阿媽做陣，一個在上海佮阮老父老母做夥，孤孤我一個留在菲律賓佮日本仔抵抗。」

「啊，『三國演義』在講：『天下分久必合，合久必分』，您大概鬥陣尙久丫，所以即馬才

⑫哥哥纏：台語，音(ko-ko-tî)，意(糾纏)。

會分在三個所在，阿抵仔好分『三國』。」李再生笑道。

明勇聽了，也爲李再生的善喻而笑起來，隨後，他反問李再生道：

「阿你幾個兄弟仔？」

「若欲有是眞多個，若欲沒是沒半個。」李再生回道。

「這是安怎講？」

「因爲我是私生子，佮其他的兄弟仔攏是仝母各父，所以欲就眞多，艘就沒半個。」

「哦，哦，哦，安倪你是兄弟仔內面上大的？」

「抵抵仔倒扳⑬，我是上細的。」

「安倪你不就是您老母嫁翁了後才復偷生的？」

李再生不語，只是毫無愧色地點點頭，明勇知道這後面必定隱藏一段動人的故事，所以也不急躁，只耐心地端詳李再生的一臉瘦白譏誚的臉，等他自己志願道出來。

「講起來我是高雄郊外的深水人，深水是一個小小的田莊所在，不但我生在彼丫大在彼丫，阮老母也生在彼丫大在彼丫，因爲彼丫是伊的外家厝。」李再生自言自語地敘說了起來：「阮老母是十六歲的時陣人做媒人嫁給高雄一個姓翁的做息人⑭，佮伊連相續生六個孝生了後，即個姓翁的先生遂得肺病來死去，一時生活非常的肝苦，日子不知欲安怎度落去。」

「您老母守寡的時陣幾歲？」明勇插嘴問道。

⑬倒扳：台語，音(to-ping)，意(倒反，相反)。
⑭做息人：台語，意(做工之人，工人)。

「二十六歲。」

「猶彼倪少年？」

「就是少年不才會出代誌！」李再生感歎道，嚥了一口口水，又繼續說下去：「開始的時陣，阮老母逐日去厝邊隔壁四界引⑮衫轉來洗，在後面深井的古井邊洗煞曝乾，欲暗仔才𧘹⑯去給人。有一日，一個叫做『芋粿姆仔』的老查某人來阮老母的厝，即個芋粿姆仔是附近專門列替路邊擔仔做芋粿的，伊逐間厝都撞，逐個人都訃，所以上愛加人做媒人，一看著阮老母跪在古井腳替人洗衫，就對伊講：『噯喲，洗衫是眞肝苦的工作，人彼老阿婆沒地趁吃不才列做，哪有親像你即倪少年列做的？不著去找較輕可的工作來做。』阮老母就加伊講：『欲去嘟找較輕可的工作？四界攏找透透丫，都找攏沒。』芋粿姆仔就復講：『阿否你也會使復嫁，我看你不但少年，也猶美噹噹咧哦。』阮老母就回答：『欲嫁啥人？拖一捾⑰囝仔若肉粽咧，哪有人欲娶？』芋粿姆仔就講：『遂𣍐曉加偲給人？』阮老母就講：『六個攏總是查甫，又復即倪大漢丫，啥人欲愛？』芋粿姆就講：『若安倪，你𣍐去佮人鬥一個？孤翁某行沒翁某名，三不五時仔，暗時來早時去，加伊提幾仙錢仔來家內相貼用，也比空房守寡、磨手洗衫好幾百倍咧哦。』阮老母自本是一個足閉思足驚見羞的人，聽著芋粿姆仔即款話，面仔紅絳絳，頭殼犁犁，繼續洗衫。」

李再生休息了一會才又說了下去，明勇傾過身去，出神細聽著。

---

⑮引：台語，意(招引)。

⑯𧘹：台語，音(hiâ)，意(手捧衫、被、毯…之類)。

⑰一捾：台語，意(一串)。

「有一日，芋粿姆仔復來阮老母的厝，看伊在古井邊洗衫，就對伊講：『我已經加你找著一個眞妥當的人，就是彼個定定去您厝寄藥包的藥仔仙，伊彼日來阮厝換藥包的時陣，有列佮我講起，講你實在眞可憐，即倪少年，即倪美，就來死翁，若啥人娶你去做接後不知欲外好咧？可惜伊都猶有某。我才加伊講，有某也沒要緊，會使佮你鬥，三不五時仔才來找你一下，啥人會知？伊有意思，不知你感覺安怎？』阮老母開始當然是拒絕，但是規年通天洗衫來飼全家確實也是眞肝苦的代誌，復𣍐堪得芋粿姆仔三勸四拐，最後也是答應。經過芋粿姆仔的安排，有一暗，等所有的囝仔攏睏丫，阮老母才開後尾門給彼藥仔仙入來，兩個人在房間內鬥陣一暗。第二日，彼藥仔仙透早爬起來，衫穿咧就欲行，阮老母想講伊是𣍐記得，才問伊一聲：『錢咧？』想𣍐到伊落袋仔摸摸咧，回答阮老母講：『我身軀頂抵好沒帶錢，後回才給你。』阮老母聽著眞受氣，頭一遍鬥陣就騙伊，以後不知欲安怎?自安倪就加彼藥仔仙揀⑱出去，咒詛以後沒欲復佮伊鬥陣丫。但是誠歹運，偏偏仔孤彼暗而而，阮老母遂有娠⑲！」

李再生又停了下來，這回休息了上回的雙倍時間，等休息夠了，才又接下去說：

「開始的四個月，阮老母猶出門去提衫來洗，五個月以後腹肚漸漸大起來，伊就不敢復出門丫，伊叫大孝生去收衫送衫，伊若不是洗衫佮煮飯，伊規日就是關在房間內哭，本來彼大孝生猶不知影，等到阮老母叫伊出去收衫送衫，伊最後也是知影，眞氣阮老母，𣍐佮伊講話。就是由彼陣仔開始到即當今，阮老母不曾復踏出前門一步，因爲驚見人面，有萬不得已的代誌攏由後尾門

---

⑱揀：台語，音(sak)，意(推)。

⑲有娠：台語，音(u-sin)，意(有孕)。

出入。順月欲生ㄚ，阮老母包袱仔款一下，在暗時無人看的時陣，由後尾巷仔閃出來，偷坐手車來到深水的外家厝，所以我才會在深水出世。因爲阮老母的姈仔沒生，我一下出世，阮老母就加我送給伊做子，伊生我了後，月內⑳也沒做，隨時就轉去高雄ㄚ。」

李再生說畢，洞裡沉寂良久，明勇才終於開口問道：

「您老母以後敢曾轉去深水看你？」

「伊每年正月初二攏有轉來外家厝做客，每回若來，就加我攬列房間內哭，提幾個錢給我買四鐳吃。」

「阿你曾見過你的兄弟仔否？」

李再生默默點了一下頭，轉臉望著洞外的白雲說：

「孤孤一遍，我公學校畢業彼年，一陣同學相招由深水來高雄的戲館看活動寫眞，看煞了後，我順彼個機會叫朋友遡路，找到阮老母的厝，伊看著我，面仔紅絳絳，做伊越入去房間內不見我。彼厝內彼陣仔抵好有幾若個少年家，攏差不多十外歲仔，我猜大概是我不曾見面的兄弟仔，偲開始料做我不知加阮老母安怎咧，後來才猜出我的身分，就加我趕出來，將我當做仇人彼一款。自彼遍了後，我就不曾復踏入阮老母的厝一腳步，當然也不曾復見過偲的面。」

三十七

這一天近午的時候，力多與阿仁抱了滿懷玉米來「猴洞」，兩個小孩把玉米往洞底一倒，開

⑳月內：台語，意(月子)。

始拂身上的沙土，明勇與李再生見了，都覺得高興，明勇還問力多道：

「怎麼一時搬這麼多玉米來？」

「我跟阿仁順圳溝邊釣青蛙，剛好遇到一家玉米田在收成，路上堆了一大堆玉米，人大概去撐船要來載，我們就趁機摸了他們幾穗，現在不摸要等幾時？」

明勇於是向兩個孩子感謝一番，撫了他們幾下頭，李再生則是一刻也不浪費，劃火柴生火煮起玉米穗來了。

力多頑皮去逗弄洞裡的猴子玩，而阿仁的一雙眼珠子卻是溜向李再生擱在石頭上的手槍，他頻頻回顧李再生，見他趴在地上搧爐火，而明勇也忙著拔玉米葉，一時沒有人注意，他於是悄悄挪近那放槍的石頭，伸手去摸那手槍的槍柄，摸了不足，還偷偷地把手槍從槍袋裡拔了出來，抱在胸前把玩不迭，甚是歡喜。

阿仁玩那手槍正玩得六神出竅，突聞李再生大吼一聲，驚嚇了全洞的猴子，一個劍步跳過來，把手槍從阿仁的手中搶回去，還向他機槍掃射地大罵起來：

「猴死囝仔！啥人叫你亂⿰扌戔[21]槍？你不驚死是否？你是不是欲去見閻羅王？」

阿仁被李再生罵得面色鐵青，牙齒打顫，倏然哇地一聲哭了起來，一邊揉眼睛一邊跑出「猴洞」，力多翻起眼白，把李再生斜乜了一眼，也跟在後面跑出去。

眼看兩個孩子從洞口消失之後，明勇才回過頭來，對李再生輕輕地說：

「你實在沒必要加彼囝仔罵到彼倪大聲。」

㉑⿰扌戔：台語，音(chien)，意(玩，摸)。

「彼槍眞危險……」李再生囁嚅說。

「危險罔危險，細聲加伊講就會使，何必彼倪大聲？上沒㉒也著代念伊救俑的命，復逐日提物件來給俑吃。」

一席話說得李再生腦勺低垂，面有愧色，只把食指穿進手槍的扳機洞裡，將整支槍陀螺般地旋轉了起來。

洞內沉寂有好一段時候，慢慢才聽見鐵鍋裡水滾的聲音，隨著一股玉米的香味也迎面飄來，這時明勇才重新開口，問李再生說：

「耶？你敢不是講你是二等兵？阿你哪會有短槍？」

「彼不是我的，是阮班長的……」李再生不情願地回答。

「阿你哪會提人的槍？」

「你想看覓，逃走的時陣舉長槍哪有列外方便？架腳架手㉓，也是舉短槍較方便。」

「安倪講起來，這短槍不就是你臨時加您班長偷提的？」

李再生抓抓頭皮，紅起臉來，吃吃地說：

「隨在你講，攏也會使。」

那玉米是剛收成的，又肥又大又香又甜，確實十分好吃，兩個人都連吃了四、五穗，直吃到肚子脹了，才躺下來睡午覺。

㉒上沒：台語，音(siong-bo)，意(至少)。

㉓架腳架手：台語，音(ke-kha-ke-chhiu)，意(絆手絆腳)。

一覺醒來，已是黃昏日落的時候，力多拎了一隻雞來「猴洞」，他一手把住雞頭，將拔得精光白皙的雞身提得高高的，歡天喜地地對明勇說：

「抓到一隻野雞！你們有一頓棒的吃了！本來想活活抓來，可是一路咯咯叫，怕人聽見，只好把牠捏死，順便拔了毛，在圳溝洗了才來。」

明勇趕忙謝了力多，把力多的塔加洛話翻成福建話給李再生聽，李再生跨過來接了那隻雞，反覆瞧了一會，瞧見那雞屁股一個大洞，洞裡空空，一無所有，便問力多道：

「阿彼雞腹內走嘟去？」

明勇把李再生的台灣話翻成塔加洛話給力多聽了，力多答道：

「那雞內臟做什麼？都扔到圳溝底去了。」

明勇又把力多的話轉給李再生，李再生大感惋惜，歎道：

「噯呀！彼若留得煮一碗『下水湯』，不知欲外侰誠好咧！」

李再生邊說邊把雞放入盛水的鐵鍋裡，劃了火柴燃起鍋底的枯枝乾葉來。力多想走出「猴洞」回家去，明勇卻把他叫住，對他說：

「何必那麼早回去？吃了一支雞翅再回家不慢。」

當那雞煮熟了，明勇一手握緊雞頭一手捏住雞翅，正打算撕下一支來給力多，驀然發現那雞喙尖尖的，顯然是給剉子精心磨過，他不覺雙手一鬆，側過頭來問力多道：

「你說這雞是誰的雞？力多。」

「沒有誰的雞，是我抓到的野雞。」坐在石頭上的力多斬釘截鐵地回答。

明勇斜著臉，搖搖頭說：

「我看不是野雞，是鬥雞公的鬥雞吧？不然你瞧瞧這磨尖的喙！」

力多將頭低了下去，爲秘密被揭穿而顯得無精打彩，卻也沒話好說，只好把一雙懸在半空的腿擺盪起來。

「你爲什麼要抓鬥雞公的雞？力多。」明勇又問道。

「全村裡他雞最多了，所以才抓他的雞。」

「不過這是鬥雞，吃了怎麼好？」

沒料力多猛然把頭高抬起來，理直氣壯地回答道：

「鬥雞不鬥，有什麼屁用？不如吃掉，比老死好多哪！」

明勇聽了，默默無語，悄然把頭垂下，若有所思地點起頭來。

李再生毫不猶豫，拔了一支雞腿，大口一咬，津津有味地嚼了起來，一邊嚼一邊問明勇道：

「您兩個哩哩嘍嘍是列講啥？」

明勇把「野雞」跟「鬥雞」的事情說給李再生聽了，李再生把眉毛一皺，腦勺一抖，不耐煩地嚷了起來：

「噯呀！吃啦，吃啦，管伊是『野雞』抑是『鬥雞』，彼肉攏也仝款好吃！」

三十八

力多不但偷了第一隻鬥雞公的鬥雞來「猴洞」給明勇與李再生吃，以後還連續偷了兩、三隻，終於叫鬥雞公發覺了，氣得跺腳蹬地，拔了好幾根鬍子，卻不知偷兒是誰？經多方打探，才有一個力多同齡的村童洩漏消息，說是力多幹的，鬥雞公便問那村童力多在哪裡？那村童答說在他自己家的香蕉園裡，鬥雞公聽了，一秒也不肯躭擱，直往力多家的香蕉園大步跨來。

來到力多家的香蕉園，正有幾個力多爸臨時雇來的短工在收穫成熟的香蕉，他們都爬在竹梯上用波羅刀砍香蕉，力多在竹梯下接香蕉，那香蕉欉下散放著幾把磨利待換的波羅刀。

鬥雞公遠遠瞥見力多，便對著他斜刺走來，一把擒住他的衣領，氣沖沖地喝道：

「力多！你這小鬼！你偷我的雞？你把雞藏到哪裡去？」

力多的臉霎時發起紫來，也不敢哼聲，一雙腳只往後面退，一顆頭只往衣裡縮，卻是怎麼也掙不脫鬥雞公的鐵掌，那鐵掌愈擒愈牢，彷彿就要把力多的心肺撕裂似地。

「還不快說？不止一隻，連續好幾隻，看你通通把雞偷到哪裡去？」鬥雞公繼續咆哮，好像老虎要吞吃小羊一般。

只見力多對著鬥雞公的背後一指，大叫一聲：

「瞧那是甚麼!!!」

鬥雞公不禁回過頭去看，手也不自覺鬆了，力多趁機搖身一滾，滾開了鬥雞公的鐵掌，拔腿往「猴洞」的方向飛跑了去。鬥雞公本來已經怒不可遏，又被力多這麼一哄，更是火上添油，一時氣炸了頭，彎身拾起地上的一把波羅刀，拚了老命往前追趕，一邊揮刀還一邊聲嘶力竭地吆吼著：

「可惡！……力多！……看我活活把你砍死！………」

力多人小腿快，轉幾個彎，便鑽進竹子的空隙裡去了，可是鬥雞公卻只能順著往「猴洞」的小徑趕，猝然，他踩到徑上的刺竹，嗳唷一聲，手裡的波羅刀飛到天空去了，因爲一時收不住腳，他只好繼續向前衝，然而愈衝足愈痛，愈痛腿愈快，等跑完那段鋪滿刺竹的小徑來到「猴洞」的洞頂時，他已完全控制不了速度，終於噗通一聲，掉進溪底去了……

這時，明勇與李再生正在「猴洞」裡睡午覺，倏然被赤牛闖進瓷器店的鬧聲吵醒，繼而又聽見那重物墜溪的濺水聲，抬頭往洞外看時，已見力多立於洞口的石巖上在對下面觀望。一時好奇，明勇也爬到洞口來，卻見在溪中載浮載沉的竟然是平時悠閒逍遙的鬥雞公！此刻，那圈紅頭布已掉了，那副老花眼鏡也沒了，一頭光禿禿，半身赤條條，在溪中吃力地划水，就像一隻落水的大龜，四爪扒掘，卻是全身不動，那麼滑稽，那麼彆扭，直叫明勇放聲大笑，笑彎了腰。

「漫笑啦！日本兵會聽著啦！」李再生在洞裡呼喝道。

可是明勇卻不予理會，已經好幾個月了，今天才找到機會可以大笑，他不讓李再生來掃他的興，他要開懷地笑，暢快地笑。

沒料李再生突然拔了手槍奔出洞口，拿槍管抵住明勇的太陽穴，兩眼暴凸，周身顫抖，從牙縫裡發出歇斯底里的聲音：

「你復笑？你復笑⁇你復笑⁇⁇」

驀然，明勇合嘴不再笑了，他私忖李再生是不會開槍的，可是誰又拿得定？也許他遇鬼發了狠，那可就另當別論了……

三十九

這晚，明勇與李再生過了平靜的一夜，第二天早晨天色還在朦朧之中，有人悄悄走進「猴洞」，他們兩人大感驚訝，因爲來者竟然是長久不曾見面的力多爸！力多爸才在洞裡的石頭上坐定，就開門見山對明勇說：

「大事不好了，鬥雞公已經發現你們兩個藏在這洞裡，他不但逢人就說，而且揚言要告到日本軍部去。」

明勇將力多爸的話翻給李再生聽，李再生臉色大變，對明勇埋怨道：

「我早就叫你不通大聲笑，看即馬欲安怎？」

力多爸等李再生說完，不必明勇翻譯，只看李再生焦慮的表情，也多少猜出他的意思，便又接下去說：

「儘管鬥雞公這麼揚言，倒也不一定眞的就告到日本軍部去，只是我們不得不防他一著，否則到時壞了事，就無法收拾了。所以我昨天想了一夜，你們藏在這洞裡終究不是長久之計，不如移到比較安全的地方去住。我有一個小妹，嫁到北邊的一個農家，就在『若鐵山』的半山腰，比這裡偏僻，再適合你們不過了，我就帶你們去，大約走兩天可以到，你們先收拾一下，我們立刻就動身。」

爲了怕路上遇到日本兵時被他們認出來，力多爸帶來了兩件菲律賓農夫的舊衫，叫兩人換上了，又因爲李再生的光頭還沒長足頭髮，力多爸還特別攜來一頂呂宋竹笠，叫李再生戴上，完了，力多爸又給三個人分配口糧，眼看一切準備就緒，力多爸就領路，帶明勇和李再生往「若鐵山」的方向出發。

這一日他們總算幸運，連連走了一天山路，一個日本兵也沒有碰到，一直走到傍晚，力多爸才在一棵芒果樹下找到一塊歇息過夜的地方，可是明勇卻不喜歡在那裡睡，因爲抬頭一看到樹上的芒果，他忍不住就要想起那藏日本摺扇而被日本兵砍頭的中尉，這令他深感不悅，更叫他難以成眠，所以等力多爸和李再生睡去之後，他便離開他們，一個人悄悄來到附近一塊石岩下的平坦處，和衣而眠。

第二天清晨，明勇被腳底乖異的微顫驚醒，他睜開眼睛，發現腳跟一條峭冷的眼鏡蛇，正挺直脊背，展開飯匙，將針尖的黑舌一呑一吐，似乎就要撲噬過來的樣子。他心裡發虛，一身冷汗，可是沒敢遽動，只把雙腿徐徐往裡收，幽幽爬開了那塊石岩，直等到離那蛇已經有十步之遠，才立起身子，拔腿奔向芒果樹的方向去。他踢到李再生橫在路上的腳盤，自己栽了一個跟斗，也把李再生震醒，只見李再生驚慌萬狀，拔出手槍，四處張望，歇斯底里地咕噥著：

「日本兵在嘟？日本兵在嘟？……」

「在彼丫！」明勇直指那石岩下的眼鏡蛇說。

這時，力多爸也醒了，他望望那條蛇，又回看李再生如臨大敵的表情，不覺莞爾微笑了。

這一日他們又走了一天山路，日落的時候，來到一處分叉口，力多爸說此去還有半天路程，身子實在已經很累，不如就地歇了，明天再走。因爲明勇和李再生沒有反對，於是他們便在一棵蒼松之下找到一塊空地，斜躺下來休息。

吃了晚餐的口糧之後，李再生坐在地上忙著擦他的手槍，明勇和力多爸則在山中漫步，不期然，他們又來到那早先的分叉口，有一條山路沿著山腰向前直走，而另一條山路則越過腳下的山谷爬到對面的山上去。

「耶？你說我們明天要走哪一條路？」突然明勇側過頭來問力多爸說。

「就是往前平走的這一條，我妹子就住在那半山腰。」力多爸回道。

「這另一條呢？」

「那是往『若鐵山』上去的，聽說好多打游擊的都在那山裡頭。」

明勇瞥了那曲折坎坷的山路一眼，便沉默不再說話了。

這晚明勇特別偎在李再生的身旁，與他平行而臥，跟他談了許多話，然後隔了一段長久的靜默，明勇才嚴肅地問李再生道：

「你敢有想欲佮悘日本兵戰？」

「滾笑！都挑工㉔由悘彼ㄚ走出來，哪有復轉去佮悘戰的道理？」

「安倪你彼支槍哪有什麼路用？」

明勇期待李再生的反應，可是久久都聽不到他的回答，忽然鼾聲大作，原來他已沉沉入睡了。

次晨，力多爸醒來時已看不到明勇，他到處尋找，卻一無所獲。驀然，在對面的山坡上發現明勇的影子，儘管在萬綠之中只剩下一顆移動的白點，卻仍然努力不懈，對著「若鐵山」的山頂爬上去。

「你有看著我的槍否？」忽然李再生跑來用台灣話問力多爸說。

「你說什麼？」力多爸用塔加洛話問道。

「我的槍打不見㉕ㄚ啦！」

「你說什麼？」

李再生無奈，只得喃喃嘀咕，繼續去尋他的槍，直尋到那山盡頭的分叉道，力多爸猛然聽見

㉔挑工：台語，音(thiau–kang)，意(故意)。

㉕打不見：台語，音(phah–m–kï，略讀phang–kï)，意(不見，遺失)。

李再生對天發出一聲長嚎：

「我——的——槍——咧——」

整個空寂的山谷頓時熱鬧起來，彷彿有千百個台灣人幽然出現，此起彼落地爭喊著：

「槍咧……槍咧……槍咧………」

第六章　公正何在

一

早在「蘆溝橋事變」以前，所有日本的國民便有服兵役的義務，自從「偷襲珍珠港」以後，這種兵役制度就更加普遍實施起來，除了在學中的大學生，凡年滿二十歲的青年，一律徵召入伍，接受新兵入伍訓練，而那些未滿二十歲的青少年，只要超過十七歲，就可以以「志願兵」的名義參加訓練，過後，甚至連十五歲以上的少年也都成了「特別志願兵」，加入為天皇效忠的聖戰行列之中。

「偷襲珍珠港」後的第二年，當聯軍首度在南太平洋的新幾內亞反攻，為了補充兵源，日本軍部只好改變政策，開始徵召在學中的大學生，能夠倖免的只剩下研究「科學」和「醫學」的大學生，而一般新兵的應召年齡普遍降到十九歲，六個月之內，更況而下之，降到十八歲。

周明德的新兵入伍徵集令是他跟尤妙妙結婚後的第二年寄到艋舺龍山寺旁的木器店的，那時他還在「城內」的「開南中學」當英語教師，這天從學校回到家裡，妙妙在後面的廚房裡做飯，只見祖父周福生和祖母謝甜兩個老人楞楞地對坐在客廳之中，面有憂戚之色，本來是沉默無語的，一見明德跨進門檻，周福生就指著佛桌上的那紙徵集令，搖著頭對他說：

「明哥，彼來丫，你著愛去做兵丫，抵才妙妙有讀給阮聽。」

明德似乎早有預感，所以聽了周福生的話，也不表驚奇，只悻悻地走近佛桌，一把將那紙徵集令拈下來。原來那徵集令印在一張紅色的明信片上，明信片貼的是最低的郵資——一錢五厘，那信的開頭用墨水塡了明德的名字，信內則是印就的一行大號鉛字，寫道：

恭賀君樣榮膺入伍效忠天皇爲國盡瘁

信後另有兩行小號鉛字，印的是集體身體檢查的日期與地點，日期是「昭和十八年二月十五日」，地點是「老松公學校的風雨操場」。

從這日到二月十五，明德仍然天天到「開南中學」教課，關於徵召入伍始終保持沉默，對誰也不透露，一直等到體格檢查的前一天教完了課，才來陳新教頭的辦公室，向他請假，陳新問明德爲何請假，明德只好說：

「爲了新兵入伍，到老松公學校身體檢查。」

「眞湊巧！」陳新叫起來：「遠山明先生也要入伍，也是明天身體檢查，只不知他檢查的地點在哪裡？」

明德對這消息似乎無動於衷，只淡淡地瞟了陳新一眼，默默離開辦公室。

一路上，明德並不把遠山明放在心上，他只一意對著艋舺每天回家的方向信步走去，他走經「大學醫院」，踅進「新公園」的入口，瞥見園裡那一排椰子樹以及樹下的幽徑，遠山明的影像才慢慢在眼前浮現出來。原來遠山明是一位「內地」來的日本人，年紀與明德相差不多，也是

「開南中學」的教師，大概是教歷史或是什麼的？反正明德所知就是這些，其他他就不知道了，而且他也不想知道，因爲自從少時在「新竹中學」與日本學生打架被退學之後，他對所有日本人就敬而遠之，儘管在學校辦公室裡不得不跟日本同事點頭，但也只此而已，更進一步的交往就談不上了。當然對遠山明也不例外，同事了兩年，他連話也沒曾跟他談上一句，有時迎面相遇，也故意躲開，幾乎就跟其他的日本教師一樣遙遠而陌生，假如對遠山明有什麼比較深的印象，那便是有一次明德撞見他跟一個穿水手領制服留一雙髮辮的「靜修女學」的學生在「新公園」椰子樹下的幽徑散步，不過那也是僅有的一次，以後就沒曾再見過了。

第二天，明德到「老松公學校」報到時，那風雨操場已排了一長龍來體格檢查的預備新兵，所有人都將衣衫鞋具脫光，赤身裸體，只剩下腰間的短褲或褌兜兒，檢查的醫生一律白漿醫務袍，白襪拖鞋，白紗口罩，只露一雙滾動的眼睛和一雙浸過消毒劑的手來量新兵的身高、體重與胸圍。新兵的體格標準是身高四尺十寸半，體重四十六點五公斤，胸圍身高之半，凡超過此標準的都在徵召之列。爲了表示愼重，空軍部、海軍部和陸軍部三個單位還各派了一位佐級的軍官到場監視，維持秩序，對那些未來新兵發號施令，使他們在未入伍之前就先嚐到日本皇軍的武威。

既已量過身高、體重和胸圍，便由另外的醫生來檢查明德的視力、聽力、握力與拉力等等。當一切檢查完畢，有一個年約五十的中年醫生就拿「優等」的印章蓋在明德的體格檢查表上，然後把他的名字登記在「優等姓名欄」裡，見明德還佇立著注視他，便將手一揮，命他回原來脫衣的地方穿衣服去。

排在明德隊後十來個人中有一個圍日本褌兜兒的新兵，他幾次招手想跟前頭的明德打招呼，卻因爲距離遙遠加上人聲吵雜，始終也沒能引起明德的注意，這新兵也像明德一樣，生得頎長條朗，肌腱發達，這時他還留著一頭瀟灑的西洋髮，一額聰明的天庭，配上一雙伶俐的眼睛，兩道清眉鎖成一氣，下面懸了一線細瘦高挑的希臘鼻，他嘴唇好像刀刻的，下巴彷彿石膏塑的，頦下一粒顯明突凸的喉骨珠子般地上下滾動。他的全身和他的臉表露著一種稀有的堅強與剛毅，只是在轉眼換眉之間隱隱洩漏出一絲淡淡的沉鬱與孤獨。

難得這新兵檢查完身體，蓋完了體格等級的印章，等他趕到更衣的地方，明德已穿好衣服綁好鞋帶，正準備步出風雨操場，因此這新兵也顧不得自己還是赤身裸體，快步搶了過去，在明德的肩上輕拍了一下，親切地對他說：

「周樣，你體格優等，我也體格優等，我們眞巧同等哪！」

明德側過臉來望那新兵，面有驚異之色，只是閉口不語。

「是不是我光著身子反而不認得啦？」那新兵說，瞥了自己的裸身一眼：「我是『遠山明』啊！」

明德搖搖頭，卻一直注視遠山明，慢慢開口道：

「怎麼會不認得？只是奇怪你也來這『老松公學校』檢查身體。」

說罷，任遠山明回風雨操場裡面去穿衣服，明德逕自跨了大步，走向龍山寺旁的家……

二

在「老松公學校」檢查身體後，又過了半個月，明德便接獲軍部發來的入伍通知，通知他被分發到日本皇軍的空軍部隊，三個月初訓的地點是在新竹空軍訓練基地，入伍的日期是三月十六日。

在明德收到入伍通知的同時，軍部也寄了另一份通知給明德就職的「開南中學」，那通知是直接寄給「開南中學」的軍事教官「土肥少佐」的，也因此在明德接到通知的第二天早上來到學校辦公室時，土肥少佐便興沖沖地拐到他的桌前，笑嘻嘻地對他說：

「周明德君，眞是榮幸哪！當了日本皇軍的空軍！」

明德抬頭，冷冷斜望了土肥少佐一眼，卻是不言語，只聽土肥少佐繼續說：

「不只你，連遠山明君也當了日本皇軍的空軍！將來看你們兩位駕了兩架『日の丸』的戰鬥機從『開南中學』的上空飛過，全校師生不知要如何高聲歡呼，這眞是本校有史以來的最大光榮哪！」

接著土肥少佐又向明德提起要爲他與遠山明舉辦「壯行會」的事，直叫明德再也忍受不住，便從椅子立起來，推說要去教室給學生上課，悄然從辦公室蹭了出來。

明德並不直對著教室走，他才走完一段走廊，便踅進學校旁側那片幽靜的校園，在落葉未掃的小徑上踱起步來，一時土肥少佐的面容不覺又湧現出來。這土肥少佐紅臉肥身，光頭小髭，長得有點像「東條首相」，只是缺少首相的機智與威嚴，他來「開南中學」當軍事教官之前原是一位挺拔的騎兵大隊長，只因在一次快騎攻擊的演習中落馬斷腿，從此走路拐瘸，沒能再騎馬，才被分發到中學來當教官，他初來中學時還蠻苗條的，可是沒幾年便肥胖起來，臃得像運動會上包紅布或白布的滾地球，於是他那原來的瘸腿也就拐得比往時更加厲害了。他本來是一個自尊心強的人，可是他的斷腿卻又令他感到自卑，他最怕被人看不起，爲了想獲得別人的尊敬，他隨時都把當騎兵大隊長時受賞的一枚「青色桐葉雙光旭日」的五等帝國綬帶勳章懸在胸前，而且爲表功，事事爭先，爲了討人好感，處處對人表示熱情，遇到有人不領情時，他就頹喪失望，於是有時自尊，有時自卑，他的情緒便在兩個極端之間來回擺盪，他的那張臉也就在紅光與死白之間瞬息變幻。這一切明德都看在眼裡，所以，一會兒看他不屑，一會又爲他可憐。

土肥少佐爲明德與遠山明兩人舉辦的「壯行會」設在他們入營的前一天——三月十五日，這天因爲「開南中學」還在學期上課之中，白天裡教師們沒有空閒，只好改在夜裡舉行，地點就在中學的禮堂裡面。

這一天晚上，明德在家裡吃過晚飯，辭了周福生和謝甜以及洗碗中的妙妙，徒步穿過「新公園」，走到「開南中學」來，當他走進禮堂，堂內已聚集了學校的所有教職員，屋頂上的電燈通亮，照耀屋頂下那鋪白巾的桌子和桌前的一張張臉孔。有兩條長桌在禮堂的兩旁平行排開，同時側對著堂前中央階步上昇的講台，那台上放了一張烏心石的講桌，桌後是四屏檜木滑門封閉的神龕，龕外用斜紋流蘇的黑絨帷幕小心維護著，龕內珍掛著元旦祭日才啓封受拜的天皇與皇后的戎裝玉照。

賓主既已全到，大家便開始就席，因爲明德與遠山明是主客，所以就被邀坐在兩張長桌的桌首，兩人面向，遙遙相對，其他校長、教頭、教官、教員……也依序坐了下來。那個年紀六十開外白髮佝僂的中學校工給每個人端來了一盤甜點，都是戰爭時期難得買到的配給品，有玻璃紙包的三色菜燕糖和海苔片，另外還有幾塊牛奶餅和幾顆葡萄乾，完了，他又給每人分了一只高腳酒杯，在每張長桌中央置了半打「白鶴牌」的日本名酒。

「壯行會」由土肥少佐首先演講，他自遠山明的身旁立起，一拐一拐地蹭向講台去，當他爬那台階時，他的身子更見歪斜了，每上一階便聽見他胯下的長劍碰觸水泥的刺耳聲，在踏最後一階時，他甚至踩了一個虛步，跌了半跤，掉出了半支劍，好在手快，將劍插回劍鞘，才正步跨到那烏心石的講桌來。

土肥少佐用高亢的聲調發表了一場忠君愛國的熱烈演講，他一講就講了一個鐘頭，講時全身晃動，胯下的長劍也跟著格格作響，他的雙手緊抓住講台的兩端桌緣，講到激動處，更是用力猛搖，彷彿要將講台舉起擲向台下的聽眾一般。在演講快結束時，他大聲急呼道：

「戰爭決勝的時刻已經來到了！我們全體一億日本人都必須各就各位，克服面臨我們的萬重困難，別忘了在我們徵召全國師生的同時，米國和英國也把他們的師生送到戰場，但我堅信，無論在精神上或在戰鬥上，我們的皇軍一定能夠將敵人全面擊潰！」

土肥少佐沉靜了片刻，橫目把全堂一掃，然後斬釘截鐵做了下面的結論：

「周明德和遠山明二君，當他們端起長槍和刺刀加入殲滅頑敵的光榮行伍，我堅信他們並不期望活著歸來！而留在後頭的列位在座，在不久的將來，我堅信我們也要踏著他們的腳印，跨過他們的死屍，上前線殺敵，以贏得『大東亞戰爭』的輝煌勝利！」

全堂起立，拍手鼓掌，土肥少佐就在掌聲淹沒之中，一跛一跛從講台拐了下來。

土肥少佐之後，輪到校長上台演講，校長的身子本來就瘦削，而他的聲音更細如幼蚊，只聽見他嗡嗡而語，卻不知到底說了些什麼，明德倒也不曾仔細去留意，他只呆呆地望著校長身後那黑絨帷幕以及幕裡的檜木神龕，幽然憶起一件傳聞的故事，說有一個非常忠君的小學校長，有一天學校失火了，火燒到學校的禮堂，這校長奮不顧身要往火窟去搶救禮堂神龕的天皇和皇后的玉照，卻被好心的校工抱住，於是這校長就反身怒斥校工：「你忍心讓天皇和皇后陛下活活被火燒死嗎？大家不救，只好我去救！」說完了，就縱身火燄之中，不一會兒，就連同天皇和皇后的玉照化為一片灰燼了。

校長下台後，另由教務長、訓導長、以及教師等等依序上台說了幾句應景的客套話，連陳新教頭也不例外，完了，大家開始就近交頭寒暄，並且吃起自個盤上的甜點來。

甜點吃了有一會兒，土肥少佐終於從椅子立起來，拍了一聲響掌，等大家肅靜下來，他便當眾宣佈酒會開始，隨即對那桌尾侍立的老校工將手一揮，便見那老校工連連拔開酒瓶，慌忙不迭地為每一位來賓斟起酒來。

當那老校工斟到明德的桌前，傾起酒瓶要往他的酒杯倒，明德手快，連忙用右手將杯口一蓋，笑對那老校工道：

「多謝，我不喝酒。」

那老校工也似乎知情，只點點頭，對明德會心一笑，提著酒瓶繼續為其他的人斟了下去。

幾分鐘後，老校工終於為兩排長桌斟完了酒，於是土肥少佐又拍了另一聲響掌，見他高舉酒杯立了起來，大家也推桌挪椅跟著舉杯起立，便聽見土肥少佐聲嘶力竭地叫道：

「祝周明德君和遠山明君武運長久，聖戰勝利，乾杯——！」

全堂來賓將酒杯高擎，一飲而盡，連明德也擎起空杯，傾杯佯飲，然後在歡笑聲裡，隨大家安坐下來。

自由閒談已過了一陣子，猛抬頭，明德瞥見土肥少佐蹣跚地從對桌拐了過來，後面跟著提酒瓶的老校工，當土肥少佐來到明德桌前，他滿臉通紅，一嘴酒氣，笑對明德說：

「周明德君，當得日本皇軍的空軍，眞是日本人的莫大光榮哪！大家敬你不夠，我還要特別再敬你，來！讓咱們倆再乾一杯！」

說罷，土肥少佐把手裡的空杯叫老校工斟滿了，又示意叫他為明德斟酒，一時那老校工躊躇不前，明德用雙手將杯口掩住，轉向土肥少佐，禮貌地對他說：

「多謝你，少佐，我不喝酒。」

「沒有的事！我土肥少佐向來為人敬酒，沒有人敢不喝的。來，來，來，別裝客氣，若嫌校工不夠莊重，那麼我少佐就親自為你斟酒吧！」

說著，土肥少佐將自己的酒杯由右手換到左手，伸了右手來搶老校工的酒瓶，一逕想往明德的酒杯斟酒，見他仍然將杯掩住不放，便把自己的酒杯往桌上一放，騰出左手來剝明德的手，笑嘻嘻地硬要為他斟酒，不料明德將酒杯遽然一翻，杯口朝下，將整只杯子倒栽在桌上，面無表情，堅決地對土肥少佐說：

「我已經跟少佐說了，我不喝酒。」

霎時，四周變得鴉雀無聲，校長、教務長、訓導長以及陳新都面露驚鼠之色，個個都呆若木雞，預感一場暴風雨就要來臨了。果然，土肥少佐先是啞然寂立了一會，臉色由血紅轉為鐵青，嘴巴扭曲，全身顫抖起來，顫得那胸前的「青色桐葉雙光旭日」的帝國動章碰著鈕扣滴答作響。驀地，土肥少佐把酒瓶往桌上奮力一頓，怒吼一聲：

「馬鹿野郎！眞可惡——!!!」

吼罷，就歪過身來想拔他左腰的武士刀，因為刀長臂短，又兼發福肚肥，一時拔不出來，只聽他氣喘吁吁，手忙腳亂，亂拔了一陣，才勉強將刀拔出半鞘，早叫對桌的遠山明發覺，翻身越桌，一個劍步奔到這邊來，一手將土肥少佐抱住，另一手把他的刀按回鞘裡，平心靜氣地對他說：

「少佐何必動怒？明德君一向不喝酒，連我都知道，怎麼少佐竟然不知？要喝我就替他喝吧，連我加在一起，我兩杯乾你一杯！」

於是遠山明把土肥少佐原先置在桌上盛滿的酒杯遞還給他，順手拈來明德倒栽在桌面的空杯，提起酒瓶往杯裡倒滿，先自己仰頭一口飲盡，又倒了一杯，才高舉酒杯邀土肥少佐道：

「多謝少佐祝明德君與我兩人武運長久，聖戰勝利，來，乾杯——！」

遠山明又是一口飲盡，土肥少佐儘管不十分情願，但終因遠山明好心來打開這僵局，免了他一場失面的暴戾，他只好領情，把酒飲下。既已將杯飲乾，遠山明便挾著土肥少佐的胳膊，返身往對桌蹭了去。從頭到尾明德一直保持鋼鐵般的沉默，當他目送遠山明的背影漸次離去，他的眼睛油然浮起感謝之光。

「壯行會」開完，從「開南中學」走出來時，夜已深沉，因爲是十五，當空懸著一輪滿月，把那「三線大道」照耀得如白晝一般。明德不像往常穿過「新公園」抄近路回家，許是一晚的悒鬱需要長時間來發洩，或是明天就要入伍，他想捕捉自由平民的最後一夜回憶，他故意繞遠路循著「三線大道」往「龍山寺」的方向漫步行去。

這「三線大道」原是舊台北城的城址，甲午戰敗滿清將台灣割給日本後，日本總督才下命令，只留下幾個城門而將所有城牆都拆了，改築寬闊清潔的「三線大道」，那道中兩排草皮安全島上種了油綠發光的茄苳樹與椰子樹，在這寂寞無人的月夜，顯得特別娉婷，格外好看，明德脫了鞋，赤足踩著無沙的柏油和柔軟的嫩草，撫樹望月，時停時頓地往前走。

明德走了一大段「三線大道」，來到那題名叫「照正門」的「東門」，從這「東門」的半圓形城門望得見城裡那黑黶陰森的「總督府」，據說滿清時代官府便將死囚的梟首懸在這城門的穹頂，一時明德恍惚看見了一顆人頭在淒厲的冷風中擺盪，血一滴滴掉到城下來。

明德走完了全段路，這「三線大道」突然西拐，不多遠便來到那題名叫「麗正門」的「南門」，這「南門」因爲正面向南，此時正對著天上那輪明月，月光彷彿把城門洗濯過一般，使那城壁看來像一張少女粉白的臉，那半圓形的大門是她的笑口，那門上小圓的瞭望窗是她的豆鼻，那兩旁的四方砲口是她的一雙眯眼。無意中，明德發現一邊的砲口頂上倒掛著一隻蝙蝠，大大損害了這少女天眞的童顏，他憤而拾起城底的一塊破瓦，丟向那蝙蝠，可是沒有擊中蝙蝠，卻沒入那砲口的黑洞，嗚發了一串連珠的槍響，乍然飛出一隻大烏鴉，環那城頭的翹簷繞了三圈，又飛進原來的黑洞裡。

離開了「南門」繼續西行，明德來到那題名叫「重熙門」的「小南門」下，因爲這「小南門」是清末林本源私家捐款興建的，所以與其他幾個台北城門都不相同，在厚重的城堡雉堞上還特別加添了一層雕樑畫棟的閣樓，玲瓏剔透，十分可愛。記得十多年前明德還在讀公學校的時候，有一年這「小南門」的城樓竟然鬧起鬼來，每晚都有幾十幾百個人圍在城下觀望出現在閣樓上晃動的鬼影，連艋舺與大稻埕的人也風聞遠來看鬼，這其中便包括周福生和明德祖孫兩個，每回看的當兒，明德總躲在阿公的袴間發抖。這件事鬧得實在太大了，附近的派出所長終於派了一個救火隊的隊員爬繩梯上閣樓去調查，才查明是遠處的燈光與近處的樹影所致，原來這年剛好是「日本領台始政四十年紀念」，日本政府爲了擴大慶祝，乃在台北舉行「日本博覽會」，在「總督府」的塔尖裝置巨燈，光照四界，那「小南門」上的鬼影便是這燈光透過搖曳的樹枝在樓壁上造成的。

過了「小南門」，再走兩條街，便是那叫明德感到親切溫暖的「老松公學校」，沿那學校的校舍行走時，明德憶起小時阿公每天帶他上下學與每天中午送熱便當來學校給他吃的情景來，然後因爲同學揶揄，有一天他叫阿公別再帶他，而阿公只好躲在電線桿後目送他，他回想阿公想尾隨他卻又不敢的表情，不禁笑了起來，這是今晚唯一叫他開心的一瞬。

從「老松公學校」的牆角左彎，走了一條街再右拐，「龍山寺」已遙遙在望了，因爲戰爭時期食物配給與燈火管制，往時寺前熱鬧輝煌的夜市食攤已一掃而光，只剩下冷清清的石板廣場，讓幾隻野狗與黑貓去打架。

回到家裡，明德發覺尤妙妙在門內孤單地等候他。

「應暗的會敢有眞多人？」妙妙輕輕地問。

明德不作聲，只默默地點一下頭。

「你敢有飲酒？」

「你知影我一生沒飲酒。」明德回答，左右環顧了一周，問道：「阿公阿媽咧？」

「思等你眞久，先去睏丫。」

明德會意地點了幾下頭，嗅了嗅自己的領口，道：

「我想欲洗身軀，規身軀攏是臭汗酸佮燒酒味。」

「洗身軀水都加你燃便便，衫也加你𢲸便便，攏在洗身軀間內面。」

明德打量了一下妙妙，發現她還穿著白天那件污垢的衣服，便問道：

「你敢猶未洗？」

「都等你洗煞才欲用你的洗身軀水洗。」

「哪著安倪？」

「安倪不才會省土炭。」

明德歎了一口氣，搖了一會頭，走向後院的洗澡間去。

在明德洗澡的當兒，有人在洗澡間的門上輕輕敲門……

「啥人？」明德問道。

「是我……」妙妙的聲音羞澀地回答。

「欲創什麼？」

大概是怕阿公阿媽聽見，妙妙便把聲音壓低，換成日語溫柔地說：

「我想你明天要到軍營去了，我從來都沒曾跟你一起洗澡，我是不是可以進來跟你一起洗？……」

「爲什麼要跟我一起洗？」明德也用日語回問。

「這樣我可以給你擦背……」

明德不禁苦笑起來，自我解嘲地說：

「已經要到軍營去替人擦鞋了，還在家裡叫人給自己擦背？」

「好不好？」妙妙在門縫裡懇求道：「就只這麼一次，趁祖父母已經睡了……」

明德一時沒有回答，洗澡間沉默良久，妙妙終於悄悄推門挪了進來，又把門反扣了，脫下衣衫，彎身拾起熱水木盆旁的菜瓜球，沾水抹皂，柔情蜜意地爲明德擦起背來……

三

「新竹空軍基地」在新竹與南寮的中間，離新竹只有半個小時的車程。這基地周圍大約有十里長，用鐵絲網嚴密護衛著，與外界完全隔絕，就在那鐵絲網裡的廣大平地之中，有一條長而狹窄的水泥跑道，幾十幢營房，幾間教室和倉庫，一間急救醫院和一間大辦公室。在那跑道的盡端有一塊新兵訓練場，有一大片新機試飛地，在試飛地的一旁是一間又一間的大機倉，裡面有無數的技工與學生在組合飛機的機件，機倉的附近排滿了飛機，有轟炸機、有戰鬥機、還有訓練新兵用的帆布雙翼的「紅蜻蜓」，有些停在馬蹄形的防彈土壕裡，而其他則整齊排列在空地上。

跟周明德與遠山明同期來「新竹空軍基地」受訓的一共有三十個人，他們分別由台灣各地趕在三月十六日中午來基地報到，一旦人數到齊，他們就分成兩班，每班十五個人，分別由兩位上士班長帶領，這兩班新兵再組成一隊，由一個大尉軍官的隊長統領，全力訓練。

明德這一班的班長名叫「曾我」，短小結實的體材，有一對凸出的嘴唇和一雙看起來愛睡的眼皮，他的聲音有跟他體格不相稱的細柔，說起話來不時綻出天生的笑紋，可能覺得不合軍人身分而努力想加以掩藏，到底藏不住，還是用手半掩著嘴笑了出來。曾我班長把明德這班十五個新兵帶到他們所屬的木造營房，那營房中央空地有一塊圓桌，圓桌的中心放了一只鋁製的煙灰缸，營房的兩旁架起兩排木板長床，用一張張草蓆隔了每人的床位，蓆上各擺了一襲軍毯，一只塞綠豆皮的白布枕頭，床下一只鋁臉盆，盆裡面巾、牙刷、肥皀、鞋刷……應有盡有，一字成行，整齊排列著。

曾我班長爲每個人分配了一個床位，又分發給他們合身的軍裝、合腳的皮鞋與軍靴，然後仔細而和藹地教導他們如何掛衣、如何疊被、如何刷鞋、如何擺盆等等。他微笑了一下，忙咬住嘴唇，特別加強地說：

「『絕對整齊』與『絕對清潔』——這兩樣是軍營裡絕對要求的！」

接著，曾我班長又將三個月基本訓練的每日課程約略說給大家聽，每天早晨六點聞號起床，十分鐘後在操場集合，做二十分鐘體操，然後開始早餐。早餐過後，隊長訓話，除了中餐的一小時休息，其他整個上午與下午的時間都用在教室裡聽課、操場上操練與試飛地上滑翔機練習上。從下午四點到六點，他們要洗刷營房、擦槍刷鞋，以備每夜的檢查。除此而外，他們還必須清掃班長與隊長的私人房間、整理他們的雜物、刷他們的鞋、熨他們的衣服。晚餐之後，隊長訓話，批評一日的成果，剩餘的時間才是難得的自由活動。八點五十分在營房前面集合宵點，準備回營上床，準九點「消燈喇叭」一響，燈火立滅，全體睡覺。

曾我班長指定每人一個小櫥櫃，給他們收藏私物之用，他特別叮嚀大家，只准放家人的照片與紀念物，任何陌生女子的照片與贈品都在禁止之列，書籍與雜誌必須送請上司檢查，任何藝妓或女明星的照片都得事先自行剪洞，否則一旦查獲，全本燒燬。

一整個下午，曾我班長熱心協助他班裡的新兵在營房裡安頓下來，他帶他們去剃光頭髮，然後在六點晚餐的前一個多小時，將全班列隊集合在營房前面，這時另外一班新兵也已經列好隊伍，兩班並排等候隊長前來訓話，全隊三十個新兵的臉上都呈露猶疑不安之色，個個面向那營房前的一列木麻黃以及那樹下的一排齊胸的矮單槓，悄然靜立，對那兩幢營房之間的出口處期期巴望。

準五點，一個人幽然從隊伍背後穿過兩班之間的空隙邁向那出口的地方，大家只見到他的背影，正覺得詫異，猛然曾我班長大喊一聲立正的口令，譬如晴天霹靂，震得每個人停止呼吸，全場鴉雀無聲，這時那背影才止了步，慢慢把身子反轉過來，從左到右把全隊新兵掃射一遍，這時大家才恍然大悟，原來這就是他們等待的隊長，他神不知鬼不覺，幽靈般地從天上降臨在他們的眼前！

明德睜大了眼睛，仔細對面前的這位大尉隊長端詳起來，這人三十歲左右，生得高瘦卻充滿臂力，他有一張馬似的長臉和一根蔥似的直鼻，一雙牙刷般的濃眉下藏了一對圓滾溜轉的眼球，他將嘴唇緊咬，顯示鑽堅鐵硬的決心，他唇上修剪整齊的一字鬍，透露了長期訓練出來的精研密算與一絲不苟，儘管一句話都還沒曾出口，已令整隊新兵心驚膽顫全然懾服了。

大尉隊長用他那雙飢餓的眼睛把三十個分配給他的新兵飽餐之後，雙手往腰一叉，開始用宏亮的聲音訓起話來：

「我是你們的隊長，我的名字叫『鬼塚』，因為跟『魔鬼』和『墳墓』扯上關係，所以有一期新兵就給我起了一個綽號叫『閻羅王』，我倒不以為意，反覺得這綽號十分合我的身分，因為只有『閻羅王』才能夠將『新兵』鍊成『精兵』，將『一錢五厘』化為『百萬黃金』，這是一項榮譽，沒有幾個人擔當得起，你們既然不吝頒給我，我也就衷心接受了，你們可以把我的名字忘記，以後就直呼我『閻羅王』好了！」

鬼塚隊長嚥了一口口水，把全隊新兵從右往左掃回來一遍，繼續說：

「從今天開始，我要你們把我當成兄長，有任何問題，直接來跟我說，不必客氣，這是我的職責，我今天站在這裡，而且此後九個月要跟你們在一起，就是為了這個！或許你們聽人說過，航空隊訓練既不簡單也不愉快，其實大謬不然，只要你們規規矩矩，一個命令，一個動作，航空隊訓練是最簡單最愉快不過的了！」

隊裡發出了一陣唏噓，大家似乎不同意鬼塚隊長的斷語，而他也看在眼裡，因此，他把聲調一變，嚴辭厲句地說下去：

「新兵！我現在想給你們一些善意的忠告，特別是給那些夜裡睡覺還在喊媽媽的兒子幾句忠告，你們今天來這裡有一個目的，你們知道這個目的是什麼嗎？」他說著，把全隊橫掃兩回，見全隊寂然無語，他才猛搖了三下頭說：「不！你們顯然不知道，那麼只好由我來告訴你們，你們來這裡只爲了一個目的——爲天皇效忠！爲帝國效死！因此我想給大家建議，把過去全部忘記，永遠記住，你們已沒有『過去』，你們只有『現在』，忘掉你們的父母！忘掉你們的妻子！忘掉你們的田園！忘掉你們的住宅！從今以後，你們只爲一個目的而活，準備隨時隨地去赴死，只要命令一下，絕不猶豫，毫不躊躇，千萬記著，你們是最有用的炮火，隨時隨地都可以爲日本犧牲，這是鐵的事實，你們愈早認清愈好！」

這一個傍晚過得也眞快，吃過晚飯又整理了一些身邊雜物，不覺「消燈喇叭」已經響了，因爲是入營的第一天，才不必宵點，既然電燈已熄滅，明德只好跟隨全班的十五個新兵上床睡覺了。可能是第一次睡那木板蓆床不習慣，又加上那裝綠豆皮的枕頭沙沙做響，他輾轉反側難以成眠，月光從那櫛比的氣窗悄悄流瀉進來，不免叫他想起家，妙妙以及祖父母的影像便幽然在眼前浮現了，可是左右鄰床的長吁短歎以及他們轉頭時發出的綠豆聲卻又把他拉回到現實裡，一種焦慮與愁悶的情緒往他身上襲來，他想著，從明天開始，那會是什麼樣的日子呢？

朦朧中，明德聽到隔壁營房傳來的喧嚷聲，那聲音越來越大，忽然變作雜亂的跑步聲，似乎隔壁班的所有新兵都跑出了營房，那嘈聲才漸次消滅，終於恢復原來的沉寂。

這營房裡的十五個新兵個個自床上爬起來，從那窄小氣窗向外窺視，互相探問到底發生了什麼事情？驀地，兩個人自營外闖進來，爲首的那個人提了一支手電筒，往床上床下到處照射，後頭的那個人緊緊尾隨著，當他們慢慢往明德的床邊走近來，明德才發現原來是鬼塚隊長和曾我班長，他們是爲了夜間巡營而來的，一時，十五個新兵都緊張得沒敢呼吸，個個都挺挺地裹住軍毯，閉眼裝睡，打心裡期望這第一次巡夜儘快完畢，隊長和班長儘快出去。沒料到咔嗒一聲，全營房的電燈通亮起來，才用手遮住眼睛以避驟然眩目的燈光，已聽見鬼塚隊長的深山獅子吼：

「出去！出去！給我滾出去！你們這些初生的和尙，媽媽的兒子！」

所有新兵都從床裡跳起，蜂擁奔向營房門口去，那些動作遲緩與精神恍惚的都挨了鬼塚隊長的拳打腳踢，最後也都抱頭竄出了營房，才發覺另一班早已立在操場，每個人都赤身裸體，只剩胯間的一條褌兜，一字横排，面對營房前的那一列木麻黃和單槓，靜候隊長處置。

鬼塚隊長終於跨出營房，邁到隊伍前頭，先對兩班的班長瞧了一眼，又把全隊掃射一遍，張開獅子口咒罵起來：

「你們在家裡沒人教訓？還是離了媽媽天高皇帝遠？早就警告你們營房要保持『整齊』和『清潔』，你們只當耳邊風，難道我說話只說給自己聽的？」

鬼塚隊長沉默片刻，又將全隊從頭到尾斜睨了一遍，猛然轉向那兩個班長，對他們說：

「你看！你看！他們連『立正』都不知道怎麼個立法，我的乖乖！我的寶寶！」

說著，鬼塚隊長連連搖起頭來，然後把雙手交握在背後，低頭沉思，踱起步來。

因爲鬼塚隊長對兩班班長說話的語氣比先前緩和了不少，這時又看他學那些有涵養的紳士踱起方步，每個新兵都偷偷舒了一口氣，私忖這場夢魘就將如此過去，沒料鬼塚隊長對曾我班長做了一個曖昧的手勢，後者即刻會意地點了一下頭，轉身到一株木麻黃的樹後提了一根棒球棒來，交給鬼塚隊長，鬼塚隊長把球棒接到手時，誇張地向曾我班長鞠了躬，過度禮貌地對他說：

「Arigatogozaimashita!」然後轉向新兵，靈巧而熟練地揮弄著球棒，問他們道：

「你們知道我手裡這支是什麼東西嗎？」

「棒球棒！」所有新兵幾乎異口同聲地回答。

「不對！不對！」鬼塚隊長猛烈地搖頭：「在棒球場上才叫『棒球棒』，可是在練兵場上就不叫『棒球棒』了，你們知道叫什麼嗎？叫——『大和攻心棒』。」

全隊發出一陣歎息，歎息過後是一片死寂。

「你們知道這『大和攻心棒』是幹什麼用的？」隔了片刻鬼塚隊長又問道。

沒有人敢回答，於是鬼塚隊長只好催促地說：

「說啊！長官的問話怎麼可以不回答？說你們到底知不知道？」

「知……道……」等了老半天才聽見一個新兵怯怯地回答。

「噢！嘖，嘖，嘖……」鬼塚隊長把頭歪向一邊，十分憐憫地對那回答的新兵說：「我的乖乖，他們晚上一定沒讓你吃飽，不然你說話怎麼那麼小聲，我都快聽不見了呢。」然後他轉對所有新兵：「我現在要大家回答，說眞的，你們到底知不知道這可愛的棒子是幹什麼用的？」

這回大多數的新兵都回答了，可是聲音卻是那麼微弱，還不及剛才那一個新兵來得強，這叫鬼塚隊長不耐煩起來了，便進一步道：

「嘿！嘿！說大聲一點嘛，簡直像小孩在棉被裡放屁，你們到底幾時斷奶的？」

全場哄然大笑，卻立刻被鬼塚隊長喝止，一等大家靜下來，他便又接著說：

「別以爲我在說笑話，這不是笑話，這是事實，不相信？也好，就讓我把這故事從頭到尾說給你們聽聽。」他清清喉嚨，一本正經，說了下去：「那時我七歲，剛進國民學校一年級，大家已經上課好幾天了，才有另一個從外地遲來的新學生進我們班裡，他比我們都高，也許有八、九歲了，坐在最後頭，課已上了兩節，第三節才上一半，那個新學生忽然舉起手來，先生問他：

『你舉手有什麼問題?』那學生回答:『先生,我要回家去。』先生說:『放學時間還沒到,你這麼急著回家做什麼?』那學生回答:『回去吸媽媽的奶。』」

全場再度哄然大笑,而且笑得比先前更加放浪,甚至曾我班長也笑得前仆後仰,把大開的嘴巴掩個不住,鬼塚隊長望望他,搖起頭來,對他道:

「怎麼啦?曾我班長,連你也把這當成笑話?」

突然鬼塚隊長臉色全變,大聲對全隊新兵怒吼道:

「別再笑了!故事就到此爲止,現在不得不言歸正傳了!」

全隊的嘻笑戛然而止,頓時從天上撒下了一片沉沉的死氣,個個又站得直挺挺地。

「你們今天才到營裡來,似乎應該對你們客客氣氣,按照本來的計劃,訓練明天才開始,可是你們卻太不知趣了,我只好不再客氣,提早一天,現在就開始。」他又清了一下喉嚨,將球棒猛捽了三下,一本正經地說:「大家準備好了沒有?我要給你們灌灌『大和魂』了!」

兩個班長把各自的隊伍帶到木麻黃下,叫每個新兵雙手抓住單槓,雙腿並攏,將臀部裸露出來。這三十個新兵在月光下排成一列,像剛拔毛的白豬,鬼塚隊長把新兵一個個品賞一番,走到明德這班隊末那個最小的新兵後面,對陪在一旁的班長叫了起來:

「乖乖,曾我班長,你也來聞聞這小屁股,大概才下尿片,還有臭尿味呢!」

兩個班長都笑了起來,可是這回所有新兵都哭笑不得,沒有一個人敢作輕微之響。

三十記「全壘打」全由鬼塚隊長一個人執行,那棒子既準確又紮實,每次落下便跟著一聲痛苦的呻吟,聲音小的就放過,聲音大的就再吃一記。明德聽著那木棒吃肉的聲音愈來愈近,他的心跳也逐漸加速,當鬼塚隊長終於來到他的跟後,他咬緊牙根,閉起眼睛,他全身猛然震盪一下，眼前一道白光，生平沒有過的一陣痛楚之後，一股熱流由脊椎漫向全身，可是他始終也沒哼一聲，鬼塚隊長望著他一動也不動的脊背有好一會，點了點頭，走開去。

隊伍解散回到營房，每個人才敢放膽呻吟，在床上輾轉撫傷。倏地，鬼塚隊長又走進營房，即時大家便噤若寒蟬，掩被裝睡起來。鬼塚隊長倚在營房門口抽起煙，月光從外面照進來，明德只能看到他那陰暗的側影，嘴上的煙火一紅一暗，似是蝙蝠的眼睛，鼻孔的白煙一吞一吐，像是暫息的火山。

鬼塚隊長一直靜靜地抽著煙，等他把整支煙抽完，這時月光已被烏雲遮沒了，他挪進營房，把煙蒂擠在那圓桌上的煙灰缸中，悄悄走出去，隱入夜的黑洞裡。

四

第二天早晨起床後的第一件事是編排隊伍，按高矮秩序排，因為明德全班最高，所以排在第一，僅次於他的便是遠山明，其後依次排下，倒數二位是一個孩兒臉的台灣人叫「王金鎗」，而最後是一個既瘦且小的日本人叫「細川」。

全班由曾我班長帶領在操場上做體操，完了才進食堂早餐，早餐一過，便連同另外一班在營房前面列隊集合，隊伍才排好，鬼塚隊長已翩然蒞臨，他一反昨夜嘻皮怒笑的態度，一臉莊凝，開門見山對所有新兵訓起話來：

「你們來到軍營，要學的東西實在不勝枚舉，可是在所有東西之中，有一樣東西最最重要——那便是『服從命令』，絕對而迅速地服從，別去追問這些命令的理由，也別去懷疑這些命令的正確性，它們給了你們便是它們的理由，便證明它們是正確的，絕對而迅速地服從，不要再管其他了。昨天，你們班長已經給了你們有關營房整齊清潔的命令，你們卻不能服從，一個營房裡有一支牙刷不見了！另一個營房裡有一只煙灰缸沒擺在圓桌的中心！所以我才給你們吃吃『大和攻心棒』，其實那算不了什麼，等你們再犯了，我才給你們眞正的顏色看，那時你們就會回過頭來，笑我給你們抓癢罷了。」

鬼塚隊長沉默片刻，把全隊凜然掃視一遍，更加激昂地說了下去：

「你們不再是『孩子』了！你們『成人』的時候已經到了！國家的重擔就放在你們的肩上，而我就是要把你們這些『孩子』造成『成人』的。我絕不灰心，也拒絕失敗，爲了把『一錢五厘』變做『百萬黃金』，即使將你們一個個殺光，我也在所不惜！」

這一天的訓練進行得十分順利，以後的兩天全班也平安無事，可是就在第三天的夜裡，當鬼塚隊長又提了手電筒來巡夜時，他發現有人在黑暗中踢歪了一隻並排的皮鞋，於是他揮手叫曾我班長去把營房的電燈扭亮，他自己則大聲一吼，把所有半睡中的新兵都趕出了營房。

所有新兵只穿著褌兜，在夜晚的冷風裡排好了橫隊，鬼塚隊長把十五個顫慄的新兵橫掃一遍，伸長脖子道：

「好小子！我三番五次警告你們營房要保持絕對的整齊與清潔，你們又忘了，才幾時又把我的話當耳邊風……」他突然把頭撇向隊伍的末尾，厲聲喝道：「細川新兵給我站好！你腿長到哪裡去？已經受了三天軍訓，連『立正』都還沒學會！」

所有人都不約而同把視線投向細川身上，暗暗替他捏一把冷汗，還好鬼塚隊長並沒有繼續罵下去，只是又把頭轉了回來，恢復原來的語調，說下去：

「今晚我不想處罰你們了，我只想教你們一個小遊戲，這遊戲既好玩又有趣，所以我也要參加，跟大家一起玩，這遊戲究竟叫什麼呢？叫做『敲大鼓』！」

隊裡的人面面相覷，都不知這「敲大鼓」到底是怎麼個遊戲？沒想鬼塚隊長一刻都不想浪費，馬上發令道：

「現在給我排成兩列！面面相對！」

只聽一陣急促的移動聲，所有奇數的新兵都向前跨了一步，回轉身來面對他隔鄰的雙數夥伴，因爲十五個新兵只成七對，剩下最末的細川沒對，只好一個人孤伶伶地立在隊末，看鬼塚隊長的臉色，鬼塚隊長沒有表示，只直接對他走過去，側身過來對那七對新兵說：

「遊戲之前先讓我示範給大家看！」

說畢，轉向面前緊張不知所措的細川，低聲下氣對他說：

「現在咱們倆剛好一對！」然後又提高嗓子對一側的新兵說道：「遊戲的方法十分簡單，就是——這麼一下！」

說著，鬼塚隊長倏地向細川猛揮一拳，只聽噯喲一聲，細川已在地上打滾，彎腰曲腿，抱頭呻吟……全隊騷動起來，發出一片竊竊的私語。

「肅靜！」鬼塚隊長尖聲嚷道，回到隊前來：「遊戲就這麼簡單，兩個人輪流對打，就像敲大鼓一樣。本來我對這遊戲是興趣蠻濃的，可惜今晚倒霉透頂，遇到的對手竟然是一個愛哭的女人，古人有言：『男不與女鬥』，所以我只好退場，看你們玩了！」

細川仍然躺在地上，蜷伏像一隻中彈的穿山甲，曾我班長走過去，蹲下來把他檢查了一番，轉過身來對鬼塚隊長焦慮地說：

「怎麼辦？鬼塚隊長，他下巴掉下來合不上去……」

「這有什麼值得大驚小怪的？」

鬼塚隊長冷冷地答道，大步跨了過去，左手把細川從地上提起，右手握拳就往他脫落的下巴一揮，又聽見後者另一聲噯喲，便把他推給曾我班長，對他說：

「把這沒用的垃圾扔到樹底去，順便把需用的工具提來！」

然後，鬼塚隊長命那奇數的一列首先動手，高聲喊道：

「一，二，三——打！」

驟然拳打之聲響起，只是稀稀疏疏，而且沒敢用力，因此鬼塚隊長咆哮起來了：

「用力打呀！用力打呀！怎麼搞的？從斷奶到現在都沒打過架不成？連揍人怎麼個揍法也不知？是不是非要我再給你們示範不可？」

立在隊末的新兵沒用全力打他對面的王金鎗，鬼塚隊長對他說：

「你怎麼那麼輕？你簡直在拍蚊子嘛，來，我來教你！」

說著，鬼塚隊長把他推開，一記強拳把王金鎗打退三步，然後叫他如法泡製。

曾我班長提了那支「大和攻心棒」在隊後巡行，有哪一個新兵怕挨打而往後退的，他就給他的屁股一棒，但終究他心軟，每回總是輕輕的，並且小聲地警告對方不能後退，這一切都被鬼塚隊長看穿，因此他便對曾我班長咒道：

「赫！曾我班長，連你也在拍蚊子，你班長當到哪裡去了？來，把你的棒子給我！」

鬼塚隊長把棒子從曾我班長的手中奪過來，連連給幾個退縮的新兵重重的「全壘打」。

明德一直使不出勁打他對面的遠山明，只是裝裝姿勢碰碰他的皮肉而已，這終於被鬼塚隊長發覺，於是走到明德的後面，對他嚷道：

「喂！明德新兵，你到底懂不懂遊戲的玩法呀？」

明德默不作聲，於是鬼塚隊長又說下去：

「你臂膀這麼粗，力氣那麼小，用力打呀！」

「我不能……」明德不自覺溜出了口。

「怎麼⁇這軍營裡還聽得到『不能』的？好！讓咱們來瞧瞧！」鬼塚隊長說著，揮起棒子對著明德的臀部就是一記，接著往他的大腿股連踢三腳，踢得明德差些跪了下去，罵道：「看你敢再說一句『不能』？」

眼看鬼塚隊長叉腰喘息，似乎有再度發作的跡象，遠山明把身子迎了過來，悄悄激勵明德道：

「來呀，明德君，沒關係，我受得了。」

明德半閉眼睛，使勁地把拳揮向遠山明的胸脯。

「更用力打!!!」鬼塚隊長在後面吼道。

明德乾脆把雙眼都閉了，盲目而發狠地打起遠山明。

鬼塚隊長暫時喊停，他狡獪地把全班垂肩喘氣的新兵注視了好一會，躊躇滿志地點點頭，轉向那挨打的偶數列，問他們道：

「剛才你們的對手把你們打了一頓，你們痛不痛？」

沒有人敢出聲。

「回答我！痛不痛？」

「不……痛……」新兵的聲音只像蚊子般地哼。

「不痛？赫！我聽出你們的弦外之音，原來是痛的意思。好！既然被人打痛了，不報仇就算不了大丈夫。準備好了沒有？以牙還牙，以拳還拳，一，二，三——打！」

拳打之聲又再度鳴起，曾我班長又開始在隊後巡邏，用棒打人，而鬼塚隊長也不時以馬靴踢蹴作陪。遠山明也像明德剛才一樣只忍用輕拳打明德，明德爲了免得遠山明受鬼塚隊長的懲罰，便自動把臉迎去吃他的拳頭，使他的拳頭顯得比他的本意來得重而且殘。明德首先感覺鼻頭痲木，接著舔到一股暖而鹹的鼻液，眼前金星迸發，胸口鼓聲連鳴，但想到曾我班長的棒子與鬼塚隊長的馬靴，他半步也沒敢退縮，只好將整個身體堅強地迎上前去。

彷彿過了幾世紀之久，鬼塚隊長最後終於將遊戲猝然喊停，他揹著雙手繞隊走了一圈，把每個疲憊憔悴的新兵上下打量一遍，一臉獰笑與一副悠閒，他突然溫柔起來，對大家關懷地說：

「怎麼樣？新兵，這『敲大鼓』的遊戲夠好玩吧？什麼？你們不以爲如此？那只是你們練習不夠，以後玩多了，就會覺得更有趣，那時你們再寫信告訴媽媽說這遊戲有多好玩有多有趣。」

回到營房又熄燈之後，每個人都躺在木板床上呻吟，有幾個人在嘔吐。明德的全身好像鬆解了一般，沒有一根骨頭不痠，沒有一寸皮膚不痛，他腦脹欲裂，頭暈目眩，整個營房變做一隻船，在海中行駛，前俯後揚，左右搖晃。他側身而臥，以減少皮膚與草蓆的接觸面積，然後開始回想今晚發生的一切，只爲了一隻踢歪的鞋，就把全班新兵凌辱至此，爲什麼？爲什麼？爲什麼？他只覺得茫然，不得其解。

有人滾身爬了近來，輕輕地觸明德的肩，叫他感到一陣劇痛，忙翻身過去，在黑暗中卻看不出是誰，正想問，對方已先開口說了：

「是我，遠山明……」

「你爲什麼來？你不怕那『閻羅王』？」明德不覺叫了起來。

「噓……爲了『閻羅王』，請你小聲點，明德君……」

「有什麼事？遠山君。」

「沒什麼……只想跟你說一聲對不起，我晚上打你那麼厲害……」

「哈，哈，哈，」明德苦笑起來：「應說對不起的是我不是你，我先打你，而且比你更厲害。」

「這不是你的錯，也不是我的錯，都是那可惡的『閻羅王』。」

兩個人同時歎息，又同時呼痛起來，明德不期然感到他跟遠山明是何等相知又何等親近。

「你不以爲軍隊裡全都患了虐待狂嗎？」明德隔了一會悄悄地問。

「你沒聽過在軍隊裡流傳的一個笑話？一個軍官踢准尉，這准尉就踢曹長，這曹長就踢軍曹，這軍曹就踢伍長，這伍長就踢上等兵，這上等兵就踢一等兵，這一等兵就踢二等兵，這二等兵找不到比他更下級的人好踢，只好到馬厩去踢他的馬。所以你說得對，明德君，在軍隊裡全都患了虐待狂，只除了新兵和馬。」

明德不禁笑了出來，因爲扭動身子，碰及傷處，不覺輕輕呼痛起來，遠山明聽見，立刻改變了原來那嘲謔的口吻，一本正經，又對明德開口說：

「我來還有另外一件事想跟你說，有一種方法對止痛很有功效。」

明德的耳朵豎了起來，急切問道：

「什麼方法？」

「就是把全身肌肉用力繃緊，做三次深呼吸，然後才慢慢把肌肉放鬆，這樣連做幾次，你就會感覺比以前好多。」

明德就當即照遠山明的話做了，讓遠山明在旁靜靜觀看，做了幾分鐘後，明德終於休息下來，說道：

「果然有效，眞謝謝你哪，遠山君。」

「不用謝了，其實也是別人教我的。」

這時，有一陣馬靴的鐵釘聲從營房外面傳來，遠山明連忙滾回他自己的草蓆去了。明德一夜都在做肌肉的鬆緊運動，儘管反側難眠，卻把痛苦的時間打發過去，到快黎明的時分，終於合眼入睡了。

五

明德在朦朧之中驚醒過來，原來「起床喇叭」已經響過，可是全營房裡沒有人醒來，或有人醒了卻爬不起來，只聽見鬼塚隊長像怒獅咆哮著，在中間的甬道上橫衝直撞，掀人的軍毯，把人拖下床，摑他們的耳光，踢他們的大腿……

「起來！起來！媽媽的兒子，還當什麼皇軍？全營都給宰光了還沒有人知道！」

明德想爬起來，才發覺全身好像被鎖鍊鍊住，一動也動不得，有好幾秒鐘，他試著彎臂曲腿，可是四肢卻僵如木頭，重如鋼鐵，身上的每條神經倏地都甦醒了，於是每寸皮膚的痛楚又如群蜂向他襲來，那痛苦不但不減低，反而比昨夜加劇，而整個人卻癱瘓著，如打了麻醉劑一般。

可是明德仍不得不奮發圖起，費了九牛二虎之力，他終於勉強滾到床邊，套上皮鞋，拖到營房外面來。等十五個新兵七零八落列好橫隊，明德偷偷用眼角順溜過去，才發覺全班滿目瘡痍，個個都眼黑臉腫，這裡一處血口，那裡一塊瘀傷。

鬼塚隊長把每個新兵從頭到腳仔細打量一遍，笑口大開，好像嗅到血腥的鯊魚，卻假裝同情地說了起來：

「痛嗎？噯喲！好可憐哦！嘖，嘖，嘖……」突然他把聲調往上一提：「大日本帝國的新兵們！記著！這是無可避免的事，你們實在太軟弱太鬆懈了，簡直像八十歲的老祖母，你們祖父都為你們臉紅。有救藥嗎？當然有，三十分鐘的跑步可以把你們一個個鍊成鐵金剛！」

全班發出了一片唏噓……

「歎什麼息？有我隊長跟你們一起跑還嫌棄嗎？只是他們欺負我們老兵，只發給你們新鞋，卻要我們穿舊鞋，為了怕鞋子穿破，我只好騎腳踏車奉陪了。」

曾我班長老早已經把鬼塚隊長的一部「富士牌」的腳踏車推來，順便還拎了一條三尺長的藤鞭，鬼塚隊長既已從曾我班長的手裡接了腳踏車和藤鞭，就發令把全班的橫隊變為縱隊，接著大聲一叫：

「開步——跑！」

整個隊伍像生鏽多年的老朽火車，發了一陣嘰嘰吱吱的聲響，才吃力而困難地向前蠕動起來，明德感覺每條肌肉都要撕裂每根骨頭都要斷掉一般，已經都快要栽倒下來了，鬼塚隊長卻在後面吆吼著：

「快啊！快啊！瞧瞧你們，出水鴨子都扭得比你們快！」

然後他騎車跟著隊伍跑十幾步，看那隊伍的速度並無加增，他又叫起來了：

「赫！既然你們不知『慢跑』怎麼個跑法，咱們只好試試『快跑』了。快步——跑！」

慢跑本來已跑不動，快跑就更不必說了，因此鬼塚隊長的藤鞭也就理直氣壯地撒落下來了，那鞭子打在細川的脊背上，於是他就痙攣地向前衝，撞到王金鎗的肩膀，踩了他的腳跟，幾乎使他失腳顛仆下來，他只好搶快一步，去頂更前面的另一個新兵。就這樣，一個撞一個，一波趕一波，那隊伍終於逐漸加快起來，這其間，鬼塚隊長卻悠哉悠哉地踩著他的腳踏車，在隊伍的前後往回溜轉，一會兒給這個新兵揮一下藤鞭，一會兒給那個新兵說一句風涼話，而在沒事可幹的當兒便提高他的嗓子，機械性地重複道：

「快！再快‼更快‼!」

那飛機場的跑道連綿有幾里遠，明德的縱隊便在那露濕的水泥地上趔趄地跑，時間一久，隊伍也就慢慢拉長了，一些身體衰弱的新兵紛紛落到隊後去，於是鬼塚隊長便把腳踏車騎到後面，揮鞭對著那些可憐人亂抽，天生瘦小的細川便是其中的一個，他受不了衰竭與藤鞭雙管撻笞，終於在半途跪倒下來，鬼塚隊長下了車，又連連對他鞭打，打得他終於暈厥過去，這時鬼塚隊長才甘心把他扔下，又騎上車去追趕別人。

縱隊跑到跑道的盡頭才又轉回來，這時隊裡只剩下七、八人，明德領前，王金鎗殿後。忽然王金鎗搖搖晃晃，腳步開始亂起來，他身邊的兩個新兵料想他要跌倒了，便跑近去，一個人扶他一邊，三人並行而跑。這一切卻被鬼塚回頭瞥見了，便把腳踏車轉回去，揮鞭抽起他們三人來，於是那兩旁的人只好把王金鎗扔了，跑他們的路，王金鎗單獨還踉踉蹌蹌又蹭了幾步，最後也跟細川一樣，在鬼塚隊長的亂鞭下昏倒在跑道的道旁。

儘管全隊只剩下四、五個人，鬼塚隊長仍然窮追不捨，他現在不但是揮打那落伍的弱者，連隊前的強者也照打不誤，他先對他們宣佈道：

「這是最後的空戰！敵機突襲——快！猛烈！毫不容情！」

才聽他說完，明德的脊背就猛吃一鞭，接著他身後的遠山明以及再後的兩、三個新兵也挨了無由而來的飛鞭，使得他們這幾個餘生者不得不絞盡最後一滴血，拚死往那跑道的終點奔去。

一直跑完了跑道的水泥地，邁上那一片茸茸的綠茵草地，才終於聽見鬼塚隊長長嘶的一聲「停——！」這時明德才放慢腳步，緩緩把身子反轉過來，這才發現整隊十五人新兵只剩下他與遠山明孤伶的兩個，鬼塚隊長從腳踏車上跳下來，臉上堆著笑，對他們兩人說：

「再沒有比飯前的晨跑更令人心曠神怡的吧？赫！」

鬼塚隊長的那支藤鞭，除了他手把的半截，已全部開花，散裂像一把小掃帚，他把它往地上一扔，又上前用馬靴猛踩了起來……

六

日本「陸海軍軍人勅諭」是明治天皇在一八八二年下詔頒佈的，長三千餘言，必得花十五分鐘才能將全文唸完一遍。這勅諭是每個日本軍人必讀的聖書，剛剛入營，他們就得逐字鑽研，等到全文了解透徹，他們還得逐句背誦，以備隨時隨地上司點名朗誦。

在「新竹空軍基地」的訓練期間，因爲全文過長，鬼塚隊長並不要求新兵全部背誦，他只挑出勅諭之中天皇特別規戒的五條箴言，強迫每個新兵背熟，然後在每天的早點與宵點的訓話期間，由他點名朗誦，有任何差錯或遺漏的，立即受到嚴厲的懲罰。

這一天早餐之後，全隊兩班又在營房前面集合，由鬼塚隊長訓話，他一開始就重新強調精神教育對軍人的重要，把「陸海軍軍人勅諭」比做日本皇軍尅敵致勝的「登天之鑰」，陸軍海軍人員，特別是空軍駕駛員不可或缺的「精神食糧」，因此不得不每天記誦，就如和尚誦經一般，接著他又開始點名叫人朗誦起來。

「足立新兵，『陸海軍軍人勅諭』箴言第一條！」鬼塚隊長叫道。

「軍人之職責首在盡忠。軍人報國而心志不堅，不論其技藝如何純熟，其學術如何長進，不過一尊木偶而已；軍隊臨陣而忠節不守，不論其隊伍如何整齊，其訓練如何精湛，不過烏合之眾而已。軍人應無視世論，不拘政情，一心一意守己本分，盡忠報國。榮譽有重於泰山，生命有輕於鴻毛，必須有此覺悟，方能不失其節，不辱其名。」

「小原新兵，『陸海軍軍人勅諭』箴言第二條！」

「下級對上級之命令應視同天皇所出，必須絕對服從。下級對直屬上級與非直屬上級應同等尊敬。與此對等，上級對下級不應輕侮與驕傲，除非職責所在，不得不懲罰示儆，上級應善待下級，以便上下團結，共效天皇。」

「日比新兵，『陸海軍軍人勅諭』箴言第三條！」

「軍人應以武勇爲尙。自古以來，全國臣民即崇尙武勇，而我軍人既以上陣禦敵爲業，豈可旦時而忘武勇？武勇有大勇與小勇之分，血滿氣盛，粗魯暴莽，不可謂之勇；明辨義理，深思遠慮，不辱小敵，不畏大敵，盡一己之武職，誠大勇也。」

「星野新兵，『陸海軍軍人勅諭』箴言第四條！」

「信義向爲吾國國民所重，軍人更不可須臾離也。信乃忠守一己之言，義乃履行一己之責。爲信義故，行事當初必審思細考其能否有成，若率爾承諾無明之事，被其所羈，終必自陷進退維谷之境而無所逃脫，悔之不及。自古以來，有守小節之信義而失大綱之順逆者，有守私情之信義而失公理之是非者；多少英雄豪傑因此而遭滅身之禍，遺污名於後世，宜深切警惕。」

「王金鎗新兵，『陸海軍軍人勅諭』箴言第五條！」

「軍人應以樸素爲志，若失此志，必流於文弱，趨於浮華，追逐驕奢靡爛，沉溺貪污卑賤，其節操其武勇……其節操其武勇………」

王金鎗牙齒打顫，支吾了半晌，搜索枯腸，努力想背誦下去，可是鬼塚卻從中把他打斷：「其節操其武勇其節操其武勇——停！不必哼了！」然後他轉了一個方向：「遠山新兵，『陸海軍軍人勅諭』箴言第五條！」「軍人應以樸素爲志，若失此志，必流於文弱，趨於浮華，追逐驕奢靡爛，沉溺貪污卑賤，其節操其武勇亦不能衛其免於世人如爪之譏。此風一起，必如瘟疫之漫延，士氣與鬥志頓衰，朕以爲懼，日夜不安，故一再垂訓，汝等軍人，必審之戒之。」

遠山明流暢地將最後一條箴言朗誦完，讓鬼塚隊長滿意地點點頭，突然將臉一橫，把王金鎗叫到隊伍之前，命他面對大家，問他道：

「王金鎗，你是軍人嗎？」

「是！隊長。」王金鎗挺直身子，肯定地回答。

「恐怕不是吧？我看你還是小孩。」鬼塚隊長揶揄道，一臉狐疑之色。

「我不是小孩！隊長。」

「眞的嗎？你說你多大年紀了？」

「我今年十七歲，隊長。」

「十七歲？嘖，嘖，嘖……」鬼塚隊長斜睨著王金鎗搖起頭來：「看你這張孩兒臉，誰會相信你是成人？」

「我是成人！隊長。」王金鎗堅決地說。

「眞的嗎？證明給大家看！」

王金鎗歪著頭，瞇起眼睛，似乎不解鬼塚隊長的話意，於是鬼塚隊長便進一步命令道：

「脫掉你的褲子！」

王金鎗服從地把身一彎，迅速褪下他的軍褲，疊摺在地上，又立正站好。

「再解下你的褌兜！」

王金鎗的臉緋紅起來，扭捏遲疑，不知如何是好……

「我說再解下你的褌兜！快！」鬼塚隊長緊逼地說。

王金鎗沒法，只得將最後裹住鼠蹊的褌兜一鬆，掉在胯下，曝露了下半身潔白無蔭的天然體，儘把頭垂到胸前，羞得想往地裡鑽。可是鬼塚隊長卻若無其事的樣子，大大方方把王金鎗的天然體細細品賞了一番，頻頻點頭，批評起來：

「呣，呣……貨兒倒也不假，只可惜沒幾根草，太稀了一點，可眞的是一桿光明燦爛的『金鎗』呢！」

全隊新兵哄然大笑起來，卻立即被鬼塚隊長喝止，他遽然把嘲謔的態度一改，變更話鋒，一本正經對大家訓起話來：

「諸位新兵，有幾句話六十年前的明治天皇沒有提，可是我們今天卻不得不一提再提——即使是死，也不能被俘！」鬼塚隊長用銳利的目光把整隊人員掃瞄一遍，陰沉凜冽地說下去：「對我們大日本皇軍而言，根本沒有『投降』這兩個字存在，每個軍人都必須戰鬥到死，如果因爲受傷或失去知覺而被人俘擄，他也不得不終生蒙羞，被他的村民除名。永遠別忘你們『軍人手冊』

裡的話：『切記在心！被敵人所俘，不但玷辱皇軍，也玷辱父母，你的親戚永遠也抬不起頭來。』所以經常要留下最後一顆子彈給自己享用！」

全體愀然肅立，鴉雀無聲，鬼塚隊長沉默半晌，終於緩和了語氣，又開口說道：

「有一個故事每位新兵不得不知，這故事每期新兵我都對他們講一次，諸位當然也不能例外。」鬼塚隊長揚一揚他那對濃眉，握一握他那雙鐵拳，愼重其事地說了起來：「昭和七年一月二十八日，在支那發生了所謂『上海事變』，我們駐上海的皇軍跟在地的支那軍交戰起來，其中有一個皇軍就是『久我少佐』，他受了重傷昏迷過去，結果被一位支那軍人急救了。原來久我少佐從前在日本內地時是一個中學教師，也眞湊巧，這救活他的支那軍人正好是他從前的一個學生，他把久我少佐送到支那的後方，親自看護他，一直到他恢復健康，才把他放了，讓他回到皇軍的部隊來。久我少佐心裡非常明白，他既已做過俘虜，他就必須受到軍法審判，但因爲他是在重傷昏迷之中被俘的，沒有辦法及時自決，他可能會被判無罪，儘管如此，久我少佐仍然覺得沒有臉可以回去見部隊的兄弟，只好回到他被俘的地點，切腹自盡了。」

更凝凍的木立，更長久的靜寂，最後鬼塚隊長才以來自墓穴的陰森冷酷的聲音結束道：

「任何皇軍，一旦沒能自決而被俘，他就背叛了他的祖宗！背叛了他的家庭！背叛了他的戰友！背叛了他的天皇！」

鬼塚隊長走後，那兩班新兵便由兩個班長分別帶進教室去講解兵器，剩下王金鎗孤伶伶地立在原地，任風吹日曬，只有腳邊的那襲軍褌和胯下的那條褲兜陪著他，再有便是偶爾過路兵卒掩嘴的笑聲⋯⋯

七

鬼塚隊長的遊戲不但花樣百出，而且名目堂皇，入營的第一個禮拜才玩過「攻心棒」和「敲大鼓」的遊戲，緊接著第二個禮拜又玩了「拜新年」和「燕子斜」的新遊戲。

原來入營第二個禮拜的一個晚上，有一個新兵在睡夢中發囈大喊：「媽媽，媽媽……」不巧竟被來營房巡夜的鬼塚隊長聽到，結果全班新兵就被他從被窩中挖起，趕出營房，一字排開，面對營房的石灰牆壁，一個個被他那鷹爪般的手掌掐住頸項，鏈球似地去頂撞牆壁，直到石灰剝落，滿天金星，才鬆手，俯在他們的耳朵上，像對聾子似地高聲喊道：「知道了嗎？新兵，這遊戲就叫『拜新年』，每個兒子的媽媽都頂喜歡的！」結果全班新兵撞得頭破血流，連最強壯的明德與遠山明也不例外，明德撞破了額頭，遠山明撞斷了牙齒，其他弱小的就更不必說了。

再有一次是白天在教室裡上鬼塚隊長的滑翔機課，有一個新兵被黑斑瘧蚊叮在脖子上，不自覺伸手去打，發出了一絲微響，竟被在黑板寫字的鬼塚隊長聽見，他反轉身來，把粉筆往地上用力一摔，大聲一喝，將全班新兵趕到操場去，命他們側躺在地上，用一隻手和另一隻腳將全身離地撐起，另一隻手和另一隻腳伸向天空。鬼塚隊長對大家說：「你們新兵知道這可愛的遊戲叫什麼嗎？就叫『燕子斜』，我要你們學習燕子，輕鬆如雲，飛！飛！飛！」可是這遊戲卻不輕鬆，才這麼側立一兩分鐘，四肢就開始震顫起來，而四肢一旦震顫，腹肌便覺無力，於是整個身子就失去平衡，垮了下來。鬼塚隊長是毫不容情的，他一見到有人倒下，就飛奔過來，拿他手裡的新藤鞭往那人的臀上背上猛抽，命他再度側立，從頭開始。可是終究倒下的人愈來愈多，而且愈來愈頻繁，終於打不勝打，打到鬼塚隊長手瘦鞭裂方止。

有一天，兩個班分別由班長在操場上指導練習劈刺，全隊三十支步槍都上了刺刀在陽光下閃爍發光，動作整齊，殺聲震天。鬼塚隊長背手踱步，鷹目監視一切……

驀然，在齊一的械操聲裡夾了一聲刺刀的落地聲，儘管那麼輕微，終究逃不過鬼塚隊長的耳朵，他立刻把操練喊停，然後大聲吼道：

「細川新兵，給我走到隊前來！」

細川右手提槍，左手拎著自地上拾起的刺刀，半走半跑來到鬼塚隊長的跟前，大家看見他面作鼠色，全身發抖，大概預知大難要降臨了……

「曾我班長，」鬼塚隊長側臉斜睨曾我班長說：「你是如何教咱們新兵上刺刀的？你命都要把他們送掉了？快給我把他的槍和刺刀收去！」

曾我班長道一聲：「嗐！」跑來把細川手裡的槍和刺刀提去，又回到他原來站立的班前頭，這時鬼塚隊長才蹭到細川的跟前，在他的周圍徐徐繞了一圈，伸手將他腰間還掛的刺刀刀鞘用力一拔，就拿刀鞘對他猛抽起來，一邊抽還一邊氣呼道：

「新兵！我今天這樣做……不是我恨你……是我愛你！因爲我要把你這『孩子』造成『成人』……要把你這『一錢五厘』變做『百萬黃金』！即使把你打死……我也在所不惜！」

那牛皮刀鞘驟雨般地落在細川孱弱的身上，在他沒有著衣的臉上頭上留下一壟又一壟的鞘痕，每回刀鞘掉落，他的身子便搖晃一下，又立刻把腳步站穩，雙手貼緊，做絕對的立正姿勢。鬼塚隊長連抽了四、五十下，抽得細川鼻子流涕，嘴角流血，仍然繼續無情地抽下去，終於聽見細川按捺不住的呻吟聲，鬼塚隊長不但不鬆手，反而更加生氣地抽了起來，冷言嘲笑道：

「想哭嗎？新兵……暫時把眼淚用紙包好……回媽媽懷裡再哭吧！記著……在軍隊裡……只

有血流……沒有淚灑！」

細川經不起連續抽打，終於暈厥倒地，不省人事了……

「新兵！」鬼塚隊長半對細川半對所有新兵道：「別以爲昏迷就可以逃脫刑罰，沒有的事！曾我班長，去給我提一桶水來！」

曾我班長回營房去提了一桶水，鬼塚隊長從他手中把水桶搶來，就往細川的臉上直潑，見他張開眼睛，蠕動四肢，便對他喊道：

「起來！新兵，事情還沒完結呢，讓咱們從頭開始！」

於是一等細川重新立好，鬼塚隊長手裡的刀鞘又嗶嗶吧吧往細川的身上飛落下來……

八

自從三月十六日入營以來，「新竹空軍基地」的新兵天天操練與上課，即使連禮拜天也沒有休息的時候，一直到四月三日，他們才有了第一個假日，原來這天是「神武天皇祭」，是日本一年當中最隆重的一個節日，全日本上下都放假，基地也不能例外。因此，這天早上，全隊新兵在鬼塚隊長的主持下做了營內簡單的公祭之後，便開始自由活動。按照規定當天晚上必須回營宵點，所以不能遠離基地，於是有人乾脆在營房裡睡大覺，有人上新竹市街去逛，而明德與遠山明兩人則決定到附近聞名的「南寮海水浴場」去看海。

因爲趕不及回營吃午飯，又知道這時節海邊沒有食物可買，明德與遠山明便到廚房自做了幾粒飯團準備帶到海邊去野餐，才知道這天有人民團體自日本內地送兩箱「國光」牌的上好蘋果來基地勞軍，本來是計劃中餐的時候才分發的，那廚子既已知道明德與遠山明不回來吃中飯，便各送了每人一粒大而紅的蘋果，給他們帶到海邊當甜點吃，對那廚子的一番好意，他們兩人都衷心感謝了。

新兵的營房到基地出入的大門是一條二十分鐘的沙土路，另有一條腳踏車輾出來的草徑小道，平常沒有人走，但比那沙土路捷近多了，明德與遠山明便循這條小道走向大門。遠遠迎來兩個新兵，他們垂著頭注視地面，兩個人那麼聚精會神地傾心交談，竟也沒發覺逐漸走近的明德與遠山明，使得遠山明忍不住對他們大喊一聲：

「吼嚨！飛機相碰啦!!」

他們大吃一驚，都煞住了腳，兩人都伸手按心，幾乎異口同聲地叫起來：

「啊！原是周君和遠山君，嚇了我們一跳！」

明德和遠山明都笑了起來，改由明德問他們道：

「你們到哪裡去？王君，細川君。」

「不到哪裡去，只在基地裡面隨便走走，你們呢？」王金鎗問。

「我們想到這附近的海水浴場去看海，如何？大家一塊兒去。」遠山明說。

「我不想去，」細川搖頭回道：「我只想散一會步，然後回營房休息。」

明德和遠山明同時望了細川那瘀腫沒消的臉和扭曲不正的下巴好一會，目送他和王金鎗瘦削的背影姍姍離去，搖起頭來，又重新踏步，跨出了「新竹空軍基地」衛兵站崗的大門。

那條上「南寮海水浴場」的碎石公路沿著「頭前溪」向西而去，明德和遠山明兩人徒步走在公路上，因爲戰時又加上游泳季節還沒來到，那公路上空蕩蕩的，看不到行人與車輛，整整一個多小時的路途，他們只遇到兩隻水牛，有一個衣衫襤褸的牧童騎在前頭的牛背上，另有一輛破舊的巴士，只有寥寥三、四個乘客，對著南寮的方向駛去，拋起漫天的塵土……

因爲久旱沒雨，「頭前溪」乾枯了，廣闊的溪床到處石卵磊起，溪水都隱到石縫底下去了，聽不到涓涓的流水聲，溪不語，人無話，兩個人只盡情觀賞沿途的風景，卻始終是沉默的，一直快到南寮的時候，遠山明才打破岑寂，輕輕喟歎起來：

「唉，看王君和細川君兩人多可憐，但願能替他們受一點罪……」

他們到達海邊已是中午時分，天空萬里無雲，海呈美麗的藍色，卻在海平線上起了一層朦朧的薄霧，像一堵短牆圍住海的盡端。海風微微地吹著，曬乾的褐色沙灘上看不見波浪，只在北邊那伸入海中的海岬尖端織著輕柔的白浪，可是始終也聽不到浪聲，除了偶爾幾句遙遠而清晰的鳥聲，整個世界被一種神秘的空寂籠罩著……

「南寮海水浴場」有半里長平坦的沙灘，沙灘的斜坡上長了一排翠綠的榕樹，有一間木搭的更衣室造在榕樹下面，這時整個海水浴場冷清清的，一個人也沒有，遠山明與明德兩人懷著孩子般的興奮，衝下陷足的沙灘，一直跑到海水邊，然後踏著海水浸實的濕沙，來到海水浴場的南端，在那沙灘的盡頭矗起一堆生海苔的亂石，遠山明獨自一個人爬了上去，隨手拾起一只鸚鵡螺，丟向海裡去，只見那貝殼落處冒出一朵白花，隨即被大海吞沒，一點聲音也沒有……

遠山明立在只容得下一個人的礁石尖上，明德則踩在亂石堆裡兩個人同時極目望海，他們望了很久，整個海彷彿化成一幅靜畫，一絲動的痕跡也尋不出，明德覺得有些無聊，便抬頭去望礁石上的遠山明，見他的側影像雕像一樣襯在蔚藍的蒼穹裡，超然而孤絕，如天邊的一朵白雲……

他們拾起碎步踩著來時的腳印走回去，這時兩人都不再看海，只垂頭細數那些濕沙上的腳印，有的已匯成小池，有的則被細波沖散，只剩下模糊的輪廓。有一隻海鷗從岸上飛來，飛過他們的頭上，對著海上如箭一般飛去，兩個人都同時抬起頭來，追隨那隻海鷗，一直等牠變做一顆白點，融化在蒼茫的藍色中，這時明德才轉回頭來望遠山明，發現他那細挑的鼻子和凸出的喉骨隱隱透露一股淡淡的憂鬱，他輕輕歎了一口氣，開口對他說：

「遠山君，不知爲什麼，我有時覺得你非常孤獨。」

遠山明一時沒有回答，仍然望著天邊，默默地點點頭，宛如與大海對話，徐徐地說：

「我一向就非常孤獨，不只現在，以前就如此，別人儘管也有孤獨感，我看很少像我來得那麼早，我五歲就開始有這種感覺，以後逐漸增加，到今天簡直不能自拔。」

「五歲就開始？」明德萬分詫異地說：「借句『閻羅王』的話，有人都還沒斷奶呢，誰敢相信？」

遠山明凄然笑了起來，側過頭來對明德道：

「不但別人不相信，連我自己也不相信，只是這是事實，不然我說給你聽聽。」他抬起頭來望望那藍空，彷彿要擒抓逝去的回憶似地，然後才低頭說了下去：「我出生在札幌，這是北海道最大的城市，我上頭還有一個姐姐，她比我大六歲，我家就只有我們姐弟兩個孩子，那時我才五歲，我父親得了胃潰瘍住進病院，我母親必須日夜在病院看護他，而我姐姐又天天去上學，只留下我在家裡沒有人照顧，我母親只好把我送到外祖母家裡，託她暫時照顧我，沒想在外祖母家一住就住了半年，就在這半年裡，我第一次認識什麼叫『孤獨』。」

「是因爲初次離家，想念父母的關係吧？」明德揣測道。

「倒也不全是，剛開始還有些想家，過了幾天就不想了。原來外祖母住在海邊，面臨太平洋，屋子的前面就是一片沙灘，沙灘的盡頭有三、四隻舊木的破船，本來是泊在沙灘下面的小港裡，有一回颱風過境，把船吹上了岸，在沙灘上擱淺了，因為船身已破，船主也不要了，便留在沙灘上，成了海邊一帶兒童的樂園。我外祖母整天忙著一大家子的家事，沒有時間管我，便把我託給幾個表兄弟，結果這幾個表兄弟就天天帶我到那破船附近的沙灘，跟他們一起去拾貝殼、摸寄居蟹、築城堡、捉迷藏，玩得不亦樂乎，幾乎把家裡的父母全部忘了。」

「既然那麼快樂還有什麼孤獨的感覺？」明德迷惑地問。

「就是因為太快樂了，所以孤獨的感覺才會突然降臨在我身上。」遠山明說，沉吟半晌，才又說了下去：「有一個傍晚，十幾個孩子又到破船堆裡捉迷藏，我也跟大家一起玩，這一回我藏在一個既深又黑的船艙底下，很久很久沒被人找到，而我自己又不願出來，就一直躺在船板上，不知不覺睡著了。大概白天玩得太累的緣故，一睡竟睡了很久，醒來時，天已全黑，我慢慢從船艙裡爬出來，才發覺遊戲已經散了，所有孩子都回家了，整個沙灘只剩下我一個人，耳朵聽到輕波拍岸，抬頭看見滿天星斗，夜已經很深了，我猛然感到非常孤獨。」

明德不再問話，他似乎也感染了遠山明的一份孤獨，陷入沉思之中……

「說來這第一次的孤獨感只是啓蒙，還算輕微，以後就愈來愈強烈，印象也愈來愈深刻。」遠山明又自動地說。

明德的思緒被遠山明從中打斷，他側過頭來，洗耳傾聽著，於是遠山明便又說了下去：

「另外還有一次經驗叫我一生難忘，那時我是小學四年級，有一天上生物課，我的先生提了一布袋活青蛙來實驗室，他分給每個學生一隻青蛙和一把小刀，叫我們把青蛙活活解剖，看牠的內臟和心跳。每個學生都按照先生的話把青蛙解剖了，唯獨我沒有，我望著那青蛙起伏的大肚子，再看看牠那雙可憐的眼睛，我就全身發抖，更不必說動刀了。我的先生走過來問我：『遠山，你怎麼不解剖？』我回答說：『我不敢。』他問我：『怎麼人人都敢？獨獨你不敢？我就是要教你如何解剖青蛙！』說著，他硬是把小刀放在我手中，然後拿他的大手往我手背一按，狠狠對著青蛙的肚子一刀剖了下去，當我看到那傷口的血和突然爆出來的內臟，我嚇得哭出了聲，你猜結果怎麼樣？我的先生摑了我兩個巴掌，嚴厲罵我說：『現在殺一隻小青蛙就哭成這個樣子，將來長大了，你怎麼去殺一百個、兩百個支那人？』全班的學生沒有一個同情我，他們大家都譏笑我膽小，我再一次，猛然感到自己非常孤獨。」

說完這些，遠山明便抬頭去望海平線，明德也隨他視線的方向望去，那海盡頭的薄霧不但不曾散去，反而更濃了，就在那堵圍牆上，遠山明過去孤獨的影像一幕又一幕顯現出來，明德憶起幾次在學校走廊與他迎面相遇卻故意轉臉躲避他，甚至在「老松公學校」身體檢查相遇時明德也不甚理會獨自走回家，可是在那幾番冷淡之後，遠山明還在「壯行會」上奮勇來解他與土肥少佐之間的拔劍之危……明德突然無限愧疚起來，不覺對遠山明脫口而出：

「遠山君，實在對不起，幾年來，我都不願跟你說話，在路上遇到也故意閃避你，你會恨我吧？」

遠山明回轉頭來，大為驚訝，慢慢把嘴向上彎曲，笑了出來：

「我怎麼會恨你？明德君，我希望別人不要恨我都來不及，哪裡還有時間去恨別人？」

「別人什麼理由要恨你？遠山君。」明德疑惑地問。

「只為了我是日本人。」遠山明淡淡地說，又轉頭去望那海平線。

明德感到一陣愕然，但終於同意地點起頭來，徐徐說道：

「其實我所以如此，是因為在『新竹中學』唸書的時候，受盡了日本學生的百般欺負，才下決心不跟他們打交道。」

「就是呢！」遠山明又溫和地微笑起來：「只有聖人看能否憑某人的個人行為而愛他或恨他，不因爲他是某團體的一分子而愛他或恨他。這不但一般人做不到，就連我自己也做不到。」

走完了海水浴場平坦的沙灘，迎面那海岬上聳起一粒蒼鬱的小丘，上面長了數叢茂密的相思樹，有一條蜿蜒的小徑引到那樹林子去。遠山明提議到那小丘上的相思樹下吃午餐，明德點頭贊同，於是兩個人便沿路爬到小丘上，「頭前溪」驀然又在眼前出現！那溪流在海口展開像一把扇，溪水彷彿突然自溪底湧出，由原來的一條主流散成幾條小支流，分別流到大海裡。那扇形三角洲的上游生了一片綠油油的燈心花，靠近小丘那支流的下游有人養了一群水鴨子，用一道竹籬圍住溪口以防鴨子游入海中。離這小丘一箭之地的斜坡上有一家土塊紅瓦的農舍，就在那農舍與小丘之間的沙灘上隱約看得見一隻上岸待修的渡船，遠山明的眼睛亮了起來，指向那渡船，對明德說：

「如何？明德君，咱們到那船上去吃飯，那裡要比這裡舒服多呢。」

那渡船用木架架在沙地上，由一株枝繁葉茂的破布子遮掩著，他們便對坐在樹蔭底的船板上吃早上軍營帶來的飯團。這周遭沒有半個人影，只在幾步遠的一叢七里香下看見一隻長尾公雞在剔翅膀上的翎羽，稍遠的一根痲竹上繫了一隻白鼻赤牛，垂涎反芻著，甩動黑色的尾巴想掃掉背上的蒼蠅……

他們吃完了飯團，遠山明開始用一把小刀削蘋果，他先削明德的，再削他自己的，一邊削一邊說：

「從內地運來台灣的蘋果有兩種，一種叫『國光』，另一種叫『烏錦』，『國光』的蘋果甜而多汁，『烏錦』的蘋果酸而乾澀，今天算咱們幸運，分到『國光』的蘋果！」

遠山明儘管說著，明德卻不注意去聽，因爲這時他的目光全然被遠山明手裡的那把小刀吸引住了，原來這小刀是一把袖珍的武士刀，不但有精緻的刀鞘，而且還有細彫的刀環，小巧玲瓏，十分可愛，只是這刀似乎不是專爲削蘋果用的，不知遠山明從哪裡得來，又那麼細心地藏在懷裡，相處了這麼久，這還是第一次看到……想著這些，明德不覺脫口問道：

「你這刀是哪裡買的？這麼小巧可愛！」

「不是我買的，是在東京唸書的時候，我姐姐特地從札幌寄給我的。」

「爲什麼要寄刀給你呢？遠山君。」明德大惑不解地問。

「這說來話又長了。」遠山明先歎息一會，然後咬了一口蘋果，邊嚼邊說了下去：「我的小學和中學都是在札幌唸的，中學畢業時我是全校最優的學生，我父母嫌札幌鄉下沒有好學校可以繼續唸，爲了將來能進第一流大學，他們送我到東京參加『第一高等學校』的入學考試，算我幸運，我終於考取了，從此我就離別了北海道的故鄉，在東京的『第一高等學校』的校舍居住下來。你大概也知道，這『第一高等學校』是全日本聲望最高的高等學校，只要能擠進這個學校的校門，就等於拿到了進『東京帝國大學』的免試入學證明，所以許多有名的作家，像夏目漱石、芥川龍之介、谷崎潤一郎、川端康成……都是先唸這『第一高等學校』的文科，等三年畢業了，才進『東京帝國大學』本部去。我本來也是想走這一條路，所以在『一高』時，我唸的是文科，主修的是『東洋哲學』。」

遠山明停息了一會，咬了第二口蘋果，明德也陪他吃起蘋果來，那「國光」的內地蘋果果然甜而多汁，只是明德這時心不在焉，他一心一意想知道那把小武士刀的故事，所以耐心凝望遠山明，終於看他又開口說了下去：

「有一點我得先說明一下，從小學開始，我就喜歡收集人形玩偶，每年過『五月節』，我父母和姐姐也買給我不少，到我要離家去東京的時候，已擺了滿滿一臥間，『桃太郎』、『金太郎』固不必說，連牽狗的『西鄉隆盛』、擔柴的『二宮尊德』、騎馬披甲的『楠木正成』也都有，我這把小刀就是『楠木正成』佩的武士刀，是我姐姐特地從札幌寄來東京給我的。」

「小刀佩在人形玩偶身上好好的，爲什麼要特地拔起來寄給你呢？」明德仍然是滿腹疑團地問。

遠山明把臉轉向海平線，讓他那珠子般的喉骨上下滾動一番，用發自山谷般的顫抖的聲音回答道：

「因爲我家失火，我父母都燒死了，整個房子燒成一堆焦土，什麼也燒光了，只剩下這把小刀沒燒掉，是已經嫁出去的姐姐回家料理後事的時候發現的，所以才寄來給我留做紀念。」

「你沒回家奔喪嗎？」

「沒有。」遠山明輕輕搖頭，回答道：「因爲我那時正在準備『一高』的畢業考試，姐姐怕影響我的畢業成績，暫時沒通知我，等我考完試收到她寄來的信和小刀，已經是三個月以後的事，那時我想，反正已見不到父母，也見不到家，回家有什麼用？就發狠不回家了。」

「以後你就進了『東大』？」

「沒有！」遠山明猛烈地搖頭：「本來姐姐是要繼續供應我上『東大』的學費，可是父母一死，我突然對唸書喪失了興趣，那時在中國大陸中日戰爭正在擴大進行，『朝日新聞』徵求到中國採訪的戰地記者，我就放棄了『東大』免試入學的機會，應徵當了『朝日新聞』的記者到中國去。」

「你在中國呆了多久？遠山君。」

「只呆了兩個月就離開了。」

「爲什麼只呆了那麼短？遠山君。」

遠山明並不想立刻回答，他又轉頭去望海，把整顆蘋果都吃光了，又將那把袖珍武士刀小心翼翼地收藏在懷裡，才徐徐地說：

「我一向對中國文化十分嚮往，從小就夢想有一天能夠到中國親身一遊，所以當新聞記者到中國去，一半也是爲了實現我多年的夢想。本來『朝日新聞』指派我在昭和十二年十二月一日到中國就職，地點是上海的『朝日新聞分社』，因爲我想事前到中國各地遊歷遊歷，所以我就提早一個月坐船到中國。我的船在天津靠岸，我上岸遊了天津和北京，也去看了萬里長城，本來想乘『津埔鐵路』南下，一路遊歷濟南、曲阜、徐州、南京，然後到上海，可是因爲戰爭的關係，『津埔鐵路』被封閉了，我只好取消原來的計劃，把剩餘的時間消磨在北京，然後從天津搭船，在十二月一日由水路到達上海。我一到上海，才知道戰爭在上海與南京一帶進行得十分激烈，不但上海已完全落在日軍的手中，連無錫、江陰也相繼陷落，最後便是十二月十二日南京的攻陷，我就被分社派到南京去做戰地採訪，我目睹了『皇軍』慘絕人寰的殘暴行爲，我把它寫成報導要往內地傳送，但分社的人卻阻止了我，說內地本社要的是『皇軍』勝利奏凱的新聞，而不是『皇軍』搶殺姦淫的消息，可是如果只寫前者不寫後者，我良心感到非常不安，我考慮再三，只好辭了記者的工作不幹了。我回內地的途中經過台灣，我發覺台灣這地方十分可愛，又有一間比『東京帝國大學』建築還要富麗堂皇的『台北帝國大學』，我突然決定不回內地去了，我進了『台北帝大』，繼續唸我的『東洋哲學』。」

「哦，哦，原來你親眼目睹了『南京大屠殺』！幾年前我在馬尼拉的時候，也看過一些照片，有一個日本兵舉起武士刀要砍中國百姓的頭，又有一個日本兵用刺刀刺中國學生的胸膛，還有一個大坑塡了滿滿中國人的屍首，坑上圍了許多日本兵在交臂觀望……世上眞有這等殘忍的事？」

遠山明點點頭，愀然接下去說：

「在我當戰地記者的短短一個月裡，我看了兩千年歷史書裡沒見過的慘事與暴行。其實在南京陷落以前，日軍的飛機早已投下無數的炸彈和燒夷彈，等我隨軍隊進城的時候，整個城還在煙火之中，有的被活活燒死，有的被燒得焦頭爛額，死屍遍地，痛苦呻吟到處可聞，幸運沒遇難的都成了無家可歸的街頭乞丐，既凍又餓，坐以待斃。」

遠山明閉目屛息了一會，似乎在記憶的邊緣尋索，然後把眼睛張開了，歎一口氣，說下去：

「這些只是戰爭的普遍現象，儘管悽慘，因爲早已做了心理準備，並沒叫我感到意外，但是有幾件你想像不到的事，突然遇著了，有的叫你氣憤塡膺，有的令你鼻痠流淚。」

明德雙眼一睜，耳朵也豎了起來，默默等待著。遠山明瞟了他一眼，看他那麼聚精會神，終於開口續了下去：

「有一回，我看見兩個『皇軍』軍官手提武士刀，後面跟著一群持槍的『皇軍』兵士，從『下關』到『小西門』，一路看到中國人就猛追瞎砍，每看到一個中國人被軍官砍倒了，那後面的兵就手舞足蹈，高聲歡呼，甚至有些兵還一一計數，每增加一個數字，就大喊一聲：『萬歲！』」

「有這樣慘無人道的事情！」明德頻頻搖頭道。

遠山明默默點了三下頭，又說下去：

「另有一回，在『中山陵』的石階上，我看見五、六個『皇軍』拿階旁的石頭砸一個中國學生的頭，一直把腦袋砸開了，腦漿迸濺，倒在血泊之中，還用軍靴踢他，用槍托搗他，而他們的一個軍官上司卻立在一邊，冷眼旁觀，一語不發。」「有這樣鐵石心腸的『皇軍』！」明德咬牙切齒地說。

遠山明又默默點了三下頭，又說下去：

「但這只是叫你憤慨，還沒令你鼻痠。我進南京的第一天，在『中華門』的殘垣斷壁下面，看見一具僵硬的女屍，旁邊趴著一個七、八個月大的嬰孩，一邊嚎哭，一邊吸著母親血污的奶，我一時悲從中來，流出了眼淚。」

「可憐啊，多可憐……」明德搖頭歎息起來。

「還有一次更令我感到悲痛，有一天，我偷閒在『莫愁湖』畔欣賞初冬的殘蓮，忽然聽見遠處傳來女人的哭叫聲，我沿湖對著聲音尋去，終於在湖邊的柳樹叢裡發現了一個六角亭閣，有三、四個『皇軍』把槍擱在亭閣外頭的白灰牆上，相對而笑，一個才從亭裡晃出來，另一個又掩了進去，女人的叫聲又開始高揚起來，我忍不住向亭閣走近，亭外的那幾個『皇軍』忙去牆上搶了槍，喝令我滾開，我用日語告訴他們說我是特別派來南京的戰地記者，他們聽了更是火上添油，舉起槍來對我瞄準，來勢洶洶，眞的要開槍的樣子，我只好邁開，離得遠遠的，躲在一株濃密的梧桐底下，無可奈何地聽那女人間歇的叫聲逐次微弱下去，一直等了好一陣子，等那批『皇軍』終於提著槍東歪西斜地離開了亭閣，我才向亭閣奔去，在那亭裡的水泥地上躺著一個十六、七歲的小姑娘，全身赤裸裸的，四肢攤開，梳著長辮子的頭歪向一邊，兩粒奶頭被割掉了，一支刺刀倒插陰戶，深入體內，直剩下一節刀柄，地上淌了一灘血……」

明德沒能再回應，他眼角一瘆，隨著視覺也模糊起來了。兩個人默默地望著海歎息了一會，遠山明才又開口對明德說：

「什麼『光榮聖戰』？不過『搶殺姦淫』！不該，不該，日本實在不該侵略中國！」

明德轉過頭來，滿臉驚訝，輕輕叫道：

「遠山君，像你日本人竟然反戰，這我還是生平第一次聽到。」

「其實反戰的不只我一個，」遠山明回道：「早一點，像濱口首相和犬養首相，就因爲接受倫敦會議的海軍裁軍和反對日本在滿洲的軍事擴張而先後遭到黑手黨人的刺殺。晚一點，像高橋大藏大臣、齊藤掌璽大臣、渡邊參謀大臣，也因爲反對日本侵略中國而在『二二六事件』時被少壯軍人所殺。即使到『珍珠港事變』發生之前，仍有一些議員像西義顯和石原莞爾在從事和平運動，只可惜他們人數太少，而聲音又太低，外面的人聽不到，大家聽到的只有像『閻羅王』那樣虎嘯獅吼的聲音！」

一隻孤雁自海上飛向陸地，邊飛還邊呱呱哀鳴，遠山明抬起頭來，瞇眼眺望天空，半截斷牙自那微啓的嘴上露了出來，不免又叫明德憶起鬼塚隊長那一系列虐待新兵的遊戲來，於是他開口說：

「遠山君，『閻羅王』要每個新兵背熟『陸海軍軍人勅諭』，可是他自己是不是還記得『陸海軍軍人勅諭』呢？」

「你指『勅諭』第幾條？」

「就說第二條吧。」

「第二條的前半段他倒記得蠻清楚的，至於後半段嘛，那我就拿不準了。」

「那第二條明明叫上級善待下級，可是他幾時善待過下級？不是球棒就是藤鞭！不是腳踢就是拳打！」

「哈，哈，哈……」遠山明冷笑起來：「我不是跟你說過嗎？在軍隊裡，從上到下，個個都患了虐待狂，只除了新兵與馬。」

明德禁不住陪遠山明笑了一陣，倏然憶起鬼塚隊長講過的「上海事變」時那位「久我少佐」的故事，便順口問遠山明道：

「遠山君，你認爲一旦被人俘擄，就非自決不可嗎？」

「那要視情況而定，不能一概而論。」

「如果你處在久我少佐的情況，你要怎麼辦？」

「我嘛……」遠山明沉思了半晌，徐徐地說：「與其像他用切腹來結束自己的生命，不如用那生命從事中日兩國間的和平與友誼，讓人了解戰爭的虛耗與徒勞，我想這要比平白自決有意義得多。」

明德同意地點點頭，寂寞又籠罩在周遭，兩個人同時轉頭去望那蒼茫的大海……

有兩個十六、七歲的少女並肩從那農舍對渡船走來，她們都穿著「新竹女學」深藍斜紋布制服，水手大領襯著白條滾邊。其中一個，一頭清湯掛麵，滿臉黧黑，一手攤著一只細竹籃子；而另外一個，梳著兩條柳辮，一臉細白，雙手毫無牽掛地交握在背後。因爲她們兩人邊走邊談，並沒有察覺隱在破布子樹蔭裡的遠山明與明德，等她們快到渡船的時候，突然拐彎，步下沙灘，對著溪口的那群鴨子走去。這時遠山明才悄悄下了渡船，挪到空曠的樹前，放膽欣賞那兩個女學生的背影，明德也跟隨在後頭，那兩個女學生的對話縹緲傳到他們的耳朵……

「小心！走路不要用踩的，要用踢的，不然你會踩破沙裡的鴨蛋。」

「你常常來這裡撿蛋嗎？」

「沒到新竹上『女學』以前，每天早晚都來撿一次，上了『女學』，每次放假回來才來撿，就像今天一樣。」

「噯喲！蜂…蜂…蜂……會把人叮死！會把人叮死！」

「城市佬！那不是蜂啦！那是金蠅，只會叫，不會叮人的。」

「噯喲！沙跑進鞋裡去了！」

「那就乾脆把鞋子脫掉嘛。」

「你叫我光腳走？」

「那有什麼稀奇？我們從小都是光腳的，一直到了上『女學』才有鞋穿。」

「噢，噢……這沙裡怎麼這麼多貝殼？割得人好痛哦！」

「嘻，嘻，嘻，我說你們這些城市佬就是城市佬，經不起一點點小痛，這叫我想起一個故事來。從前有一位公主，由一隊侍衛用轎抬著，要到很遠的地方去，半路天黑了，他們就進到一座城裡歇息。那城主的太太是一個多疑的人，聽說那轎裡的女人是一位公主，有點不相信，就在她睡的棉被底下偷放了三顆綠豆。第二天見那公主起床，就問她說：『公主昨晚可睡得好？』那公主搖頭皺眉說：『不知道爲什麼？早上醒來腰痠背痛的。』那城主的太太於是笑說：『那麼你眞的是公主了！』」

「你這是什麼意思？故意編故事來挖苦人，這樣我要回家去……」

「嘻，嘻，嘻，說著玩的，你眞的生氣了？其實你即使要回家，現在也回不去，反正巴士還得幾個鐘頭才開呢，還是跟我一起撿蛋吧！」

她們在溪這岸撿了一會鴨蛋，都放到籃子裡去……

「這邊沒有蛋了，我們到對面去！」

「但我們怎麼過去呢？」

「涉水過去啊，這水不深，我先走，你就跟在我的後頭。」

那黧黑的少女把裙角往腰一紮，脫了鞋往腋下一挾，然後將竹籃頂在頭上，平穩涉溪到達對岸。那細白的少女掀起裙子，露出一雙如玉的大腿和似花的腿窩，她伸了一隻腳尖到溪裡去探水，立刻又收了回來。

「噯喲！這水好冷哦！」

「冷什麼？十二月最凍的時候，我們還不是照樣天天涉水。」

那後頭的少女猶豫了一陣，終於一手提鞋，一手撩裙，歪歪斜斜，搖搖欲墜，宛如跳華爾滋似地涉水過了溪。

她們在溪對岸又撿了一會鴨蛋，然後隱入那上游的燈心花叢裡……

從那兩個少女出現到她們消失爲止，遠山明都全神貫注地凝視著，特別是對那梳一雙柳辮的少女，他臉上一逕掛著少見的鄉愁的微笑，明德看了，幽然憶起有一回碰見他在台北「新公園」的椰子樹下跟一位女學生並肩散步的往事，便不經意地笑問他道：

「遠山君，你跟那位『靜修女學』的女孩子近況如何？」

「吹了……」遠山明淡淡地說。

「幾時吹的？」明德萬分訝異地問。

「就在『新公園』被你撞見一個月後，本來兩個好好的，我每禮拜到『靜修女學』去兼兩小時歷史課，她就在教室裡聽我的課，難得偶爾從學校宿舍偷偷跑來『新公園』跟我見面談心，結果被人報到她新竹的家裡去了，於是她家人就打了一通電報到學校，說她父親病危，命她立刻回新竹去，從此就沒再回學校裡來。」

「她父親亡故了？」

「不是，不是，」遠山明搖搖頭，沮喪地說下去：「那電報根本是騙局，目的只是要把她騙回新竹去，所以她一回去，他們就把她關起來，寫信向學校自動退學，到處託人說媒，三個月後就強把她嫁給台中的一個醫生。」

「這後來的事情你怎麼知道的？」

「她嫁了之後寫信到學校來給我，有台中郵局的郵戳，只是不寫她的地址。」

明德低下頭來，沉默不語，遠山明則感慨地說：

「你看，明德君，我愛台灣人，台灣人卻不愛我。」

明德聽了這話，更是無話可說，只好跟著遠山明喟歎起來……

他們信步走下沙灘，慢慢挪向那群水鴨，無意間遠山明踢到沙裡的一粒蛋，他跪下來，把蛋捧在手中，細心賞玩了一番，然後用沙堆起一座錐形的小山，將蛋輕輕安在山頂，看去就像少女的乳峰……

那天邊一片桃紅的彩霞，柔軟而豐盈，彷彿掐得出水似的，有兩抹淡淡的薄雲，幾乎融化在霞光裡。海水逐漸變黑，冷風從南面吹來，浪也轉向往北流，斜打著褪色的沙灘。時間已經晚了，遠山明與明德兩人終於作別留戀了一日的海岸，踏向回「新竹空軍基地」的歸途。

他們看見南寮汽車站等候乘客的巴士，遠山明突然決定不再徒步走回軍營，於是兩人便買了票，才登上巴士，車就開了。

那車上只有七、八個人，包括下午在海邊遇見的那兩個「新竹女學」的女學生，她們大概也像遠山明他們兩人一樣，在這假日結束之前要趕回學校的宿舍。整整半個小時的車程，遠山明都不曾跟明德說話，他一直目不轉睛地凝視著斜對座那個打辮子的女學生，終於被她發覺了，見她紅起臉來，羞澀地把頭轉向窗外去……

他們在基地的大門前下車，這時天色已經大暗，望不見基地裡面的飛機場，只見守衛室前亮著的一盞孤燈。有一個人騎腳踏車從裡面出來，與他們擦身而過，往新竹的方向踩去。遠山明用肘撞了明德一下，對他耳語道：

「有沒有看清那騎車的人？」

「沒有注意，是誰？」

「『閻羅王』……」

這晚宵點由曾我班長代鬼塚隊長主持，一整夜，鬼塚隊長也不曾露面。

九

原定三個月入營初訓已逐漸接近尾聲，可是鬼塚隊長體罰新兵的遊戲不但層出無窮，而且玩遊戲的次數也逐日加多，不論新兵操練的動作如何精熟完美，鬼塚隊長總還是找各種藉口來叫他們吃苦頭，終於叫明德慢慢明白過來，原來體罰根本就是鬼塚隊長最重要的訓練項目之一，目的在剝奪一個人的人性，使他淪爲無情的戰鬥工具，也難怪鬼塚隊長三番五次那麼驕傲那麼誇耀地對大家說：「經我一手訓練的新兵，從來沒有一個畏敵脫逃，從來沒有一個偷生投降，誰通過我這三個月的初訓，誰就得了永生！」

這一天晚上宵點的時候，由於隊伍排得不十分整齊，鬼塚隊長大發了一陣雷霆，把罪歸在排頭的明德與遠山明以及排尾的王金鎗與細川身上，於是在全班回營睡覺之後，他們四個人卻留在營前，鬼塚隊長先命他們把全身的衣服都脫光，直剩一條褌兜，才叫他們繞營跑了三十圈，這還不夠，等他們跑完了，又命在旁監督的曾我班長把他們關進淋浴室。這淋浴室與廁所連在一起，有一個共同的入口，曾我班長將入口的木門關閉下鎖，掛上一塊木牌，那牌上早有人用毛筆黑字寫道：「內有禁犯，暫停使用」。

他們四個人依然裸著身子，因爲寒冷，只好背貼背擠在木條櫈上相互取暖。曾我班長離開時，在門外將淋浴室與廁所內的電燈都關了，所以室內烏黑的一片，只有從天窗透進來的星光，照亮了牆上一排淋浴用的水龍頭，那水龍頭的銅管，彎鉤像「？」字，彷彿有一排人迤邐問了下去，爲什麼？爲什麼？爲什麼？爲什麼？……

有好久的時間，他們都沉默不語，只顧依偎著發抖，發出牙齒相碰的聲音，最後耐不住寂寞，便由王金鎗首先開口說起話來：

「我有一個堂兄也當過兵，他每次放假回來，就說軍隊裡生活很苦很苦，但我無論如何也想像不出會苦到這個地步。」

「軍隊裡苦是事實，」細川立刻答腔說：「但我不相信還有比咱們更苦的，世界哪裡找得到第二個『閻羅王』？有時氣起來，恨不得拔刺刀把他宰了！」

其他三個人都怔了怔，遠山明趕緊壓低聲音道：

「小聲點！細川君，『閻羅王』可能就在窗外偷聽……」

沒想到細川不但不收斂，反而放大聲說：

「偷聽又怎麼樣？反正地獄十八般刑罰都受過了，還有什麼可怕的？你們看好了，總有一天，我會拔刺刀把他宰了！」

「宰掉『閻羅王』？我從來也沒這種念頭，我只想逃離軍營，永遠不再回來。」王金鎗說，深深歎一口氣，然後用肘撞了細川一下，轉換語調說下去：「你還說什麼地獄？我看地獄也不會比營裡更令人難堪，在地獄，起碼沒有人連褌兜也脫光，叫人批評任人參觀，眞的連『地獄』都想鑽進去！」

只有細川一個人禁不住偷笑了一聲，看看其他兩人都不笑，便立刻又靜止下來，於是便聽見遠山明開口問道：

「王君，你說你想逃兵，你逃了之後要躲到哪裡去？躲在家裡？」

「我才不會傻到躲在家裡，隔不到三天憲兵準來家裡抓，我要躲就躲到山裡去。」王金鎗胸有成竹地回答。

遠山明沉吟了半晌，然後絮絮說了起來：

「不久之前我認識一個朋友，他被調到軍營受新兵訓練，他也像王君一樣受不了，於是爬了鐵絲網逃出營房，他就躲在山裡頭，白天不敢出來，夜裡才到山下的農田偷蔬菜和蕃薯吃，可是不到幾天，就被村子的警察抓到了。爲了要查證他確實是逃兵，那警察就用手銬把他雙手銬住，拿麻繩捆他，牽到他家裡去，讓整條街的人羞辱他，然後對他的家人說：『非常抱歉，這個人既然背叛了天皇與國家，我們除了送他回原來的軍事單位去處理，實在別無他法可想。』」

整個淋浴室闃然無聲，連王金鎗也沒再作響，只張了耳朵，想努力聽下去，於是遠山明只歇了一陣，便又說起來：

「通常那軍事單位接到逃兵之後，便連同他在軍營的檔案一起轉送到軍事監牢，一進那裡，他便任憲兵自由宰割了。他們首先用鐵絲把他的雙腕吊在天花板，又用鐵錘掛在他的腳踝上，把他脫得精光，然後拿鞭子抽打，往往把他打到死爲止，也沒有人去過問，比一粒石子掉進大海還要和平還要安靜。」

整晚明德只顧靜聽卻不曾說半句話，在遠山明說話後的一長段寂寥之中，他又開始感到冷，不覺又磨牙打顫，猛然大叫起來：

「不行！不行！我們不能老是坐著捱凍，我們非得想想辦法不可！」

「我們還有什麼辦法可想？」細川悲歎地說。

明德默默想了一會，突然抬頭叫道：

「有了！我們何不做幾十下伏地挺身，汗一出就不冷了。」

聽了這話，不用說細川與王金鎗毫無所動，即使連遠山明也沒有反應，於是明德只好單獨一個人往地上一趴，做起伏地挺身來。

明德一口氣做了一百二十下伏地挺身，做的時候身子是逐漸熱了起來，可是那水泥地上的冷氣卻沿著他的手掌與腳趾倒流，直透心坎，叫人不覺又打起寒噤。條然之間，他想起那牆上的水龍頭來，何不開那熱水來取暖呢？才感到一陣驚喜，心卻立刻又沉了下去，因爲據他所知，那熱水幾天才放一次，平時只有冷水，沖涼可以，取暖甭談了。

儘管這麼想著，實在是太無聊了，想做點事消磨時間，明德終於對牆壁摸了過去，觸到水龍頭下的一個小銅栓，旋轉起來，剝肌的冰水忽地灑了一身，明德猛然跳回來，抽搐了一陣，想伸手去把銅栓關住，萬不料那冰水卻似乎有了一點暖意，於是他就任那隻手淋水去，那水果然由冷而溫，由溫而熱，霎眼之間，已噴了明德滿臉蒸氣，於是他什麼也顧不得，衝進那舒暖的熱泉之中，並且壓低聲對那木條椅上的三個人喊道：

「快來！快來！熱水呢!!!」

不到三秒鐘，遠山明、細川與王金鎗已跟明德擠成一堆，大家摩肩擦肚，雀躍歡喜，甚至還輕輕哼起歌來，入營以來，就沒有這般快樂過。

驟然，遠山明把熱水關住，對大家耳語道：

「這水聲太大了，別吵了『閻羅王』。」遠山明頓了一下，又接下去說：「喂，細川君，你身子最輕，你爬到天窗去探探。」

說罷，遠山明與明德兩人合力把細川抬到牆壁上，叫他先扳住那水龍頭的銅管彎鉤，然後引頸上昇，由那天窗往外窺探。不一刻細川下到地上來了，對大家說：

「燈也沒有，人也沒有，『閻羅王』恐怕早已睡死了！」

於是他們才放大膽去開銅栓，痛痛快快地淋起熱水浴來。

「不行！不行！我們這樣一下子就會把熱水開光了，非得想辦法節省不可，夜還漫長呢。」隔了一會，明德心血來潮地說。

大家想了一會，遠山明突然拍手叫道：

「哈！終於被我想到了！我們可以到廁所去拿棉紙來把洩水口塞住，先放滿地上一池熱水，再把水龍頭放小，維持溫度就夠了，這樣我們可以泡熱水，一直泡到天明。」

大家都齊口贊成，於是計劃也就立刻加以實行了。

他們果然舒舒服服地泡了一夜熱水浴，已經朦朦朧朧快要睡著了，忽然明德側過身來問遠山明說：

「遠山，你想這裡每天夜裡都會有熱水嗎？」

「我想是吧，因爲每天廚房總要燒飯，燒完飯總會有餘火，餘火總得燒熱水，熱水總得放到淋浴室裡來……」

「以前我們怎麼都不知道？」

「因爲你是新兵啊！」

「也好，反正以後高興了，就在夜裡來這裡洗熱水澡！」

明德堅決地說，不久便呼呼入睡了。

十

鬼塚隊長有幾千幾百種「遊戲」，在這些光怪陸離的「遊戲」之中，最受歡迎而且最像遊戲的恐怕就是「柔道」了。

起初，「柔道」是採取比賽性質，玩的時候，將全隊三十人分組成對，圍成圓圈，一對對新兵便在圈內初賽，勝者留住，敗者退下，如此輪完一圈，勝者又與勝者複賽，於是逐次淘汰，最後才由全隊剩下的兩個勝利者決賽。因爲明德與遠山明的體格既優且又精於此道，所以每回比賽，最後都由他們兩人分別奪魁。

有一天，全隊三十個新兵圍成圓圈開始「柔道」比賽的時候，鬼塚隊長突然面露神秘的微笑，用一種戲謔的聲調對所有新兵說：

「諸位新兵，你們老玩這『柔道』的遊戲不會覺得無聊嗎？我忽然想到一種新遊戲，其實玩的還是這『柔道』，只是比賽的規則稍有一點不同，這新遊戲究竟叫什麼呢？有一個十分高雅的名字，叫做『勇者退』。」

所有新兵都面面相覷，心中揣測這「勇者退」究竟是什麼樣的遊戲，只猜想大概又是鬼塚隊長新發明用來體罰他們的惡作劇，因爲從來也沒聽說過，只好耐心地等他繼續說下去：

「諸位新兵，你們知道這『勇者退』三個字是怎麼來的嗎？告訴你們，是從支那的聖人——老子的『道德經』裡面來的，老子在那經裡說了一句著名的話，他說：『功成，名遂，身退』。諾！在我們『柔道』新遊戲中，賽贏的人就是『勇者』，『勇者』既然『功成，名遂』，也就應該『身退』了，所以我才把這新遊戲改叫『勇者退』。這遊戲的規則十分簡單，不必再分組成對了，隨便在隊裡點兩個新兵出來比『柔道』，勝者退下，敗者繼續比賽，一直把圓圈輪完爲止。現在我要知道，有誰不明白的嗎？」

下面的新兵沒有人敢吭聲。

「好！」鬼塚隊長滿意地點了一下頭：「那麼我們現在就由細川跟王金鎗兩位新兵開始！」

因爲王金鎗終究還比細川壯些，所以兩人一進一退扭轉了幾圈，王金鎗終於把細川摔倒了。

「好！」鬼塚隊長用力點了一下頭：「勝者退下，敗者繼續比賽！」

接下去比賽是足立、小原、日比、星野……遠山明和明德，每個人與細川比賽，每個人都把他摔倒，只見他滿臉熱汗，全頭熱氣，氣喘吁吁，踉踉蹌蹌，愈鬥愈弱，愈弱愈衰，可是鬥完了自己這一班十四個人，還得繼續跟另一班的十五人鬥下去，一直鬥完了二十九人，敗了二十九次，把整個圓圈都輪完了，鬼塚隊長才開口喊停，走了過去，拍拍細川的肩膀，對他道：

「細川新兵，恭賀！恭賀！總算還能堅持到底，不曾倒下爬不起來，也不曾投降逃到圈外。」然後他轉了方向，對大家說了下去：「怎麼樣？諸位新兵，這『勇者退』比以前的『柔道』遊戲有趣得多吧？好！咱們明天再來，既然細川新兵今天還沒退下，明天也只好由他領先開始！」

這天晚飯之後的自由活動時間，細川與王金鎗兩人一起到營外去散步，整個晚上大家都見不到他們，一直到宵點的時刻他們才踽踽走回來。

第二天鬼塚隊長沒有食言，果然在一天武器操練之後，又叫全隊的新兵玩起「勇者退」的遊戲來。他一開始就叫細川站到圓心去，隨便再點了一個人去跟他比「柔道」，然後依序輪了下去，這一天跟昨天完全一樣，細川又鬥了二十九人，依舊又敗了二十九次，只是臉色更蒼白，身子更羸弱。末了，鬼塚隊長又對他說道：

「嘖！嘖！細川新兵，果然是好漢，雖然倒了又爬起來，雖然敗了依然不退。好！咱們明天再來，仍然由你領先開始！」

這一天，晚飯之後，細川與王金鎗兩個人又不見了，只是當明德和遠山明漫步回到營房的時候，意外發現王金鎗孤獨地坐在他的床位上，正無聊地擦著他床邊的刺刀。兩人悄悄地走了過去，明德首先開口問王金鎗說：

「細川到哪裡去？」

「到外面散步去。」

「你怎麼不跟他在一起？」

「我本來想跟，可是今天他不再讓我跟了。」王金鎗回道，他那孩兒臉蹙成一團，已不再像從前天眞的模樣。

沉默籠罩片刻，驀然遠山明握緊雙拳，咬牙切齒，連連搖頭說：

「『閻羅王』下地獄去！細川不能再這樣下去了，眞的不能再這樣下去了。」

第三天，鬼塚隊長照例又叫大家玩「勇者退」的遊戲，他還是叫細川首先出來與一名新兵比「柔道」，細川連敗了十幾次，最後輪到遠山明與他比的時候，一個不注意，遠山明竟然被他摔倒在地上，全場大譁，細川便在一陣唏噓之中退到圓圈外面來。

有一個新兵自地上立起，想到圓心去，卻被鬼塚隊長喊住，他搶先一步跨到圓心，轉過臉來，對大家說：

「赫！我突然技癢起來，也想加入你們的遊戲，怎麼樣？大家不反對吧？」

座下沒有人敢反對，於是鬼塚隊長便褪了他的隊長制服，也脫了靴，跟遠山明賽起「柔道」來，才推拉了兩下，突聞「噯喲！」一聲，鬼塚隊長便四腳朝天倒在地上了，他故意學小孩趴在地上痛苦呻吟，用誇張的動作撫膝摸背地爬了起來，又僞裝不小心跌𠎀到地上，看得眾新兵笑彎了腰，冷不防鬼塚隊長自地上敏捷地跳起來，立得彷彿像一根電線桿，完全恢復了三分鐘前的嚴肅神態，把雙手往腰一插，大搖其頭，對大家說道：

「嘖，嘖，嘖……你們當眞以爲鬼塚老兵敗給了遠山新兵？算了吧，沒有這種事！那不過是演戲，就像剛才遠山新兵跟細川新兵演的那一場，是特別演給大家開懷大笑的。諸位新兵！『勇者退』是遊戲而不是演戲，既然是遊戲就必須講求『誠』字，現在遠山新兵不誠，鬼塚老兵也不誠，他們兩人只好被罰出局，不能再玩『勇者退』的遊戲了，而且剛才玩的兩場也都不能算數，所以仍得請細川新兵出場，繼續跟下一個新兵玩下去！」

細川只好又搖搖晃晃地起來，跟其餘的新兵一個一個苦鬥下去，照例又一個一個全敗給他們，只是堅忍不服輸，仍舊自地上爬起來，於是鬼塚隊長又拍了他的肩膀，讚美他一番，宣佈下一天還要把「勇者退」玩下去，仍然由細川新兵起頭開始。

這一天晚飯之後，細川不再到營房外面散步了，他很早就回到營房裡來，躺在他的臥鋪上，雙手平放在心頭，雙眼望著屋頂交插的支柱出神。起先是王金鎗，接著是明德與遠山明，他們都走過去想跟他說話，但他誰也不應，最後經不起他們一再撩撥，才淡淡地回答他們：

「我想安靜，請你們讓我安靜好嗎？」

大家也覺得無聊，為了讓他安靜，只好悄悄地離開他。

這晚宵點之後，細川很快就上床就寢了，明德因為白天操練時閃了背，在床上輾轉了許久，才終於模糊睡去。也不知睡了多久，半夜明德因為背痛醒來，才發覺膀胱腫脹，便從床上翻下來，挪出營房，對營房後面的廁所走去。

來到廁所前，明德發現那門上用鎖鎖住，裡面一片漆黑，一股無名火遽而從他心中昇起，他想一定又是『閻羅王』玩的遊戲，叫曾我班長來把廁所下鎖，好叫新兵在廁所門前跳舞。他環顧四周，一個人影也沒有，他又瞧瞧那門上的鎖，那鎖環既細，而鎖下又沒有掛那塊「內有禁犯，暫停使用」的木牌，再想想那另一個廁所離這個有幾百步遠，他的尿又如此之急，他也就顧不得其他了，只把右腳一抬，用那釘底的厚靴往那小鎖狠狠一蹬，見那鎖環鬆動了，而門也開了一條細縫，他靜止下來，諦聽了一會，依然聞不到一點聲響，便膽壯起來，又是一腳猛蹬下去，那鎖咔啦一聲掉在地上，這同時那廁所的門也豁然大敞，他急急蹭了進去。

因爲不想被人發覺，明德並沒把燈光打開，只在黑暗中摸到廁所的尿槽，撒了尿就返身走出來，還走不到門口，那脊背卻無故又抽痛起來，淋浴室裡的熱水龍頭倏然閃過腦際，他想何不趁這沒人的黑夜再去淋一次熱水浴？既可舒緩背痛又可恢復疲勞，於是也就踅向淋浴室，一逕往那灑水的龍頭摸索了去。

驀然，明德撞到了什麼柔軟的東西，他退了三步，下意識地脫口而出：「對不起！」可是對方卻毫無反應，只繼續在黑暗裡輕移慢動，迎面拂來微微的冷風。他連忙摸到門口，扭亮了淋浴室的燈，又跑回去，他猛地看到一個瘦條身子孑然懸在浴室中，那吊住脖子的繩子就掛在水龍頭「？」形的彎鉤上。他登時全身冷了半截，腳也不期然收住，只楞在那裡呆望那被拉長的細身子在空中來回擺盪，那牆壁上的影子也隨著一肥一瘦地變幻起來，慢慢地，那白紙一般的臉似乎不十分情願地旋轉過來，明德大叫一聲：「細川——！」便奮身狂奔過去……

因爲那彎鉤掛得高，而那死結又打得緊，任明德怎麼解也解不下細川頸上的繩子，他只好奔回營房，拔了床頭的刺刀就想跑回淋浴室來，卻被床邊震醒的遠山明一把擒住，驚慌萬狀，大聲問道：

「明德！你瘋了‼你拿刀做什麼？」

「去砍細川的繩子……遠山……你也快來……一起去救他……他在浴室裡……上吊了‼」

遠山明衣也不披、鞋也不趿就跟著明德跑到淋浴室裡來，他在下面將細川的一雙大腿抱起，由明德跳到水龍頭的彎鉤上將繩子砍斷，兩人才合抱細川的身子，讓他仰天平躺在地上，手忙腳亂去解鬆他脖子上的繩子，做完了這一切，明德便跪在細川的頭前，擺動他的雙臂，爲他做人工呼吸……

不一會兒，淋浴室裡已來了許多人，影影簇簇，在細川的四周圍成了一道人牆，明德連頭也不抬一下，只顧聚精會神爲細川做人工呼吸，一雙眼睛緊盯住細川的臉，期待那死的灰白會泛出一絲活的紅暈，可是做了好久，做到精疲力盡，始終也得不著一點生命的信息，他遂停了下來，這時耳朵才恢復聽覺，便聽見人叢之中有人在說話：

「沒有用，只是浪費時間，他早死了。」

明德抬起頭來，瞥見了鬼塚隊長那馬般的長臉和他那一雙冷酷無情的眼睛，就在這瞬間，他想抓起砍斷細川繩子的刺刀，一刀戳進「閻羅王」的心坎……

所有新兵只在周圍長吁短歎，獨有遠山明淡淡地說：

「總之，他現在可快活多了。」

細川的死訊很快就傳遍了整個「新竹空軍基地」，第二天曾我班長爲他清理遺物的時候，發現了兩封沒有封套的信，一封給他的家人，一封給同營的夥伴，那封給家人的信主要是請他們原諒他污辱了他家的門楣，對不起埋骨在內地的祖先，而那封給夥伴的信則是感謝他們在訓練期間給他深厚的友愛，然後在信的最後寫道：「別了，我先走一步，在天上等著你們。」

兩天之後，有三個新兵鑽鐵絲網逃亡了，其中的兩個是隔壁班的新兵，而其中的一個便是明德這班的王金鎗。那兩個逃兵在同天之內就被憲兵抓回營房，經鬼塚隊長驗明正身便被押到「新竹軍事監獄」去了。王金鎗雖然在營外逍遙了一禮拜之久，但最後還是被警察抓到營裡來，在押到「新竹軍事監獄」之前，鬼塚隊長又命他將褲子和褌兜全部脫光，立在營房之前，讓出入的新兵觀賞他的天然體……

王金鎗在太陽底下整整站了一天，明德始終迴避不願去看他，一直到傍晚日斜的時候，當他終於忍不住去瞥他一眼，他大吃一驚，那不久前還是光潔的平原，已長成一片濃密的森林，再仔細端詳他的面目，幾時已稚氣全消，呈現一張十足剛毅的成人臉！

十一

三個月的「基本訓練」終於告一個段落，緊接下去便是六個月的「飛行訓練」，由於戰爭緊迫的關係，軍方沒能給新兵太長的假期，爲了讓來自台灣島上最遙遠的新兵也能回家過一個晚上，基地一律准每個新兵兩天的假期。明德總算比別人幸運，因爲從新竹到台北有一班晚上九點的夜車，所以他在訓練完畢當晚的結訓歡宴後，當即趕赴新竹火車站搭了夜車回台北來。這一期同班剩下的十三個新兵中來自台北的只有遠山明與明德兩個，明德原本也邀遠山明同回台北，可是遠山明卻以台北沒有親人的理由而加以婉拒了，他說寧可利用這寶貴的兩天到台中度假，說不定還可能在台中街頭遇到他過去的那位「靜修女學」的學生。

明德坐了三個小時的慢車，於晚上十二點才到台北，因爲夜已很深，所有巴士都停駛了，他只好徒步又走了一個小時才到艋舺龍山寺旁的老家。那木器店的大門關著，大概全家都已經睡著了，敲了老半天的門，才聽見有腳步聲走到店外頭來，出來開門的是周福生，原來一雙惺忪的睡眼，一見到明德，突然大張，兩顆晶亮的眼珠幾乎要從眼眶跳出來，驚叫一聲：

「啊！原來是你……」然後轉身對屋裡狂喊：「阿甜！阿妙！緊起來哦！明哥轉來丫嘍！」

謝甜和妙妙一邊扭衫一邊攏裙，從各自的房間跑到屋前來，都睜睜地瞪著明德，無限歡喜，卻說不出一句話，最後才由周福生打破這過度激動的沉默，問明德說：

「明哥，阿你即回轉來厝裡欲住幾工？」

「兩工。」明德微笑地回答，偷偷瞥一下害羞的妙妙一眼。

「兩工而而？哪不較久咧？」

「獪使，這是三個月的『基本訓練』抵才煞，才有通歇兩工，續落去猶有六個月的『飛行訓練』，所以獪使歇尙久。」

對於明德的解釋，周福生感到十分滿意，於是頻頻點起頭來，突然他眉宇一皺，似乎想到了什麼，又急切地問道：

「明哥，阿你應暗吃飽抑未？」

「早就吃飽丫，就是在軍營吃彼最後一頓，不才拖到九點才由新竹上車，到台北都已經半暝丫。」

聽完了明德的話，周福生搖頭歎息起來：

「唉……都即偌非常時，彼龍山寺口沒人列賣物件，若是平常時，我就邀你來去吃點心，看欲魚、欲肉、欲雞、欲鴨，做你講！」

對於周福生的喟歎，再也沒有人會比明德更加理解的了，因此他同意地點點頭，爲了解他祖父之難，他改變口氣說：

「其實我即馬也猶復飽飽，沒想欲吃物件，孤想欲洗一下身軀，已經眞久不曾在腳桶內面浸燒水丫。」

「安倪我緊來去焮燒水。」妙妙終於啓唇說話，便急步往廚房燒水去了。

謝甜依然高興得手足無措，說不出話來，只好讓他們公孫兩個坐在客廳裡說個飽，一直等到妙妙出來喊熱水燒好了，周福生才徐徐從椅子立起，拍拍明德的背膀，對他說：

「你緊好好仔去洗一下身軀，較早佮阿妙去歇睏。」他神秘地對明德微笑一下：「我佮您阿媽也著緊來去睏丫，春的話留放列明仔再才講。」

進了那熱氣蒸騰的浴室，明德發現他那家居的衣衫已整齊地摺在門旁的小椅上，他脫了軍服，把它們疊成一堆，便躺在那大腳桶裡，讓那滿溢的熱水淹到耳際，將三個月的艱辛與疲勞一股腦兒忘淨……

有人在浴室外頭輕輕敲門，明德在腳桶裡坐直起來，問道：

「啥人？」

「我……」是妙妙的聲音，又是怕祖父母聽見才用日語悄悄地說。

「要做什麼？」明德也改用日語問道。

「我是不是可以進去？……」

「你還沒洗澡嗎？」

「洗了……但我想給你擦背……」

明德幽然憶起他入伍前夜妙妙爲他擦背的往事，不覺心中一酥，嘴也莞爾起來，這時妙妙已自動推門進來了。

儘管已經說洗過澡，爲了怕乾淨的衣裙被水沾濕，妙妙還是把它們脫了，然後蹭過來跪在腳桶邊，爲明德擦背。明德把背轉給妙妙，等待著，可是等了好久卻沒有動靜，驀然，竟聽見妙妙啜啜地哭了起來……

明德忙歪過臉來，見妙妙雙手掩著嘴，兩眼噙著淚，急問道：

「怎麼啦？」

「你背上怎麼會這麼多傷？看了眞叫人心疼……」妙妙由指縫裡說。

「那沒什麼，只不過在訓練期間，隊長賞的幾枚勳章而已。」明德自嘲地說。

「他們經常打人嗎？」

明德默默點點頭，然後回道：

「有時用竹鞭，有時用藤鞭，最壞是用棒球棒。」

妙妙不再說話了，她悄悄把手伸過去，指尖觸及明德的背，然後循著那瘀紫的鞭痕，一條接一條地描起來，像畫畫似地把整個背都描遍了。倏然，妙妙又抽泣起來，而且哭得比剛才更加猛烈，引得明德全身轉過來，雙手把她摟在懷裡，低下頭來對她說：

「妙……你怎麼哭？你應該笑才對，別人都比我傷得重，我還算最輕的呢！」

明德舒舒暢暢地睡了一夜，第二天醒來已經日起三竿，轉身時那床架才發出一點聲響，妙妙已和顏悅色地，用一個白琺瑯描青花的臉盆端了熱水進來。明德就在窗口盥洗完畢，從房間走出來，那圓桌上妙妙早已爲他盛好一碗溫暖的稀粥，旁邊一雙整齊的竹筷，桌中是幾碟家裡自製的豆腐乳與蔭瓜之類。當明德開始動筷，妙妙便立在桌旁爲他侍候，謝甜也圍了過來，兩個女人家就笑看著明德津津有味地咀嚼起久違的台灣早餐來……

「您哪不做夥來吃？」明德邊嚼邊問道。

「早就吃飽嘍，都知影你會晚起來，才不敢吵你。」妙妙含情脈脈地說。

「阿公咧？」明德環顧左右，蹙眉問道。

「透早就揹一卡籃仔出門ㄚ，問伊欲去嘟也不講，孤吩咐叫你早起不通四界走，伊連鞭就會轉來。」謝甜對明德愛憐地說。

周福生一直快到中午才攞了一籃子鋸末回來，他一跨進門限，就反身把店門關了，大步邁向屋後來。這時明德與妙妙、謝甜正圍著圓桌在聊天，周福生笑嘻嘻地迎了上來，低聲下氣對他們說：

「我特別出去提一割物件轉來，是『野密❶』的，不通講出去。」

「你到底提什麼物件？提到即倪晚才轉來！」謝甜忘情地說。

「噓……較細聲咧……什麼物件您看就知。」

說著，周福生把籃子置在地上，蹲下身子，雙手把那層鋸末捧到籃外，便見一張舊報紙，把那張報紙掀了，又見一荷香蕉葉，把那綠葉掀開，豁然在那籃底呈現了一大條亮睛烏鱗的鯉魚和一大塊白肥紅瘦的三層肉！周福生右手提魚左手提肉，將它們高高舉在頭上，驕傲地說：

「看即偌魚即偌肉！現此時你欲去嘟找？」

「阿你是去加啥人買的？」謝甜歪著頭問道：

「即個時陣用錢哪有地買物件？攏也用物件佮人換的。」周福生回謝甜道：「你猶會記得士林彼個做木高的？就是伊啦，早就列數想❷我彼塊刨刀❸，講伊厝後的水池有飼鯉魚，欲用三尾鯉

❶野密：日語，音（yami），意（闇），引伸（私下非法交易）。
❷數想：台語，音（siau-siü），意（覬覦）。
❸刨刀：台語，音（khau-to），意（刨刀）。

魚佮我換，哪不是明哥轉來我哪欲需伊的鯉魚？所以早起才提彼塊剮刀去佮伊換。也誠抵好偲厝邊偷刣豬，大家列高的厝裡分豬肉，我就對高的講：『三尾鯉魚尙多啦，一尾就好，春的兩尾換你一塊三層肉。』所以我才提一尾魚佮一塊肉轉來，攏是『野密』的，千萬不通給人知影。」

大家聽罷都怔了怔，謝甜終於耐不住地問：

「你去士林哦？阿你安怎去，安怎轉來？」

「我行路去，行路轉來。」

「阿你行若久？」

「去三點鐘，轉來三點鐘，總共六點鐘。」

明德感動起來，他搖頭了一會，又歎息了一會，提高嗓子有些不相信地說：

「阿公，你誠實用你的剮刀去佮彼高的換？」

「彼哪有啥？明哥。」周福生得意地說，然後附在明德的耳朵輕輕地說：「彼是舊的，阿公猶有新的，藏在眠床底……」

難得在這種物資奇缺的非常時期見到這麼一條大魚和這麼一塊大肉，謝甜和妙妙阿媽孫媳倆便歡天喜地把周福生的籃子合抬到廚房，一個搵鱗拔毛，一個燃薪起爐，足足忙了個把鐘頭，終於烹出了一桌豐盛可口的菜肴來，四個人於是坐下來暢暢快快地大嚼一頓，吃完了盛餐，兩個婦人家把餘菜收拾妥當，妙妙又去泡茶來給他們公孫邊喝邊聊，整整聊了一個下午，周福生不但對明德在「新竹空軍基地」的軍隊生活巨細都想知個透徹，連基地裡各種飛機的機種與性能也問個不休，明德看他對這一切感到那麼大的興趣，便笑了起來，向他打趣地說：

「阿公，看扮勢，寧可我這兵讓你做，換我留在厝裡顧店哦。」

「都有安倪列想啊，只驚是偲日本仔嫌我尙老，不給我飛飛行機，未曾爬去飛機頂就摔落來飛機腳！」

周福生撫著他那下巴的一大撮山羊鬍，調侃地回明德說，於是兩人都開心大笑起來。

這一晚，妙妙把剩餘的魚肉又別出心裁煮了另一頓美味可口的晚餐，因爲前一天晚睡，這一天晚飯後明德就提早上床睡了。第二天早起天還熹微，阿公阿媽都還酣睡未醒，明德打手勢叫妙妙別去吵他們，他只草草用冷水抹了一下臉，便躡手躡足，獨自一個人開了店門到街上去散步了。

屋外空氣霧濕而新鮮，街道是冷清清的，只見到一兩個清道夫的影子，他從龍山寺前踱過，對著「城內」的方向踽踽行去，他奇怪怎麼入軍營當了三個月兵回來，家鄉的一切突然變得格外的親切，不論一草一木一磚一石，都彷彿長了眼睛生了臂膀，在對他流盼向他招呼，叫他回想起幾年前自馬尼拉回來艋舺時感到的甜蜜與溫馨。

他跨過那南下的鐵路，沿著跟鐵路平行的三線大道往北走，這時天已大亮，而且行人與車輛也慢慢多了起來，等他來到三線大道與「西門町」交叉的廣場，就往右拐進「城內」平時最繁華的「榮町」，那兩排清一色日本商店的店員，已一一打開小門，在灑掃各自店前的「亭仔腳」了。他推旋轉門進了「新公園」，在蓮花池的石砌拱橋上觀了一會魚，又在博物館前的椰子樹下漫了一會步，驀然瞥見一個「開南中學」的學生穿過公園對著學校的方向走去，這才憶起他剛由馬尼拉回來時回校探望陳新先生的往事，已經三個月沒見他敬愛的先生了，明德突然心血來潮，便隨在那個學生的後頭，悄悄走出公園東邊的旋轉門。

愈是走近「開南中學」，學生也愈多了起來，來到那狹窄的校門口，明德便夾在學生中間擠進去，進得了學校，學生又四面散開，只剩下他一個人對著辦公室的方向走去，突然聽見後頭有人喊話的聲音：

「早哇！前面您這位可不是周明德君嗎？」

明德轉過身來，發現立在後頭的原來是土肥少佐，一股不悅的情緒立刻由胸中昇起，但為了禮貌，他還是默默向對方頷首回答了，不料土肥少佐卻眉飛色舞起來，三步做兩步地拐到明德的跟前，十分親熱地拍了他幾下肩膀，又退了半步，叉腰斜睨端詳了半天，猛然點起頭來，道：

「嗯，嗯，您變了！周明德君，您現在看起來是十足正派的日本軍人了！」

明德只苦笑一下，土肥少佐似乎也察覺明德並不想多談，便轉了語調說：

「你想到辦公室找誰？」

「找陳新教頭，不知他已經來學校沒有？」明德終於不得不開口說。

「早來了，早來了，我剛才就在校門口遇到他！」土肥少佐急急說，因為能為明德效到一點勞而喜上眉梢。

在教員辦公室，明德找到了陳新，兩人相見甚歡，才談不久，朝會的鐘聲已在響了，陳新立起來，對明德說他要去上朝會了，而明德也正想告辭走出辦公室，沒料土肥少佐氣喘吁吁迎面拐了近來，一把將他攔住，對他說：

「周明德君，你且等會兒才走，想請你在朝會上演講一下，可以嗎？」

「演講？要講什麼？」明德大惑不解地問。

「就講講你的軍中生活。」

「我不是來學校演講的，我只是過來看看陳新教頭。」

「好吧？就隨便講一些，我已跟校長提過了，他也蠻高興你回來演講。」土肥少佐笑顏懇求道，然後轉向陳新：「教頭，你跟周明德君交情最好，請你也替學校講講情吧。」

經陳新從旁說項，明德才勉強答應下來，便跟他們兩個人來到操場，參加了學校的例行朝會。升旗與校長訓詞過後，土肥少佐拐到講台上，對全體師生宣佈明德的光臨以及他要做的軍人演講，明德便在轟轟烈烈的掌聲中被校長請到講台上，土肥少佐即刻把正位讓給他，立在一旁聽他演講。明德講了十分鐘，他只約略講了一些「新竹空軍基地」的生活環境以及營內與營外的幾項訓練科目，至於「攻心棒」、「敲大鼓」、「拜新年」、「燕子斜」、「勇者退」……等遊戲以及王金鎗的逃兵與細川的上吊則隻字也不願提，他在熱烈的掌聲中鞠躬走下了講台。

目送明德下台，土肥少佐又拐到講台的中央，趁明德的餘熱，揮臂舞劍，對台下的師生足足做了三十分鐘慷慨激昂的演講，以百川歸海的方式做了下面的結論：

「周明德君的成就與光榮就是我們『開南中學』的成就與光榮，我們大家應爲『開南中學』能夠產生像他這樣正派的日本空軍而驕傲！我們期待他完成神聖的任務，爲國家捐軀，爲天皇效死！現在我們大家一起來爲他拍手，向他致敬，將來再踏著他的腳印，勇往前進，戮力殺敵，贏得『大東亞戰爭』的最後勝利！」

台下掌聲再度響起，高昂狂烈，天地爲之震動……

這一天，吃了晚飯，明德就搭了夜車趕回「新竹空軍基地」，第二天，爲期六個月的「飛行訓練」便正式開始了。

十二

明德這次從軍中放假回來了兩天，不但讓周福生有機會了解日本空軍的軍人生活，更大大引起他對日本飛機的關切與興趣，從此他不但天天注意漢文報紙上有關日本飛機的戰鬥消息，每每聽到飛機從上空飛過，他就從木器店裡跑出來，立在路中央，抬頭仰望天空，或分辨飛機的機種，或細數飛機的隻數，然後等到吃飯的時候再告訴謝甜和妙妙。謝甜對周福生的話似乎無動於衷，可是妙妙卻把他的話字字像飯粒一樣吞到肚裡去，當他望著孫媳婦那副聚精會神傾耳恭聽的表情，他樂開了。

這一陣子，日本軍方爲了配合整個太平洋戰爭的局勢，除了本來就已佔領的東北、華北與華中一些地帶，竟將戰場向華南擴展開來。原來在「珍珠港事變」以前，整個華南地區除了海南島，日本只佔有廣州、汕頭與廈門三個沿海的重要據點，自從香港陷落以後，他們就更積極向杭州與福州兩城大舉進攻，特別是福州，只隔了一道台灣海峽，幾乎與淡水遙遙相對，於是上午從台北「松山機場」起飛去轟炸對岸福州的飛機必定從艋舺的上空飛過，而每天下午炸完福州飛回「松山機場」的飛機也從艋舺的上空飛過，因爲早晚都在留心注意，周福生對日本飛機的起落當然瞭若指掌，他不但把一切情況告訴了家裡的兩個女人，有時興致一來，連外面的一些福州朋友也當做閒話跟他們聊了。

在周福生的福州朋友當中，最常聊的恐怕就是黃萬、剃頭光和磨刀利三個人了，說來這也不足爲奇，因爲他們四個人年齡相當，又都是認識了三十多年的福州同鄉，差的是當初只有周福生有他的木器店，黃萬有他的棉被店，那時剃頭光還沿街替人剃頭，磨刀利還到處爲人磨刀，三十年下來，後兩者終於也有了自己的店，剃頭光在龍山寺斜對面開了一家理髮店叫「光光理髮店」，而磨刀利也在理髮店隔鄰開了一家剪刀店叫「利利剪刀店」。因爲剃頭光的這家理髮店地當要衝，而店裡請的又都是福州人的理髮師，無形中變成了福州人的聚會所，大家有空都來理髮店聊天，有顧客來理髮，就用帶鼻音的台灣話跟顧客說話，等顧客一走，他們就坐在那排白瓷手把黑皮墊子的理髮椅上，用原鄉的福州話天南地北開懷暢聊起來。

有一天，幾個福州朋友又聚在剃頭光的「光光理髮店」裡，一邊喝茶一邊聊天，在聊了一下午艋舺福州圈子裡的一些近事之後，話題不期然轉到日本對中國日益加劇的戰事上，正用牆上的皮帶在磨刮鬍刀的剃頭光忽然停下來，歪過頭來對大家說：

「聽一個來理髮的客人說，最近幾天來，每天都有這邊的飛機到福州去轟炸，不知是眞的還是假的？」

大家不約而同把視線集中在周福生臉上，他不慌不忙喝了一口茶，撫了一下山羊鬍，點頭說道：

「剃頭光說的是，連續三天，每天這邊都派飛機到那邊去轟炸。」

「不知故鄉那邊的情況怎麼樣？」黃萬雙眉緊皺，十分關懷地問。

「聽那個客人說，福州炸得很慘。」剃頭光回道，一邊拿那支磨光的刀口刮了一下自己的癩痢頭以試利不利。

黃萬的眉頭鎖得更緊了，大家都搖頭輕歎，作無可奈何狀，只有磨刀利把他的三角眼溜溜秋秋轉了幾轉，聳聳肩說：

「好在我們從福州跑來台灣趁吃，如果還留在福州，恐怕現在已經做鬼了。」

大家面面相覷，都爲磨刀利的話感到一些驚訝，但終究他的話也有幾分道理，所以大家不一會兒就恢復了常態，又端茶喝了起來。把茶杯擠在玻璃鏡下的幾罐肥皂沫之間，周福生又開口自言自語起來：

「那邊儘管很悽慘，其實這邊也不很快活。」

「你倒說說，福哥，這是爲什麼？」黃萬轉過頭來對周福生道。

「這邊的飛機損失慘重……」周福生壓低聲音說。

「損失幾架？」大家幾乎異口同聲地說，爲了聽得清楚，同時都把耳朵往周福生的嘴巴湊了過來。

「大前天五架，前天八架，昨天十五架……只告訴你們，不要說出去！」周福生更低聲地說，把食指按在他的嘴唇上。

大家片刻無語，這時剛好從外面進來了三個要理髮的顧客，幾個人便從理髮椅起身讓座，於是這天的福州人聚會也就此散了。

第二天是禮拜六，因爲隔天的禮拜日，淡水爲了慶祝「牛津學堂」建成六十周年紀念，主持「淡水教堂」的尤牧師和尤牧師娘忙不過來，早幾日就請人來叫妙妙回淡水去幫忙，順便在娘家住幾天，所以這天一早她就坐火車回淡水去了，艋舺的木器店便只剩下周福生和謝甜兩個公婆孤獨看顧了。

才打開店窗不久，便有一個日本警察大步跨進來，這警察一身黑呢的冬季制服，一頂黑呢圓形舌帽，腰佩一把黑鞘長劍，周福生看他官階似乎不低，因爲他不但掛了滾金邊的肩章，而且還有鑲金線的袖圈，他年約四十，氣宇軒昂，一見到周福生，就用日語問了他許多話，可是周福生一句也聽不懂，只知對方來意不善，卻不知錯在何處，兩個人於是比手劃腳溝通了老半天，可也通不出一個所以然來，最後那警察無奈，只好打手勢叫周福生跟他走，周福生便走進他的房間去取他的大衣，才發現謝甜原來躲在房間裡偷聽，因爲見那警察來勢洶洶，沒敢出來，現在見他又要把老伴帶走，不覺哭出了聲，問周福生道：

「伊欲迌你去嘟？」

「總是派出所，哪有別位？」周福生泰然地說。

「阿你是犯著什麼代誌？」

「我也不知影，伊講我不懂，我講伊不懂，兩個攏講膾通，你去問伊哦。」

「敢不是爲著彼『野密』的代誌？看欲安怎才好……」謝甜說著，喉管又塡滿了。

周福生想了一會，搖起頭來道：

「看扮勢干若不是，但不管如何，去派出所問一下，連鞭就轉來ㄚ，做你免煩惱！」

於是把大衣披了，連鈕扣也沒扣就跟那警察跨出了店門。

周福生跟那警察走了幾段路，他只暗自納罕怎麼不是往他熟知的「艋舺派出所」的方向走，卻在一處街角搭上巴士，在城裡轉了幾圈，就開到人煙稀少的郊外來。他們兩人在汽車的終站下了車，又走了幾段周福生全然不知的鄉下路，終於來到佔地數甲類似工廠的龐然建築前，待周福生更加接近，才發覺那周圍的水泥牆有兩丈高，牆頭不但結了鐵絲網，牆角竟還架起高聳入雲的瞭望塔，那大門前設了一個崗哨，有兩個佩刀的年輕警察在來回守崗。這顯然不是工廠什麼的，周福生暗地私忖，於是才仔細去看那門前的一塊大匾，那匾上用漢文大字寫道：「台北刑務所」，周福生打了一個寒噤，不覺滲出了一身冷汗……

進了那水泥牆大門，迎面是一幢刑務所的木造辦公室，繞過辦公室便見到另一道高牆，牆中央是汽車可通的大鐵門，用大鎖鎖住，門的一旁開了一扇只供單人出入的小鐵門，門裡立著另兩個佩刀的年輕警察，在搜查每個過門的人員。那帶周福生來的高等警察只跟那兩個守門的警察說了幾句話，他們就讓周福生他們進去，霎時，那幾排蒼鬱的獄舍便在周福生的眼前赫然出現了！

在收容室裡，那高等警察把周福生交給一個穿獄吏制服的看守，那看守便開始登記周福生的姓名和住址，這同時另一個看守則叫他繳出身上的現金、袋錶、老花眼鏡和鑰匙等等，都一一叫那伏案的看守登記了。等一切入所手續都辦妥了，那後來的看守又叫周福生脫掉衣服，做了全身檢查，把他的衣褲、皮帶和鞋子都收拾妥當了，便發給他胸前印有號碼的藍色犯人衫與拖鞋，領他走經幾段陰冷的長廊，打開兩重鉚釘厚門，把他推入一間幽暗的監牢裡。

那牢房像個長方形的盒子，上下四方都是粗沙水泥壁，只有盡端留了一口鐵欄小窗，稍稍透進了一點室外的空氣和陽光，那水泥地上全鋪了一層楠木木板，繞壁滿滿坐了一圈犯人，有穿紅衫的、有穿藍衫的、有盤腿的、有抱膝的，只是不見有任何人躺在地板上。

房裡的幾十隻眼睛同時都往周福生身上投射過來，貪婪地在他的臉上和手上搜索著，一時叫他呆立在門口，不知如何是好，最後終於有一個滿下巴鬍鬚身穿紅衫的中年犯人用威嚴十足的聲調開口說話：

「十八號，十九號，您兩個坐較開咧，讓一位給這阿公仔坐！」

立刻便看見牆端的兩個著藍衫的犯人馴從地扭腰移臀，讓出了一個空位來。眼看一切就緒，那穿紅衫的中年犯人便回過頭來對周福生說：

「阿公仔，你去坐列彼丫，𪜶使搶位！」

周福生走了過去，在十八號與十九號的中間坐了下來，抬頭去望那對面的牆壁，見那牆壁上寫了兩行參雜漢字的日文，周福生指著右方的一行字，自言自語地說：

「彼是列講啥？」

「講『著愛肅靜，𣍐使互相講話。』」坐在周福生右邊的十八號說，他年才四十，已經禿了整個前額，因為戴一副黑框近視眼鏡，使他看來比一般犯人世故而滄桑。

「你免管伊，彼寫是罔❹寫，大家也照常列講，較細聲而而，否這日子欲安怎過？」坐在周福生左邊的十九號說，他年約三十，濃髮低額，一臉風流倜儻、放浪不羈的表情。

周福生點點頭，梳了一下山羊鬍，又指左方的另一行字說：

「阿這是列講啥？」

「講『著愛較儉咧，無罪回鄉的時陣，才有路費通用。』」十八號又回答道。

「身軀頂都已經沒半仙ㄚ，欲安怎復較儉咧？」周福生疑惑地問。

「身軀頂雖然𣍐使放錢，但攏登記在監獄的賬簿內面，你入來時敢落袋仔沒半仙？」十八號反問周福生道。

周福生這才恍然大悟，於是又撫鬍點了幾下頭，才又回頭問十八號道：

「你抵才列講『無罪回鄉……』，安倪即內面不攏是起訴中的被告？」

「你講了著，阿公仔。」十九號搶著回答。

「既然攏是被告，哪會有人穿紅衫，復有人穿藍衫咧？」周福生皺眉問道。

❹罔：台語，音(bong)，意(姑且)。

「即內面有初犯的，也有重犯的，初犯的一律攏穿藍衫，重犯的才一律攏穿紅衫。」十八號回道。

聽了這話，周福生於是放眼把整個牢房仔細掃視一遍，他發覺紅衫與藍衫的數目各半，紅衫的總跟紅衫的湊在一塊，藍衫的總跟藍衫的偎在一起，最後他的目光停留在那滿下巴鬍鬚的紅衫犯人上，便用肘碰十八號，輕聲問他道：

「哪會彼個人列發號令，阿大家攏乖乖列聽伊？」

「你遂不知？伊是即內面的『頭的』，因爲伊罪上重，上老資格，所以大家攏著聽伊。」十八號說。

周福生會意地點點頭，他與十八號兩人沉默了一會，十九號卻不甘寂寞，便心血來潮地問周福生說：

「阿公仔，阿你到底是犯著什麼罪？」

「我也不知犯著什麼罪，大概是買『野密』去給人偷報，但是想想咧，復干若不是的款。」周福生說，便反問十九號：「少年的，阿你是犯著什麼罪？」

一聽周福生在問，十九號便兀自嘻嘻地笑了起來，笑了好一陣，才痴痴地說：

「都愛著一個查某，阿伊也有愛我，阮兩個眞相好，可惜伊已經有翁ㄚ，有一日遂去給偲翁掠著，向台南地方法院告我『通姦罪』，判我一年半，我不服上訴，所以才徙來台北，即馬都列高等法院審查中。」

看看十九號這風流種子說話時蠻不在乎的表情，周福生連連搖起頭來，追加問道：

「你若判沒罪轉去台南，你敢猶欲去找伊？」

「當然嘍，阮兩個太相好咧！」十九號得意揚揚地說。

周福生又是一陣搖頭，撫了撫他的山羊鬍，轉過頭去問十八號：

「阿老大的你咧？你犯著什麼罪？」

「『詐欺罪』。」十八號說著，歎息起來，托正眼鏡，又說了下去：「我在台灣做生理有倒人一割錢，所以才走去日本，在彼丫都住七年丫，才偷轉來台灣，結果才去給刑事掠著……唉！我若在日本復住一年才轉來台灣就好！」

「爲什麼？」周福生好奇地問。

「八年若掠沒人，民事的告訴就取消，孤差一年而而，我若復忍耐一年才轉來就好！」十八號說罷，又深深喟歎起來。

周福生聽著，忽然又想起自己的案情來，便問十八號道：

「我看你代誌較窗光，想欲稍問你一下，偲加我掠來即丫，續落欲加我安怎咧？」

「偲會先派檢察官來刑務所加你調查，若案情輕就放你出去，若案情重就加你起訴，送你去法院審判。」十八號回答道。

有一個犯人從牢房的前頭走到牢房的末端，那裡放了一只大馬桶，那人拿地上的兩塊長木板擱在馬桶上，剝了褲子，蹲上木板，當著眾犯面前拉起屎來。周福生的目光從那犯人的肥白屁股移開去，他看見那馬桶旁邊有一口水泥砌的自來水槽，因爲長年使用已生滿青苔，離那水槽不遠堆了幾十塊木磚和幾十疊毯子，都已積了油垢褪了顏色……

那馬桶上的犯人才拉完了屎走回原來的座位，便聽見另一個犯人幽幽呻吟起來，周福生定睛一看，發現是一個瘦骨嶙峋的中年人，雙手抱著肚子，兩眼瞪著天花板，臉像一張白紙，全身痛苦地扭動，只是不見有人理他。周福生終於忍不住，立起身來，想走過去，卻被十八號拉下來，聽他說道：

「彼沒什麼，胃痛啦，伊逐早起也安倪，一點仔久就好。」

「看伊痛到彼倪肝苦，哪不稍倒一下？」周福生關懷地問。

「獪使……」十八號搖搖頭說：「監獄內面的規定，日時孤會使坐咧，暗時才會使倒落來。若啥人日時倒咧，免三分鐘彼看守就隨❺加你喚。」

說著，十八號把視線移向那牢房入口的方向，周福生也隨他望去，他才發現那鉚釘厚門旁的牆壁上安了一只喇叭，喇叭的大口對著牢裡，喇叭的小嘴向著牢外，那嘴外蓋了一面黑布，遮著與牢房隔絕，掀開了既可監視牢裡的動靜又可以竊聽犯人的話聲。果然在周福生注視的當兒，那黑布幽然掀了起來，露出了兩隻鬼似的眼睛，溜溜秋秋地向裡面窺視了半天，又隱到黑布的後面去……

中午的時候，那鉚釘厚門打開了，看守送了午飯來，飯是用再來糙米煮的，與一些蕃薯葉和空心菜雜在一起，盛在木碗之中，早已冷了，隨那木碗每個犯人又分了一雙筷子。周福生吃不下，把飯偷分給十八號與十九號吃。吃完了飯每個犯人各自把碗筷拿去水槽洗淨了，如數奉還給獄卒，以備晚飯時再用。

漫長而無聊的時間又再度開始，一整個下午，除了犯人之間瑣屑細談，什麼事也沒發生，一直到黃昏將近，才見那「頭的」連打哈欠，坐立不安，全身瑟瑟打起顫來，哼道：

❺隨：台語，意（隨時，馬上）。

「啊！『嘴齒痛』，『嘴齒痛』，足想欲『打鼓』……喂！啥人猶有『鼓箸』否？一支來借咧！」

「頭的」環顧四周，一時沒有人敢做響，終於一個脖子上有刀疤的紅衫犯人，一邊摩挲著肚臍，一邊開口回道：

「沒『鼓箸』丫啦，春『箸尾』而而，欲否？」

「『箸尾』也好，來，來，來，晃一塊仔來稍揪咧！」

「頭的」說罷，那紅衫犯人已爬過去恭恭敬敬地將一截燒黑的煙屁股獻給他，又從肚臍摸出了一支紅頭火柴，劃燃了爲他點煙。在「頭的」連口猛抽大過煙癮的時候，已經有一個身瘦如猴的犯人自動躡到喇叭口，踮起腳跟，把個尖細的小頭塞進喇叭裡，諦聽外界，爲「頭的」盯哨……

這天，吃過晚飯沒多久，看守便由喇叭口催犯人睡覺了，睡的時候，每個犯人各取一塊木磚當枕頭，另取一張毯子做鋪蓋，沙丁魚似地一律橫排並列，剛好把整個牢房的地板都鋪滿了。周福生睜眼望著天花板上那唯一的一盞三十燭燈泡，怎麼睡也睡不著，旁邊的十八號也因爲心事重重，輾轉難眠，於是兩人便面對面聊起天來，聊了好一陣，十八號最後對周福生耳語道：

「有一項代誌差一點仔就𣍐記得加你講，即內面的人無論是有罪無罪重罪輕罪，大家聯合起來攏親像兄弟咧，外面的看守無論是阿公阿祖阿叔阿伯攏是倆的對敵。監房內面上忌剋的是將兄弟內的代誌通報給對敵知影，沒外久進前隔壁房有一個叫做『蘇金』的鼠賊仔犯，就因爲將房內偷吸菸的代誌通報給看守知影，結果去給伊仝房的人加伊撳死在洗身軀間的水池仔內。即項你千萬𣍐使犯，我應暗特別加你講。」

十八號說完了，便翻過身去睡了，可是長久周福生依然沒能入眠，因爲靠牢房裡面躺著，離那馬桶最近，所以一整夜若有人起來大小便，每個人都得跨過他的身子上馬桶，上完了馬桶又得跨過他的身子回原位去，一直到天快亮時，他才精疲力竭朦朧睡去……

第二天上午又像昨天的上午一樣沉滯地打發過去，到快近午的時候，那鉚釘厚門打開了，一個看守捧了一盒藍色琺瑯的便當進來，用日本話說些什麼，周福生聽不懂，便問旁邊的十八號那看守說什麼？

「伊列問啥人是『周福生』？」

「就是我啊，我就是周福生。」周福生指自己說。

於是十八號便用日語爲周福生向那看守翻譯了，那看守便把手中的便當交給周福生，對他又說了幾句話就關門出去了。周福生抱著溫熱的便當盒，走到原地坐下來，又問十八號那看守最後說了什麼？

「伊講這便當是『謝甜』訂給你的，謝甜是啥人？」十八號問。

「是阮牽的啊，阿伊來刑務所哪會沒來佮我面會？」

十八號笑了起來，道：

「你想講今日是什麼日？是禮拜日，禮拜日𣍐使面會」。

周福生把藍琺瑯的飯盒蓋掀開了，盒裡一股蓬萊白飯的香味立刻撲鼻而來，和著那飯上的兩半煮蛋和幾片香腸，霎時叫幾餐食不下嚥的周福生飢腸轆轆餓了起來，他連忙動筷低頭猛吃了幾口，抬起頭來細細咀嚼的當兒，才發現全牢幾十隻眼睛都睜睜地注視著他手上的便當，張著大口，像要流口水的樣子，特別是那滿臉鬍鬚的「頭的」，他平常最兀立傲岸的了，這時竟也垂下眼皮，一副貪饞的表情。周福生一時停止咀嚼，腦筋一轉，便把便當蓋了，送到「頭的」的面前，對他說：

「這給你吃。」

「你家己哪不吃？」那「頭的」問。

「我欲吃隨時攏有通吃，阮牽的今日訂來，明仔再大概也會復訂來。」

沒料「頭的」竟連連搖起頭來，說道：

「若欲，你提轉去放在你的腳邊，阮大家稍等才來分。」

「為啥？」

「若給看守查著，你會給伊打，你老丫，膾堪咧。若阮去撿來吃，給伊查著是阮的代誌，佮你沒關係。」

「頭的」說著，便示意叫那像猴子的瘦子到喇叭口去盯哨，等周福生把飯盒放在他腳旁的地板上，「頭的」才躡過來把飯盒端過去，吃了一口遞給那胃痛的人，那胃痛的人吃了一口遞給那脖子有刀疤的人，如此人人一口，頻頻傳遞，等全房輪完一圈，便當裡的東西也已經隻粒不剩了。

這天下午無事度過了，晚飯之後，照例看守又在喇叭口上催大家睡覺，周福生照例又跟十八號並躺著說話排遣，那十八號突然心血來潮說：

「您牽的後回若欲訂便當，會使叫伊訂白色的便當，漫訂藍色的便當，白色的比藍色的猶復較好吃。」

「啥？這籠仔內犯人衫分色，連便當也列分色哦？」周福生萬分驚訝地問。

十八號笑了起來，說道：

「噢，彼大不相同囉，犯人衫分色是欲分別初犯佮重犯，便當分色是欲給兩間賣店互相競爭，便當色雖然沒仝，但是價數攏相仝。」

「你講什麼兩間賣店？」

「一間是法院的，偲的便當是白色的，一間是刑務所的，偲的便當是藍色的。」

「哪欲安伲？」

「不才𣍐偷工減料啊。」

周福生吟哦半晌，他終於全然明白過來了。他開始有了睡意，可是睡前又有一個念頭閃過腦際，便敲了敲十八號的背膀，問他道：

「猶有一項代誌想欲問你一下，彼檢察官今日哪猶不加我問？」

「阿你不列老番癲？中晝就加你講今日是禮拜，都沒給人面會丫，哪有復給檢察官問咧？」

十八號說罷翻過去睡了，周福生也只好翻過來背對十八號睡了。

第三天從早上開始，周福生就在期待謝甜訂來的便當，可是等到中午看守送來那再來米冷飯的午餐，仍不見有意想中的便當來，因此洗完了木碗與筷子坐回自己的座位之後，周福生就對十八號說：

「稍等咧彼看守若來收碗箸，你敢會使拜託伊加我買三盒白色的便當，賬會使記在監獄的賬簿內面，我入來的時陣都有帶幾仙仔錢。」

「三盒便當？三盒欲創啥？」

「欲請大家啊，我看大家飫到眞可憐。」

沒想十八號卻連連搖起頭來，道：

「雖然你眞好心，但是這艙當，刑務所內面規定每個人一頓孤會使買一盒便當而而，所以你若欲買一盒白色的便當，我稍等才加伊講。」

周福生無奈，也只好答應了。等那看守來收碗筷，十八號果然把周福生的話傳了，不到半小時，看守便把一盒熱騰騰的白色珐瑯便當送到牢裡來，周福生把便當打開，果然裡面的菜色比昨天好多，除了兩半的煮蛋和幾片香腸，飯上還撒了紫菜和芝麻，而且飯味也香噴得多。他照例先嚐了一口便把便當放在地板上，而「頭的」也照例撿去吃了一口又將便當依次輪了下去……

這一天晚上，當周福生又躺下來睡，他又去敲十八號的背膀，問他道：

「你講昨方是禮拜沒來問，阿今日是拜一哪也沒來問？」

「你知影今日是什麼日？十一月初三『明治節』，所有的日本官員，無論大粒、細粒，攏去圓山仔『台灣神社』參加祭典，欲嘟生彼時間通來加你問？」

「阿我周福生不足衰運？拜六入來抵著禮拜，禮拜煞了抵著祭日，白白給人關三工。」

「三工算啥？有人白白給人關三個月的、三年的都沒講，你若明仔再有通問就眞恭禧丫哦……」

十八號說著，驀然牢門幽地一聲敞開了，看守把一個穿台灣衫的中年人往牢房一推，又把牢門關了，只見那中年人搖搖晃晃踉蹌了幾步，終於往地板栽倒下來，霎時，全牢的犯人都翻身爬起，對那不速之客圍攏起來，連十八號與周福生也跟了去……

等靠近一看，才發現那中年人，一口酒臭，半身泥濘，一腳還穿著皮鞋，另一腳連襪子都不見了，因爲醉得厲害，躺在地上仍咿啞咿啞唱個不停。見他依然穿著布鈕的台灣衫和闊管的台灣褲，周福生禁不住自言自語道：

「哪會入來籠仔內沒換犯人衫咧？」

「伊哪是犯人？伊是酒鬼，大概是醉倒在路中，警察沒地拘伊，才暫時加伊拏來即內面拘，也沒犯罪，欲換什麼犯人衫？」十八號應道。

那脖子上有刀疤的犯人回過頭來對周福生與十八號瞥了一眼，鄙夷道：

「準講欲換衫，伊家己也沒才調❻換，看伊醉到干若死人，遂著叫看守加伊換咧！」

那每天早上鬧胃痛的犯人也不甘寂寞，伸伸瘦長的頸子附和道：

「才換衫而而，我看連尿佩仔❼也著叫看守加伊換！」

大家哄然而笑，卻被「頭的」的噓聲鎮壓了，聽他鏗鏘說道：

「閒仔話免講啦！落袋仔緊加伊抄看覓，看有啥物件否？」

那脖子上有刀疤的人立刻馴從地跪了下去，往那醉鬼台灣衫上的幾只大小口袋搜了起來，搜了好一陣，終於歡天喜地地大叫起來：

「『大鼓』！『大鼓』！」叫著，把一包開封的香菸展示給大家看。

「有幾支『鼓箸』？」「頭的」迫不及待地問。

那人把菸包倒了老半天，洩氣地回道：

「孤兩支而而……」

---

❻才調：台語，意(能力，辦法)。

❼尿佩仔：台語，音(lio-phe-a)，意(尿片子)。

「兩支也好，較贏無，來，來，來，挲❽來大家分！」

說著，「頭的」把那兩支香菸接在手中，從中折斷，變做四截，分由四個犯人，劃火點菸，痛痛快快地抽了起來，抽了幾口，原先的四人又交由另外四人抽，如此輪流抽了下去，一時吞雲吐霧，龍飛蛇舞，整個牢房都充滿了白煙，有成絲的、有成團的、有成捲的、有成圈的，彷彿在香爐鼎盛煙霧瀰漫的寺廟之中……

突然，瘦皮猴把頭從喇叭裡拔出來，驚恐萬狀，壓低聲叫：

「『大水』來嘍！『大水』來嘍！」

一時，所有吸煙的人都把煙頭擠熄，對那滿房的白煙，吹的吹，搧的搧，七手八腳，忙成一團，在「頭的」催促之下，才一個個倒下來裝睡。周福生睜眼側臥著，見那喇叭後的黑布乍然掀了起來，半晌才又落了下去，只覺周圍的人都停止呼吸，心驚肉跳，深怕看守會破門而入，給他們一頓修理，好在三分鐘過去了，卻仍然沒有動靜，這時瘦皮猴才悄悄爬起，躡到牆頭，踮腳把頭伸到喇叭裡，探了一會兒，才抽回頭來輕鬆地說：

「『大水』退丫。」

大家終於舒了一口氣，於是有人才敢翻身，有人才敢坐起，另有幾個更把香菸重新點燃，繼續過他們沒有滿足的煙癮……

第四天，果然牢裡的犯人開始被看守提出去審問，十九號第一個被提到台北法院去，他中午就回來了，一回到牢房，就笑嘻嘻地逢人便說：

---

❽挲：台語，音(sa)，意(拈)；音，(so)，意(撫摸)。

「誠歡喜，今日出庭誠歡喜……」

沒有人理會他，但他嘀咕個不停，有時還暗自偷笑起來，終於叫隔鄰的十八號忍受不住了，就皺起眉頭問他道：

「出庭就出庭，有啥通歡喜？」

十九號聽了，又禁不住偷笑了一陣，回道：

「你知影否？我看著阮相好的，伊今日也來法庭，噢！果愈來愈美哦，嘻，嘻，嘻……誠歡喜，看著伊誠歡喜……」

周福生夾在他們兩人中間，聽完了兩人的對話，大搖起頭，用福州話在嘴裡咒罵起來……吃過中飯，終於有一個看守開門來叫周福生，他把他帶到刑務所內的一間小法庭，一進門，周福生就看見一個三十多歲的日本檢察官坐在那桌的中央，旁邊立了一個四十來歲的台灣通譯。那檢察官瘦條清濤，嘴上一撮卓別林小髭，穿一套黑呢白條的西裝，打一朵紅色蝴蝶結，看他一臉肅穆，舉止高雅，多少可以斷定必是一位勤勉敬業是非分明的好官員。與那檢察官相較，那通譯就顯得肥球臃肚，對上司卻是屈膝彎腰，必恭必敬。

先對證了周福生的姓名、年齡、住址、職業之後，那正式審問之前的調查很快就進入主題……

「你犯了什麼罪你知道嗎？周福生。」那檢察官用日語說，由那通譯譯成台語給周福生聽。

「我不知影，大人。」周福生用台語答，由那通譯譯成日語給檢察官聽。

「你犯了『散播謠言罪』。」

「散播謠言？東時？在嘟？我一世人也不曾講一句好謔話，謠言猶復較免講！」

那檢察官聽了，便從桌上的卷案裡抽出了一張紙條，唸道：

「你於十月三十一日，在『光光理髮店』，公開對人謠傳說：『十月二十八日支那打落日本飛機五架，十月二十九日支那打落日本飛機八架，十月三十日支那打落日本飛機十五架。』這不是散播謠言是什麼？」

「彼哪是謠言？彼是事實啊！我一世人都不曾講過一句好譃話❾。」

「你說那不是謠言是事實？好！就算那是事實，現在可仔細回答我，你這事實是誰洩漏給你的？」

「哪著啥人洩漏給我，天洩漏給我的啦。」

「馬鹿野郎！別胡說八道了！」檢察官喝道，臉上開始顯露慍色。

「加你講你不信，我講天洩漏給我就是天洩漏給我，一點仔都沒講好譃。彼早起我聽見飛機飛出去，就走去電火柱腳❿，舉頭看天，我詳細加伊算，攏總有五十二隻，彼下晡我聽見飛機飛轉來，我復詳細加伊算，春四十七隻。第二工我也仝款復加伊算，攏總飛出去有四十五隻，轉來春三十七隻。第三工我復加伊算，攏總出去有三十五隻，轉來春二十隻。五十二減四十七、四十五減三十七、三十五減二十，你算看覓！不是五隻、八隻、十五隻？免講我這做規世人的木匠算會出來，連抵才斷奶的三歲囝仔也算會出來，哪著啥人洩漏給我？」

那檢察官聽了通譯的翻譯，用手裡的「萬年筆」搔搔耳朵，緊迫著問：

---

❾好譃話：台語，音(hau-siau-oe)，意(謊話)。

❿電火柱腳：台語，意(電線桿下)。

「但你爲什麼要整天算飛機？」

「我爲啥規日攏列算飛行機？爲著阮孫啊！」周福生理直氣壯地回道：「伊是日本的航空隊，列飛飛行機啊，我當然也著關心飛行機，不才每工攏列算天頂的飛行機，算天頂的飛行機也犯罪哦？我吃到今年七十歲猶不曾聽見。」

這下那檢察官比剛才更覺無可奈何，只好再用「萬年筆」去搔自己的頭，然後搖首歎息了一會，才又說道：

「既然你喜歡算飛機，自己知道就好了，爲什麼要到處去宣傳？」

「我都不是放送頭，哪著四界去宣傳，我干但⑪在彼理髮店加幾個仔福州同鄉細聲講而而，而且我復叫伊不通講出去。」

「連你的福州同鄉都不能講，你知道不知道？」

「多謝大人，」周福生點點頭，恍然大悟地說：「我即馬才知影。」

那檢察官看周福生坦率，特別又查證他的孫子加入日本航空隊是事實，躊躇了幾番，終於把筆一勾，撤消了原告，不給他起訴了。他告訴了周福生，揮手叫他離開小法庭。周福生已走了幾步，卻不料又返身回來，問那檢察官道：

「大人，想欲問你一句話，這代誌是啥人加你偷報的嚄？」

「這事情不重要，你好好回家吧。」那檢察官微笑地回答。

不到一會兒，周福生把藍衫和拖鞋脫還給看守，又穿回他原來的衣褲和鞋子，這期間，另一

---

⑪干但：台語，音(kan-tāi)，意(單單，但只)。

個看守把他的現金、袋錶、老花眼鏡和鑰匙等等也一併發還給他，他把現金數了數，除開扣掉的一盒便當錢，一分也沒有減少。

十三

由於這次四天的冤獄是「光光理髮店」裡的福州同鄉向警察通報導致的，周福生一直耿耿於懷，對他們既生氣又不屑，所以從「台北刑務所」回來已經好幾天了，他始終也沒去「光光理髮店」探頭，與他們同聚，他寧可獨守在自己的木器店，無聊就看漢文報紙來打發時日。

有一天，瞥見那報紙的首頁大標題寫道：

激戰兩月
福州陷落

周福生忙戴上老花眼鏡仔細讀了下文，讀完之後，整個上午悶悶不樂，不但沒興致回謝甜的問話，連中飯也食不下嚥，一直等到妙妙向他殷懃詢問，他才把報紙扔給她，感慨萬千地歎道：

「你看，講俑即丫列沒好日子通過，以後連俑故鄉彼丫也沒好日子通過丫！」

這天傍晚，磨刀利連同剃頭光與黃萬帶了一群福州同鄉來周福生的木器店找他，一見面，磨刀利就問他道：

「福哥，我們福州已經被日本佔領，你知不知道？」

周福生冷眼瞥磨刀利一下，然後點點頭，也不想多說。

「這艋舺派出所整日派人來我們福州會館，叫我們要有所表示，看明天要派代表到『台灣神社』參拜感謝，還是明晚所有福州同鄉提燈遊街。福哥，您老年紀大見識多，你覺得我們應該如何才好？」磨刀利瞇著他那雙三角眼絮絮說道。

周福生本也不想吭聲，經同鄉一再懇請敦促，才長歎了一聲，回道：

「提燈遊街看的人一定多，丟盡福州人的面子。如果不得不表示一點柔順，我看不如派代表上圓山參拜算了。」

大家都同意周福生的看法，當下就公推磨刀利做代表，因爲怕日本警察嫌他們人少，才又挑了兩個較年輕的同鄉陪磨刀利，決議次日由他們三人到圓山的「台灣神社」去參拜。

第二天，爲了怕警察會臨時來叫他到「台灣神社」去參拜，周福生決定把木器店關閉一天，一早就上街溜躂，可是艋舺並不大，沒有多久，幾條街便走遍了，正不知餘下的時間要如何打發，猛然心血來潮，上什麼日本人的「台灣神社」去參拜感恩？倒不如到艋舺的幾間寺廟去拜拜解厄！這麼自忖著，便迎面對著「龍山寺」走去……

周福生不但到「龍山寺」拜了寺裡的觀音菩薩，接著又到「青山王宮」拜了靈安尊王，可是意猶未盡，他甚且到「祖師廟」拜了清水祖師。拜完了艋舺這三間最大的寺廟，他才心滿意足地信步走下斜坡，穿過水門，來到淡水河畔，那河邊有一群婦人在洗衣服，河裡有幾隻渡船在扒蝌仔，周福生立著望了好一會，便沿著那堤防往下游漫步起來，他邊走邊停，有時遙眺前頭像女子乳峰的大屯山或左手像女子側臉的觀音山，有時近看老人釣鰻或小孩捉蟹，累了就坐在路旁的護牆石上數台北大橋的橋拱和橋上的汽車。就這樣他一直走到堤防盡端的大龍峒，又從大龍峒慢慢踱了回來，等回到艋舺，已經日落西山夜幕低垂了。這一晚，因爲腳痠兼頭痛，周福生一吃過晚飯，很早就上床睡覺了。

隔一天周福生睡晚了，一直到近午的時候才昏昏沉沉從夢中醒來，妙妙立刻準備了早飯給他做午飯吃，吃的當兒謝甜去把丟在門口的報紙拿進來給周福生看。周福生正用筷子扒著稀飯往嘴裡送，驀然瞥見那報頭用斗大的標題寫道：

慶祝皇軍佔領福州
福州同鄉提燈遊街

下面還附了一張照片，拍了磨刀利領導福州同鄉提燈遊街的盛況。周福生頓時肚中昇起無名之火，於是把碗筷往桌上一放，摸了老花眼鏡來戴，又往下讀了細文，才知道原來磨刀利前一天不但上圓山「台灣神社」去參拜感恩，昨夜更率領了大部分福州同鄉提燈遊街，這下周福生再也按捺不住了，他暴跳起來，把報紙往地上一扔，奪門而出，一路往「利利剪刀店」奔去……

來到「利利剪刀店」，卻不見磨刀利在店裡，只見一個年輕的小夥計在看店，便問那小夥計道：

「你老闆藏到哪裡去了？」

「也不知到哪裡去，只說要去剃頭，叫我代他看一下店。」那夥計回道。

若說剃頭除了「光光理髮店」還有哪裡？周福生思忖著，便踅向隔鄰的「光光理髮店」來。

果然被周福生猜著，一進門，便見磨刀利面對鏡子端坐在一張理髮大椅裡，全身從脖子以下圍了一條大白巾，剃頭光正在爲他剃頭，剛好剃了一半，所以一半是濃密的黑髮，一半是光光的和尙頭。周福生走近了去，破口大罵起來：

「伊奶爸爸強！爸爸伊都強！磨刀利，你眞賤!!」

磨刀利聽了周福生的咒罵，歪過來他那半黑半白的頭，嚇得六神無主，只是全身圍住白巾，頭又只剃一半，一時動彈不得，欲逃不能，只怯怯地用他那雙三角眼瞪住周福生，生怕他會揮拳向他動武。霎時，許多店裡店外的人都圍攏而來，交頭接耳，想知究竟，只莫名其妙地聽周福生繼續罵了下去：

「原來向警察密告我『散播謠言』的也是你！你以爲我不知道？我猜也猜得出來！磨刀利，你小人!!」

磨刀利始終悄然無聲，像一隻想鑽進洞裡的老鼠，而周福生卻是愈罵愈大聲，愈咒愈激動，最後到玻璃大鏡前抓起一罐肥皀沫，往磨刀利的臉上猛力一潑，拂袖而去，邊走還邊罵道：

「伊奶爸爸強！爸爸伊都強！……小人！……賤！賤!!賤!!!」

這一天黃昏磨刀利去報警，於是一個日本高等刑事帶了兩個警察，來周福生的木器店用手銬把他銬了，順便抄了他的家，把每個抽屜都翻了，每塊木板都敲開了，然後在謝甜和妙妙兩個婆媳的眼淚和哭聲中，硬把周福生帶走。

因爲懷疑周福生是「反日通敵的間諜」，所以他們先把他關在「北署留置場」的獨人囚房裡，連續幾天，每天派刑事來審問他。本來是要拷打逼供的，但怕他年紀太大經不起體刑，只好叫他每天平手曲膝半蹲兩、三小時，蹲得他手痠腳疲，苦不堪言，這樣連審了四天，實在問不出一個所以然來，便把他從獨人囚房提出，關進大眾囚牢裡去。

這「北署留置場」的監牢與「台北刑務所」的大不相同，整座監獄是一個圓形建築，除了圓心留了一塊空地讓看守與囚犯出入，餘下的地方就用水泥牆隔了七、八籠扇形牢房，每籠牢房都對住圓心，因爲這一面都用鐵欄攔住，只要看守一來到圓心，監獄裡的動態巨細無遺盡收眼底。在這七、八籠牢房之中，有一籠專關女犯，有一籠專關死囚，死囚一律手銬兼腳鐐，所以每回出入牢房，鎯鐺做響，全獄爲之側目。

那牆壁上也跟「台北刑務所」的大眾囚牢一樣寫了幾行日文，剛進來的周福生猜想大概也是叫犯人肅靜不許大聲說話的意思，可是那牆角倒是有「台北刑務所」沒有的白瓷盥洗臉盆和沖水蹲式便器，不禁叫周福生感到意外，暗暗讚美這「北署留置場」大眾囚牢衛生設備的現代化來，不料坐在他隔壁的一個六十歲的老犯人卻嗤之以鼻，不屑地回他說：

「你想講彼洗面盆是列給倆用的哦?·Do Re Mi啦，彼倪好孔！彼裝在彼丫是欲給外口人看的，不信你去開彼水道看覓，不管時都乾涸涸，一滴水都沒！」

「安倪倆欲安怎洗面？」周福生張著大眼問道。

那老犯人用下巴指向那便器，淡淡回道：

「用彼啊。」

「彼是欲大便小便用的，欲安怎洗？」

「用布堵列屎孔，水承咧就會洗啊。」

周福生大搖其頭，不肯相信，那老犯人也無可奈何，只好聳聳肩歸結地說：

「信不信隨在你，但是明仔早起親目看人洗，你就繪復加講話丫。」

這首先跟周福生交談的老犯人原來是個相命的，所以牢裡的犯人大家都叫他「相命仙」，他口若懸河，天文地理無所不知，說起話來就露出一排吃檳榔的黑牙和兩顆黃金鑲牙，因爲下巴長了一顆痣，痣上長了兩根尺把長的毛，一根是黑的，一根是白的，所以不說話時就習慣性地撚起這黑白分明的兩根長毛。

因爲周福生與「相命仙」年齡相若，在這群犯人中最年長，兩人自然而然接近起來，加上話又投機，不久就成了朋友。有一天，無聊的時候，周福生問「相命仙」說：

「問你一句話，您替人相命，到底是眞的抑是假的？」

「相命仙」笑了起來，露出他那排黑牙夾金牙道：

「唉，騙吃騙吃，彼哪著問？」

「但是我有幾個福州同鄉去相命，問伓父母有在咧抑是沒在咧，噢！果眞準哦。」

「相命仙」捧腹大笑起來，幾乎拔斷了他下巴的那兩根長毛，道：

「父母有在咧沒在咧孤有四種情況：父母雙存，父母雙亡，父存母亡，父亡母存。來，來，來，我寫五字給你看，這叫做『五字天書』。」

說著，「相命仙」用食指沾口水在牆壁橫寫了五個字，才又繼續說下去：

「這『五字天書』你加伊讀看覓，由正旁讀來左旁是『父母雙存』的意思，由左旁讀來正旁是『父母雙亡』的意思，阿由正旁讀來中間斷句咧？是『父存母亡』的意思，阿由左旁讀來中間斷句咧？是『父亡母存』的意思。你的同鄉總共孤有兩個父母，無論伊是什麼情況，我先寫這五字放在紙底，請伊先講，我才掀紙給伊看，哪有沒準的道理？」

周福生佩服得五體投地，讚歎了一會，才說道：

「安倪講起來，相命的不專列騙人？」

「唉，老周的，其實講起來，世間人人攏也列騙吃，孤孤每人騙法沒仝而而，若不是去搶人，也不是去偷人，有人甘願來給你騙，騙伊幾個仔錢，哪有什麼牽礙，著否？」

周福生沉默不語，他抬頭想再看那牆上的「五字天書」，卻已經水乾不見了……

周福生這扇形的牢房裡有十來個犯人，除了這老於世故的「相命仙」，其他給他比較深刻印象的就數一個綽號叫「阿呆」和另一個綽號叫「紅俥」的犯人了。「阿呆」一身瘦骨嶙峋，從不問話，也不答腔，整天只是一個人默默地用偷藏的筷子折鑰匙，然後等看守不在時，偷偷去試開那柵欄的鐵鎖，儘管每回都失敗，但仍然百折不撓，幾十年如一日。「紅俥」則生得一身黑肉，因爲喜歡下棋，卻找不到同牢的對手，只好找隔牢的犯人下，他在地上畫了一副棋盤，用大便紙當棋子，整日一個人坐在棋盤前，對著牆壁聲嘶力竭地喊了過去：「炮二平五！」才聽見老鼠一樣微弱的聲音從牆壁那邊回了過來：「馬二進三……」於是這邊又喊了過去：「兵三進一！」那邊又回了過來：「象七進五……」如此一往一來，一呼一應，從早到晚，沒有已時，只有看守來巡視的時候，監牢才得到片刻的安靜。

有一天，別牢人滿，突然移進來了一個綽號叫「流氓」的犯人，這犯人才二十出頭，笑口常開，樂天孟浪，只是不跟人閒話，老愛唱一支台灣民謠：

嘿嘿嘿都一隻鳥仔，哮啾啾咧……

哮到三更半暝找無巢咧，嘎嘿嘎嘿……

本來「紅俥」隔牆下棋已鬧得全牢雞犬不寧，現在又加上「流氓」老調重唱更吵得人心煩意亂。有一天，「相命仙」終於忍受不住了，便對「流氓」說：

「喂，同的，你敢繪使一工仔歇禮拜漫唱？」

「漫唱欲安怎過日子？」

「找代誌來做啊。」

「就是找沒代誌不才唱。」

「相命仙」左看右看，忽然瞥見那牆角的便器，便對「流氓」道：

「彼放屎蓋⓬不幾十年沒洗丫，結一層油垢，你繪去洗洗咧？」

「好！」

「流氓」高興地說，並且立刻就起身去洗，叫「相命仙」和周福生感到有些意外。可是洗不了多久，「流氓」便又踅回來，對「相命仙」道：

「彼用水洗繪起來，著愛用刀仔摳才會使，你有刀仔否？」

「相命仙」就把私藏的一只鋼片小刀遞給他，叮嚀道：

「著好好仔用，繪使加我打不見。」

「流氓」拿了小鋼刀答應著去了，於是他便不再唱歌，只趴在便器上面，認眞地刮，而且刮得十分快活。

難得「相命仙」又可以跟周福生清閒聊天，聊了一個下午，才見「流氓」工作完畢又走回

⓬放屎蓋：台語，意（便器蓋）。

來。周福生側過頭去，見那便器蓋子只刮了方寸的油垢，還有一大片沒刮，便笑了起來，對「流氓」說：

「看你即偌哪是做息的腳色？摳一下晡，才摳彼點仔而而！」

「彼我挑故意的，」「流氓」意味深長地回答：「有代誌著留咧寬寬仔做，否做了欲安怎？」

周福生恍然大悟，年紀輕輕竟然懂得這人生的大道理，不覺對「流氓」肅然起敬起來。可是儘管「流氓」慢慢刮，那便器的油垢終也有刮淨的一天，等這天到了，他又故態復萌，連口又唱起「一隻鳥仔哮啾啾」的老調來了，這回「相命仙」還能容忍，反倒是「紅僤」受不了，特別是在他輸棋的時候，因爲被「流氓」的歌聲吵得沒能集中精神，他老早就鬱積在心，等待爆發了。有一天，又聽見「流氓」開始唱：「嘿嘿嘿……」還等不及聽他把第一句唱完，他就對「流氓」咒了起來：

「火火火，火大啦！火𣍐停，火到給人耳孔鬼仔走了了！」

「啥人叫你耳孔不去堵⑬破布！」「流氓」反唇相譏道。

「堵您祖媽啦！你漫唱天下就太平！」

「若欲天下太平，上好你漫行棋！免一工到晚『車一進五』『馬四進三』，進進進，進您祖公咧！」

於是兩人愈吵愈兇，竟至大打出手，有人去喊看守，看守來了，在鐵欄外高聲喊停，可是兩

⑬堵：台語，音(that)，意(填塞)。

人已打昏了頭，皇帝王法什麼也不顧，只管繼續打，弄得看守沒法，便去抓來滅火用的水龍頭，開了水就往牢裡噴，坐在欄門口折鑰匙的「阿呆」首當其衝被水沖倒在地上，而其他犯人也都滿身落湯雞，一個個跳起舞來……

在「北署留置場」裡面的犯人，每天有二十分鐘的自由活動時間，這時犯人就在一個四面高牆鐵網的露天廣場散步，舒展肢體，或互相探問久違的獄友，這段時間算是周福生每天最盼望的了。

有一天，周福生與「相命仙」在廣場裡散步，迎面走來了一個女人，年近四十，白皙的皮膚，烏亮的頭髮，柳眉鳳眼，膽鼻櫻嘴，儘管被平淡的囚服裹住，仍然掩不住她那玲瓏豐韻的腰肢。周福生大感驚奇，等她擦身而過，禁不住對「相命仙」說：

「想𣍐到即倪美的查某也給人關在這籠仔內！」

「這是一個眞長的故事。」

「你也講來聽看覓。」周福生央求道。

於是「相命仙」把喉嚨清清，絮絮說了起來：

「三十外年前，新竹附近一個叫做『香山』的莊腳所在，有一家做田人生一個眞美的查某嬰仔，即工在做『度晬』，偲的地主抵好來欲收田租，看著田佃偲某手裡抱的嬰仔，就講：『噢，這查某嬰仔果眞美哦！』偲某就佮伊講笑：『美哦？否飼大漢才給你做細姨嚼！』地主就講：『會使啊，倆即馬就來講定，由今日起，我免加您收田租，十五年後我才來娶。』彼田佃想咧，哪會𣍐使？彼地主已經五十外外，十五年後不知死到春幾支骨頭咧？但是自即日起免付田租，哪有比這猶復較好孔的？所以伊一聲就加伊答應落來。

十五年後，等到彼查某嬰仔大漢丫，地主誠實扛轎欲來娶伊，伊大哭不去，偲老母就跪列加伊講：『你若不去，看這十五年的田租欲安怎還咧？你猶是好好仔去，算你有孝父母。』伊雖然哭哭啼啼，但是最後猶是給轎扛去，去做地主的第四細姨，自彼日起，伊攏不曾笑。

四姨娶入門，第二年就加地主生一個孝生，因爲以前的三個某不是沒生就是生查某，所以地主特別疼這四姨，猶復較疼彼個細子，定定䢦伊出去四界收田租。有一日來到莊腳，彼細子就問地主：『阿爸，㑑的田有若多？』『你做你加伊看，你看會到底的田攏是㑑的。』『啊，安倪後擺賣起來不眞多錢？』聽著即款話，彼地主的心肝頭鑿一下⑭，猜講偲厝將來會敗，若欲將來給子賣田，不如家己先賣，所以伊就將田賣掉，不復收租，放錢收利過日。

有一日，彼細子來加地主講：『阿爸，阿爸，阿母笑丫呢。』『伊是安怎笑的？』『伊今日看著一個街裡人列削苦瓜的皮，伊就講：苦瓜復較削也是苦，哪著削？講了遂笑出來。』『這歹采頭！自您老母嫁來到旦⑮攏不曾笑，今日是頭一擺笑，恐驚歹代誌會發生。』果然歹代誌發生，過沒幾工地主就中風死去丫。

地主死了，幾個某就分財產，四姨有子分上多，分了伊也沒復嫁，專心一意教育伊彼個子，由新竹公學校到新竹中學，了後復給伊去日本留學，讀早稻田大學，最後伊大學畢業由日本轉來的時陣，有一個同學佮伊同齊轉來。即個同學看著四姨猶少年復美，遂恆意，時常借探訪偲子的名義來看四姨，來加伊戲弄，最後弄到四姨心開，遂佮偲子的同學秘密做堆⑯。有一日，四姨的子

⑭鑿一下：台語，音(chhak-chit-e)，意(刺一下)。
⑮到旦：台語，音(kau-tă)，意(到現在)。

無張弛⑰轉來厝裡，看著伊老母佮伊同學抵好列床頂做戲，感覺沒面通見人，遂吊投⑱死去。

伊子死了後，四姨沒法度在新竹企起，自安倪搬來桃園，公然佮伊子的同學同居，兩個人同居有兩三年，等到將四姨的財產開盡丫，人也沒愛丫，伊子的同學遂去找別個查某，沒欲轉來。四姨眞不願，子死錢復了，有一日就央人去加伊子的同學講伊枕頭下猶藏一割私額錢，叫伊轉來提，伊子的同學果然信信信，彼日轉來欲提錢，四姨就求伊復佮伊做一擺戲錢才欲給伊，伊就自安倪復佮伊做戲，當列熱情的時陣，四姨伸手去摸藏在枕頭腳的鉸刀，一刀就將彼蘭鳥鉸斷，提去派出所，放在辦公桌頂，對警察講：『我一生攏給這害的！』」

聽完了故事，周福生搖頭感歎起來：

「唉，可憐，可憐……這攏是運命註定！」

周福生在「北署留置場」已經關了二十多天，這期間謝甜和妙妙經常相偕來留置場面會，倒是警察和刑事對他反而不聞不問，彷彿把他忘記一般。難得等到了這一天，看守終於來監牢提他，領他到北署的一間特大的辦公室裡來，一旦把他送入，那看守也就帶門走出去。

周福生把全室繞視一番，見那偌大的辦公室只坐了一位老警官，這老警官有五十多歲的年紀，穿一套白色的官服，兩肩都是金星與金條，他紅光滿面，配著一頭早生的白髮和白髭，又戴了一副無邊的淺度玻璃鏡片，使他看來與一般日本警察截然不同，在威嚴的肅穆之中洩漏出先天

⑯做堆：台語，意(在一起)。
⑰無張弛：台語，音(bo-tiü-ti)，意(無意間，突然)。
⑱吊投：台語，音(tiau-tau)，意(上吊)。

的善良與後天的慈悲。

因爲那老警官身旁沒有台灣通譯，而周福生又不懂日語，正不知要如何跟對方通話，卻萬萬料不到那老警官竟然先用帶日本腔的台灣話對周福生說了：

「你彼丫坐，我這抄了才佮你講。」

說罷，那老警官又繼續伏案抄了幾字文書，這其間周福生就認眞地把那老警官端詳起來，不但仔細看他那張和藹的臉，也往他桌上的東西掃了起來，無意間，他看到桌角的一堆卷宗，那卷宗上一律寫著「吉田巡官」的字樣，周福生也就默默把它記在心頭……

終於那老警官把筆扔下了，翹起腿來，非常正式地對周福生說了一些有關他案情的話。周福生只管點頭，一直等對方說完了，才開口回道：

「是，是，吉田先生。」

那老警官倏地坐直起來，兩眼睜得滾大，吃驚地問：

「你哪會知影我的名？」

周福生本想照實說，可是又覺得隨便看人家桌上的東西不十分禮貌，便不想說了，可是又不知如何給對方的問話做交代，正躊躇著，突然靈犀一點通，便微笑地說了起來：

「一個警官若心肝好，監獄內面大家攏也會知影。你講著否？吉田先生。」

吉田警官不但完全同意，而且似乎大爲開心，因爲他不再拐彎抹角，立刻就寬宏地對周福生說：

「你這案件𣍐使無罪，因爲人告你反日，是中國的spy，我即支筆若加你下較重咧，你至少著關得半年以上，我給你上輕的啦，拘留二十九工，算是一種警告，在這北署內面關就好，但是免撜[19]手印，也免翕像[20]。」

因爲已經在「北署留置場」關了二十多天，周福生只又關了幾天，於湊足二十九天的隔日便走出了留置場，到時謝甜和妙妙都來北署的門前接他。這一日濃陰密佈，天壓得低低的，雖是白天卻似黑夜，一時叫周福生對周遭感到十分怪異，假如不是夾在妻子與孫媳兩人中間，他幾乎要以爲那是另外的一個夢幻世界。他十分沉鬱，一路上都不說話，一直來到家裡附近，又見到那飛簷龍柱的「龍山寺」，才恍恍惚惚如夢初醒，這時才眞正意識到——他終於回家了。

十四

明德的這一班新兵在三個月的「基本訓練」結束時，因爲少了細川與王金鎗兩個人，全班只剩下十三人，可是在明德回到「新竹空軍基地」接受往後的六個月「飛行訓練」時，立刻又補進兩個人湊成了原來的十五人，這補進來的兩個人都是從陸軍基本訓練班調遣來的，他們兩個都是生在台灣長在台灣的日本人，一個叫「大久保」，另一個叫「奧八郎」。

因爲是來補細川與王金鎗的缺，心理上明德與遠山明便把大久保與奧八郎當成細川與王金鎗看待，從開始就對他們表示特別的親切與友善，相對地，大久保與奧八郎也就自然而然對明德與遠山明表示格外的感激與熱情，不到幾天，他們四個人就披肝瀝膽親如兄弟了。

有一天，在飛行操作訓練之後，他們四個人都坐在一隻「紅蜻蜓」的雙翼訓練機下的草地上

[19]撜：台語，音(tng)，意(蓋印之「蓋」，握拳搥擊)。
[20]翕像：台語，音(hip-siong)，意(照像)。

休息，大家說了一陣閒話後，遠山明倏然靜下來，對大久保與奧八郎凝望了一會，搖起頭來，對他們說道：

「你們兩個眞不幸，在陸軍訓練班好好的，卻被調到這空軍來，等著瞧吧，有一頓苦頭吃呢！」

大久保笑了起來，回道：

「我才不是被調的，我是自願請調的，打頭起，我就志願當空軍，只是一時進不來。」

「我也是自願請調的，跟大久保完全一樣。」奧八郎補充地說。

「還有自願當空軍的？這是什麼個道理，你卻說說看，大久保君。」明德也不甘寂寞，終於插嘴道。

大久保驀然嚴肅起來，露出一臉深沉與世故，愼重其事地回答道：

「坦白而言，我討厭戰爭，一想到殺人或被殺就叫我作嘔，但既然免不了戰爭，也逃不了殺人或被殺，我只好希望殺人的時候不必由我親手執刀，被殺的時候也不要見到敵人的刺刀，想達到這個目的，唯有當空軍一途了，因爲開飛機去轟炸敵區，不必面對敵人，殺了敵人也見不到血，至於被敵人高射炮打中，一閃就完了，乾淨俐落，誰也不欠誰。」

明德與遠山明聽了，都頻頻點起頭來，一時都不再說話。良久，明德才打破沉默，轉問奧八郎道：

「奧君，你呢？你是什麼道理？」

「呃，我的道理才沒大久保那麼複雜，我十分簡單，只因爲我的一個堂兄是空軍，就在這基地當班長，所以我才請調到這裡來當空軍，希望能在他手下受訓，可惜他在別班，不在我們這班。」奥八郎說，兀自歎息起來。

遠山明所謂的「苦頭」，大久保與奥八郎誤以爲是一般陸軍入伍訓練所受的磨練，過不了多久，他們才明白過來，原來指的竟是「閻羅王」獨創的「遊戲」！

對於那原來的十三個新兵，自從三個月的「基本訓練」結束以後，就很少叫他們再玩那十八般古老的遊戲，可是對大久保與奥八郎這兩位半途調進來的新兵就不然了，「閻羅王」還是從頭開始，一一叫他們玩過，彷彿沒玩過他的遊戲就沒資格當他隊裡的新兵似地，也因此特別引起他們兩人的怨恨，起頭還忍耐，不久便爆發開來，終於有一天，大久保憤憤對明德與遠山明說：

「在陸軍訓練時，也有一些遊戲，只沒有空軍花樣這麼多，而且這麼苦毒惡劣，簡直不能忍受！」

「這就是爲什麼我告訴你這裡有一頓苦頭吃，誰叫你自作自受？」

遠山明說，他與明德都在笑，而大久保與奥八郎卻都咬牙切齒……

「咱們不能老這樣被『閻羅王』虐待，有時也得回敬他一下才行！」大久保雙手交叉在胸前，堅決有力地說。

「你要如何回敬他？」奥八郎側過臉去，詫異地問。

「你等著瞧好了！」

大久保回道，狠狠踢了地上的一顆卵大的石頭，飛了有百尺之遠……

在明德這一營的廚房裡有一個日本傳令兵，整日幫助伙伕頭切肉洗菜，三餐爲幾個隊長端飯到他們的私人營房給他們吃，因爲生得白臉粉面說得嬌聲柔氣，大家便給他一個綽號叫「藝妓」。這綽號倒也給得名副其實，因爲這「藝妓」不但外表帶有陰氣，就連性情也如女人的柔順，每回新兵把他攔住，毛手毛腳吃他豆腐時，他也只是跺腳瞪眼，從不抗拒。有一回被別營的幾個新兵拖到草堆裡去「解剖」了，看他到底是男的還是女的，他也只是哼哼低叫而已，事後把褲子繫了，又給隊長端飯去，一句也不向隊長透露。

有一天傍晚，在晚餐之前的半小時休息時間裡，明德、遠山明、大久保與奥八郎四個人照例又坐在他們營房前的木麻黃下閒聊，忽然瞥見「藝妓」用盤子端了飯菜，沿著紅磚小徑，碎步對著鬼塚隊長私人營房的方向走去。大久保卜地從地上立起來，大步向「藝妓」追去，把他攔在路中，對他說：

「嘿，等一下，『藝妓』……你這飯可是端給『閻羅王』吃的吧？」

「藝妓」眉毛打起結來，但還是默默點了一下頭，這時另外三個人也圍了上來，「藝妓」以爲他們又要像其他新兵一樣調戲他，他的眉結更深了，雙眼猶豫之色……

沒想大久保把臉往「藝妓」手裡的飯盤一俯，認眞地嗅了一回，叫起來：

「唔……這飯倒也眞香，只少了一點兒調味品！」突然轉回頭對身後的三個人說：「喂，你們身上可有味精、胡椒或什麼沒有？」

三個人開始笑，可是「藝妓」卻大大不安起來，他倒退了幾步，一直退到牆壁，用一種哀求的聲音對大久保說：

「唉呀，請別這樣好不好？求求你，萬一鬼塚知道了，他會把我殺死……」

「知道個屁！」大久保道，又逼了上去：「只要你不像妓女嘰嘰叫，他怎麼會知道？」說著，大久保又把臉俯在飯上，猛烈抓起頭皮來，把頭垢雪花般往飯上撒了下去，急得「藝妓」跺腳瞪眼，端著盤子想躲開去，卻被奥八郎挾持住，只好端正盤子，任大久保把頭垢撒個飽，密密麻麻，在飯上蓋了一層，像撒了一整罐胡椒……

大久保抬起頭來看了一看，滿意地點點頭，道：

「好了，『藝妓』，現在就勞你把飯翻一翻，把味道調勻了！」

「筷子弄髒了，他會知道的。」「藝妓」忸怩地回道。

「誰叫你用筷子？就用你的手！」大久保說。

「藝妓」無可奈何，正想伸手去調，沒料奧八郎突然叫起來：

「等一下！調味品還少了一樣！」說著，便往飯裡吐了一口痰：「行了，『藝妓』，請動手吧！」

「藝妓」一邊搖頭一邊詛咒，但終於拗不過大久保和奧八郎兩個，只好伸手往飯裡攪了起來……

大家躲在樹下，遙望「藝妓」端了調味過的飯走進鬼塚的私人營房。幾分鐘後，等「藝妓」走了出來，大久保首先迎上前去，問他道：

「他吃了飯沒有？」

「藝妓」儘管不情願，還是默默點了一下頭，仍然一臉生氣的表情。

「他有沒有說味道很香？」奧八郎調侃地問。

「藝妓」不答，只瞪了他一眼，啐道：

「你們眞該死！」

說罷，把身一扭，離他們而去。

以後幾乎每天傍晚，大久保與奧八郎都把「藝妓」攔住，如法往鬼塚的飯裡加調味品，看得全班新兵捧腹大笑，爲了向隊長報復而舒了一口氣。每回「藝妓」都照樣跺腳瞪眼，氣得想哭，向大久保哀求道：

「請別再鬧了，求求你，他終會知道的……」

可是大久保總是不聽，而且愈演愈烈，不但頭垢與口痰，其他任何伸手可得的穢物也都加入調味之列。終於有一天，他們聽見飛盤舞碟的破碎聲從鬼塚的私人營房傳來，沒多久，便見「藝妓」氣急敗壞地奔出來，當他從全班的新兵面前走過，大家見他一身飯粒，面如死灰，眼中帶淚，他腳也不停，頭也不回，氣呼呼地邊走邊罵道：

「早跟你們講不聽……現在完了……他會通通把我們殺死！」

大家聽罷，立作驚鳥散了。

這一夜，全班新兵都提心吊膽，生怕鬼塚隊長會嚴厲處罰他們，可是出乎意料之外，整個晚上，一點動靜也沒有，即使在第二天早上早點的時候，鬼塚隊長也一如往昔，彷彿什麼也沒發生過，只是在通例的軍事訓話之後，才把話鋒一轉，不經意地說：

「最近你們一些新兵似乎對我的健康開始關心起來。」

每個人的心都跳起來，一時都把呼吸停止了。

「有人特別在我的飯裡撒了『維他命』。」

奧八郎禁不住嗤笑起來，立即被大久保踩足按住。

「你們別瞧我瘦，論力氣，保準你們誰也敵不過我，所以我還不需要『維他命』。」

奧八郎又要笑，立即又被大久保捏手捺住。

「儘管如此，你們的厚愛我還是十分感謝，所謂禮尙往來，爲了表示我對你們的感激，我提議咱們大家來乾一杯。」鬼塚轉頭向曾我班長，叫道：「班長，去把酒跟酒杯拿來！」

曾我班長答應一聲，跑向鬼塚隊長的私人營房去了，鬼塚隊長目送他遠去，才又轉向全班，繼續對大家說了下去：

「你們早上要喝的酒是現在整個日本都找不到的美酒，是戰前我一個到法國留學的好朋友特地從巴黎寄回來給我的，就是世界聞名的『波爾多葡萄酒』。本來他寄了幾瓶，我只偷嚐過一瓶，因爲太珍貴了，不忍多喝，一直都收藏著，今天承蒙好意，實在太感謝了，才特別拿出來敬大家。」

說完的時候，曾我班長已拎了一瓶紫黑的洋酒另捧了十幾只日本白瓷小酒杯來了，鬼塚隊長從他手中接了酒瓶，拔掉瓶塞，先叫曾我班長發給每個新兵一只酒杯，再由他自己親手爲他們斟酒，從頭一直斟到底，也眞巧，當他斟完了全班十五個新兵的酒杯，那酒瓶裡的酒也剛好傾空，鬼塚隊長把酒瓶倒懸，自瓶口望穿瓶底，扮了一個鬼臉，反面責備曾我班長道：

「怎麼不拿大瓶卻拿小瓶？才斟十五杯就空了，都是你的罪過，就罰你空杯乾杯了，我是隊長，難辭其咎，也只好奉陪班長空杯乾杯了。」

鬼塚隊長嚴正地說，曾我班長卻掩嘴在笑……

明德端住酒杯，望著那杯中盪漾的紫液，幽然想起半年前因爲拒喝敬酒導致土肥教官怒而拔劍的往事……立在身旁的遠山明似乎一眼看穿明德的心思，因爲他立刻就把身靠過來，俯在明德的耳朵，輕輕對他說：

「葡萄酒不算酒，還是喝下吧。」

鬼塚隊長終於又走到隊伍前方，他高舉空杯，對大家道：

「爲飛行訓練班的新兵乾杯！」

那在下的全班新兵也把杯擎起，異口同聲地應和道：

「爲飛行訓練班的隊長乾杯！」

全體新兵把酒一口飲盡，每個人都皺起眉頭，有的打嗆，有的想吐……

這天午餐前的休息時間，大久保上廁所去，他無意間在廁所旁的垃圾堆裡撿到一只玻璃瓶，便拎回營房給所有新兵傳觀，高聲嚷道：

「新兵們！不是『波爾多酒』；是『百樂多酒』。你們自己瞧去!!!」

大家拿鼻子嗅那瓶口，正是早上那酒的辛辣！再瞧那瓶底的剩液，正是早上那酒的紫黑！然後再仔細讀那標頭印的幾個英文字母：

PILOT INK

幾個人開始嘔吐……

十五

在明德這班的十五個新兵中，奧八郎可算是一個特殊人物，只有他老是有客來訪或出外見客，這緣由他有一個堂兄在隔壁營當班長，他們過從甚密，無所不談，也正是透過這位堂兄，奧八郎探知了這基地裡許多新兵沒能知道的秘密。

一個禮拜天的黃昏，明德、遠山明、大久保與奧八郎四個人於晚飯後，在機場偏僻少人的草地踏青，一邊漫步一邊閒聊，無意之間，看見一個人騎了腳踏車橫過廣場，急急騎向大門的方向去。因爲那草中的小徑崎嶇而彎曲，那騎車的人太專注把持車子的平衡，所以並沒發現他們四個人，他們一時都靜立著，四對視線隨著那搖晃的背影漸行漸遠，終於消失在大門外頭的馬路上……

「『閻羅王』這麼晚還騎車上哪兒去？」大久保首先打破沉默道。

「上新竹的『朝鮮街』去。」奧八郎用嘴角不屑地說。

「你說什麼？『朝鮮街』？」大久保詫異地問。

「你還不知道新竹的『朝鮮街』？這條街差不多都是從朝鮮來賺錢的妓女，咱們的『閻羅王』今晚找她們樂去。」奧八郎說。

「你怎麼知道的？奧八郎。」

「還問？都是我堂兄告訴我的。」

他們踱到鬼塚剛才騎車而過的小徑，那徑上車跡歷歷，而且都是同一種胎紋，於是大久保便兀自點頭地說：

「看來他經常騎車走這條小路。」

明德與遠山明兩人也默默點頭，表示同意。

他們漫然沿那小徑往大門口走去，大家沉默了半晌，忽然奧八郎自動又開口說了起來：

「我堂兄說『閻羅王』在『朝鮮街』相當出名，每個妓女都非常怕他。」

「爲什麼怕他？他打她們不成？」大久保不解地問。

「不是，」奧八郎搖頭說：「他喜歡跟她們玩很古怪的『遊戲』。」

他說著，不覺噗哧一聲笑了出來，其他三人都覺得話中有話，也跟著笑了起來，靜待他繼續說下去，可是他卻故意秘而不言，終於叫大久保按捺不住，搶著問道：

「是不是跟咱們玩的『遊戲』一樣古怪？」

「不是，不是，」奧八郎大搖其頭：「我早說過，他不打她們，他只跟她們玩。」

「妓女本來就是給人玩的嘛，有什麼古怪？」

大久保說著，對這話題似乎有了一點倦意，奧八郎也看出來，便不再賣關子，直接地說了：

「不錯，妓女本來就是給人玩的，但如果對方跟你玩一整個晚上，既不哀歇，也不撤退，牢牢把你霸住，重重把你壓著，叫你一夜不得休息，你受得了嗎？也難怪每個妓女都非常怕他。」

明德與遠山明聽了，不約而同地聯想起鬼塚命王金鎗剝褲示眾的往事，正印證了他對性的乖異行徑，便連連搖起頭來……

「這只是『硬』的功夫，還有另一種『軟』的功夫，那些妓女就更受不了了。」隔了一會奧八郎又開口說。

「快說！快說！別再賣關子了！」大久保性急起來說。

「他喜歡用舌頭去舔妓女的那個……舔得她們嘰嘰叫，又不得中途開溜，所以以後遠遠見了他，就像老鼠先四散跑開了。」

奧八郎說罷，四個人都捧腹大笑起來，彷彿見到了鬼塚的惡行，他們幾個月的受虐便得了報復一般。這時他們已來到基地的大門口，因爲並不想出營，便又踅回，走向那原來無人的小徑上……

「咱們非得再報復『閻羅王』一下不可，上回喝了他的墨水眞不甘心。」大久保心血來潮地說，然後轉向遠山明：「你這精通哲學的，你能爲咱們想出一套周全的辦法不能？」

遠山明低頭沉思了半晌，抬起頭來說：

「我從前讀過『西線無戰事』，其中有一段跟我們現在的情況十分類似，有一個士官長窮兇惡極，虐待新兵，無所不用其極，所有新兵無不恨他入骨。這個士官長有一個小毛病，喜歡到附近酒吧喝酒，喝完了才醉醺醺顚回營裡來，於是一群新兵就想出辦法來報復他，他們埋伏在路旁，等那士官長醉酒顚回來，有一個新兵就從後面用毯子往他頭上一蒙，其他的新兵便一擁而上，拳打腳踢，把那士官長重重揍了一頓，然後一哄而散，等那士官長從毯子掙開來，已經一個人影也沒有了。」

才聽完了遠山明的話，大久保便搖起頭來，說道：

「這法兒雖好，咱們卻不能如法泡製。第一，『閻羅王』是三更半夜才回來的，咱們哪來鬼時間等他。第二，他是去玩女人而不是去喝酒，回來時正神志清爽，絕不像酒鬼那樣容易下手。第三，別瞧他骨瘦如猴，卻是拳頭如鐵，萬一沒打到他先挨了他揍也不是好玩的。總之，咱們非得另想辦法不可！」

於是四個人默默走了一段路，最後又來到遇見鬼塚騎腳踏車的地方，忽然大久保拍了一聲響掌，叫道：

「有了！有了！終於給我想出來了！咱們不如在這小徑上掘個窟窿，用草鋪蓋，然後回營去睡咱們的大覺，夜裡天黑，『閻羅王』不連車帶人栽進窟窿才怪！」

明德與遠山明對這辦法似乎有些保留，只是不語，而奧八郎則舉雙手贊成，於是也不管明德與遠山明兩人，大久保便揮手叫奧八郎跟他回營房的工具室拿了兩把鐵鏟，叫明德與遠山明把風，他們兩人便兀自在小徑上掘出了一口丈深如井的大窟窿，末了，又到附近折了幾根樹枝，拔了一堆青草，把窟窿掩蓋了，然後才拎著鐵鏟，心曠神怡地往營房走回去……

才走了十幾步路，奥八郎突然叫了起來：

「等一下！東西還少了一樣！」

其他三人都有些驚愕，只楞著看奥八郎把鐵鏟往地上一扔，返身跑回土坑，在那虛蓋的草上撒了一泡尿，眼見他邊將寶貝藏進褲縫邊蹭回來的乖張姿勢，他們三人都笑彎了腰……

第二天早點的時候，鬼塚隊長準時出現在全班新兵的面前，他舉止步態一如往昔，只是鼻樑正中多出了交叉成十字的紗布膠帶，大家見了都十分詫異，而奥八郎則忍不住咬唇偷笑，被旁邊的大久保狠狠踩了一腳。

「新兵！」鬼塚隊長慎重地說了起來：「本來遊戲只是給『基本訓練』的小孩玩的，一旦進入『飛行訓練』就不再玩了，沒想到你們還是樂此不疲。很好！既然大家童心未泯，我也只好返老還童，陪大家再玩一次了！」

鬼塚隊長斜目把全班新兵橫掃一遍，只因爲那鼻樑上的紗布膠帶，大大削弱了往日的威風。他繼續說下去：

「今天我們要玩的遊戲叫『仙人跳』，這遊戲怎麼個玩法？不必我說，等會兒你們自然就會知道！」

說罷，鬼塚隊長逕自走了，留下十五個新兵面面相覷，互相猜測這遊戲的究竟來……

整個上午都沒有任何動靜，下午是新兵每日例行的飛行練習，當明德與其他十四個新兵整裝來到機坪，那十五架雙座無蓋的「紅蜻蜓」導航練習機已一字橫排在坪上，每架的前座都坐了一位教官，而且都已發動引擎，轉動起螺旋槳來了……

明德爬進他的機艙，那前座的教官轉過頭來，一臉微笑，原來是曾我班長，明德也對他微笑，才低頭去找安全帶，卻是遍找不著，不禁自言自語起來：

「怎麼不見安全帶？」

「很對不起，所有後座的安全帶一律都事先卸下了，是鬼塚隊長的命令。」曾我班長同情地回道。

「這樣飛機一上空，人豈不是要在空中跳舞？」

「不然怎麼叫『仙人跳』？」曾我班長答道，掩嘴笑起來。

十五架「紅蜻蜓」照往日一樣在雲端翻圈、俯衝，做著各種基本的飛行練習，只是十五個新兵一律沒有安全帶，而操縱桿則完全由教官控制。明德迎面吃著冷風，一手抓住鎖緊的操縱桿，另一手扳住空鬆的安全扣，任身子像陀螺一樣在機艙裡打轉，當飛機翻圈天地倒轉，他便眼睛發黑起來，而當飛機俯衝萬物旋轉，他更呼吸停止，身體彷彿要拋出機艙一般。

這「仙人跳」的遊戲足足玩了半小時，一直到每個新兵頭暈目眩精疲力竭，十五架「紅蜻蜓」才一架架降落在機坪，每個新兵都得由他的教官從機艙抱出，而一下了飛機，個個都跪在地上，連爬也爬不起來。

十六

在「飛行訓練」的初期，所有新兵只能駕駛由教官導航雙座的「紅蜻蜓」練習機，一過中期，由於經驗增加與技術嫻熟，鬼塚隊長才讓新兵駕駛獨航單座的「紅蜻蜓」戰鬥機，這時，鬼塚隊長總是把新兵分成五個人一組的小隊，由一位教官隨隊督導飛行。

在小隊飛行中，有一種飛行方式叫做「跟母雞」，那便是由教官駕駛的飛機領頭當母雞，其他五架飛機像子雞連成一線縱隊跟在母雞的後面，母雞飛東子雞就跟東，母雞飛西子雞就跟西，所有子雞的動作完全跟著母雞一樣做。

這一天，明德與遠山明這一小隊的飛行剛好由鬼塚隊長親自督導，他們一共六架「紅蜻蜓」列成橫隊，已經在新竹台地的上空練習了好一陣子，忽然飛在橫隊最左邊的鬼塚隊長心血來潮，用手勢對其他五架飛機的駕駛發出練習「跟母雞」的命令，他甚至還透過話機對靠近他的明德喊道：

「緊緊跟住我！」

然後鬼塚隊長的飛機離隊而去，明德的飛機緊緊跟在他的後面，其他的飛機也一架跟住一架，不過幾秒的時間，已成了一條長龍的縱隊，在空中翻騰飛舞……

鬼塚隊長的飛機斜刺俯衝下去，明德跟住斜刺俯衝下去，鬼塚的飛機騰空翻圈起來，明德也跟住騰空翻圈起來，當飛機從頂空翻落下來，本該是放低油門讓飛機減速，不知怎麼，細川被鬼塚隊長逼迫吊死的那幕情景，驀然在眼前湧現，使得明德不由自主地踩盡油門加速跟近鬼塚隊長的機尾，鬼塚隊長大概也發覺明德跟得太近了，即刻轉變方向，把飛機提昇上空，可是明德卻不肯放鬆，也跟住把飛機提昇上空，不但沒被鬼塚隊長拋遠，反而愈跟愈近了，終於聽見話機裡鬼塚隊長的咆哮：

「減速！減速！快碰到尾巴了！馬鹿野郎‼瘋了!!!」

可是明德著魔似地踩足油門緊緊跟著，就像用一條繩子繫住鬼塚隊長的機尾，那繩子不但不拖長，反而越拉越短了，叫鬼塚隊長怎麼掙也掙不脫。突然鬼塚隊長的飛機向左急轉，同時從話機向明德怒吼命令道：

「向右！向右！」

然而明德卻馬耳東風，偏偏轉向左邊去，差一絲兒就跟鬼塚隊長的飛機撞著……

兩架飛機就在空中翻滾扭鬥，把其他同隊的飛機拋得不見了影子。鬼塚隊長像個亡命徒，為了逃脫明德的追逐，終於把飛機開往十八尖山的方向去，明德仍然緊密尾隨著。沒多久，他們便進了山中，沿著峰與峰間的山谷低飛，他們平穩地飛了好一陣子，驟然峰迴谷轉，迎面出現了一塊大絕壁，絕頂一排嵯峨的古松，明德首先望見，忙拉了操縱桿飛越了絕壁，鬼塚隊長發覺晚了一些，僅僅擦過絕頂，機翼削斷了松尖的枯枝，兩架飛機繼續往上爬，爬向十八尖山的巔峰……

驀地，明德發現前頭的飛機開始搖曳起來，隨著一朵美麗的白蕈在空中展開來，鬼塚隊長像玩偶似地吊在白蕈的傘下，來回擺盪，愈形愈小，飄到谷底去了，這時，山腰起了一片火光，鬼塚隊長的「紅蜻蜓」終於安息了。

明德的飛機回歸原隊之後，又與隊友完成了這天應做的飛行練習，當他們的小隊降落在機場的跑道，鬼塚隊長被明德追逐而後被迫跳傘的新聞早在整個空軍基地傳開了。

鬼塚隊長除了飛機墜毀之外並沒受到一點傷，他安全降落在十八尖山的山谷，當他坐了山上伐木用的輕便車下山，早有基地派去的救護車在山腳等他，他是坐了救護車回到基地的，一回到基地，他就去向大隊長報告，這時大隊長才派衛兵來營房傳明德到大隊長的辦公室去。

當明德走進大隊長的辦公室，鬼塚隊長早已坐在大隊長辦公桌前的座椅，一見到明德，大隊長立刻示意也叫明德就座，談話在一種非正式的緩和氣氛之下開始。

「好了，現在大家都在這兒，讓我聽聽，看到底是怎麼一回事，鬼塚大尉，就由你先說吧。」大隊長首先開口說。

鬼塚隊長斜乜瞟了明德一眼，說道：

「大隊長，我說這新兵一定是瘋了，不然怎麼會在飛行練習中，對我窮追不捨，想用他的機頭來撞我的機尾，假如不是我跳傘，恐怕兩個早就同歸於盡了……」

「你說他追你追多久？」大隊長從中打斷說。

「十分鐘有吧……」

「他不過是個沒有經驗的新兵，而你——一個經驗豐富的教官，竟然在這麼大段時間沒法逃過他的追逐？」

鬼塚隊長臉紅到耳根，他扭動屁股，坐立不安……

「眞是奇怪！」大隊長搖頭歎道：「自從我來到這『新竹空軍基地』，事情也發生過不少，就是從來沒見過這麼奇怪的。當然，訓練新兵損失飛機是免不了的，甚至損失人員也有過，只是教官被新兵追到不得不棄機跳傘，倒是聞所未聞。」

鬼塚隊長的臉色由紅轉青，避開了大隊長的目光，仰望頭上的天花板……

「你對這件事怎麼說？明德新兵。」大隊長轉對明德說。

「我沒有什麼可說，大隊長。」

「你是不是存心要殺你面前這個人？」

「不！」

「你是不是想炫耀你的飛行技術給同隊看？」

「不！」

「嗯，嗯……」大隊長撫著下巴點頭沉吟道：「那麼你幾時決定做這件事情？」

「我不知道，其實我什麼也沒有做，我只是服從隊長的命令，緊緊跟住他，因爲他對我說：『緊緊跟住我！』」

「嗯，嗯……原來如此！但你不覺得跟得太近而感到不舒服嗎？至少我們的大尉就這樣感覺，否則他也不至於跳傘而讓一架好端端的『紅蜻蜓』去撞山燒毀了。」

鬼塚隊長斜睨了明德一眼，雙拳緊握，腮筋暴凸……

談話繼續在原來和平的氣氛下進行，顯然大隊長對明德飛行技術的讚許多過對他個人行爲的責備，這已叫鬼塚隊長感到不快，而他有意無意對鬼塚隊長的冷嘲熱諷，更使後者如坐針氈，尷尬萬分，所以當大隊長宣佈談話結束，鬼塚隊長便首先立起，快步離開了辦公室，明德隨後，緩步移向門口，可是還沒走到那裡，卻又被大隊長叫回來，聽他十分和藹地對他說：

「你且坐下，我還有幾句話想跟你談談。」

沒料明德才在椅子坐下，大隊長卻從他的高背椅站起來，揹著手開始踱步，他在那狹窄的空間往復踱了幾回，便在窗前佇立，凝望那窗外的一片晚霞。剛才鬼塚隊長在場，明德心煩意亂，根本沒有閒情去注意大隊長，現在只有他們兩人獨處，他才靜下心端詳起大隊長來……

這大隊長年近四十，身材短小，相貌平凡，如果脫卸軍裝走在台北街頭，是誰也不會抬頭看他一眼的，可是此刻，在他穆然挺脊望著晚霞的時候，他的儀態卻顯示了長期軍人生活培養出來的幹練，他的眉宇則流露出天賦對複雜人性的洞察，叫明德暗暗稱奇……

「你知道當我進大學的時候我想唸什麼嗎？」大隊長依然望著晚霞自言自語地說了起來：

去：

「我想唸心理醫生，可是這個花錢太多，而且時間也太長，後來只好斷念了。」大隊長對窗外繼續望了好一陣子，直到那彩霞逐漸暗淡，他才轉過身來，對明德又說了下去：

「理智上你不願殺他，但潛意識你卻想殺他，你以爲怎麼樣？我說得對不對？」

明德沉默不答，有一個念頭閃過他的腦際，大隊長似乎一切都看在眼裡，因爲他即刻就頷首接下去說：

「這不稀奇，幾乎所有新兵都想殺他的隊長，我也曾經動過同樣的念頭，好在沒有機會加以實現。」

明德抬起頭來望大隊長一眼，爲他的坦誠而感到萬分的驚異，卻見他緩步輕移走回他的辦公桌，慢條斯理往那高背椅子坐下來，燃起紙煙，吸了一口，又吐完煙圈，才說道：

「他凶狠，這誰都知道；但他能幹，這也無人不知。與其除掉他而沒人來訓練新兵，寧可保留他而傷害幾個新兵。兩權相害取其輕，你懂得我的意思吧？」

大隊長不再說了，寂靜籠罩全室好一會，最後他才結束地說：

「你現在可以回去好好把這事想想。」

才走出辦公室的門，便有一個衛兵迎來，詭秘地對明德說：

「你跟我來。」

「做什麼？」

「到禁閉室。」

「爲什麼？」

「鬼塚大尉的命令。」

明德再也沒話好問，默默地跟那衛兵繞過了大隊長的辦公樓，走了幾段小徑，來到營地角落的一間厚壁鐵門的獨立室，那扇重門半掩著，既已將明德推入室內，那衛兵就把門從外面扣上。

一時，明德感覺全室黑暗，什麼也看不見，等他慢慢習慣那黑暗，開始摸到牆壁，想坐下來休息，猛然發覺有個黑影對他迎面挪來，才定睛想把它看個清楚，便聽見對方的吼聲：

「起來！明德新兵！我一生從來也沒敗過，只有敗在你的手裡，而且敗得很慘……馬鹿野郎！別人把你輕易放過，我可要你付全部的代價！」

乍地，明德聽到木器敲擊腦殼的悶聲，他全身震盪了一下，滿天都是金星，等那星光漸次消失，他也不再有任何知覺……

到底暈去多久，明德一點也不知道，等他慢慢恢復知覺，才發現自己趴在地上，那水泥地既濕且冷，像漂在北冰洋一般。他忽然感覺左太陽穴的血管在劇烈蹦跳，伸手去摸，摸到一丸壟腫，有柚子那麼大，再順手摸下來，才知道全臉黏濕腥鹹，都是半乾的血。幽幽地，他感到每根肋骨在痠痛，彷彿一根根用鐵錘敲過一般，而每塊皮膚也在抽搐，像一寸寸在油鍋炸過似地，準是鬼塚隊長用木棍敲昏了頭不夠，等他栽倒在地上還用皮靴踢他，臉上、胸上、脊背、四肢，直把他踢得稀爛才離他而去，他昏昏噩噩地想……

他翻身半坐起來，第一次打量周遭，這是個正方形的密室，室內空無一物，沒桌、沒椅、沒床、沒衿，連一綑可以歇身的稻草也沒有，四面高牆除了那扇封閉的鐵門，只有一口十字鐵窗，窗外幾顆寒星，瑟瑟打顫，叫他憶起初到菲律賓就被關進馬尼拉海關監牢的往事……

你回去好好把這事想想……大隊長的話幽然在耳中響起……他自忖著，輸了固然是輸，贏了還是輸，反正條條馬路通地獄，還有什麼可想的？不想也罷，他又無力躺了下去……

「明德……」

有人在窗口輕輕地喊，明德翻起身來，豎起耳朵，想分辨到底是人聲還是自己的幻覺，果然是人聲，那同樣聲音又繼續地喊：

「明德……到這邊來……」

明德對窗口爬了過去，一邊還不由自主地回應道：

「遠山……是你嗎？……」

他爬到牆邊，扶著牆壁困難地撐起身子，才勉強把頭探到窗口，猛地一個拳頭從窗外擂了進來，他慘叫一聲，向後一仰，筆直倒在地板上……

「哼！還蠻韌的嘛，我以為死了！」那人說，走了。

也不知又過了多久，窗口又有人在輕輕地喊：

「明德……明德……」

明德想那人又來了，這回他決定死也不再爬到窗口去挨拳了，他裝做聽不見，佯睡躺在地上不動……

「明德……是我呢……遠山啦……」

他不肯相信，只撐起半身，仔細諦聽著，發現那確實是遠山明的聲音，於是便回他道：

「遠山……你來做什麼？」

「我帶了一點東西來，你一定餓了……」

他忍住全身的痛楚，又徐徐爬到窗口，從一隻伸到窗裡的手掌接了一顆削過皮的蘋果，他的左太陽穴不意碰到窗櫺，他低聲呻吟了一下……

「怎麼？又是那『閻羅王』……」

遠遠有腳步聲傳來，遠山明隱入黑暗中不見了。

明德坐在牆邊，抱著那削過皮的蘋果良久，當他咬了第一口，嚐到那蘋果的甜味，他禁不住淌下兩滴感動的眼淚……

明德在禁閉室一共關了三天，每夜鬼塚隊長照例都拿棍子或藤鞭來打他，打到他暈去才肯罷手。從禁閉室出來，鬼塚隊長又罰他一個禮拜清潔幾個營房的廁所，在這一個禮拜期間，遠山明、大久保、奧八郎……幾個人白天都輪流幫他掃廁所，夜裡則輪流替他塗藥裹傷。十天之後，明德才又回到原來的隊裡，恢復往日的飛行練習，叫他感到萬分驚奇的是——自從這次棄機跳傘之後，鬼塚隊長就不再玩「跟母雞」的空中遊戲了。

十七

六個月的「飛行訓練」結束後，明德與遠山明兩個同時被分發到「轟炸班」去接受特別的轟炸訓練，這回他們兩人操作的是「三菱キ—15」雙座戰鬥轟炸機，這種飛機不但雙翼各有自動機關炮，後座還有一支用手運轉的機關炮，每翼各夾一顆重五百公斤的炸彈，飛機帶彈的飛行半徑可達一千八百公里之遠。

「轟炸班」訓練完畢之後，明德與遠山明這一梯次的駕駛員便被派到廣州去，一旦在廣州附近的天空熟習了地理狀況，就準備去轟炸一千公里外的重慶。

這個令人焦慮的日子終於來到！這一天中午明德他們接到緊急命令，次日就要啓飛去轟炸重慶，於是整個下午廣州機場的所有人員便遽然忙碌起來，修護兵都重新把飛機機件檢查一遍，而裝彈兵也一一把子彈與炸彈裝到機翼上，至於飛行人員則把平日記熟由廣州到重慶的航程地圖拿出來研究再三，一直忙到晚飯的時候，才告一個段落。

晚飯之後，上司特別允許飛行人員有一段比往日較長的休息時間，為的是讓他們心境安寧，以便迎接第二日的首次出擊。在明德與遠山明的營房裡有一個人在看書、有一個人在寫信、有兩個人在下圍棋、有四個人在玩撲克牌、有幾個人在抽煙、另有兩人對坐在吹洞簫。遠山明什麼也沒有興趣，他整個晚上只覺心悶，便拉了明德走出營房。

這是一個月夜，大地像洗刷過似地，整個蒼穹只剩一輪明亮的滿月，月光流水般地傾瀉下來，把大地照得彷彿白晝一般，特別是機坪上的那一排拖彈待發的戰鬥轟炸機，那機翼反射著月光，刺得叫人睜不開眼睛，恍若地獄裡的刀山。遠山明憎惡地瞥那群飛機一眼，撇開頭向前瞻望，忽然心血來潮，興奮地說：

「啊，機場盡頭不是有個荷塘嗎？為什麼不到那裡去看月下荷花？」

他們來到水邊，那荷塘並不大，卻密密蓋著田田的荷葉，朵朵荷花從葉子間隙探出頭來，有的盛放著、有的還打朵，遠望像天上掉下來的星星。荷塘這岸空漠漠的，對岸卻長了幾株梧桐，巍峨蒼勁，把遙遠的白雲山托在半空中……

幾縷甜蜜的幽香從池中飄來，他們便往池邊斜躺下來，深深地呼吸，也深深地歎息。有一朵荷花靠近岸邊，花瓣上停了一隻蝴蝶，合起翅膀，在月光下打盹，遠山明伸手過去，把蝴蝶從花輕輕拈起，舉到頭上，對月觀賞起來，然後把牠放了，只見那蝴蝶展開雙翼，在百花群中探尋了一番，翩翩飛向月宮去……

「在中國的哲學家中，我最喜歡莊子，他不但說了許多道理，而且把這些道理寫成美麗的寓言，叫人讀了，畢生難忘。」遠山明自言自語說了起來。

「你最喜歡他的哪個寓言？」明德問道。

「還用說？當然是他那個最短的『莊周夢蝶』了。」

說著，遠山明舉頭仰望明月，明德也把目光移向天空，只聽遠山明又繼續說了下去：

「眞的，到底莊周夢蝶呢？還是蝶夢莊周呢？誰也不知道。其實不必說莊子給世人留下的難題，即使簡單如夢裡好呢？還是現實好呢？我也答不出。」

「爲什麼？」

「比如說吧，有時夢見自己能飛，只要擺動四肢就能騰雲駕霧，像鳥兒一樣飛上飛下，飛東飛西，眞是暢快極了，可是醒來才知道是一場美夢，令人失望，這時就覺得夢比現實好。可是有時卻夢見有人像一座山一樣把你壓住，用手勒你的脖子，叫你不能呼吸，你想反抗，卻像被綁住一樣，使不出一點力氣，眞是痛苦極了，忽然醒來才知道是一場噩夢，令人欣慰，這時就覺得現實比夢好。」

「沒想到你想得這麼深，有時眞羨慕你。」

「不錯，想得深就望得遠，望得遠就看得明。你只知道它的好處，卻不見它的壞處，你若見了，就不會再羨慕了。」

「哪裡有望得遠看得明還不好的？你倒說說，是什麼個道理？」

遠山明沉默半晌，又抬頭去望明月，彷彿跟月亮對語，絮絮說了起來：

「瞧那月亮，皎潔美麗，嫵媚可愛，有人看見那上面的嫦娥，也有人看見那上面的玉兔，而古代的天文學家一律把月上陰暗的地方想像成海，其中有一個海命名叫『豐饒之海』，一直到加理略(Galileo)製造了望遠鏡，把月亮的面目看清楚了，人類才發現原來月上沒有嫦娥，也沒有玉兔，更沒有海，所謂的『豐饒之海』不過是一片沙漠，那裡除了寥寥幾個殞石造成的火山口，連一顆樹，一隻鳥也沒有，完完全全是一個貧瘠荒涼寂寞冰寒的『死的世界』。」遠山明冷笑了三聲，又說了下去：「近視的人想看清楚一些，耳聾的人想聽清楚一些，等一切事物都清楚了，才發覺反而不如原來模糊時美好。」

兩個人感到一陣淒然，一時都不想再說話。

過了好一會，兩人都想轉個話題談談，明天要去轟炸重慶是件沉重的事，兩人都故意避開不談，搜索枯腸想找個遠離明天的話題來談，遠山明終於想到了，於是他問明德道：

「你看映畫嗎？」

「很少看，除非很好才看。」

「我也很少看，不過上回『基本訓練』完了放假，我在台中閒逛無聊，才去映畫館看了一場，卻是意外的好，是日俄戰爭的秘史，封了四十年，不久之前才公開的，故事十分動人，印象很深刻，一生也不能忘。」

遠山明說畢就不說了，可是明德的好奇心卻被撩了起來，便笑對他道：

「怎麼個好法？你倒說說，也算我看了一場好映畫。」

遠山明抬頭回想了半天，低頭敘說了起來：

「日俄戰爭宣戰好幾年前，日本就預知戰爭之必然，老早就積極備戰。那時宮廷裡有一個掌握軍機的老公爵，他既是皇族，又與陸軍軍部有密切聯絡，這人足智多謀，眼光遠大。有一天，這公爵聽到陸軍大臣說，軍部裡有一個年輕的大尉，才勇雙全，對他讚不絕口，於是公爵便透過軍部叫這大尉來約談，約談的地點是東京最著名的風月場所『蓬萊軒』。

公爵與大尉見面，談話內容只及軍隊家常，根本沒有進入正題，倒是公爵頻頻命藝妓連連爲大尉敬酒，一杯又一杯灌他，灌得他酩酊大醉，當夜就在『蓬萊軒』夜宿，有藝妓陪他。

第二天醒來，大尉才知道公爵昨晚就離去，還是公爵爲他安排藝妓陪宿的。他連忙梳容整裝，要趕回軍部去，卻被『蓬萊軒』門口的一個衛兵擋駕，說：『公爵有令，命大尉在軒裡等待，不得離開。』

大尉以爲公爵當天會再來跟他相談，沒想天黑了還沒來，他不想在『蓬萊軒』再過夜，又想回軍部去，卻又被門口的衛兵擋駕。就這樣，大尉在『蓬萊軒』裡枯待，一天又一天，足足等了十天，然後在第十天的『朝日新聞』上，看到一條大新聞：

敗壞軍紀，污衊軍譽
沉溺酒色，旬日不歸

大尉連忙把那報紙細讀下去，才發現那新聞描述的正是他，不但指名道姓，附帶軍隊的番號，連『蓬萊軒』裡在他醉後只陪他一夜的藝妓名字也給登了出來，叫他氣憤塡膺，想拿報紙去找公爵理論，沒料公爵卻自己上『蓬萊軒』來了。

一看到公爵上門，大尉怒不可遏，一把將『朝日新聞』遞給公爵看，沒想公爵卻把報紙輕輕

按下，連看也不看，面露微笑，對大尉說：『今天正是特地爲此而來。』大尉想抗議，說他之所以留在『蓬萊軒』裡，是公爵的命令，不是他的本願……公爵卻打斷了他的話，說：『那不重要，重要的是大尉已經名譽掃地，在整個日本已無容身之地，只好從這社會消聲匿跡，到別的地方報效國家。』這時，公爵才把苦心孤詣安排讓大尉潛行到中國做間諜以偵察俄國在旅順軍事秘密的計劃坦白告訴他，隨即命他依令執行。」

遠山明戛然而止，見明德無可奈何地搖了一會頭，才又繼續說下去：

「大尉到了中國先學習中國話，然後化裝成中國人，與中國苦力混在一起，應徵去爲俄國人築砲台。他在中國足足呆了三年，白天千辛萬苦與中國苦力共築砲台，夜裡還得出生入死獨自一人去偵察各地的砲位，等把旅順所有俄國人的砲台都偵察清楚並且詳細記載在地圖裡，他才又回到日本東京來。

大尉帶了地圖，滿懷希望，來到公爵的官邸，按鈴求見公爵，萬沒想到那門房告訴他說：『公爵已死了兩年，新的房主是一位伯爵。』這簡直是晴天霹靂，他心沉了下去，絕望到了極點。在過去的三年當中，他完全與日本隔絕，唯一還把他跟日本連在一起的就只有公爵這根線，現在連這根線也斷了，他全然變成了陌生人，不但前功盡棄，最後連洗雪污名的機會也斷送了。他垂頭喪氣，茫然坐在河邊，正想把那地圖拋到河裡，人也隨圖而下……驀然有人拍他的肩膀，對他說：『你可是大尉嗎？』他反過頭去，看見一位中年紳士，便對他點一下頭，立時便聽那紳士接下去說：『我是伯爵，公爵過世後我接管他的住宅，他臨死的時候，不但把房子轉託給我，同時也把你的事跟我交代了。失禮之至，剛才沒能親自候駕，等我知道趕到門口，你已不在，我派人到處尋你，還好終於在這河邊找到了……容我迫切問您一聲，您的地圖呢？』」

遠山明把電影的故事說完，明德便深深歎息起來，等他把氣都歎完了，遠山明才歸結地說：

「做爲軍人，我們身不由己，就像棋子，有人叫你進就進，有人叫你退就退，有人叫你生就生，有人叫你死就死，完全沒有你的自由意志。」

遠山明雙手抱膝，望了月亮好一會，突然身子往後一仰，狂笑了起來……

「你在笑什麼？」明德迷惑地問。

「我忽然想起孔第德(Candide)的一句話，覺得太好笑了。」

「什麼『孔第德』？」

「你沒讀過嗎？這是法國十八世紀哲學家服爾泰(Voltaire)最著名的一本書，是一個名叫『孔第德』的天眞老實人一生的傳奇，其中有一段寫孔第德在一個城堡被匈牙利的軍隊俘擄，被迫當他們的軍伕，有一天他逃跑了，卻又被匈牙利兵抓回軍營，他們就叫他選擇，遊營示眾挨三十六記鞭子呢？還是吃兩顆彈丸？你道孔第德怎麼回答？他答得夠妙了，他說：『根據人類的自由意志，我既不選擇前一種，也不選擇後一種。』可是他們還是逼他非選擇一種不可，不得已，孔第德只好在別人允許的自由下選擇遊營示眾挨三十六記鞭子。」

說畢，遠山明又大笑不止，明德卻笑不出來，他陷入沉思中……

「不知道你有沒有聽過有關埃及王后克利奧白翠(Cleopatra)鼻子的一句名言？」遠山明笑罷又重拾話題說：「這是法國哲學家巴斯噶(Pascal)說的，他說：『如果克利奧白翠的鼻子塌了一點，世界的歷史爲之一變也未可知。』請注意他的最後四個字——『也未可知』，那表示巴斯噶儘管說了一句漂亮話，到底連他自己也不相信，這句話的相反意思倒是眞的，那就是世界的歷史是不可能改變的，它就像一條大江，滾滾對著一個方向流，即使像亞力山大、成吉思汗、拿破崙那樣歷史名人，也不過像江底浮上來的氣泡，除了在江面撩起幾圈漣漪，最後還不是氣消泡滅，隨波逐流，漂向汪洋去。」

整個晚上他們都不再說話，一直等他們走近機場的營房，望見那窗口的燈光，遠山明才補了最後一句沒說完的話：

「芥川龍之介說過一句話：『戰爭是個悲劇，而悲劇的開始在於父母有子女與子女有父母。』我眞幸運，因爲我既無父母也無子女，所以任何事發生在我身上，都算不上是悲劇。」

明德清晨起來，爬進那架「三菱キ－15」戰鬥轟炸機的座艙，他發動引擎，慢慢把飛機開到機坪的跑道。既已在跑道上調準了方向，他便踩足油門將引擎加速，於是飛機便在跑道上飛馳起來。驀然從路旁的叢樹蹭出了一個老人，他立在跑道的中線，搖擺雙臂，想攔明德的飛機，等飛機靠近了，明德才發現原來是周福生！他連忙猛踩刹車，一邊大聲狂叫：

「阿公！阿公!!阿公!!!……」

「明德醒來！明德醒來！你在做什麼夢？」

明德揉揉眼睛，看見遠山明在搖他的臂膀，便喘了一口長氣，沉鬱地回答道：

「一場可怕的噩夢。」

十八

明德與遠山明雙座的「三菱キ－15」戰鬥轟炸機是在重慶上空被中國空軍的戰鬥機截擊，最後在重慶上游一個叫「白沙」的小城附近墜落的。

這一天早晨一起床，明德就覺得忐忑不寧，昨夜的噩夢一直在腦中繚繞，潛意識裡就認爲那夢是未來的惡兆，果然一到重慶的上空，一切未明的都顯現了。首先是那地面射上來的密集而猛烈的高射砲，這是他們在廣州的日本情報官沒有事先透露的，其次是從東面萬縣附近的「梁山機場」飛來的十幾架美造P-47獅子頭戰鬥機，這是他們在廣州的日本飛行教官沒有事先警告的，結果明德的這批轟炸機隊儘管投下炸彈完成了任務，可是飛機損失慘重，沒有幾架安全飛回廣州基地。就以明德附近的機群而言，他親眼看到他右邊的一架轟炸機被高射砲炸斷一邊的翅膀，因失去平衡，螺旋槳墜到地面去了，緊接著是他左邊的另一架轟炸機被獅子頭戰鬥機擊中後艙座，那後座的槍手立刻死了，只見他的機槍朝天空豎了好一會，那前座的駕駛又被擊中了，於是轟炸機盲飛了幾秒鐘，也墜到地面去了。明德的飛機總算幸運，他們甩脫了第一次截擊，可是第二次當兩架獅子頭戰鬥機從後面左右夾擊時，他就知道劫數難逃了。為了避重就輕，他把飛機轉向西面，沿著長江的江面溯游而飛，希望逃過兩架戰鬥機的追擊，可是後者的速度比明德的轟炸機快，他們追了十分鐘，忍不住向明德的轟炸機聯合開火了，右邊的子彈打中了右翼下的油箱，左邊的子彈打中了左翼下的油箱，明德只見那翼上的白鋁碎片迎面亂飛，碰到艙蓋劈拍作響，儘管油箱內壁有橡膠保護而沒曾起火，可是彈孔太多，禁不住油滴漏盡。當他們飛到白沙小城的附近，那油量指針已降到零處，而飛機的高度也接近安全跳傘的最低高度，於是明德與遠山明兩人對望，無可奈何地聳聳肩，做了跳傘手勢，兩人都默默點了一下頭，不到幾秒，他們已雙雙脫機，吊在傘下，急速落到地面來……

明德與遠山明一落到地面，立刻便被白沙的中國民兵抓了，為了不便把他們關在城中的土牢與其他的中國罪犯相混，他們就把兩人禁閉在城外的「包公祠」裡。這「包公祠」是幾百年前蓋的古老庭院，屹立在面臨長江的一塊斷崖上，因為是石砌磚堆的廟堂，儘管年久沒人管理，可是大庭與廂廊卻還牢固堅實，剛好用來關閉明德與遠山明這兩個從空而降的日本俘虜。

自從明德與遠山明被關進「包公祠」後，已經有好幾批人來探過監了，他們大多是好奇的鄉民與下級的民兵，其中有一個人卻與眾大不相同，這人高頭大馬，年約三十五，頭戴一頂寬邊洋帽，腳踩一雙中國包鞋，一身布鈕民服，卻打軍隊綁腿，他腰繫了一條厚皮帶，帶上斜掛一把盒子槍，他走起路來凜凜生風，身後跟了一大堆民兵侍衛，聽他們直叫他「老總，老總，」卻見他搖頭皺眉直呼「副總，副總，」他已來探了明德與遠山明兩次，每次都因雙方語言不通，頹然而去，看大家對他左擁右護唯唯是從的樣子，明德多少已猜出這必定是白沙的頭號人物了。

過了兩天，那「老總」又帶一夥人來，可是這回與前兩回不同，他不再來探監，只在「包公祠」的大庭上，命人來廂廊提俘虜到庭上去查問，遠山明先被提去，問了半個鐘頭，才放他回來收監，轉提明德出去，正當明德立起身子想跟那民兵出去，遠山明把他拉住，叮嚀他說：

「有一個人會說日語，他們問了許多話，我都照實答了，我看你也不必隱瞞。」

明德點了一下頭，跟那民兵來到大庭，只見全庭簇簇擁擁都擠滿了人，而「老總」則高坐其中。兩天前明德也從這大庭走過，那時被兩個民兵挾持，根本來不及留意周遭，這時看大家在交頭接耳，並沒立即向他問話，他便利用這空檔，把大庭定神打量一番。他注意到「老總」坐的太師椅後面是一張紫檀大方案，案上置了一只獅爪攀龍的銅香爐，一對七層寶塔的木燭台，滿爐盡白灰，全台皆紅淚。在那方案之後立了一塊木牌，寫著「宋包孝肅公神位」，木牌後面的神龕供著包公的坐姿塑像，白面方頤，五綹短髯，頭戴黑襆帽，身穿紅蟒袍，腰環玉帶，手執如意。就在包公的頭頂上掛了一方大匾，黑額嵌金，刻了四個掃筆大字：

光明公正

在匾額兩邊的牆壁上又刻了兩副對聯，一副對聯寫道：

清心爲治本
直道是身謀

另一副對聯寫道：

修幹終成棟
精鋼不作鉤

有一個青年從「老總」身邊走過來，他開始用日語向明德問話，明德這才認眞將他上下打量起來。這人年約二十五，雖是中等高度，卻是熊肩虎背，走起路來穩若磐石，一點聲音也沒有，他兩眉像刀刻，雙眼如滾珠，既有中國文人的儒雅，又有江湖俠客的機智，一看就給人深刻的印象。他說起話來清晰動聽，連續用日語問了明德在廣州機場的日機情況後，便頻頻點起頭來，說道：

「你說的都是實話，因爲你的同伴跟你說的完全一樣。」說罷突然又記起了什麼：「你叫什麼名字？」

「周明德。」明德用日語回答。

「周——明——德？」那青年側著臉重複道：「這不是日本名字，你不是日本人嗎？」

「不是。」明德搖頭說。

「那麼你是什麼人？」

「我是漢人。」

那青年似乎不肯相信，便進一步問明德道：

「你出生在哪裡？」

「福州。」

「福州？那你怎麼會跑去當日本兵？」

於是明德便將他的祖父周福生如何從福州到台灣學做木匠，娶台灣人為妻，生了他父親周台生，等周台生公學校畢業又回到福州做藥局生，娶了福州人為妻，在福州生了他，等他三歲他父母舉家遷往菲律賓做生意的前夕，周福生從台灣趕來福州將他抱回台灣養大，後來他到菲律賓與父母相聚一年，又回台灣，然後被日本政府徵召受訓，當了日本空軍駕駛員，調到廣州，轟炸重慶……凡此種種，一一都說給那青年聽了。那青年聽畢搖首歎息道：

「那麼你是被日本人強迫當兵的。」

明德不作回答，只是垂頭，黯然神傷……

那青年走回去把明德的話從頭到尾用中國話跟「老總」說了，只見「老總」聽罷，從太師椅一躍而起，大步跨過來，踩破了兩塊地磚，拿熊般大掌往明德的肩膀連拍三下，用捲舌的京片子喝道：

「周老弟，咱們都是同胞！你早說，也不必吃這幾天苦頭兒了！」然後轉身對那青年呼道：「『副總』！你把他帶去，好好兒替我照顧，將來打鬼子，又多了一條好漢！」

「副總」住的是民家，是在人家的廳堂打地鋪睡的，所以明德去了，只需增加一個地鋪，一切便妥當了。

從這日開始，明德便跟「副總」日夜相處在一起，沒多久便跟他學會了一口北京話，也慢慢知悉「老總」與「副總」的身世背景。原來「老總」的名字叫「戴威」，他是北京人，而「副總」的名字叫「黎立」，他是天津人，他們兩人原先是在北京認識的，在那之前，黎立在「天津工商學院」的附屬中學任教，自民國二十六年七月七日蘆溝橋事變發生，平津一帶逐漸淪陷，日軍所據之處，對中國人壓迫備至，到達忍無可忍的地步，黎立遂放棄教職，加入地下組織，從事消除日軍與漢奸的秘密工作，不久被自己人洩密，只好離開天津，到北京去，就在這時，認識了戴威，與他並肩工作，可是不久又被自己人出賣了，只好離開北京，與戴威分手，轉到河北的鄉下從事召集和訓練游擊隊的工作，隨後鄉下的風聲也緊了，連游擊隊的工作也幹不下去了，他只好又想法他走避難，聽說戴威已在重慶，身負民兵訓練之責，他就輾轉來到重慶，與戴威一起工作。以後日機轟炸重慶，陪都的人口必得往鄉下疏散，戴威只好把他的民兵遷駐在白沙，他當了白沙民兵的總隊長，任黎立做副總隊長，一直至今……

有兩件事令明德感覺黎立鶴立雞群與眾不同，那便是他每天黎明即起，在庭院中練太極拳，練完了太極拳，把汗擦乾，便在一株大槐樹下來回踱步，背誦「四書」的章句。這叫明德回想起幾年前在馬尼拉的那段日子，他每天早晨從「王兵街」跑到「雷沙公園」，然後在公園裡背誦英文章句，但那些日子已成了過去的歷史，此刻寄人籬下，他什麼興致也沒有了。

因爲白沙的民兵團與重慶本部有密切的聯繫，有任何事情，戴威都派黎立去重慶洽商。有一天，白沙民兵團的醫療藥品缺少了，戴威便又派黎立到重慶的「紅十字會」補充，黎立心血來潮，邀明德同往，明德在白沙呆悶了，樂得親眼看看地面上的中國陪都，便欣然同意了。

他們到重慶坐的是一條叫「平安號」的美國汽船，這船大約兩千噸，是在合江與重慶之間的長江河段上定期開航的，白沙剛好在兩站的中點，這個河段在山谷中蜿蜒蛇行，雖然比不上下游萬縣與宜昌間的三峽之險，但兩岸還是重山並疊，如看不饜的連捲畫，有時在群山蒼翠之中忽然看見一間廟宇，或在激流轉彎之處猛然發現一塊水田，更是賞心悅目，令人留戀忘返。在這江上行駛的，除了汽船，還有竹筏與木筏，更有帆船與小舟，順流的一律駛在江心，逆流的都靠岸邊，有的還由岸上成百如蟻的曳夫用竹繩拖往上游去……

他們來到無人的船尾，那裡有一面美國的星條旗在風中飄揚，黎立看見明德依偎在船舷，瞇著眼睛凝望山上的一尖白塔，他微笑起來，說道：

「從前李白也乘船行過這條水路，也像你一樣感動，所以才作了那首『下江陵』的名詩。」

「你可不可以吟一下讓我聽聽？」明德說。

當下黎立就清了清喉嚨，抑揚節奏地吟了起來：

朝辭白帝彩雲間，千里江陵一日還。
兩岸猿聲啼不住，輕舟已過萬重山。

明德對黎立讚美了一番，接下去說道：

「看你對古詩這麼熟習，而且天天又在背誦『四書』，我猜你當初在天津教的是國文吧？」

「不幸被你猜中！」黎立回道，開懷笑了起來。

「奇怪，你的專長是國文，又怎麼通起日語來呢？」

「爲了打探情報，我才去學日語的。你知道，日寇和漢奸說的都是日語。」

「黎先生，有一件事我很早就想知道，導致你參加地下工作的直接原因是什麼？」

黎立聽了，立刻把笑容收斂了，改變成一副嚴肅的表情，徐徐地說：

「日寇對同胞的『集體屠殺』和『集體姦淫』。」說了這些，他眼眶紅了起來，仍咬緊牙根，努力說下去：「我親眼看見他們把街上無辜的男人包圍起來，一個一個用刺刀捅到白河裡去，我也親眼看見他們把良家婦女擄去，全團輪姦，直到那女人家氣絕爲止。」

黎立大概不願叫明德看見他的眼淚，把頭轉向岸上的蒼山去，明德則垂下頭來，想起遠山明告訴過他的「南京大屠殺」的慘事……

兩人沉默好一會，明德才又開口問道：

「黎先生，你說你在天津參加地下工作，主要是做些什麼？」

「我主要是負責情報的收集和傳遞。那時我住在『維多利亞街』，就在英國租界裡，每天晚上都有人上門來下圍棋或搓麻將，有任何消息就在桌面傳遞商討，有了結論就交由聯絡員去通知行動組，由行動組去執行，行動的對象主要是惡貫滿盈目中無人的日寇和認賊做父出賣祖宗的漢奸，死在我們手中的不知凡幾，這是平生最快意的事。」

明德出神地凝望著黎立，他幾乎不敢相信眼前這個溫文儒雅的青年會幹出那樣驚天動地的事，只見黎立意猶未足，又自動說了下去：

「其實做地下工作人員，只要上面下達命令，他是什麼都幹的，我就親自幹過盯哨、跟蹤、聯絡、甚至槍手，往往幾天幾夜沒得歇息，爲了提神，不但吸雪茄，有時還抽鴉片哩。」說著，黎立不覺莞爾了。

「平安號」在江津泊岸停了半個鐘頭，等船客上下停當，船又開航，明德才又重拾話柄，跟黎立聊了起來：

「我看戴威跟你眞是一對老搭檔，他缺你不行，你少他不可。」

黎立苦笑起來，深深歎了一口氣，說道：

「有時我眞想離他而去。」

明德大感意外，忙問道：

「爲什麼？」

「兩人志趣儘管相同，可是個性卻不合。」

「爲什麼？」明德更進一步地追問。

「他太剛，我嘛，也許太柔了。」

明德不再問了，他等黎立自己說，果然他又說了下去：

「舉個例吧，有一回一個民兵要回淪陷區去，他原是個流亡學生，一直跟著政府來到重慶，後來才轉到我們白沙的隊裡來，他回去的理由是母親已經老了，需要他回家孝養。他先向戴威請求，戴威不准，他最後偷跑了，卻半路被人抓回來，戴威脾氣大發，一槍把他打死了。」

明德瞠目結舌，半晌沒能呼吸，黎立瞟了他一眼，才又接了下去：

「爲了這事，我跟他大吵一頓，結果他怎麼說？他說：『國將不國，何以家爲？本來忠孝就不能兩全，但斷無棄忠就孝之理！』我則回他說：『孝道是中國立國之本，棄忠就孝儘管值得商磋，但他終究年輕，再壞也壞不到日寇和漢奸可殺的地步！』兩人相持不下，互不言語達數日之久，我知道我們個性不合，總有一天，我會離他而去。」

「平安號」從白沙駛了差不多三小時才到重慶，終於在長江與嘉陵江合流的「朝天門」碼頭泊岸，一個中國大副立在扶梯口送乘客下船，黎立走近他時問他說：

「船準時開回合江嗎？大副。」

「準四點半開回合江，客倌。」大副點頭笑道。

整個重慶城建在兩江滙合的三角形沙岩高崗上，人下了船，必得登上百級石階始得入城，在城外與江面之間的陡坡上，一望無際是瓦片與竹棚臨時搭架的民房，櫛比緊連，甚是凌亂，城內才見井然巍峨的官邸與住宅。

重慶的「紅十字會」暫時設在一間關帝廟裡，這關帝廟四周的建築都被日本飛機夷爲平地，唯有此廟悍然獨存，廟裡到處是求診或留住的病人，看去儼然是一間野戰醫院。當黎立進到廟裡的後堂去跟「紅十字會」的管理人接洽藥品補充事宜，明德留在堂前的布告欄前看貼在壁上的布告，無意間他看到一張醒目的布告，用大號鉛字印著，顯然是在後方各城的「紅十字會」到處公佈的，那上面寫道：

徵人啓事

爾來敵機轟炸緬甸公路，傷我運輸大隊人員車輛無數，茲為維持此一國民命脈暢通無阻，誠徵志願醫護人員數百名，經短期訓練後隨隊護運，有意應徵者，請至本處「紅十字會」內洽。

「紅十字會中國支部」敬啓

從關帝廟的「紅十字會」出來，因爲還有充裕的時間，黎立便帶明德溜起重慶的街頭來，明德發現差不多有三分之一的房子被炸彈炸成平地，有三分之一被燒夷彈燒毀，只有三分之一還有人住。他們信步所至，到處是瓦堆與磚柱，好多商店只剩下一牆門面，卻還維繫昔日廣告於不墜，更增加一層淒涼與悲切……

「日寇愈是轟炸，我們愈是團結，他們本來想挫我們的銳氣，希望我們早日投降，卻不料我們更加堅強，決心抗戰到底。」黎立說。

明德沉默不語……

當他們走到城南的「太平門」時，突然空襲警報大鳴，大家都爭相奔到城裡到處都有的防空洞去，黎立卻不爲所動，望著城樓上的一支高桿，對明德說：

「民國二十八年敵機第一次轟炸重慶的時候，我們還沒有警報系統，當時只有把紅紙燈昇到城樓的桿上，警告大家敵機來了，那回因爲是第一次，大家不知如何躲避，所以死了五千人，傷的更不知幾萬。」

說罷，黎立才拉他往城門口的防空洞去，那防空洞鑿在城下的整座沙岩之中，再安全也沒有了，有電線通到洞裡，每隔三十尺就有一盞燈，更有警察拿手電筒在指揮行路，明德只覺得洞裡擠得水洩不通，一望無際是蠢動的人頭，有光頭的、有留西洋頭的、有戴呢帽的、也有戴瓜皮帽的，不能勝數。

黎立與明德面對面立在防空洞的一角，良久不語，有一會，為了打發這無聊而令人煩躁的時間，黎立自動對明德說了起來：

「我們這個防空洞還算是小的，有一個最大的防空洞，長一里半，剛好在城中心，民國三十年的一次空襲，就在那防空洞裡發生了一件重慶有史以來最大的慘事，本來空襲已經解除了，洞裡的人紛紛走向洞外，冷不防警報又再度響起，於是洞外的人又擁回洞裡，結果兩邊的人互相擁擠，踩死或悶死的就有四千人，其他受傷的就更不必說了。」

明德垂頭傾聽，深深歎息……

當空襲解除，他們跟著人從防空洞走出來，整個重慶已成一片火海，到處是一團團黑煙，房屋倒塌與棟樑剝裂之聲處處可聞。當他們走過一條小巷，有一個頭髮披散的中年母親赤足立在一間燃燒的竹篷外頭哭嚎篷裡的孩子，明德奮不顧身衝進火窟之中，將那昏迷的孩子抱出，黎立在旁冷冷地望著。當他們來到一條大街，在路角的一堆如山的破磚之中，有一個盲人爬了又跌，跌了又爬，口裡喃喃唸道：「阿——彌陀佛！阿——彌陀佛！……」明德不忍，上去把那盲人揹了下來，又在磚堆之中找到枴杖，親手把它交在盲人的手裡，黎立在旁靜靜地瞧著。

已經快四點半了，他們對著「朝天門」的方向走去，在每個被轟炸的地點，救護人員把能救的用擔架送去臨時醫院，把死的或救不活的一具具平擺在路旁的空地，等待扛夫來收埋，明德每回見了，就搖頭歎息，紅起眼圈……

「假如讓每個轟炸人員，在他完成任務之後，下到地面來看他投彈後的慘狀，恐怕天下就太平了。」黎立快到「朝天門」時悄悄地說。

明德仰望城門烽火樓頂的一朵大蕈雲，默默無語。

出了「朝天門」，他們步下那百級石階，來到碼頭，不見那「平安號」的美國汽船，他們在碼頭附近逡巡了一會，回頭卻見那中國大副獨坐在一塊繫纜石上，雙手抱胸，望江興歎。黎立走上前去，問他道：

「船開了嗎？大副。」

「還在那裡！客倌。」大副用下巴指向江裡說。

他們對著大副所指的方向望去，那粼粼的江面只見到半截歪斜的旗桿，被江水濺濕的星條旗緊緊把旗桿裹住，任風怎麼吹也飄不起來……

自從明德與遠山明在「包公祠」因種族相異而分離，明德經常回「包公祠」去探望遠山明，在「包公祠」守衛的民兵也都讓他自由出入，不加阻擋。開始時遠山明還像往日一般跟明德閒話，可是當他得悉明德是因爲「同胞」的關係而免了牢獄之苦，他就慢慢變得沉默寡言，有時明德跟他對坐一晚，也聽不到他的一句回響。明德發現遠山明愈來愈加悒鬱，鎮日躺在廂廊的草蓆上，凝望牆上八卦窗外的藍空與白雲，冥思或喟歎……

有一天，明德趁與黎立談話的餘興，向他提起幾件遠山明痛恨戰爭與愛慕中國的往事，然後問他道：

「我都放出來了，難道不能把他也一起放出來嗎？」

「那恐怕很難，終究他是日本人，這事你跟我黎立提，我還可理解，可是你如何去跟其他四萬萬同胞說呢？」黎立徐徐地說，深深歎了一口氣：「其實他也夠幸運了，落在民兵手中，才被關在『包公祠』裡，若落在鄉民手中，恐怕早被亂棍打死了。」

有一夜，明德做了一個噩夢，第二天醒來，他突如其來地問鋪旁朦朧的黎立道：

「黎先生，黎先生，你想有一天戴威會不會把遠山明槍斃？」

黎立倏地從地鋪坐直起來，一臉蒼白，萬分詫異地說：

「你——怎——麼——會——想——到——這——個???」

「因爲我忽然想起他槍斃那個流亡學生的事。」

黎立不置可否，顧左右而言他……

終於有一天，明德整日感到心緒不寧，白天裡他接連上「包公祠」探了遠山明兩次，發覺遠山明仍像往日一般，並無異樣。這一夜，明德又特別去探望遠山明，他發現他靠牆坐在地上，雙手交胸，凝望壁上的八卦窗，那窗上有一顆寂寞的孤星，熄熄欲滅，只聽他用口哨徐徐在吹一支淒涼的悲調……

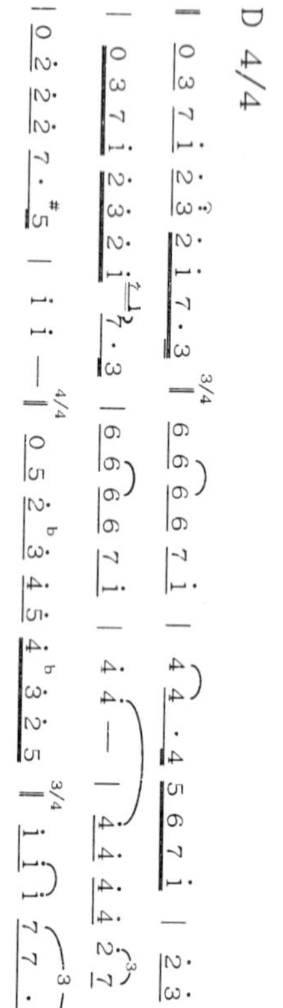

D 4/4

‖ 0 3 7 1 2 3 2 1 7·3 ‖ 3/4 6 6 6 7 1 | 4 4·4 5 6 7 1 | 2 3 4 5 4·2 | 3 3 — |

| 0 3 7 1 2 3 2 1 7·3 | 6 6 6 7 1 | 4 4 — | 4 4 4 4 2 7 | 3 3 — |

| 0 2 2 2 7· #5 | 1 1 — ‖ 4/4 0 5 2 b3 4 5 4 b3 2 5 ‖ 3/4 1 1 1 7 7·3 | 6 6 6 0 0 ‖

吹罷，也不看明德一眼，只繼續望那孤星，自言自語地說了起來：

「從前在唸大學的時候，我有一個台灣同學，他父親是到過日本唸醫的老醫生，他很愛藝術，所以在他的書房，除了全套的『日本文學全集』，還有全套的『世界文學全集』，他家唱片很多，除了交響曲，更有歌劇，其中有一部歌劇是普契尼(Puccini)的『托思卡(Tosca)』，我每回上這位同學家，就要聽這部歌劇，因爲我深深被裡面的一支叫『星光燦爛』的詠歎調感動，不但曲調哀怨，歌辭悲傷，而那情景更叫人流淚……

卡瓦拉多西(Cavaradossi)是一個畫家，他有一個情人叫托思卡，卡瓦拉多西因爲捲入政治旋渦而被判了死刑，要被槍決的前一個晚上，他從監牢裡望著鐵窗外的星星，憶起往日對托思卡的戀情，觸景傷懷，唱了這支歌：

星光燦爛，大地芬芳，
園門細落，花徑悉瑟，
伊人入樓，撲鼻清香，
痴情熱吻，玲瓏愛撫，
柔指輕拈，玉體橫陳。
時光已逝，愛人永辭，
戀生眷世，莫甚今宵。」

遠山明言罷，淒然淚下，把臉埋在手中……

明德也咽哽在喉，想返身離去，當他步出廂廊，只聽遠山明又補了一句：

「歌王卡魯索在拿波里最後唱的就是這支歌，過幾天他就死了。」

第二天醒來，明德發現黎立已不在鋪邊，他想他大概在庭院練太極拳或在槐樹下背誦「四書」，可是離鋪出門，卻不見黎立，驀然望見他從「包公祠」的方向躑躅而來，明德迎上前去，只見他臉色蒼白，不待明德發言，他已先開口喟道：

「死了……你的朋友……」

「你說什麼?遠山明死了??」明德驚訝道。

黎立點點頭，摸出遠山明往日攏在身上的那把袖珍的武士刀，只是去了刀環，只剩刀刃，他說：

「就是用這個，藏在皮鞋底……」

明德把那小刀從黎立手中接來，想往「包公祠」去，卻被黎立喊住，道：

「你見不到他了，早叫人埋了。」

明德不顧，仍然往「包公祠」狂奔而來，到時，整座庭院已悄然無聲，連日夜守衛的民兵也不見蹤影，只有一縷朝陽，從八卦窗洩漏進來，照亮了廂廊一堵無人的空牆……

明德無力地蹭到庭堂來，對那包公的塑像凝視一會，瞥見像頂那「光明公正」的匾額，恚然怒吼起來：

「光明何在???公正何在???」

步出門檻，來到祠前的斷崖，他端坐下來，把那袖珍武士刀剁地折斷，投到江中，見那江面乍然開了兩朵白荷，隨即被上游湧來的江浪淹沒了……

三天後，經黎立從中說項，戴威終於答應明德參加重慶「紅十字會」廣告徵求的緬甸公路救護隊。一個禮拜後，有一部自重慶出發的卡車就把明德載到昆明去了。

第七章 全部死在原始林中

一

江東蘭在南洋服役了兩年，獲得三個月假期，從緬甸坐運輸船到新加坡，再由新加坡轉乘一艘回高雄修護的巡洋艦到台灣。一旦在高雄港離艦登岸，東蘭便直往高雄火車站搭北上的火車回新竹，在高雄火車站裡有一個「日本皇軍服務處」，一個日本憲兵問了他的服役單位、乘車事由、家鄉的親人與地址等，一一都登記在簿裡，然後才發給他一張二等的火車票。

東蘭把一只簡單的背包擱在頭頂的木架上，右手持著他那把軍官用的武士刀，靠窗坐在一節二等車廂裡。他在車廂已坐好久了，一直等到汽笛頻鳴，火車慢慢開始移動了，才有一個遲來的乘客匆匆闖進車廂，東蘭抬頭望他一眼，發現原來是一個上等兵，他頭戴戰鬥帽，腳上皮鞋綁腿，一身國防色軍服，除了背上的背包，他還捧著一個素布包紮的骨灰方箱，那箱子正面用黑邊的喪帶打了一個×字結，爲了減輕手臂的負擔，他用一條環頸的白帶吊住箱底，他的臉看不出表情，因爲他拿白色的口罩把鼻嘴都封住了，只留下兩隻炯炯的眼睛，在尋找車廂裡的空位……

東蘭的對面沒有人坐，那上等兵最後便在東蘭的跟前止步，先微微向他鞠躬，東蘭立刻起立讓路，等上等兵卸下頸上的白帶，把那箱骨灰安置在窗邊，然後解下口罩，兩人才同時坐了下來，這時東蘭才注意到那箱蓋上貼了一張白紙條，上面用工整的毛筆黑字寫著：

沙鹿何壽山君之英靈

東蘭與那上等兵兩人才對望兩眼，心裡便有了親切的默契，因爲兩人都在對方的臉上認出了台灣人的輪廓，只是在那種沉鬱的氣氛下，不便輕易啓唇，於是兩人都把目光移向窗外，望那鐵軌旁的電線浪般地起伏，那田裡的人影隨浪溜逝……

火車過了台南，車長才在車廂的甬道盡頭出現，他是個五十多歲的日本人，穿一襲黑呢的鐵路局制服，戴一頂紅圈長舌圓帽，右手握一只鍍鎳的剪票器，一路由隔鄰的一等車廂查票查到這二等車廂來，待他查到東蘭對座的上等兵，他驀地瞥見了那窗邊的骨灰箱，立刻站得筆直，對那上等兵肅然起敬，彬彬有禮地對他說：

「失禮之至，讓皇軍英靈坐在二等車廂裡，他榮應坐到一等車廂去。兵隊樣，現在可否勞駕，請您把他移到前頭的車廂去？」

車長閃到甬道的一旁，把剪票器換到左手，右手恭恭敬敬地指向一等車廂的門口。那上等兵應命捧起那骨灰箱走到一等車廂去了，車長欠身在後面跟隨著。兩個人不見了一會兒，那上等兵才空手回到原來的車廂，車長仍然跟隨在後，眼看上等兵已在東蘭的對面就座，他才安然釋懷，繼續往三等車廂查票下去……

自從那骨灰箱移到一等車廂後，二等車廂裡的氣氛頓時緩和起來，於是東蘭頻頻注視那上等兵，對方似乎有滿腹話語要傾洩的樣子，終於東蘭找到一個機會，開口問那上等兵說：

「你要在沙鹿下車？」

「當然嘍，我是沙鹿人啊！」上等兵回道，眼睛爲之一亮。

「那麼，何壽山君是你的同鄉？」

上等兵點了一下頭，眼睛黯淡下來，感歎道：

「我們是一塊出征的，可是回來只有我一個，還是爲了送他的骨灰回來，上司才准我的假。」

東蘭理解地點點頭，沉吟半晌，又繼續問了下去：

「你是從哪裡回來的？」

「呂宋。」

「那裡近況如何？」

上等兵大搖其頭，環顧左右，見沒有人在注意傾聽，把聲音壓低下來，道：

「非常不好，而且會愈來愈糟……」

「爲什麼？」東蘭迷惑地問：「自從山下奉文接替本間雅晴當了菲律賓戰區司令，一切不是安定下來了嗎？」

「只在幾個城市據點和公路沿線，其餘都是游擊隊的地盤，何壽山就是被他們打死的，我也差一點……」上等兵噤口不說了。

「我是從緬甸放假回來的，那邊的情況還十分安定，你說呂宋不安定，那島上到底有多少游擊隊？」

「反正不在城市的菲律賓人，即使不是游擊隊也是游擊隊的幫手，所以你可以說，除了城市裡的人，其餘都是游擊隊。」

東蘭沉默不語，而那上等兵卻自言自語說了下去：

「有一回，我們抓到一個當了游擊隊的農夫，我的上司就問那農夫說：『你好好農夫不幹，爲什麼幹起游擊隊來？』那農夫就回答：『因爲我受不了你們對菲律賓人的酷刑與砍頭，而最最受不了的是叫我們每個人都要對路上走過的日本兵鞠躬。』，你想他說的有沒道理？也難怪城市外的人都成了游擊隊。」

東蘭同意地點點頭，不禁爲這說眞話的農夫以後的命運而歎息起來……

火車在彰化停了好一會，從彰化再出發，才幾分鐘大肚溪便橫在眼前，當火車走在溪上的鐵橋，那上等兵眼睛似乎又亮了起來，喃喃自語道：

「啊，快了，快了，再過三站就到沙鹿了。」

東蘭蘊藉地微笑，順著對方的口吻說：

「無論如何，回到故鄉總是令人愉快的。」

沒想那上等兵聽了卻連連搖頭，臉又陰沉下來說：

「以前是，可是這回卻不是。」

火車到達沙鹿站時，那上等兵揹上背包直往一等車廂去，爲了表示尊榮，他捧著骨灰箱直接從一等車廂的車門下車，這時東蘭才發現那簡陋的鄉下火車站早已擠滿了來迎接骨灰的親人與鄉友。

也許是爲了對皇軍英靈表示哀禱與敬意，那列火車在沙鹿站停了超過在彰化停留的時間，一直等到所有來迎骨的人都離開了車站，那火車才蹣跚向前蠕動起來，不到半分鐘，火車便追上了整個迎骨的行列，東蘭看見那行列的最前頭由一個高擎日本旭日旗的民防兵領導著，就在那民防兵的後面有一個穿公學校黑色制服的男孩跟著，那男孩大約八、九歲的年紀，雙手捧著一塊蓋白布的神位牌子，學生帽子被人撞歪向一邊也沒有餘手可以去戴正。緊跟男孩後面的便是那火車上認識的上等兵了，這時他又戴上白口罩，頸上環住白帶，恭恭敬敬地捧著何壽山君的骨灰箱，跨著正步前進。有一個穿黑色台灣衫台灣裙的年輕女人踏著碎步隨在骨灰箱後頭，她垂著頭只望那上等兵的腳跟，時時拿手巾拭淚。有兩個披黑袈裟的和尚跟在那女人的身後，一個敲鐘，一個擊木魚，一邊走還一邊唸經。在那兩個和尚後面才是所有其他的親人與鄉友，熙熙攘攘，亂步跟隨著。那行列慢慢向前行進，路過處，所有行人都停下腳步，把目光投射在何壽山君的骨灰箱，有一個穿舊西裝的中年人還脫帽對它鞠躬致最敬禮……

火車到達新竹站時，東蘭意想不到陳芸帶了河清和眞寧來車站裡等候，望見了東蘭，陳芸激動得臉色發白，一時說不出話來，而河清則愣在一旁瞠目張口，沒敢上來認東蘭，至於眞寧更嚇得半死，緊抱住她母親，不敢面對東蘭，終於叫東蘭感到迷惑，便半蹲下來，對兩個孩子說：

「怎麼？河清，眞寧，你們都認不得爸爸了？」

「你穿軍裝，戴軍帽，又提劍，他們怎麼會認得你？」陳芸知情地回答。

從火車站回到家裡的路上，東蘭與陳芸只話些家常，對於父親與小女的過世，兩人故意避而不提。有一刻，河清走到前頭去，東蘭看見他的黑色學生制服與學生帽，不禁叫他想起何壽山君的骨灰箱來，如果他在馬來亞中地雷死去，現在他便只剩下一箱骨灰，由一個休假回來的新竹同夥捧著，河清抱住他的神位牌子走在前頭，陳芸牽著眞寧跟在後面，一邊走一邊拿手巾拭淚……

「你在想什麼？」陳芸突然問他說，拿一雙水汪汪的眼睛斜望著他。

「沒什麼……」

東蘭回道，加快腳步，對著久別的家走去。

二

江東蘭回到新竹的第二天，便舉家去看他父親江龍志與小女江眞靜的歸宿之地。江龍志的墓築在波羅汶的崎頂，正好與東蘭母親的墓並列，而眞靜卻是個孤魂，沒人相伴，陳芸只好把她的骨灰進到青草湖邊孔明廟的萬靈塔。因爲波羅汶在鄉下，而青草湖在新竹市郊，東蘭就決定先去看小女的骨灰，再去拜父親的墓。

他們一家人從新竹出發，步行了一個半鐘頭才來到那青山環拱寺廟林立的青草湖，孔明廟在湖的盡端，他們又走了十來分鐘，那廟旁白色的萬靈塔便遙遙在望了。

當陳芸向孔明廟的住持表示來意，那年老的住持便從廟裡挑了一位年輕的尼姑，由她提了一把鐵鑰匙，領陳芸一家人往廟邊的萬靈塔去。江東蘭邊走邊睨起那尼姑來，他倏然被她的臉吸引住了，因爲她的臉清皙秀麗，年紀不過二十五上下，但紫青的光頭上已鑄了八粒戒珠，看了直叫他搖頭歎息起來，他不期然想起眞靜，一陣酸楚往心頭襲來……

那尼姑用鑰匙啓了一門大鎖，開了鐵柵門讓他們進去，眞靜的骨灰放在萬靈塔的塔頂，河清與眞寧只得留在塔下，只有東蘭與陳芸跟隨尼姑上去。那塔裡有內外兩面圓牆，牆上層層疊疊都是楠木的方箱，箱上有貼照片的，也有只寫名字的，但一律都寫了生亡年月日。有一座扶梯緣牆盤旋而上，當他們來到塔頂，東蘭望見一座金漆的觀音佛像，就在佛像的腳下，他瞥見一盒新剖的木箱，箱額上貼了一張眞靜的小照，照下用毛筆新寫著：

江眞靜之靈
昭和十三年五月六日生
昭和十六年十二月三日亡

東蘭在眞靜的骨灰箱前閉目默禱良久，回頭問陳芸說：
「眞靜是十二月三日幾時過世的？」
「晚上九點過世的。」陳芸回答，垂下頭來。
「那晚天上的月亮是不是正圓？」
「眞圓哪。」
「她死時說了什麼沒有？」
「她把我當成你，從病床爬起來抱住我的腿，哭道：『爸爸不要去！爸爸不要去！』」
東蘭驀然憶起當天在海南島三亞港的軍艦午寐驚夢的往事，不禁感傷喟歎起來……
「你在歎什麼？」陳芸小心地問。
「沒什麼……」東蘭搖頭回道。
他們又跟那尼姑從塔上走下來，等她又把鐵柵關好上了鎖，才跟她走回廟裡，然後坐在廂房淨室休息，看那尼姑提來一壺熱茶，一一爲東蘭一家四人倒起茶來。東蘭先喝了一口茶，見那尼姑立在那裡，慇懃侍候，忽而又瞥見她頭上的那八粒戒珠，禁不住心血來潮問她說：
「請問師父，不知已經出家幾年了？」

「八年了。」那年輕的尼姑回道。

「那麼師父是幾歲出家的？」

「十八歲。」

「怎麼年紀那麼輕就看破紅塵了？」

「唉，這說來話長了。」那尼姑說，卻不願說下去。

「倒想聽聽，反正這茶熱，一時也喝不下。」東蘭說，深切地望著那尼姑。

那尼姑看東蘭堅持，也只好說了下去：

「我出生不久母親就過世了，父親沒再娶，所以從小到公學校畢業都跟我父親相依爲命。我父親原是礦工，就在我公學校畢業那年，染了肺病病倒了，所以我就去當衣料加工部的女工，賺錢回家養父親的病。父親病了五年，終於也過世了，這五年我爲他服侍湯藥，看他受盡了人生的痛苦，所以等他入土，我已經看破人生，有出家的心願了，只是一時沒敢做主，遽然遁入空門，這時剛好有親朋慫恿，遂跟一位青年訂婚，也準備要結婚了，沒想那未來的翁姑不但要求一只黃金戒指，而且還要求一只白金戒指，我想還沒上門，就已經這麼挑剔，將來上門，更不知要如何伺候了，一時下了決心，跟對方解婚，來這裡出家。」

東蘭不語，他把冷卻的茶全杯喝乾，給那尼姑雙倍的「添油香」錢，在那尼姑的連綿感謝聲中，帶了全家步出孔明廟，走到半路，他側過臉來對陳芸感歎說：

「把貞靜想像三歲就出家，來這廟裡做尼姑，我們就比較不悲傷了。」

從青草湖回到新竹，東蘭一家人馬不停蹄，立刻就搭火車往湖口來，沒料到一目少爺早在湖口車站的柵欄外等候他們了，一目少爺依舊是他那一身台灣衫與台灣褲，頭戴斗笠，手掛紅竹節的雨傘，踩著赤足，戴那單片眼鏡，遠遠對他們揮手微笑，等東蘭走近他，他老樣子張了沒有門牙的大口笑道：

「東蘭，幾時從南洋回來的？只聽說你今天要回波羅汶來，一早就來這湖口火車站等到現在，原以為你不來了，但終於來了，眞高興！」

從湖口火車站到波羅汶的鄉間土路上，大家心裡都十分沉重，所以也沒說幾句話，一到波羅汶，什麼地方也不停留，即刻往崎頂江龍志的墓地去。

因為是新墓，墓旁既無芭蕉也無藤蔓，連江母的老墓也重新漆字，跟江龍志的新墓一般醒目，東蘭還坐在他父母的墓邊石牆上喘息，一目少爺早已燃燭點香，一把一把遞給東蘭一家，讓他們四人在墓前敬拜，而他自己又去堆了兩爐銀紙，點火燒起……

一目少爺蹲在墓前，一直等那兩爐銀紙燒成灰燼才自地上立起來，看見東蘭拜完了香，拉河清坐回那墓邊的石牆，他便躑躅地偎了過去，不經意地對東蘭說了起來：

「東蘭，『珍珠港事變』發生的時候你在哪裡？」

「我剛好在海南島與馬來亞之間的海上。」東蘭回答。

「你知道？從那天開始，每天的報紙都在報導日本空軍如何英勇攻擊美國在太平洋的海軍，日本陸軍如何英勇佔領馬來亞跟菲律賓，後來又有什麼什麼將軍英勇攻陷香港，又有什麼什麼將軍英勇攻陷新加坡。」

東蘭兩眼直盯一目少爺，為他對時事的常識而感到驚訝，只不知他說了這許多意旨何在？所以他默默等待，終於聽見一目少爺又說了下去：

「你知道？東蘭，龍哥對這些都不關心，其關心的只有你，不時都在問我：『東蘭現在在哪裡？』不然就是問我：『其怎麼都不寫信回家？』你說叫我如何回答？」

東蘭深深地歎了一口氣，一目少爺也隨他歎氣，又自動說起來：

「有一陣子，波羅汶一帶都在傳聞你可能戰死了，龍哥十分憂慮，有時都不想吃飯，我煮了勉強叫其吃，其就說：『東蘭可能眞的死了，你叫我如何下嚥？』我只好自己一個人吃。」

東蘭把目光從一目少爺的臉上移開，望向那萬里無雲的天空，在那碧藍的蒼穹之頂，有三隻老鷹在逍遙飛翔……

「在龍哥過世的前一個晚上，其突然從夢中坐起，歡喜叫說：『東蘭！你幾時回來？』我對其說：『龍哥，東蘭沒有回來。』其十分失望說：『呃……原來是夢……』」

兩顆眼淚從東蘭的臉頰滴落下來，一目少爺不再說了，他也抬頭去望天上的那三隻老鷹……沉默持續了好久，等東蘭的眼淚任微風吹乾了，他才悄悄問一目少爺道：

「一目少爺，我父親死時說了什麼沒有？」

「有！」一目少爺鏗鏘有力地回答：「其說：『等東蘭回來，叫其別忘，我的人本姓姓「羅」，「禮義廉恥，國之四維」的「四維羅」！』」

一目少爺走到陳芸面前去跟她們母女說話，這其間東蘭便帶了河清走向半箭之遠的一株相思樹去，他們終於在那相思樹下找到那塊剝蝕的墓碑，東蘭這才發現「小鐵拐」三個字出征前還剩下一個「小」字，現在連那個「小」字也模糊不清了。正在那兒躊躇著，卻見一目少爺也隨後跟了過來，等他來到墓前，東蘭就問他道：

「一目少爺，我父親的墓碑是哪個師父刻的？」

「就是阿土伯的兒子啊，阿土伯活時，其還跟其養鴨子，阿土伯一死，其就不養鴨子了，改刻墓碑，其手藝眞好，所以波羅汶的人都請其刻。」

「你明天叫其過來看看這小墓，也叫其爲這墓刻塊墓碑。」

一目少爺感到疑惑，皺起眉頭道：

「這是什麼人的墓？」

「不是人的墓，是狗的墓。」

「狗墓要如何刻法？」

「就刻『小鐵拐』三個字夠了。」

一目少爺大搖其頭，這時山下有野雞的啼聲，天上立刻起了一聲長嘯，三個人同時抬頭去望天上那三隻老鷹，其中的兩隻還悠閒地盤飛，另一隻像箭一般往山腳倒栽下去……

三

東蘭從前線回來已經有幾日了，忽然思念起往日執教多年的「新竹中學」來，特別是學校裡那位知心篤情的日本教師「松下先生」，頗想從他口裡打探他們日本人對這幾年太平洋戰爭的觀感，於是這一天一早，辭別了陳芸，一路往「新竹中學」蹭去。

東蘭走過半個新竹市，他發現除了那幾條人行的大馬路，所有小巷都闢成了菜園，每戶人家都在各自門前的園子裡種菜自給自食。他穿過「新竹公園」，他驚奇公園裡原來的那一大片草地也都闢成了菜園，種了蘿蔔、蕃薯，更有一行又一行等人高的蓖麻，聽公園裡的人說，後者是爲了取代軍用缺乏的潤滑油，所以日本政府才特別鼓勵市民種植的。

進了「新竹中學」的校門口，東蘭閃過了校長室，直往松下先生的辦公室去，他十分奇怪，怎麼整個教員辦公室內竟然一個教師也沒有，只見一個沒曾見過的新校工在認眞掃地，並沒發覺東蘭走進來。東蘭於是向那校工走近，等對方抬起頭來看見了東蘭，東蘭才問他說：

「請問一下，今天是什麼節日？怎麼這辦公室一個先生也不見？」

「你不知道？」那新校工瞠目結舌地說：「每天這個時節，所有先生都帶他們的學生下田種稻去了。」

「下田種稻？田在哪裡？」

「你不知道？就在操場上啊。」

東蘭不敢相信，便快步走向面對操場的大門，果然整個操場都闢成了稻田，一畦一畦地分隔著，阡陌縱橫，灌滿了水，幾位教師指導著一群一群的學生在稻田裡耕作……

東蘭搖頭歎息起來，這時那校工也跟到東蘭的身旁，隨他望向校樓中間的那一大片稻田和田裡像螞蟻般的師生們。東蘭回頭問那校工道：

「松下先生也在田裡耕作嗎？」

那校工點點頭，指向操場靠近大禮堂的一端，回道：

「他的田就在最東邊的那一區。」

東蘭走出辦公室，終於在那最東邊的一畦水田找到了松下先生，他頭上綁了一圈白毛巾，身上只穿背心，黑褲管捲到膝蓋，赤手赤足，正彎腰跟他的學生在水田裡插秧。東蘭叫了松下先生一聲，他挺起背來瞥見了東蘭，便把手裡的稻苗交與身邊的一個學生，踩著大步往東蘭跟前邁過來……

松下先生在水龍頭下把手上足下的田土洗淨，便帶東蘭回到辦公室裡來，他先叫辦公室裡的那個新校工泡茶來敬東蘭，這同時他自己也整裝趿鞋，不到一會兒，兩個人便在辦公椅上對坐，一邊飲熱茶一邊快活交談起來。

松下先生問了東蘭前線的戰況，東蘭都一一跟松下先生說了，然後換東蘭問松下先生日本國內的情況，松下先生的臉色頓時變得十分凝重，搖頭歎息，徐徐說了起來：

「全國物資普遍缺乏，不必我說，你自己也可以看得出來。」

「可是我才回來幾天，還沒有機會到各處去看。」東蘭說。

松下先生忖度東蘭說的話，便自動接下去說：

「就舉幾個例來說吧——汽車卡車沒有機油了，司機便用黃豆油來代替，於是所有車子就停在街上不能動了。台北幾家像『菊元』的百貨公司本來都是用電來開電梯的，結果為了省電，電梯停駛了，顧客只得爬上七、八層樓梯到樓頂的餐廳吃飯。許多新建的房子垮下來了，因為水泥不夠，摻了太多沙。像鈕扣、襪子、火柴、衛生紙這些日用品從前到處都是，現在主婦們每天就是為了尋找這些日用品而忙得團團轉。你記得新竹往日多麼繁榮，現在卻是何其蕭條，因為沒有貨可賣，商店十之八、九都關了門，倒是黑市橫行起來，物價都高漲了。」

松下先生一口氣說了這許多，口也渴了，便喝了一口茶，見東蘭凝神傾注的表情，又自動說了下去：

「前線！前線！一切都是為了前線士兵的溫飽，官廳把所有民間生產的東西都徵收送往前線去，結果後方的百姓只好既冷且餓了。你走到街上去看，所有的人都面黃肌瘦，顯得多麼憔悴，多少人生了病！多少人因為沒有醫藥而死！你叫百姓如何維持健康？糧食的配給還沒有戰前需要量的一半，白米缺少了，就用糙米和蕃薯籤來代替，因為消化不良，不是便秘就是下痢。你說說，吃不飽又吃不好，哪個不生病？」

東蘭只頻頻頷首，等了好久才插嘴問道：

「你只說到糧食的情況，其他蔬菜和肉類呢？」

「蔬菜都是自種自吃的，這你看家家都有菜園就知道了，至於肉類嘛，」松下先生冷笑了起來：「不知好幾個月一家才能配給到幾兩豬肉，所以大家都抓狗抓貓來吃，我還看到幾家本島人，不但狗貓，連老鼠也抓來吃呢！」

松下先生深深歎息起來，然後歸結地說：

「唉……只有當你飢餓的時候，才會懷念往日常吃的東西，也不知何時才能再嚐到那些東西了？」

他們兩人默然相對，一時找不到話好說，驀然，有一個影子從辦公室的門口閃過，被松下先生瞥見了，他於是換了口氣對東蘭說：

「那是鬼木校長，不知在忙什麼，沒看見你來，過會兒你想見見他嗎？」

「幹嘛見他？」東蘭不屑地回答：「他把我派到南洋，爲的是叫我去送死，在他心目中，我已經是死鬼一個，萬不料我還活著回來，不過這次回來，只是度幾個月假，第二次再去，眞的戰死也說不定，那時變了鬼，再回來跟他兩鬼相見吧。」

說罷，兩人都苦笑起來……

松下先生與東蘭又開始飲茶，忽然那校工從外面走進辦公室，對松下先生說：

「外面有一位婦人，說是先生過去一個學生的母親，有一件消息想要跟先生說。」

「請她進來！請她進來！」松下先生急切地說。

東蘭想要引退，松下先生忙攔阻他說：

「何必呢？我的學生不也是你的學生？你也正好在旁聽聽。」

那校工領了一位四十歲左右的日本婦人進來，松下先生與東蘭兩人都大感驚愕，在這非常時期，這婦人竟然穿起盛裝的和服，趿了高跟木屐，還梳了日本髮髻，夾了一把繡花陽傘，款擺蓮步，徐徐挪到松下先生與東蘭跟前。松下先生迎了過去，見她一臉笑容，便先開口問她道：

「噢，原來是中村一郎的母親，看你今天榮光滿面，想是有什麼一郎的好消息要讓他的先生知道吧？」

那婦人一時不語，只是繼續溫文而含蓄地微笑，松下先生便順勢轉過頭來對東蘭說：

「中村一郎是我過去的一個得意學生，他才卒業就被徵去當海軍，聽說還是艦上的一名好砲手呢！」

說完了這話，松下先生又轉回去面向那婦人，想聆聽她帶來的好消息，卻不料她竟顧左右而言他：

「這幾天天氣眞好啊，松下先生，連續都是晴天。」

「是啊，奧樣，過去幾個禮拜都是陰天的緣故。」松下先生回答。

「近來配給愈來愈少了，前天排了三小時隊，才配到半斤黃豆。」

「是啊，這就是爲什麼官廳要鼓勵自力生產、家家種菜的緣故。」

「連通信也愈來愈難了，我已經三個月沒收到內地親戚寄來的信了。」

「就是嘛，因爲所有郵船都被軍方徵去改裝戰艦，也就沒有船隻可以運信了。」

那婦人呢喃著，似乎再也想不出話可以寒暄下去了，才截然改變了話題，衝口而出：

「松下先生，一郎已經光榮爲國捐軀了。」

松下先生不敢相信自己的耳朵，驚訝問道：

「你說什麼?奧様……」

「我說一郎已經爲國捐軀了。」那婦人重複一遍，臉上不失原來的笑意，似乎還引以爲榮：「昨天軍部寄來了一封慰問信，今天才特別來告訴你。」

松下先生與東蘭面面相對，啞口無言……

「松下先生，」那婦人又打破沉默道：「你想在沉船之前，一郎至少也打落一架敵人的飛機吧？」

「我想是吧，奧様……」松下先生期期艾艾地回答。

聽了這話，那婦人似乎非常高興，便向松下先生極其優雅地鞠了一個九十度的躬，轉身走回來路去，松下先生與東蘭一直送她走到辦公室的門口，望著她那繫著繡錦腰帶的背影一步一步走離辦公室，當她走出了學校的大門，東蘭望見她伸手從長袖裡抽出一條白手絹，垂頭拭起眼睛來……

四

有一天，東蘭打開了一只紅緞小包，從包裡摸出兩粒圓滾的珍珠，拿到窗口的陽光下端詳，靜凝歎息了起來，竟被端茶進書房的陳芸撞見了，待她把茶杯放在書几上面，輕輕問了起來：

「東蘭，你到南洋也買珍珠嗎？」

東蘭搖搖頭，更深地歎了一口氣，道：

「不是我買的，是我手下的一個傳令兵在太平買下來，預備送給他新婚就離別的夫人。」

「那你怎麼跟人家拿來做什麼？」

「不是我要拿，是他臨死前託我帶回來轉交給他夫人的。」

「你是說這傳令兵已經在前線戰死了？」

「不是在前線戰死，而是在自己的營房裡面被隊長賜死的。」

顯然東蘭不願再說了，於是當他端起杯來喝茶時，陳芸也就不再問下去。

第二天，東蘭便搭巴士，經由大溪，一路來到海拔兩千公尺的「角板山」，人一進山，便覺得氣溫驟然降低，而山坡也罩起濛濛的霧雨來。他在巴士的最後一站下了車，便向站裡的管理人詢問松武郎的居處，剛好管理人旁邊有一個泰雅族的十六歲少年，說他家跟松武郎一家相隔鄰，他正好要上山回家，就叫東蘭跟他一起走，不到一小時就可以到達，東蘭聽了，便跟著那少年走上那蜿蜒起伏的羊腸小道。

走了大約半個鐘頭，他們便來到一座紅漆的吊橋，橋在空中搖晃，橋下是百丈深谷，因爲被霧雨所遮，只是茫茫的一片，如騰空駕雲一般。那少年見東蘭駐足俯瞰，便笑對他說：

「是因爲有霧，才見不到谷底，若是晴天，不但谷底的清溪，連溪中的鱒魚也歷歷可見。」

過了那吊橋，再走半個鐘頭，經那少年指引，果然松武郎的村屋已遙遙在望了。

有一個五十歲的老媼，一臉蛙嘴的刺青，坐在石塊牆蘆葦頂的茅屋前在抽煙斗，東蘭上前用日語問她說：

「松武郎就住在這裡嗎？」

「他到南洋當兵了，你是誰？找他做什麼？」

「我是松武郎的同夥，剛自南洋回來度假，是他託我來的。」

那老嫗變了顏色，把煙斗從蛙嘴拔出來，翻身往茅屋裡走，用泰雅語對屋裡的人大喊起來，隨即有一個二十歲的少婦，抱著一個五月大的女嬰，從屋裡跑出來，在東蘭的周遭來回張望，用日語問東蘭說：

「你說你是武郎的同夥，可是他在哪裡呢？怎麼沒跟你一起回來？」

東蘭不語，於是那少婦又問道：

「武郎沒回來，但先生你怎麼回來？」

「我是回來度假的，過不久又要回南洋去。」

「你回來度假，怎麼武郎不回來度假呢？」

東蘭又是語塞，沉默不答。

那少婦覺得在門外與東蘭說話不得體，便請他進她們的茅屋裡去，東蘭望見那頁岩石牆上不但懸了幾隻弓箭，還掛了一張鹿皮，不覺憶起松武郎第一次出獵的往事，深深歎息起來……

「我先生，在部隊裡一切可好？」那少婦又開始問道。

「一切都好。」東蘭小心地回答。

「怎麼我寫了好幾封信去，武郎都沒回信？」

「你別見怪，我的內人也寫了好幾封信給我，我也都沒收到，更不必說回信。」

「你知道我為什麼寫信嗎？就是要告訴他我生了這女兒，他走時還不知道，所以急著想讓他知道。」說著她親起懷裡那沉睡中的女嬰來：「好可愛喲，你爸爸見到了不知要多高興喲！」

東蘭感到喉哽，把眼睛從那母女移向別處去……

好久好久，東蘭才重拾話題說：

「我這次上山來，是爲了武郎託我帶給你一點東西。」

「什麼東西？」那少婦急切地問，眼睛發亮起來。

東蘭從懷裡掏出那紅緞小包，遞給那少婦，那少婦接了，把紅緞掀開來，叫起來：

「噢，是兩粒珍珠！武郎對我太好了，他早知道我就是愛這樣的珍珠做耳環，那回下大溪沒有錢買，這回他終於買給我了，我太喜歡了，你可以回去告訴他……對了，你幾時要回隊裡去？」

「再過一兩個月。」

「你回去時，想託你帶一樣東西給他。」

說著，那少婦把女嬰叫那老媼抱去，自己跑進後廳，不到一會兒就拿了一張照片，交給東蘭，對他說：

「是我們女兒滿月的照片，你回隊時一定要交給武郎，他一定會高興得合不攏嘴。」

東蘭唯唯諾諾從那茅屋走出來，等走下石階，踏上回路，還聽見那少婦在背後頻頻的叮嚀：

「別丟了哦！要親手交給武郎哦！」

走了半個鐘頭，東蘭又回到那先前走過的紅色吊橋，這時雨過天晴，山谷的霧已一掃而光，橋下的溪水一覽無遺，水裡的鱒魚果然歷歷可數。

他在橋上呆立良久，把少婦給他的女嬰照片掏出來看，又深深地歎息起來，他任那照片由手掌飄落橋下，任山風吹到溪底，把一群鱒魚驚散了……

五

這年五月十五，美國B-29的空中堡壘大轟炸機開始從太平洋飛來轟炸新竹，連續幾天，東蘭一家四人都躲在自己門前開鑿的防空壕，只等空襲解除，陳芸就到街頭，隨她們平時操練的「鄰居團組」到處去救人與救火。

「不好了，我們隔鄰的卓醫生被炸彈炸死了！」有一天，陳芸回到家裡吁吁地叫說。

「他躲在他那新竹市最堅固的防空壕裡怎麼會被炸死呢？」東蘭問道。

「就因爲他的防空壕是新竹最好，空襲警報時，才從老遠的地方跑回自己的防空壕躲，哪裡知道一枚五百公斤的炸彈就不偏不倚掉進他的防空壕裡。」

「唉，這一切都是命運，人是違抗不得的。」東蘭感歎起來說。

「你說命運，眞有命運在背後操縱，有一個賣豆腐的，聽到空襲警報，他就把豆腐擔往路邊一扔，到處去找防空壕躲，難得終於找到一個大防空壕，可是壕裡人已擠滿，再半個也擠不進去了，他只好再往前走，只找到路中的單人狐洞，飛機已經在急降了，不下狐洞也不行，只好蹲了下去，只聽一聲轟炸聲，那原來的防空壕已炸開了花，一個活人也沒剩，而他自己卻好好的，等一會扛了豆腐的擔子又繼續叫賣了。」陳芸說。

陳芸既已回家了，東蘭便把孩子交給她，而他親自出門往新竹市區徜徉起來，他發現整個新竹的四分之三都炸毀了，還在黑煙中繼續地燒，街道上不成山便成谷，到處是被炸死的屍體，用舊毯裹著或用草蓆包著，他來到「城隍廟」前，看見前殿的屋頂都塌下來了，但後殿的三堵土牆卻依然矗立著，牆下蹲著不知幾百市民，大家擁擠在一堆求城隍爺保佑，有一個女人還覺得不夠，甚至連一口皇金骨甕也拿來胸前環抱，口裡呼仙喚祖，以邀神明與祖先齊來保佑。

這回B-29轟炸機來轟炸新竹，儘管新竹市民死傷纍纍，但美國的轟炸機也被地上的高射炮射落了幾架，有六個美國飛行士落地被俘了，因爲找不到人可以當通譯，以便對這些俘虜進行調查，新竹的警察總局便只好來請東蘭去代勞了。

那六個美國俘虜一律用白布蒙住眼睛，反手被麻繩綁住，他們都穿著美國飛行士的國防飛行服，腳穿牛皮的黃鞋，一個個由警察從牢裡牽了出來，由一個憲兵中佐和一個陸軍大佐共同審問著，這其間東蘭都一直居中翻譯。

這六個俘虜中間有兩個給東蘭留下特別深刻的印象，其中有一個最年輕的十八歲左右的俘虜，不論問他什麼，他不知起於恐懼或是什麼，總是沉默不答，結果問到那陸軍大佐發火了，便拿皮鞭來抽他，左右開弓，連抽了幾十下，也聽不見那年輕俘虜哼一聲，東蘭仔細望著他，正驚異他怎有如此能耐，忍得住皮痛，才幽然在他蒙住眼睛的白布上發現兩團淚漬，慢慢向四周滲開。東蘭心頭突然感到一陣悸痛，也不忍再向他盤問下去。

另外一個俘虜則是全身污泥，是在山中被人擄到的。那陸軍大佐連續問了他許多話，他才用低沉的聲音，喃喃地回答道：

「我的降落傘是在海上降落的。」

「那你爲什麼游到岸上，又跑了那麼遠的路到山裡去？」陸軍大佐問道。

「我不是游到岸上，而是坐橡皮艇划到岸上來的，那時是白天，我怕被人發現，就整日藏在海邊的稻田裡，等晚上沒人看見，才往山上走。」

「你爲什麼要往山上走呢？」

「因爲怕被人抓到，我想山裡總比平地安全。」

「那你是怎麼到山上去的？」這回輪到那憲兵中佐問。

「我已經說了，等黑夜才往山上去，怕人看見，還是一邊躲一邊爬，爬到山上去。」那俘虜說罷，開始喘息起來：「好幾次，我差不多都快被人發現到。」

「既然在山上好好的，又爲什麼下到平地來呢？」那陸軍大佐又緊逼著問。

「肚子餓，假如肚子不餓，我可以永遠躲在山裡，可是經過兩夜，我肚子實在是餓荒了，才下山向農家乞食，終於被人抓到。」說完了，那俘虜又深深歎息起來。

審問靜默了片刻，那陸軍大佐又逼著問道：

「你的飛機是從哪裡起飛的？」

「是從太平洋上的航空母艦起飛的，飛過高山，才轟炸新竹。」

「那航空母艦的地點在何處？」

「我只知道太平洋，眞正在何處，我就不知道了。」

「太平洋上一共有幾隻航空母艦？」

「我只知道我們那一隻，其他一共幾隻，我就不知道了。」

「跟你同來新竹的B−29轟炸機一共有幾隻？」

「我只知道我前後左右的幾隻，一共幾隻，我就不知道了。」

當他們把這個俘虜又牽進牢裡去，東蘭的任務也就完成了。他離開了警察局，趑趄走回家裡，整個晚上，那一語不發的年輕俘虜和那滿身污泥跑到山上的俘虜，兩人的影像頻頻在眼前浮現。

第二天東蘭很晚才起床，當陳芸端熱水盆來給他洗臉，她小心翼翼地說：

「有六個美國俘虜在西門城下被砍頭了……」

「眞的？」

東蘭全身僵直，一動也不動，只任兩滴眼淚沿臉頰滾了下來……

六

台灣南部有個專門關巴丹投降移送來的美國俘虜的「白河俘虜營」，有一天，東蘭收到這「白河俘虜營」的日本營長打來的電報，叫他即刻到俘虜營報到，有緊急的事等他去幫忙。

東蘭來到「白河俘虜營」才知道這俘虜營的獄卒奉命向全營做了一次突擊檢查，把俘虜所有的筆記書籍一概收去，叫東蘭來仔細檢查，查看俘虜用英文寫的字行裡有沒有對日本表示不滿或埋怨？東蘭依令一本一本地檢查下去，除了思念家鄉妻子兒女的雜感，倒也查不到日本當局期望獲得的懲罰證據，於是獄卒便把一本一本筆記書籍又還給了俘虜，只留下一名叫「布拉瓦」俘虜的一本筆記，這俘虜從前還是一名少將，東蘭想親自送還給他，並且還想跟他說幾句話。獄卒於是領東蘭到俘虜營的菜圃，把他帶到布拉瓦面前，自去了。

布拉瓦立在一畦三公尺六公尺長方的小菜圃前，全身發抖，臉色蒼白到了極點，預備承受東蘭要加諸他的詈罵與懲罰，卻料不到東蘭裂開笑口，拿他手裡的那本筆記在布拉瓦面前一晃，問他道：

「這裡面的東西都是你寫的嗎？」

布拉瓦連續點了幾下頭，仍然滿面狐疑，雙手按膝，等待東蘭的問話。

「我全部都看了，你雖然把俘虜營裡的個人感想都寫下來，可是你比其他人高明，不用散文體寫，容易被人抓到把柄，你竟用詩體寫，人家看你那麼婉轉而優美，一時忘記在檢查文章，反而覺得像在欣賞莎士比亞的詩一般了。」

布拉瓦一時紅起臉來，摸頭搔耳了一番，才徐徐地說：

「不敢當，不敢當，其實那些只是爲了排遣心中鬱悶，要使心境和平，才亂塗亂寫的，怎麼敢跟莎士比亞比？」

詩的話題告了一個段落，東蘭的目光不期然落到眼前那一小畦的菜圃上，說：

「你的菜倒種得十分出色呢！」

聽了這話，布拉瓦大大快活起來，已不像詩人，倒像個農夫，打開話匣子暢談起來：

「整個俘虜營允許的唯一自由活動就是種你一小區的菜圃，這個菜圃不大，卻是我解愁消悶的樂土，這些菜都是我的孩子，我可以整天十二小時看他們生長而不覺疲倦。你看我栽的十二棵番茄，每棵都有一個人高囉，而且結實纍纍，多麼好看！還有那紅蘿蔔、包心菜、蕪菁……都長得又肥又大，拿去農產品比賽，保險都會得獎的！」

布拉瓦說罷，瞇眼笑了，竟忘了對面的東蘭是派來檢查他筆記的日本軍官。東蘭等他笑意收斂，恢復原狀後，才又開始問道：

「布拉瓦先生，看你寫了那麼多詩，我想你已經寫很久了吧？」

「是啊，已經寫很久囉，因爲我從小就愛詩歌，所以很小就開始寫詩了。」

「我沒有你們那麼好的環境，所以大學的時候才開始寫英詩，跟你們比，差得遠呢。」

「中尉也寫英詩嗎？拿來讓我欣賞欣賞！」

東蘭尷尬起來，飛紅著臉說：

「早丟了，即使還在，也不敢拿出來獻醜，終究你們用母語寫起來親切，而我們用第二外國語，甚至第三外國語，再好也比不得你們一角，所以剛才讀了你的詩，就覺得美，覺得自然，讀了幾遍都不忍釋手呢。」

「眞的嗎？那麼你最喜歡哪一首？」

「我想想，就是那一首想念一個女人題叫『遙望』的那一首。」

說著，東蘭便在筆記裡翻到那「遙望」的一首，開始自己唸了兩行，感到不順口，便遞給布拉瓦，對他說：

「還是你唸吧，詩人唸自己寫的詩才自然才動人呢。」

於是布拉瓦把筆記展開在眼前，全神貫注抑揚頓挫地朗誦了起來：

遙望

寧靜籠罩黃昏
是晚禱的時候了
那面影美麗依舊
默默挨近我
輕輕撫摸我
擁吻的一刻

時間距離都消逝了
只剩兩顆交疊的心

「美極了！美極了！想問你一句，你詩中想念的那個女人是誰？」東蘭問。

「我的太太。」

「這首詩我很喜愛，因爲我頗有同感。」

「你也在想念你太太嗎？」

東蘭搖搖頭，歎息道：

「不是我太太，她現在就在我的身邊，我是說這首詩叫我想起緬甸的一個女人……」

東蘭遙望南方的天邊，彷彿望見了那夢中的緬甸女人，布拉瓦會意地點頭微笑，好奇地問道：

「那麼說，中尉下過緬甸？」

「我是剛從那裡回來台灣度假三個月，再過一個月又要回到那裡去，只怕再去的時候，已經人去樓空，什麼痕跡也沒有了。」

「哦，哦，哦……」布拉瓦同情地沉吟起來。

他們兩人分離的時候，不是美國俘虜對日本軍官的九十度鞠躬，而是像兩位異地相逢的摯友又將各奔東西握手而別。

七

東蘭回台的三個月假期終於期滿了，軍部叫他回歸部隊的命令也下達了，東蘭早已準備好從溫暖的故鄉重赴烽火的戰場，只是有一件事叫他耿耿於懷，便是新竹緊鄰的「新竹航空隊基地」是美軍轟炸的主要目標，爲了求得一家安全，他便在離鄉前夕，舉家疏遷到靠近山邊的「北埔」。既已把妻兒安頓好，他才重拾背包與武士刀，告別家人，一路往高雄去搭下南洋的運輸船。

東蘭乘坐的運輸船在巴士海峽躲過了幾次美國空軍的偵察，卻在北呂宋的近海，終於逃不過美機的攻擊，吃了三枚水雷之後，沉到海底去了。東蘭總算幸運，及時披了救生衣，在海上漂了幾小時，過後才抱住一塊破舢舨的木板，繼續在海上漂流，那海風既大海水又冷，凍徹肌骨，兩眼茫茫，不知所終，連漂了幾天，在饑寒交迫之下，終於完全失去了知覺。

當東蘭重又恢復知覺，他才發現他是被日本軍從海邊救起的。這是一個大隊的日本軍，人數約有七百多人，屯集在面北的海灣上，那海灣後面群山環抱，與世隔絕。

東蘭在海中浸水過久，上岸之後患了氣管炎，以後更轉成肺炎，所以救他的日本軍就把他移到他們草蓋的野戰醫院，與其他一百多個傷兵住在一起，靜心療養。

東蘭在醫院養了三個月的病，病勢終於慢慢好轉，於是他才有閒情去望那沒有玻璃的窗口，那窗外是幾排椰子樹，樹下是一大片園地，上面都種了蕃薯，已長芽吐葉，一壟壟青綠，十分整齊，十分好看……

東蘭身邊的一個傷兵看見東蘭在遙望那片蕃薯田，便自動開口對他說：

「那蕃薯是我們大隊長一到這裡就叫大家種的，你知道糧船被敵機炸沉，而這裡又與外界隔絕，他早就想到我們有絕糧的一天，所以一到這裡就叫大家種了。」

東蘭默默點頭，也不作答，只眼前浮起一片孤軍絕糧的恐怖景象……

東蘭所恐懼的事情終於不久就來到，才不過幾天，因爲確實是糧盡援絕了，隊長便決定帶全隊的兵員，翻山越嶺，到離這海灣五百多里的日本軍屯集的「老沃」港。隊長把剩下的米糧平均分配給每個士兵與傷兵，把病院的傷兵留下來，只帶了六百個健全的士兵，出發走進那充滿蟒蛇毒蚊的原始林。

因爲東蘭是一百多個傷兵中的最高階軍官，而他的病又尚未痊癒，隊長便將他留下來，把所有傷兵託他管理，叫他們聽天由命去了。

東蘭他們這一百多個被遺留下來的傷兵在一個月間就把分配下來的米糧吃光了，東蘭便命病勢較輕的傷兵爬椰子樹去砍樹心的嫩葉來給其他的傷兵吃，等他們吃了一個月的椰子葉，這時先前種下的蕃薯已經開始結蕃薯，於是他們從此就改吃地上的蕃薯了。

這蕃薯一旦長大，就任這一百多個傷病怎麼吃也吃不完，這時絕糧的慘景才從東蘭的眼前消失。

就這樣靠蕃薯充飢，這群傷兵平安度過了三個月，直到一天看見美國飛機來病院空投宣傳單，東蘭才知道日本已經向美國投降了，那宣傳單還告訴他們，好好等待，等待美軍的船隻來運他們離開這荒闢的海灣。

那美軍果然不負所言，過了一個禮拜，就來海灣，把全部傷兵運到馬尼拉附近集結的俘虜營，在那俘虜營裡，東蘭好高興遇到往日那位大隊隊長，只見他孱弱憔悴，搭在東蘭的雙肩，焦急問道：

「所有傷兵都好？江中尉。」

「全都來這營裡，一個也不少，而你的大隊呢？都到達『老沃』港吧？大隊長。」

「全隊六百人，連我在內只剩下四個……」

「其餘的呢？大隊長。」

「全部死在原始林中……」

說也奇怪，東蘭在俘虜營的往後一段日子裡，經常做同樣一個夢，他夢見一部美國大卡車載了一車女人，而陳芸與秋子竟然夾在那堆女人之中，她們兩人相擁而泣，任東蘭怎麼叫，她們也不回應，只好在卡車後面追趕，卻愈離愈遠，最後在車輪拋起的黃沙中跌倒在地上，他猛然驚醒，原來是一場夢！

第八章　你只能算是日本人

一

丘雅信在「石落坑」集中營當了六個月的日本人醫生後又回到溫哥華來，自從回到這加拿大太平洋的埠頭，便又開始天天到CPR的火車站去打聽回日本的「交換船」的消息，可是仍然跟六個月前一樣，絲毫沒有一點著落，於是等候了又等候，終覺得長此等候下去也不是辦法，突然想起「綜合醫院」，她先是有意回去跟佛立思院長談談，看是否能再雇她做醫院的住院醫師，可是一想她在那醫院進進出出不知已經多少回，倒覺得對不起佛立思院長，實在不好意思再向他開口了，其次才想起在「綜合醫院」替病人臨診卻又在外頭開業的史鐵兒醫生來，既然不想當住院醫師，何不乾脆學史鐵兒醫生自己在外頭開業自己當院長呢？既已這樣決定，第二天一早，雅信便來「綜合醫院」找每天上午都來醫院臨診病人的史鐵兒醫生商討如何開業的事宜了。

一進「綜合醫院」，那櫃台的老護士早已認出了雅信，便先跟她寒暄道早安，雅信也回了她，馬上又問起史鐵兒醫生來，那老護士便答道：

「史鐵兒醫生正在病房裡臨診病人，你先在那張椅子坐坐，等會兒他看完病人我再去找他來。」

雅信一直心急，哪裡有心情枯坐在櫃台旁的椅子，便往醫院的迴廊徘徊起來。她在迴廊踱步了有半個小時之久，突然有人輕拍了她的肩膀，雅信猛地轉過身來，赫然發覺史鐵兒醫生就在她眼前，他穿著白色醫生服，右口袋插著聽筒，頭髮從頭心撥向兩邊，瞇著他那雙海水般的藍眼睛對她微笑道：

「怎麼哪？剛從日本集中營逃出來，沒被RCMP抓到？」

雅信回笑道：

「回來好多天了，一直在等『交換船』等不到，突然想再開始工作。」

史鐵兒醫生了解地點點頭，從左邊口袋摸出了兩顆巧克力糖，一顆送給雅信，一顆撥了包紙往自己口裡送，邊含邊說道：

「你想再回來這醫院工作？」

雅信搖了搖頭說：

「我不想再回來這裡工作，倒想到外頭自己開業，只是不知如何開始，有什麼困難，這你很在行，所以特地來醫院請教你。」

「不難！不難！」史鐵兒醫生說：「你只要在比較熱鬧的地區，租一間房子，買一張桌子、一張臥台、兩三張椅子，在門口掛上醫生的名字，就可以開業了。然後等病人來了，就給他看病，看完病給他開張處方，叫他自己到藥房去買藥就行了。」

「可是開業執照呢？」雅信皺著眉頭說。

「你初到『聖文生醫院』工作時，『公共衛生局』不是已經給你了嗎？」

「那只是在醫院的工作許可，而不是到外面的開業許可。」

「那還不簡單，你就照上回那樣如法泡製，先到『醫師公會』跟他們說明理由，請他們爲你寫封推荐信，然後拿這封推荐信到市政府『公共衛生局』去申請開業許可，他們上回都給你了，這回沒有不給你的道理。」說到這裡，史鐵兒醫生頓了一下，把剩下的巧克力糖呑進喉嚨，繼續說下去：「你是不是願意我也替你寫一封推荐信？說明你能力很強而且經驗又豐富，在外面獨立開業一點問題都沒有……」

雅信連忙向史鐵兒醫生謝了，於是便跟著到他的辦公室，等他寫完了推荐信的草稿，叫秘書打字，自己簽完名後給雅信，雅信才又再三向他致謝，走出了「綜合醫院」。

從「綜合醫院」出來，雅信一逕來到不遠的「醫師公會」的辦公樓，經那門口女秘書的帶領，走進那熟悉的公會主席的辦公室，那從前爲雅信寫過介紹信的華生醫生老早已在認眞辦公，他跟往常一樣坐在那隻圓圈旋轉椅上，聽到腳步聲便抬起頭來，透過那近視與老花雙瞳的銀絲眼鏡，往雅信的方向投射過來，同時從桌子那邊伸出手來，問道：

「請問夫人，這回再來敝會，不知有何貴幹？」

雅信先跟他握了一下手，然後回道：

「想請你給我寫一封推荐信給『公共衛生局』……」

「嗯？上回『公共衛生局』不是已經發給你執行醫生業務的許可了嗎？」

「上回的許可是在醫院裡工作，這回的許可我想在外面自己開業。」

聽了這話，華生醫生躊躇起來，把身子往那大圓圈椅背一攤，從口袋裡掏出了他那隻白金鍊錶，習慣性地把玩起來，玩了一會兒，方把鍊錶溜進袋裡，慢條斯理地說：

「你說你想在外面自己開業？這可要好好考慮一下才行。」

雅信看華生醫生猶豫的表情，便往前走近一步，勇敢地說了起來：

「華生醫生，你看，我這回跟上回完全不同了，上回我一點也沒有在加拿大的工作經驗，這回我不但在『聖文生醫院』和『綜合醫院』工作了好一段時候，不久前還在『石落坑』日本集中營工作了六個月……」說到這裡突然想起史鐵兒醫生給她寫的那封推荐信，便從手提包裡拿出來遞給華生醫生道：「你若不信我的能力與經驗，你可以看看我一位醫生同事替我寫的推荐信。」

華生醫生接了雅信遞給他的信，迅速地看了一遍，嘖嘖搖了一會頭，又望著天花板沉思半晌，最後才無可奈何地說：

「好了，好了，我就替你寫一封推荐信給『公共衛生局』，不過有兩個條件你先得答應我，我才寫。」

雅信聽了，一雙眼睛亮了起來，急切地問道：

「哪兩個條件？請你說……」

華生醫生先深深地歎了一口氣，然後才徐徐地說：

「第一，你是華人，所以只准你在中國城開業。」

「這個我答應。」

「第二，你不許隨便開麻醉藥給病人。」

「爲什麼？」雅信大惑不解地問。

「因爲那裡一帶酒鬼毒犯很多，而且開這種藥也太容易賺錢了，法律不許可。」

「這個我也答應。」雅信終於頷首回答。

於是華生醫生便替雅信寫了一封推荐信，夾了華生醫生的推荐信連同史鐵兒醫生的推荐信，雅信終於向市政府的「公共衛生局」申請到在外面的開業許可。

二

雅信在溫哥華中國城租到一間醫生診所，月租是二十五元，這診所在一座叫「福特大樓」(Ford Building)的四樓，剛好在「赫士丁街(Hastings Street)」與「主街(Main Street)」的交界口。診所其實只包括兩個小房間，另外加上一個小儲藏室，一個房間供做診察病人與寫處方用，一個房間充做病人的候診室用，而那個儲藏室則只可以放一茶几，以便泡茶之用。

爲了往返診所方便起見，雅信在離診所十分鐘路遠的「白翠霞旅館(Patricia Hotel)」另外租了一個客房當住所，月租是二十元。因爲診所與住所這一帶是華人區最熱鬧的地方，果然如華生醫生說的，酒鬼和流浪漢特別多，因此每天下午一過五點，雅信就把診所的門關了，回到旅館，躲進自己的房間，不敢再出來。

診所開業的頭幾個月，來看病的病人很少，一天只有兩三個，有時一個也沒有，而來看病的大部分是舊日在「綜合醫院」給她醫過病的老病人，新的病人幾乎鳳毛麟角。爲了省吃節用，除了早上有人送來旅館房間門口的一瓶鮮奶，她通常每天只吃一頓，有時只拿麵包沾糖裹腹，難得病人多的日子，才到附近的一家「南京飯店」吃一頓豐盛的晚餐。

開業已經半年多了，雅信的診所業務依然冷落如昔，她開始思量是不是缺少廣告宣傳的原因，爲此她就到華人街的一家印刷店，託店裡的人代印名片，上面中英併列，標明她的身分以及診所的地址，打算有機會就送給生疏的朋友。

這一天剛好從印刷店拿到才印好的一疊名片，沿著華人街往診所走回去，不料在街段的角落看見一幢類似廟宇的老房子，兩扇朱漆斑駁的木門大大敞開著，門楣上懸了一幅紅采大匾，寫著「志德堂」三個金箔大字，左邊另附了一行小字，道是「溫城華人宗親會」。堂裡望得見幾個華人的人影，雅信猛然私忖，何不登堂拜訪，順便把名片送給他們呢？主意打定了，她便轉身踅向「志德堂」裡去……

跨過那石砌的門限，正堂上是一尊泥塑等人高的關公像，堂的右邊有一桌麻將正打得起勁，堂的左邊另有一桌在喝老人茶，還有零落的幾張藤椅，坐著幾個打盹的人。雅信才到了中堂，便有一個五十開外的中年人從堂裡閃出，迎面而來，用廣東話笑對雅信說了幾句，當他發現雅信連連搖頭，才改用不十分流利的英語對她說：

「你不會廣東話嗎？」

「我不會廣東話。」雅信回道，也對他微笑。

堂裡的所有眼睛都好奇地往雅信投射過來，屏聲息氣，停止了一切活動，只聽見那中年人繼續問雅信道：

「那麼不知你有何貴幹？」

「我只是從這街走過，看見你們『志德堂』的匾，特別走進來向你們拜候。」

「噢，不敢當！不敢當！」那中年人連忙打拱作揖地說。

「請問貴姓？」雅信上前問道。

「敝姓關。」

「是關公的『關』？」

「不客氣！不客氣！」關先生謙遜地說，大大高興起來，順便問道：「而您貴姓呢？」

「我姓丘……」說了這話，雅信伸手從手提包掏了一張名片給關先生：「這是我的名片，以後請多多指教。」

關先生接了雅信遞給他的名片，從口袋裡掏出一副老花眼鏡，戴了上去，恭恭敬敬地拜讀一遍，轟然叫了起來：

「難得！難得！難得我們華人還出了個西洋醫生，不但會內科，而且又會外科，更何況又是個女人，我們真是太高興了！」關先生說，然後轉了口氣，降低嗓子繼續說：「你知道，丘醫生，我們這溫城的華人大部分都是開餐館的，要不就是理髮洗衣，全是靠手工賺錢，像你靠腦筋賺錢的，我平生還是第一次看見，難得！難得！眞是難得！」

雅信看關先生高興，自己也高興，於是順水推舟地說：

「正是如此，所以才拜託關先生以後多多介紹病人來給我看，診所就在『福特大樓』四樓，離這『志德堂』幾步路就到。」

「那沒問題！那沒問題！我一定給你介紹，只是你不會說廣東話，而這裡大部分華人又不懂英語，看病的時候需要找人翻譯……」

「那怎麼辦呢？」雅信鎖起眉頭說。

「沒有關係，Auntie，我再替你翻譯好了。」

有人在雅信背後悄然地說，雅信忙轉過身去，就在她的跟前，立著一個二十出頭的青年，一頭梳得整齊的黑髮，一雙聰明伶俐的眼睛，立時就給雅信無限的好感。那青年看見雅信的臉上感謝的臉色，便進一步說：

「我叫『阿昌』，我替人理髮，就在『福特大樓』的樓下，只要我不替人理髮，你叫我，我就上去替你翻譯。」

於是皆大歡喜，堂裡沉默了片刻，關先生突然心血來潮，又問起雅信來：

「丘醫生，不知你看一次病向病人拿多少錢？」

「洋人我看一次通常拿他們兩、三元，華人少一點也無所謂。」

從這天開始，雅信的診所果然病人愈來愈多，而且來的大都是本地的華人，樓下替人理髮的阿昌一逕都上來替雅信與華人病人做翻譯，只有當他在替人理髮的時候，雅信才暫停替病人看病，直等阿昌替人理完髮上來時，才繼續替人看病。這些來給雅信看病的華人，大部分都是衣衫襤褸身上沒有幾個錢的可憐人，雅信看他們窮，每每看完病，病人問她多少錢的時候，她總是歎口氣，回答說：

「由你自己送吧，有多少就送多少，我總是感謝的。」

這樣雖然一天也有七、八個病人，但收入卻僅有六、七元而已，只是比起以前她在顏小姐家落魄的窘況，她現在已很滿足，覺得自己很有錢了。

阿昌經常上來診所，替雅信當翻譯，即使不當翻譯，也喜歡在候診室看雜誌，看完雜誌就跟雅信聊天，天南地北無所不談，他確實把雅信當成阿姨，而雅信也把他當外甥。

有一天，看完了雜誌，阿昌興來自動開口對雅信說：

「你知道嗎？Auntie，我已經結婚了。」

「你幾時結婚的？看你年紀還這麼輕，太太在哪裡？也不帶來讓我看。」

「戰爭前才結婚的，太太在廣東，所以我感到很寂寞。」阿昌沮喪地說。

「結婚後怎麼不把太太帶來？」

阿昌閉嘴搖了一會頭，徐徐說道：

「加拿大移民局只許單身華人來，不許他們帶家眷，那時還和平，現在戰爭就更不用談了。」說完了話，阿昌深深歎息起來，雅信也為了自己骨肉別離，因同病相憐而感歎起來……

「你知道嗎？Auntie，他們加拿大人是相當歧視我們華人的，很早以前他們到廣東一船一船把華人運來替他們造鐵路，因為人擠在船艙底下，上到這岸就死掉十分之一，剩下的人替他們造鐵路，不但工資少他們洋人一半，而且政府還扣他們辮子稅，每年抽十元錢，隨後更規定頭髮長過五寸半的不許替他們做工。這還算好呢，以後每個華人上岸就先抽他五十元的人頭稅，這人頭稅一直增加，最後增加到每個人五百元。」

「這人頭稅現在還有嗎？」雅信大惑不解地問道。

「早些時候才廢止，可是他們卻通過一條法律，華人上岸一概不許帶家眷，所以這裡的華人，大都賺了一筆錢才回廣東結婚，把妻子留在廣東又回來美洲賺錢，等又賺了一筆錢才回去廣東跟妻子團圓，生個兒子，又回來美洲賺錢。」

「哦，哦，所以美洲無論是美國或加拿大才看不到幾個華人女人。」雅信恍然大悟地說，然後換了口氣問道：「不過這一切你怎麼知道這麼多而且這麼詳細？」

「一半是我自己的經驗，一半是我大伯告訴我的。」

「誰是你的大伯？阿昌。」

「就是『志德堂』的關先生啊。」

「哦，哦，哦……」

「是他回廣東時把我帶到加拿大的，那時我才十二歲。」阿昌說。

既已明白了阿昌的身世，此後雅信就更把阿昌當親人看待了。

三

好久以來，在上下「福特大樓」的電梯時，雅信老是會遇到一個四十多歲的華人，這人枯瘦黧黑，一臉風乾橘皮似的，穿著幾十年的老西裝，戴著捲了邊的古呢帽，每回與雅信同電梯，老用一雙冷峻的眼睛瞪她，卻從來也無意想跟她打招呼，雅信只暗暗覺得奇怪，久而久之，也就把他淡忘了。

可是自從關先生給雅信介紹了華人病人，而她的醫生業務開始蒸蒸日上的時候，這個奇怪的華人慢慢改變了態度，在電梯上不但收斂了他早先冷峻的眼光，竟開始自動跟雅信點頭，對她露出微笑，有時甚至還用英語跟她打起招呼來，直使雅信感覺他前後判若兩人。

有一天，雅信在診察室裡檢查病人，而阿昌也在旁忙著替她翻譯，那同樓的華人悄悄地溜了進來，這時候診室正好坐著兩三個病人，那華人也擠了一個空位坐下，翹起腿捧了一本雜誌，漫不經心地瀏覽起來。等病人一個個看完病走了，他還孤伶伶地留在原來的座位上，雅信原還以爲他是病人，等送走了所有病人來到他的跟前，才發現是他，便叫了起來：

「噢，原來是你！幾時有閒空來這裡坐？」

「我一直都有閒空，只是今天才來看看你的診所，你的病人倒不少呢，業務十分興隆吧？」

「哪裡的話，只是剛剛病人同時一起來，平時還不是零零散散，一天才看七、八個。」

「七、八個？那已經夠多了，我近來一天還看不到兩、三個……」

「你也是醫生嗎？」雅信詫異地說：「這麼久都不知道！」

那華人這才謙虛地點一下頭，說道：

「我是漢醫，姓曹，就在你上頭第六樓。」

「我姓丘。」雅信連忙說。

「我知道，丘醫生，你的大名就掛在你診所的門牌上。」

阿昌默默地聽著雅信與曹醫師兩人的對答，突然感覺無聊起來，便向兩人點了一下頭，下樓回他的理髮廳去了。

等阿昌走了，只剩下雅信與曹醫師，兩人又恢復剛才的對談，從醫生的業務慢慢轉到雅信的身世，突然曹醫師興致大發，逼切問道：

「你說你由台灣來美國，由美國來加拿大，敢問你爲什麼不回台灣去？」

「還不是這戰爭使我回不了台灣，船票都已經買好了，只差幾天就要啓航了，哪裡知道珍珠港一轟炸，一切計劃都破滅了，只得在加拿大留下來。」

雅信搖頭歎息起來，想起羈留在日本的兩個孩子，以及居住在台灣的老母與妹妹，禁不住喉管哽咽起來，而眼角也開始模糊了……

等雅信激情過後，曹醫師才重拾話柄，問了下去：

「丘醫生一旦在加拿大留下來，就開始出來開業嗎？」

「哪裡有那麼容易的事，還不是東等西等，想等回日本的『交換船』，等了好幾個月等不到，才去找『醫生公會』寫介紹信，到『公共衛生局』申請工作許可，先在『聖文生醫院』工作了一個月，又到『綜合醫院』工作了幾個月，然後到『石落坑集中營』去工作了六個月，回到溫哥華才來這『福特大樓』開業。」

「你到『石落坑集中營』去工作?那麼你去爲他們日本人做醫生?」曹醫師瞠目結舌地問。

雅信點點頭,泰然回道:

「因爲我會說日語,所以加拿大政府才找人來叫去爲日本人做醫生。」

曹醫師諱莫如深地點了三下頭,從座椅立起,向雅信告辭,坐電梯上他六樓的中醫診所去了。

這事才過一個月,聖誕節就到了,雅信也跟加拿大人一樣,從十二月二十四日聖誕前夕就把診所的門關了,孤獨在「白翠霞旅館」的房間裡度了漫長的一個禮拜假期,一直等到新年初一過後,才又打開診所的門,重新開業。

因爲一個禮拜不看病人,又逢年假家家大吃大喝,積下許多新舊病人,於開業之初,蜂擁來診所看病,連著幾日,把雅信忙得席不暇暖,幾乎沒有片刻休息的時候,難得病人終於稀疏下來,而雅信也可以坐下來喘息,她突然接到一封市警察法庭的來信,拆開來看,是一張公文信函,用打字機打著:

傳詢令

加拿大

BC省

溫哥華市

此致:丘雅信(以下簡稱造方),溫哥華市赫士丁東街一九三號四樓。

茲有案件呈情於余,H.S.伍德(Wood),英王陛下隸屬BC省法院推事,控訴造方未依一九三六年BC省修正法案第一七一章醫生條令登記註冊，於一九四三年六月一日與一九四三年十二月三十一日之間，擅自掛牌以「醫生」名義爲人診治疾病，違反上述條令，是以英王陛下之名傳召造方於一九四四年一月二十日午後兩點三十分至溫哥華市可多瓦(Cordova)東街二三六號警察法庭上述推事面前應詢，依法究辦。

主後一九四四年一月十日，於上述BC省溫哥華市

H.S.伍德

BC省法院推事(封印)

讀完了傳詢令，雅信心裡大慌，不知如何是好，這時史鐵兒醫生的影像便浮現在眼前，想道除了他，還有誰可以商議呢？於是便把診所的門關了，直奔「綜合醫院」來。

難得等到史鐵兒醫生有了空閒，雅信便把傳詢令遞給他過目，只見他邊看邊搖頭，看完了十分憤慨地說：

「你不是已經向『公共衛生局』申請到開業許可了嗎？」

「是啊，還是用你和『醫生公會』的推荐信去向他們申請的呢。」

「那就奇了，這其中必有緣故。」

兩人沉默了片刻，史鐵兒握拳搥著額頭，想了一會，開口道：

「我想一定有什麼人在後面作怪，依我看，你不如去請一位有力人士，代表你去向法院查詢，說不定經他交涉，連這傳詢令都撤消也未可知。」

雅信的眉頭打起結來，道：

「可是在加拿大，我不過是一個孤單的弱女子，無親無戚，去哪裡找有力人士代表我呢？」

「我也不過是醫生，同你一樣，所以不能替你出面，否則我一定義不容辭，那麼其他還有誰呢？」史鐵兒醫生又握拳搥起頭心來，突然拍手叫道：「有了！有了！你們華人在溫哥華不是有一間領事館嗎？你就去找你們的領事，把傳詢令拿給他看，向他陳情，由他出面替你交涉，再有力不過了。只是這領事館在哪裡，我沒去過，不知道，你就回去問你的華人朋友，你一問就曉得了。」

雅信聽了大爲高興，就謝了史鐵兒醫生，離開了「綜合醫院」。

回到「福特大樓」，雅信直接就去理髮廳找阿昌，把他叫到外頭，直接就問他：

「阿昌，你可知道『中國領事館』在哪裡嗎？」

「爲什麼不知道？Auntie，不但知道在哪裡，連那領事叫什麼我也知道。」

「你說那領事叫什麼？阿昌。」

「叫『厲昭』。」

「你怎麼會知道？阿昌。」

「爲什麼不知道？幾年前回廣東結婚就向他辦理過回國手續啊。」

阿昌邊說，已經邊領雅信步上往「中國領事館」之路了。

來到「溫哥華中國領事館」，阿昌在等候室找了一張椅子坐下來，任雅信自己走向櫃台去，在櫃台裡面有一個接近四十的中年華人在翻閱公文，一個三十來歲的華人秘書在打字，更裡面另有一間私人辦公室，室門敞開著，室裡沒有人影。那中年華人聽見雅信的腳步聲，抬起頭望雅信一眼，敏捷地從辦公桌立了起來，迎到櫃台前，和顏悅色地問道：

「有什麼事嗎？女士。」

「我想見領事。」雅信回道。

「領事還沒來，我是副領事，有什麼事你可以先告訴我，說不定我可以爲你效勞。」

於是雅信把溫哥華警察法庭的傳詢令呈給副領事看，又跟他說想求領事出面爲她向法院交涉，看能不能撤消他們的傳詢令……

「十分抱歉，這事我沒能幫忙，只好等領事來了再說。」副領事謙遜地說，示意請雅信在等候室的椅子就坐，而他自己也回到原來的辦公桌工作去了。

等了約有半個鐘頭，一個五十上下的男人闖進來，雅信立刻轉頭去望他，只見他肥身短腿，戴了一頂龜甲花的打鳥帽，穿一襲駱駝毛的冬大衣，手提一根枴杖，嘴咬一只煙斗，氣勢凜然地直往那私人辦公室走進去。副領事先跟雅信使了一個眼色，隨在那男人後頭走進私人辦公室，低聲跟他說了幾句，便又來到櫃台前，微笑地對雅信說：

「領事現在就請你進去。」

走進領事的私人辦公室，雅信見那迎面的牆壁上斜對掛著兩面旗，一面是中國國旗，一面是國民黨的黨旗，兩旗的正下方垂直掛著孫中山的彩色畫像，左邊的牆上掛了一幅中國的大地圖，右邊的牆上掛了一張蔣介石戎裝在廬山宣誓對日抗戰到底的黑白照片。這時，領事的冬大衣與打鳥帽已掛在屋角的衣架上，枴杖也靠在牆角上，領事正坐在辦公桌前挑煙灰，雅信在門口稍立，等他挑完煙灰，重新把煙絲裝進煙斗，點燃了煙，吸完第一口，她才怯怯地走向前去，見他抬起頭來，終於瞥見了雅信，衝口便問：

「你貴姓？」

「我姓丘。」

「你在做什麼？」

「我做醫生。」

「哦，哦，原來是在中國城開業的那位『丘醫生』，久仰，久仰，我早就聽過你的名字。」領事說，挺身直坐起來：「你今天要見我，不知道有什麼大事？」

雅信聽了領事早聽過她的名字，心中禁不住一陣歡喜，抱著莫大的希望，把剛才對副領事說的話，又絮絮對領事說了一遍，然後才把法庭傳詢令遞到領事的桌子上，說：

「看能不能求領事替我出面交涉這件事件……」

領事只把傳詢令迅速一瞥，又推還給雅信，將身子往後一攤，望著天花板，雙手交叉在胸前，翹起腿，默默地抽了好一會煙斗，倏然把目光從天花板斜劈下來，直盯住雅信，問道：

「我想先問你一句話，你從哪裡來加拿大的？」

「從台灣來的。」

「那樣的話，我不能出面替你辦交涉。」

「爲什麼？」雅信睜大雙眼，大惑不解地問。

「因爲台灣是日本管轄區，你算是日本人，我管不了，所以很抱歉，我不能出面替你辦交涉。」

雅信呆立在那兒，遲疑著，不知如何是好……

領事伸手把煙斗放進煙灰缸，改變姿勢，把雙肘擱在桌面上，十指穿插交握，將下巴置在拇指上，冷酷無情地說：

「我告訴你，『丘醫生』，我不能出面替你辦交涉。好了，你可以出去了。」

雅信深閉嘴唇，咬緊牙根，將桌面上的傳詢令拾回放入手提包，然後對著領事做最後的凝視，這時她才發現對方一頭稀疏的灰髮，卻塗著濃稠的髮油，看得到髮底發亮的頭皮，他的額頭很低，浮腫像橄欖的眼瞼，眼睛只剩下兩條如絲的細縫，他的右手食指戴了一只偌大的黃金印戒，這便是來時阿昌所謂的「厲昭」！

雅信緩步從領事的辦公室走出來，在辦公室的門口與一個富商打扮的中年華人擦身而過，立刻聽見身後領事親熱的招呼聲，回頭望時，看見辦公室裡兩人搭肩拍背，接著把門砰然關上了。

雅信一臉頹喪，直往櫃台外的等候室走，只聽後面有人在喊：

「等一下，丘女士，有什麼事不對嗎？」

雅信停步轉過身來，發現原來是那位樂善的副領事，於是她輕輕歎了一口氣，說道：

「領事說我從台灣來，算是日本人，所以不肯替我幫忙。」

「怎麼可以這樣說？」副領事低聲地說，臉上有點慍色，沉思了一會，改了口氣說：「其實好多你們台灣人，不但私下跑到中國大陸，而且還熱心替我們政府服務。據我所知，就有一個叫『王朝琴』的，他現在在重慶，還當了我們外交部的重要官員呢。」

雅信聽了副領事的話，突然眼睛一亮，叫道：

「你說什麼？『王朝琴』？他是我先生的好朋友，當初我們到中國大陸蜜月旅行，我還在上海跟他見過一面呢。」

知道了雅信認識王朝琴，副領事大爲興奮，忙不迭地說：

「既然如此，你就可以寫信給他，請他替你證明身分，託他爲你向領事說項替你幫忙。」

「那怎麼來得及？重慶離這裡那麼遠，要等多久才能收到他的回信？還不到二十天法院就要開庭了，我看不如打電報比較快。」

副領事拍了一下自己的頭，說道：

「虧你想得遠，就這麼辦吧，我現在就替你擬稿，過會兒再叫秘書到郵局替你打電報，兩天就會有回音。」

「副領事，你眞太好了，可不知道這電報費要多少錢？」

「這電報最好是雙掛號，使對方方便，也免得誤事。這我們以前也打過，是六十五元。」

當場雅信就付了六十五元給副領事，又千謝萬謝了一番，留給他診所的電話號碼，滿懷著希望，快樂地跟阿昌走出了「中國領事館」。

果然隔了兩天，第三天早上，雅信的診所才開門不久，便接到領事館打來的電話：

「你是丘女士嗎？」

「我是丘雅信。」

「我是『中國領事館』的副領事，丘女士，恭禧！恭禧！重慶方面的回電已經來了，王朝琴說了你許多好話，說你是台灣的第一位女醫生，不但醫好許多病人，而且免費救濟好多窮苦病人……最後還提起你的故夫，說他是台灣有名的抗日志士。」

「我的故夫？」雅信詫異地說。

「是，你的故夫，說他是台灣有名的抗日志士。」

雅信彷彿受到晴天霹靂，猝然休克，一句話也說不出來了。來美洲中途在日本「上野公園」

西鄉隆盛銅像前的那一回無端的驚懼，竟然成讖，彭英是死了，王朝琴的來電便是鐵的事實……

「丘女士，你在聽嗎？怎麼沒有你的聲音？」副領事在電話裡提高嗓子說。

「我…在…聽……」雅信低微地回答。

「就這樣子了，重慶王朝琴的回電已經來了，你隨時可以來領事館拿，領事整個上午都在辦公室裡。」副領事說，把電話掛斷了。

放好了電話筒，雅信無力地癱在診察室的椅子上，抬頭仰望那藍天的白雲，往時彭英的影像一幕一幕在眼前浮現，先是那「夏季園遊會」在東京北郊寺內伯爵的私人花園裡首次遇見他跟一群台灣的留學生在闊談台灣政治，然後是他陪林仲秋來「東京女子醫科大學」的學生宿舍邀她為「台灣青年」寫稿，之後是「台灣同鄉會」在「上野公園」的「精養軒」舉辦的餐會上又見到他，並與他同其他的應屆畢業生合拍了一張照片，隨著她回到台灣，經詹渭水的介紹跟他結婚，婚後兩人到中國去蜜月旅行，而後他為了政治活動被迫遠走中國，最後是他在北京生病危篤，她從台灣趕去「協和醫院」看他，從此就勞燕分飛，不再見面了，而現在他已經死了，她不禁心酸，滴下眼淚……

因為心情悒鬱導致全身疲乏，前幾天才走的路，這天竟花了雙倍的時間才走到「中國領事館」。進了領事館的大門，發現副領事不知有什麼差事不見人影，櫃台後只剩下那華人秘書在打字，因為已經見過面熟悉了，她見了雅信也知道是來找領事，便使了個眼色，告訴雅信領事在他的辦公室裡，她可以逕自進去見他。雅信走進辦公室，領事正坐在桌前，一邊抽煙斗一邊在看「溫哥華太陽報」，聽見雅信的腳步聲，立刻放下報紙，把煙斗由嘴換到手上，蹙額擠眉，衝口而出地問雅信道：

「你來做什麼?」

「我來…我來…拿電報……」雅信怯怯囁嚅地說。

「什麼電報?」領事裝聾作啞地說。

「重慶王朝琴打來的回覆電報……」

「我沒有收到!」領事斬釘截鐵地說,又咬起煙斗,抽起煙來。

雅信往前幾步,靠近辦公桌子,回領事說:

「那麼爲什麼副領事打電話來告訴我說我的電報已經收到了,叫我來領事館拿?」

「副領事幾時打電話給你的?」

「今天早上十點鐘。」

領事發覺無可推拖了,只好換成一種狡獪的口氣說:

「即使收到電報,那又不是你的電報,是王朝琴打給我的,我不能給你!」

「可是那電報是我花了六十五元打的啊,就算不給我,至少也該讓我看一看啊。」

領事抽了一大口煙斗,連連搖頭,徐徐地回道:

「電報既不能給你,也不能讓你看,早叫秘書存進檔案庫裡了。」

雅信呆立在那裡,一時千頭萬緒,不知說什麼才好。等冷靜下來,才又想起她當初來找領事的目的,便不自覺地脫口問道:

「那麼領事,你還是不能幫我的忙?」

「我早說了,你從台灣來,算是日本人,我管不了。好了,你可以出去了。」

等雅信一走,那領事翹起腿來,抽起煙斗,又繼續看他的報紙……

離開了「中國領事館」，雅信不回診所去，只蹣跚地對著「白翠霞旅館」自己住所的方向走。一路上，她既感到空虛又感到孤獨，得知丈夫過世已經是一重打擊，現在又加上領事的嚴辭拒絕幫忙則是另一重更重的打擊，在這雙重打擊下，她頓然覺得身心交瘁，不用說看病人，就連吃午飯的力氣也沒有了，她只想快快回到自己的房間，關起門來，趴在床上，盡情地哭個飽……

整個下午，雅信都關在自己的房間裡，不知哭了多久，一直哭到累了，然後才疲倦睡去，醒來時已經萬家燈火，扭亮電燈，看看手錶，已經是晚上九點多了，這時才發覺肚子有些餓意，打開食櫃，除了兩塊昨天吃剩的乾麵包，什麼吃的東西也沒有了，便想起好久沒去的「南京飯店」，於是披上外套，帶門走出了「白翠霞旅館」。

走進「南京飯店」，雅信找經常坐的那個角落的座位坐下來，等那面熟的年輕侍者來點菜，卻是奇怪，那侍者以往一見到雅信都是笑逐顏開親熱打招呼的，這晚只冷冷地瞥她一眼，便去爲遲來的客人點菜。雅信本也不疑有他，只管耐心等候著，一直等到那侍者端了飯菜來給那遲來的客人，而仍然拂袖從雅信身邊而過，雅信這才起了疑心，便遙遠向那侍者招手，叫他過來，只見那侍者不但不立刻抽身過來，反而走過去跟門口櫃台前收帳的中年老闆竊竊耳語了好一陣，才不情願地空手蠕了過來，等他來到雅信的跟前，雅信便對他說：

「怎麼不拿菜單來？我想點菜啊。」

那侍者雙唇緊閉，臉上毫無表情，只管搖頭，卻是一句也不說……

「你是不是怕我沒錢？我可以預先付給你。」雅信提高嗓子說，做出往手提包掏錢的姿勢。

只見那侍者仍是搖頭，仍然一句也不說……

「那爲什麼？難道你們不賣給我？」

這回侍者稍微改變了臉色，輕輕地點頭……

「不賣給我？是什麼道理？」

那侍者既不再點頭也不再搖頭，只低頭不語，怕看到雅信的眼睛。

「這是誰的主意？」雅信脹紅了臉，十分憤慨地說。

那侍者回頭轉向那店門口，雅信的眼睛也隨他轉了過去，不期然遇見了老闆的目光，原來在雅信與侍者對執的時候，那老闆一直都炯炯地注視著他們，一等到雅信接觸到他的目光，他便把頭轉到門外的街上去了……

雅信倏然感到一陣難堪，從椅子憤然立起，穿過走道，快步離開了「南京飯店」，也不想再去尋別家飯店吃飯，只管往「白翠霞旅館」走，回到自己的房間，草草拿那兩塊乾麵包沾糖裹腹，又趴在床上痛哭起來……

連著幾天，雅信儘管天天來診所看病人，但總顯得沒精打采，意氣消沉的樣子，經阿昌苦苦追問，她才把由接到警察法庭的傳詢令到最後至領事館拿不到電報的事情一五一十說給阿昌聽。阿昌聽了，也只是目瞪口呆，無計可施，默默離開診所，到樓下替人理髮去了。

可是第二天早晨，等不及雅信來開診所的門，阿昌已攔在電梯口，一見到雅信，就興高采烈地對她說：

「我昨晚去跟大伯商量，把你的事情通通告訴他，他說人生誰沒遇到困難？但任何困難總是有辦法解決的，他叫你不必擔心。」

「那麼關先生已經替我想出辦法來了？」雅信一邊伸鑰打開診所的門，一邊說。

「那還用說！這就是爲什麼我這麼早來找你的原因。」阿昌說，跟著雅信走進診所。

「你倒說說，關先生替我想出了什麼好辦法？」

「他建議你送五百元去給厲昭，你知道，Auntie，中國官都是這副模樣，錢去了，什麼事也辦得通，他當然也不能例外。」

「我哪來那麼多錢。」

「這點大伯也想到了，他說如果你沒有那麼多錢，就由他出面向『志德堂』的一些宗親募捐，不瞞你說，只要他出面，總是無事不成的。」

雅信著實想了一會，突地把眉一橫，猛搖了兩下頭，道：

「免了！其實我也沒有什麼大不了的事情，非要厲昭替我出面不可，而即使我有五百元，我也不甘願白白送去給他吃！」

阿昌看見雅信說得那麼堅決，知道再怎麼勸也勸不動她，只得無可奈何地聳聳肩，回到樓下去了。

這事之後又過了幾天，有一日，送走了病人，只剩下阿昌與雅信兩人單獨的時候，阿昌忽然心血來潮問雅信道：

「Auntie，你知道厲昭爲什麼會對你這麼『絕』嗎？」

「我不知道。」雅信回道，如墜五里霧中。

「我從前也不知道，現在我才明白過來。」

「你快說，阿昌，爲什麼？」

「昨天我替一個客人理髮，在閒聊當中他告訴我，前個晚上他跟厲昭幾個人同桌打麻將，話題不知怎麼轉到你身上，你知道厲昭對大家說了什麼？他說：『看看！她竟然到日本集中營去替日本人服務，這種人怎麼能同情？中國人本來就不應該做這等事，所以即使她是中國人，我也不承認她是中國人了！』爲什麼厲昭會對你那麼『絕』，你現在明白了吧？Auntie。」

雅信搖頭歎息起來，沉默好久，才徐徐自言自語起來：

「可是他厲昭怎麼會知道我到日本集中營去替日本人服務？我又沒有跟他提過……」

「還不是你樓上的曹醫師講的。」阿昌淡淡地說。

「你怎麼知道？阿昌。」

「也是我的客人告訴我的。」阿昌說，呑了塞住喉嚨的一口痰，繼續說下去：「你知道他到處替你宣傳什麼嗎？Auntie，替你宣傳說你是日本人，到日本集中營替日本人服務，還替日本人做間諜，叫大家提高警覺，防患未然……差不多整個中國城的華人都知道了。」

「哦，哦，哦……原來如此，難怪那天去『南京飯店』吃飯，他們竟然拒絕賣給我。」雅信恍然大悟地說，隨著又歪頭疑惑地問：「可是曹醫師爲什麼要這樣無緣無故替我造謠呢？」

「無緣無故？Auntie……」阿昌也學雅信歪頭反問道，過了一會才把頭拉正，不屑地說：「還不是爲了忌妒。」

「忌妒？我一個窮苦女醫生，有什麼可忌妒？」

「忌妒你病人比他多，說不定還拉了不少他的病人，Auntie。」

雅信搖頭吟哦起來，深深地歎息…………

四

一月二十日，雅信的審判日終於來臨了，在這日子逐漸接近的當兒，便有幾個常跑法院的記者探得消息，事先查得雅信的住址，親自登上診所來向雅信採訪，於是就在審判日的前一天以「華人女醫非法執業，溫市法院提出控訴」的標題在報上詳細報導這件案子。因爲這陣子加拿大女醫本來就鳳毛麟角，又加上案中的被告是被戰爭羈留在溫哥華的台灣孤單女子，不免引起大眾的好奇與同情，大家都想屆時到法庭旁聽，一睹被告的丰采。

果然，一月二十日下午兩點的開庭時刻還沒到，警察法庭已經人山人海，旁聽席上擠得水洩不通，這情形大大出乎伍德法官意料之外，大概因爲怕人多起哄，審判不能順利，他便臨時發出通告，把審判日延到一月二十七日，哪裡料到這日來到，法庭擁擠依然如故，只好再往後延到二月三日，可是這日來到，旁聽人潮依然不減，只好更往後延到二月十日，如此一個禮拜又一個禮拜往後延期，由一月二十日，二十七日，二月三日，十日，十七日，二十四日到二十九日，最後法官發狠一次延期一個月，到三月三十一日才要開庭，這樣前前後後，竟然延期了七次之多。

這天，雅信穿著整齊，只拎了一只手提包就來市政府的警察法庭，她先跟其他的旁聽大眾擠在庭後的旁聽席上，等候開庭。那法庭不大，只容得下百來人，法庭中央那橡木塊板鑲嵌的牆上懸了一面大英帝國的米字國旗，旗下掛著套金框的英王喬治六世的戎裝帶勳的半身畫像，法庭的前方台上是一張桃花心木鏤雕的長方審判桌，桌後是一只粉紅天鵝絨坐墊的法官高背椅，桌前側方另置一小桌，一個中年書記官早已端坐在桌前等候，這時法官還沒出來，旁聽席上大家交頭接耳，細語之聲瀰漫全庭。

準下午兩點鐘，法庭通內堂入口的一個挺胸兀立的法警，突然大喊一聲：「起立！」全庭的大眾都立了起來，庭內遽然一片肅靜，這時，一位六十多歲的老人，穿一襲黑綢的法袍，抱一只橘皮卷宗，在入口處出現，他垂頭佝背，踏著穩健的腳步，徐徐昇台，往那高背椅坐了下來，這便是發傳詢令給雅信的伍德法官，雅信發現他一雙潔白的翼領打著黑色蝴蝶結，一頭梳齊的銀髮，一嘴濃密的白髭，高凸的鼻樑上架了一副黑框的夾鼻眼鏡，一雙深嵌的眼睛帶著威嚴灼灼逼視台下的每一個人。

等大家隨著法官在座位坐定，那審判桌下的書記官開始喊道：

「原告就位！」

一個五十左右的男人從旁聽席裡立起，走到台前右方的原告席上，坐了下來，雅信聚精會神地注視著他，發覺他禿頭精光，下巴刮得淨利青紫，穿一套草綠西裝，打一條血紅領帶，面帶猶豫之色，頻頻霎動眼瞼。

「被告就位！」那書記官又喊。

雅信離了旁聽席位，走到台前左方的被告席上，也坐了下來。

從這時，才改由伍德法官開始問道：

「原告姓名？」

「麥拉齊林(MacLachlin)。閣下。」那原告席上的男子回道。

「原告職業？」

「內科外科醫學院註冊組組長。閣下。」

「被告姓名？」法官轉向雅信問道。

「丘雅信。」

「被告職業？」

「醫生。」

「丘女士，你有你的辯護士嗎？」

「我沒有錢請得起辯護士。」

法官了解地點點頭，而旁聽席上卻起了一片歎息，驀然有人從席中起立，打破歎息，大聲說道：

「被告沒有辯護士，我今天願意免費替她辯護！」

雅信連忙轉頭去望那說話的人，這是一位三十出頭的青年，一頭烏亮的鬈髮，一雙滾動的眼睛，精神充沛，滿臉機靈，他也對雅信的方向望過來，遠遠對她微笑，頷首爲禮。

那法官大概覺得這青年舉止唐突，十分不悅，便惱怒地問他說：

「你是誰？」

「我叫柏木(Bohm)。」

「你的職業？」

「『BC省律師公會』登記在案的辯護士。」

「你免費替被告辯護的動機何在？」

「我是爲了被告及公眾的利益。」

聽了這話，那老成幹練的法官馬上辭鋒犀利地說：

「如果是爲了公眾的利益，柏木先生，你不必上這法庭來對我說，你可以到別處去租個大廳，直接對大眾演說就行了。」

柏木一時愕然，不知如何作答，便咬牙切齒地說：

「我以後要上訴！我以後要上訴！」

說罷，柏木憤慨地坐下來，不再說話。法庭又回復了原來的氣氛，這時伍德法官才又回到本題，問雅信道：

「丘女士，你剛才說你的職業是『醫生』，你憑什麼說你是『醫生』？」

「因爲我從『東京女子醫科大學』畢業，在台灣開業醫了十五年病人，來加拿大後，先在『聖文生醫院』工作了一個月，又在『綜合醫院』工作了幾個月，最後你們政府請我到『石落坑集中營』做了六個月醫生，然後才回到溫哥華自己開業，我差不多半生都在醫治病人，所以我才說我是『醫生』。」

「麥拉齊林先生。」法官轉向原告說：「據你的調查，被告以上說的是不是都合事實。」

「據我的調查，被告剛才說的都合事實。閣下。」

「既然如此，那麼你控訴被告的理由何在？」

「控訴的理由是被告沒曾根據BC省修正法案第一七一章醫生條令登記註冊，擅自掛牌以『醫生』的名義爲人治病。閣下。」

「被告既然自『東京女子醫科大學』畢業，依你的意見，她有沒有資格開業行醫？」

「依我的意見她有資格開業行醫，只是沒有資格在BC省開業行醫。閣下。」

「爲什麼？麥拉齊林先生。」

「根據醫生條令，只有在加拿大醫學院畢業的人才有資格在BC省開業行醫。閣下。」

「換一句話說，被告沒有資格在BC省以『醫生』之名辦理登記註冊？」

「正是如此。閣下。」

法官與原告做了以上對答之後，轉回來問雅信道：

「丘女士，現在你對原告的控訴有何答辯？」

雅信聽了法官的話，沉吟半晌，然後徐徐答道：

「我是台灣來的，我不知道你們加拿大的法律那麼多條而且那麼複雜，我到『聖文生醫院』工作時，『醫生公會』給我推荐信，我才到『公共衛生局』申請到工作許可。這一次在外面開業，也是『醫生公會』先給我推荐信，然後到『公共衛生局』申請到開業許可。我兩次都依法申請，依法得到許可，現在突然說我違法，沒曾登記註冊，我實在不能理解你們加拿大的法律。」

「閣下，容我向被告解釋這點疑問。」麥拉齊林先向法官請求，得到他的允許之後便轉對雅信說：「『公共衛生局』給你的兩次許可都是暫時性的，如果想得到永久性的，就必須依醫生條令辦理註冊登記。」

「既然如此，在我向『公共衛生局』申請許可的時候，他們爲什麼不對我說？」雅信轉問麥拉齊林說。

「我不是『公共衛生局』的人，所以對於你的問題，我不能回答。」

「在我的感覺上，你們加拿大法律眞是奇怪，一時這樣，一時那樣，需要我的時候就說我有資格當醫生，不需要我的時候就說我沒資格當醫生。」

雅信說完了這話，庭上的法官與原告都不作答，庭下的旁聽大眾卻發出一片唏噓，交頭接耳私語起來……

原告與被告的答辯又繼續了好一陣子，最後法官歸結地說：

「本案答辯就到此爲止。」

說完了這話，那法官便當場提筆在卷宗的一份文件上寫了幾行字，然後從那高背椅立起，望著手上的那份文件，對大眾宣佈道：

「本案今天就判決如下：原告部分，控訴撤消。被告部分，一、罰款一百元；二、從今以後不得再掛牌開業。」

宣判之後，法官把文件放回桌上，在高背椅坐了下來，權威地把全庭環視一周，然後才問麥拉齊林道：

「原告，你同不同意？如果同意，請在同意書上簽字。」

「我同意。閣下。」麥拉齊林點頭霎眼地說。

於是法官遞了一份同意書給桌前的書記官，由他轉遞給麥拉齊林，後者便在那份同意書上簽了字。

取回了原告簽完字的同意書，法官轉向雅信說：

「被告你同不同意？如果同意，請在同意書上簽字。」

「我不簽。」雅信搖頭鎮定地說。

「爲什麼？」法官大感驚異地叫道，在審判桌上用力拍了一掌。

「因爲我不同意。」

「你爲什麼不同意？」

「如果我在醫務上做錯了事，我甘願接受處罰。現在我既有『醫生公會』的推荐信，又有『公共衛生局』的許可，我根本不算犯法，所以我拒絕罰款，而且決定以後繼續開業，我兩樣都不簽。」雅信勇敢地說。

「好！這樣的話，你就得坐牢！」法官勃然大怒，威脅道。

「OK！」雅信堅毅地說。

「退庭！」法官雷聲吼道，抱起卷宗，急步邁向法庭的入口處。

目睹纖細如柳的雅信竟敢螳臂擋車跟那嚴峻如山的法官唇槍舌戰，又眼看法官退庭後雅信被法警帶進警局監牢，全庭大譁，群情激越，久久不能平息……

五

警察監牢是在警察局大樓的第六樓，雅信拎了她的手提包跟隨那法警坐電梯到了六樓，走出電梯，早有一位年約二十五的看守等在梯口，那法警先把法官的旨意向那看守簡單交代了，才把雅信交給他，等那法警坐電梯下去之後，那看守便帶雅信來到迴廊盡頭的一間監牢前，從腰上的一串鑰匙中找到一支大鑰匙，把牢門打開了，然後帶雅信進去。

這監牢的大小差不多有兩丈見方，四周是粉刷過的白壁，面西的壁上有一口玻璃高窗，窗外用鐵柵封住。這監牢的一端放了兩張單人鐵床，床上鋪了洗過的白被單，監牢的另一端卻是一個小聖堂，牆上掛著一副木十字架，十字架下面有一張斜面的小方桌，桌上放了一本古舊變黃的大字聖經，桌子的一旁有一架中型的老風琴，琴蓋上堆著一疊聖詩歌集，已破損捲角了……

雅信環視牢裡這一切，心頭起了疑竇，不自覺脫口說道：

「你們的監牢也夠奇怪，不單有鐵床，而且還有聖堂。」

「只有這間特別，平時做牢房，臨時給犯人做禮拜。」

看守說罷，又領雅信去看牢房的廁所以及灑水龍頭的浴室，做完這例行公事，那看守便逕自走出牢房，將牢門鎖了，把雅信孤獨留在監牢裡。

雅信無聊，便往那單人鐵床坐下來，開始懷疑這是什麼地方？她爲什麼會到這地方來？可是還沒有充裕的時間讓她做更深的探索，那看守已經又回來了。他開了牢門，捧了一疊毛毯外加一只枕頭走進來，放在一張鐵床上，對雅信說：

「夜裡很冷，特別給你兩條毛毯，別冷著了。」

說完了，那看守便想走出去，雅信卻把他喊住，問他說：

「你知道我要關多久嗎？」

看守屈指算了算，回雅信道：

「今天是禮拜五，法官既然沒交代說要關多久，那麼離下禮拜一他來辦公還有三天，我想至少要關三天吧。」

「三天？那怎麼行！你看我沒帶睡衣也沒帶睡袍，甚至連內衣內裙都沒帶來，你怎麼叫一個女人三天都不換洗衣裙的？你非讓我回去拿不可。」

那看守聽了，猛地甦醒，笑起自己的迂來，便答應了雅信，讓她回去，於是雅信又拎了她的手提包，走出只呆了一刻多鐘的監牢。

因爲這天是月底三十一日，雅信先回「福特大樓」的診所，簽了一張二十五元的支票，夾在信封裡，拜託同樓隔壁的租客，明天交給按時於月初來收房租的房東，完了，她才回「白翠霞旅館」去。一進旅館，雅信又從手提包掏出二十元現鈔交給櫃台的管帳，預付下個月旅館的房租，然後才走進她的房間，收拾她三日需用的毛巾衣物及牙刷梳子等，捆在一只包袱裡面，臨走鎖門之前，又寫了一張紙條，貼在門上，叫每天早晨送鮮奶的孩子暫不必再送奶來。等這一切就緒，雅信才提了包袱，又回到警察局的監牢來。

當雅信自己坐電梯上到警察局大樓的六樓，她才知道監牢的看守已換了班，新來的看守是一位年約六十五接近退休的老人，卻是一臉慈祥，和藹可親的樣子。他領雅信跨進牢門後，就指著一張鐵床上外頭送來的六、七封電報和一束鮮花，笑對她說：

「丘醫生，你有許多朋友，大家都十分關心你。」

雅信起始有些驚訝，便走過去把電報一封封拿起來看，有的表示稱許、有的表示支持、有的表示同情、有的表示不平……但都是從來不識的陌生人，便轉頭來回那看守道：

「這些都不是我的朋友，我一個也不認識。」

「不認識有什麼關係，他們有那番心意，特地到電信局打電報給你，就是你的朋友。」那看守像朋友似地對雅信說。

雅信也沒回答，只伸手去拿那把花束，紅黃藍紫，滿溢著香氣，在那花束中間還附了一張小紙條，用遒勁有力的鋼筆字寫著：

丘雅信醫生：

恭賀你做了勇敢的抉擇，等雨過天晴走出監牢，你將會有更多的朋友。

吉卜生牧師(Rev. Gibson)

那看守獨自走出牢門，只輕輕把牢門扣上，卻不上鎖，叫雅信感到有些奇怪。等那看守離開後，雅信重又拿起那花束，重讀那紙上的賀辭，感到比其他電報更深一層的溫馨與友愛，想著，在她的境遇陷到如此頹唐落魄的地步，竟然還有那麼多社會人士在關心她，不自覺令她心頭寬慰了許多。

也不知上了法庭之後，事情一件連著一件，弄得人眼花撩亂，精疲力盡，一時全身的神經都變得麻木了，等到現在恢復平靜而面對四壁時，才感覺腦脹欲裂，隨著一股愁悶的情緒也由心底昇起。以往頭痛時她都是吃阿司匹靈的，可是這次回去收拾衣物也太匆促了，竟忘了把藥放在包袱裡順便帶來，正懊悔著，忽然想起那和藹的老看守，便蹭到牢門，招手把他叫來，問他說：

「你有沒有阿司匹靈？我頭很痛，又忘了帶藥來。」

「我沒有，丘醫生，恐怕整幢大樓也沒有。」那老看守歉疚地說。

雅信想想沒法，只得在牢裡踱步，她踱到小聖堂前，不料在十字架下面的小方桌上瞥見那本大字聖經，悠然憶起二十多年前她初上日本留學在基隆碼頭登船時，母親許秀英叮嚀她的話：「阿若心悶啦，驚險啦，『詩篇』第二十三首上好，做你加伊提起來唸，人就會清彩，會平安……」於是她便去翻那聖經，翻到「詩篇」第二十三首，標題「大衛之歌」，她集中精神，輕聲唸了起來：

上帝是我的牧者，
　我無所缺欠。
祂讓我憩息在青綠的草地；
　祂引我到幽靜的溪邊。
祂令我的靈魂甦醒；
祂領我走向正義的路。

縱使我走過死蔭的幽谷；
　我也不再恐懼。
因爲祢與我同在；
　祢的杖與祢的竿使我安寧。
祢爲我擺設一桌盛筵；
　在我仇敵的面前。
祢爲我的頭髮塗油；
　我的杯因祢滿溢。
終極我的一生；
　祢的恩典與慈愛將伴隨著我。
我將住在上帝的殿宇之中；
　永世無窮。

雅信唸著，唸著，唸了一遍又一遍，終於感覺頭痛稍歇了，而愁悶也減輕了，於是合了聖經，回到床邊，在那空床上仰面躺了下來，這時已近黃昏，夕陽斜照在牆壁的高窗玻璃上，不知幾時從外面飛進來的一隻米粒小的金龜子想飛到窗外去，撞了玻璃，落在窗下，卻又重新飛起，又撞了玻璃，再落在窗下，如此百折不撓，毫不氣餒，一次又一次地重複著，看得雅信出了神，最後竟然把頭痛與愁悶一股腦兒忘了……

老看守端了一盤晚餐進來，有一塊麵包，一片牛肉，還有一碟沙拉，雅信自床上坐起來，看了看那盤晚餐，搖搖頭說：

「我不吃。」

「爲什麼不吃？」

「我吃不下。」

「菜不好嗎？」

雅信又搖搖頭說：

「我肚子不餓。」

看守移開那些電報，在另一張床挪出一個空位，也坐了下來，凝望著雅信好一會，深深地歎了一口氣，然後徐徐說道：

「說起來你根本就不必來這裡，你可以回去，只消在同意書上簽一下就成了。」

「但我沒犯法，怎麼可以亂簽？反正法官要如何就如何，由他了。」

沉默持續了片刻，老看守才又重拾話柄說：

「其實你剛才回去就可以不必回來。」

「但既然回來了，也只好呆下去。」雅信倔強地回答。

老看守看看找不到話好說，便端了那盤沒動過刀叉的晚餐走出去。

雅信見那老看守走了之後，才又重新躺下來，大概是太累而精神又終於鬆懈下來，她不自覺打起盹來，恍恍惚惚，也不知睡了多久，直到老看守的推門聲把她吵醒，望望那高窗，天已大黑，時間已經很晚了。只見那老看守來到雅信的床邊，不等她開口就直接對她說：

「你要回去可以回去了。」

「但我不簽啊。」雅信搖頭愼重地說。

「不簽也沒關係，你還是可以回去。」

「爲什麼？你們不是要把我關在這裡嗎？」

「伍德法官剛剛打電話來，說你想回去可以回去了。」

「他不再要求我簽字了嗎？」

「他不再提了。」

雅信大大納悶，想不到那執法如山的伍德法官竟然在她勇敢的堅持下屈服了。她一時高興得不知所措，驀然瞥見高窗窗外的那一片黑暗，卻又猶豫了起來，對那老看守說：

「已經這麼晚了，我不敢一個人回去，那街上都是酒鬼和流浪漢……」

「你若怕一個人回去，我就陪你一起回去吧。」老看守自動提議說。

於是雅信便去提那尚未解開的包袱，回頭看見另一張床上的電報和花束，便問老看守道：

「這些怎麼辦呢？」

那老看守經驗豐富地回答：

「那花就放在這裡，其他電報和字條你可以留起來，以便將來寫信感謝他們，他們都是你的好朋友呢。」

雅信果然照老看守的話做了，然後兩個人離開了警察局監牢，往雅信住處的方向走去。

當雅信回到「白翠霞旅館」，在旅館休憩室的人都不約而同地自沙發立起來，不管以前打過招呼的或從來不打招呼的，一律熱烈圍了上來，異口同聲地對她歡呼道：

「歡迎你回來！」

雅信一半驚喜一半疑惑，便問他們道：

「你們怎麼知道的？」

「我們在晚報上看到你的照片，說你被關進警察監牢裡去了，我們都爲你擔憂。」眾人之中的一個說。

「我們剛剛從收音機的廣播聽見你已經被放出來了，這下大家才放了心。」另一個人說。

於是大家都競相前來跟雅信握手，恭賀她重獲自由，大家高興，而雅信則更快活，頃刻之間，整個世界彷彿都變成了她的朋友！

六

雅信被審被關以及後來被放的消息不但在當天的晚報刊出，更在第二天的「溫哥華太陽報」以巨大的篇幅詳細報導，連續幾天都有讀者投書，討論與這案件相關連的政治問題與個人悲劇，反應與共鳴之聲此起彼落，彷彿一陣旋風，以雅信做風眼，橫掃過加拿大太平洋的沿岸，轉瞬之間，「丘雅信」幾乎變成婦孺皆知的名字了。

不只是人名，連雅信的診所也大大出了名，於是便有許多慕名的人，路過「福特大樓」的當兒，就一時興起上樓來參觀診所，順便探望雅信其人，向她表示敬仰之意，這樣人來人往絡繹不絕，使原來冷靜的診所憑添了不少熱鬧的氣氛。

有一天，當雅信在診察室看病人的時候，一個年約六十歲的加拿大人走進診所來，他高大魁梧，寬胸厚背，頸上白圈硬領，一身黑綢西裝，頭髮雖已全白，臉上依然紅潤發光，他看雅信忙著，便逕自坐在候診室的椅子上，隨意拿起矮桌上的一本雜誌，閱讀起來……
一直等到雅信送走最後一個病人，從門口踅回候診室，這時那位加拿大人才放下雜誌，從椅子立起，往前步向雅信，面露笑容，微微欠身，熟稔地叫一聲：
「丘醫生。」
雅信瞠目結舌地望著對方，看他精神充沛，滿臉紅光，不似病人，聽他叫她那麼親切，像是朋友，卻又不認識，躊躇了半晌，才吱唔地問道：
「你是……？」
「我是吉卜生牧師。」那加拿大人自我介紹地說。
「可是那位送花束來監牢給我的吉卜生牧師？」
吉卜生牧師大爲高興，快活地回道：
「正是！就是我。」然後回憶地說：「你知道？從報紙第一次刊載你被告的消息，你就引起我的注意，你第一次上法庭時，我就去旁聽，然後一次又一次延期，我一次又一次去旁聽，每次我都去，直到第八次才旁聽到，那法官和原告也眞可惡，欺侮你這弱女子，而你答辯得也夠勇敢，更不怕法官的威脅，一口答應，寧願坐牢也不肯低頭認罪，我十分佩服，爲了表示我的一點敬意，所以才在你進牢之後，去買了一束花，親自送到監牢去給你。」說到這裡，吉卜生牧師搖起頭來，感歎地說：「Oh, poor girl! How poor you are!」
雅信聽了，微笑起來，也跟著回憶地說：
「吉卜生牧師，太謝謝你的花束了，剛進監牢時我感到十分孤獨，唸了你寫給我的字條之後，我就不再覺得孤獨了。」

「眞的嗎？」

吉卜生牧師睜眼叫道，沉默半晌，最後兩人相對大笑起來了……

雅信請吉卜生牧師稍等片刻，自己去燒水，泡了兩杯香片茉莉茶，端來請他。吉卜生牧師恭恭敬敬地雙手接了茶杯，聞聞蒸騰而上的熱氣，叫道：「嗯……好香！」喝了幾口，又連連稱讚一番，才把茶杯放在矮桌上，打開話匣又說了起來：

「我今天來你的診所，除了看你之外，還有一件事情特地想來跟你談談。」

「什麼事情呢？吉卜生牧師。」

「那一天在一個長老教堂的集會裡，我偶然碰到柏木先生，我們兩人又談起你的案子。」

「哪位柏木先生？可是在法庭上表示要免費替我辯護的那一位？」

「正是！就是他。」吉卜生牧師點頭愉快地說，又接了下去：「他說那天法官違法，你可以告他，因爲你的精神名譽受到損害，若告贏了，你可以拿很多錢。」

「但我又不懂法律，怎麼告他？」

「那沒關係，柏木先生說他可以替你擬告狀，你只管簽字就行了。」

雅信有些猶豫，她端起杯子品了一口茉莉茶，進一步問道：

「你說那法官違法，到底他哪點違法？」

「不是我說的，是柏木先生說的，他說了兩點，第一點，法庭審判延期最多只能延三次，而法官卻連延了七次之多，所以他違法。第二點，法官如果想關犯人，一定得宣告要關多久，幾時開始關，哪裡有什麼也不宣告，不明不白就把人關起來的道理？所以他又違法。柏木先生一再爲你打抱不平，說那法官簡直亂來，他眞受不了。」

聽完了這番話，雅信沉思良久，然後才心平氣和絮絮地說：

「吉卜生牧師，我從前在日本『聖瑪格麗特女學』讀書的時候，有一回我們的校長爲答謝幾個幫她忙的學生，特地買了幾張電影票，送給我們去一家叫『帝國劇場』的電影院看電影，因爲這是我生平第一次看電影，所以印象特別深刻，演的是雨果著名小說『悲慘世界』改編的電影，其中有一幕我永遠也不會忘記，那就是當那個叫『尚萬居』的犯人，偷了主教的銀盤被警察抓回來見主教，主教不但不責備他，反而把一對銀燭台也一併送給他，叫他重新做人，我感動得流下眼淚。」雅信靜止片刻，然後才歸結地說：「我是基督徒，不必說我身邊沒有多少錢，即使我有錢，我也不願去告那法官，事情過去就好了，你說是不是？吉卜生牧師。」

吉卜生牧師聽了，大爲感動，連忙回答道：

「正是！正是！這就是『馬太福音』第五章第四十節耶穌說的：『假如有人打了你的右臉，連左臉也讓他打吧！』這只是柏木先生爲你打抱不平，才叫我轉告你，假如我是你，事情過去就好了，我也不願勞神再去告那個法官。」

說罷，兩人相對，又啞然失笑了……

才笑畢，便有一個病人走進診所來，吉卜生牧師看了看腕錶，大概覺得告辭的時候也到了，便從椅子立起來，對雅信說：

「我想我應該走了，打擾你太多時間，只是還有一句話，丘醫生，如果在經濟上需要幫忙的話，請你告訴我一聲，我絕對十分願意幫忙。」

「那太謝謝你了，吉卜生牧師。」

雅信感激地說，送吉卜生牧師出了門，直到電梯口，看他走進電梯下樓去了，才急步返回診所來。

七

吉卜生牧師來雅信的診所一個禮拜後，他又來診所，這回他帶了一本橘皮精裝書來，是到台灣傳教的馬偕博士著的「來自遙遠的台灣(From Far Formosa)」。

這時診所除了雅信之外，剛好沒有病人，所以吉卜生牧師一進門，就直接把書遞給雅信，興高采烈地對她說：

「大前天在教堂圖書室找書，無意中翻到這本五十年前的舊書，看到書名就引起我的好奇，再看作者，原來就是鼎鼎大名長老教會第一個派到你們台灣傳教的馬偕博士，於是我就把書帶回家，吹掉書頁上的灰塵，花了三夜把全書讀完。我眞佩服馬偕博士，他從加拿大到遙遠的台灣，跟當地的小孩牙牙學語，娶了一位台灣女子做太太，不但在平地的漢人社會傳教，還冒生命危險到深山林內的番人部落去傳教，這才是眞正的傳教士，他既勇敢又偉大！」

雅信把書翻開來，第一頁就是馬偕博士與他的台灣太太以及穿蘇格蘭裙裝的兩女一子的全家福照片，其餘夾在書頁裡則是十幾張台灣風土人情的生活照，這些照片對雅信是那麼親切而面熟，一股懷鄉之情不禁油然自心底昇起……

雅信把書中的照片瀏覽完畢，把書合起來，喜上眉頭，笑對吉卜生牧師說：

「說起來馬偕博士跟我們家有很深的淵源，他不但救了我祖父一命，而且這世界之有我，恐怕還是因他之賜呢。」

吉卜生牧師大感驚異，睜著一雙圓滾的眼珠叫道：

「竟然有這麼巧合的事！快說來讓我聽聽！丘醫生。」

於是雅信把她祖父林雅堂在新竹因爲協助佃農抗日被日軍逮捕判刑待斬，她父親林之乾連日趕到基隆找許尙仁，然後兩人星夜再趕到淡水央求馬偕博士向當時的台灣總督樺山資紀求情，終使她祖父倖免一死……等一連串家族歷史都向吉卜生牧師說了。可是吉卜生牧師意猶未盡，緊迫地問道：

「可是你又說這世界之有你，也是馬偕博士之賜，這又怎麼說呢？」

雅信聽了，更加開懷地回道：

「我祖父爲了報答許尙仁的救命之恩，他親自送禮物到基隆去謝許尙仁，哪裡知道兩人竟攀起親來，許尙仁有一個女兒待嫁，他先看中我父親，而我祖父也喜歡他的女兒，當下就說定了我父母的婚姻，等他們結婚之後就生了我。你說，吉卜生牧師，如果沒有馬偕博士救了我祖父一命，今天這世界還會有我嗎？」

吉卜生牧師沒有回答，只顧仰頭拍腿，大笑起來……

等吉卜生牧師笑止了，雅信才又繼續說：

「不但是我，連我們全家族改信基督，也是馬偕博士之賜，我父親就是爲了他，才去淡水上他的『牛津學堂』，後來當了西醫，同時又兼牧師。」

「你父親也是牧師？丘醫生。」吉卜生詫異地問。

「是，」雅信點頭說：「他到處向台灣人傳耶穌的福音，可惜得了肺病，年紀輕輕就過世了，這便是他短短一生的故事。」說到這裡，雅信忽把話鋒一轉，問道：「吉卜生牧師，你倒說說你自己的故事，你是如何當起牧師來的？」

「我為什麼會當牧師？我自己也不知道，當初也沒有這個主意，後來竟當了牧師，大概是上帝的安排吧。」吉卜生牧師滔滔不絕地說了起來：「我本來是蘇格蘭人，就跟馬偕博士一樣，父親是耕農的，有幾年連著旱災，在家鄉生活不下去了，便決定全家移民到加拿大來，一來就在溫哥華定居下來，那時我才十二歲。我在溫哥華唸了幾年書，因為家裡經濟情況不好，我就上碼頭船廠去當學徒做鐵工，這樣幹了幾年，又轉到深山林場去替人伐木砍柴，這樣又幹了幾年，一直幹到二十歲，忽然幹厭了，覺得老是勞力做工沒有出息，正想再回學校唸點書，碰巧看到教堂的布告欄上溫哥華長老會的神學院在招考學生，我一時興起就去參加考試，考取之後一唸就唸了三年，畢業後就接受聖職當起牧師。」

「你當了牧師之後就一直在溫哥華的教堂講道？」

「天下哪裡有那麼便宜的事？你知道，年輕的牧師不容易在大都市裡找到職位，那時剛好第一次世界大戰爆發，加拿大也派兵到歐洲參戰，軍隊裡缺少牧師，而這牧師必須體格強壯，能夠跟戰士同甘共苦，敢在槍林彈雨之中到處奔跑的，我正合了這些條件，所以我就去報名當了軍中牧師，從少尉幹起，一直幹到上校，一共當了二十年軍中牧師，到快五十歲時，才從軍隊退役下來，可是依舊還繼續領軍中的薪餉，你可以說，我現在還是一個軍人，我以軍人為榮。」

「這樣說來，你也上歐洲戰場打過仗？」

「何止打過仗？而且受過幾次傷，所有傷都好過來了，只有左眼的眼傷，已經動過幾次刀，視力仍然只有本來的百分之三十。」

本著醫生的習性，雅信往前為吉卜生牧師檢查左眼，驀然憶起往年跟他實習的那位日本深見眼科醫生，便搖頭歎息道：

「只可惜你沒遇到好的眼科醫生，否則，你的左眼至少會比現在好得多。」

吉卜生牧師並不以為意，他開朗地笑道：

「那是上帝的旨意，我也無可奈何，好在他還留給我全好的右眼，視力百分之百。」說到這裡，他忽然轉了話鋒說：「倒是為了這幾次受傷，我才得了好幾枚勳章，各顏各色都有，其中有一枚銀獅子勳章，是當時英王喬治五世親自頒給我的，十分珍貴，所以一直都帶在身邊，永遠也不會丟掉。」

「你說你一直都帶在身邊？吉卜生牧師。」雅信好奇地問。

「正是，就放在我的皮夾裡。」

「我是不是可以看看？吉卜生牧師。」

「誰說不可以？」

吉卜生牧師說著，一邊把身子一歪，從上衣裡袋摸出一只黑色皮夾，掀開皮夾，從中抽出了一枚勳章，遞給雅信，雅信拿在手中把玩，大概是經常觸摸的關係，那勳章的獅子磨得銀光燦爛，玲瓏奪目，叫雅信聯想起在台灣時日本皇后頒贈給她的幾張獎狀和獎金，但那說來話長，也就不提了。

雅信把那銀獅子勳章還給吉卜生牧師，當他把勳章放回皮夾時，雅信瞥見皮夾內的一張五十歲左右的婦人照片，便笑對吉卜生牧師說：

「那可是貴夫人的照片吧？吉卜生牧師。」

吉卜生牧師因雅信的問話，所以特別對那照片凝視了一會，黯然神傷地說：

「丘醫生，你猜得對，這照片是我太太，是她生前拍的最後一張照片，所以我經常把她帶在身邊。」

「她生前的最後一張照片?吉卜生牧師，你的意思是她已經……」

吉卜生牧師默默地點點頭，然後愀然地說：

「她已經在三年前亡故了，是患了白血病，我一直在她身邊服侍了五年，現在只剩下一個兒子跟我在一起，父子同住，倒也十分融洽。」

「你的兒子大概不小了吧?吉卜生牧師。」

「二十五歲剛做過生日，還沒娶妻，所以還算是個乖孩子。丘醫生。」說了這話，吉卜生牧師才露出一點笑意，把喪偶之痛稍稍忘記。

「那眞難得，吉卜生牧師。」雅信說，也陪吉卜生牧師笑起來。

沒料吉卜生牧師微微皺起眉頭，換成一種莊重的口氣說：

「丘醫生，我是不是可以請求你一件事情?」

「什麼事情?你說，吉卜生牧師。」雅信回道，也嚴肅起來。

「請不必叫我『牧師』，叫我『上校』就可以，我在軍中時，他們一向都叫我『上校』，後來到教會，他們也叫我『上校』，我自己嘛，我也寧願人家叫我『上校』，而不叫我『牧師』，你知道，丘醫生，我是軍人，我以軍人爲榮。」

「那好，我以後就叫你『上校』了，不過我也要請求你一件事情，別叫我『丘醫生』，叫我『雅信』就可以，你以爲如何?上校。」

「好!一言爲定，雅信。」

說罷，兩人相望對笑起來……

他們又隨興交談了一會，阿昌匆匆走進診所來，見只有他們兩人在開心聊天，本來不想打擾他們，正打算退出去，卻被雅信喊回來，對他說：

「來，來，阿昌，我來給你介紹，這位叫『吉卜生牧師』。」

「錯了，雅信，」吉卜生快嘴插進來說：「叫『上校』，而不叫『吉卜生牧師』。」

雅信自知失言，不覺笑了起來，笑過之後才轉身對吉卜生牧師說：

「而這位叫『阿昌』，他在樓下工作，卻常常跑上樓來替我當翻譯。」

吉卜生牧師往前一步，跟阿昌親切地握起手來，禮貌地問道：

「不知你在做什麼工作？阿昌。」

「我在替人理髮。」阿昌尷尬地回答，臉紅了起來。

不料吉卜生牧師馬上替阿昌解圍地說：

「噢，請不要以你的職業爲恥，只要不搶人不偷竊，所有職業都是一律平等，不分高下。你知道？年輕人，我在你這把年紀的時候，連船廠的鐵工和深山的伐木都幹呢，只是後來才當牧師，但還是請你叫我『上校』，」吉卜生牧師挺直脊椎，拍拍胸膛說：「因爲我是軍人，我以軍人爲榮。」

阿昌聽了，才莞爾鬆懈下來，對吉卜生牧師遽然產生了無限好感。這時雅信才問阿昌道：

「阿昌，看你急急來診所，有什麼重要的事情嗎？」

「我大伯剛剛打電話來，說你法庭的事情已經解決這麼久了，還沒有慶祝，他今晚想請幾個親近的朋友，到『金龍餐廳』吃一桌筵席，大大慶祝一番。你是主人公，不能不到，所以他叫我上來問你，你今晚有沒有空？」

「有空是有空，只是何必如此多禮？」雅信謙遜地說。

「不必客氣，Auntie，那我就下去回大伯說你能來。」阿昌說，回頭瞥見吉卜生牧師，突然心血來潮，趁便對他說：「如何？上校，你今晚也一起來，來慶祝Auntie自由歸來。」

「想是很想，但沒人邀請，怎麼好意思去？」吉卜生牧師答道。

「我現在就代表我大伯邀請你來。」阿昌靈機應變地說。

「這還是不行，慶祝我不出錢，怎麼可以去？」

「那還不簡單？」阿昌半開玩笑地說：「今晚你就先讓我大伯請，隔晚你再回請我大伯，同班人馬，兩番慶祝，豈不更好？」

吉卜生牧師拍了一聲響掌，宏亮地叫道：

「好！就此一言爲定。」

「不能！不能！這樣就更多禮了。」雅信抗議地說。

也顧不得雅信無力的抗議，吉卜生牧師與阿昌兩人就當下如此決定了。

八

當天晚上，在約定的時間，雅信、吉卜生牧師、阿昌、關先生，以及他的幾個好朋友，差不多同時都到「金龍餐廳」來了。大家互相推讓坐定之後，首先關先生起來向大家說明這晚歡筵慶祝的目的，然後才由雅信起來介紹吉卜生與關先生及他的朋友互相認識，特別強調吉卜生牧師雖身爲牧師，卻寧願人家叫他「上校」，而不願人家叫他「牧師」。才聽了雅信說到這裡，吉卜生牧師就自動立起，挺胸收肚，鏗鏘地說：

「因爲我是軍人，我以軍人爲榮。」

關先生見吉卜生牧師體健如鋼，精神矍鑠，便打趣地說：

「看你身體這麼強壯，將來一定壽比南山。」

吉卜生頷首同意，快活地說：

「我除了在戰場上受了幾次傷，一生從來都沒曾生過病，所以檢查我體格的醫院都說我一定可以活過一百歲。」

大家唏噓稱讚了一番，阿昌也不甘寂寞，順關先生的口勢插嘴道：

「上校豈止身體強壯？連聲音也宏亮，我看幾里外也聽得清清楚楚！」

吉卜生牧師聽了，似乎更爲開心，立刻應道：

「我不必自謙，我的聲音確實有口皆碑，教堂裡講道固不必說，唱聖詩時歌聲尤其宏亮，每個角落都聽得到。在戰地野外，既沒有鋼琴也沒有麥克風，也都單憑我的高音，領導全營合唱聖詩，我之所以從少尉很快昇到上校，我的聲音功不可沒。尤其有趣的是，每有家庭聚會，大家都要請我唱聖詩助興，我都照例問那屋主：『你的屋頂牢不牢？只怕我唱到絕高時會衝破你的屋頂！』」

「還好，今晚不是家庭聚會，而且在這公共場合也不宜唱聖詩，所以大家不必怕上校的聲音會衝破這餐廳的屋頂。」

雅信無意地說，說得大家眉開眼笑起來……

菜一下全端了出來，主要是海鮮與蔬菜，有紅燒石斑、蔥薑螃蟹、豆豉生蠔、腰果蝦仁、芥藍、蘆筍、菠菜、雪豆……等等擺了一圓桌。爲了尊重吉卜生牧師起見，關先生就請他飯前做個簡短的禱告。大家低頭，聽吉卜生牧師禱告，既畢，便一個個拿起筷子開動起來……

等大家津津有味地吃了好一陣子，吉卜生牧師把筷子往桌上一放，嚥了嘴裡的最後一塊石斑，打開話匣，說了起來：

「方才關先生叫我做飯前禱告，而今晚我們的菜又有一道石斑，不免叫我想起一則笑話來。」說著，吉卜生牧師禁不住自己先笑了起來。

「快說吧，怎麼沒說自己就先笑了。」雅信在旁催促道。

「從前有一個鄉下牧師，他從小住在海邊，因爲天天吃魚吃膩了，就恨起魚來，長大當了牧師，人家請客時什麼都吃，獨獨魚不吃。有一回，城裡一個有錢人叫他去主持婚禮，完了之後特別請他到一家上好的餐館，特別點了一道上好的名菜，那菜用銀盤盛著，用銀蓋蓋住，由侍者端來，放在桌子中心，主人照例請那牧師做飯前禱告，於是那牧師就閉起眼睛禱告說：『噢，我的上帝(God)，感謝您賜給我們這頓豐美的盛餐，使我們大家能快樂地享用您的恩典。』然後主人爲了尊重那牧師，特別請他爲大家掀開那銀蓋，等銀蓋一掀開，原本是一條紅燒大魚，那牧師禁不住叫起來：『God damn! Fish again!!』」

大家聽了，笑得前俯後仰，過了好一陣子，阿昌才止了笑，對吉卜生牧師說：

「上校，你自己是牧師，竟說了牧師的笑話！」

「牧師也是人啊，只要人覺得好笑，牧師還不是一樣覺得好笑。」吉卜生牧師含笑回答。

在大家笑的時候，只有關先生沒笑，他一本正經地問道：

「上校，你不喜歡吃魚嗎？」

吉卜生牧師猛搖了三下頭，急迫回答說：

「剛剛相反，我最愛吃魚，特別像今晚這紅燒石斑，永遠也吃不饜。」

「還好關先生今晚的菜都沒用蓋蓋住，否則我們就不知道上校要從何禱告起了。」雅信插嘴道。

一時全桌又笑做一團，關先生等大家平靜下來，便又開始勸大家用菜……

大家邊談邊吃，不覺桌上只剩殘菜餘羹，這其間，吉卜生牧師跟每個人都談得暢快而且盡興，大家對他都不覺得異族的隔閡與陌生，彷彿把他當成華人一般。因此，甜湯過了，大家開始剝侍者送上的幸運餅時，關先生就對吉卜生牧師說：

「容我不諱地說句坦白話，大部分加拿大人都歧視華人，我看唯獨上校你，不但不歧視華人，反而很喜歡華人，這是爲什麼？」

吉卜生牧師首肯承認關先生說的前半句話，然後想了想，驟然回答說：

「根據你們東方輪迴的說法，大概我前世便是華人吧。」

吉卜生牧師的回答大出眾人意料之外，個個都捧腹大笑，十分開心，於是整個圓桌，不論中外，更加融成一氣了。

第二天晚上，吉卜生牧師果然如約，又請了同桌的人一次，菜餚仍然以石斑螃蟹爲主，吉卜生牧師照例又說了許多生活經驗與有趣的笑話，大家談得十分融洽，而相互的感情也就更上一層樓。

因爲相識加深，雅信的診所吉卜生牧師也去得更勤。自從與顏小姐隔絕之後，雅信好久沒再上禮拜堂，這回來了吉卜生牧師之後，雅信又恢復上教堂做禮拜的習慣，每個禮拜天，吉卜生牧師都開車來「白翠霞旅社」載她上教堂做禮拜，每回有教友的家庭聚會，吉卜生牧師也都開車來載她去參加，逢人便介紹她說：「This is the poor girl，就是被法官誣告而出了名的那位丘醫生。」聽吉卜生牧師的口氣，彷彿雅信是他的女兒似地，而雅信也確實把他當做父親看待，因爲他們相差十五歲，她尊敬他是牧師，而他也尊敬她是醫生，除了純粹父女之情，沒有其他意念參雜其間。

有一天，吉卜生牧師帶雅信到他那清幽舒適的房子，親自泡咖啡請雅信，同時把他那害羞的獨子介紹跟她認識。在家裡閒聊之後，吉卜生牧師又帶雅信去看他兩幢租給人家的房子，對她說：

「我只收房客很低的房租，不過是請他們替我清雪割草照顧房子罷了。」

有一回，兩人坐在車裡，話題不意轉到吉卜生牧師的教堂與總會，吉卜生牧師順口說道：

「這教堂的工作是我自願的，不拿總會一分錢，因爲我從軍隊拿到的薪餉已足夠日常花用。我雖不富有，但長久儲蓄，一點錢總是有的，所以如果你經濟上有困難，請你告訴我一聲，不必客氣，我是絕對願意幫忙的。」

九

一九四五年八月七日美國在廣島丟了第一顆原子彈以後，緊接著又在長崎丟了第二顆原子彈，然後俄國又對日宣戰，美國海軍進逼東京灣，一個禮拜來，滿城風雨，傳言四播，說日本要投降了。果然在八月十五這天早晨，當雅信才把診所的門打開，阿昌就從樓下跑上來，揮著一張「溫哥華太陽報」闖進診所，一路聲嘶力竭地高喊著：

「Auntie! Auntie!日本投降了!日本投降了!」

雅信反身與阿昌碰個正著，也來不及呼痛，迫不及待地問：

「你怎麼知道？阿昌……」

「你看這報紙！你看這報紙！」

雅信從阿昌的手裡接了報紙來，果然在那首頁的報紙用特號大字登了下面赫赫四行字：

日本無條件投降

第二次世界大戰終止

日皇接受盟軍管轄

麥克受任最高統領

當雅信顫巍巍地手拿著報紙，眼睛東尋西覓想閱讀詳細的內容時，阿昌已經爲她先指出一方塊，叫道：

「看這條！看這條！Auntie，這條跟你最有關係，日本接受『開羅宣言』，放棄一八九五年以後侵占的領土，也就是說要把滿洲、台灣、澎湖歸還給中國。」然後變換口氣，興高采烈地說：「Auntie，我可以回廣東去看我太太了，好久啊，已經五年不見了，而你也可以回台灣了。」

其後，阿昌又說了什麼，雅信就不知道了，因爲這時她心裡亂做一團，頭腦茫然毫無所覺，阿昌的話再也聽不進耳朵裡了，只知道後來有人上樓來叫阿昌，說有人要理髮，阿昌才又拿了報紙，坐電梯回樓下去……

第二天，雅信開診所的時候，阿昌又揮著一張報紙跟進來，只是這回是溫哥華華人出的中文報紙，遞給雅信看：

「看這裡，Auntie，不但昨天『溫哥華太陽報』，今天這『加華報』也說了，這裡轉載『上海時報』的一則宣言說：『台灣已經光復了，中央政府已經接收台灣，成爲中國的一部分領土。』」說到這裡，阿昌抬頭望望雅信說：「Auntie，還記得厲昭從前說台灣是日本管的，所以不承認你是中國人，現在就拿這張報紙去，看他還敢不承認你是中國人？」

跟著阿昌又大談他要回廣東看他太太的事，順便提及關先生，說他也要回去，已經十幾年沒回去了，想回故鄉住個一年半載，到杭州、上海各處看看，然後再回加拿大來……

「現在戰爭剛剛結束，一切行業都得重新開始，往中國去的船恐怕一時開不成，等一有船隻開航，我跟我大伯馬上就要搭船回廣東去。」阿昌興奮不迭地說：

聽了阿昌的話，雅信感歎起來，說道：

「你們回去容易，我回去可就困難重重，我身邊拿的是日本護照，現在日本既已戰敗又受美國管轄，這日本護照一點用處也沒有了，我又沒有中國護照，所以我既不能回日本去看我的孩子，也不能回台灣去看我的母親。」

「那就去向厲昭申請中國護照嘛，你現在既然已經是中國人，他就沒有理由不發給你了。」阿昌理直氣壯地說。

溫哥華與中國之間的航運並不如阿昌預期那麼早就開通，因爲航運公司才把航海的船修復完畢，緊接著就遇到碼頭工人的集體罷工，這戰後第一次罷工就是三個月，所有的海運便完全停頓下來。因爲罷工的關係，雅信就不急著去中國領事館申請中國護照，一來早申請早拿到護照也沒有用處，反正一來沒有船也回不了台灣，二來她就趁這三個月想多賺些錢，好回台灣時順便在美洲多買些醫藥藥品隨身帶回台灣去，她知道戰後台灣物質缺乏是必然的現象，而醫藥藥品的缺乏就更不必說了。既然有此打算，雅信便在溫哥華繼續開業替人看病。

轉眼碼頭工人三個月罷工的期限也到了，終於有一天上午，她準備好身邊一些重要的證件，放在手提箱裡，一逕往中國領事館來。進了領事館，她發現那副領事坐的辦公桌上已換了一個新人，只是那打字的女秘書仍然是那原來的一個沒有換。從那櫃台往領事私人辦公室看，可以望見厲昭在裡面看當地的中文報，他這麼早就來上班，令雅信喜出望外，便對走來櫃台的那位新職員說她有重要的事想跟領事直接洽談，那新職員聽了，便讓雅信走進櫃台，示意請她逕往領事的私人辦公室裡去。

走進領事的辦公室，雅信發覺室內牆壁的裝飾依舊，只有從前蔣介石戎裝在廬山宣告抗日到底的照片已經除下，換了一張何應欽在南京接受日本投降的新照片……

聽見有人入門的腳步聲，厲昭便把正在閱讀的「加華報」放下，抬頭發現原來是雅信，便立刻皺眉厲聲問道：

「丘醫生，你今天來做什麼？」

「戰爭已經結束了，我想回台灣去，所以特地來向領事申請中國護照。」

「你憑什麼要向我申請中國護照？」

「因爲我現在已經是中國人，所以才來向你申請中國護照。」

「你憑什麼說你是中國人？」

「咦？三個月前，就是你在讀的『加華報』不是轉載了『上海時報』一則宣言？說台灣已經光復了，台灣已成爲中國的一部分領土……既然這樣，我不是已經是中國人了嗎？」

聽了雅信的話，厲昭一時有語塞之感，卻立刻又轉了個彎，改變口氣說：

「你是在台灣出生的嗎？」

「我當然是在台灣出生的，不然我可以拿一些證件給你看。」

雅信從手提箱裡翻出日本護照及日文的幾張畢業證書來給厲昭看，厲昭只是不屑地一瞥，把手一揮，說道：

「用日文寫的證件我們一概不承認，你收回去吧，我不看！」厲昭說罷，摸出了他的煙斗，塡了煙絲，悠閒地點火抽了起來。

雅信把所有日文證件收回來，正在進退維谷不知如何的時候，驀然叫了起來：

「有了！有了！我還有一封『哈佛大學』給我的『入學許可證』，是用英文寫的，上面就有寫我的出生地方，可以證明我是台灣出生的。」雅信一邊說，一邊又往手提箱裡翻，終於找出了所要的「入學許可證」，遞給厲昭說：「這就是！」

厲昭接了雅信給他的「入學許可證」，把身子往靠椅一攤，慢條斯理地翻閱起來，閱畢把它推還給雅信，抽了一口煙斗，又慢慢吐了煙，沉思好久，才胸有成竹地問雅信說：

「我承認你是台灣出生的，但你是幾時出生的？」

「這『入學許可證』上也有寫，就是一九〇〇年出生的。」

厲昭似乎抓到了雅信的把柄，突然狡獪地獰笑起來，口若懸河地說下去：

「日本不是一八九五年就佔據台灣了嗎？到今年一九四五年才把台灣歸還給中國，整整佔據台灣五十年，而你就在這五十年的日據時代出生，因此你只能算是日本人，我不承認你是中國人，所以我不能把中國護照發給你。」

厲昭這一篇長篇闊論，聽得雅信目瞪口呆，一時不知要說什麼才好……

「你還有什麼要說的嗎？丘醫生。」厲昭催逼地問。

「也沒有什麼可說的了。」雅信終於說。

「好了！那麼你可以出去了。」厲昭說，揮手叫雅信離開。

雅信頹然跨出了中國領事館，往她的診所去，到了診所，把門打開，在地上看見一張由門縫塞進來的紙條，她把它拾起來看，是郵差上門找不到人才揮筆留下的，說她有一封掛號信，請她到總郵局去領。

雅信於是又鎖上診所的門，一逕沿著「赫士丁大街」的楓蔭人行道向總郵局走去，一路上狐疑不解，這封掛號信會是誰寄來的呢？五年來，她連一封平信都沒曾收到，怎麼會突然來一封掛號信呢？一邊想一邊走，沒多久，那掛著一只圓形巨鐘的維多利亞式宏麗的建築已遙遙在望了。

因爲曾經在總郵局裡工作三個月，走進那大理石大門，雅信不但覺得郵局裡的裝設十分熟悉，連那櫃台裡的工作人員也依舊面善，不必等她上前詢問，一見她走近櫃台，早有一個五十多歲的老郵務員把一封蓋滿了五花十色郵戳的信遞給她，一邊十分親切地對她說：

「諾，這是你的掛號信，先寄到波士頓，再轉到多倫多，經由紅十字會尋遍了加拿大的YWCA，最後才轉到我們總郵局來，眞是歷盡滄桑，得來不易哪！」

因爲那信繞了太多地方，已沾滿污跡，又加蓋了無數郵戳，一時叫雅信看不清來信的住址，便脫口問那老郵務員說：

「信是從哪裡寄來的？」

「你看不出來嗎？丘，是從上海寄來的啊。」

「上海怎麼會有人寄信來給我？」

「你撕開來就知道啦！」那老郵務員催促地說。

雅信於是把信封口撕了，猛地一張五寸的照片從信裡掉在地上，雅信彎身把它拾起來看，是一對新郎新娘的結婚照片，雅信偏頭看了好一會兒，卻認不出新郎是誰新娘是誰？也不去管它了，就伸指把信裡的一張信紙夾出，展開來看，那信簡短，是用日文寫的：

母親如晤：

自從橫濱離別已經五年，不知母親現今尚在波士頓否？我於兩年前與王定一醫師結婚，自東京移居上海，已育一女，滿一歲半。弟彭立現與我們同住，一切平安，望勿掛念。

特寄我與王醫師結婚照一幀給母親。收到信與照片，盼母親速來信聯絡。

敬祝

安康

女　彭亭上

一九四五年九月一日

讀完了信，再去看那照片，雅信怎麼也不能把兩者連接起來，彷彿就像昨天，在橫濱離別的時候，還是不懂事的少女，轉眼之間，已變成楚楚的婦人，不但結了婚，而且有了一歲半的女兒，擺在眼前是鐵一般的事實，但無論如何，雅信一時卻難於接受，由於過度的震驚，她忽然感到一陣暈眩，忙扶著櫃台，以免昏倒在地上……

那老郵務員大概也發覺了，忙挪了近來，關懷地問雅信道：

「你怎麼了？為什麼臉色這麼蒼白？」

雅信沒曾即刻回答，等那陣暈眩過後，她才把那照片遞給老郵務員看，指著照片中的新娘，對老郵務員說：

「這是我的女兒，掛號信是她寄來的，我們分別的時候還是小女孩，五年不見，已經結婚了，而且還有了孩子，我完全認不出來。」

那老郵務員看了看照片，安慰雅信道：

「光陰似箭，不但你女兒，我們也是一樣，五年前我們還年輕，五年後我們都變老了，只是我們自己不覺得。」

說罷，那老郵務員從胸袋摸出半截雪茄，點了火猛抽起來，雅信咳了幾聲，忙收拾好信與照片，從總郵局裡邁出來……

跨出了總局的大門，立在「赫士丁大街」的街口，望見街上熙攘往來的車輛與行人，她的腦子亂作一團，彷彿喪失了記憶似地，一時恍惚不知要往哪個方向走，也許早先在中國領事館感到的頹喪加上剛才在總郵局裡受到的震駭，此刻只覺得全身無力，像要癱瘓一般，正躊躇不知如何是好，驀然瞥見街對面那家華人經營往時常去的小咖啡店，她想不如先到咖啡店裡休息一下再做打算，於是便小心翼翼地越過馬路，往那咖啡店走進去……

那咖啡店年約四十五的女老闆還認得雅信，一見她進來就開啓笑口，大聲喊道：

「哈咿，丘，好久不見了，近來好嗎？」

雅信沒有力氣回答，只禮貌地點一下頭，逕自在靠落地大窗的安靜角落找了一個位子坐下來，又從手提包裡拿出信和照片出來看，這時那女老闆已拿了筆與訂單走近來問雅信說：

「要茶還是咖啡？」那女老闆見雅信不應，馬上換了口氣，驚訝地說：「怎麼搞的，丘，你生病嗎？還是家裡出了什麼事？」

雅信不答，只默默把照片遞給那女老闆看，說道：

「我的女兒，我們分別時還是十來歲的小女孩，現在已經結婚了，而且還生了一個一歲半的女孩，我全不認得了。」

那女老闆聽了，笑逐顏開地說：

「那恭喜啊，女兒早婚，你也早抱外孫，高興都來不及，哪來悲傷的道理？」

雅信隨便點了一杯茶，見那女老闆走了，才轉頭去望窗外，想著，她此刻的惆悵之情，不必說總郵局裡的老郵務員和這咖啡店的女老闆，恐怕整個世界都沒有一個人會了解吧？她不期然又感到孤獨起來。有一件事叫她覺得十分奇怪，離開橫濱的時候，她把女兒和兒子交代給雪子照顧，怎麼在女兒的信裡竟然隻字不提雪子？她現在留在東京呢？還是跟著他們到了上海？……

就這樣，整個下午雅信在咖啡店裡呆坐著，眼睛茫然望著窗外，對面總郵局樓上的大鐘不知已經敲過幾回了，直到最後一次雅信才抬頭去望那對巴羅克花紋彫飾的指針，原來已經五點，是總郵局下班的時候了。

十

自從收到女兒的來信，雅信便改變初衷，決定先到上海探望女兒和兒子，然後到時再看情況如何回台灣去。當雅信把這決定告訴阿昌，阿昌十分高興，對雅信表示，說不定他們將來可以在中國大陸相會，只是對厲昭不發中國護照給雅信一事大抱不平，捶手頓足，連聲咒罵，卻也無可奈何，只有回去告訴關先生而已。

沒有中國護照就不能到上海也不能回台灣究竟是非常現實的問題，非解決不可，所以隔天當阿昌又上來聊天時，雅信就將自己一晚的心得告訴阿昌說：

「既然在溫哥華的中國領事館申請不到中國護照，我想不如直接到渥太華的中國大使館去申請。」

「沒有用！Auntie，你現在住在溫哥華，卻去向渥太華的中國大使館申請，那邊的人一定會奇怪，怎麼不向這裡的中國領事館申請？然後寫信來這裡查問，好了，厲昭正好把你的全部資料送去給他們，再加上他對你的幾句惡評，你想他們還會發中國護照給你嗎？別做夢吧！」

「那怎麼辦呢？」雅信愁眉苦臉地說。

「昨晚一回去我就跟我大伯商討你的事情，結論是你不如親自下美國，到紐約的中國領事館去申請，那裡的總領事叫『張群』，聽說是很和氣的人，待人接物人人稱道，特別他又曾到日本唸過書，對你的處境更能同情。去吧，Auntie，去向他申請中國護照，我想一定不會有什麼問題的。」

雅信想了想，也以爲阿昌說得是，只是還有一點顧慮，便說道：

「阿昌，我想這是我可以走的最後一條路了，只是我又如何進美國呢？」

「去向渥太華的美國大使館申請美國的入境證啊，你是從美國入加拿大的，而且曾經在美國住過半年，他們總該有你的紀錄吧？你姑且去試試，試不成再另想辦法，總之，天無絕人之路。」

第二天，雅信便寫了一封信給渥太華的美國大使館，說明她入美國的理由，向他們申請美國入境證，雖然她的日本護照已經無效，但因爲上面還留有她出入美國的封印與日期，她也一併附在信中寄出。

美國大使館倒沒有中國領事館那樣刁難，收到雅信的信和日本護照後，即刻就把入境的申請表格寄來，又另附了一份保證書，需要一個美國人做保，保證她所言皆實，而且萬一她在美國逗留期間發生意外，願意承擔一切經濟上的責任。關於後者，並不令雅信發愁，因爲她即刻就想起福士特先生及夫人來，五年前，他們既然擔保她來美國唸書，這回要經過美國回台灣去，並約略敘述了她幾年來在加拿大的生活情況。完了，才把保證書的表格附在信中一起寄去。

過了兩個禮拜，福士特先生塡好的保證書便寄來了，信封裡，除了保證書，還附了福士特先生親筆的一張便條，寫道：

親愛的丘醫生：

我把保證書寄還給你，一切已遵囑照辦。眞高興你能再回到美國來，有時間請到寒舍下榻敘舊，無限歡迎。

你眞誠的　福士特

看完了便條，雅信感到有些奇怪，以往信都是勤快的福士特夫人寫的，這回不寫了，竟叫很少動筆的福士特先生代寫，她想大概戰爭過後福士特夫人更忙於社交活動，所以才沒有時間寫吧，雅信就這麼自我解說，隨即把這事淡忘了。

雅信的美國入境證在厲昭拒絕發中國護照後兩個月收到的，一旦收到入境證，雅信便把診所與旅館退租，收拾行李，於離開溫哥華三天前，才通知所有知心的朋友，一一向他們辭別。

照原來的預定，關先生與阿昌早應該在雅信下美國之前，就坐船回中國去了，萬料不到溫哥華的碼頭工人罷工三個月還不罷休，又連續要罷三個月，因此到雅信要離開加拿大之際，他們仍然遲遲不能成行，本來要向雅信辭行，反倒被雅信先辭了，事情既然如此，也只好在雅信離開的前夕，邀約了平日幾個好友，大家在「金龍餐廳」爲雅信開了餞別會。

來參加餞別會的，除了關先生、阿昌與吉卜生牧師，另外還有「志德堂」的幾位華人以及吉卜生牧師教堂裡的兩三個加拿大人，一直等到所有客人一一向雅信敬酒，祝她一切順利與一路順風，關先生才順便向大家提起：

「讓丘醫生先走一步回台灣，我與阿昌也要跟在後頭回中國去，可能在那裡住上一兩年再回加拿大來。」

沒想到吉卜生牧師也趁興跟著說：

「你們且先回中國去，等將來我教會的工作告一段落，我也打算到中國一遊，先去大陸，再到台灣，到時看大家能不能在中國見面。」

說罷，吉卜生牧師便拿出小筆記本，問了關先生在廣東與雅信在台灣的地址，都抄在筆記本上，而關先生與雅信也同時交換了故鄉的地址，也都各自抄了下來，最後雅信才立起，舉杯向大家珍重感謝一番，一場熱情的餞別會也就如此結束了。

十一

雅信坐火車到加拿大的東部，也不敢在多倫多耽擱，馬上就換汽車經由尼加拉瀑布過境南下到達紐約，當晚在紐約的YWCA下榻，第二天就拿了所有證件坐計程汽車到中國領事館來。

進了紐約中國領事館，總領事張群親自接待雅信，雅信將她自台灣來美國留學、因戰爭流落在溫哥華、在溫哥華申請不到中國護照回台灣、才決定到紐約來向他申請的事一五一十都向張群說了，然後才問他道：

「請問總領事，像我的情況能不能申請中國護照？」

「沒有問題，」張群笑盈盈地說：「台灣現在已經光復了，你既然出生在台灣，我們就把你歸類成為『中國人』，沒有問題，我馬上就給你發護照，你在外頭稍等一會兒就成了。」

果然雅信在領事館的等候室坐不到一小時，就領到了她的中國護照，她歡天喜地地謝了那些領事館裡的辦事員，從領事館走了出來。

本來拿到中國護照的雅信即刻就可以坐火車到西海岸的舊金山買船票到上海去，可是她卻突然想起福士特夫婦來，假如沒有福士特先生的保證，她今天也沒能進美國領到中國護照，波士頓離紐約很近，不過三個多小時的車程而已，如果不去向他們辭行，順便感謝他們一聲，豈非不知恩又不知禮，直等於陌生人過門而不入，心裡也不能平安，特別福士特先生又在便條上請她有時間上他們家敘舊，她就更沒有不上波士頓再度拜訪他們的理由了。內心既已做了決定，雅信就即刻回YWCA，收拾行李，搭了北上的火車，一路往波士頓來。

一在波士頓的火車站下車，雅信就把行李寄存在火車站的安全櫃裡，叫了一輛計程汽車，往波士頓西南邊「海德公園」的郊區來。下了汽車，按了電鈴，雅信立在那扇巴羅克式的花紋鐵柵前向門裡探望，她大大感到驚訝，整個院子的景象竟然與上回來時截然不同了，最顯著的是那橢圓形的水池已看不到沖天的噴泉，乾涸的池底鋪了一層枯捲的落葉，從前如茵的草地到處野生著一簇簇黃花盛開的蒲公英，大理石希臘圓柱前的那一排龍柏參雜不齊地伸展枝椏，大概已經多時沒人修剪了……

一個年約六十全身僕人打扮的老人從大廈繞過那池邊石砌走道來到鐵柵前，彬彬有禮地問雅信道：

「請問夫人，你要找誰？」

「我要找福士特先生與夫人，他們在家嗎？」雅信說。

聽了雅信的話，那老僕稍稍變了臉色，卻立刻把它抑制住，繼續問雅信道：

「請問是哪一位要找福士特先生？」

「我姓丘，你告訴他們說『丘醫生』，他們就知道了。」

那老僕人返身走回大廈去，也不把鐵柵門打開，任雅信繼續在門外等候……

過了有一會兒，那老僕人才又回來替雅信開啓柵門，請她進那白漆屋頂的紅磚大廈，等雅信一進大廈，那老僕人便對她說：

「福士特先生請你在客廳稍候，」然後壓低聲音附在雅信的耳朵上說：「他剛剛起床，過會就出來見你。」

不久，終於從一扇通臥室的門傳進來腳步聲，那老僕人推著一部輪椅走進客廳，那輪椅上坐著福士特先生，膝上蓋了一張毛毯。雅信一時大驚，撲地一聲從沙發立起，迎上前去，只見福士特先生早已伸長了手，對雅信笑道：

「實在對不起，讓你久等了，丘醫生。」

雅信連忙伸手去跟福士特先生相握，然後凝神端詳著福士特先生，見他禿頂依舊，可是嘴上的短髭卻全白了，他身體消瘦，面上皺紋密佈，看去比最後見他時老了十五年，好在他雙眼烱烱有神，臉色紅潤油光，仍然保持昔日溫文含蓄的紳士表情……

「發生了什麼事情？福士特先生，怎麼坐起輪椅來？」詫異了半天，雅信終於關切地問道。

福士特先生又笑起來，似乎並不想加重事件的嚴重性，只輕描淡寫地說：

「其實也沒有什麼，就在你來信的前一個月，我開車開到柏克萊街的一個十字路口，有一個年輕黑人闖紅燈，橫撞到我汽車的側身，結果腰椎扭傷了，雙腿痲木，一時不能走路，所以才坐輪椅。」

「傷得嚴重嗎？福士特先生。」雅信本乎醫生的胸懷繼續問。

「感謝上帝！若傷在頸椎，那我全身就癱瘓了，還好傷在腰椎，只有兩條腿不能動。醫生說這傷不是永久性的，只要好好休養幾個月，大概就會慢慢好起來。」

「而那個撞車的人呢？他怎麼說？」

「那可憐的年輕人嗎？他又能說什麼？他汽車沒買保險，撞車時又喝了酒，結果警察當場抓走，以後下落我就不知道了。」

「唉，眞是不幸的事，好在福士特夫人沒傚事，她可以整天陪你。」

「呃，你說福士特夫人嗎？丘醫生，我實在應該先告訴你一聲，她現在已經跟主在一起了。」福士特先生十分平淡地說，彷彿在談一個遠親朋友似地。

雅信卻是大感驚愕，張著眼睛叫道：

「你說什麼？福士特夫人已經過世了嗎？是幾時發生的事？」

「已經兩年有了，事情發生得十分突然，連我也意想不到。」

「可是因爲……糖尿病？」雅信沒敢直言，只囁嚅地說。

「呃，不是糖尿病，是急性中風過世的，那天我要去上班，也不知怎麼，她特別早起爲我泡咖啡，以往都是我自己泡的，她一向都睡到我上班才起床，奇就奇在這裡，那天她特別早起爲我泡咖啡，才泡好咖啡送到我面前，人就一時發昏，栽倒在地上，我把她抱到沙發上，搖她搖不醒，才知道事態嚴重，連忙打電話去叫救護車，沒有用，在救護車上，救護人員爲她按脈，脈搏愈來愈弱，還沒到醫院就已經過世了。」

雅信默默地聽著，一直搖頭歎息，福士特先生似乎沒有一絲感傷的表情，只徐徐地說了下去：

「有一件事令我十分安慰，她死得十分安詳，一點痛苦也沒有，感謝上帝！她現在已經跟祂在一起了。」

雅信覺得不宜再多談福士特夫人了，只怕終會勾起福士特先生的愁絲來，她環顧四周，突然心血來潮地問道：

「愛麗絲小姐？她已經去上班了嗎？」

福士特先生聽了，開心大笑起來：

「什麼小姐？早已經是夫人了！三年前大學一畢業就結婚，第二年生了一對雙胞胎，一男一女，把她忙得不亦樂乎，現在跟她先生住在一起，就在『福蘭克林公園』附近，離這裡半小時就可以到。」

「她常回來看你嗎？福士特先生。」

「感謝上帝！她每個禮拜天做完禮拜就來看我，連同她先生和雙胞胎一起來，你知道那雙胞胎多大？快兩歲了，叫我『阿公』，到處亂跑，最喜歡爬到我的輪椅，跟我擠在一起，一邊一個，祖孫三人同坐一張輪椅，好不得意，哈！哈！哈！……」

雅信見福士特先生這般知足與達觀，不免在心底暗暗稱奇，也爲他高興。兩人沉默了一會兒，忽然福士特先生憶起了什麼，便問雅信道：

「你中國護照拿到了嗎？」

「今天早晨剛拿到。」

「感謝上帝！你終於可以回台灣了，你打算幾時回去？」

「我想今天就可以坐火車到舊金山，然後搭船回去。」

「不想在我們家住幾天才走嗎？」

「我想不必麻煩了，我離開台灣也五、六年了，心裡急著想回去。」

「那當然，那當然，丘醫生。」

於是雅信趁便向福士特先生告辭，並且說：

「眞感謝你們以前對我的照顧，還有這回入美國的保證。」

「那算不得什麼，你醫治福士特夫人的糖尿病，我們都沒能感謝你呢。」

他們又再度親熱地握了一陣手，雅信才返身走向大門去，福士特只送她到門口，跟她揮手而別，而那老僕人則跟她到鐵柵院門，把門關好才走回大廈去。

雅信向前走了幾步，又依戀地回頭去望那偌大的莊園，回憶福士特夫人在世與此刻不在時兩種截然不同的景象，不禁感慨萬千，潸潸掉下眼淚……

十二

雅信從波士頓坐火車來到舊金山，問了幾家遠洋航運公司，才知道最近美國西海岸的航海人員集體罷工，她問其中一家公司的職員說：

「這次罷工要罷多久呢？」

「至少三個月是免不了的，情況惡劣的話，恐怕還拖得更久。」

「那我想搭船回上海怎麼辦呢？」

「你可以先訂船票，放一點訂金就可以，留地址電話給我們，等船能夠開航了，我們再通知你，那時你再付剩餘的錢，拿票登船便行了。」

雅信就依那職員的話，要付船票的訂金給那職員，那職員便問道：

「你要訂頭等艙、二等艙、還是三等艙呢？」

「我想三等艙就可以了。」

那職員望望雅信，似乎有點猶豫，便再問道：

「你行李多不多？」

「除了我隨身的兩只行李，恐怕還有一、二十箱醫學藥品。」雅信說，看對方疑惑的表情，忙解釋說：「我是醫生，我們那裡醫藥缺乏，所以我想在這裡買下，隨身帶回去醫病人。」

「那你非訂頭等艙不可，二等艙、三等艙的旅客每人只許兩只行李，只有頭等艙的旅客才准多帶行李。」

「既然如此，那我只好訂頭等艙。」雅信情不得已勉強答應了。

既已訂下船票，雅信便到六年前住的YWCA去住，舊地重遊，不無快樂，可是，才遊了三天，便開始無聊起來，她想這舊金山無親無友，實在寂寞，而且這樣消閒無事，也不是辦法，忽然憶起從前哈佛大學醫學院婦產科主任歐文博士來，她覺得不如再回波士頓去見見他，問他看有什麼短期醫學課程她可以報名參加，即使沒有，就請他讓她到大學醫院的婦產科病房見習也總比在此虛度光陰強得多。一旦決定，她當晚就搭了火車又回波士頓來。

因爲福士特夫人已經過世，而且福士特先生又腰傷不能行走，她不願再像往時到他們大廈住宿，所以一到波士頓，她便先租下YWCA的房間，第二天一早，就直往哈佛大學醫學院歐文博士的辦公室來。

這時八點半的正式辦公時間還沒到，雅信便坐在那候客室的沙發椅上等候起來，發現辦公桌前的秘書還是從前的那一位，儘管長胖了不少，卻仍然打扮整齊，全神貫注地在桌上排撲克牌，依舊在做她的算命遊戲，不禁叫雅信偷笑起來。

準八點半，鈴聲大作，那秘書早收好撲克牌，開始打起字來，雅信迎了過去，那秘書把手停下，轉過身來，禮貌地問雅信道：

「我能爲你做什麼嗎？」

「請問一下，歐文博士今天幾時會來上班？」

那秘書開始微微一怔，把雅信上下打量了一會，然後鎮靜地回答道：

「歐文博士已經在兩年前患心臟病去世了，現在辦公室是懷德博士的，你進來時，門上的名牌你沒看見嗎？」

雅信搖搖頭表示她沒注意，心裡則暗暗驚奇，怎麼那麼巧？福士特夫人兩年前過世，歐文博士也在兩年前去世。她頹然神傷，正想轉身走出辦公室，卻被那秘書喊住，問她說：

「你找歐文博士，可有什麼重要的事情嗎？」

「也沒有什麼重要的事情，只是我要回國去，可是舊金山的船員罷工，一時又回不去，所以才回來波士頓，想問他看這裡醫學院有什麼短期醫學課程我可以報名參加。」

「我們醫學院現在沒有這種課程。」那秘書歉疚地說，用食指與中指夾了桌上的一支鉛筆不經心地往粉紅的面頰敲了敲，突然眉飛色舞地叫了起來：「啊！給我想到了，『瓊斯霍普金診所(Johns Hopkins Clinic)』最近有幾門短期醫學課程，專門爲外國醫生來美國進修開的，你不妨去那裡問問看，我就抄地址給你。」

那秘書動作敏捷地翻了一本地址索引，把所要的地址抄在一片小紙遞給雅信，雅信熱切地感謝她一番才走出辦公室，她在醫學院門口叫了一輛計程汽車，車夫問她要到哪裡去，她告訴他說要到「瓊斯霍普金診所」去，說完了下意識把那張抄有地址的紙片遞到車夫的面前，那車夫搖搖頭，微笑地說：

「『瓊斯霍普金診所』我知道，就在『海德公園』的北邊，十五分鐘就可以到。」

那計程汽車穿過雅信熟習的「海德公園」高級住宅區，果然十五分鐘就到了「瓊斯霍普金診所」的大門前，雅信付了車錢，拾級走進診所，正對住大門是一條通達醫生辦公室的走廊，靠近大門右邊有一個「詢問處」的櫃台，櫃台後面坐著一位年輕的護士，正拿起電話筒在跟人講話……

雅信往那櫃台走近，一直等到那護士小姐講完話把電話筒放在電話機上，才開始問她有關短期醫學課程的事情，那護士小姐彷彿是新來就職不久，對於雅信所提的問題一時不知如何回答，正在躊躇想打電話去問上級的人，這時有一位五十多歲的紳士，已經穿過前廳，就要走進走廊了，不意瞥見了雅信，便轉身向櫃台踅回來，被那護士小姐看見了，遠遠就對那老紳士叫道：

「菲立普所長，你早。」

「安妮小姐，早，不知這位女士要你幫她什麼忙？」

菲立普所長半對護士小姐半對雅信說，雅信忙轉頭來認他，見他中等身材，穿得西裝筆挺，一張和藹可親的臉上架著一對無邊的厚玻璃近視眼鏡，他頭頂已經禿光，可是腦袋的四周卻還繞著一圈濃密的黑髮，一看便知是體力充沛精明果決的中年人。雅信本來想回答，可是那護士小姐卻迫不及待地先回答了：

「這位女士在問我們診所短期醫學課程的事情，我不十分清楚，正想打電話去問護士長呢。」

「噢，你不用問了，這件事由我來處理。」菲立普所長說，然後轉向雅信道：「你可以跟我到我的辦公室嗎？」

雅信連忙點頭，便跟著菲立普所長走了一段走廊，拐了一個彎，走進所長室，待兩人都坐定下來，菲立普所長才問雅信，她詢問短期醫學課程的目的何在？於是雅信把她在美洲羈留六年又遇舊金山船員罷工的故事向他說了一遍，最後才說道：

「我想上課實習總比無所事事好，所以才上你們診所來。」

「你要來這裡上課？你放心好了，一點問題也沒有。」菲立普所長說完了這些，立刻改變話題說：「你說你爲了戰爭才在美洲逗留了六年，我正好跟你相反，我是爲了戰爭才回到美國來，一住也已經六年了。」

菲立普所長這話大大引起雅信的好奇，便放膽問他道：

「不知所長回美國來以前住在哪裡？」

「中國。」菲立普所長簡潔地說，臉上浮起微笑，沉在快樂的回憶中。

「中國？」雅信不敢相信地叫道。

「是的，住在中國，我一直都在北京的『協和醫院』工作，做到『珍珠港事變』前幾月，才被中國政府遣送回來，怕我們生命發生危險，我們一起工作的有幾十個，我是最後一個回來的。」

「那麼你住北京多久了？」

「整整二十年，我住到連北京話都會講了呢！」

菲立普所長得意地說，爲了證明他所言不虛，便用京片子對雅信講了幾句寒暄的話，講完了便開懷大笑起來……

爲了參加「瓊斯霍普金診所」的短期醫學課程，雅信就在波士頓市區的YWCA租了房住下來，每天坐巴士來診所上課實習。菲立普所長本來就對華人有特別的好感，又看雅信是女人，年紀儘管大卻仍然那麼好學，所以就對她更加百般照顧，不但把別的學生拿不到的講義發給她，更把實習時的電影片連同放映機借給她拿回家去放映，爲了怕她冷，還把自家上好的毛毯送給她。因爲時常看雅信趕巴士趕得氣喘如牛，有一天菲立普所長就問她說：

「丘醫生，你現在住在哪裡？」

「YWCA。」

菲立普所長即刻皺起眉頭，搖搖頭說：

「不好，那附近黑人很多，而這婦產科實習有時又做到很晚，你回去的時候十分危險，你不如搬到這診所的醫生宿舍來。」

於是菲立普所長就爲雅信弄到一間單身的醫生宿舍，第二天又親自開車去載她的行李來。從此雅信就住在診所的醫生宿舍裡，三餐在診所的飯廳吃飯，白天在診所上課實習，晚上在醫生宿舍睡覺，早晚也不必再去趕巴士了。

因爲診所離福士特先生的莊園很近，每個禮拜天雅信在診所附近的一家教堂做完禮拜後，就上福士特先生的莊園去看他，這時總會遇到也來看她父親的愛麗絲，她帶她的先生和那對雙胞胎一起來，一整個下午，大廈裡驟然熱鬧起來，引得福士特先生心花怒放，完全忘記了他的傷痛與寂寞。

愛麗絲不再像往時那樣害羞，她已增添了一份貴婦的氣質，看起來就像二十年前在台灣，雅信初見的福士特夫人，而說也奇怪，她的先生彬彬有禮，笑口微啓卻不輕易出言，正像二十年前的福士特先生，只有那對雙胞胎是這大廈的新寵，不是去逗祖父玩，就是去撫抱那隻乳白色的波斯貓，而那隻老貓也頗知主人家的輕重，不管如何被那雙胞胎扯肢抓尾，也不敢張爪輕叫一聲。有幾次時間晚了，福士特先生就留大家在大廈吃晚餐，晚餐過後，他提議照往例大家圍坐在壁火爐前的沙發上，叫大家暢述所懷回憶往事，一時福士特家又恢復了昔日的天倫之樂，彷彿福士特夫人復活又回到家裡一樣。

果然如舊金山那位航運公司職員的預測，三個月一到，西海岸船員的罷工便解除了，雅信於接到通知的第二天就向菲立普所長與福士特先生告辭，風塵僕僕坐火車趕到舊金山來，到時離船開航的時間還有五天，她花了兩天向舊金山的藥商買了二十五箱醫藥，叫人裝箱打捆之後，又去大街的百貨公司買了幾件女人的洋裝與孩子的玩具，打算到上海時送給女兒和孫女兒當見面禮物。剩餘的三天，雅信照例一分鐘也不浪費，她到省市各地參觀了七、八家醫院，等一切都看飽了，她才登船漂過太平洋，航向上海去。

在回上海的輪船上，大部分是中國的富商巨賈或高官貴族，戰時到美國避難，戰後要回中國享福。有少數幾個美國人是以前到中國的傳教士，戰時被遣送回來，現在又要回中國繼續傳教，其中有一位還是「香港神學院」的校長，與雅信年紀相當，十分談得來，兩人竟成了朋友。這校長因為晚訂船票，結果只買到三等艙的票，睡三等的疊床，吃三等的粗飯，菜既不好，又常常吃不飽，與頭等艙每餐二十幾樣菜相差不可道里計。雅信看他實在可憐，每餐只吃一半，就把剩餘的飯菜全盤端下來給他吃，他感恩載道，銘謝不已。

十三

雅信坐船來到上海的時候已經是一九四六年的年底，從一九四五年八月日本投降到這年年底的一年半中，國民黨與共產黨兩軍南北對峙，時興戰端，雖經美國杜魯門總統派來中國的特使——馬歇爾將軍居中調停，可是和平談判始終也沒能成功。

說起來，美國自始就十分呵護國民黨，當日本軍一旦放下武器，整個中國的東半邊立即成了真空地帶，國民軍湧入華中與華東，而共產軍也同時進取東北與華北，為了阻遏共產軍南來占據上海和南京，在這年九月與十月之間，美國便派了一隊C-46與C-54的運輸機，連日空運了八萬個國民軍最精銳的部隊來保衛這兩個重要城市，甚至在此之前華府早已決定全心擁護蔣介石，他們擴大戰時已開始的經濟援助，以及給三十九師國民軍的武器與補給。自十月起，美國更派了五萬三千海軍陸戰隊在長江以北的埠頭登陸，以後這海軍陸戰隊增加到十萬之數，這些軍隊在北京、天津與秦皇島之間的三角地帶展開，於人口集中的城市駐紮，負起守衛唐山煤礦以及北京與秦皇島之間鐵路的責任，進而南下山東，守護青島，在河北與山東兩省各地設立空軍基地，等這一切佈署就緒，美國就派遣太平洋岸的空軍與海軍，把幾百萬的國民軍自西南運送到北方來。

本來美國處心積慮幫助國民軍，並不企望國民軍去對抗共產軍，他們只是爲了讓兩軍取得相互的平衡，進而共同協力儘快使中國走上恢復之道。可是事與願違，兩軍一旦在東北與華北一帶接觸，內戰隨即又重新爆發，而且愈演愈烈，終至到達無可收拾的地步。

然而這時的上海卻呈現一片熱鬧繁華歌舞昇平的氣象，因爲華北雖有零星的小戰，主要戰場還是在東北的松花江岸，對上海來說，遠如天邊，炸彈與炮火之聲一點也聽不到，特別又加上這年五月一日，國民政府於遷都重慶九年之後又還都南京，大量人口與財富又湧向京畿一帶，頓時爲上海的繁榮錦上添花，更上了一層樓。

雅信還在輪船上時，輪船裡的服務員早就用電報爲她訂了上海最好的「國際大旅館」，所以雅信在黃埔江碼頭一下船，便有旅館遣來的黃包車要把她載到旅館去。可是她卻有二十五箱醫藥還留在船艙，爲了以後行動方便，她就在海關郵局辦好手續，託他們把所有醫藥直接轉運到台灣去，然後只提了一件隨身行李，拎了一只手提包，坐上黃包車到「國際大旅館」來。

這「國際大旅館」離碼頭不遠，就在江邊「黃浦灘路」上，沿著「黃浦灘路」南下，穿過「公館馬路」與「民國路」便是中國街區的「城內」，從彭亭的來信上雅信知道她們就住在「城內」裡面，因此她一進旅館的房間，就開始打電話跟她們聯絡，打通了電話才知道她們自家沒有電話，這是別人家的電話，還得勞駕別人去叫她女兒來聽，等了好一會兒，對方才回電話說女兒不在，要等傍晚才會回家。於是雅信只好暫時休息，等到晚餐過後，她才再打電話，對方終於找到彭亭來聽電話，大概是久居日本，而這上海自一九三七年「八一三戰事」以來一直是日本佔領區，已經使用日語慣了，彭亭一時無法用台灣話與雅信交談，只好改用日語驚喜萬狀地問雅信說：

「媽，是你嗎？」

「是我，」雅信也用日語興奮地回答：「而你是亭嗎？」

「我是，我是，媽是幾時到上海的？」

「今天下午才到，我一到就打電話給你，他們說你不在。」

「我到外面做工。」

「到外面做工？」雅信萬分詫異地說：「你的女兒呢？」

「揹在我背上……」彭亭說，似乎有些尷尬的樣子，立即轉變話題說：「媽現在在哪裡？」

「在『國際大旅館』。」

「我知道，我知道，就在『黃浦灘路』上，坐電車半個鐘頭就可以到。」

「你幾時來看我？」

「明天一早我就去。」

「爲什麼要等到明天？你現在就可以來啊。」

「媽，你不知道，這上海晚上出門危險，特別是女人家。」

聽了這話，雅信才猛然記起二十年前她跟彭英來度蜜月時這裡動亂的情形，便回道：

「我知道，那麼你明天再來吧。」

「好，明天一早我就去。」彭亭說，然後降低聲音說：「我要掛斷電話了，這電話是別人的，不能打太久。」

第二天早上八點，雅信才起床盥洗，便有人來敲房間的門，雅信連忙把房門打開，立在門前的一位成年女人，梳一個清湯掛麵的學生髮，穿一襲陰丹士林布裁剪的旗袍，加一件黑呢短外套，踩一雙薄底包鞋，清眉素面，愣對雅信，這便是闊別了六年的女兒彭亭！母女相互打量片刻，不約而同地搶前一步，熱烈擁抱，同時快樂地啜泣起來……

當這久別重逢的激情過後，雅信關了房門，把彭亭拉到房裡，在床緣坐下，母女又開始絮絮了許多別後的話，然後雅信才從行李箱裡揀出了那幾件在舊金山的百貨公司買的洋裝要送給彭亭，叫她在梳妝台的鏡子前一一試穿過了，才又去箱底抱來了另外的那幾隻玩具，說是要送給孫女的，一時叫彭亭歡天喜地，連連感謝母親。

因爲洋裝和玩具手拿著走在街上不好看，雅信便按鈴叫旅館的服務員去找來一只商店用的大紙袋，把所有的東西都裝在紙袋裡，雅信這才鎖了行李，關了門，與彭亭一起離開了「國際大旅館」。

走在旅館外的「黃浦灘路」上，雅信見彭亭提著那大包洋裝與玩具，想擠電車實在有所不便，於是就在路邊叫了一輛待客的黃包車，母女兩人鑽進車裡，叫司機往南面「城內」的方面駛去。

黃包車在「黃浦灘路」行駛，車窗外的景物向後急馳而去，雅信發現沿著黃浦江岸的那一列巍峨的西洋建築，依舊傲然屹立，就像二十年前一般，見不到一絲戰爭的痕跡，大大叫雅信納罕起來，便問彭亭說：

「日本軍佔領上海以前，不是在上海跟中國軍打過一次相當激烈的仗嗎？怎麼現在一點也看不出來？」

彭亭聽了，噗哧一聲笑了起來，回道：

「媽，你指的是『八一三上海戰事』，那已經是我們來上海以前好久的事，我後來聽說那仗是在南邊中國區打的，不在這北邊租界區打，日本的大炮就直接從岸邊的軍艦向『城內』轟，中國飛機本來想炸日本軍艦，但炸彈投不準，好多都投在『城內』裡，結果兩邊夾攻，把『城內』炸得稀爛，可是三個月戰事過後，等日本軍把上海全部佔領，『城內』的房子又一幢一幢修建起來，不用說現在，就是我們當初來上海的時候，也已經看不出來了。」

黃包車穿過「公館路」，又駛了幾段街，來到「民國路」的十字路口等綠燈，雅信望見對街有三、四個美國水兵等在街口，有一隊中國兵從旁走過，整齊劃一，都舉手向那幾個美國水兵敬禮，而對方只不經意地點頭回禮，嬉笑地談著他們自己的話……

「看起來中國兵對美國兵還蠻尊敬的嘛。」雅信不自覺地說。

「才尊敬呢，簡直敬若天神。」彭亭鄙夷地說。

「何必這樣呢？」

「媽，你不知道，這些上海的中國兵，吃是美援的，穿是美援的，武器是美援的，薪餉也是美援的，反正一切都是美援的，還不敬他們若天神嗎？」

雅信頓然一驚，為彭亭過去六年裡轉變的成熟與世故而大感詫異，這也許是連年戰爭加上到處流浪的緣故吧。想著，思緒不知怎麼竟移到雪子身上來，為了解開幾個月來的疑竇，雅信換了口氣問彭亭說：

「有一件事老放在心上，現在想問你，雪子現在到底在哪裡呢？還在東京？或是跟你們到上海來了？」

「兩個地方都不在，她已經上天國去了。」彭亭控制住感情，悒悒地說：

雅信倏然激動起來，猛抓住彭亭的一隻手，迫不急待地問：

「她是怎麼死的？病死嗎？……」

「那一陣子美國飛機經常在夜裡來東京投燒夷彈，有一回空襲警報響了，那時弟弟患馬拉利亞正在發冷，雪子就抱了他，叫我抓住她的『モンペ』，跟她躲進家裡榻榻米下面的防空壕裡，那一回眞不幸，一顆燒夷彈就投在我們家附近，火勢延燒到我們家裡來，雪子又抱了弟弟，叫我抓住她的『モンペ』，跟她爬出防空壕，逃到房子外來，那時我們的房子已差不多快燒光了，我們在那裡喘息，忽然雪子叫起來：『啊！弟弟的棉被！我非進去拿不可！』於是她把弟弟交由我抱，自己一個人又衝到房子裡去，沒等她出來，整個房子就塌下來了，她也就在火焰裡燒死了。第二天早晨，等火都熄了，『鄰居團組』的人才在灰燼裡到處找她，找到時已燒成焦炭，認都認不出來了。」

雅信屏聲息氣地聽著，一股愁緒幽幽地昇上心頭，先是彭英、然後是福士特夫人、接著是歐文博士、而現在又是雪子，一個接一個，才不過幾年的別離，一眨眼，已恍若隔世，想起世事滄桑，風雲詭譎，不覺感慨萬千，愴然歎息起來……

「媽，你在歎息什麼？」彭亭斜過頭來問她。

「沒什麼。」雅信本來不想把心裡的感受向女兒說出，因她年紀還輕，怕不能理解，可是有一件事卻不得不跟她提，便說道：「亭，你父親已經過世，你知道嗎？」

「我知道，是上海台灣圈子裡的人告訴我的，他死在北京。」彭亭淡漠地說。

雅信有些驚愕，怎麼對於彭英之死，女兒竟會如此無動於衷？憶起女兒幼小，彭英就已離家出走，浪跡中國，他們父女從來就沒曾建立父女的感情，也難怪談起丈夫，女兒會如此淡漠，有如陌生人一般，想著想著，心裡也就釋然了。

往後母女兩人都不再說話，沉默籠罩整個車廂，而這時車子已進「城內」，家就快到了。

十四

彭亭的家是向人租的，在一間民房屋頂的小鴿樓上，小小的房間十二坪不到，裡面凌亂地堆放著一張竹床、一塊竹桌，兩張竹椅、一只燒煤球的小火爐、一只用木箱板釘的衣櫃，這便是家裡的所有傢俱。雅信進門時，彭立正在看顧還睡在竹床上的外甥女，看見母親來了，連忙從床邊立起，迎了過來。雅信看彭立已長得不小，穿一件深藍布衫、黃卡其褲，留西洋頭髮，儼然像個中國的高中學生，只還保持往時的輪廓和靦腆，因為興奮過度，一時說不出話，反倒咳起嗽來，一直用手掩著，咳個不住，叫雅信關心起來，趨前問道：

「你咳嗽咳多久了？」

「很久囉，還好不礙事，已經習慣了。」彭立說，強自對雅信裝出微笑。

雅信把整個房間再環視一周，皺眉蹙額，說道：

「房間這麼小，四個人怎麼住得下？」

彭亭顯得有些尷尬，回道：

「也沒辦法啊，住不下只好擠嘍。」

「只有一張床嗎？」

這回彭亭不答，只默默點一下頭。

「這四個人怎麼睡？」

「我跟定一、孩子三個人擠在床上，弟弟晚上才舖草蓆睡在地上。」

「長期這樣怎麼行？也難怪他咳嗽老咳不好。」

彭亭低頭無語，半晌，才又抬頭，換了口氣問雅信道：

「媽，你早上吃了嗎？」

「還沒有。」

「只有定一早上吃過上班去了，我們也都還沒吃，你就跟弟弟在家裡聊，我下去買早點就回來。」

彭亭提了一只鋁罐下樓去了，雅信遂跟彭立談了起來：

「你現在做什麼呢？」

「沒做什麼，因爲太閒了，才去補習班補習北京話，從前日本話就行得通，現在不行了，北京話變得很重要，不得不學。」

「學北京話還做什麼呢？」

「也沒做什麼，有空到圖書館借中國小說來讀，增進中文能力。」

雅信滿意地點點頭，換了話題問：

「你姐姐對我說白天出去工作，她到底做什麼工作呢？」

「她在織布工廠當女工。」

「哦，哦，哦……」雅信搖起頭來，想起女兒從前是大家閨秀，豐衣足食，現在竟當起女工，捉襟見肘，不免爲她心痛起來。

這時，彭亭已提了一罐豆漿加幾支油條上樓來了，她爲大家把豆漿和油條分了，才去叫醒孩子，大家一起吃，而她自己則邊吃邊餵女兒……

雅信吃了一會，又問起話來：

「亭，你說定一在哪裡上班呢？」

「在一家私人醫院當藥局生給人配藥。」

「給人配藥？你信裡不是說他是醫生嗎？」

「可不是嘛，剛來上海時，日本佔領著，是日本人的天下，台灣人也沾了光，他當了一間大醫院的副院長，出門有汽車，住的是洋房，有花園，有佣人，風光極了，哪裡知道日本一投降，日本人失勢，台灣人也跟著倒霉，不但大醫院的副院長當不成，連個小醫院也不准開，只好給人雇用，當藥局生糊口，所以才搬到這小房子來。」彭亭說罷，不免唏噓喟歎起來。

「爲了家計你才去當女工？」雅信順著彭亭的口氣說。

「不然怎麼辦？一家四口，而弟弟又不大不小，沒能幫忙。」

雅信也搖頭歎息起來，過了一會，才轉話題問道：

「你說你跟定一是在日本結婚的？」

彭亭點點頭，然後說：

「那時他剛從『慶應大學』醫科畢業，在東京一時找不到工作，聽說上海一家日本人經營的大醫院有缺，也不顧這邊有戰事，就決定來了。」

「定一是我們台灣人吧？不知他府上在哪裡？」

彭亭突然臉變得緋紅，忸怩了半晌，才回道：

「定一是在台北生的，但他父親是汕頭人，在汕頭早有家室，來台灣另添了一個，才生了定一。他父親是做生意的，經常在汕頭和台北兩處跑，他給定一母子在台北租一幢房子，到台北時就跟他們住在一起，回汕頭時就寄錢來養他們，把定一從小養大，還送他到日本去唸醫科。」

「他父親現在還住在台北嗎？」

彭亭搖搖頭說：

「早回汕頭去了，在定一到日本唸醫科後，他還到台北一次，以後回去汕頭就不再來了，戰爭一激烈，寄錢也斷了，定一在日本開始半工半讀，替報館把中文譯成日文賺錢過活，而他母親也把台北的房子退租，搬回娘家去了。過了好久，才有消息傳來，說他父親在汕頭病死了。」

「定一來上海以後，有沒有跟他父親這邊的人聯絡過？」

「沒有，他在中國可說是舉目無親的人。」

「唉，既然這樣，何不回台灣去開業呢？台灣又有母親，呆在這裡做什麼？」

「我也這樣跟他說，也不知說過幾次了，他就是不肯，晚上他回來，媽再跟他說說看。」

原先雅信計劃在上海期間一直住在旅館，不願打擾女兒與女婿，現在看他們起居如此破陋，而自己竟住豪華旅館，於心不忍，思之再三，便在這天午飯過後，對彭亭說：

「我決心搬出旅館，來跟你們同住，把旅館省下來的錢給你們貼補我在這裡的食宿費用。」

「媽搬來同住就好了，又何必貼補什麼食宿費用呢？」

「你不必推辭了，」雅信堅決地說：「我說這樣做就這樣做了，只是你們房子小，又沒有床，不如你現在就帶我到附近的商店，看有沒有帆布軍床，可以折合，買兩張回來，我睡一張，弟弟睡一張，晚上才鋪上，白天收起來，既方便，又不佔地方。」

「媽想得眞週到，你既然這麼說了，就這麼辦吧。」

於是彭亭就帶雅信去附近逛了幾家商店，都買不到新的帆布軍床，倒是在一家舊貨店看到兩張舊的帆布軍床，便買了下來，高高興興地帶回家，然後母女兩人又坐了電車到「國際大旅館」

退了租，提了行李，又坐電車回到「城內」來。

在彭亭煮晚飯的時候，雅信叫彭亭把她要送給孫女的玩具拿出來給她玩，她自己也偷閒陪孫女玩，生平第一次享受到弄孫之樂。

晚飯的時間，王定一終於回來了，他穿一套縮短的舊西裝，一雙禿頭的破皮鞋，一頭蓬鬆沒梳的亂髮，大概是失志落魄的關係，顴骨高聳，眼球脹大，臉上沒有一絲光彩。經彭亭把他與雅信介紹之後，便脫了西裝，換了便服，大家圍在那塊小竹桌，有的坐竹椅，有的坐在竹床，開始用飯。

吃飯的時候，雅信只隨便跟女婿聊些上海的近事，小心翼翼，沒敢觸及他的職業及未來的計劃，一直等到飯後喝茶，看他已恢復白天工作的疲勞，稍稍呈現愉快的臉色，她才輕描淡寫提起她從美國買了二十五箱藥品，打算回台灣重開戰時關閉的「清信醫院」，然後才把話鋒一轉，問她的女婿說：

「不知道你將來有什麼計劃？」

「還有什麼計劃？不過繼續呆在上海，等待機會罷了。」王定一率直地說。

「繼續呆在上海給人當藥局生有什麼好？」

「不然又怎麼樣？有四張口等著吃飯啊。」

「我要回台灣重新開業，你何不也到台灣去開業，我們就一起回去。」

王定一倔強地搖搖頭，說道：

「到台灣去開業？談何容易！第一，我現在身邊沒有儲蓄，第二，在台灣我又沒有家產。在這裡儘管窮，起碼還有一些舊時的朋友，只要等待，機會總是會來的。」

雅信一時無語，沉默半晌後，終於溫和地說：

「你也不必考慮太多，你若回台灣，即使一時開不了業，暫時在我的『清信醫院』幫我照顧產婦，不也一樣可以過日子嗎？」

王定一固執地搖搖頭，說：

「那樣不好，第一，產科不是我的專行，第二，在岳母手下工作會給人笑話。我不回台灣，我還是要在這裡等待機會。」

這晚岳母與女婿之間的談話就到此爲止，有好幾天，雅信都不敢在王定一面前再提起他回台灣開業的事，可是經彭亭苦苦向她懇求，雅信在往後的日子才找機會跟王定一重提此事，開始的一長段日子，他還是堅決不肯答應，可是日子一久，經不起雅信苦口婆心勸說，最後才勉強答應回台灣去看看情況，他向雅信聲明自己與醫院有約，不能立刻就回台灣去，不過她們母女與彭立三人可以先跟雅信一起回去，等上海這裡的事情處理妥當，他自己再回台灣跟她們重聚。

雅信在上海足足呆了一個月，在這一個月裡，她白天在家看顧孫女，讓他們三人去上班或上課，等孫女睡了，她就看看地方報紙或閱讀在上海買得到手的現代醫學雜誌。禮拜天工廠和補習班放假，他們祖孫四人就坐電車到上海各處重遊從前雅信與彭英來度蜜月時遊過的公園與寺廟，雅信發覺二十年間，上海人與上海的街道都沒有什麼大的變化，唯有英租界再也看不到包頭的印度兵，法租界再也見不到戴笠的安南兵，代替他們的是美國的大兵與水手，充斥大街小巷，他們威武英發的勝利相與中國兵卑屈承歡的諂媚相恰成鮮明的對比。

雅信祖孫四人是先坐火車南下到廣州，經香港，然後才搭輪船回台灣的。在廣州雅信見到關先生與阿昌，被他們強留了一個禮拜，天天觀光，夜夜吃筵，並且見到了阿昌離別六年的太太。

在香港雅信拜訪了「香港神學院」的校長，被他強留了三天，吃了他請的豐盛的西餐，參觀了他那神學院環境幽美的校舍，等這一切完了，她們才安然回台灣去。

第九章 家己的翁家己洗

一

丘雅信祖孫四人所乘的輪船來到基隆的時候，港外深水海上停著兩艘美國巨大戰艦，都拋了錨，有一隻小舢舨在兩艦之間穿逡，船尾飄揚著鮮艷奪目的星條旗。輪船一進了那兩道防波堤鉗形挾持的入口，速度便慢了下來，徐徐挪向那港內起卸貨物的大碼頭，這時雅信一家人都圍到船舷來觀望，見右手那大碼頭上一艘叫「四川號」的四千噸貨輪正在起貨把一包包米裝入貨艙，左手那平直的岸邊泊著一排中國來的帆船，密密麻麻，參差櫛比，沒有一點空隙。

雅信她們四人下船的時候，母親許秀英和妹妹雅足都來碼頭迎接，大家先是互相擁抱，喜極而泣了一番，便搭了火車由基隆回台北，在台北站下了火車，再分乘幾輛三輪車回艋舺的老家。沿途雅信首先看到火車站前她與彭英洞房花燭夜住的「鐵道旅館」已被炸彈夷成平地，臨時搭了許多麵食青菓攤，新公園前面昔時最熱鬧的「榮町」已改名叫「衡陽路」，而路端的「台灣新報社」也更名叫「台灣新生報社」了，一過那與鐵路平行新近起名的「中華路」，再往南前行，艋舺的市街已逐漸在眼前展開，除了幾處戰時被盟軍轟炸剩下的殘垣斷壁以及為開防火路被日本警察拆除民房而成的空地，艋舺繁榮依舊，氤氳如昔。

吃過晚飯洗完澡後，彭亭帶女兒先去睡了，而彭立一個男孩子無聊也去歇息了，只剩下許秀英與雅信、雅足母女三人，擠坐在許秀英的繡房眠床上，合蓋一張溫暖的繡花棉被，侃侃暢談起來。首先由雅信談她過去六年在日本、美國、加拿大的經歷，然後在結尾的時候，輕描淡寫地提及彭英的亡故。說完了，便由雅信問雅足道：

「你好好在台南做護士，哪會搬來台北佮阿娘鬥陣住咧？」

「唉呀，這講起來就話頭長囉。」雅足未說已兀自歎息起來：「彼年空襲當厲害，阮小姑得著馬拉利亞，早十個月伊翁給日本抽去南洋做軍伕，彼個時陣抵好大腹肚順月，家己一個人，阮翁可憐伊，才加伊叫來阮厝佮阮仝陣住。本來我在台南醫院是有奎寧佮德國針，若是普通人我就加伊注射囉，不過伊順月欲生丫，驚去傷著嬰仔，所以不敢加伊注，伊病愈來遂愈嚴重，引起全身神經痛，連空襲的時陣都沒法度通加伊扛落去防空壕匿。阮翁孤孤有即個小妹，伊眞疼伊，既然不敢用西藥醫伊，阮翁就四界去找漢醫，聽一個叫做『阿良』的朋友講鹽埕有一個漢醫，專門治馬拉利亞，復眞知漢藥對嬰仔𣍐傷害，伊就佮阿良兩個人騎自轉車去鹽埕找彼個漢醫。果然去給伊找著，也拆一帖漢藥轉來，哪知來到鹽埕佮台南的半路聽見『空襲警報』，美國的飛行機來丫，阿良就對阮翁講：『飛行機來丫，倆來去路邊的溝仔底匿一下。』阮翁回答講：『這是野外，彼飛行機是去炸台南市，哪有炸倆的道理，而且阮小妹病去眞厲害，即包漢藥我沒緊提轉來去給伊吃𣍐使！』伊講煞也沒管阿良由自轉車跳落去溝仔底匿，做伊繼續踏自轉車向台南市來。阿良在溝仔底嶄然仔[1]匿有一點仔久，等到聽著『警戒警報』，伊才由溝仔底爬起來，復騎伊的自

---

[1] 嶄然仔：台語，音(chiam-lien-a)，意(頗爲，相當)。

轉車向台南市來，騎沒外遠，就聽見路邊的人講前仔有一個人去給美國的飛行機掃射死，阿良心肝鑿一下，想講敢會是阮翁，就趕緊踏自轉車向前去，面前圍一堆人，伊落車揀開人一下看，果然是阮翁，已經死在路中，腹肚破到碎鹽鹽，手猶捋彼包漢藥。」

雅足喉哽，一時再也說不下去了，可是雅信卻按住雅足的雙手，輕輕搖撼，央求道：

「阿以後咧？」

「以後阿良就拜託人用門扇板加阮翁扛轉來，放在廳邊，煠❷彼包漢藥給阮小姑吃，哪知沒吃猶好，吃一下顛倒嚴重，直直欲斷氣，我緊踏出去叫一個醫生，這醫生加伊一下檢查，講伊規身軀皮膚過敏，膾摸膾提，伊嫒加伊注射，開一個便藥，做伊去，我才復踏出去叫第二個醫生，才轉來到半路，隔壁來幫忙的人由門內踏出來，頭搖搖咧講：『醫生沒路用丫啦，已經斷氣丫！』老母死，當然彼腹肚內的嬰仔也遂死。仝一日死三個人，看你會悲傷抑膾悲傷？」

雅足說罷，開始拭淚，而雅信也隨著脫眼鏡拭淚，最後連許秀英的眼眶也紅了，用衣袖去拭淚，感歎道：

「人列講『美人沒美命』，阿我看您兩個姐妹生成也沒列美，翁未曾老就死死去，佮我有什麼沒像款？啊，倆母仔子三個人攏仝一款命。」

說罷，三個寡婦不覺相擁，又掩臉啜泣了起來……

哭了一陣之後，雅足最後才歸結地說：

「加伲三個人埋了後，我一個人在台南都沒親沒戚丫，才搬轉來台北佮阿娘做伴，抵仔好馬

---

❷煠：台語，音(choā)，意(水煮漢藥)。

偕醫院列欠人，我才去彼丫做護士，做到即馬。」

接著她們談起戰爭接近尾聲時，日本上下漸露敗跡的慘況，許秀英感慨地說：

「唉，俍日本賊運也注欲敗丫，免講總督府去給美國飛行機炸到直欲平埔，連彼圓山仔頂的『台灣神社』也去給火燒直欲一半較加去。」

「敢是去給美國飛行機炸的？」雅信好奇地問。

「若去給美國飛行機炸也較有話講，復不是才害哦！是日本的高射礮去打著一隻美國飛行機，阿即隻飛行機也不栽列別位，偏偏仔加伊栽列『台灣神社』，俍日本人看著就知影俍是注定戰敗的，連家己的神都沒欲救俍，啥人有法度通救俍？這代誌發生沒外久俍就投降丫。」

「日本投降是我由加拿大的報紙頂看著，阿您是安怎知影的？」雅信說。

「阿都八月十五彼日，透早就有人列傳說，講彼中晝日本天皇欲向全日本百姓廣播，有一項重要的代誌欲宣佈，所以中晝猶未到，馬偕醫院的醫生佮護士就圍在等候室的收音機前，時間一下到，果然日本天皇就對大家講話，伊的聲眞低，雜音復多，聽繪清楚，但是大家攏也知影伊列講的是對盟軍的無條件投降，倆台灣人聽著是眞歡喜，但是所有的日本醫生攏目眶紅紅，阿所有的日本護士攏提手巾仔起來列哭。」雅足說。

「唉，人列講『三年水流東，三年水流西』，當初俍日本仔佔領台灣的時陣想講是永遠俍的丫，哪會想講五十年後會戰敗投降，復將台灣割還人？世間的代誌實在是眞歹料的啦。」許秀英說，又搖頭感慨起來。

「阿日本投降了後，台灣敢有什麼變化？」雅信問。

「哪會沒，投降了後第二日，就有美國飛行機，有B–29，也有P–38，由頭殼頂飛過，飛到低低低，直欲抵著厝尾頂，過去攏是飛到高高高，細到干若蚊仔咧，所以一下飛低，感覺非常的奇怪。」許秀英回答道。

「彼美國飛行機飛低感覺奇怪，但是我的感覺是中國兵初來台灣猶復較奇怪。」雅足說。

「是安怎奇怪法？」雅信急迫地問道。

「你加伊想看覓，彼兵仔身軀穿的是鋪綿裘❸，腳躐的是包仔鞋，有人擔扁擔，有人揹面盆，有人扛鼎，有人舉雨傘，想著這就是戰贏日本的中國兵，你會感覺誠奇怪。」雅足回答道。

「這不過是奇怪而而，上害的是𪜶中國人一下來台灣，什麼物件都起價，米啦、糖啦，彼免講，連什麼鹽也起價❹、番仔火❺也起價。」許秀英說。

「聽得講是宋子文的命令，將台灣的米佮糖，幾萬噸運去上海。」雅足說。

「就是安倪啦，所以最近米逐日都列起價，聽得講有人沒錢通糴米，遂飫飫死。」許秀英說。

雅足點頭附和地說：

「二月十二日『人民導報』有一項消息的標題是『飢民餓斃路上，令人慘不忍睹』，就是列講米起價，沒錢買米飫死的代誌。」

「古早定定聽見中國有發生即款代誌，但是在台灣自我出世到旦也不曾聽著，這是我生耳孔

---

❸鋪綿裘：台語，音(pho-mi-hiu)，意(夾綿襖)。
❹起價：台語，意(漲價)。
❺番仔火：台語，意(火柴)。

頭一遍聽的，啊，實在是眞凄慘嚄。」許秀英說，又感歎起來。

母女三人就這樣繼續閒聊下去，一直聊到東方黎明才朦朧睡去。

二

丘雅信在家裡足足休息了幾天，等恢復了疲勞，她便開始在台北徜徉起來，看看各處新的景象。

有一天，來到中華路，雅信看見那沿著鐵路的路旁擺著一長列地攤，清一色是日本人，在賣他們的傢俱衣裝、首飾珍玩，她一攤一攤巡視過去，不期然看見兩個美國水兵在跟一位七十歲左右的日本人比手劃腳不知在說些什麼，因爲一時好奇，她便偎了過去，才知道那兩個美國水兵想買一把日本警察的長劍，但雙方語言不通，議價議不出一個所以然，於是她便自告奮勇充當他們的翻譯來。

經雅信從中翻譯，買賣雙方終於議定了價錢，那兩個美國水兵付了錢拿了長劍正想離開，料不到那日本賣主喊住他們，最後補充地對雅信說道：

「請您跟他們說，這是我平生第二把劍，第一把劍在四十年前的一次大水中拋掉了，這第二把劍一直陪了我一生，本來想留下來做紀念，是萬不得已才賣的。」

雅信遵那日本人的意思把話翻給那兩個美國兵聽，只見他們連聲「Thank you!」便相偕離開了，留下雅信與那日本人，這時雅信才有時間仔細端詳這七十多歲的日本老人來，驀然靈光一閃，她大叫起來：

「你可不是菊池巡佐嗎？你四十年前拋掉長劍，不正是爲了救我們母女三人嗎？」

菊池巡佐用兩隻大眼瞪著雅信，把雙手往後腦一拍，也大叫起來：

「你……就是雅信樣嗎？我的天……我們竟還有機會碰到！」

於是兩人便跪坐在地攤的一端，親熱地攀談起來……

「你一家人可好？」菊池巡佐問。

「還好，現在母親妹妹和我都在艋舺，而你一家人呢？」雅信反問道。

菊池巡佐聽了，喟然慨歎起來說：

「我一家人就是我自己，我從來也沒有娶妻，所以也沒有子女，本來以爲退休後可以老死在台灣，現在可不行了，中國政府要把我們遣返日本，每個人只許帶三件行李，其餘不是送朋友，就是要賣掉，所以才來這裡擺地攤。」

「你有日本親人嗎？」

「有是有，可是我離開日本已經五十年了，老的都死掉了，年少的都不認識，所以有也等於沒有了。」

雅信無語，一份惆悵幽幽昇上心頭，只聽見菊池巡佐又繼續說了下去：

「其實回日本也是萬不得已的事，日本戰敗後，房子都被盟軍炸毀了，糧食又短缺，此去要如何活下去，實在是令人焦慮的事。唉！戰敗國的悲哀只有當事者才知道，別人是無法了解的。」

雅信想起母親「三年水流東，三年水流西」的話，回憶當初日本佔領台灣時的風光，與此時投降被遣返日本的落魄，簡直有天淵之別，可是菊池巡佐卻是少有的慈善日本人，雅信不免爲他掬一把同情淚……

「最叫我痛心的是——」菊池巡佐又自動說下去：「五十年把台灣人教育成守法的國民，日本一旦戰敗，他們原來的本性又顯露出來了，買票不排隊、隨地大小便、賭博、欺詐、小偷、強盜，應有盡有，都出現了，特別是我們日本警察被解除武裝之後，就變本加厲，更加惡劣了。」

雅信無語，因爲她才回到台灣幾天，看都還沒看夠，更無從辯解。

「可是還有更叫我痛心的呢，不但台灣人的道德敗壞了，連日本人戰敗後也自暴自棄墮落了，那一天我在『新起街』就看到一堆日本人圍圈聚賭，其中圍觀的還有穿和服的日本女人呢，眞是聞所未聞，這是什麼世界？」

雅信看看菊池憤世嫉俗的言論也說得快差不多了，便轉了話題問菊池巡佐道：

「不知你幾時回日本去？」

「大概下個月吧，本來可以早半年回去，但整個東南亞有幾千幾萬日本人等待遣返，不必說船隻不夠，一時日本也難於容納，所以有的先走，有的只好拖延了。」

「你現在住在哪裡呢？」

「說起來這又令人傷心了，原本一間好好的單人宿舍，被中國人硬釘上牌子接收了，只好搬到一間破爛沒人要的老宿舍，幾家人擠在一起住，戰敗國的悲哀，這又是一個例子。」

雅信望望手錶，她想應該回艋舺去了……

「等一下，雅信樣，我想送你一樣東西。」菊池巡佐驟然說。

於是去翻箱倒匣，找出了一尊尺把高的象牙雕像，是穿和服梳高髻的日本女人，面目嬌美，仙姿婀娜，散發古色古香的珍珠光澤，見了令人喜歡，由不得不愛。菊池巡佐把雕像遞到雅信的手裡，對她說：

「這是我們傳家之寶，由我祖父傳給我父親，再由我父親傳給我，我沒有孩子，以後沒人傳了，與其落在別人手中，不如送給你保存，你喜歡嗎？」

雅信把那象牙雕像仔細觀賞了一番，囁嚅地回道：

「喜歡是十分喜歡，不過……」

「請不必客氣，你肯收下是賞我的光，就當做你自己的傳家之寶吧，只是有一個缺角我必須告訴你。」

說著，菊池巡佐指給雅信看那雕像衣裾後端的一個小缺角，對她說：

「我父親傳給我的時候還是完好的，等我搬來台灣時，不小心掉在水泥地上，才敲缺了一角，當時懊悔不已，過了幾年才慢慢習慣了，因爲我想世界上再美的東西也會有缺陷，全然完美的東西只應天上才有，在這個世界是找不到的，你說是不是？雅信樣。」

「就是哪，菊池先生。」雅信同意地回答。

時間已經不早了，而且又有人來問東西的價錢，雅信只好再三向菊池巡佐道謝一番，才依依不捨離開了他的地攤。

三

丘雅信在艋舺才住一個禮拜，有一天早上雅足已經到「馬偕醫院」上班去了，只剩下許秀英與她母女兩人在客廳裡聊天，驀地闖馬西不經通報，自己闖進來，一見到雅信，就笑嘻嘻地叫起來：

「歡迎倆台灣的第一位女醫生由彼倪遠的美國轉來！」

雅信看關馬西一如往昔，蓬頭垢面，衣裝不整，襯衫掉了一顆鈕扣，褲管長短腳，一雙舊皮鞋，其中一隻已經斷了鞋帶，一臉彌勒佛的微笑，看了既覺可親又覺可笑，便應他說：

「你哪會知影我轉來？」

「唉！『雞卵密密也有縫』，」許秀英插嘴道：「總是有人四界去通報，哪會沒？」

關馬西顯露出他那彌勒佛的笑，承認了，然後對雅信說：

「即回來是特別欲請你參加阮最近『文化協會』的演講。」

「彼哪好？」許秀英皺眉道：「雅信仔，你才不通去佮人插政治。」

「是啊，」雅信附和她母親說：「政治我一點仔都不訓，所以連插也不曾插，欲安怎叫我去演講咧？」

「都不是絕對叫你去講政治，講別項也會使，主要是欲叫你出來佮大家相見面，大家已經眞久沒看見你丫。」

「若不是講政治，欲叫我講什麼？我沒文才就是沒文才，什麼也𣍐曉講。」

關馬西似乎有些爲難的樣子，可是不一會兒，眼睛又立刻發出光亮，高興地說：

「你都抵才由美國轉來，我聽見講彼丫的醫學眞進步，遂𣍐曉講：『美國醫學的進步』？」

雅信想了想，在回台灣之前確實在美國參觀過不少大小醫院，所以「美國醫學的進步」倒不必怎麼準備，可以想到什麼就說什麼，尤其她又拗不過關馬西的死死懇求，最後也只好勉強答應下來，順便調侃他一下：

「若不是你有嘴講到沒涎，我才𣍐答應你去演講。」

「你給我關馬西眞有面子，眞多謝，雅信姐仔。」

接下來，關馬西問了加拿大長老教會本會的事情，雅信都一一給他回答了，末了，話題又回到「文化協會」的演講上來，雅信進一步問道：

「你講偲『文化協會』的演講是東時欲舉辦的？」

「二月二十六暗時八點。」

「阿地點是在嘟？」

「在『中山堂』。」

「嘟位是『中山堂』？連聽都不曾聽過。」

「啊，遂艙記得你抵才由外國轉來，『中山堂』就是古早的『公會堂』啦，光復了後才改名叫做『中山堂』。」

兩個人話也說得差不多了，最後關馬西跨出門限時又回過頭來叮嚀道：

「雅信姐仔，你絕對著來哦，你到時會看著眞多古早的朋友！」

二月二十六日晚上，雅信打扮齊楚，特別穿上在波士頓時福士特夫人親自為她選購的那件圓領翻袖淺紅套裙，戴上同色的美國女帽，翩翩由艋舺坐三輪車出發，於演講會前二十分鐘來到演講會場——「中山堂」，由於她是孤單的女人家，而且穿著又與眾不同，特別引人注意，下了車一走進「中山堂」的前堂，大群「文化協會」的會員便擁了上來，其中關馬西更跑在眾人前頭，第一個來跟雅信寒暄，重新把她介紹給從前已經認識以及從來都不曾認識的會員……

關馬西先介紹了幾個之後，迎面走上來一位面貌消瘦蒼白，戴一副無邊眼鏡的五十來歲男士，笑對雅信自動地說：

「你猶會認得我艙？丘醫生。」

雅信一時愣在那裡，那臉龐似曾相識，卻不知在哪裡見過，正在困惑之間，關馬西已插進來解圍道：

「雅信你遂𣍐記得丫！彼回幾若個人佮詹渭水做陣去你台中『清信醫院』討論『鴉片合法化』的代誌，其中彼個『陳欣先生』就是伊啦。」

說罷，陳欣與雅信兩人啞然失笑起來，雅信忙欠身賠罪道：

「失禮，失禮，離開台灣五、六年，眞多人的面都遂𣍐記得了了。」

「丘醫生，我沒見怪，因爲最近得著馬拉利亞，消瘦落肉，免講你𣍐認得，連阮牽手也強強欲𣍐認得。」

說得全場都哄然大笑了，笑畢，關馬西馬上插嘴對雅信說：

「陳欣先生是美國哥倫比亞大學畢業的，過去是『台灣信託局』的主任，這你大概攏猶會記得，阿伊即馬是『大公企業公司』的董事長。」

「阿你猶會認得我抑𣍐認得我？丘院長。」

聽了這話，雅信立刻向陳欣欠身行禮，而陳欣也隨即點頭回禮，表示兩人都默然心領了。

一陣熟習的聲音在雅信的背後響起，雅信趕緊轉過身來，見她面前立著一位圓臉寬額的男士，年紀與陳欣不相上下，留一小撮山羊鬍，帶一雙黑框眼鏡，在對她曠然而笑。雅信才只一瞧，便立刻認出了他，叫道：

「我料做是什麼人，原來就是台中『四方醫院』的院長，李喜先生。」

雅信才說完，不甘寂寞的關馬西馬上插嘴說道：

「但是你知影伊李院長即馬是何等人？伊是堂堂倘台中縣的參議員，也曾給人選做正議長。」

「豈敢，豈敢。」李喜連忙客氣地對關馬西說。

關馬西不但不稍事收斂，更且變本加厲，堂堂做起全群人的東道主來，拉了雅信的手，來到一位外表堅毅體型碩壯的中年婦人面前，對雅信說：

「即位就是倆李院長娘，謝愛女士，伊佮院長攏是倆台中『西屯長老教會』的長老。」

因為年紀相若，又同是基督徒，雅信與謝愛雖是初次見面，卻是一見如故，兩人互相鞠了九十度的躬。見她們兩人鞠躬完畢，關馬西又介紹謝愛身邊的一位眉清目秀風度翩翩的三十歲男人與他身側的一位二十五歲靦腆害羞纖細的女人，對雅信說：

「阿即位是李院長佮院長娘的公子，李一郎先生，伊是倆台中『仁愛中學』的校長。阿隔壁彼位是李校長娘，許美女士。」

雅信跟李一郎與許美都點頭為禮，接著關馬西又一一為雅信介紹下去，直到全場的會員都介紹完了才止。

這次的演講會十分成功，而台下聽眾的反應更是分外的熱烈，陳欣的講題是「台灣貪污的防患與懲治辦法」，而李喜的講題是「台灣人與中國人和平相處之道」，其他的講題也都與政治相關，唯有雅信的「美國醫學的進步」與政治無關，但由於她是演講者中唯一的女性，而講的又是台灣人久未聽聞的醫學新知，她受到聽眾特別的喝采，令她欣喜若狂，久久不能自已。

四

雅信由上海海運的二十五箱醫學藥品於「文化協會」舉辦的演講會後第三天才到，因為近來屢次聽到火車運送有中途盜杉與盜櫃的事情發生，雅信不敢叫火車託運，她去聯絡了艋舺的一家貨運公司，把二十五箱醫學藥品加上彭亭、彭立與她自己的行李，包了一台中型貨車運往台中的「清信醫院」，爲了安全起見，她還叫彭立押貨隨車同行，然後打算第二天早上，再跟彭亭連帶孫女三人坐火車下台中去。

沒料到這天晚上，艋舺傳說紛紜，聽說有一個賣香菸的台灣女人在「天馬茶房」前被一個查緝私菸的中國人用槍管敲擊頭部，流血過多，竟然死去，另有一個台灣男子在「永樂戲院」前被一個落荒驚逃的中國人亂槍射死，從這夜開始一直到第二日一整天，台北市的台灣人到處遊行請願，事情鬧到一發不可收拾的地步。

雅信耳朵儘管聽，因爲從前到中國大陸已看慣了學生的遊行與社會的動亂，也就不疑有他，猜想這遊行請願只是喧騰一時，不久就會平息下來，所以這晚洗完了澡，很早就上床休息，準備明天一早到台中去跟彭立會合。

第二天，天還沒亮，雅信就被槍聲驚醒，那槍聲十分遙遠，大概是由「城內」或「大稻埕」那邊傳過來的。雅信才起床梳洗，這時雅足也已經起來了，見了雅信，就皺眉對她說：

「聽收音機廣播，現此時全台北市實施戒嚴，你今日敢猶想欲落去台中？」

「我昨方已經叫彭立押貨轉去台中ㄚ，伊雖然年紀𣍐細，但沒出社會，也猶復干若囝仔咧，我放伊一個人在台中𣍐放心，我今日沒轉來去台中𣍐使！」雅信堅決地回答。

「但是戒嚴你欲安怎去？」

「我頂擺在上海的經驗，戒嚴罔戒嚴，人也猶會使行咧，漫成群結黨，舉武器佮兵仔抵抗就沒代誌，孤孤給我行到台北火車頭就好，火車一旦離開台北市就安全ㄚ。」

「但是彭亭佮伊的兩歲囝仔欲安怎？」

這倒給雅信一個難題，是她始料未及的，她自己一個人行動方便，但多帶一個女兒加上孫女行動就大受限制了。因此跟雅足商量的結果，決定把彭亭她們母女暫時寄留在許秀英的家裡，雅信一個人先回台中，等台中一切都安頓下來，而台北戒嚴也解除了，再接她們母女到台中來。

於是吃過早飯，雅信就辭別了許秀英、雅足及彭亭，穿上福士特夫人買贈的那件淺紅套裙，戴上那頂淺紅的女帽，拎了裝有重要證件與現鈔的手提包，直往台北火車站走去。

儘管戒嚴，艋舺一帶卻不見半個中國兵，倒是街頭巷尾三五成群，聚了一堆人，在傳達或商討昨天發生的事情，雅信也沒有閒情去聽，心裡只懸著台中的彭立，左拐右轉，一步一步向「城內」走近，愈是接近「城內」，愈是聽到槍聲，此起彼落，令人心寒。

爲了安全起見，雅信不敢走通衢大道，儘量抄小路前行，所以一進「城內」，她就儘快閃進「新公園」，那裡面樹木既多，又沒有中國兵，是最安全的通行之道。她本來打算從「博物館」前的公園北邊出口出去，走「館前路」直達火車站，卻見「博物館」前的「襄陽路」站了一排中國兵，她只好改變主意改由公園的東邊出口出去，她這時的打算是出了那出口，只需橫過「公園路」，便是那南北縱亙的「台大醫院」，一進醫院她就可以毫無戒心地從南邊的大門沿病房走到北邊的小門，一出了那小門，台北火車站只是咫尺之遠罷了。

一旦做了決定，雅信便依計而行，她小心翼翼地從公園的東邊出口溜出來，左顧右盼都看不到中國兵，便高興地越過了「公園路」，萬料不到才踩到路對面的陰溝石，便望見三部開篷的大卡車從南邊「台北賓館」的門口開進這「公園路」來，那車斗上盡是穿棉襖軍裝的中國兵，車頂上架著機關槍，三部卡車沿著「公園路」迤邐做S狀的巡邏，一會兒開到路左邊，一會兒開到路右邊，那車上的機關槍一遇到任何移動的目標，就不分青紅皂白盲目掃射，幸虧雅信眼明腳快，在那卡車還沒開到那丁字路口之前，已躲進「台大醫院」邊界的那一排千里香做屏的矮籬，趴在地上，不敢動彈，一直等到那三部卡車走進「公園路」，拐入「襄陽路」而不見了蹤影，她才氣喘吁吁自地上爬起，奔向「台大醫院」的大門去。

一進「台大醫院」的大門，雅信發現那廣大的前廳躺著五、六十個人體，都是受槍傷的，有的有人照顧、有的被遺棄了、有的在呻吟、有的已經斷氣，但一律血漬斑駁，令人嘔吐，全場只有一個戴深度黑框眼鏡的中年醫生，帶一個隨身的護士在工作，他們後面跟著兩個抬擔架的工友，那醫生蹲下來一一為傷患檢查，遇到傷輕可救的，他就點頭示意叫身後的兩個工友把那傷者抬進急救室去急救，遇到傷重無望的，他就搖頭把那傷者撇下，去看下一個傷患了……

驀然，一大堆人從醫院大門口闖進來，有兩個青年抬著一個十六歲的少年走在前頭，後面緊緊跟著一對五十歲的中年男女，再後面拖著一對七十歲的老阿公與老阿婆，哭哭啼啼地都想往醫院裡面去，大概瞥見了在前廳為人檢查的醫生，便轉了方向對著他走來，把那少年在醫生面前平放下來，雅信一時好奇，也偎近去看，只見那少年躺在地上，肚子上還綁著一只小便當，他雙眼緊閉，卻還張口在呼吸，他全身都好好的，只是額上受到槍傷，那頭蓋骨破了一個雞蛋大的洞，洞口滴著血，洞裡是白色的腦髓，那迴曲的腦溝歷歷可見……

醫生把那少年的頭翻來覆去，看了幾下，抬頭對他的護士會心地瞟了一眼，默默搖起頭來，想撇下那少年去檢查別的傷患，冷不防立在一側的老阿婆在醫生跟前雙腿一跪，一把鼻涕一把眼淚，叩頭懇求起來：

「先生啊，請你手勢舉高，救阮孫，伊是三代單傳的哦……」

雅信再也不忍心看下去，便從人牆裡擠出來，才看見剛才抬少年的其中一個青年在對一個圍觀的中年男子感傷地說：

「伊是小工，早起行路欲去大稻埕做工，一下出門就去給兵仔開槍打著，偲老爸、老母、阿公、阿媽規家攏也踮踮來。唉……看扮勢是沒望丫！」

那腦傷的少年令雅信想起自己的兒子彭立來，這才猛然記起她是要到台北火車站搭車下台中的，她實在沒有多餘的時間可以躭擱在這哀聲四起血肉模糊的醫院，便划開腳步，沿著病房的走廊走到醫院北邊的小門，悄悄從小門溜了出來……

雅信向前走了一段路，再橫過「忠孝西路」，台北火車站已近在眼前，她發現站前的廣場上沒有中國兵的影子，喜出望外，忙加快步伐，向前邁去，沒料到離火車站百步之遙，猛然從火車站裡衝出了一個中國兵，端著上刺刀的步槍，大聲把她喝止，看她停了腳步，那中國兵才改跑步成慢步，槍口一直對住她，徐徐向她挪近，一直來到她的跟前，用刺刀抵住她的胸口，嘀嘀咕咕的，也不說正宗的北京話，只跟她說些她聽不懂的中國土話。

雅信起始有些嚇得不知所措，等定睛把那中國兵仔細端詳一會，才發覺對方不過是十六、七歲的少年，臉上還有未脫的稚氣，就像她的兒子彭立一般，她也就不再害怕。不知怎地，這時又幽然憶起在上海時中國兵對美國水手恭敬的情景，而自己現在的穿戴又純粹是美國式樣，忽然靈機一動，何不乾脆裝成美國土生的華僑，既不說台灣話，也不說北京話，直接用對方聽不懂的英語跟他說話？心計既定，她就開始比手劃腳，然後一字一字客客氣氣對那中國兵說：

「I have a baby in Taichung, I must go to see him.」

爲了讓對方容易意會，雅信故意用「baby」而不用「boy」，果然這個「baby」發生了效果，對方了解了，因爲她看見那年輕的中國兵點了三下頭，而且臉還緋紅起來，似乎爲了阻止她而向她表示歉意，他把刺刀由她胸口移向天空，揮手請她上路。雅信忙不迭地欠身向那少年兵感謝了一番，急急走向火車站去。

進了台北火車站，雅信大感意外，偌大的候車室，竟然見不到半個人影，整個建築闃然無聲，只有當她走路的時候，才引起迴響。雅信不肯相信，於是走到售票口，向裡面探望，也見不到售票人員，再向前走到那柵欄的入口，所有車廂都是空的，連那幾支火車頭的煙囪也不冒煙。她終於死了當天趕回台中的心，戒嚴不但停止人的活動，連火車交通也停止了。

走出火車站時，剛才那少年兵已經不知到哪裡去了，雅信越過「忠孝西路」，往艋舺方向的回途走，她不想從原路回去，於是便尋找曲折的小巷往前走，她穿過了大半個「城內」，已經快走到艋舺邊界的「小南門」了，突然聽見身後有腳步聲，回頭一看，才發覺一個四十歲左右的中國兵，持槍跟隨她走進一條無人的小巷裡來，那中國兵愈跟愈近，最後搶了幾步，用槍口抵住她的背。雅信並不驚慌，既已有了台北火車站那回經驗，她想如法泡製，裝成美國的華僑，用英語對他說話，可是才準備轉頭，便被背後的中國兵用潮州話大聲喝阻：

「獪使振動！」

雅信果然不敢動了，對方才又命令道：

「手舉高高！手舉高高！」

等雅信把雙手舉高，任手提包沿手臂掉落，斜掛在右肩上，那中國兵便用槍口頂她，逼她走到一堵磚牆前，然後命令她：

「跪落！跪落！」

雅信困難地跪了下來，驀然，台大醫院那做工少年額上雞蛋大的破洞在眼前浮現，她感到一陣痙攣，全身顫抖起來，她想生命要完結了，這天將是她的忌日，於是她閉了眼睛，默唸起「詩篇」第二十三首來：「……縱使我走過死蔭的幽谷，我也不再恐懼，因爲祢與我同在，祢的杖與祢的竿使我安寧……」才唸到這裡，她便感覺有一隻手觸到她的肩，隨著，那肩上的手提包順著她的手臂騰空上昇，最後從她的指尖溜失不見了。雅信下意識地轉頭想看個究竟，猛被槍口在背上捅了一下，聽見背後怒聲喝道：

「艙使振動！振動就給你一槍！」

此後雅信便馴馴服服不敢再動，只覺得那槍口自背上悄悄移開，而那腳步聲也漸行漸遠漸低，最後終於聽不見了，但她依然不敢動彈，又跪了好久，直到膝蓋跪痛而開始發麻了，她才小心翼翼地轉頭偷望，整條巷子已空空如也，連那中國兵的影子也不見了，雅信這才放膽立了起來，循著巷子，走向巷口，掩掩藏藏，怕那中國兵又再度出現，來到巷口，不料在那乾水溝底發現了被丟棄的手提包，她趕緊蹲下身子拾了起來，手提包已經被打開，她檢查一下，現鈔都不見了，還好所有證件都還在手提包裡。

她一路心驚肉跳，隨時都頻頻轉頭，看有沒有人跟在後面，一回到艋舺家裡就把許秀英雙手抱住，叫道：

「啊，阿娘，感謝上帝的恩典，今日我撿著一條命！」

五

雅信在艋舺家裡呆了幾天，天天盼望事件早些平息下來，終於盼到第三天，戒嚴解除了，而且火車又恢復通行，這才高高興興來台北火車站，買票搭車回到台中來。

一下台中火車站，走不了多遠，便回到久別的「清信醫院」與「產婆學校」，她先到「清信醫院」的那幢二層樓房去，想探望一下六年前向她承租的牙科醫生，那門是關著，卻沒上鎖，所以雅信只轉了門鈕就進去了，才發現人去樓空，除了房間一桶沒倒的垃圾，房裡什麼東西也沒有，她爬上做爲住宅的二樓，也跟一樓一樣，從前那對牙醫夫婦已不知幾時搬走了。

從「清信醫院」走出來，雅信拐向樓側那三幢相連的產婦病房來，才發現那病房的門敞開著，病房裡的所有病床已被搬走一空，一張也不剩了，第一幢病房如此，第二幢病房如此，第三幢病房也如此。出了病房，雅信走進「產婆學校」的學生宿舍，那宿舍裡的他他米都已潮濕長霉，不能再睡人了。再往前走，雅信最後來到「產婆學校」的禮堂，才把門推開一條縫，一股薰鼻的惡臭便迎面衝來，把門全部打開，這才發覺滿水泥地都是屎糞，再仔細查看，更在屋角見到一口豬槽，有誰竟然在這裡養豬，把禮堂當成豬寮？雅信深深感到不解，把門重重地關了，連連搖頭，返身踅了回來……

當雅信又來到產婦病房，驟然有一個三十歲左右的中國兵從那敞開的大門闖進來，雅信一時大驚失色，正不知往哪裡逃，卻不料那中國兵已奔到雅信跟前，雙腿往地上一跪，全身打顫，面呈死灰，向雅信哀求道：

「你觀音菩薩，大慈大悲，救苦救難，求你救我一條命……」

聽了這話，再瞧那中國兵雙手空空，雅信才放下一顆心，忙問他道：

「怎麼哪？」

「有人要殺我……」

雅信立刻就意會了，便做了一個手勢，叫他跟她走，她急步帶他穿過那三幢病房，來到學生宿舍，掀開了一塊他他米，叫他躲進他他米下的通氣室，把那塊他他米放回原處，她才慢條斯理地走回產婦病房，這時已經有三個台灣學生奔進來，十七、八歲的樣子，一個拿木棍，一個提武士刀，一個還抓一把手槍，怒氣衝天，其中那抓手槍的學生逢著雅信便問：

「彼個人走嘟去？」

「啥人？」

「彼個阿山兵仔，伊走嘟去？」

「我沒看見。」雅信若無其事地回答。

「你沒看見？安倪絕對是走由後面去！」

說罷，三個學生便往裡面衝進去，雅信也不去理會，只管立在病房的門邊，任他們到後面的學生宿舍和禮堂尋找去，一直等他們繞了一個大圈又走回來，垂頭喪氣，失望地從病房的大門走出去，而且去很遠了，她才到學生宿舍，掀開他他米，叫那中國兵走出來。那中國兵連連向雅信道謝了一番，在病房的門口東張西望，確定看不到台灣學生了，才一溜煙消失不見了。

那中國兵才出去幾分鐘，突然又有一個人闖進病房裡來，雅信定睛看時，原來是彭立，他穿他愛穿的那件深藍色布衫和黃卡其褲，臉色蒼白，氣喘咻咻，見了雅信，竟說不出話來，雅信忙問他道：

「你是安怎？」

「我……我……我差一點仔就去給人打死……」

「給中國兵是否？」

「不是……」彭立連連搖頭：「給台灣兵……」

「台灣兵哪會欲加你打死？」雅信大惑不解地問。

「因爲偲看我穿這衫干若中國人，所以見面就用日本話問我是什麼人？用槍抵在我的胸坎，欲加我打死……」

「阿你都在日本讀中學，日本話氣昂❻干若什麼咧，遂繪曉加偲回答？」

「是啊，但是忽然間驚一蹈，一時遂講繪出來……」

「阿尾仔咧？」

「尾仔我才用手指講即間『清信醫院』是阮厝，『丘雅信』是阮老母，偲才放我行……」

聽彭立說畢，雅信便把他抱在懷裡，低頭禱告說：

「感謝上帝的恩典，祢今日復救阮一條命！」

六

台灣的局勢繼續緩和了幾天，雅信與彭立母子兩人每天忙著整理那二十五箱醫學藥品，雇人來清掃醫院、病房、學生宿舍，特別是那養過豬的禮堂，費了九牛二虎之力，才把豬糞的臭味洗刷乾淨，正準備購置傢俱，請鐵匠來重新製作病床，卻從台北傳來消息，說有一艘叫「太康號」的中國軍艦，本來是要派到日本執行佔領任務的，突然改變計劃，載了八千多中國官兵，離開上海駛向基隆，不日就要登陸，於是台北人心惶惶，政府又下了戒嚴令，頓時整個台灣的局勢又緊張起來。

❻氣昂：台語，音(khiang)，意(棒，很棒，能幹)。

台中有一部分市民紛紛往鄉下疏散，特別向埔里與霧社方面的山區去避難，雅信自認一向與政治無涉，何況台中的鄉下也沒有半個親戚朋友，只好躲在自己的醫院裡，祈願亂事早些過去，爲了怕戒嚴過久鬧飢荒，她事先向附近的米店買了一大包一百斤的米來家裡囤積，還怕不夠，更向鄉下的農民買了幾大袋蕃薯，以備米吃完後改用蕃薯來充飢。雅信才把應急的糧食準備妥當，便看見一卡車又一卡車的中國兵由台北開進台中，隨著，全市各處響起槍聲，接連幾天幾夜都得不到片刻的安寧。

有一天下午，關馬西闖進「清信醫院」來，髮鬚不修，垂頭喪氣，逢著雅信便對她說：

「代誌不好ㄚ！倆一割朋友攏給人掠掠去ㄚ！」

雅信用她那雙圓滾的眼睛瞪他，幾乎不敢相信自己的耳朵，輕聲地問道：

「啥人給人掠去？」

於是關馬西開始說誰被抓去，把被抓去的朋友一個個點給雅信聽，末了他才說：

「連陳欣也給人掠去ㄚ。」

「阿伊是安怎給人掠去咧？」

「都講有一日，一隊中國兵開一台卡車來停列𪜶厝門腳口，牆圍仔門撞咧就入去。𪜶厝本來有飼兩隻軍用狗，看著生分人入來，當然就加𪜶吠，欲加𪜶咬，𪜶就將身軀頂的槍拔出來，當場打死一隻軍用狗，第二隻驚一下，緊匿入去宿舍下腳的通氣孔不敢出來。𪜶沒褪鞋就撞入去厝內，加𪜶厝內面的人講欲找陳欣去講話。彼個時陣陳欣馬拉利亞病到當厲害，抵才吃過生牛奶，倒在眠床頂畏寒，規身軀奇奇震，聽見外面有人來欲找伊，伊就家己由棉被內爬起來，出去佮彼中國兵的頭講幾句話了後，就越頭對𪜶太太講：『沒代誌啦，我也沒做什麼，我佮伊出去一下就轉來。』

怹太太看伊沒穿外口衫，規身軀猶列震，就對伊講：『請等一下，我入來去提オーバ❼給你穿。』其中有一個會曉台灣話的中國兵開嘴對陳欣講：『緊來去啦！有穿沒穿攏像款啦！』陳欣一去，幾若工攏沒轉來，也沒伊的消息，有人講伊在某某所在給人槍殺，但是怹厝的人去找，仙找都找沒伊的身屍，怹太太𣍐吃𣍐睏咧，規日攏列哭。」

雅信聽罷，搖頭歎息起來，道：

「免講伊去給人槍殺，孤伊彼馬拉利亞，彼伲厲害，沒人照顧也會死。」

關馬西長吁短歎了好一陣，意猶未盡，又開口說道：

「你知影李喜怹爸仔子？怹兩個也給人掠掠去。」

這話大大令雅信震驚，因爲陳欣住在台北，離台中似乎相當遙遠，可是李喜父子就住在台中，而且他的太太和媳婦還在上回「中山堂」的演講會場上見過，她更能感到切膚之痛，因此急迫地問道：

「阿怹是安怎給人掠去？」

「都講昨方早起有人扛一個著槍的人來『四方醫院』給李喜醫，彼下晡就有一隊中國兵來醫院掠李喜去，講伊醫暴徒的傷有罪，沒外久李一郎由外口轉來，聽見怹老爸給人掠去，趕緊出去四界走找，也遂有去沒轉來，到今日攏也沒怹爸仔子兩個人的消息，謝愛較勇敢，孤目睚紅紅，恬恬仔煩惱，許美較軟弱，哭到干若什麼咧。我抵才由怹彼丫來，阮查甫人較歹勢，您平平是查某人，會使去加怹安慰一下。」

❼オーバ：日語，音(ō-ba)，意(大衣，源自英文over-coat)。

雅信想了想，也同意關馬西的說法，便問他道：

「阿偲『四方醫院』是在嘟？」

「光復路一百二十號。」關馬西回答道。

關馬西一走，雅信立刻把「清信醫院」交代給彭立，自己一個人便往「四方醫院」尋來，這時天上陰霾，烏雲重重低壓在頭上，令人感到無端的沉悶與抑鬱。

來到「四方醫院」，醫院的大門虛掩著，雅信一推就開了，她走了進去，發現謝愛與許美婆媳兩人都坐在候診室的木條椅上，大概是在等候任何消息，一見到雅信，婆婆就立即從椅上立起，迎了過來，而媳婦正如關馬西說的，仍繼續在哭泣。婆婆把關馬西對雅信說過的話又重新向她敘說了一遍，雅信只有點頭，不知如何安慰她們，也只好陪她們坐在木條椅上，深深歎息，默默地望著玻璃窗，也不知道陪她們坐多久了，終於聽見打在玻璃窗上的雨聲，屋外竟下起毛毛雨來了……

傍晚的時候，忽然聽到大門的敲門聲，雅信腳快，最先跑去開門，赫然走進來一個中國兵，這人四十歲左右，披一件橡膠雨衣，看他頭戴的軍帽與腳穿的皮靴，顯然是個軍官的樣子，他逢著雅信，就用北京話問她：

「這是李喜的家嗎？」

立在雅信後面的婆婆與婦媳都不懂北京話，正巧雅信可以當她們的翻譯，當下便把那軍官的話譯給她們聽，婆婆立刻迎了上來，焦急地說道：

「是啦，我就是李喜的太太，敢有李喜佮李一郎的消息？緊加阮講！」

雅信把婆婆的話又譯回給那軍官，只見那軍官破口而出：

「李喜和李一郎都被槍斃了，他們死前跪在地上，用頭劃十字，低聲在禱告，因為我也是基督徒，心裡不忍，就走過去問他們，死前有什麼話要交代，我可以代為轉告，李喜就對我說：『請你叫我太太和媳婦來收我們父子的屍體。』我就問他你們家的住址，他告訴我說：『光復路一百二十號。』所以我才找到這裡來，偷偷告訴你們。」

雅信極不情願地把軍官的話翻譯了，婆婆聽完，咬緊牙根，面呈鐵青，而那媳婦則哇地一聲，哭成淚人，斜倒在木條椅上去了。那軍官見到這場面，頗為所動，頻頻霎動眼睛，眼角閃閃有淚光，他連連搖頭，欲語又止，但終於囁嚅說道：

「對自己的同胞，這實在是很慘的事，我當兵那麼多年，從來也不曾見過。」

雅信正躊躇是否要把這話翻譯，卻聽見婆婆剴切直接地對她說：

「問伊看屍體即馬在嘟位仔？」

雅信把婆婆的話轉給那軍官，那軍官立即回答道：

「在『台中公園』大門口。」

說罷，那軍官就低頭轉身邁了出去。

媳婦還倒在木條椅上繼續痛哭，婆婆橫眉冷眼對她說：

「免哭啦！來去收屍較實在！」

婆婆說罷，自己從大門走出去，過了一會兒，才進來對她的媳婦說：

「隔壁拖牛車彼阿三哥，拜託伊來去拖身屍不敢去，甘願牛車欲借倆，伊不去倆家己來去，目瀰拭拭咧，行啦！」

她們三個女人，連傘也沒帶，在雨中踽踽而行，那婆婆坐在車頭，左手拉繮，右手揮鞭趕牛，往「台中公園」去，那媳婦與雅信跟在車尾，媳婦時時跪倒在地上，雅信一路把她自地上扶起……

來到「台中公園」大門前，那裡有一大堆屍體，橫七豎八，雙手一律用蔴繩綁在背後，婆媳兩人把屍體一具一具翻起來檢查，檢查了半天，婆婆終於叫起來：

「兩個攏在即ㄚ啦！」

婆媳兩人開始抬屍體，婆婆體壯抬起屍體的一頭，另一頭的媳婦體弱不但抬不起來，反而被屍體壓在地上，雅信連忙奔過去幫忙，才勉強把屍體抬上牛車，既抬了第一具，三個女人又合力去抬第二具，已經都放在牛車上了，婆婆才循原路，把牛車趕回「四方醫院」……

她們把兩具屍體都抬進家裡的洗澡間，婆婆脫掉屍體上穿孔的血衣，開始洗屍，媳婦卻不動，儘靠在洗澡間的門上慟哭，婆婆一邊洗屍一邊呼道：

「哭沒路用啦！家己的翁家己洗啦！」

雅信從「四方醫院」出來時，天已全黑，從下午開始的毛毛雨不但沒有停過，雨勢反而愈來愈大了……

七

「二二八事件」三個月後，雅信才把「清信醫院」整頓完畢，重新開業，這時女婿王定一也恰好從上海回到台灣，他在台北與彭亭同住了一陣子，想自己開業，沒有錢，想找公家醫院工作，卻又到處碰釘子，不得已，才全家三人南下台中，在雅信的「清信醫院」幫忙，等雅信看病看累時，由他代看，可是說也奇怪，所有產婦給他看過一次後，就不願再給他看，寧可多等些時候讓雅信看，因此他的病人愈來愈少，終致沒人願意給他看，他覺得鬱鬱不得志，所以才回台灣不到三個月，他又舉家搭船回上海去了。

彭立自小都是與姐姐彭亭相依為命的，眼看姐姐跟著姐夫又回上海去，他頓時感到孤獨起來，於是有一天就對雅信說：

「我沒想欲住台灣，我想欲來去日本。」

「為什麼？」雅信疑惑不解地問。

「台灣四界攏列刣人，我眞驚，所以才想欲來去日本。」

「阿你去日本欲創什麼？」

「想欲讀神學院。」

「𣍐使，因為日本即馬戰敗，國家眞散❽，人民沒飯通吃，欲去較慢才去。」

雅信說的是實話，可是彭立卻認為是母親的緩兵之計，就威脅道：

「你若不給我去，有一日我會家己藏船偷走來去。」

「你藏船偷走，萬一若給人掠著，會給人加你送去火燒島，到時看欲安怎？」

儘管雅信多方解說，但是一點用處也沒有，彭立仍然堅持要去日本唸神學院，在萬般無奈的情況之下，她忽然想起「香港神學院」來，便對彭立說：

「你若決心欲讀神學院，哪著絕對去日本？別位也會使，遂𣍐曉去『香港神學院』讀，彼校長我都訬伊，阿你也佮伊看過一遍面，伊的校舍復眞清幽，你若欲，我先加伊寫一張批，講你愛

---

❽散：台語，意(窮)。

去伊彼丫讀書，我想是沒問題，你想安怎？」

彭立想了想，既然日本去不成，只要能夠離開這令他恐懼的台灣，到「香港神學院」唸書，也總比留在台灣好，於是便欣然同意了。

雅信當天就寫信給「香港神學院」的校長，把兒子的意願告訴他，對方很快就回信，表示無限歡迎彭立去就讀，事情就這麼決定了。

一個禮拜後，雅信替彭立買好船票，把身邊剩下的三百元美金都給了他，到基隆送他上船，見他離開台灣到香港去了。

八

才送走彭立去香港後沒幾天，雅信便收到關先生從廣州打來的一通電報，電報裡說吉卜生牧師自加拿大坐船到上海，由上海換船到香港，在香港的時候曾與他聯絡，於是他自廣州趕去香港會吉卜生牧師，吉卜生牧師只在香港受了他三天的招待就匆匆搭船，急著想到台灣來看她，現在船已在海上，不日就可以在高雄上岸。

接了關先生電報後的第三天，雅信又接了另兩封電報，是吉卜生牧師親自從高雄打來的，電報只簡單地說他現在在高雄港的船上，沒能離船登岸，急切盼望她能到高雄船上見他一面。

接到吉卜生牧師的電報時，剛好關馬西來「清信醫院」探望雅信，雅信便把電報拿給他看，問他說：

「敢有船靠岸、人𣍐使上岸的代誌？」

「普通是沒可能，這其中必有緣故，沒親身去高雄上船問伊不知影。」

「我想即馬就欲來去高雄見伊，但是復驚講萬一若發生什麼代誌，看欲安怎？」

「你若驚，否我佮你鬥陣來去，橫直我即久都閒閒，而且高雄我定定列走，路沒一個比我復較熟。」

於是關馬西便陪雅信坐飛快車往高雄來，在火車上關馬西由於好奇，頻頻問起吉卜生牧師的事，雅信只好一五一十把她與吉卜生牧師兩人認識的經過說給關馬西聽，聽得關馬西連連點頭，讚道：

「有一個外國牧師由彼倪遠的加拿大來台灣看你，實——在——沒簡單！」

他們一在高雄站下車，關馬西便領雅信往港口來，在那碼頭上早停了一隻商船，一問那看守的碼頭警察，果然是從香港駛來的，正想進一步問他船上是不是有一位叫吉卜生牧師的乘客，沒料吉卜生牧師已在甲板上大呼：「雅信！雅信！我在這兒！」雅信也見到了，便跟那警察說他們只想上船跟那洋人說幾句話就下來，那警察答應了，於是她與關馬西就爬上那段扶梯來到船上的甲板，吉卜生牧師早迎了過來，握住雅信的雙手，高興而親熱地猛搖，大聲說道：

「我在溫哥華聽人說台灣很亂，台灣醫生都被槍殺了，特別是那些到過外國的，有人甚至說你可能已經死了，我十分著急，照原來的計劃，我是稍晚一點才要來台灣的，現在只好提早趕來，坐船由溫哥華到上海，由上海換船到香港，再從香港轉到台灣來。啊，看到你活著，眞高興，我終於放心了！」

因爲見到雅信一時太興奮了，只看到雅信，沒看到別人，這時吉卜生牧師才注意雅信背後立著一個也著牧師裝的男人，便偷問雅信那是誰？雅信於是退後一步，用英語爲他們兩人介紹道：

「這位是關馬西牧師，他是我在日本留學時的老同學跟老朋友……而這位是吉卜生牧師，我在加拿大時幫過我很多忙，大家都叫他『上校』，而他也以『上校』爲榮。」

兩位東西牧師握手寒暄了幾句，關馬西立即把話鋒一轉，用他那帶日本腔的英語問吉卜生牧師道：

「聽說你不能下船上岸，不知道是什麼原因？」

「我沒有護照。」吉卜生牧師直接了當地回答。

「沒有護照？」雅信驚異地叫了起來：「那你怎麼上香港玩了三天？」

「雅信，你怎麼忘了？香港是英國的殖民地啊，我是英國籍，還用護照幹嘛。」吉卜生牧師微笑地說。

「但台灣可不是英國的殖民地，麻煩就出在這兒。」關馬西在旁插嘴道。

三個人集思廣議，想找出解決的辦法，一時又找不出什麼辦法來，忽然關馬西雙手一拍，叫了起來：

「給我想到了！這高雄市長叫『楊啓川』，我認識他，因爲他是教友，而且我還替他的女兒主持過婚禮，他一定跟這裡的海關人員很熟，我帶雅信一起去找他，一定沒有問題。」

於是關馬西與雅信便下船，叫了一部三輪車，驅車來到高雄市的市政廳，一問之下，知道楊啓川剛好在市長室辦公，關馬西馬上遞了名片求見市長，市長親自來門前歡迎他們兩人進去，關馬西也不客套，開門見山就對楊啓川說：

「即位是丘雅信女士，伊是台中『清信醫院』出名的醫生，伊有一位加拿大的好朋友，叫做『吉卜生牧師』，由加拿大特別到台灣欲來看伊，因爲身軀頂沒護照，即馬在船頂𣍐得上岸，是不是會使請你幫忙一下？」

「你講伊的船即馬在嘟位？」楊啓川市長問道。

「都在俑高雄碼頭啊。」雅信插嘴回答道。

聽了雅信的話，楊啓川市長拍拍胸膛，高興地說：

「沒問題，沒問題，伊既然是你加拿大的好朋友，我就加伊保證，叫海關特別開一張條仔給伊上岸住幾工仔，四界去看看咧，一點仔問題都沒！」

楊啓川市長言出即行，拿起電話筒，只跟海關人員說幾句便把事情解決了，在關馬西與雅信離開市長室的時候，市長最後對他們說：

「俑長老教會的鼻祖是由加拿大來的，伊復是加拿大的牧師，伊是您的教友，當然也是我的教友，我著愛好禮款待一下。您先去高雄海關提字條，我已經有加伲交代，有彼字條伊就會使上岸，您下晡先迾伊去高雄附近四界旋旋❾咧，今晚才來我即丫，我欲大大請伊一頓。」

當關馬西與雅信來到高雄港的海關時，海關人員果然已把放關的紙條準備好了，雅信高高興興地拿了紙條到船上請吉卜生牧師上岸，吉卜生牧師也眞快活，提行李下船的當兒，順便把兩盒紙箱交由雅信，對她說：

「這兩箱衣服是我特地從溫哥華帶來迭你的。」

雅信盛情難卻，連忙向他道謝一番，關馬西在旁，把吉卜生牧師對雅信的熱情默默看在眼裡。

❾四界旋旋：台語，音(si-koe-se-se)，意(到處轉轉)。

這下午，關馬西帶雅信與吉卜生牧師到高雄的「壽山公園」與「愛河」遊歷了一番，等到天黑，便相率到市長公館，被市長邀到附近的一家大飯店，給吉卜生牧師開葷，吃了一頓豐美的盛筵。

九

接連幾天，雅信帶著吉卜生牧師由南而北拜訪了高雄、台南、嘉義、彰化、台中各地長老教會，每到一處，教友就隆重設筵盛大歡迎，雅信還頗節制，可是吉卜生牧師胃口極好，大吃大喝，來者不拒，大概是一生從沒吃過這麼多油膩的中國菜，等來到台中參觀過雅信的「清信醫院」和「產婆學校」之後，竟然上吐下瀉起來，於是全身虛弱，接著口乾、喉痛、視力模糊，最後連吞嚥及呼吸都感到困難。雅信知道事態嚴重，連忙把他送進「台中醫院」檢查，檢查的結果是吉卜生牧師得了「阿米巴痢疾」，非得立即住院不可，而這病又不是平常小病，一旦住院非住上三、四個禮拜不可能出院，雅信把這事告訴了吉卜生牧師，吉卜生牧師焦急起來，說道：

「這怎麼辦呢?住院事小，我不能在台灣久留事大，你那市長叫海關給我的條子只准許我在台灣住幾天，現在這病卻要我住幾個禮拜，這件事非先解決不可。」聽了這話，雅信胸有成竹地回答他說：

「這件事你放心好了，在淡水『紅毛城』有你們『英國領事館』，待我去那裡見你們的領事，把你的情形詳細跟他說明，看他要臨時發護照給你或是什麼的，反正他們一定知道如何解決你的居留問題，你只管安心住院好好養病就是了。」

當天雅信就由台中坐特別快車到淡水「紅毛城」來，「英國領事館」就設在「紅毛城」上，從小時初進「淡水女學」以來就幾乎天天見到它，只是從來也沒上去過，這天爲了吉卜生牧師的緣故，便壯了膽子爬上城梯跨了進去。

那接見雅信的英國領事大約四十五歲，留一大把濃密的鬍鬚，兩眼炯炯充滿活力，他聽了雅信的敘述之後，安慰她說：

「這事情很簡單，一點問題也沒有，只消我打一封急電去給中國外交部在台灣的支部，吉卜生牧師就可以獲得暫時居留權，他要留多久就可以留多久，只要不超過半年就行了。」

居留問題既已解決，吉卜生牧師便安心在「台中醫院」住院下來，雅信儘可能撇下自己的業務和病人，天天去陪他，她看他一天拉十幾次，因爲吃膩了中國飯，每天只問麵包吃，可是這時節麵粉缺乏，通街買不到麵包，本來粗壯的身體，猝然之間瘦了一身肉，雅信爲他感到既可憐又心疼，但勉爲其力的，也只有天天代替住院醫生親自爲他打針，盡量跟他談話，解他的無聊以便忘記他的痛苦。

吉卜生牧師起先以爲自己會死，雅信百般安慰他，慇懃看護他，等危險期過去，而病體已慢慢恢復了，他開始天天問回加拿大的船期，雅信回答他說：

「你即使病好，也還是虛弱，爲什麼要坐船回去呢？大海裡搖晃，而且時間又長，不如坐飛機算了。」

「不，不，我是絕對不坐飛機的，我有預感，我若坐飛機，一定會栽飛機，我這一生發誓不坐飛機的。」

吉卜生牧師對飛機固執得近乎迷信，所以此後雅信也就不再勸他坐飛機了。

吉卜生牧師的病大有進步，雅信也替他覺得十分高興。有一天，在他們兩人聊天的當兒，吉卜生牧師突然心血來潮對雅信說：

「雅信，我是不是可以向你請求一件事？」

「你說吧，上校。」雅信微笑地回答。

「我看這病房又髒又窄，不如你的病房又乾淨又寬，我想搬到你的病房去住，你以爲如何？」

雅信鎖起眉頭，蹶起嘴來，回道：

「但我的病房只是給產婦住的，你一個男人去住怎麼好？」

「沒關係，你的病房那麼大，又不滿，你只消隔開一個角落給我住就得了，我又不會去騷擾你的產婦病人，有什麼不可以？」

「可是廁所呢？那是專門給產婦使用的女廁所，男人怎麼好意思進去？」

「這也不成問題，我不用病房的女廁所，我走一段路到你醫院的家庭廁所就可以了，我現在已經不拉，用不著廁所在我近邊。」

雅信拗不過吉卜生牧師的懇求，看他擠在語言不通的病人之中也怪可憐的，便答應了他，都依他的話辦了。第二天，吉卜生牧師便從「台中醫院」的大眾病房搬到「清信醫院」的產婦病房去了。

自從吉卜生牧師住進「清信醫院」的病房後，雅信對他的服侍就更加慇懃更加周到了，不到幾個禮拜，他不但病體痊癒，而且恢復了當初的健壯與矍鑠，這時有關雅信與吉卜生牧師的謠言卻在台中街巷傳開了。

有一天，關馬西又來訪雅信，開口就對雅信說：

「雅信，台中街頭巷尾即馬列傳什麼謠言你知否？列傳講有一個外國老伙仔⑩來住『清信醫院』，誠奇怪，彼查某醫生對伊眞好，伊復沒翁，打算欲嫁彼個外國番仔的款哦。」

「不通亂講，伊是萬不得已才來住我的病院，在加拿大的時陣，伊對我眞好，親像老爸彼款，我即馬不才奉待伊，親像查某子安倪。」

「但是我看伊對你干若眞有意思哦，否來的時哪會帶兩箱衫來給你，住也欲住你的病院。」

「不通亂講，關馬西。」雅信重複懇求道。

「雅信，我坦白問你一下，您兩個私下敢有什麼關係？」

「哪有什麼關係？伊破病，我專心看顧伊而而。」

「阿您兩個敢有結婚的意思？」

聽了關馬西的話，雅信始則吃驚，萬萬料不到他竟會問她連想都沒想過的話，繼之臉緋紅起來，把頭垂下，默默無語。

「雅信，我坦白對你講，我眞關心你的安全問題，你會記得嬒？陳欣、李喜給人掠去打打死，其他『文化協會』的人，死的死，失蹤的失蹤，春的也攏走到沒半個，尤其即馬共產的當列亂，政府四界掠人，磕沒著⑪就加你戴紅帽，『文化協會』的朋友你不但攏訒，而且二月二十六你也去演講，實在眞危險，我恐驚有一日來『清信醫院』，發現你也去給人掠去丫。」

---

⑩老伙仔：台語，音(lau-he-a)，意(老頭子)。

⑪磕沒著：台語，音(khap-bo-tioh)，意(動不動)。

「攏也你，若不是你來叫我，彼回我哪會去演講？這攏是你的罪過，你即馬猶列講啥？」

「就是啊，就是啊，就是親像俿北京話列講：『解鈴還須繫鈴人』，我早前害你，即馬不才想辦法欲救你。」

「你有什麼辦法通救我？關馬西。」

「我建議你佮吉卜生牧師結婚，你看，你若佮伊結婚，你就屬英國籍，政府就不敢掠你，誠安全，敢不是咧？」

雅信默默沉思了一會，終於點頭同意關馬西的說法，然後把頭一歪，躊躇地說：

「但是俌想欲佮人結婚，不著看人欲否？」

「我看伊對你彼倪好，哪有不的道理？」

「但是阮是查某人，哪好意思去佮人講即款代誌？」

「你佮伊訌彼倪深，復對伊彼倪好，哪會不敢去佮伊講咧？」

「阮不敢。」雅信忸怩地說。

於是關馬西拍拍露在衣服外面的肚臍，道：

「若是安倪，算代我⓬，我來去替你講！」

關馬西說罷，馬不停蹄，即刻就往吉卜生牧師住的產婦病房來，逢著吉卜生牧師，就單刀直入，毫不委婉地對他說：

「上校，我看你跟雅信感情很好，又同是基督徒，你們結婚吧！」

⓬算代我：台語，意(算在我身上，放在我身上)。

「我這麼老了，還結婚做什麼？不，不，我不結婚！」吉卜生牧師堅決地回答。

「結婚哪管年齡？如果兩人相愛，結婚有什麼不好？」

「她是那麼好的醫生，在台灣很有用，若跟我結婚，回加拿大去，台灣損失太大了，不好，不好。」

關馬西眼看直路不通，只好找旁的路，於是把話鋒一轉，開始問吉卜生牧師道：

「加拿大離台灣那麼遠，你怎麼會想到台灣來？上校。」

「因爲我在加拿大聽人說台灣醫生都被槍殺了，特別是到過外國的醫生，我就想到雅信，怕她也被槍殺了，所以才特地從加拿大坐船來台灣看她。」

「就是啊，上校，她雖然沒有被槍殺，可是現在生命依然十分危險，隨時有被抓去的可能，如果跟你結婚，她就可以改成英國籍，那麼她在台灣就十分安全了。」

吉卜生牧師不語，由他的表情可以看出他的堅持已開始動搖，關馬西一秒也不浪費，馬上進逼地說：

「就是爲了救命的關係，才請你跟她結婚。」

沒料吉卜生牧師終於點起頭來，道：

「只要能救她，我是什麼都肯幹的，因爲我這回生病，是她救了我的命，我現在反過來救她，是義不容辭的，何況我心底確實愛她，現在經你這麼說，我也只好答應了。」

關馬西眉飛色舞起來，開始去摸他的肚臍，卻被吉卜生牧師用手阻止了，說道：

「只是我不能呆在台灣，這裡的食物我不習慣，怕又要生病了。」

關馬西立刻給他保證說：

「沒關係，你儘管回加拿大，萬一有事，她再去加拿大找你就可以了。」

於是皆大歡喜，兩個人熱烈握起手來。

因爲吉卜生牧師是軍人身分，結婚需要獲得加拿大陸軍總部的許可，爲此雅信就帶他到淡水「紅毛城」的「英國領事館」來見領事，請他代打電報，與加拿大陸軍總部聯絡，這件事領事樂於爲吉卜生牧師效勞。公事既已完畢，那領事便與吉卜生牧師閒聊起來，問了他許多加拿大的事，最後話又回到這天的主題來，那領事問吉卜生牧師道：

「不知牧師對這次婚禮有什麼打算？」

吉卜生牧師不假思索，馬上就回答道：

「因爲兩人都是老來再婚，婚禮只求嚴肅，不想鋪張，既不邀人觀禮，也不設筵請客。」

「既然如此，婚禮就不必到教堂舉行，在我家的客廳舉行就得了，只是你必須找一位牧師替你們主持婚禮，再加上兩個證婚人爲你們作證。」

「那眞太謝謝你了，領事，不知道牧師臨時要到哪裡去找？」吉卜生牧師說。

聽了這話，雅信立刻插嘴道：

「就叫關馬西牧師嘛，坦白說，我們這個婚姻還是他一手牽成的呢。」

「但兩個證婚人呢？」吉卜生牧師眉頭微皺地說。

「如果你們一時找不到，那我跟我太太就充當你們的證婚人吧。」領事笑道。

於是一切婚禮的問題便全部解決了，吉卜生牧師與雅信向領事再三道謝，快快樂樂地離開淡水，回到台中來。

一個禮拜後，吉卜生牧師與雅信的婚禮，就依照計劃在淡水「紅毛城」隔壁領事公館的客廳舉行，屆時由關馬西牧師主持婚禮，由領事與領事夫人在旁證婚。領事夫人雍容華貴，穿一襲裸背拖地的長禮服，她特別親自準備了茶點，招待婚禮後的吉卜生夫婦與關馬西牧師，喝英國茶之前，關馬西向大家提議做一個禱告，領事摩挲著他那一大把濃密的鬍子，深鎖眉頭說：

「吃茶點也要禱告嗎？」

「短短就好，領事，短短就好。」關馬西笑嘻嘻地說。

眼看領事不再堅持，而其他人也不反對，於是關馬西便低下頭來，用帶日本腔的英語禱告起來：

「Our father who art in heaven, Lord Jesus Christ……」

喝完了茶，又嚐了幾口甜點，領事突然宣佈在他的圖書室裡有一瓶香檳，他問吉卜生與關馬西兩位牧師願不願意跟他到隔室去喝一杯，兩位牧師都異口同聲答應了，於是三位男士便從椅子立起來，吉卜生牧師特別有勁，挺胸收腹，脊椎筆直，領事見了，便稱讚他說：

「你看起來眞像個標準的軍人。」

吉卜生牧師馬上得意地回答：

「我本來就是軍人！而且以軍人爲榮！」

三位男士離開後，茶點的桌旁只剩下領事夫人與雅信兩個女人，領事夫人注視著關馬西的背影，一直等他消失不見了，才低聲對雅信說：

「你有沒有注意到那個關牧師？領帶歪向一邊，襯衫都跑到褲頭外面，他衣服爲什麼不穿整齊一點？你們同是台灣人，可以私下告訴他一下。」

「女人怎麼好意思跟男人說這些？」雅信回道：「而且說了也沒用，已經幾十年了，他一向都如此。」

婚禮一旦舉行完畢，吉卜生牧師便急著要回加拿大去，雅信也不阻止他，只是當船期到時，她正忙於爲產婦接生，一時沒能分身，便託關馬西代她陪吉卜生牧師下高雄，送他上船回加拿大去了。

十

這回吉卜生牧師回加拿大去，雅信以爲從此不會再見面了，沒想到過了半年，吉卜生牧師自己又回到台灣來，他一見到雅信，就帶一種憂戚的表情對她說：

「我的兒子結婚了，娶了一個寡婦，還帶來一個孩子，她工於心計，很會唆使我兒子，他已經不像從前那樣孝順了。」

「你把我們結婚的事告訴他們了嗎？」

吉卜生牧師點點頭。

「他們說了什麼沒有？」

「沒說什麼。」

因爲吉卜生牧師的兒子與媳婦遠在太平洋的彼岸，與她這邊的生活完全無涉，吉卜生牧師只是嘴上說，雅信姑且聽之，日子一久，也就全然把它忘了。

吉卜生牧師上回來台灣只是過境旅客，這回與雅信結了婚，他就有意想在台灣多住些時候，他認眞使自己適應台灣的生活習慣，但是有兩件事他始終無法克服，那就是語言與洗澡。

因爲這時在台灣會說英語的畢竟不多，除了在醫院裡可以用英語與雅信溝通，上了街就成了啞巴與聾子，既不會跟人說也聽不懂別人說什麼，這事令他痛苦萬分，不過最後，他終於想出了辦法。有一天，他高高興興地對雅信說：

「我終於可以跟我們煮飯的佣人通話了。」

「你已經學會台灣話了？」雅信萬分詫異地問。

「不是，」吉卜生牧師搖搖頭說：「我已經發現通話的方法了，那一天我想吃雞蛋，我就在紙上畫一個圓圈給她看，她點點頭就去煎了一個雞蛋給我吃，隔一天我想吃雞腿，我就在紙上畫一支掃把給她看，她點點頭就去剁了一支雞腿給我吃。你看，我無論畫什麼，她一看就懂，樣樣都給我辦到，我不必學台灣話也可以照樣通話啊。」

聽了這話，雅信確實爲吉卜生牧師樂開了。

至於洗澡的問題，吉卜生牧師無論怎麼想也始終得不到解決，因爲醫院的洗澡還是採用從前日本的方式，用的不是大澡盆，而是木板箍成只容一個人半坐浸熱水的「風呂桶」，那「風呂桶」爲了節省燃料本來就做得很小，而吉卜生牧師的西洋身體卻是又大又壯，每回洗澡必得硬擠才擠得進去，結果不像洗澡，倒像煮雞似地，也難怪每回看見吉卜生牧師穿浴衣從澡堂出來，雅信問他：

「你洗好了澡沒有？」

吉卜生牧師總是緺眉緆嘴，氣沖沖地回答：

「Already COOKED!!!」

聽了這話，雅信總是笑得嘴都合不攏來……

這陣子，許秀英經常從台北來台中的「清信醫院」與女兒同住，台灣岳母與加拿大女婿語言不通，好在對基督有同樣的虔誠，再加上比手劃腳神通意會，母婿的感情倒也十分融洽，雙方都有良好的印象，使居間的雅信寬慰不少。

許秀英終於年老體衰，有一天大家圍桌在吃飯的時候，她腦部中風，暈倒在地上，吉卜生牧師立刻雙手把她抱起，與雅信一起雇車趕去「台中醫院」急救，但急救終歸無效，許秀英就此亡故。

許秀英的葬禮在台北艋舺老家舉行，那是中西合璧的，因爲她是基督徒，所以先在「艋舺長老會」教堂做基督教儀式的追悼會，出殯之日，所有子孫親戚卻循台灣習俗披麻戴孝，就連吉卜生牧師也不例外，他穿那套黑綢的牧師制服，左臂隨俗套一圈喪家的白布，爲了表示隆重，他還特地把所有勳章——包括英王喬治五世親授的那枚銀獅子勳章都掛在胸前，跟在雅信的後頭，隨著出殯的隊伍，一步一步走到山上去……

吉卜生牧師這回來台灣前後一共住了六個月，過後他又辭別了雅信回加拿大去，從此就沒再回到台灣來。

十二

一九四九年十月一日，「中華人民共和國」在北京成立，同年十二月二十七日，「中華民國」遷都台北，第二年一月六日，英國承認「中華人民共和國」，與在台北的「中華民國」斷絕邦交。其後的三年，雅信在台中經營她的「清信醫院」，過了一生難得的和平日子，可是突然有一天，她接到政府的一張公文，那公文寫道：

中華民國外交部　　逐字第一號

受文人：台中市清信醫院丘雅信
案　由：按英國已於中華民國三十九年一月六日承認匪偽政權與本國斷絕外交關係其在華僑民得依本月立法院通過「外僑非法居留條例」驅逐出境
查受文人下嫁英籍吉卜生氏改隸歸屬英國僑民茲令其本年五月十五日以前離開本國國境其所屬財產亦應於期前處理清楚逾期不理者以自動放棄論由本部受理收歸國有
此令

外交部次長　王金璽（官印）

中華民國四十二年二月十五日

看了外交部的驅逐令，雅信首先感到震驚，等這震驚過後，接下來是一陣昏亂，一時不知如何是好，但她終於恢復了一向的勇敢與果決，既然自己的家鄉住不得，也只好奔走加拿大依靠吉卜生牧師去了。為此，她立刻提筆向吉卜生牧師寫了一封信，說她在三個月之內想要離開台灣到加拿大跟他一起生活，只是被自己的政府驅逐出境實在太不體面了，所以有關外交部的驅逐令則隻字不提。

吉卜生牧師的回信一個月後才收到，那信寫道：

親愛的雅信：

你決定離開你的故鄉來加拿大與我同住，我雖然感到意外，卻十分歡迎。

今年六月二日英國女王依利莎白二世加冕典禮，躬逢其盛，我已決定到倫敦去參加，你來加拿大之前，何不先來倫敦？我們可以一起觀禮，然後我還可以順便帶你遊歷英倫三島，也算是我們遲來的蜜月旅行。

我在倫敦時將住在我的表弟「喬治」之家，他的住址是——倫敦貝克街十號，正是鼎鼎有名的大偵探「歇洛克．福爾摩斯」的近鄰，盼望不久能在倫敦相見。

熱愛你的　吉卜生牧師

因為「清信醫院」有三幢病房，還包括「產婆學校」的學生宿舍和禮堂，短時間內找不到適當的買主，雅信只好降價，以原來的五分之一價格賣得了新台幣八千元。為了取得出境證，雅信得付兩份財產變賣所得稅，一份以丘雅信之名付，另一份以吉卜生之名付，兩份一共兩千元，付了這兩千元後，她才得以出境，離開台灣。

依照原來的計劃，雅信於五月十日坐船到香港，改乘「英國航空公司」的飛機直飛倫敦，於六月二日英女王加冕典禮前兩個禮拜與吉卜生牧師相會。沒料船到香港時，才知道「英國航空公司」因為前一班次的飛機撞山失事，全體乘客隨機殞滅，公司一時緊急，乃將雅信預約的次一班次飛機取消，雅信在無可奈何的情況之下，只好改坐一艘叫「馬賽號(La Marseillers)」的四萬噸法國郵輪，由香港出發，經過一個多月的航行才到馬賽。既已在馬賽登岸，雅信改乘火車和巴士，最後又坐輪渡渡過「英吉利海峽」，等她趕到倫敦貝克街十號時，也正如福爾摩斯的探案一般，不但英女王的加冕典禮早成明日黃花，而「喬治」之家也已經人去樓空，吉卜生牧師只留下一紙短簡，說他的左眼舊疾復發，沒能等待雅信，先回加拿大去了。

老遠從台灣趕來倫敦想會吉卜生牧師，共觀英女王的加冕典禮並遊歷英倫三島，可是到時卻一切都落空，不免令雅信感到無限惆悵，但事已至此實在也無法可想，只有重提行李，立刻搭船橫渡大西洋，再坐橫貫美洲的火車一路趕往溫哥華來。

一旦出了溫哥華火車站，雅信便叫了一輛計程汽車直赴吉卜生牧師的家，按鈴出來開門的竟是一個素未謀面的陌生人，一問之下才知道是新的房主，吉卜生一家人賣了房子，早搬到東部多倫多去住了，再問對方老吉卜生牧師現居何處？卻得不到解答。

雅信離開了吉卜生牧師從前那清幽舒適的房子，在路上徬徨著，正不知在這茫茫的人海何處去尋覓吉卜生牧師，不意瞥見街頭吉卜生牧師往時主持的長老會教堂，說不定他就在教堂內的牧師辦公室裡，便划開腳步，對著教堂走去。

因爲不是禮拜日，那教堂的正門關著，雅信推開側門走進去，她去敲那牧師辦公室的門，一個年約四十多歲的牧師出來開門，雅信問起吉卜生牧師，對方說吉卜生牧師已於兩年前退休了，而他是接替他的新牧師，她問他可知道吉卜生牧師現居何處？他回答說：「住在『白翠霞旅社』。」她大感驚異，問他吉卜生牧師怎麼會住在「白翠霞旅社」？對方只禮貌地搖搖頭，說想知道只有請她親自去問他。

從教堂出來，雅信又叫了計程汽車趕來「白翠霞旅社」，她向那熟識的掌櫃問了吉卜生牧師房間的號碼，提了行李來敲房間的門，吉卜生牧師出來開門，雅信一見到他，第一句就問他：

「上校，你怎麼會住在這裡？」

吉卜生牧師話哽在喉，把雅信緊緊抱住，將碩大的頭擱在她的肩膀，竟然情不自禁地啜泣起來，雅信怕被人撞見難堪，忙把房門關了，牽了吉卜生牧師的手來坐在床邊，掏出手帕爲他拭淚，重新又問道：

「你爲什麼要把好端端的房子賣掉呢？」

「不是我賣掉，是我兒子賣掉的，不但我自己的那幢房子，連兩幢出租的房子也一起賣掉，然後全家搬到多倫多去住。」吉卜生牧師回答道，這時他已恢復了鎭定，能夠從容不迫地說話。

「房子不都是你的嗎？他怎麼能夠私下把它們賣掉？」雅信大感疑惑地問。

「都是跟律師串通的，當我去倫敦參加女王的加冕典禮，我兒子已經知道你要來加拿大跟我同住，怕我的財產以後會全部落在你的手裡，所以趁我不在的時候，跟律師串通，僞造文書，假我的名簽字，說我同意把全部財產贈送給他，過後就把三幢房子偷偷賣了，逃到多倫多去，這一切都是我那個工於心計的媳婦唆使的，不然還有誰？」

吉卜生牧師深深歎了一口氣，無可奈何地搖一會頭，又自動繼續說下去：

「我兒子這樣做是十分不對的，可是『馬太福音』第五章第四十節耶穌說：『假如有人打了你的右臉，連左臉也讓他打吧！』對別人都如此，何況對自己的兒子？尤其我身爲牧師，如果我上法庭去告他，而讓他進了監獄，我將來還有什麼面目回教堂去見我的教友？只好忍氣吞聲，一個字也不說，自己搬來這旅社住。」

雅信始終不發一語，想著吉卜生牧師因她的緣故，才到達今天這樣窮困落魄的地步，內心感到萬分的愧疚，沒料吉卜生牧師對她不但沒有半句怨言，反而對她說：

「雅信，你看，我現在已經是沒有錢的窮漢，不能讓你享福，十分對不起你，如果你想回台灣，你可以回去。」

聽了這話，雅信既感心酸又感心疼，心酸的是即使想回台灣也回不去，而且連這也不敢告訴吉卜生牧師；心疼的是曾幾何時他們兩人竟成了天涯淪落人，一個失去了財產，一個失去了故鄉，兩人正好同病相憐，相依爲命，豈可再言分離？於是她回答道：

「上校，你怎麼可以說這種話？我雖然沒有大錢，但身邊一點小錢還是有的，何況你每個月還有退休金可以領，我們總還可以過活，再苦我也願意呆下去，豈有忍心拋下你自己回台灣的道理？」

聽了這話，吉卜生牧師滿心向雅信道謝了，這時雅信才憶起吉卜生牧師左眼舊疾復發的事情來，趕忙問道：

「你眼睛的病況怎麼樣啦？」

「從倫敦回到溫哥華來，我就去看我從前的眼科醫生，他說這回病的還是網膜剝離，立刻就給我動手術，可是手術後並不見好多少。算了吧，我也不想再麻煩他了，反正這已是三十年的老毛病，是誰也醫不好的，就聽天由命，任它去吧！」吉卜生牧師曠達地說。

十二

因爲兩個人同住在「白翠霞旅社」的房間裡終究不是方便的事，沒多久，他們就在溫哥華較偏僻的古老區找到一幢小房子，就用雅信帶來的一些錢買下來，從旅社遷出，搬進小房子。

爲了眼疾沒能痊癒，吉卜生牧師外出不便，經常留在家中，雅信就在家裡慇懃服侍他，他爲她願意跟他廝守在一起而十分感激她。雅信本可以到外面重新開業醫治病人，但她卻不忍留下吉卜生牧師，獨自出去工作，她一直呆在家中爲他煮飯、洗衣、種菜、種花……只有一禮拜才出去兩三回，參加專門提供給醫學院畢業生的「現代醫學專題討論」，但即使只出去一兩小時，有雅信陪伴慣了的吉卜生牧師也會對雅信說：

「你怎麼出去那麼久？我好寂寞啊，你一定很快活。」

「我怎麼會快活？我不過是去跟人家學習，增進最新的醫學知識而已。」雅信辯白說。

除了因爲寂寞而發出的這一點怨言，吉卜生牧師一向都對雅信很好，從來也聽不到他的半句責備。雅信本來就沒曾煮菜也沒曾縫衣，菜煮不好衣縫不好當然就不必說，但吉卜生從來都不嫌棄，反而鼓勵她說：

「你在學哪，慢慢來，下回總會好一些。」

有時實在是看不過去，他就親自下廚幫她煮菜，拿針線幫她縫衣，改進她各方面的技術。

雅信的鄰居比他們都年輕，開始搬來時也只是見面打打招呼而已，可是過不了多久，便從郵差的口裡得知寄給他們的信封上不是「牧師」就是「醫生」的稱號，就對他們大大尊敬起來，對他們特別好，秋天時自動爲他們掃落葉，冬天時自動爲他們掃積雪，而夏天裡，每禮拜也自動來爲他們剪草，見他們鉛管壞了，就自動爲他們修補，聽他們水龍頭漏了，也自動爲他們抓漏，有時還特地下到他們的地下室各處檢查，告訴他們說這裡欠什麼那裡欠什麼，自動去五金店買零件來替他們換，只收零件費，而不收半分工錢，種菜時，鄰居幫他們犁地，種花時，鄰居替他們拔草……他們從來都沒遇過這麼好的鄰居，雅信和吉卜生牧師在這種清苦卻是和睦的環境下快樂地過了三個年頭。

從第四年的春天起，吉卜生牧師開始感到全身疼痛，抬手舉足之間，尤其痛得厲害，因爲病老是好不起來，雅信就提議送吉卜生牧師到溫哥華的「軍人醫院」住院檢查，可是吉卜生牧師卻堅決反對道：

「進『軍人醫院』？我不去！我的一些軍人朋友去了，大家都死在那裡，軍方爲了省一筆退休金，老的一律把他們毒死，所以十個進去九個沒出來，我不去！」

雅信明知吉卜生牧師誇大其辭，還是天天勸他去，最後實在是拗不過雅信的好言苦勸，又加上病痛不但沒有減輕反而日日加劇，只好任雅信把他送進「軍人醫院」去。

吉卜生牧師是十一月初進「軍人醫院」的，在醫院裡做了各種的身體檢查，卻始終也查不出毛病出在哪裡。吉卜生牧師雖在病中，仍然不失他平時的幽默與曠達，他見人都露出微笑，醫生給他打止痛針，打時問他說：

「Did I put the right spot?」

「Yea, yea, you hit the gold mine!」

他跟醫生的對答被床邊的雅信聽到，等醫生走了，雅信就調侃地對他說：

「你根本沒痛，只是要醫生來跟你聊天打趣而已。」

聽了雅信的話，吉卜生牧師立刻辯解說：

「你哪裡知道？我是軍人，不願把痛苦告訴別人，何況這不過是小痛，我有什麼可抱怨的？」

其實那不是小痛，雅信知道得十分清楚，醫生的診斷是風濕性關節炎，可是又有風濕性關節炎所沒有的病徵，任何骨節稍一移動，就想哀號，明明痛得忍受不住，卻又咬緊牙根不敢出聲，但有時終於哀出聲來，護士見了，就會開玩笑地對床邊的雅信說：

「都是你，你不來他就不哀，你來了他才大哀。」

聖誕節接近時，吉卜生牧師堅持要回家去，他對雅信說：

「已經好久沒回家了，讓我回家去看看。」

他一再要求，雅信拗不過他，只好在聖誕節前夕，雇計程汽車載他回家，才跨進家裡的門限，他就鄭重對雅信宣佈道：

「我再也不回醫院去了。」

雅信也沒他辦法，只好一天二十四小時做他的看護。

吉卜生牧師在家裡平安度過這年的聖誕節，又迎接了隔年的新年，可是才過完春天，夏天還沒到，有一個早晨，他自己想從床上爬起來，竟然仆倒在地上，慘叫一聲，肩胛骨折斷了，他身體太重，而雅信又太小，抱他不起來，只好就地給他綁了繃帶，叫了一輛計程汽車，強迫把他載回「軍人醫院」去。

經過三天的詳細檢查，醫生才發現吉卜生牧師得了骨癌，由別的地方轉移到肩胛骨，而骨折就在患癌的地方，至於那原來的癌細胞發源何處，醫生始終也檢查不出來。

自從因骨折第二次進「軍人醫院」之後，吉卜生牧師就逐日衰弱下去，他一直想再回家，可是這回醫生可不答應，只委婉地安慰他說：

「看看吧，等好一些再回去。」

雅信每天八點半就到醫院，等吉卜生牧師睡了，她就到手術室去看人動手術。中午自手術室回來，就端盤子餵他，等他睡去，又回到手術室去看人動手術。傍晚的時候，她又餵他吃晚飯，然後替他洗手擦背，完了，又陪他聊天說話，等他睡了，才回家去。

因爲雅信是醫生，所以醫院才准許她實習兼看護，隨時都可以進進出出，不時都在吉卜生牧師的身邊，宛如特別看護，卻比特別看護更慇懃更周到，別的病人可沒有這種方便，這令吉卜生牧師感到無限風光，羨煞了同室的所有其他病人。因此，有一天吉卜生牧師便對雅信說：

「不瞞你說，雅信，從前朋友都反對我跟一個台灣女醫生結婚，現在他們才稱讚我幸運娶到一個台灣女醫生，只有像你才可能爲我犧牲到這個地步。」

因長久叫雅信整日服侍，而雅信自始至終都沒改一向恩愛體貼的態度，令吉卜生牧師感到萬分虧欠，有一天，他歎息起來，搖頭對雅信說：

「雅信，我實在太對不起你了，你嫁給我，不但一點福都沒享到，一開始就爲我受罪，而一受就受這麼久。Oh, poor girl! How poor you are!」

有一個傍晚，被雅信餵完了飯後，吉卜生牧師凝視雅信良久，卻是一言不發，雅信於是笑問他說：

「你到底在想什麼啊？怎麼看我看得那麼出神？」

「有一件事老放在我的心底，從來都沒對你說過。」吉卜生牧師囁嚅地說。

「你說嘛，上校。」

「從前有許多寡婦想請我吃飯，但我從來都沒答應過，可是第一次認識你，就喝了你請我的茉莉茶，現在還聞到那茶的香味……」

說到這裡，吉卜生牧師不覺莞爾，雅信也陪他笑了。

隨著日月的轉移，吉卜生牧師的病情不但沒有絲毫進步，反而愈來愈壞，他的康復是完全無望的了，只是醫生和病人都閉口不宣，任病自然拖延下去而已。吉卜生牧師大部分時間都在昏睡狀態中，醒時就捧著他往日講道的大字聖經在讀。有一天，他把聖經合上，安閒地對床邊的雅信說：

「雅信，我想我大去不遠了，趁現在還活著，有幾句話想交代給你，我的『追悼會』可以在我往日講道的教堂裡舉行，會上可以爲我唸兩段經文，第一段是『詩篇』第九十首，第二段是『傳道書』第三章第一節到第八節，最後的聖詩可以爲我唱那首『奇異恩典(Amazing Grace)』，這樣我死也可以瞑目了。」

「怎麼還沒死儘說些死話？醫生不是說你可以活一百歲嗎？」雅信皺眉地說。

「唉，那是從前說的，現在我這副模樣，看哪個醫生還敢那麼說？」

雅信把頭垂下，默默無語。

吉卜生牧師第二次在「軍人醫院」一共住了一年又八個月，然後在一個深秋的夜晚，於睡夢中去世了。

十三

吉卜生牧師的「追悼會」完全照他自己的遺囑執行，會就在他講道多年的長老會教堂舉辦，由接替他的那個四十多歲的年輕牧師主持。置放吉卜生牧師的銅棺停在教堂正中甬道的最前端，用一面英國的大米字國旗覆蓋著，雅信就坐在教堂的最前排木椅上，與銅棺只有兩步之遠，她穿了一襲黑綾的喪服，一頂寬邊的烏紗帽，低頭冥思，聽著教堂管風琴一再重複奏出的那首「奇異恩典」徐緩哀怨的旋律：

G 3/4

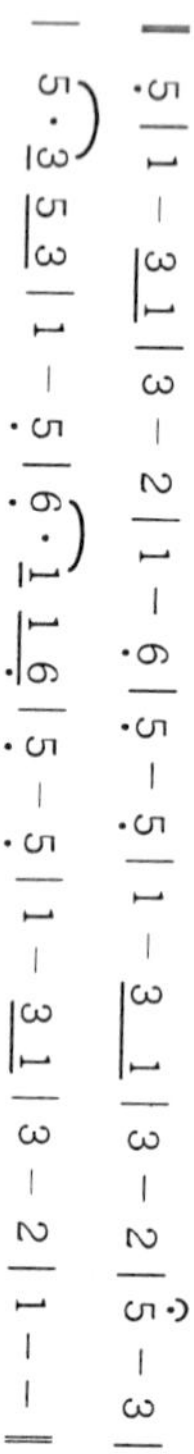

‖ 5̣ | 1 - 3 1 | 3 - 2 | 1 - 6̣ | 5̣ - 5̣ | 1 - 3 1 | 3 - 2 | 5 - 3 |
| 5· 3 5 3 | 1 - 5̣ | 6̣· 1 1 6̣ | 5̣ - 5̣ | 1 - 3 1 | 3 - 2 | 1 - - ‖

雅信是最先來教堂的，而且又坐在第一排椅子，幾時教堂弔客來齊，她完全不知道，只有等到那主持「追悼會」的牧師和兩位二十多歲的助理牧師昇壇，她才抬起頭來，這時琴聲已靜止，牧師簡單地向全堂宣佈這天聚會的目的，便垂頭禱告起來，禱告完畢，從講壇退下，那男助理牧師捧著已經打開扉頁的聖經步上講壇，朗誦起「詩篇」第九十首來：

主啊，世世代代
祢是我們的避難所。
群山沒有被造，
大地和世界還沒成形，
從亙古直到永遠，祢是上帝。
祢叫人返本歸原；
祢使他們回歸塵土。

在祢眼中千年如一日，
就像過去了的昨天，
像夜裡的一更。

祢像洪水一般把我們沖走；
我們的生命短暫如夢。
我們像早晨發芽生長的草，
晨間生長茂盛，
夜裡凋萎枯乾。

我們的歲月在祢震怒下縮短了；
我們的生命像一聲嘆息消逝了。
我們的一生年歲不過七十，
健壯的可能到八十；
但所得的只是勞苦與愁煩；
生命轉瞬即逝而我們都成過去。

誰曉得祢忿怒的威力？
誰明白祢震怒的可畏？

求祢教我們數算我們短暫的年日，
好使我們增進智慧。

那男助理牧師誦畢，捧聖經走下講壇，換那女助理牧師又捧打開的聖經走上講壇，朗誦起「傳道書」第三章來：

天下萬事都有定期，
都有上帝特定的時間。

生有時，死有時。
栽種有時，拔取有時。
殺害有時，醫治有時。
拆毀有時，建造有時。
悲傷有時，歡樂有時。
哀慟有時，舞蹈有時。
同房有時，分房有時。
親熱有時，冷落有時。
尋找有時，遺失有時。
保存有時，捨棄有時。

撕裂有時，縫補有時。
緘默有時，言談有時。
愛有時，恨有時。
戰爭有時，和平有時。

那女助理牧師誦畢，也走下壇來，輪牧師又上講壇，開始敘述吉卜生牧師一生的經歷與令人回憶的軼事。然後講道，末了，他說了一個叫「腳印」的小故事做爲這次「追悼會」講道的結束，那小故事是牧師用極富感情的語調與十分動人的手勢敘說的：

有一天晚上，一個人做夢，他夢見與上帝並肩走在沙灘上。他過去的一生，一幕一幕顯現在他們面前的天空上，在每幕當中，他都看到沙灘上留有兩對腳印，一對是他的，一對是上帝的。

當最後的一幕在他眼前出現，他發現有好些地方沙灘上只剩下一對腳印，而那正是他一生最悲苦最低潮的時候。這件事令他困擾萬分，於是他就問上帝說：「上帝，祢有一回說過，一旦我決心跟從祢，祢就要伴我一路走到底，但我發現在我一生最悲慘的時候，那沙灘上只剩下一對腳印，我不懂爲什麼，當我最需要祢的時候，祢卻離開了我。」

上帝於是回答他說：「我珍愛的孩子啊，我愛你而且永遠沒離開你，當你受試煉而感到痛苦的時候，你只看到一對腳印，那是因爲我揹負你的緣故啊。」

牧師把小故事說完之後，管風琴又幽幽奏出「奇異恩典」的旋律來，大家就知道唱聖詩的時候已經到了，便從木椅立了起來，翻開聖詩歌集，跟著管風琴的旋律，合唱「奇異恩典」的歌辭來：

奇異恩典，何等甘甜，
我罪已得赦免。
前我喪失，今被尋回，
瞎眼今得看見。

歷經艱險，勞苦奔走，
我今來到主前。
都是主恩，扶持保佑，
恩典帶進永久。

住在天家，千歲萬年，
如日無限光明。
時時頌讚，時日不多，
好像初唱凱歌。

那墓園離教堂不遠，吉卜生牧師的銅棺，由陸軍部派來的六個穿軍服的初級軍人扛著步向墓園去，銅棺後面緊跟著雅信，由牧師陪伴並肩而行，其後跟著一位滿胸勳章的中年軍官，更後才是教友與朋友們……

那墓穴早由兩個墓園的園丁挖好，大家圍在墓穴四周，由牧師禱告，舉行「葬禮」，當銅棺用蔴繩慢慢縋到墓穴裡，一個年輕軍人也同時把那棺上的英國國旗徐徐收起，逐次摺成三角形狀夾在腋下，然後對銅棺行最敬軍禮。

銅棺一旦落到穴底，那兩個園丁便開始拿圓鍬把土塡進墓穴，而所有的弔客也開始逐一離開墓地。那中年軍官脫了軍帽，向雅信微微鞠躬，把她請到墓地的一旁，彬彬有禮地對她說：

「軍方命我代問上校夫人，不知你是否有錢？如果沒有，軍方願意代付一切上校的喪葬費用。」

「不用了，我身邊還有一些錢。」

「還有一句話想問上校夫人，不知你是否想再結婚？」

雅信大感疑惑，不懂對方爲什麼要問她這種問題。看到雅信的表情，對方也立刻領悟了，連忙歉意地補充道：

「如果上校夫人不想再結婚，我可以向軍方報告，軍方可以將上校的退休金轉由你領取。」

「那就太謝謝你了。」雅信感謝地回答。

當雅信又返回吉卜生牧師的墓穴，所有弔客已經全部離開了，她仍然留在原地，一直等那兩個園丁把墓穴塡滿，收拾圓鍬走了，墓園最後只剩她孤伶伶一個人。整個「追悼會」與「葬禮」的過程中，她一直默默呑氣，沒掉一滴淚，這時，她才深深歎息，然後悄悄滴下眼淚……

第十章　天下沒有可恨之人

一

自從周明德參加了「紅十字會」緬甸公路的救護隊，整整一年，他隨運輸車隊在昆明與臘戍之間蜿蜒百迴的山路上服務，救護了成百上千受日機轟炸受傷或在原始林中罹病的運輸人員與公路維護工人。日本宣佈無條件投降的時候，明德的救護隊剛好在昆明做短期的休息，緬甸公路既然廢棄不再使用，明德便隨運輸車隊回到重慶。因為中國抗戰剛剛勝利，一時沒有足夠船隻可以把重慶的政府人員全部運往南京，黎民百姓就更不必提了。因此明德便在重慶等候，等了幾個月才坐上一隻航行內河的汽艇，沿長江順流而下，經漢口與南京來到上海。在上海他又等候了幾個月才搭上一艘航行近洋的輪船，經過三天三夜，由上海駛到基隆，等他終於踏上故鄉的土地，已經是台灣光復半年以後的事了。

明德揹著背包穿著皮靴回到艋舺「龍山寺」旁祖父的木器店時，周福生正坐在店門前的椅條，翹起一隻腳，戴一副老花眼鏡，於和暖的陽光下看「新生報」，明德來到周福生的跟前，遮住了他的陽光，輕輕叫一聲：

「阿公，我轉來丫。」

周福生摘下眼鏡，歪著頭，疑神疑鬼地把明德凝視了好一會，臉色一陣白一陣青，彷彿既不相信自己的耳朵又不相信自己的眼睛，遽然把手中的報紙往地上一擲，奔向店門口，向屋裡大喊道：

「妙妙！緊出來！明哥轉來ㄚ囉!!!」

妙妙聽了聲音，立刻從後廳衝出來，用不敢相信的眼神把明德從頭到腳仔仔細細打量了好幾遍，才輕聲細語卻無限歡喜地說：

「你東時轉來？」

謝甜蹣跚踟躕，最後也跟了出來，出其不意地對明德說：

「明哥，你猶復活咧哦？阮大家料做你已經死去ㄚ！」

明德有些詫異，祖母爲什麼會出此言，但戰爭總免不了死亡，自古征戰幾人回？更何況音信斷絕那麼久，大家會如此想，也是情有可原的，因此他也就不說什麼，只彎起嘴角淡淡微笑，算做給祖母的回答。

走進木器店，來到光線幽暗的後廳，妙妙開始爲明德卸下背包，完了，又爲他脫除皮靴，提一雙祖父的拖鞋來給他穿，正這麼著，明德不期然瞥見栽祖先神位的佛桌上，另放了一只素布包紮的方箱，箱子正面用黑邊的絲帶打了一個×字結，箱子後豎起一塊白皙木牌，牌上用工整的毛筆黑字寫著：

台北周明德君之英靈

箱前供著鮮果，還有兩支熄滅的白蠟燭，十分陰鬱淒涼的樣子。明德冷笑了一下，卻不出聲，儘點起頭來。周福生接近明德，抓頭搔耳了一番，萬分尷尬地對明德說：

「你出征半年了後，軍部送來的，講你已經在前線陣亡，才送你的骨灰來，哪會知影你猶活咧，這攏是祖先有靈聖❶，保庇你平安倒轉來。」

周福生對明德說著的時候，妙妙在他們兩人背後急得跺腳，臉紅到耳根，一等明德側臉沒注意的當兒，她就手忙腳亂地蹬上一隻孤椅頭仔，移開鮮果與白燭，一把將那方箱抱下來，想拿到屋角去藏，卻被明德嚴肅阻止了，對她說：

「妙妙，你藏起來欲創什麼？我眞想欲看我的骨灰到底生做什麼款。」

妙妙儘管極不情願，也只得順從地把方箱交給明德，明德嫌後廳太暗，便把方箱抱到天井，從天井上空瀉漏下來一縷陽光，明德就彎身把方箱放在陽光照射的地上，周福生和謝甜圍在明德的面前觀望，而妙妙則踮在明德的背後窺視，整個天井頓時被一種神秘而陰森的氣氛籠罩了。

明德解開了第一層素布便見一只楠木木箱，打開了箱蓋，箱裡是一團變黃的舊報紙，將報紙一張一張剝開，最後是一方折褶的小黑布，把黑布掀開了，終於看到一粒土豆大小的白石子，那石子已磨得滾圓滑潤，像是海邊沙灘上撿的，在陽光下發出奇異的光亮……

二

因爲羈留在中國大陸時鬱積的鄉愁，明德回到台灣後，對故鄉的風土人物感到無限的歡喜與親切，回到艋舺的第二天，就把艋舺的大街小巷走個遍，其後便是重新拜謁艋舺的古寺與古廟，沒過幾天，又把「青山宮」、「福德廟」、「祖師廟」、「啓天宮」、「地藏王廟」都看過了，最後才又來到香火鼎盛遐邇聞名的「龍山寺」。

明德步上寺前的三級石階走進前殿，他細讀了殿裡的每副金箔對聯與匾額，然後來到那宮殿形式華麗

❶靈聖：台語，音(ling-siä)，意(靈驗)。

的正殿，正殿面首支撑那彩釉翹脊二重屋頂的六根攀龍石柱聽說是全台灣最精工細雕的，明德從來也不加品賞，這回仔細把它觀察了，才深深歎爲觀止。

明德沿著寺裡一邊的護龍漫步來到後殿，這裡香客稀少，卻在那後殿的石板迴廊上聚了許多在地的閒人，東一簇西一群，有下棋觀戰的、有喝茶嗑瓜子的、有拉弦唱曲的、還有講天說皇帝的，因爲長久沒聽鄉音，又好奇他們不知在談些什麼，便信步向最後那一堆偎了過去。

「我講恁中國人野蠻若生番咧。」一個穿舊西裝戴打鳥帽的五十歲中年人說：「頂一日，我欲去基隆，坐在火車頂，有一個中國人穿中山服，由南港扛一台自轉車起來，將自轉車放列客車中央的通路就加伊鎮❷咧，腳膾列椅仔頂蹔❸落，腳仔翹起來，也沒管人路會得過抑獪得過，做伊看窗仔口，卜伊的煙。火車經過汐止，有一個戴紅帽的車掌開始查票，查到彼中國人的面前，欲加伊查票，伊講沒票，車掌講伊沒票就愛補票，伊講嫒補，車掌沒伊的法度，越頭看著彼台自轉車，問彼自轉車是啥人的？彼中國人講是伊的，車掌講自轉車獪使扛起來客車頂，若欲運著愛用貨車運，叫彼中國人到後站五堵著愛扛落去，彼中國人講嫒扛落去，欲等到基隆落車才欲扛落去。彼車掌就講：『若安倪我欲來去叫鐵路警察。』彼中國人聽著就由椅仔企起來，手伸入去中山袋舉一枝短槍出來，面仔橫橫❹，槍向車掌，大聲就嚷：『你去叫！你去叫！』彼車掌驚一下，面仔青筍筍，也不敢復講欲去叫鐵路警察，票也嫒復查落去，做伊鼻仔摸咧，復越倒轉去，若行若咒❺，行出彼台客車。」

---

❷鎮：台語，音(tin)，意(阻塞)。

❸蹔：台語，音(tun)，意(用力坐下)。

❹横横：台語，意(蠻橫)。

❺若行若咒：台語，音(na-kiä -na-cho)，意(邊行邊咒)。

大家搖頭唏嘘了一番，換一個戴黑呢帽一嘴金牙的四十歲壯年人說：

「你講伊𣍐中國人野蠻若生番，我講伊沒常識若莊腳人入城咧，什麼都新，什麼都稀奇，舉一個例，才沒幾日前，我有代誌去『菊元』百貨公司，看著一個二十統歲仔❻的中國人企在一樓的電梯門口，也不敢入去坐電梯，孤大嘴開開，目睭大大蕊，看一堆人由彼電梯出來，稍等復一大堆人由彼電梯出來，伊發現我列注意伊，就行倮來，用北京語問我：『你這位伯伯，請問那鐵箱子裡的人是從哪兒跑出來的啊？』」

全場哄然大笑，過後由一個穿台灣衫帶金錶鍊的五十五歲男人接了腔，說下去：

「你講伊𣍐中國人沒常識，我想伊𣍐是沒智識，您知影我列開鉛管店，也有師仔工列替人牽水道❼，有一日，一個中國人來我店內欲買水道頭❽，講伊家己欲鬥水道，我就揀一個賣伊，才買去第二日，伊就提彼水道頭來還，講彼水道頭是歹的，鬥落去水走𣍐得出來，我不相信，彼水道頭明明是好的，鬥落去水哪會走𣍐得出來？伊就講若不相信，我會使佮伊做陣去伊厝裡看，我著誠實佮伊做陣去伊厝一下看，您想安怎？原來伊孤在壁頂鑽一孔，也沒埋水道管，孤水道頭鬥落去，就拴水道欲叫水走出來，彼欲哪會出來？天仙也沒法度！」

這回大家笑得前俯後仰，笑彎了腰，只有一個蓄一撮白山羊鬍子的七十歲老人沒笑，因爲大家笑的時候，他正抽著手裡的水煙袋，可是他卻在大家笑完了之後，又補添了另外一個笑話，他淡淡地說：

「阮孝生自日本時代就在『國際館』內面開賣店，賣店內面不管時都有列賣『ラムネ』，有一日，一

❻二十統歲仔：台語，意(二十出頭)。
❼水道：台語，意(自來水)。
❽水道頭：台語，意(水龍頭)。

個中國人看戲嘴乾，來賣店指彼『ラムネ』講欲買一矸，阮孝生就揞一矸賣伊，驚伊𣍐曉開，先用柴突將矸仔嘴的珍珠仔突開，才將彼矸『ラムネ』揞給伊，哪知影伊揞彼矸『ラムネ』入去戲院內面沒外久就復蹌出來，面仔氣掣掣，將彼矸『ラムネ』向賣店的桌頂一放，用偲彼中國話大武聲就嚷起來：『您實在眞欺侮人！汽水不用汽水矸仔，偏偏用即偌什麼矸？見擺想欲飲，彼珍珠仔就塞咧！見擺想欲飲，彼眞珠仔就塞咧！到底欲叫人安怎飲⁉』阮孝生只有教伊安怎飲，叫伊將彼珍珠仔放在兩個酒窟的中間飲，伊學阮孝生放，果然汽水沒復去給珍珠仔塞牢，家己才哈哈大笑，揞彼矸『ラムネ』入去看戲。」

大家照例又笑了一陣，輪到一個穿白襯衫戴晴雨帽的四十五歲左右中年人說：

「我抵著的中國人佮您講的復沒像款，伊眞貪心，貪到嘴流豬哥涎。我在初初光復的時陣，在『老松公學校』做總務，本來學校就沒什麼有價值的物件通接收，所以接收人員來學校看過我開給偲接收的清單，一項一項物件點過了後，頭晃晃咧，誠失望，突然間給伊看著清單頂頭寫的『金玉一對』四字，目睭規個大蕊起來，用手指彼四字，嘴涎亂噴就對我講：『這「金玉一對」我怎麼沒看到？』我加伊講：『空襲的時陣已經去給美國飛機的炸彈炸破去丫。』『不行！不行！你騙我，我不相信，限你三天之內，非給我找來同樣的「金玉一對」不可，別的可以報失，這「金玉一對」萬萬也報失不得！』其實彼日本國旗的旗仔頭不過是黃玻璃球內面鍍水銀而而，戰爭欲了的時，大家都眞罕得掛國旗丫，光復了後，打不見的打不見，損破的損破，已經眞少人有，但是沒法度，你也著四界去找，用去眞多的苦心，最後才去給倆找著一對，緊提來給彼個接收人員，伊提在手裡，誠失望：『這就是「金玉」⁉』我頭殼頓頓咧：『這日本話叫做「キンタマ」，倆漢字寫做「金玉」。』『你也不早說！我要這幹嘛？』伊誠受氣，『金玉』也不愛需丫，頭晃咧，做伊行。」

正待眾人又要發笑的當兒，明德出其不意，驀然開口對大家說道：

「其實中國人中間有上等的、有下等的，諸位抵才所講的攏是下等的中國人，有眞多上等的中國人，戰時攏集中在重慶，戰後轉去伊南京、北京、上海、天津都膾赴ㄚ，哪有時間通來台灣？現在列台灣的，講一句較歹聽，大部分攏是在中國有路沒地去的，不才會一下光復就走來台灣。我去過中國，各種的中國人攏看透透，阿您咧？孤看著下等的中國人，就講所有的中國人攏安倪，這實在是眞沒公平的代誌。」

明德的議論好比晴空霹靂，弄得大家面面相覷，卻不能回半句話，就在這時，他早已離開他們，大步跨到寺的前殿去了。

三

回到艋舺已經一個月了，明德把在家鄉所要看的東西都看完了，所要聽的話也都聽完了，他開始感到倦怠與無聊，同時一股工作的慾望卻由心底昇了起來，他想起「開南中學」的陳新來，他是不是還在「開南中學」當教頭？他是不是可以再爲他謀得一席教師的職位？想著這些，有一天，他就信步走到他往日教書的「開南中學」來。

進得「開南中學」，欣喜見到陳新，他仍舊擔當學校教頭的職務，只是不再叫「教頭」，改稱叫「教務主任」。他們兩人見面寒暄之後，陳新就問明德說：

「你現在列創什麼？」

「沒代誌通做，這也是我來見你的目的之一，想欲問你倆『開南中學』是不是有列欠英語先生？」明德回道。

「沒外久進前才倩一個英語先生，所以現在沒欠。」陳新歉意地說，頓了一頓，突然眼睛放出光彩，叫道：「但是我知影倆斜對面彼『成功中學』即馬抵好列欠一個高三的英語先生，你去上適當，你若欲，我親身加你介紹，彼校長我眞熟，我想是沒什麼問題。」

因爲明德沒有表示反對，於是陳新說做就做，立刻便帶了明德走出「開南中學」，橫過碎石馬路，走向「成功中學」的校門口。在接近校門口的時候，陳新卻放慢了腳步，愼重地對明德說：

「有一點我著愛先給你知影，彼校長是㤦中國人，可取的是伊眞愛惜人才。」

聽了這話，明德迸出了笑聲，回道：

「我抵才由中國轉來台灣，中國人抑是台灣人，對我攏沒什麼分別。」

「安倪上好！安倪上好！」

陳新笑道，轉憂爲喜，於是兩人大步跨進了「成功中學」的大門。

那校長出奇年輕，叫明德感到萬分意外，看起來不過長明德四、五歲，卻是一臉精明與世故。經陳新的介紹，再聽明德到中國的經歷以及他在中國學得的一口頗爲標準的「國語」，校長立刻就對他產生無限的好感，然後再經過一小時的詳談，校長便決定聘請明德當「成功中學」的高三英語教師了。工作當然愈早開始愈好，磋商的結果，兩人都同意，明德下個禮拜一就來學校上班，由校長先在週會上向全校師生介紹，當天就正式上課。

「成功中學」的高三一共有四班，這四班的英語課全由明德一個人擔任，因爲他的英文基礎本來就很好，加上最近一年在緬甸公路經常與「紅十字會」的美國醫生以及運輸隊的美國軍事人員接觸，他的英語就更上了一層樓，因此這高三的英語教學，他勝任愉快，而學生也普遍喜歡上他的課，不但因爲他教得好，更因爲他在課堂之間說了許多他親自體驗的故事，明德每每在這些故事中，將諸如誠實、守信、負責、公平、是非分明、見義勇爲、不欺不詐、不阿不諛……等幾個做人基本原則間接暗示給學生，使他們在耳濡目染潛移默化之中改變了氣質，大大影響他們對人生的態度。

明德在「成功中學」大約教了一年，在第二年年初的時候，學校那位擔任總務主任的中國人突然患了肝病住進「台大醫院」，治完了病後，還需要在醫院裡經過一段相當時間的療養。校長一年來看見明德教學認眞而且精力充沛，就請他除了教課外，還暫時兼任代理總務主任，明德本不願意，可是經校長再三懇請，情不得已，只好答應承擔下來。

才代理總務主任沒幾天就遇到「元宵節」，有一位平常賣教科書給學校學生的書商著人送了一份紅包來總務主任的辦公室給明德，明德不但堅決拒收，還當面把那送紅包的人訓斥了一頓，那人拿了紅包回去了。沒想到第二天早晨來上班，明德一打開總務主任的抽屜，昨天拒收的那份紅包已神不知鬼不覺地放在抽屜裡了。明德怒不可遏，便拿了那紅包，來到校長室，把紅包往校長的辦公桌上一擱，氣憤塡膺地把昨天和今早有關書商送紅包的事向校長敘說了一遍，然後問他說：

「請校長指示，這件事要如何處置？」

明德大大感到驚駭，因爲校長聽了他的話，不但毫不動容，反而若無其事，淡淡地回他說：

「既然有人自動把禮放在你的抽屜，你就收下嘛，反正沒有人看見。」

「不行！我不能做違背良心的事情！」明德義正辭嚴地說。

校長一時無語，良久，才徐徐地說：

「其實書商送禮，不只你，連我校長、副校長，還有其他的幾個主任也都送，礙於情面，大家都收了，我勸你也收下吧。」

「如果是這樣，那還是讓我回去專心教高三的英語，我總務主任不幹了，請校長叫別人代理吧。」明德說完，返身就走。

「是器重你，才特別叫你代理總務主任，沒想到……」

校長在背後惴惴地說，可是才說到這裡，明德已經跨出校長室，消失不見了。

自從辭去了代理總務主任，只教他原來的高三英語，明德才又恢復了往日的和平與安寧，可是這種恬靜的心境卻沒能持久，還過不了一個月，那震驚台灣全島的「二二八事件」就發生了。

這天他來到「成功中學」的時候，才知道政府已下令全台北市戒嚴，學校的布告欄上貼了「奉令暫時停課」的大紙條，可是依然有幾個零星的學生要來學校上課，看了那停課的布告，又紛紛揹了書包回去了。

明德十分納悶，也十分悒鬱，只好提了他的公事包離開學校，他沿著「林森南路」走回家，一路想著昨天收音機廣播的台灣人與中國人衝突的不幸事情，不覺來到那三線大道種了兩排大椰子樹的「信義路」，瞥見三個穿「成功中學」高中制服的學生，圍住一個三十左右的中國人在說話，明德不疑有他，正想繼續走他的路，冷不防看見那三個學生同時把書包往地上一甩，竟然拳打腳踢，對那中國人動起武來，也不顧那中國人連連呻吟哀聲求饒，一直把他逼到路邊，打落到大水溝裡去……

明德情急，大喝一聲：

「嘿！住手！」

然後劍步飛跑過去，這同時那三個學生都轉過頭來瞧明德，驟然變得和順起來，明德這才發現原來他們三人都是他高三的英語學生，於是更壯了膽，來到他們面前，義正辭嚴地問他們說：

「你們三個人爲什麼要打他一個人？」

「因爲他是中國人……」三個人都低頭，其中的一個囁嚅地回答。

「他搶你們什麼？偷你們什麼？」明德繼續追問下去。

三個人不語，做羞愧之色……

「除非他搶了你們、偷了你們，你們怎麼可以不分青紅皀白，只因爲他是中國人就動手打他？我以前教你們要公平、要是非分明，你們都忘到哪裡去啦？」

說罷，明德把目光移向那水溝裡的中國人，這時，三個學生中的一個向另外兩個使了一個眼色，然後一溜煙，回頭拾起地上的書包，逃得無影無蹤了。眼見三個學生遁去，明德便向那中國人移近，彎身把他從溝底拉到地面上來，只見他下半身濕漉漉，全身顫抖，臉白得像一張紙，額頭青腫，鼻孔流血。明德連忙掏出自己的手帕為他拭血，然後安慰他說：

「他們不會再來了，你趕快回家吧。」

那中國人對明德打拱作揖，千謝萬謝了一番，明德立著看他用手帕蒙住鼻子，躬身貼牆倉皇而去，一直等到他走進安全的小巷，明德才帶著沉重的心情重新上路……

四

其後整整一個禮拜，明德蟄居在艋舺「龍山寺」旁的家裡，只有靠收音機聽取台灣各地傳來紛紜雜沓的消息。然後在三月十日這晚，於「太康艦」載了八千多中國官兵在基隆登陸之後，台灣的行政長官親自在收音機上向全台灣廣播：

「為弭平叛亂清除亂黨，以保障人民安全維護國家法紀起見，台北市已自三月九日六時起重新戒嚴，戒嚴以後，對於暴徒依戒嚴法嚴辦，絕不稍寬容，對於善良市民必加保護，希勿疑懼，我呼籲從明日開始，一切行業照常復業，學校恢復上課，工廠恢復開工，商店恢復開店……」

聽完了收音機的廣播，明德開懷對妙妙說：

「自明仔再起，我會使復轉來去中學教書丫，也會使出去透透咧，即倪久定定踞在厝裡，心肝實在真悶，也感覺真無聊。」

妙妙只翻了一下眼白望他，默默無語，又垂下頭繼續縫手中一件明德的衣衫……

第二天，明德吃完了早飯，提了公事包正準備出門上班，妙妙倏然雙手擒住明德的胳膊，悄悄地對他說：

「明德，今日漫出門好否？不知安怎，我昨暗做一個惡夢，早起起來心肝頭卜卜跳……

明德笑起來，把妙妙的雙手輕輕移開，說道：

「即偌年冬啥人獪做惡夢？心肝卜卜跳是你昨暗補衫尙晚的關係，去眠床歇睏一下，一點仔久就好。」

妙妙也沒法，只得眼巴巴望著明德離家而去。

明德離開家才走了三段街，就在「老松國校」的十字路邊看到三具屍體，都是早上才被槍打死的——一具仰躺在陰溝裡，大約十二歲模樣的男孩，脖子還掛著一只褪色的帆布報袋，溝裡溝外散了幾十份沾血的「新生報」；一具橫臥在水溝邊，是二十歲左右的青年，旁邊倒著一部舊腳踏車，撒了一地破碎的牛奶瓶，鮮奶與鮮血匯成一條小河流，流到陰溝裡；一具匍匐在馬路上，臉歪向一旁，是年約六十歲的老頭，從嘴裡流出的血染紅了他那把山羊白鬍，他的杏仁茶擔子還豎著，熱騰而冒氣的杏仁茶正一滴一滴自那圓桶桶底的漏嘴滴到馬路上……

從「老松國校」走了兩段街來到「小南門」時，明德又看到五、六具屍體，橫七豎八地躺在城門底下，屍的四周，血跡斑斑，都已經變黑了，可能已死了兩、三天，屍上爬滿了蒼蠅，發出一股惡臭，令明德掩鼻作嘔……

過了「小南門」走進「城內」，明德開始發現大路的每個十字路口都有中國兵站哨，爲了省卻被兵盤問的麻煩，他改由小路行走，可是即使是小路，仍然到處可以見到一攤又一攤的血跡，儘管屍體已被運走，地上卻還遺留著死人的帽子、皮鞋、破衣、爛褲。全城的狗一夜之間都變野了，明德看見一隻黃狗在防空壕前啃一隻死人的殘臂，走了幾段街，又看見兩隻黑犬在搶一截死人的斷腿，互相拉扯，滿街狂奔……

接近「成功中學」的地方，在一塊被人家後院高牆圍繞的荒僻空地上，明德赫然發現七、八具屍體東倒西歪，堆疊在一起，大概已死了一週以上，不但腐爛而且生蛆，也難怪沒有人問，連狗也不聞了……

來到「成功中學」，叫明德大感意外，本以爲學校已恢復上課，那大門卻牢牢關著，「奉令暫時停課」的紙條由校裡的布告欄改貼在大門上，明德也無可奈何，只好返身走回家去。

這回他有了提防，沒敢抄來時的近路經「小南門」直接回艋舺，他特意遠避「城內」繞大圈走遠路回艋舺去，因此他一直沿著「林森南路」南下，橫過三線道的「羅斯福路」，轉進「南海路」，「南海路」走快到盡頭，左邊就是「建國中學」，而右邊便是那樹木茂密的「植物園」了。

明德自覺十分幸運，自「成功中學」到「植物園」，路上一個中國兵也沒碰到，此刻既已來到「植物園」的大門前，他更感到安全無慮了。他知道只要穿過「植物園」，出了園子北邊的小門，那裡便有幾條小巷通向艋舺，走完其中的一條小巷，再越過與「中華路」平行的鐵路，「龍山寺」旁的家就近在眼前了。想著這些，他欣然跨過大門，走進了「植物園」。

離那大門不遠，有一池大水塘，一條蜿蜒的碎石小徑把水塘從中分開，右邊種了睡蓮，左邊種了荷花，因爲春天才開始，雖然沒有花朵，卻見黃芽和綠葉，這裡一簇，那裡一叢，悄悄地自水底探到水上頭。明德從小徑走過，放眼望見那滿池恬靜而幽美的春色，不覺心曠神怡，把一早聞見的血腥與污臭拋到九霄雲外去了。

那小徑的盡頭沿著荷塘是一彎垂柳，蓊蓊鬱鬱的，遮掩著岸邊的亭閣，只模模糊糊見到那琉璃翠瓦的輪廓，慢慢走近時，才看見亭閣的紅柱，有一張臉幽幽從紅柱探出來，卻又縮了回去，明德暗忖，這大概是另一個苦中來園裡尋覓安寧的遊客，也無戒心，依舊往前行進，等離那亭閣只有十步之遙，冷不防從亭閣躍出了三個中國兵，槍都上了刺刀，槍口一律對準他，其中的一個中國兵喝道：

「手舉起來！手舉起來！」

明德聽命舉起雙手，任手上的公事包掉在地上，另一個中國兵立刻迎上來，先搜他的全身，看有沒有私帶槍械，然後從地上拾起公事包，發現裡面除了一盒便當和幾本英文書，沒有任何值錢的東西，便把它扔進荷塘裡，回過頭來問他說：

「你往哪兒去？」

「回家。」

「回家爲什麼要走這園子的路？」第三個中國兵插嘴道。

「因爲走這裡比較近。」

那三個中國兵覺得沒有什麼話可問了，就一個領頭，兩個押後，穿過一片南洋橡樹林，把明德押到一株大葉合歡樹前，明德這才發現那樹下早有一隊中國兵，都持槍上刺刀，把十幾個台灣人圍在核心，那台灣人中有大學生、有中學生、有三民主義青年團團員、有消防隊隊員、有巴士司機、有三輪車夫、有商人、有小販、有工人、有農夫……見不到一個暴徒，看到的都是善良市民，個個都被反手捆綁，而且三三兩兩連在一起。立刻有一個中國兵走來，用蔴繩把明德反綁，隨後把他推向一個單獨的中學生，把他們兩個人的手又捆在一起，完了，明德就立在大葉合歡樹下枯待，望那些中國兵悠閒地抽菸……

約莫過了十五分鐘，又有一個身著法衣的青年和尚被中國兵押進來，他們把他的手反綁了，然後抓來與明德跟那中學生綁在一起。這一切做完之後，便看見一個隊長模樣的中國兵對其他兵做了一個似乎他們都十分熟習的手勢，他們馬上開始行動，把所有台灣人押出了那株大葉合歡樹，又穿過原來的那片南洋橡樹林，來到荷塘的岸邊……

等所有台灣人都在岸邊列成一排站齊了，那隊長便命令他們轉身面向荷塘，有幾個台灣人聽不懂，便有中國兵用刺刀捅他們，強迫他們跟其他台灣人一樣做了。等那隊長看看滿意了，最後他才命令他們跪下去，這時所有台灣人都意識到即將降臨在自身的命運了，於是一面下跪，一面哀聲四起，有呼天的、有喚地的，但一切終歸無用，頃刻之間，全隊中國兵在台灣人的後面又列成一排，個個舉槍瞄準台灣人的背，只聽那隊長一聲令下，嗶嗶吧吧一陣亂響，台灣人一個個向前伏倒，死在亂槍之下……

聽到背後的槍聲，明德不自覺連同他身旁的中學生和青年和尚一起往前伏倒下去，隨著便失去知覺昏厥過去。他不知幾時才醒來，當他睜開眼睛看見眼前變粗的綠草，他萬分驚訝，試著探究自己傷在何處，可是全身一點痛楚也沒有，他不敢相信，便用被縛的手往自己的背部各處摸索，依然摸不到任何傷口，這才了悟自己的幸運，卻沒敢霍然即起，先伸張耳朵仔細諦聽，發覺周遭岑寂一點聲音也沒有，猜測所有中國兵都已去遠，這才放大膽子，掙扎著坐了起來，因爲手還反縛，連著已死的學生與和尚的手，怎麼立也立不起來，正坐著左顧右盼，想法解繩離開這橫屍遍地的刑場，猛然瞥見沿荷塘這條石子大路的轉彎處出現了一個中國兵，那兵微跛著，一拐一拐對住他蹣跚而來，他倏然全身冷了半截，心沉了下去，一時的慶幸跑得無影無蹤，不期然憶起菲律賓之父雷沙以及他就戮之前鐵一般的意志，跟雷沙一樣，他既逃脫不得，便只好勇敢地等待，準備忍受又降臨的第二回刀槍的凌遲……

可是大大出乎明德意料之外，那中國兵來到他跟前，一語不發，把刺刀從槍口卸下來，將槍靠在岸邊的一株柳樹上，就用那刺刀來割明德手上的麻繩，等麻繩都割斷，而明德的雙手也恢復了自由，他壓低聲音揮手敦促明德說：

「走走走！」

說罷，那中國兵返身自柳樹拿起他的槍，把刺刀重新插到槍口上……

明德一時不知是眞是幻，依舊茫然坐在草地上，呆望那中國兵，才發覺他嘴上有兔唇縫合的古老痕跡，卻是一臉鄉下人樸質善良的表情……

那中國兵轉過頭來看見明德還坐在原地不動，愀然變色，提高嗓子卻仍然壓制音調大叫一聲：

「你還不走⁉」

舉起槍來，假意對明德瞄準……

明德這才奮力自地上爬起，往那「植物園」北面的小門跑了幾十步，停在一株千葉層的樹幹前喘息，禁不住又回頭偷望那中國兵，只見那中國兵慢條斯理地舉起槍來，對荷塘放了一發空槍，濺起一柱水，然後把槍往背後一扛，轉身一拐一拐跑向那路彎，往前追趕，回歸他的隊伍去……

一路上，明德一直怔忡不安，心跳個不住，回到家裡，一見到妙妙坐在店裡，就等不及開口對她說：

「緊！緊！緊去款包袱仔來去淡水，這台北不是倆住的所在……」

妙妙立了起來，睜著兩隻疑懼的眼睛，對著明德走來，轉到他的背後，驀地失聲驚叫起來：

「嗳喲！你胛脊胼❾哪會全是血？是嘟位受傷？」

明德這才略有所悟，囁嚅地回道：

「彼不是我的血，攏是別人的血，十幾個人攏給人打打死，孤孤春我一個……」

五

明德既換了血衣，也等不及吃中飯，就向周福生與謝甜告別，偕同妙妙，上她的娘家淡水去。他們沒

---

❾胛脊胼：台語，音(kha-chia-phiä)，意(脊背)。

敢搭火車或坐巴士，也不敢走柏油大道由台北經士林、北投、關渡到淡水去，因為早聽說「圓山」下的「中山橋」，中國兵槍殺了幾千幾百個台灣人，積屍成山，沒有人再敢過橋。他們是先坐渡船過淡水河到艋舺對岸的二重埔，再由二重埔走鄉間小路經三重埔、和尙洲、龍源到八里，然後再從八里坐渡船過淡水河到北岸的淡水，一共走了一天一夜，途中既不進食也不歇息，所以等坐上渡船，望見對岸半山腰「淡水長老教堂」的尖塔和「紅毛城」的城牆，已經兩腳泡腫精疲力竭了。

上了淡水北岸的渡船頭，本來明德是想走淡水河邊的大馬路到「淡水長老教堂」的山坡下，再爬石階到教堂隔壁妙妙娘家的，沒想到前頭「紅毛城」下的馬路上卻見幾個中國兵在站哨，似乎在監視「紅毛城」上「英國領事館」的模樣，明德於是改變初衷，對妙妙道：

「我看倆猶是行彼山邊細條巷仔路較安全。」

說罷，明德便帶妙妙越過馬路，直接攀登幾段石階到「牛津學堂」的花園前，再右轉沿著山坡崎嶇曲折的小巷，一路對著妙妙娘家走去。那「淡水長老教堂」已隱約可見，而妙妙娘家也快到了，萬不料在小巷前頭的轉彎處驀然出現了兩個中國兵，都揹著槍，迎面對明德他們走來，剎那之間，雙方都放慢了腳步，那兩個中國兵用兩雙敵意的眼光往明德身上投射過來，然後見一個人側過臉來對另外一個人低聲說話，明德牢牢牽住妙妙的手奮勇前行，與他們擦身而過，走了十幾步，忍不住回頭去望他們，只見對方也回過頭來望明德，於是明德邊走邊捏了捏妙妙的手，輕聲對她說：

「倆著愛鎭靜，千萬𣍐使驚惶……」

話還沒說完，便聽見背後響起了腳步聲，轉頭再看時，見那兩個中國兵已持槍尾隨而來，明德對妙妙喊一聲：「走！」便拖著她往前急跑，幸虧家已近而路又熟，跑了幾段路，又折了幾個彎，已到妙妙的娘家，也不去敲那關著的前門，直接跑到屋後，從半掩的後門閃了進去，隨即把後門順手反關了，並且上了門……

尤牧師與牧師娘都在家裡，見明德和妙妙從後面跑進來，一臉氣急敗壞的表情，正想開口問他們，只見明德做了急劇的手勢，叫大家暫不作聲，這才聽見從巷口傳進來的跑步聲，有人在門外轉了幾圈，又從巷子跑出去，那跑步聲漸行漸遠，終於完全消失不見了，這時尤牧師才敢開口問他們說：

「明德，妙妙，到底發生什麼代誌？您哪會突然間走來淡水？」

明德沒能立即回答，等他氣喘平息下來，他才將他前日如何在「成功中學」上班的路上看到滿台北到處是被槍殺的屍體、在「植物園」他被集體槍殺卻又幸運拾回一條生命、決定來淡水避難、經一日一夜的徒步行走、繞鄉間小路來到淡水、見「紅毛城」下有中國兵、改變路線走山坡小巷、不料在巷裡遇到兩個中國兵、一路被他們追到家裡的經過，從頭到尾，一五一十地說給尤牧師和牧師娘聽。聽了明德的話，尤牧師皺眉蹙額，心情沉重地說：

「你想欲來淡水避難，其實連淡水也沒安全，幾工前淡水火車頭前才槍殺七、八個台灣人。」

「何使❿講到淡水火車頭？」牧師娘插嘴道：「昨方早起佣即丫『紅毛城』腳才槍殺三個青年人。」

「但是這厝內總是較安全。」明德自我安慰地說。

「連厝內也沒安全，」尤牧師即刻回答道：「特別是親像您即陪做過日本兵由外洋倒轉來的青年，免講路頂遇著就刣，厝內找著也刣。」

尤牧師說完，長吁短歎起來，沉吟了好一回，猛然記起什麼，又接了下去：

「你猶復會記得彼『能通仙』繪？」

「是嘟一個『能通仙』？是『淡水中學』的校長陳能通先生？」明德反問道。

---

❿何使：台語，音(a-sai)，意(何必，何需)。

「是，是，就是伊啊，伊過去猶定定來倆厝吃飯，伊就是住在厝內不敢出去，但是偲中國兵也照常去厝內加伊掠去，一去沒回，講是失蹤，但是偲厝裡的人攏認定伊死去丫。」尤牧師黯然地說。

「阿伊是犯著什麼代誌？」明德引起了好奇，追問下去。

「哪有犯著什麼代誌，都講眞久以前有中國兵來駐學校，離開的時陣叫學校捐錢起一個紀念亭，『能通仙』反對，講學校就是學校，哪著什麼紀念亭欲創啥？偲就自安倪撿恨在心內，等到事件發生，就來校長宿舍掠人。偲太太著驚，想講伊是『國語』講膾通，才緊去隔壁叫一個教歷史的黃先生，伊較勢講『國語』，叫伊去替『能通仙』向彼中國兵解釋，黃先生就跕後面追去，嘴大聲喚：『等一下！等一下！』哪知影，彼中國兵轉身，沒管三七二十一就是給伊一槍，當場加伊打死列土腳，彼陣仔大家才知影代誌嚴重。彼中國兵押『能通仙』在學校門口等車，『能通仙』想欲家己向伊解釋，就講：『我們都是同胞……』『什麼同胞？』彼中國兵隨嘴就應伊，用槍頭加伊撞，以後就加伊掠去基隆，關在籠仔內。偲厝的人開始猶有去探監，也送物件去給伊，有一日去的時陣，已經人沒在咧丫，聽彼顧籠仔的人⓫講：『他已經被帶到別地方去了，你們以後不必再送東西來了。』伊由彼日起失蹤，偲厝的人想伊是給人掠出去槍殺丫，所以就將彼日當做伊的忌日。」

尤牧師說罷，全屋陷入令人窒息的沉默，特別是妙妙，她更是雙眉深鎖，不自覺地接喋而道：

「旦欲安怎⓬？看彼倪遠由台北行到即丫來，沒想即丫顛倒比台北較危險，是不是透暝復趕轉來去台北？」

⓫顧籠仔的人：台語，意（看監牢的人）。
⓬旦欲安怎：台語，意（現在要怎麼辦）。

聽了女兒悲戚的話，尤牧師低頭凝思了一回，驀然靈犀一點通，叫道：

「噢！哪會沒去給我想著？也𣍐曉匿在教堂的鐘樓！」

「教堂的鐘樓？」明德睜大了眼睛，重複地說。

「是啊，彼鐘樓自從日本仔列戰爭尾期將大鐘佮鐵梯收去做飛行機佮大礮，就沒人復爬去，春老鼠仔列頂頭做巢，倆厝後都有一隻竹梯，你會使爬彼竹梯去，爬去了後將竹梯收在鐘樓，平時住在鐘樓，三頓揹飯給你吃的時陣，阮拍手加你做暗號，你才將竹梯縋落來，吃飯收碗了後，你才復將竹梯收轉去，免講彼中國兵沒可能來查教堂，準做伊若真知你在鐘樓，伊一時也沒法度通爬去掠你，我想沒比鐘樓復較安全的啦。」

尤牧師娘、明德與妙妙都同意藏匿在鐘樓確實是目前最妥善萬全的辦法，於是當下尤牧師就去屋後找來那隻棄置不用的竹梯，叫明德扛著，只幾步路就扛進隔鄰的「淡水長老教堂」，把竹梯架在鐘樓的樓梯口，明德先援梯爬了上去，其他三人也陸續爬上鐘樓，看看一切都滿意了，於是留下明德，三人又魚貫下樓，不一會妙妙到隔壁屋裡搬來草蓆、枕頭與棉被，都爲明德舖設好了，才叫他收了竹梯，躺下來休息。

從這天開始，明德就躲在鐘樓上，除了一天三餐妙妙端飯上來的短暫時間，他整日便過著與世隔絕的囚牢生活。他一天大部分都躺在草蓆上望著頭上那卸了鐘的空鉤冥想，睏了就閉起眼睛慵懶地昏睡，醒來就在那窄小的方間裡踱步，無聊時才從那百葉窗的縫隙望窗外的風景。隔著脈脈的淡水河，觀音山與這鐘樓遙遙相對，每天清晨，總看得見一片薄霧籠罩在山頭，到了中午，霧氣上昇，整座山的輪廓才顯露出來，描出了觀音的側臉，黃昏時，先是西天一片彩霞，然後夕陽沉落到山的陰影裡，這時淡水河映出了山的倒影，像是一幅黑白的潑墨畫，最後到深夜，遠近漆黑，分不出哪是山哪是水，可是漁火卻一一閃爍起來，與天上的星星交互輝映。最好是無霧的晴天，艷陽高照，遠山清晰，這時就可以看到山下農夫荷鋤，水牛犁田，田間鷺鷥點點，驀然振翅齊飛，飛到半山的窩巢去……

因爲看見明德整天關在鐘樓上無聊，妙妙便把尤牧師家裡訂的「新生報」——自光復以來到因「二二八事件」而暫時停刊的幾百份舊報紙——悉數搬到鐘樓來給明德看，這些舊報中有些沒讀過，此刻讀來固覺新鮮，有些讀過，現在重讀更增深一層的意義，但無論如何，這幾百份舊報，確實解了明德不少囚牢的寂寞與空虛。

有一天，在讀報的時候，明德赫然看到了一則從來沒見過的標題，寫道：

人間大逆倫
胞兄辱胞妹
親父隨其後

明德被這醒目的標題吸引住了，便正襟危坐起來，把報紙讀了下去：

(本報訊)台北市永樂市場有二攤販，一攤販陳氏，業售魚，一攤販朱氏，業售肉，兩攤相鄰，相互為友。十八年前，陳氏已有一子，其妻又懷孕生產，產下一女，取名秋菊。陳妻產後患產後熱，病重而死，陳氏一時無法養育秋菊，又見朱氏夫妻膝下猶虛，乃與之共商，將秋菊售與朱氏充當養女。

十五年後，秋菊已長得亭亭玉立，花枝招展，不意經朱氏售與艋舺老鴇，被迫於寶斗里從事賤業，經三年非人之地獄生活，一日乘機逃回娘家，哭訴陳父，陳父乃留其在家住宿，白天為陳氏父子煮飯洗衣，夜與其兄同鋪而臥。詎料某夜，其兄淫心大發，趁秋菊熟睡之際，強加姦淫，事後並令其守密，不得告訴乃父。次日早晨，秋菊趁其兄出外工作陳父仍在家時，因為不堪兄辱，乃將昨夜之事毅然哭訴陳父，陳父堅決不信竟有其事，乃當場命秋菊脫衣解褲，當面檢查以求實證，詎料陳父一見女兒裸裎，獸性大發，非但不同情保護，反加以強暴凌辱，喪盡人倫，事後警告秋菊，不得將父兄同辱之事對外張揚。

自此而後，夜夜父兄競向秋菊求歡，大逆倫常，令秋菊痛苦悲傷，有昔日寶斗里窯窟百倍之上，秋菊一忍再忍，終至無法可忍，乃離家出走，向「台北婦女會」求援，婦女會已將秋菊暫時收留，並代之申冤，上訴法院，控告親父親兄，此案正由法院檢察處承辦偵查中。

讀完了這頁報導，明德突然悲從中來，慟哭流涕，幾日食不下嚥、睡不成眠，久久不能自已……爲了讓明德排遣漫長的時間，除去舊日的報紙，妙妙還到處搜羅，搬了許多日本時代印的全套日譯世界文學名著來給他閱讀，這裡面包括托爾斯泰、杜思妥也夫斯基、屠格涅夫、契訶夫、雨果、大仲馬、福樓貝、莫泊桑、迭肯斯……等人的作品，其中最叫他感動的是「巴黎聖母寺」，特別是書中那駝背棄嬰長大而成醜怪的教堂鐘樓搖鐘人「夸西莫度(Quasimodo)」，也許是此刻自囚鐘樓的緣故，更引起明德無限的同情與憐憫，然後在讀完了全書之後，他才轉回來讀書前那語意深長的雨果的自序：

好幾年前，當本書的作者拜訪或寧可說探索「巴黎聖母寺」的時候，他發現在一幢鐘樓幽暗的牆壁上，有人用手刻了一個字：

ANATKH（命定）

這六個希臘大寫的字母，深深鐫刻在石頭上，字跡已因年代久遠而變模糊，這類似歌德式的字，顯然是屬於中世紀的，那字體的詭刁以及命運的意涵，給作者留下深刻的印象。

他獨自揣摩，嘗試去猜測這個受難者，這個不願平白離開世界，而把他的罪行或苦命的戳記印在這教堂門楣的人究竟是誰？

如今那牆壁已被削平，而那字跡也已經不見，那刻字的人早已在幾世紀前從人間消失，後來也輪到那字本身也從教堂的牆壁上消失，或許不久，連這教堂也要從大地上消失……

讀完這序文，明德感慨唏噓，低迴不已，猛然憶起要去轟炸重慶的前夕，在廣州機場的荷塘前遠山明對他說過的話：「世界的歷史是不可能改變的，它就像一條大江，滾滾對著一個方向流，即使像亞歷山大、成吉思汗、拿破崙那樣歷史名人，也不過像江底浮上來的氣泡，除了在江面撩起幾圈漣漪，最後還不是氣消泡破，隨波逐流，漂向汪洋去……」

由於長期幽居在鐘樓而缺乏規律的活動，夜裡明德經常失眠，難得終於入眠也常常做噩夢，他老夢見夾在那個少年的中學生與那個年輕的和尚中間，三個人反手連綁在一起，跪在荷塘前面，突然背後槍響，三個人都中彈，倒在血泊之中，痛苦絞扭，氣絕欲死，猛地從夢魘中驚醒，原來他仍活著，他全身冒出冷汗，一股幽恨昇上心頭，既然連無邪的中學生與超塵的和尚都殺了，世上還有什麼人不可殺？

長夜漫漫，明德做了許多冥想，「同胞」一辭時常出現在腦裡，他轟炸重慶墜機時本應該死，卻因「同胞」而得生，可是陳能通在淡水的校門口本不該死，卻因「同胞」而得死，同樣是「同胞」，卻有

「生」與「死」兩種截然不同的結果，這是人生多大的譏諷！又如何叫人去了解？

開始的日子，明德頗爲氣憤塡膺，心懷仇恨，但時間久了，終於慢慢平息下來，他回憶在新竹機場訓練時有冷酷無情的鬼塚隊長，也有古道熱腸的遠山明；而在植物園裡有跛腿兔唇卻是善良救難的中國兵，也有在他們一列台灣人背後發號施令殺人不眨眼的中國隊長，這如何叫他一概而論，說日本人就是殘忍好戰，而中國人就是敦厚和平呢？歸結起來，世上只有善人與惡人之分，豈有國籍種族之別？善人固然可愛，惡人也未必可恨，因爲惡人爲惡，不外患了喪心病狂，再不就是被環境所逼或新聞媒介扭曲，孟子不是說人性本善嗎？前者需要的是醫療，後者需要的是教育，他們患病成瘋或被逼成盜，同情與憐憫都來不及，焉有可恨之理？人間既然沒有本惡之性，天下也就沒有可恨之人……想著這些，明德多日來鬱積在心頭的塊壘便渙然冰釋了，他終於得到一生從來沒有過的平靜與安寧。

明德在鐘樓足足藏匿了一個多月，一個月後，駐在「紅毛城」上的英國領事得知明德藏匿鐘樓的事情，向尤牧師表示願意收留明德，加以政治庇護，於是在一個無月的夜裡，先打探「紅毛城」下沒有中國兵站哨，才由妙妙帶領，牽明德爬上「紅毛城」的階梯，來到城頂，已有那大鬍子領事與他那端莊機伶的夫人在領事館的門口接應歡迎，這時明德才發現，原來領事館裡面早有幾十個與他同齡的青年來此避難了。

六

自從「珍珠港事變」前明德與他的父母以及大弟明圓在福州分離回到台灣之後，就沒有他們在中國大陸的消息，明德只能猜測他們大概依照原來的計劃在上海住下來，周台生與姚倩合力去經商，讓明圓唸上海聖約翰大學而已，除此而外，他就什麼也不知了。

一直等到日本投降，而明德也從中國回到台灣，他們祖孫才有了明圓的消息，那就是有一天夜裡，他們祖孫四人剛吃完晚飯在前廳聊天的時候，那屋子的後門起了一陣敲門聲，四個人的耳朵都豎了起來，因為後門只為了倒糞便或垃圾才用的，從來也沒有外人由後門進來，這會是誰呢？大家一邊猜，好奇的周福生一邊跨了大步到屋後去開門，只聽見開門的聲音，便立刻又聽到周福生聲嘶力竭地高喊道：

「是明圓啦！」

接著周福生便歡天喜地地把明圓擁到前廳來，只見他西裝革履，襯衫領帶，一臉白嫩，滿頭油光，儼然一副紳士派頭，跟周福生與明德家居服飾成了鮮明的對比。周福生興奮不迭，開始用福州話問明圓說：

「怎麼前門坦坦大路不走，偏偏走後門無人小巷？」

「怕人見到……」明圓有些尷尬地說，勉強裝出微笑：「因為我是隨『中國接收委員會』來台灣接收日本資產的，同時還當了這裡工礦處的副主任。」

周福生的笑容收斂了一些，不再問話，只聽明圓繼續說了下去：

「我只是偷偷回來看你們，請別告訴他人，我是工礦處的副主任，也別說我是台灣人。」

周福生與明德祖孫面面相覷，而謝甜與妙妙婆媳也不敢出聲，只把四隻手拉在一起，大家一句話也說不出來……

「萬一在外面路上遇到我，也請別來認我。」

聽了這最後一句話，周福生臉色變青，終於按捺不住了，便開口問道：

「為什麼？明圓。」

明圓正在支唔，不知要如何回答，周福生便搶先為他說了：

「是不是祖家寒酸，有辱你現在的身分啦？」

明圓既不承認也不否認，只是笑而不答。這其間，明德一直緘默著，在馬尼拉「王兵街」時，明圓每晨上學前總在五金店門口東張西望，等街上沒有人才敢一溜煙飛跑出去的景象，驀然又在眼前浮現，幾年來，這種自卑卻又苦愛面子的癖性不但不曾減少分毫，反而變本加厲，愈演愈烈，不禁令明德用不屑的眼光去乜視明圓，並且爲他搖起頭來……

妙妙去後廳端茶來給明圓才打破這僵局，由明圓的自言自語，明德才知道明圓已經自上海聖約翰大學礦冶系畢業，打算在台灣工作兩年，然後到美國去留學，至於他們的父母，已搬回福州，做著類似在「王兵街」的五金店生意……

一直等到明圓向大家告辭又要從後門走出去的時候，周福生才問他一句：

「你現在住在哪裡？」

「住在工礦處從前的日本官員宿舍，既通風又寬敞。」明圓得意地回答。

此後明圓還時時回到祖父的老家，仍然不敢走門前的大路，每回都是走無人小巷，從後門閃進來，至於他住的日本官員宿舍，從來也沒邀他們去過。

因爲明圓中文好，不久不知怎麼，竟當了「民生報」社論的副主筆，而他英文又好，美國新聞處也找他去當他們的翻譯，一人連兼數職，生活極端富裕。「二二八事件」發生後，有好幾個月他不見了蹤影，等事件平息後，有一夜他才回到老家來，周福生問他說：

「事件發生的時候，你可平安？」

「十分平安，那時我正在花蓮一帶巡視炭礦，從花蓮回台北，在蘇花公路的汽車上，我一路都用日本話跟司機談話，逢人都說我是台灣人，所以一點事也沒發生。」

這一年秋季以後，共產軍展開了全面攻勢，在東北、華北，以及山東、河南、陝西各地攻城掠地，使國民軍的剿共戰爭，由優勢轉爲劣勢。聽到這些消息，周福生憂心忡忡，可是明圓卻喜形於色，每回來老家聊天的時候，總會有意無意地對周福生與明德說：

「不久台灣就要解放了。」

每回聽了明圓的話，周福生就板起臉孔，反唇相譏道：

「解放？日本八年都沒把中國拿下，共產黨要拿台灣，恐怕還要更久哩！」

明圓無語，只好把話繞了個大彎，才又回到原來的主題，說：

「總之，共產黨比國民黨好……」

「好個屁！」周福生打斷了明圓：「大家都說國民黨壞，我看啊，共產黨也不會比國民黨好到哪裡去！」

眼看周福生理直氣壯，爭得面紅脖子粗，明圓也就笑而不答，沒再繼續說下去。

明圓老早就開始向美國申請學校，這年年底終於獲得了加州大學柏克萊分校的獎學金，準備於第二年秋天到美國留學修工程碩士學位。因為此去要在國外羈留兩年，怕異鄉孤寂，乃決定行前尋找終身伴侶，私下訂婚，留學期間互通魚雁，等學成回國後再正式舉行婚禮。既已做了這決定，明圓便放出風聲，四處託人介紹女友，先行交往，後論婚嫁。

好久之後，有一個晚上，明圓照例又從後門回到老家，大家閒聊的時候，他忽然問明德說：

「你們成功中學的英文老師，有一位叫『高千慧』的，你認不認識？」

「認識是認識，但從來沒交談過，因為我教高班，而她教低班，只知道她是第三高女畢業，人很賢淑文靜，教課十分認真。」明德回答，反問道：「怎麼樣？你認識她嗎？」

明圓笑了，只得承認說：

「不但認識，而且很熟。」

「是誰給你介紹的？」明德進一步追問。

明圓搖搖頭說：

「是我們自己認識的，有一天，我在美國新聞處圖書館翻譯，遇到她來圖書館找書，我幫她找，也就交談起來，才知道她在成功中學當英文老師，我向她提及你，她也跟你一樣說，只跟你面善從來不交談。忽然想起來，所以才特別問你。」

明德回頭跟妙妙說了，兩人連忙向明圓恭賀，明德緊接著又問明圓道：

「不知你們已經熟到什麼地步了？」

「我已經帶她去遊過碧潭、陽明山、仙公廟、烏來……至於每天晚上一起去看電影、喝咖啡就更不必提了。我覺得我們志趣十分相投，是終身伴侶的好對象，我已經向她提過未來到美國留學的計劃，並且論到訂婚的事情。」

「她答應了嗎？」

「答應是還沒確定的答應，只是她沒有反對的表示，不過我自己也不能草率就決定，我告訴她還得寫信回福州徵得父母的同意，所以才向她要了一張照片，附在信裡寄回去，我現在正等著爸媽的回信。」

這事約莫過了兩個月，有一天傍晚，明圓氣沖沖地回到老家，這回例外，不從後門，直接由前門進來，一進門，便從口袋掏出一封開封的信，往明德手裡一遞，歎息地說：

「你看！你看！媽媽給我寫這樣的信!!唉……」

明德把信展開來讀，那信是姚倩親筆寫的，主要是說她堅決反對明圓跟一個台灣女子締結婚姻，她認爲台灣女人都不好，她還特別加重地寫道：「我上面已有個台灣婆婆受夠了氣，不想下面再添個台灣媳婦來受更多的氣。」倒是在福州她已爲明圓物色了一個福州女子，叫「唐伶」，跟她一樣是福州女子師範學校畢業的，她的父親是北京「協和醫院」附設醫學研究院的教授，學問、品貌都是媳婦的上選，她還在信裡附了一張照片，她催明圓立刻就回福州去訂婚，一刻也不能在台灣蹉跎逗留了。

明德把信封裡那叫「唐伶」的福州女子的照片拿出來看，見她穿一襲蟬翼紗拖地花旗袍，踩一雙蝴蝶結酒杯跟白皮鞋，額留齊眉瀏海，頭梳掩耳螺髻，身姿婀娜，笑靨迎人，恍若上海的電影明星，由不得人心動神迷。明德快將照片在家裡傳閱了，大家都異口同聲稱讚起來……

「那麼你決定怎麼做？明圓。」隔了好久，明德終於開口問道：

「還能怎麼做？她老人家既然那麼堅決反對，也只好順她的意思回福州訂婚了。」

「這邊高千慧怎麼辦？」

「也無可奈何啊，只好坦白跟她說媽媽反對，甚至把信也拿給她看，只是照片收起來，不想讓她看，怕太傷人心了。」明圓垂頭喪氣地說。

明圓既已如此決定，也就如此做了。從這天開始，明德在成功中學每回見到高千慧，她頭總是低低的，不敢抬起來面對明德。然後在明圓離開台灣的前兩天，高千慧突然來到明德的辦公室，將一包東西交給他，緋紅著臉，囁嚅地說：

「拜託你把這一點禮物送給周明圓……」

也不等明德回答，只向他嫻雅地鞠了一躬，就返身奔出了辦公室……

明圓搭船回福州之日，周福生舉家都來基隆碼頭送行，到時明德才把那包禮物交給明圓，對他說：

「是高千慧託我轉給你的。」

「到底送了我什麼禮物？」

明圓一邊說一邊把那包禮物拆了開來，才發現是兩只枕頭套，一只繡了「新婚燕爾」四個字，下面是一隻鴛鴦對著一隻水鴨；另一只繡了「白頭偕老」四個字，下面是一株古松對著一朵靈芝。妙妙迎近來看，叫了起來：

「噯喲，這還是她親手繡的，市面上買不到這麼精緻的東西！」

妙妙的讚美更加添了明圓臉上的愧疚之色，他連連搖頭喟歎道：

「眞沒想到台灣女子這麼多情！」

說罷，把繡花枕頭套重新包好，小心翼翼地收進手提箱裡，上了船，跟周福生祖父母與明德兄嫂揮手而別。

七

周福生八十八歲這一年，台北市王啓瑞市長突然心血來潮，決定舉辦一次「敬老會」，邀請台北市所有八十歲以上的老人，聚集在「中山堂」，加以表揚，以示尊老之意。於是就叫市公所辦事員調查了台北市所有八十歲以上的老人，發帖邀請他們於中秋節這天來「中山堂」參加盛會。不用說，周福生也在被邀之列。

當周福生收到「敬老會」的邀請帖子，他想這不過是王啓瑞爲了競選連任下屆市長所施的政治花招，根本不屑一顧，難得明德苦勸力說，叫他不必管那許多，僅是到「中山堂」看看多年不見的老朋友就值得一去，實在是疼孫入腹，最後終於聽從明德的話，決定中秋節去「中山堂」參加「敬老會」。

沒想在中秋節的前三天，市政府派了一位馬專員特地來「龍山寺」旁的木器店拜訪周福生，這人剛好是福州人，因爲知道周福生來自福州，便直接用福州話跟他交談，才寒暄過後，就對他說：

「『敬老會』那天，王市長要對所有老人說話，完了，要請一位老人出來答辭，市長特別派我來請周老先生代表全體老人向他答辭，不知你的意思如何？」

「老人那麼多，而且比我老的不知還有幾牛車哩！怎麼市長別人不找，偏偏找到我周福生頭上來？你倒說給我聽聽！」

馬專員於是笑道：

「這我們市政府都派人調查過了，比周老先生高齡的固然不少，可是大多老弱殘廢，不是眼睛失明，就是耳朵失聰，像周老先生這麼健朗，而且目明耳靈的，實在是找不到了，所以才找到周老先生身上來，還是請你答應了吧。」

「我雖然還算健朗，可是我不會說國語，即使說台灣話，也帶福州腔，誰也聽不懂，你還叫我向市長答辭，這怎麼行？」

「這只是周老先生謙虛之辭，其實沒有關係，幾句話就好，只是形式，反正大部分台下的老人也聽不見你說的，你又怕什麼？」馬專員懇請地說。

「不行！不行！」周福生仍然一再堅持：「我一生從來都沒上台說話，而且也不知要說什麼？」

馬專員十分有耐性，他依然是那副笑容，讓周福生盡情傾洩，等他再也沒話好說了，他才改變口氣接下去：

「如果周老先生上台不知要說什麼，我倒想出一個變通的辦法，到時我們臨時給你一張演講辭，你上台照演講辭唸就行了。」

周福生還想推託，一直在旁保持沉默的明德卻迎了上來，慫恿他祖父說：

「我看這並不困難，阿公，你還是答應人家吧。」

周福生頗躊躇了一會，才勉強說道：

「好了！好了！看在我明哥的份上，我答應就是了，不過到時要早點把演講辭拿來，先練習一番，才能上台獻醜。」

「那不成問題！」

馬專員大喜道，向周福生與明德再三道謝一番，才跨了門限走出去。

中秋節終於到了，這天周福生穿戴整齊，叫了一部三輪車，來到「中山堂」，才下車，馬專員老早等在大門口，一見周福生進門，就把一張手抄的複印紙遞給他，對他說：

「這就是你的演講辭，你先拿到迴廊去看看吧。」

周福生拿了他的演講辭，來到迴廊的落地窗前，迎著陽光，架起老花眼鏡，看了起來，首先映進眼裡的是：

國家好比汪洋中航行的船，領袖便是船上的舵手……

周福生開始詛咒起來，可是仍得繼續看下去，卻是愈看愈不對勁，因爲敬老的事情一字不提，盡是感謝總統英明領導與歌頌市長實施德政的八股文章，看得他全身起雞皮疙瘩，終於把全文看完，口裡又詛咒起來：

「伊奶爸爸強！這跟『敬老會』有啥關係？」

「爸爸伊都強！上台唸這鬼東西？丟盡我周福生的臉！」

還這麼罵著，馬專員已笑嘻嘻地來請周福生上台去就代表老人的貴賓席，周福生糊里糊塗地跟他上去……

那台前設了一個大講壇，台後圍了半圈藍天鵝絨的高背靠椅，周福生把整個「中山堂」橫目一掃，見那台下坐了滿滿一堂老人，台後的貴賓席上則是衣冠楚楚的高官貴爵，除了經常在「新生報」上看到的那個高頭大馬豐額碩頤的王市長，其他周福生一個也不認識。席上只剩下最後一個空位，是特別留給周福生坐的，他一旦在貴賓席坐定，「敬老會」也就隆重開始了。

王市長上講壇演說，周福生雖然聽不全懂國語，但他可以猜測王市長說的話與手裡馬專員給他的演講辭類似，盡是些歌功頌德的八股，與老人扯不上關係，沒聽幾句就累了，倒是爲他自己等一會兒的台上答辭著急起來，他如果照著唸嘛，丟盡了自己的面子，想拒絕不唸嘛，已騎虎難下逃脫不得，正躊躇著，不知如何是好，王市長已演講完畢走下講壇，只聽見馬專員在台上的一支麥克風上大聲地對大家宣佈說：

「現在請艋舺的周福生先生代表全台北市老人向市長答辭。」

一時掌聲雷鳴，所有眼光都往周福生身上投射過來，周福生很想鑽到地底去，卻是無法，只得硬著頭皮拿了那張演講辭蹣跚登上講壇，先向全堂鞠了一躬，掛上老花眼鏡，然後才把演講辭攤開來，躍然跳進眼睛裡的又是：

國家好比汪洋中航行的船，領袖便是船上的舵手……

怎麼辦呢？怎麼辦呢？周福生急得冒出一身冷汗，正在心慌意亂無所適從之際，突然靈犀一點通，何不囫圇呑棗，把稿亂唸一通，草草應付了事？心中既已打定主意，他就開始用渾濁不清的福州音，只在嘴裡唸唸有辭，卻是胡謅亂語，盡量遠離麥克風，假裝照著稿，低聲把演講辭唸了一次，如此鬼混過去，自覺表演滿意，於是又向全堂鞠了一躬，昂然步下講壇，台上台下照例又響起了一片熱烈的掌聲……

這晚，明德從學校回到家裡，逢面就用福州話問周福生道：

「阿公，今天『敬老會』上的演講講得如何？」

「好極了！明哥，他們想哄我，也不看看你阿公是何等人？反倒被我哄了！」周福生撫著下巴的白山羊鬍，揚揚得意地說。

「你如何哄他們呢？阿公。」

「你知道他們擬給我什麼樣的演講辭？盡是歌功頌德的八股！叫你阿公如何唸？地都想鑽進去！結果你想怎麼著？你阿公乾脆上壇假唸，盡用咱們福州話的咒語，胡謅一番，被我混過去，完了，台上台下還給我大大鼓掌哩！」

明德有生以來從沒見過祖父如此躊躇滿志春風得意，這晚他胃口大開，饕餮了一頓之後，就上床呼呼酣睡起來……

第二天一早，還在矇朧中，周福生就聽見明德拿了一份「新生報」走進房間，一邊走一邊呼道：

「阿公，阿公，快起來看！今天的報紙在報導昨天『中山堂』『敬老會』的事情，不但登了你的名字，還登了你的演講辭……」

周福生半坐起來，揉揉眼睛，戴上老花眼鏡，拿那報紙讀了起來：

「昨天(中秋節)台北市『敬老會』在『中山堂』隆重舉行，來會老人共有九百二十八位，先由王啓瑞市長向大家熱烈祝賀，然後由老人代表今年八十八高齡的周福生先生向市長答辭。周老先生的演講，聲音宏亮，辭句明朗，他鏗鏘有力地說：『國家好比汪洋中航行的船，領袖便是船上的舵手……』」

驟然周福生破口大罵起來：

「伊奶爸爸強！爸爸伊都強！這報紙簡直連篇謊話!!一派胡說!!」

周福生不想再讀下去，逕自把報紙往地上一丟，躺回那檀木枕頭，又呼呼打起鼾來……

八

已經是周明德當了「成功中學」教師十幾年以後的事了，有一天，爲了查閱英文課本的原文參考書，他一早就從艋舺坐巴士來「台灣大學」外文系的圖書館，一等他找到資料並且抄錄下來，即刻又得坐巴士回「成功中學」去趕上午第三節的英文課。

爲了節省時間，他不走正門，直接從側門走出大學，穿過「新生南路」與「溫州街」，想去搭「羅斯福路」直達「台大醫院」的巴士，一旦在「台大醫院」下車，「成功中學」就近在咫尺了。

當明德走過「溫州街」來到「溫州公園」那小型三角公園，不意在公園對面的巷子裡瞥見兩間違章建築的木搭矮屋，其中有一間屋子的紅色門聯，有人用蒼勁的楷書寫了下列兩行黑字：

兩間東倒西歪屋
三個南腔北調人

明德乍然被那門聯的墨跡與創意吸引住了，心底暗暗稱奇，揣測居住在這陋屋裡的孤高之士究竟是誰？就這樣邊想邊走，走到公園的門口，才發現有人在那裡擺設了一桌豆漿攤子，幾個遲起的台大學生坐在攤前吃豆漿與油條，有三個中國人在攤子左右侍候顧客，一個在洗碗，一個在擦桌，而那管舀豆漿的，年約五十，穿一件皺摺的粗布舊襯衫，撩起袖子，露出一雙筋肉暴突的粗壯手臂來，這人兩眉像刀刻，雙目炯炯發光，孔武之中帶著掩藏不住的儒雅，不禁叫明德凝目定睛，在記憶裡盡情搜索，不知在哪裡見過？這時對方也注意到了，他也同時把目光往明德投射過來，兩人對視良久，對方終於將刀眉一揚，開口從攤後喊了過來：

「你可不是周明德嗎？」

明德急遽地點頭，回喊了過去：

「而你可不是黎立嗎？」

於是明德走向攤子，兩人熱烈握起手來，黎立興奮地說道：

「天下何處不相逢！眞想不到今天能在這裡碰到你。要喝碗豆漿嗎？」

「謝謝你，我此刻沒有時間，才來大學外文系的圖書館查書，又得趕回『成功中學』去教課。」明德回答道。

「周老弟在『成功中學』教課？我前此也在『建國中學』教課。」黎立笑道。

「黎先生以前也在教課？」明德疑惑地問，然後把聲音降低下來：「怎麼現在又賣起豆漿來呢？」

「這個說來話長，現在你忙，我也忙，咱們沒有時間談。就這麼辦吧，你今天教完課再過來找我，我等著你，我就住在對面那間有紅聯的房子，到時我請你到館子吃晚飯，咱們再好好長談，如何？」

「也好，只是不好意思讓你請，由我做東好了。」

「哪裡的話？別忘了，我還是從前那個『副總』哪！」

黎立笑說，用他有力的手掌，拍拍明德的肩膀，明德就暫時別了黎立，上「成功中學」去了。

這天學校放學，明德如約坐了巴士來「溫州公園」，黎立果然在公園對面那間貼有紅聯的小木屋裡等他，他穿了一件細布白亞麻夏衫與一條熨過的黃卡其長褲，正襟危坐，在門口讀一本線裝古書，煥然變了一個人。他一聽見明德的腳步聲，便將書合起，放回屋裡竹搭的書架上，返身關了門，帶明德往「羅斯福路」來……

黎立一逕把明德帶到一家叫「清眞牛肉大王」的鴿樓上，才坐定下來就對明德說：

「這家館子是回教徒開的，若論牛肉的烹調，台北市找不到第二家，我有朋友自遠方來，一律都帶他們來這家吃飯，特別這小鴿樓，人少安靜，正是暢談的好地方。」

黎立才說完，便有一個儻管笑嘻嘻上樓來點菜，黎立點了兩盤酢醬炒麵、一盤紅燒牛肉、一盤牛肚百葉、一盤新鮮時菜，然後附加一句說：

「給我打兩瓶紅露酒來。」

那儻管答了一聲：「是。」正想回身下樓去，卻被明德喊住，轉頭來對黎立說：

「黎先生，我不喝酒。」

「周老弟，你眞的不喝酒？」黎立歪著頭不相信地問道：「也行，既然不喝酒，咱們就喝汽水吧。」於是轉頭對那儻管說：「不必紅露酒了，給我換兩瓶黑松汽水來。」

那儻管又應了一聲：「是。」下樓去了。

儻管下去後，鴿樓頓時又寂靜下來，黎立與明德一時不知從何談起，只好沉默著去凝望窗外西天一片璀璨的晚霞，望了好一會，黎立終於轉過頭來開口問明德道：

「周老弟這一向可好？」

「還好，黎先生，你呢？」

「說好不好，說壞不壞，我一向都如此。」黎立有點自我解嘲地回答道。

不知怎麼，明德突然憶起在四川白沙時經常與黎立形影不離的戴威來，便問道：

「戴威現在怎麼啦？你有他的消息嗎？」

「還談那個『老總』？自從你離開白沙到昆明去，我又爲了另外一個流亡學生跟他大吵一頓，這回我再也不想在白沙呆下去了，便請重慶本部將我他調，剛好萬縣民兵團的頭子中了日本飛機的炸彈死去，那邊出缺，我也就離開『老總』到萬縣去了，從此就不知道他的消息。」

知道黎立不願再談戴威，明德便換了話題說：

「不知黎先生是幾時到台灣的？」

「民國三十八年十月就到台灣嘍，一呆已經二十幾年了。」黎立歎息地說。

「黎先生是怎麼來台灣的？」

「還不是爲了共產黨！先是抗戰一勝利我就從萬縣回天津去，開始還平安無事，哪知共黨自東北猖獗起來，我也一度組織學生參加反共工作，奮鬥了三年，經過『徐蚌大會戰』，整個河北只剩下北平和天津兩個大城還保住，卻陷在共黨重重包圍下，那時我才決定從天津突圍出走。我先到上海，再轉漢口，到漢口時，便聽到北平和天津相繼失守，我遂南下到廣州，在廣州我頗呆了一段日子，經地下工作朋友介紹見到當時教育部長杭立武，也就被他任命做『教育部青年復學就業輔導委員會』的事務股長，一直任到衡陽和韶關失守，共黨進入廣東，我才離開廣州坐船來到台灣。」

話談到這裡，堂倌已端了熱騰騰的紅燒牛肉、牛肚百葉、一盤蔥珠菠菜、兩盤酢醬炒麵來了，等盤碟在桌上安擺就緒，他又下樓去拎了兩瓶黑松汽水來，在兩位客人面前先栽了兩只玻璃杯，開了一瓶汽水，替他們將玻璃杯倒滿，說聲：「請用餐。」下樓去了。

等那堂倌不見了影子，黎立與明德才互相禮讓一番，端起筷子，開始用起餐來。已經吃過大半飯菜，也倒完了一瓶汽水，兩人才緩慢下來，一邊咀嚼著，一邊又談起話來。明德首先打開話匣子說：

「早上聽黎先生說在『建國中學』教過課，可是眞的？」

「你『副總』還會撒謊嗎？周老弟。」黎立笑道，伸手去拍了明德兩下肩膀，興致勃勃地說了下去：

「說來事情也夠巧的了，我剛來台灣還不到幾天，就去找在天津時同是做地下工作的一位好友，在他家裡碰巧遇到那時在當『建國中學』校長的賀翊新，相談之下才知道他也是河北人，在抗戰期間也暗地裡做地下工作的，眞是相見恨晚，話談得十分投機。他問我抗戰前做什麼？我告訴他在『天津工商學院』的附屬中學教國文，他又問我，『你現在做什麼？』我回答他說：『才來台灣幾天，沒做什麼。』他於是笑說：『那你就來我學校幫我做些事吧。』他果然聘我到『建國中學』當訓導主任兼教國文。這中學的學生歷年考大學都名列全省第一，『建中』之名傳揚全島，這是我頗引以爲榮的事。」

「黎先生在『建國中學』共呆了幾年？」

「十年，以後我就辭職離開了學校。」

「你不是工作好好的嗎？怎麼要辭職離開學校呢？」

「唉！這說起來又是一肚子氣話。」黎立說著，一把抓起玻璃杯，把半杯的汽水一飲而盡，又開了另外一瓶汽水，爲明德與自己各倒了一杯，然後才說了下去：「正如周老弟剛才說的，我在『建國中學』原幹得好好的，同事之間也相處得十分融洽，哪裡知道這一年學校來了一個姓酈的老師，他也是教國文的，可是他國文卻不好好教，竟然在課堂上向學生宣傳中國漢字羅馬拼音化的好處。他向學生宣傳他的謬論已經不盡相宜，他甚至得寸進尺，忝不知恥，還在教師休息室向大家宣傳他的謬論，而且揚揚得意，頗以現代倉頡自居。漢字本來是中國文化的命脈，經過五千年的演化才到達今天這樣完美的地步，豈容一天用羅馬拼音來代替，把五千年中國文化毀於一旦？我從前總以爲日寇和漢奸是最可惡了，可是篡改漢字卻更可惡！前者只是『竊國』，後者竟是『賣族』！斯可忍也，孰不可忍也？有一天我就跟他辯論起來，殊不知他不但不稍事收斂，反而愈辯愈烈，竟有『漢字一日不改，中國一日不強』的大謬論，我實在忍無可忍了，終於在大庭廣眾之前，狠狠揍了他一拳，把他打倒在地上，叫醫務室的人來扛去醫院縫了十幾針。這件事在賀翊新校長的折衝之下，也終於大事化小，小事化無，可是我身為訓導主任，竟然在教師與學生面前出拳打人，師尊喪盡，已沒面子在學校繼續呆下去了，所以便向校長提出辭呈，儘管校長一再挽留，我去意已堅，最後還是辭職離開了學校。」

「離開了學校，黎先生就開始賣豆漿嗎？」

「還早哩！」黎立又喝了一口汽水，潤潤喉嚨才又說下去：「離開了學校，我突然萌發奇想，想過過古人的耕讀生活，但種田不是我本行，聽說種果樹比較容易，我就用我十年來的一點儲蓄在陽明山山腰買了一甲山地，又去向附近一座廟寺的老和尚買了一百五十株荔枝栽，自己把栽種了下去，然後一邊灌溉，一邊讀書，過了三年安靜的日子。荔枝通常三年就開始結果，等到果實收成，才發覺所有荔枝都是酸的，聽人說第一年收成的果子都是酸的，我只好再等一年，可是第二年收成依舊是酸的，甚至第三年收成還是酸的，我就拿我的荔枝去問那廟寺的老和尚，那老和尚嚐了我的酸荔枝，立刻向我賠不是，對我說：『我們的荔枝栽有兩種，一種是甜種，另一種是酸種，當初賣栽給你時，一定是小沙彌拿錯了栽，才讓你種出這種酸荔枝，為了賠償你的損失，我願再給你一百五十株荔枝栽，全部免費，而且保證將來結出的荔枝一定都是甜的。』可是我已經浪費五年了，我不願再浪費五年，因為那時我對耕讀生活的熱忱也冷下來了，所以老和尚要給我的一百五十株新栽，我只好敬謝了，把陽明山的山地賣掉，在台北街頭徜徉起來。有一天走到『溫州公園』前遇到往時在大陸的老朋友在賣豆漿，他們問我：『你現在做什麼？』我回他們說：『沒做什麼。』他們就說：『何不入夥一起賣豆漿？』我答應了，從這時起，我才眞正開始賣豆漿。」

黎立說完，明德沒有回響，鴿樓暫時又岑寂了片刻，兩人同時去望窗外，這時西天的彩霞已完全遁跡，只剩幾塊濃重的烏雲，憑添了傍晚時分的沉鬱，明德輕輕歎息起來，黎立似乎也覺得是在為他命運坎坷與境遇落寞而歎，於是截然改變了語調，快活地說了起來：

「周老弟，請不必為我感歎，我也不是一生都賣豆漿的，曾經幾度，你『副總』也有過風光的日子，任誰也沒得比！」

明德的眼睛亮了起來，黎立見他洗耳傾聽的表情，便得意揚揚地說了下去：

「別的不說，單舉兩件，說來讓老弟見識見識。第一件是抗戰勝利後我回到天津，我早說這時共黨已經在東北猖獗起來，我就積極組織學生參加反共工作，我組織的方法是用『安清幫』的設壇收徒，每有青年學生入幫，就先把壇址設好，由本幫老手主持，派車來接我去受禮。那時的汽車是舊式德國『賓士』車，左右車門下都有踏板，我坐上車子的後座，迎接我的人就坐在司機旁邊，另有兩名衛士隨車保護，他們配帶短槍和子彈，分別立在左右踏板上，用手扚住車門，一路發號施令張揚過去，活像軍閥時代大將軍出巡的模樣，結果一年之間，我收了將近四千學生，哰，威風極了！」

明德聽得津津有味，改換了姿勢，急急問道：

「還有第二件呢？」

「那就更加風光了！你知道民國三十八年天津市預備實行選舉制度，不但各局負責人由人民選舉，就是天津市長也由地方選舉，不再由中央派遣了。早一年民國三十七年二月就先選市參議員，以便組織市議會，我的學生知道了，來問老師要不要參加選舉？我當即回答他們：『為地方服務，豈有不參加之理？』於是他們就一起出錢出力，印傳單、貼廣告、置鍋造飯，做種種競選活動，等到投票完畢，學生代表來見我說：『老師，選舉辦完了，還剩下黃金十二兩！』等選舉名單公佈，我得票很高，但票數最高的卻是一位姓楊的紡紗廠總經理，他在日本投降後接收了日本在天津設立的一百多家紡紗廠，每廠各有千餘人，投票選舉那天，他不但給所有工人放假一天，而且為他們添肉加菜，難怪他的選票最高，而在當選的一百多位中我竟得了第二，說來也不無面子了。我的當選證書是七月拿到的，號碼是『津字二十六號』，由內政部長兼選舉監督親自頒授，到時天津的朋友和學生不免又高興慶祝一番，這是我平生一大快事！」

說完了這些，黎立煥發的臉容驟然暗淡下來，他猛地把剩餘的汽水仰頭一飲而盡，將空杯往桌上輕輕一敲，降低了音調，歸結地說：

「可是好景不常，不久東北淪陷，共黨進關，我不得不離開天津。」

鴿樓再次沉靜下來，明德陪黎立感歎唏噓了一陣，不經意舉起腕錶來看時間，黎立立刻就問道：

「周老弟有事急著回去嗎？」

「倒也沒有，」明德趕緊說明道：「只是在想家裡的祖父母和內人看我沒回去，現在大概也在進餐了。」

「令祖父母還健在，又有賢妻在身邊照料，周老弟的福分實在不小哩！」黎立笑道，方才凝重的顏色恢復了不少。

「黎先生在台灣可有親人嗎？」明德陪著笑，忽然關懷地說。

「不但台灣，連大陸也沒有。」黎立淡淡地回答。

明德這才發覺自己失言，愧疚交加，連忙轉換口氣說：

「黎先生也不想娶個妻室安安家？」

黎立淒然苦笑起來，道：

「何曾不想？可是談何容易去找你所鍾情的女子？」

「天下女子那麼多，黎先生難道一生都沒遇過一個你所鍾情的女子？」

聽了這話，黎立沉吟半晌，深深點起頭來，慢條斯理地回答道：

「有是有過，不過也只有那麼一回，最後還是『發乎情，止乎禮』，散了。」

明德坐直起來，把椅子拉向黎立，聚精會神，悄悄地問：

「我可以聽聽嗎？黎先生。」

黎立一時閉起雙眼，陷入記憶的深淵裡，好久好久才睜開了眼睛，絮絮說了起來：

「自從『蘆溝橋事變』發生，我放棄了教職，在天津參加地下工作，殺了無數日寇和漢奸，後來被走狗出賣，又經日寇追捕，我才避風頭到北平，與戴威合作了一陣，不久北平風聲又開始吃緊，我只好又離開北平，退隱到鄉下，在『楊柳青』和『牛駝鎮』一帶召集訓練游擊隊，不時給離散到鄉下的日寇以重大打擊，時有捷報，頻有擄獲，一時天津和北平附近不甘受日寇欺壓逼害的有志青年都投到我的麾下，同甘共苦，戮力殺敵。

有一天，我的游擊隊新進來一個隊員，說是由『趙家莊』來的農夫，年約二十，白淨的皮膚，蛋圓的臉兒，眉清目秀，把整蓬頭髮梳向一邊，他身材高挑，四肢勻稱，乍然一看，確是標緻瀟灑的小伙子，一開始就引起我特別的注意與好感，以後還時加以觀察，更發現他忠貞勇敢，機警敏覺，上陣殺敵，絕不後人。幾個月下來，我得到一個結論，他眞是一個不可多得的好隊員，唯有一個怪癖，從來不跟其他隊員在井邊同洗共浴，老愛單獨一個人，抱衣巾到偏僻的小溪去洗澡。這大大逗起我的疑心，有一個傍晚，我就偷偷尾隨在後頭，跟他來到他經常洗澡的小溪，只見他在一處柳蔭底下脫卸衣裳，裸露了用白紗布一圈一圈包裹的胸脯，待他解到最後一圈白紗布，猛然蹦出了一雙雪白豐滿的乳房，在柳絲搖曳之中顫抖，我一時看呆了，原來『趙家莊』來的那個標緻瀟灑的農夫竟是一位嫵媚可愛的女子！

從這天開始，我發狂似地鍾情於她，儘管我守住她是女子的秘密，不必說其他隊員，甚至連她我也沒說一聲，一直到有一回我的游擊隊出擊奏凱，當夜大夥兒在營地暢飲慶祝，卻見她獨自一個人漫步到營外，仰頭凝望天上一輪明月，我悄悄跟到她身邊，陪她默默望了一會明月，低下頭來對她輕聲地說：『我知道你是一位女子，你爲什麼要騙我是農夫？』她聽了我的話，先是一驚，然後雙眼慢慢滴下晶瑩的淚水，跪在我跟前，求我原諒她，我連忙把她自地上扶起，溫柔地對她說：『你不必求我原諒，我原就佩服你的勇敢與機敏，我現在只想知道，你一個女子，是什麼緣由促使你來加入我的游擊隊？』應了我的要求，她於是對我說了下面的故事：

有一個女子，十七歲的時候，從『太白莊』嫁到三十里外的『趙家莊』，這趙家家裡只有一個婆婆和這女子的夫婿，他是一個安份守己老實忠厚的農夫，在山邊耕一小塊田地，養他一家三口。第二年，這女子爲趙家生了一個白胖的男孩，從此一家四口過著和平安樂的日子。

可是好景不常，三年後『蘆溝橋事變』發生，日寇入侵，不但在『太白莊』和『趙家莊』一帶到處打家劫舍，有一天，竟把這女子的夫婿自田中逮走，無緣無故將他在莊口斬首示衆了。這女子得悉夫婿被害，哭得死去活來，但終也喚不回夫婿的生命，便下定決心，發誓要爲夫報仇。

『太白莊』與『趙家莊』之間有一條鄉間小路，四面都是曠野，沒有樹木，這陣子聽說有一個日寇，單獨騎一匹黑馬，在這條路上橫衝直闖，遇到男子就加以殺害，遇到女子就加以強暴，風聲鶴唳，害得兩莊的鄉人再也不敢經由這條路互相來往。這女子聽到這消息，靜思了三天，決定爲鄉民除害，兼報殺夫之仇。

第四天，她把長髮打成少女的辮子，穿上當初嫁到『趙家莊』的新娘衣裳，提了一把陽傘，踩上前往『太白莊』的鄉間小路，踏著碎步，蹣跚而去。這天恰是陰天，所以她不必打傘，只見曠野無人，一望無際，行行復行行，走到近午，她終於望見路的盡頭揚起一片灰塵，果然不久就出現了一匹黑馬，迎面奔來，當那黑馬奔到她跟前，猛然被騎馬的人勒住韁繩，於是那黑馬把蹄放慢下來，在她身邊繞了一圈，終於停蹄靜立，這時她才抬頭去望那騎馬的人，見是一個彪形日寇，滿臉短鬚，瞇眼露齒，在對她獰笑。

那日寇打著三分不像的中國話問她說：『姑娘往哪裡去？』她回答：『太白莊。』那日寇又問：『路途遙遠，姑娘只單獨一個人嗎？』她不再回答，僅把頭害羞地垂下來。那日寇於是下了馬，扔開了韁繩，走上來親她的臉頰，順勢把她輕輕抱起，平放在地上，開始去解她的衣裳，她任其擺佈，不表一點抗拒，只是快到緊要關頭的時候，她突然驚問那日寇說：『兵哥，萬一你的馬忽然跑掉怎麼辦？』那日寇撐直了身子，確實被這問題所困，便回說：『我也不知道怎麼辦。』於是她說：『何不把韁繩拴在你的馬靴上？』那日寇哈哈大笑起來，說：『你眞是聰明的女子！』便依了她的話去把韁繩拴在自己的馬靴上。待要重新入港，她變得滿臉緋紅，撒嬌地對那日寇說：『兵哥，人家害羞怕人看見。』那日寇皺起眉頭說：『那又怎麼辦？』於是她回答：『我想把陽傘撐開，在傘裡行事。』那日寇又哈哈大笑起來，說：『你簡直像初嫁的新娘！』於是任她自他懷中立起，走了幾步，拾起剛才掉在地上的陽傘，待她又轉身走回來，只見她慢條斯理將傘撐開，還不及全部打開，冷不防用傘尖對準馬眼猛力一刺，便聽見一聲淒厲的馬嘶，同時整個馬身騰空躍起，把那日寇倒懸在半空中，隨著往前狂奔而去，把那日寇拖在地上，拋起漫天灰塵，直到人馬聲影俱滅，她才返身回到『趙家莊』來。

一回到『趙家莊』，她就拿剪刀將一頭美麗的長髮給剪斷了，剛好被她婆婆撞見，驚叫道：『我的好媳婦兒，你難道想去庵裡當尼姑不成？』她轉過頭來回她說：『婆婆，我哪來閒情去庵裡當尼姑？我想改扮男裝，到陣前去殺敵！』於是她婆婆說：『去吧，我的好媳婦兒，去爲我兒子報仇，孫兒我替你養，田地再雇長工來做。』就這樣她離開了『趙家莊』，加入『楊柳青』和

『牛駝鎮』一帶的游擊隊。

聽完了她的故事，我爲她智勇雙全的義舉佩服得五體投地，卻見她垂下頭來，開始飲泣，我愛憐交加，情不自禁把她摟在懷裡，她柔順地依偎在我胸上，盡情哭泣，我伸手去撫摸她毅然剪斷的短髮，想像她從前那一頭美麗的長髮……

我們互相守住兩人的秘密，我鍾情於她，她也鍾情於我，白天是隊長與隊員的關係，夜裡一變而爲情侶，相約到無人的樹林或溪邊談心，互訴相思之情，同輸家國之恨。可是才不多久，日寇大舉向鄉下逼來，使游擊工作一籌莫展，我乃不得不將全隊化整爲零，命隊員各自遣散。我有意到重慶繼續抗敵，但她卻無意遠走，決心回『趙家莊』去照料婆婆與幼子，我們只好依依別離，從此勞燕分飛，各奔東西。」

經過這番冗長的敘述之後，黎立深深地歎了一口氣，將頭垂下，陷入回憶之中，良久，明德才小心翼翼輕輕開口說：

「你們從此就沒再見過？」

「也不全然，我們以後倒見過幾次。」

明德大感意外，連忙驚問道：

「幾時？黎先生。」

「二十年後。」

「在哪裡？」

「就在台北。」

「她一家也來台灣嗎？」

黎立點點頭，淡淡地回答：

「不過見時，她婆婆已經過世，只剩下她們母子兩人，相依爲命。那時她兒子已是堂堂一位空軍軍官，在『松山空軍基地』服役，而她跟兒子就住在松山空軍眷村裡，白天兒子到基地出勤，晚上回來與母親同住。」

「你到過她的空軍眷村嗎？黎先生。」

「沒有，我只約她出來外頭見面。」

「爲什麼？黎先生。」

「因爲她兒子激烈反對我們交往，每回跟我見面回家後，她兒子總是大發脾氣，責她不守婦道，控我挑逗他母親，所以才見面不到幾次，最後一次她就對我說：『我們古式女子是講求三從四德的，在家從父，出嫁從夫，夫死從子，現在我兒子既然反對我們繼續交往，我也只好從他，我們就到此爲止吧。』果然她說到做到，不再出來，我們就這樣聚而復散。半年後，她兒子移調南部『岡山空軍基地』，她也隨兒子南下，從此就沒有她的消息。」

黎立說完了這些，從樓梯走上來兩位客人，大概也是想上這鴿樓來對飲暢談的，明德便又看了腕錶，發現時間確實不早了，便向黎立表示告辭之意，於是兩人離席，步下樓梯，在掌櫃面前又爭搶了一番，都要付餐費，最後明德終於被黎立超眾的臂力壓服，也只好任他付錢請客了。

走出了「清眞牛肉大王」的店門，兩人互相告別，明德正想轉身去搭「羅斯福路」路旁的巴士回艋舺去，忽又被黎立拍肩拉回，聽他說道：

「且慢！忘了一件事情，我最近寫了一本『孔子傳』，叫出版社印了一千本，都送給朋友，你現在就跟我回家，我想給你幾本，帶回學校分送你的學生。」

於是明德只好隨黎立又踅回傍晚走過的小巷，往「溫州公園」的方向走去。才走沒幾步，明德就問黎立道：

「黎先生一向都在著述嗎？」

黎立點了點頭，回答道：

「賣豆漿只是上午的事情，下午和晚上的空閒，我都用來讀書和著述，十年如一日，從不間斷。」

明德發出讚美之聲，黎立則謙虛笑納了。不久，他們走近「溫州公園」，看見公園裡的那片空地，明德驀然憶起在四川黎立每天雞鳴即起在庭院中練拳的情景來，便順口問道：

「黎先生每天早起還練太極拳嗎？」

「豈止練拳？還教人打拳哪！」黎立得意地笑道：「我現在有三、四十個學徒，大部分是台大的學生，每晨四點開始，一夥兒打到六點，六點我就收拳，開始賣豆漿。」

這時，他們已蹭到公園門口，黎立的木屋只有幾步之遙了……

「黎先生，我看你清晨起來教拳，教完了賣豆漿，賣完了讀書著述，生活恬淡，與世無爭，日子倒也過得十分愜意呢。」明德半帶歆羨地說。

「可不是嗎？周老弟，子曰：『一簞食，一瓢飲，在陋巷，人不堪其憂，回也不改其樂。』雖然我才不比『顏回』，可是樂卻不遜『復聖』哩！」

黎立說著，已走到他的木屋前，他開了門，從屋裡提了一大包「孔子傳」出來給明德，對他說：

「這一包有五十本，是叫出版商早包裝好的，怕你嫌太重，先拿一包去，送完了再來拿。」

「這五十本要多少錢？黎先生。」

聽了這話，黎立瞇起雙眼，將頭一斜，反問明德道：

「周老弟，你想你『副總』是談錢論價的人嗎？我印書都是送人的，從來分文不取。」

明德看黎立一再堅持，不便跟他爭議，只好感謝一番，離他而去。

九

周福生在台灣光復之後回福州省親一次，這次離上一次到福州把明德從周台生與姚倩手中領回台灣養育已經相距三十多年了。這次周福生在福州一共逗留了兩個多月，因爲這時明圓已到美國留學，所以除了幾個族內前輩，他只見到在福州定居下來的周台生和姚倩，當然還見了已經跟明圓訂婚卻還沒嫁進門來的未來孫媳唐伶。

有一天在親友合請的大酒席上，周福生收到一封台灣打來的電報，那電報是明德打來的，電文只有寥寥幾個字：

妙妙昨產一男，取名「光宇」，母子均安。

周福生讀完電文，雙手將電報往空中一揚，大聲高呼起來：

「萬歲——!!!」

大家看周福生那麼興高采烈，左右的人連忙問他到底發生了什麼事情？於是周福生便快活地對大家宣佈道：

「我得了一個曾孫！我得了一個曾孫！」

親友聽了，也都替周福生高興，便個個舉杯來向他祝賀，他都一一跟他們乾杯，嘴合不攏來，快樂到了極點。

爲了早些看到曾孫，周福生縮短在福州羈留的日程，提早一個月搭船趕回台灣來，也就在他回到台灣後的半個多月，共產黨驟而南下，把福州給佔領了，周台生和姚倩以及唐倫自然就陷在赤地裡。因爲是光宇促使周福生早離中國，否則他就回不得台灣，所以從此以後，他每每都對人聲明：「攏是阮光宇救我的命！」自不必說，他還把過去對明德的那份寵愛又重新燃起，全部放在光宇身上了。

周福生有幸看著光宇逐日長大，他天生聰明伶俐，正如他當年的父親與祖父一般，周福生眼看他進入「老松國民學校」，小學畢業考進他父親執教的「成功中學」，在「成功中學」唸完了初中又唸高中，高中畢業考取了「台北工專」的電子科，一路順利上昇。就在光宇自「台北工專」畢業的那一年，「台北醫學院」創校，學校亟需一位教學經驗豐富的英文講師，學校董事會認識明德的人推薦了明德，發聘給他。明德也覺得在「成功中學」教了二十多年，實在也夠久了，頗想換換環境，呼吸新鮮空氣，何況這陞遷的機會也是千載難逢，也就接受聘書，一口答應下來，因此明德就由「成功中學」一換而轉到「台北醫學院」教英文。周福生既見曾孫大專畢業，又見長孫陞遷改執大專教鞭，心裡自是無限歡喜，此後一家和樂，日子過得更加起勁。

周福生的身體一直健康如昔，活到九十三歲，從來沒生過大病，還經常在天井劈柴，在店裡做木，大小巨細無所不做，一天到晚沒得空閒的時候。終於有一天天熱，劈柴完了滿身大汗，便脫了衣服，用毛巾抹冷水擦身，結果感冒，頭昏了幾天，卻硬是不看醫生，說躺幾天就好了。可是躺了幾天，終究好不起來。

一天，周福生實在是臥床臥得太無聊了，想找些事來消遣，便去抱了一堆柴到天井來，又開始舉斧頭劈起柴來，才劈沒兩下，便覺得全身發虛，頭冒冷汗，而且眼前突然一片黑暗，忙放下斧頭，扶住牆壁喘息，被妙妙發現了，便來牽他，讓他躺回床上，對他說：

「阿公，你老丫，免復劈柴，留咧才叫明德劈就會使嘛。」

「明德教書沒閒，哪有時間通劈？猶是等我較好，才起來劈。」周福生堅持地說。

妙妙沒法，只得將斧頭偷藏起來，免得周福生再去劈柴。這天下午，妙妙為了謝甜幾天來牙根發腫，帶她去找牙醫拔牙去了，等她們自外面回來，才發現周福生倒在天井地上的柴堆裡，已經不省人事，斧頭甩在一旁，才知道在她們出去時，他把妙妙偷藏的斧頭又找了出來，獨自劈早上沒劈完的柴，身體既已久病虛弱，又加上用力過多，才中途暈倒在地上，等她們回來，已經昏迷多時了。

妙妙趕緊叫隔鄰的男人合力把周福生抬到床上，又去請了街口自家開業的一個醫生來替周福生聽胸量血壓，診查了好一會，他才把妙妙拉到一旁，低聲告訴她，周福生心臟衰竭，血壓奇低，脈搏很慢，生命恐怕危在旦夕了。

等醫生去後，妙妙不敢把周福生的情況告訴謝甜，一直等到明德自學校回來才將情況告訴他，從這天開始明德就向學校請假，一直守在周福生的床邊服侍湯藥。

周福生時睡時醒，到了第三天晚上，他半夜醒來，睜開眼睛，看見明德坐在床邊凝望著他，便首次開口對他說：

「明哥，你哪不去睏咧？」

「阿公，你人沒爽快，我欲安怎睏會落去咧？」明德悲戚地回答。

於是周福生歎息起來，開始絮絮談起他小時如何從福州渡海來台灣當學徒、如何奮鬥創業、如何娶妻生子……這一連串不知已說過幾百次的故事，明德依舊傾耳恭聽，悄悄不發一語。

周福生停了一會，吸足了空氣，改變話題說：

「明哥你知否？天就是神啦，人在做，天在看。阿俑人不過是一點氣而而，人活咧，氣在俑的身軀內；人若死，氣就變做一聲屁，由腳膾放出去，化做大氣。」

過後周福生突然記起了什麼，將身一歪，困難地從右褲袋裡掏出了一張摺成四疊的愛國獎券，顫巍巍地遞給明德，對他說：

「諾，即張愛國獎券你提去，復沒幾日就欲開獎丫，是彼日在『龍山寺』口抵著一個七八歲的細漢囝仔列賣，看伊可憐才加伊買的，若中獎你才提去用，阿公用膾著丫。」

說完了這些，周福生已經十分疲倦，便不再說，朦朧又睡過去，一直到第二天黎明雞啼的時候，才又惺忪醒來，見明德依舊不離他的床邊，喟然而歎，又對明德說了起來：

「明哥，倆頭殼頂三寸高有神明，阿公一生活到今年九十三歲，不曾貪人一仙錢，也不曾欠人一仙錢，萬事攏憑良心，不曾講一句白賊話，也不曾做一項歹代誌，這我家己感覺眞安慰……」

明德同意地點點頭，沒料周福生才歇了一會兒，驀然翻轉身來，用一種迥異的口吻說：

「阿公一生孤做過一項虧心的代誌，就是對明哥你，四十年來阿公心肝攏感覺眞肝苦，實在眞對不起你……」

「阿公，不通安倪講，啥人有親像阿公彼倪疼我？」

「就是尙過疼你，不才會做一項對不起你的代誌……」

這話大大引起了明德的好奇心，便漫不經心地問道：

「到底是什麼代誌？阿公。」

「就是彼年你公學校六年的時陣，你欲去日本畢業旅行，會記得膾？不是阿公沒錢通給你去，實在是驚你坐船危險，所以才不甘你去，後來你寫批去加您父母講，伊實在有寄兩百塊來欲給你去，但是阿公猶是不甘你去，才將彼兩百塊偷藏在我的枕頭底，批也加你收起來，嫒給你知影，阿公已經瞞你四十年丫，這是阿公一生做的孤一項虧心的代誌，實在眞對不起你……」

說完了這話，周福生的眼眶竟然盈滿晶瑩的淚影，明德連忙安慰他說：

「唉，彼過去的歷史即馬哪著復提起？彼陣有去日本沒去日本，對即馬講起來不是攏像款？」

周福生終究道出了多年來對明德的愧疚，內心確也寬鬆了不少，便翻身回去，拿鑰匙啓鎖，將那檀木枕頭打開，從裡面摸出了兩張一百塊的鈔票，遞給明德，對他說：

「諾，明哥，這兩百塊你提去，猶會使存放在你的銀行簿仔內面……」

明德接了那兩百塊舊日幣，知道祖父已經神志不清，不免心頭一陣酸楚，搖搖頭，歎息道：

「阿公，你遂𣍐記得這是舊日幣？即馬𣍐用咧啊，就準做舊台幣，四萬換一塊新台幣，這兩百塊也春沒半仙錢，半粒土豆都買𣍐起咧哦。」

聽了這話，周福生直撐起身子，把明德一瞪，詛咒起來：

「伊奶爸爸強，爸爸伊都強……」

還不曾咒完，周福生就被一口痰噎住喉管，咿咿呀呀哮喘了一陣，兩眼往上一吊，躺回檀木枕頭，斷氣了。

周福生的葬禮在他死後十二天舉行，周台生、姚倩、明圓與唐伶都羈留在中國，不能回來台灣奔喪，只有在高雄服役的光宇請喪假回台北來參加。葬禮十分隆重，所有艋舺的親友與福州的同鄉都來執紼，一直送周福生到『福州山』上的公墓下葬。

周福生葬後，謝甜一時失去了依伴，孤單抑鬱，過不了一個月，也跟著去世了。

第十一章 和平之祖

一

第二次大戰結束後，江東蘭以日本俘虜的身分在馬尼拉的俘虜營被美軍關了三個月之久，終於在一九四五年年底獲得釋放，乘船回到台灣新竹來，與妻子兒女，一家團圓，無限欣喜。

才在家裡休息幾天，安閒歡度有生以來第一次「台灣新年」，他就開始發愁此後要做什麼？剛好這陣子所有日籍教職不是被遣返日本就是被強迫停職，一時教育界呈半眞空狀態，教育人才奇缺，於是在新竹的「台灣接收委員會」經地方人士的推薦，也就聘江東蘭任「新竹教育局局長」，江東蘭一口答應下來，堂堂當起了中國的官員。

但是官場生活畢竟與東蘭個性不合，送往迎來與杯觥應酬本非他所長，而累案文牘與錯綜人事更令他頭痛，於是才當了三個月局長，他就知難而退，辭職不幹了。正賦閒在家，打算另覓新職，哪知這時新竹市政府正在籌備設立一間「新竹市立中學」，以收容市內中學過少而不幸失學的學生，他們東找西找，找遍了全新竹市，卻尋不到一位學識飽碩而又經驗豐富的教育人士來擔當校長，忽聞東蘭辭去局長，馬上派人來與他洽商，東蘭考慮再三，覺得此時此刻，再沒有比校長一職更投合他的志趣，也就歡歡喜喜接受下來。從此東蘭就當起「新竹市立中學」的校長，夙興夜寐，勤務敬業，砥礪教師，培育學生，十多年而不輟。

「新竹市立中學」創校這一年的十月，中國教育部長自大陸來台巡視，考察台灣教育狀況，臨別時表示，台灣教育頗有可觀，基礎十分穩固，就學率亦高，印象深刻，值得欣慰，唯一的遺憾是台灣與中國隔絕五十年，教育同仁需要與中國交流以便認識祖國。

鑒於這最後的提示，台灣教育廳乃組織了「台灣教育人士參觀團」到大陸考察中國的教育文化。東蘭因為是中學校長，所以被邀加入了這參觀團，於同年十一月初啓程離台，十二月底回來，短短兩個月間，承中國教育部、各地行政首長、教育當局、以及教育同仁的熱烈歡迎，盛情招待，並派員引導，自上海歷經南京、杭州、北京、天津、青島六個城市，參觀了一百四十八個單位，四十五所國民學校，三十七所中學，其他幼稚園、民眾教育館，更不計其數。除了參觀教育機構，並且還遊歷了各地的名勝古蹟，諸如南京的中山陵、玄武湖、明孝陵、雞鳴寺、靈谷寺，杭州的西湖、玉皇山、虎跑寺、岳王廟、靈隱寺，北京的故宮、中南海、北海、孔子廟、文天祥廟、喇嘛寺……等等，一時盡收眼底，心情之愉快，眞是難以用筆墨形容。

可是才過兩個月，台灣便發生了「二二八事件」，於是從中國攜回的愉快心情頓時一掃而光，錦繡的河山也同時罩上了愁慘的陰影，在長達幾個月的社會動亂中，東蘭絕棄一切世事，舉家搬回波羅汶，在自小生長的鄉間過著隱居的生活。他整日讀書，閒來便與一目少爺闊談半世紀前的古事，早晚必到田間小路散步，但他最喜歡的還是爬到崎頂，躺在絨絨的草上，仰視鷂鷹在天空盤旋與呼嘯，愈是大風，愈飛得高，最後隱入白雲裡……

東蘭在「新竹市立中學」當了十二年校長，固守同一崗位，正感單調無聊，台北的「師範大學」英語系忽然來了一封公函，聘請他當教授，到該大學去講授英國文學，難得有機會執大學教鞭，達成多年來教授大學生的宿願，他便辭去校長之職，上台北當起「師範大學」的英文教授。

在「師範大學」當了八年教授之後，東蘭才得到一年休假進修的機會，這時他的兒子河清已自「台灣大學」醫學院畢業，在「台大醫院」執行醫生業務，而女兒眞寧也自「台灣大學」心理系畢業，到加拿大「莎省大學」留學，攻讀碩士學位。這年夏天，東蘭決定八月初搭飛機自台灣啓程，經日本與加拿大到美國的「哥倫比亞大學」進修一年，因爲他早半年前已申請到「哥倫比亞大學」的入學許可，至於在加拿大停留是爲了順便參加眞寧在「莎城（Saskatoon）」舉行的婚禮，她不久前才來信通知東蘭與陳芸，說她決定在八月中結婚，對象是在同校當博士研究生的台灣去的留學生。

二

因爲飛機必須經過日本，東蘭便打算在東京停留幾天，舊地重遊，並參觀日本戰後重建復興的景象，爲此他事先寫信去通知在東京附近的幾個舊日「早稻田大學」的日本同學及以後在「新竹中學」教過的日本學生，哪知他蒞臨日本的消息立刻像漣漪般在其他的同學與學生之間傳開了，於是便有兩個歡迎會組織起來，一個是「早稻田大學」同學組成的「同窗會」，要在東京「銀座」的「三越百貨公司」樓頂的餐廳於東蘭到達的當天晚上舉行；另一個是「新竹中學」學生組成的「學生會」，要在同一個地區的「三愛百貨公司」樓頂的食堂於東蘭到達的第二天晚上舉行。這兩個會都是以歡迎東蘭的名義，藉機促成的。

在「三越百貨公司」樓頂的餐廳裡，東蘭發覺舊日「早稻田大學」的同學都已邁入老年，個個都頭髮斑白，開始呈現龍鍾之態，可是大家依舊談笑風生，情意反而更見濃郁了。特別令東蘭感動的是，從前教他們「英國詩選」的木谷博士竟也持杖來赴會，他已經將近九十了，銀髮早已禿光，然而記憶卻還十分清晰，往日同學的諧聞趣事，道來仍歷歷如繪，而一談起他昔時主持的「詩社」，就更加精神矍鑠，合不攏嘴了。

第二天早上在旅館醒來，因爲到這晚赴「新竹中學」的「學生會」之前有整整一天的空閒，東蘭便決定重遊東京市內從前大學時代時常踩輪遨遊的公園與古寺，但首先他必須回「早稻田大學」去重溫大學的舊夢。

他先坐地下鐵到「早稻田大學」，母校的校舍依然不變，只是校裡滿院的銀杏已經長得又高又密，幾乎要把天空遮蔽了。看完了母校，他又坐地下鐵來「皇居」南邊的「日比谷公園」，這裡的梧桐比往時更加蒼茂，除了叫他憶起這園子是已故鬼才作家芥川龍之介常來散步的地方，新近又發現一塊銅鑄的紀念牌，告訴遊客二次大戰時，在太平洋殉國的海軍大元帥山本五十六大將的國葬儀式就在這園裡隆重舉行的。

日皇既已失去神性，「二重橋」也就喪失了神秘感，皇城只叫人聯想起日本戰前的窮兵黷武，這些都不是東蘭所喜，因此「皇居」御苑也就不去了，他從「日比谷公園」出來，直接就改坐地下鐵，往北來到「上野驛」下車，爬一段石階，走進了他最喜愛的「上野公園」，公園裡除了原有的「上野動物園」、「科學館」、「博物館」、「美術館」，戰後又新添了「西洋美術館」，不但花卉樹木比以前茂盛，連閒人遊客也比以前稠密了。

東蘭隨興之所至在公園裡到處徜徉，等來到最北端「野口英世」的銅像，才轉向南，沿著竹籬人徑蹣跚而行，路兩旁的樹木逐漸由聳天的蒼松轉爲花謝的櫻樹，繞過園中心十字形的蓮花大水池，那人徑開闊起來，走不到幾步，那緋紅的「東照宮」開始在枝椏之間若隱若現，再往前行，「精養軒」那由戰前木造改建的水泥大飯店終於在眼前出現，東蘭駐足回憶，憶起「早稻田大學」畢業那年，與丘雅信等一些應屆畢業生來「精養軒」參加「台灣同鄉會」舉辦的「畢業餐會」，會後還在軒前拍了一張集體照片……

東蘭正想著，幽然有樂聲從樹隙間隨風飄來，那旋律並不陌生，只是一時記不起來，爲了滿足好奇，他便踅向左邊的樹林，一路往那音樂來自的地方尋去。來到「西鄉隆盛」威武英發的銅像前，東蘭驀然發現兩個衣衫襤褸的中年男子，都戴著戰時陸軍的戰鬥帽，佩著陸軍的寬皮帶，兩人跟前各放了一個頂端開口的方形紙箱，箱的正面用毛筆寫著：「大東亞戰爭傷兵向諸君敬禮」，兩側面才寫他們的姓名與戰時的部隊番號，其中的一個缺了一條腿，使用義肢勉強站立，正奏著手裡一只破舊的小手風琴；而另一個的一雙小腿已整截鋸掉，只能趴在地上，用兩手撐住上身，揚起頭來，以沙啞的喉嚨，配合琴聲，慷慨地唱著一支古老的軍歌：

起來吧！
太平洋殲敵的凱歌已經奏響，
粉碎敵人東亞的侵略和百年的野心，
現在，決戰的時候已經到了！

這同一闋軍歌由那匍匐在地上的傷兵一而再再而三地重覆唱著，叫東蘭猛然憶起，原來就是二次大戰初期，日軍佔領了整個緬甸在仰光舉行的慶典上，日本陸軍大隊走過閱兵台前所唱的「大東亞決戰歌」，與那時浩浩蕩蕩氣勢軒昂的情景相比，此刻這兩個行乞的傷兵又顯得何其凋殘落魄窳敗淒滄！大部分閒人都視若無睹，只有零星的遊客偶爾把銅錢丟進紙箱裡，東蘭憐憫心起，走過他們面前時，往那箱裡投下了兩張千元日幣。

出了「上野公園」的正門，東蘭信步往前行去，走了有十個街段，便來到那小巧玲瓏的「淺草公園」，他只在公園裡轉了一圈，就來到通達「淺草觀音寺」的小巷口，這小巷的兩邊都是櫛比鱗次的觀光小商店，每間商店都出售與「觀音寺」有關的紀念品。因爲這「淺草觀音寺」是日本名聞遐邇的，所以遊客特別多，整條小巷熙攘往來絡繹不絕，好難得跟隨人潮寸步慢移，東蘭才終於擠進了那由兩尊巨大雷神與風神守護的大門，來到那朱漆絢爛的正殿與那白頂幽美的五重塔之間的廣場，立刻便看見一群不怕生的鴿子，夾於遊客之間，在地上獨步啄食，與人和平共處，顯出一片安詳和諧的氣氛。

一陣鐘鼓夾著誦經的聲音，縹緲傳到東蘭的耳朵，神異性地令東蘭豎起耳朵，循著聲音的方向，一步一步爬上木階，進了那莊嚴肅穆的殿堂，發現那金箔的觀音座前有十來個僧人正在虔誠讚誦，叫東蘭禁不住閉目靜立，一時沉醉在那美妙的清音裡……

恍惚之間，東蘭在那殿裡不知立了多久，等他睜眼甦醒過來，剛才那些寺僧已人去堂空，只剩那尊觀音，悠悠散發慈悲的光輝，東蘭微微欠身，對那佛像虔心頂禮，懷一股敬畏，悄悄步出了殿堂……

當東蘭來到五重塔前，他望見塔下有一位六十多歲的老僧，著一襲玄色的袈裟，趺跏盤坐在地上，屈肘合臂，雙掌向天，做蓮花開瓣之勢，掌心各托了一粒大飯團，任一群鴿子在掌上啄食，在肩頭嬉戲，咕咕做響，而他卻寂然不動，閉目冥思，到達渾然忘我之境。東蘭被那老僧天人合一的自然神態深深吸引住了，不期然移步蹭到他的跟前，再度對那老僧仔細端詳，見他那光潔的腦勺，白淨的嘴唇，眉宇鼻間，在在都流露聖者的風範，這臉龐，這神情，東蘭覺得十分熟稔面善，彷彿在哪裡見過，他搜索記憶，愕然驚起，這眼前的僧侶，豈不就是大戰期間在緬甸「大佛」俘虜營管轄英國俘虜的長谷川大佐？才一思及，東蘭便向前跨近一步，情不自禁地脫口大喊：

「長谷川大佐！長谷川大佐！」

見對方沒有動靜，東蘭立刻改換口氣，壓低聲音輕輕呼道：

「長谷川樣！長谷川樣！」

對方依然不爲所動，眼皮連睜也不睜，引得附近的遊人一時圍攏過來，好奇地觀望東蘭與僧人之間蹊蹺的行徑，東蘭這才感到無端的唐突，紅起臉來，半低著頭，帶著萬分的歉疚，推開人牆，一逕往寺院的大門急步走出來……

出得「觀音寺」的大門，東蘭的尷尬之情才慢慢平伏下來，自忖大概認錯了人，對那養鴿的高僧原就不該那樣輕意冒犯，這麼想著，已走過了幾間小巷兩邊的觀光商店，驀然有一家商店玻璃櫥上的一條繡有五重塔的紫色領帶吸住了他的目光，叫他放慢腳步，轉向那商店去，那商店由一位妙齡的日本少女招呼著，一個與她面容相似好像是她祖父的白髮老人從旁協助。因爲那領帶的圖案與色澤東蘭實在喜歡，而那價錢又公道，與那少女交談不了幾句就成交了，在東蘭付錢與少女包裝之際，那白髮老人也偎過來連連向東蘭點頭道謝，剛才五重塔下的老僧幽然在眼前浮現，於是東蘭順口問那老人說：

「那寺裡有一位老師父親手用飯團餵鴿子，實在眞奇怪！」

這話題大大引起那老人的興趣，因此眼睛一亮，接腔說了起來：

「你指那法名叫『空歸』的禪師吧？他總在這個時候餵鴿子，天天如此，已經十年有了吧。」

「你說他叫什麼『空歸』？」東蘭急切地問。

「就是『空手而歸』的『空歸』啊。」

「你知道他取這法名之前叫什麼名字嗎？」

「那我可就不知道了，我只聽說他戰時當過陸軍軍官，到南洋打仗，還管過不少俘虜，說什麼虐待俘虜，還槍斃過不少俘虜，戰後受盟軍審判，被判了十五年，一等他坐完牢，就來這『觀音寺』出家，從此每天就餵起鴿子來。」

聽完了老人的話，東蘭暗自在嘴裡叫起來：

「啊！就是他，就是他……」

「你說什麼？先生。」那老人聽不清楚，忙問東蘭道。

「沒有什麼。」東蘭搖頭回答。

那少女已把包裝好的領帶遞給東蘭，東蘭也想返身上路了，沒料那老人最後又補充道：

「有一件奇事想順便告訴先生，聽說經常有九隻鴿子來吃禪師的飯團，開始我總不肯相信，有一天我進去寺裡，親自數了，果然是九隻！」

三

這天晚上在「三愛百貨公司」樓上的食堂，大約有六十多個昔日「新竹中學」的日本學生，另加五位「新竹中學」的老同事來參加歡迎東蘭的「學生會」，那些學生正是壯年，個個容光煥發，精神充沛，已是日本社會的棟樑與活躍分子，而那少數幾位與東蘭同齡的日本同事，一掃過去對台灣人的驕矜與高傲之態，情眞意摯，推心置腹，兄弟般地跟東蘭熱烈擁抱，雙方都感動得流出眼淚。

東蘭跟大家一起用膳飲酒，學生一律對他過去的認眞教學表示衷心的感激，只有幾位學生皺眉蹙額，還幽幽地向他抱怨道：

「江先生，你從前教英語時好嚴厲哪！每天上課都心驚肉跳，只怕被你點名叫起來背課本。」

東蘭眉開眼笑起來，只是閉口不答。

「大家看看咱們的江先生，他現在可變多囉，十足一個『好好』先生！」一個學生調侃地說。

東蘭不覺莞爾，開始裂嘴而笑了。

「這大概是今晚先生喝酒的關係吧！」另一個學生暗示道。

大家哄然大笑，東蘭也跟他們一起笑了。

「那麼我建議大家就多敬先生幾杯吧！祝他百年『好好』!!」第三個學生跳出來頑皮地說。

霎時，一呼百應，在場的學生個個端起酒杯，一一來向東蘭敬酒，東蘭也只好一個個回敬，一列下來，酒喝了不少，宴會才過半，已頗有一些醉意了。

「學生會」到十點就曲終人散，學生一個個來跟東蘭握手道別，有一個整晚始終坐在角落沒曾向東蘭敬酒的學生最後一個蹭到他的跟前，面露神秘的微笑，彬彬有禮地問他說：

「江先生，你還認得我嗎？」

東蘭被這一問，乍然楞住了，才努力把眼前的這張似乎熟習的臉打量起來，這是一張與日本人迥異的台灣人的臉，可是東蘭在「新竹中學」十幾年教過的台日學生何止幾千？想在這芸芸眾生中認出人來而且又叫出名字談何容易？更何況二三十年以來，學生的臉容體態也都變了形狀，所以他搜索枯腸了好一會，終於尷尬地搖起頭來，這時對方才自我介紹地說：

「我就是『高橋幸男』。」

聽完了最後四個字，東蘭猛地往自己的額頭用力一拍，叫了起來：

「哦，哦，哦，記得了！記得了！原來你就是跟日本同學打架憤而離開學校跑到日本來的高橋幸男！」東蘭的好奇心一時被這曾經那麼倔強不屈的台灣學生挑逗起來，便緊接著問道：「從那時到現在你是如何過活的？我一直都十分關懷。」

幸男聽了東蘭的話，便微笑地回道：

「噢，那說來話長呢，他們要來收拾杯盤了，這裡不是暢談的地方，倒想問江先生一句，你今晚還有其他節目嗎？」

「沒有，只想回旅館休息。」

「如果那樣的話，我就帶先生到舍下小酌，有許多話想談，我樓下有車子，我載你到我家，完了，再載你回旅館，不知先生以爲如何？」

東蘭躊躇半晌，想想早回旅館，一個人也無聊，何況能夠聽到過去一個落魄的台灣學生竟然在日本闖出天下的成功故事，於他何啻是人生一大快事？所以也就一口答應了。

幸男大爲高興，連忙說：

「我家在『澀谷區』，就在『代代木森林公園』附近，開車要四十五分鐘，我先去打個電話

叫我內人把『スキヤキ』和酒準備好，一到家我們就可以邊飲邊談了。」

在「三愛百貨公司」裡的電話亭打完了電話，幸男便領東蘭到樓下停車場，找到一部「本田」的小型新車，先開門讓東蘭進去，然後他自己才就司機座位，發動引擎，把車開上往「澀谷區」的公路上。一路上，幸男都聚精會神地開車，所以沒能分心與東蘭交談，而東蘭也樂得專心欣賞窗外的夜景，一直等到車子在一幢花木茂盛的巨宅前戛然停止，東蘭才發覺幸男的家已經到了。

走經花園的碎石路，推門進了玄關，幸男夫人已跪在木板迴廊上，磕膝行禮，向東蘭表示歡迎了，等替他們兩人脫卸西裝，在衣架上掛好，她就親切地領東蘭來到鋪他他米的客間，客間中央放著一張桃花心木的矮腳長方桌子，潔白的餐巾上早排了幾盤切好的生菜肉片與一只白瓷酒瓶，碗筷齊備，桌心的日本火鍋已冒出蒸蒸的熱氣，就等客人入席下鍋進食了。

在座蒲團盤坐下來，東蘭才有閒情去繞視全室。在一堵白灰牆壁上懸了一幅黑框巨畫，畫一片雲海，戴雪冠的富士山自海中浮起，與山頂的藍天相輝映。與這巨畫相對的白壁上則掛了一套台灣農民雨天在田間使用的竹編箬笠與棕櫚蓑衣，油然叫東蘭生起故鄉的親情。就在這兩堵白壁之間另闢了一間壁龕，龕裡是一張烏漆長几，几上平放著一具鑲銀嵌貝的日本古箏，東蘭笑問道：

「奧樣也彈古箏嗎？」

幸男夫人把頭垂下，紅起臉來，幸男馬上搶著回答：

「不但彈，而且還唱，過會兒再叫她表演，讓先生欣賞。」

幸男夫人招待十分周到，以極其優雅的姿勢，頻頻爲東蘭挾菜，並慇懃替他們斟酒，不時拿清潔的毛巾來給他們替換，自始至終都在桌旁百般服侍。酒過三巡，意興風發，東蘭終於舊話重提，開口笑道：

「記得你離開『新竹中學』那天，曾經痛切對鬼木校長說：『我恨日本人！我恨日本人!!我恨日本人!!!』而你最後竟然跟日本人結婚，這是我萬萬料想不到的。」

沒想幸男遽然變得嚴肅起來，正襟危坐，斷續說了下面的話：

「江先生，自從我離開『新竹中學』跑來日本，本來打算投靠我哥哥，想不到他被徵召到海軍船廠做工，他自顧不暇，哪裡還有餘力來照顧他的弟弟？所以我就掃地打雜，半工半讀，完全靠自己，一路由中學唸到『早稻田大學』，眞的是歷盡滄桑，什麼苦也吃過了。這是戰前，說來還好，戰後就更加悲慘了，那時物資奇缺，成千上萬人失業，本地日本人想賺一口飯都困難重重，何況我這外地來的台灣人？我什麼工作都找不到，只剩下替報館做漢文翻譯，藉以糊口，天天只以稀飯與兩片『タクワン』度日，可是到最後，竟連漢文翻譯也不能持續，我陷入絕境，對我的生命與未完成的學業感到完全灰心，每天餓著肚子，在東京街上漫無目的各處晃蕩，憂鬱的心情到達無可忍受的地步。有一天走到『隅田川』岸邊，一時萌生短見，縱身跳到河裡去，幸好有一位善心的日本木材商人把我從河裡救上來，帶我到他家裡，供我食宿，還資助我完成學業，等我從大學畢業，又叫我到他的木材行裡當會計，後來甚至把他的獨生女兒嫁給我，等他百年之後，我終於承繼他的事業，當了這木材行的董事長。」

說完了這長段話，幸男深情地望了他夫人一眼，繼續抒發下去：

「江先生，戰後日本是變了，在麥克阿瑟將軍的引導下，變得十分民主和自由，這裡的日本人跟過去在台灣的日本人簡直不可同日而語，他們親切友善，待客慇懃。」

「這我完全同意，因爲我大學時代也在這裡住了五、六年。」東蘭欣然地回應道：「你說的到底是眞話，在本地的日本人與在殖民地的日本人截然不同，不但日本人如此，我看英國人、法國人、荷蘭人、西班牙人也一樣，在本國都顯得和藹可親，一到殖民地就變得窮凶惡極，這可能就是人類的通性吧！」

這話題就此告一個段落，客間岑寂了片刻，幸男似乎記起了什麼，又開口問東蘭說：

「江先生不知還記得『武田』和『野口』這兩個『新竹中學』的學生嗎？」

「怎麼不記得？他們當時就是經常跟你打架的呀，怎麼樣？你有他們最近的消息嗎？」

幸男垂下頭來，黯然地說：

「聽一個從南洋回來的同學說，他們兩個也到南洋出征，後來都在賽班島陣亡了。」

說完了話，幸男抬起頭去望天花板，深深歎息起來，令人窒息的闃靜籠罩好一會，最後他才意味深長地結束道：

「回想過去中學那段日子，我既懊悔又慚愧，爲了那麼點小事而天天跟他們打架，不但幼稚而且愚蠢，現在想起來，實在太不値得了。」

東蘭點頭同意，所以也就沉默不語……

屋前突然響起一陣推門聲，然後是一聲宏亮的「Tadaima!」一個穿「東京第一高等學校」黑呢制服的十七、八歲男孩來到客間，向裡面探個頭，看見了東蘭，就想轉向裡間去，卻被幸男叫住，才慢步挪了進來，幸男笑逐顏開，向東蘭介紹道：

「這是我家小犬，今晚『東京愛樂交響樂團』有一場演奏會，特別請美國的海菲茲來小提琴主奏，三個月前就買好票打算全家一起去欣賞，湊巧先生來了，只好取消原來的計劃，叫他請他的同學陪他去，所以這麼晚才回來。」

聽完了幸男的話，東蘭便笑問他的兒子道：

「已經『一高』幾年了？」

只見那孩子顯得十分靦腆，立在那裡扭捏半晌，才勉強迸出：

「二年。」

「是嗎？那麼再過兩年就要進大學了，不知要唸什麼科系呢？」東蘭緊接著又問道。

聽了這話，那孩子紅起臉來，頻頻搖頭，不知要如何回答，最後還是由幸男出來替他解圍道：

「我叫他去考『東京大學』政治系，將來當外交官，好為台、日之間的友好親善而努力。」

東蘭大加稱讚，而幸男也頗覺得意，孩子趁機向大家點一下頭，匆匆溜進裡間去了。

他們又吃了一會，也飲了幾杯，已經亦飽亦醉了，東蘭不期然又瞥見那龕間烏几上的古箏，便笑問幸男道：

「幾時可以聆賞奧樣的古箏？」

幸男轉頭輕喚他夫人的小名，然後彬彬有禮地對她說：

「現在該是表演的時候了吧？」

幸男夫人溫柔地向兩人行了一個磕膝禮，自他他米立了起來，蹭到龕間將古箏抱到兩人跟前，輕輕橫放下來，開始撥弄琴弦，客間立刻充滿了悅耳如流水的琴聲……

幸男夫人邊彈邊唱，用她那撩人的歌聲先唱了幾首古老的曲調，最後才發出渾身解數唱起日本上下流行家喻戶曉的「荒城之月」來：

夜半荒城聲寂靜　月光淡淡明
昔日高樓賞花人　今日無蹤影
玉階朱牆何處尋　碎瓦漫枯藤
明月永恆最多情　夜夜到荒城

一直到幸男夫人撫琴獻唱的時候，東蘭才發覺原來她竟是一位嫵媚可愛的日本古典美人，杏眼柳眉，蔥鼻櫻嘴，從寬領與袖口露出白皙豐潤的粉頸與腕肢。她穿一襲翠綠撒櫻花的和服，當她纖細玉指撥弦弄琴的當兒，整個身子便化做一叢櫻花在微風裡搖顫。她嬝娜斜依，引頸高歌，清麗而嫻雅，把日本女人傳統之美發揮到淋漓盡致，無懈可擊了。她的美姿，她的柔態，特別是「荒城之月」的歌辭，那麼幽怨淒切，繾綣纏綿，不禁叫東蘭憶起昔時陳芸分娩眞靜住院時，有一個雨夜服侍他晚餐獨酌的秋子來……

因此當幸男夫人歌畢將古箏放回龕間之後，東蘭便自言自語地說了起來：

「從前在『新竹中學』，有一位日文先生叫『伊田』，有好一段時候，我每天晚上都在他宿舍裡跟他一起編一本中國白話讀本。這伊田先生的夫人年輕美麗，溫文有禮，時常在我們工作的空間，端熱茶來給我們喝或送青果來給我們吃。但不幸，有一個晚上，伊田先生突然痔瘡大量出血，伊田夫人跑來向我們敲門求救，我和家內趕去她們的宿舍，又去叫醫生，但一切都沒用，等醫生來到，伊田先生已經死了。我爲伊田先生發喪，等喪事辦理完畢，我們看伊田夫人寂寞可憐，就叫她來我家與我們同住，住了好幾個月，才又回到她的宿舍，但是她在台灣終是孤單，最後她還是回到日本來了。今晚看到奧樣彈琴唱歌，不免叫我想起伊田夫人來。」

在東蘭敘述的時候，幸男的眼睛逐漸亮了起來，一等他說畢，就單刀直入地問道：

「伊田夫人可不是叫『秋子』嗎？」

「是啊……」

「她就住在京都？」

「是啊……但你怎麼知道？」東蘭大感訝異地說。

「我有一個朋友在『新宿區』開一家『本田汽車分行』，我那部『本田』車就是向他買的，原來他就是秋子的遠親，因爲他知道我是『新竹中學』肄業的，所以見面時常常跟我提起她。

聽了這話，東蘭一雙眼睛遽然睜大起來，迫切地問道：

「他有她的電話號碼嗎？我很想跟她通通電話，向她問候。」

「我想應該有才對，只是現在已經太晚，等明早他到車行上班，我才打電話去替先生打聽，一有消息，再立刻打電話到先生的旅館通知先生。」

師生兩人又繼續談了許多話，一直到三更半夜街清人靜的時候，幸男才開車載東蘭回他的旅館，再等他洗完澡上床，已經是次日清晨四點了。

四

第二天早晨東蘭被電話吵醒，一看手錶，才八點半，電話原來是高橋幸男打來的，他告訴東蘭，他已經跟那開「本田汽車分行」的朋友聯絡上了，這位秋子的遠親可沒有秋子的電話號碼，倒是知道她每天在「京都電信局」上班，此刻大概已在電信局裡，所以建議東蘭直接打長途電話給「京都電信局」的總機，請總機的接線生再爲他找秋子……

東蘭在電話中謝了高橋幸男，馬上盥洗穿衣，來旅館的櫃台，找服務生替他查「京都電信局」總機的電話號碼，然後直撥總機，過不了多久，就與秋子接通電話。在電話機裡，秋子的驚喜之聲自然是免不了的，等她興奮甫定，他才說這次去美國路過日本在東京小留，她就立刻問他這天有什麼計劃？他回答說沒有什麼特別計劃，只想在東京街道各處走走，看看前一天沒看到的新景觀，沒想秋子馬上打岔道：

「那有什麼可看的？還不是千篇一律？倒不如來京都一遊，我今天就請假陪你玩。」

「我想是很想，但路途遙遠，只怕時間不允許……」

「你不知道新開的『新幹線』嗎？從東京到京都三個小時就可以到，現在是早上八點五十，你可以到『東京驛』去趕九點半的那一班飛快車，中午十二點半就可以到京都，我到時在火車站的大門口等你。」

因爲是長途電話，而且時間又緊迫，所以秋子說話言簡意賅，似乎還半帶命令式，使東蘭不由分說，只得當場答應，放下電話，回房間鎖了門，在旅館門前雇了一輛計程汽車，一逕往「東京驛」駛去。

東蘭及時搭上了九點半自東京出發的飛快車，車子一過鎌倉，就開始重窺富士山的倩影，足足欣賞了半個多小時，等富士山從窗口消失，因爲早上沒進食，便覺饑腸轆轆，於是向車販買了一份這靜岡一帶著名的「鰻魚便當」，慢慢咀嚼起來，同時秋子的影像也悠悠在眼前浮現……

飛快車準時在十二點半到達京都，下車走出火車站，在站前大門口熙攘推擠的人潮裡一時找不到秋子，驀然回頭，卻見她立在人少僻靜的階梯下，當兩雙目光交會的剎那，都像在地下生了根，動彈不得，霎時如脫韁之馬，相對奔馳，在階梯的中段會合了，於是兩人欣喜若狂，手捏著手，眼盯著眼，激動得一句話也說不出來……

「我們相別已經幾年了？江樣……」好久之後，秋子終於迸出似水的細聲。

「已經有二十五年了吧，秋子樣……」東蘭回答，聲如沉鐘。

他開始在她身上打量起來，她穿一襲白綾生蓮花的和服，纏一條黃金織錦的腰帶，踩一雙白絨簇新的拖鞋，花式雲髻顯然是早上才去美容院臨時做的，她濃妝艷抹，芳香撲鼻，儘管年歲加添，卻是風韻依舊……

「你在日本能呆幾天呢？」秋子又問，胸脯仍繼續起伏著。

「從現在算起，只有整整一天，我的飛機明天下午兩點就要從『羽田機場』起飛。」

「這麼難得！不能延期在日本多呆幾天嗎？」秋子渴切地問。

「但願能如此，不過已經約好順便要到加拿大參加女兒的婚禮，時間排定，不能再延了。」

「是這樣子嗎？江樣。」秋子不經意地說，顯得十分失望。

由於東蘭匆促的行程，秋子斷然改變了原先的導遊計劃，她向東蘭提議，與其在京都這喧鬧大市走馬看花，還不如到奈良那幽靜小城共度良辰，奈良離京都才不過一個小時的慢車程，何況這日本千年古都東蘭早已仰慕其名卻未曾親見目睹，難得今天有秋子陪伴，了卻宿願，他也就欣然同意了。於是秋子馬不停蹄，立刻又領東蘭進火車站，買了兩張火車票，搭火車南下一路往奈良來。

在一個小時的慢車上，整座車廂差不多都被京都放學回家的中學生佔滿了，他們都穿著制服，揹著書包，東一堆男，西一簇女，十五六歲，情竇初開，互相調侃嬉戲，打情罵俏，不禁叫東蘭與秋子面面相覷，莞爾微笑了。

秋子似是這古都的識途老馬，一下奈良的小火車站，她就帶東蘭到站前的遊覽巴士站，買了三小時半遊程的定期遊覽車票，等不到十五分鐘，就坐上遊覽巴士逛起街來。

遊覽巴士第一站停留讓遊客參觀的地方是『春日大社』，這是日本典型的木造神社，所有廊柱神殿都清一色大紅朱漆，鮮艷欲滴，叫人睜不開眼睛，迴廊和院落各有三千只古銅吊燈與綠苔石燈，據導遊小姐說，春天參拜期間，善男信女蜂擁雲集，人山人海，幾無置足之地。因爲這神社周遭便是著名的「奈良公園」，園裡養了成千的梅花鹿，爲了讓遊客嚐「侶魚蝦而友麋鹿」之樂，導遊小姐特別宣佈，遊客有一小時的自由遊園時間，到時再回神社大門登車，繼續往前遊覽。

那公園是一片如織的綠茵草坪，長著各種闊葉喬木，成群的梅花鹿便在林間漫遊嚼草，而遊人則在鹿中穿逡，和諧相處，互不驚駭。有在地老嫗於樹下設攤販賣鹿食，秋子向她買了一包，分一半給東蘭，鹿便圍了過來，伸頸露齒，呦呦而鳴，競向秋子與東蘭討食，一直等他們手中的鹿食分餵告罄，鹿才各自散開，繼續到別處漫遊嚼草……

秋子領東蘭在園中漫步徜徉，一時秋子心血來潮，問東蘭說：

「奧樣這回怎麼沒跟你一起來？江樣。」

「我這回上美國主要是爲了進修一年英文，她不便與我同去，何況她好久以前就在『新竹女中』教務處找到一份排課工作，學校缺不了她，突然向人請假一年，實在對學校過意不去。」

秋子優雅地點點頭，又改變話題問下去：

「中午你說已經約好順便要到加拿大參加女兒的婚禮，是哪一個女兒呢？眞寧還是眞靜？」

候就去世了。」

「眞寧。」

「眞靜現在怎麼樣了哪？」秋子問，一雙明眸驟爾發亮起來。

沒料東蘭臉色一沉，垂下頭來，低微地說：

「對不起，秋子樣，我沒事先跟你提起，眞靜在三歲時患了狹心症，在我隨軍隊到南洋的時候就去世了。」

「唷，唷……」秋子猛然用雙手掩住嘴巴，說了下去：「實在對不起哪，江樣，該抱歉的是我，不是你。」

東蘭不語，秋子胸脯起伏，歎息了好一會，搖頭感慨地說：

「唉，沒想眞靜這麼早就離開人世，也難怪那天我們到『新竹醫院』探完陳芸來到『新竹公園』的時候，你會對我說那種話，當時我非常詫異，現在回想，原來那時你已經有預感，所以才會說那種話。」

「我究竟說了什麼話？秋子樣。」東蘭側頭瞇眼地問。

「你不記得了？江樣，你不是說：『一個人的生命既然得來如此容易，而且又不是天大的歡喜，那麼生命的喪失也將同樣的輕易，而且也不該過分悲傷。』我印象非常深刻，所以一直都記得。」

好久一段時間，兩人都陷在岑寂之中，最後才由東蘭開口，反問秋子道：

「倒想問問你，秋子樣，你當初回京都是爲了照顧你生病的弟弟，他現在的健康可大好？」

秋子把頭垂下，頻頻霎眼，黯然神傷地回答：

「他在戰爭期間過世了，營養缺乏是主要原因。」

東蘭點頭，表示十分理解與同情，半晌，才又輕聲問道：

「那麼他過世後，這一大段日子你又怎麼過呢？」

「他死後我就過著孤單的生活，戰後幾年才有一個『京都第三高等學校』的先生看上我，而我當時對他也不覺得討厭，兩人就同居了五年，終於發現性情不合，也就不歡而散，以後我便去電信局找了一份工作，一直工作到現在。」

「一向都沒有孩子嗎？秋子樣。」

秋子搖搖頭，從她那無奈的神情露出了莫名的寂寞與孤獨……

遊覽巴士離開了「春日大社」，便開上「春日奧山」，在山路迂迴繞彎，到最高地點的「十國台」才叫遊客下車，讓大家休息片刻，俯瞰奈良全城，然後再登車，開下山來，直往「東大寺」駛去。

東蘭與秋子隨遊客迤邐走進「東大寺」的「大佛殿」，殿裡的木刻大佛高達屋頂，氣象宏偉，莊嚴肅穆，望之令人興起無限虔誠之心。據遊覽小姐向遊客解說，這佛殿是世界最高的木造建築，整個佛殿不用一支鐵釘，而殿裡的佛像則是世界最大的佛像，佛殿與大佛跟奈良古都一樣，都有千年的歷史，經歷不知幾次兵燹與大火的摧燬，但歷代總有信士捐錢整修，東蘭與秋子這次來寺，剛好遇著最近這回花了七年才完畢的整修，距上回整修的明治時代已有八十年之久了，那回整修的獻金，不但來自日本本土，甚至來自世界各地，爲了向遊客證明，遊覽小姐便領他們來到殿旁的一間展覽室，指示其中的一個玻璃櫥，那裡面陳列著這回整修時從佛殿屋頂拆下來的方形黑瓦，每塊瓦的背面都有奉獻者親手鐫刻的姓名、國籍與年代，東蘭橫目一掃，不但有鄰近的清國人、安南人、暹羅人、錫蘭人、印度人，甚至有遙遠的美國人、法國人、英國人、德國人、蘇格蘭人、愛爾蘭人，琳瑯滿目，美不勝收，令東蘭深深感動，不能自已。

出了「大佛殿」，在殿前廣場漫步的時候，東蘭意味深長地對秋子說：

「我看世界最崇高的情操都是不分國界的，比如宗教就是。」

只見秋子斜頭對東蘭嫣然一笑，脈脈含情地回應：

「愛情不也是一樣嗎？江樣。」

東蘭立刻就懂得秋子的弦外之音，不覺莞爾微笑了。

看完了「東大寺」，遊覽巴士便把遊客載回巴士站，於是這下午的遊覽旅程也就結束了。這時已經傍晚，是晚餐的時候了，秋子便在車站附近選了一家人少安靜的料理店，領東蘭蹭了進去。

在料理店坐定之後，秋子等不及侍應生來招呼，就起身走到廚房，親自跟廚師比手劃腳說了一番，才笑嘻嘻走回來，告訴東蘭說，菜點了，酒也訂了，只待他們料理，菜酒齊來，好好享用了。

侍應生先送來幾碗菜肴，最後才用雙手恭恭敬敬端來一只白磁大圓盤，盤裡是一片片切得薄細透明的生魚，排得整齊美麗，幾個同心圓向外展開，看去恍若一朵大菊花。秋子等侍應生離去，就指那盤生魚笑問東蘭說：

「你知道這是什麼嗎？江樣。」

東蘭仔細瞧了又瞧，搖頭表示猜不出，於是秋子便得意地說：

「這就是日本出名的河豚。」

「嗯，嗯，大學時代早就聽說過，只是那時沒錢，吃不起。」

「這種魚的膽汁有劇毒，處理不好會毒死人，所以料理河豚的廚師都要經過特別訓練，拿到執照才可以營業，儘管如此小心謹慎，每年吃河豚而死的人仍然有五、六個之多。你敢吃嗎？江樣。」

「你不提，還沒有意思吃，經你這麼一提，只有壯膽吃了。」

「爲什麼？江樣。」

「可能是因爲會喪生的東西，反而更具誘惑力吧。」

兩人相對而笑了，也沒經秋子再勸，東蘭就首先舉箸啖起河豚魚片來，嚼了幾口，勇敢地嚥到喉嚨裡去，秋子一逕雙手托頤，帶著微笑，深情凝視著……

侍應生早已在桌上擺了兩只黑漆紅裡的淺底酒杯，卻是久久不見送酒來，東蘭正打心裡狐疑，一個年輕的酒保終於從店門口闖進來，手裡拎了一瓶酒，拐到東蘭與秋子的桌前，自口袋裡掏出一只酒瓶開子，手腳輕靈地打開瓶蓋，爲他們斟滿兩只酒杯，把酒瓶往桌子一放，欠身走了。東蘭一看那窄頭闊肚形式特異的酒瓶，立刻驚詫地叫了起來：

「這不是你從前請我喝的『養命酒』嗎？」

秋子點頭笑道：

「正是，江樣。爲了慶祝我們二十五年重逢，我剛才一進來就去廚房問他們有沒有『養命酒』？那廚師告訴我，這種酒平常顧客不喝，所以料理店裡沒有儲存，但如果我們偏愛這種酒，他們可以叫店裡的酒保騎摩托車到專賣酒店去買，我就請他們勞駕了，現在果然拿來了。」

說完了這話，秋子喘息片刻，然後邀東蘭同她一起擎起酒杯，笑盈盈地說：

「來吧，江樣，讓我們乾杯，互祝兩人長壽不老！」

兩人仰頭，一飲而盡，才把酒杯放在桌上，秋子馬上又開始為東蘭斟酒了……

從料理店出來，他們手牽著手，在一條僻靜的小路散步，一直走到路盡頭近「奈良公園」的時候，瞥見街角有一家幽雅的日式旅社，兩人互瞟了一眼，心底有了默契，於是並肩向那旅社蹭了過去……

一進旅社的套房，才把紙門關好，他們就迫不及待在門裡熱烈擁抱起來，過後秋子牽了東蘭來到充當臥室的隔間，自動從壁龕搬出被褥與棉被，在他他米上鋪好了，又去找來兩只淨潔的枕頭，平擺在床前，才返回來替東蘭脫身上的西裝，解頸上的領帶……等一切就緒了，她才自己蹭到另一個隔間，只聽見窸窸窣窣脫衣卸帶的聲音，不到一刻，秋子已全身裸裎，一絲不掛，踩著蓮步，蹭了進來，一溜煙鑽到被窩裡去，然後翻過身來，向東蘭伸直一雙胳膊，撒嬌地對他微笑……

他們在被窩裡狂熱擁抱，盲目探索著，東蘭望見一片海岸，海浪湧上沙灘，又回到海裡，這樣一進一退，循環重複著，浪頭卻始終達不到沙灘上多孔的礁石。驀然，海中彷彿起了海嘯，海潮悄悄消退，退了，退了，一直退到望不見的海底，把整片乾涸的海岸一覽無遺地呈露出來。東蘭頹喪地癱在秋子的胸脯上，搖頭歎息道：

「唉，老了，老了……」

「你沒老，江樣，你累了，我來幫助你。」

秋子堅決地說，於是由被動改為主動，開始伸手順著東蘭的脊椎，從他的背撫到他的腰，一次又一次地摩挲著，慢慢地，東蘭發現那海嘯不知不覺遁得無影無蹤，於是那海潮重新回到海岸，海浪又湧上沙灘，而且愈漲愈高，填滿孔隙，淹沒了礁石，讓整塊礁石在海水中載浮載沉起來……

秋子開始在東蘭的身子底下呻吟了，一陣又一陣，隨浪潮的起伏而加深，終於忍不住迸出如燕的輕聲：

「東蘭……」

「嗯？秋……」

「把我抱緊一點……」

「……」

秋子的呼吸與心跳頓時急促起來，全身絞扭，小舟似地搖晃，東蘭感覺突然山洪爆裂，被捲入山溪的激流，臨到千丈的斷崖，遂隨怒瀑懸空而下，墜進深潭，在潭底的漩渦打轉，他抓不到一絲牽掛，儘任身子陷落，沉溺，在亂流中痴迷，陶醉，忘了自己，也忘了世界……

終於雨過天晴，風平浪靜，東蘭用右手托頤，撐起半邊身子，秋子蜷伏在他的腋窩裡，仰起頭來，笑對他說：

「我說你沒老，你瞧，我一點兒也沒說錯，你說是不是？東蘭……」

東蘭不語，只用指尖輕撫秋子的乳蒂，她立刻觸電般地週身打起顫來，更向東蘭偎近，嘴裡呢呢喃喃，儘說些朦朧的愛語，她痴情依舊，但東蘭發覺她從前春櫻淺紅的乳苞已褪成秋茄的深紫，昔日豐盈挺堅象牙似的乳房，已消瘦斜掛，如秋天的蓮蓬，她眼邊不但顯出溝深的魚尾紋，鬢角更挑起縷縷的銀霜。終究秋子也老了，輕輕地，東蘭兀自歎息起來……

因爲東蘭在東京的旅館距「羽田機場」有一個多小時的車程，而且在機場還得驗關檢查行李，怕遲到誤了飛機，第二天他們黎明即起，搭了早班的火車，由奈良回京都來。因爲時間尚早，還不見學生上車，所以整座車廂空蕩蕩的，沒有幾位乘客，車裡安靜得很，可是他們卻相對無語，只好轉頭去望窗外往車後飛逝的村景，一直等到火車快到京都的時候，秋子才開始低頭啜泣，掏手絹拭淚……

東蘭在「京都驛」轉乘東京的「新幹線」飛快車，秋子立在月台上拿手絹跟他揮別。當快車逐漸加速，秋子的形影也愈變愈小，由皎潔的滿月轉成明亮的行星，再化爲閃爍的繁星，最後消失在蒼茫的夜空……

東蘭搭坐的越洋飛機準時下午兩點自「羽田機場」起飛，在太平洋上空漫長的飛程中，東蘭一直被秋子的思緒所籠罩，二十五年的重逢固然賜給他無限的驚喜與歡樂，卻也帶給他綿綿的哀愁與憂鬱，切不斷，揮不去，一直等到白晝轉成黑夜，窗外滿天星斗，秋子的形象才慢慢被盤坐餵鴿的長谷川所代替，隨著一股寧靜的情緒也逐漸昇上心頭，耳朵幽然響起長谷川昔日的話語：「若不做軍人，寧可當僧侶……」他現在已如願以償，應該無怨了。東蘭憶起在緬甸大佛時，長谷川奉命殺了九個俘虜卻又違命救了九個俘虜的往事，人家說「因果報應」，爲了前者他得了十五年徒刑的惡報，可是爲了後者，他又得到什麼善報呢？東蘭發現儘管行善不一定得善報，但世上仍然有人行善如誼，爲什麼？爲什麼？這問題叫他困心橫慮，久久得不到解答，一直等到月亮自太平洋冉冉上昇，他才恍然大悟，原來行善就是它本身的目的，行善之際當事者既已得助人之樂，也便是它的果，又何必再去求事後的善報呢？

五

自從在「師範大學」當了英文教授，由於新竹與台北之間每天通車上班不便，每個禮拜從禮拜一到禮拜四，東蘭就住在陳芸的兄長陳新的台北家裡，禮拜五教完了書才回新竹與家人團圓。因爲周明德一直與陳新保持密切的聯絡，他的行蹤與情況，自然也就從陳新的口裡透露給東蘭，因此，遠如他自「成功中學」轉到「台北醫學院」教英文，近如他的兒子光宇到美國唸電腦碩士，然後在加拿大的溫哥華找到工作定居下來，以及明德自這年春天帶妙妙來探訪兒子一直未回台灣，東蘭也都一一明白知悉。這回赴加拿大莎城參加女兒的婚禮，也眞巧東蘭必須在溫哥華停站轉機，於是便想起此刻客居溫哥華的明德來。且聽說溫哥華是加拿大太平洋岸的一座美麗幽雅之城，東蘭頗想趁這難得的機會，停留幾天，一覩北國海港之風采，因此就在啓程赴加之前寫信給明德，並告訴他有羈留數日之意，明德立刻回信表示盛大歡迎，屆時光宇會連同新婚之妻開車載明德夫婦，全家到溫哥華機場恭候，接他回家小憩。

東蘭乘坐的飛機於次晨六點到達溫哥華，下了飛機驗過護照，明德一家四口早在海關門口揮手相迎了，師生異地重逢不免親熱寒暄了一番，便坐上光宇駕駛的汽車，一路往溫哥華東邊的Coquitlam區開去。

在汽車裡，東蘭好奇問光宇好好在美國唸完書，怎麼會異想天開突然來這北國加拿大定居？光宇一邊開車一邊微笑地回答道：

「本來也想不到會來溫哥華居住，可是碩士快畢業時，有一回跟隨指導教授來溫哥華參加在這裡舉行的國際電腦會議，發覺這城山明水秀，環境幽美，就有意將來來這裡工作，畢業後果然看到這裡的工作廣告，我就申請，被接受了，便由美國搬來這裡住。」

聽了光宇的話，東蘭同意地點點頭，便轉向明德，問他爲什麼來加拿大探望兒子卻一來就不回台灣去了？明德也微笑起來，回答道：

「誰說我不回台灣去？我也跟你一樣，只想在美洲住一年就回去，原來也沒打算住這麼久，可是一來這裡，就覺得這裡環境良好，空氣新鮮，三個月簽證期限還沒住滿，便看到這裡移民局的徵人廣告，要聘請教日本與越南移民的英文教師，我想如果能夠得到這份教英文的工作，在這裡多住些時候，也未嘗不是一件快活的事，也就去應徵，約談之下，才知道他們希望找一位既通日語又通華語而且教學經驗豐富的英文教師，日語固不必說，而華語是因爲這些越南移民其實都是華裔的越南難民，這條件我再合適不過了，所以我也就被他們聘請了。既已決定在這裡多住，我就向『台北醫學院』請假一年，打算在這裡教半年英文，多儲蓄一些錢，好明年春天回台灣之前，先上中國大陸去探望我的父母和弟弟，我們已經快四十年不見了。」

聽了明德的話，東蘭也同意地點點頭，最後才轉向光宇的新婚妻子，問她跟光宇是怎麼認識的？才知道原來他們兩人在台灣就是同一個長老教會的教友，已認識多年，不久之前才來溫哥華跟光宇結婚，現在在「綜合醫院」當護士。

話就這樣隨便談著，車子開了快一個鐘頭才到Coquitlam區的家，一把東蘭送到家，光宇夫妻便同坐一部車出去上班了，留下明德夫婦在家招待客人。因爲知道長途乘機身心勞累，所以用完早餐之後，明德就請東蘭先到臥房稍做休息，其他節目由他安排，下午開始。

下午明德替東蘭安排的第一個節目是帶他去拜訪住在「陸軍遺族公寓」的丘雅信，明德不但早先曾跟妙妙一起去公寓拜訪過她，而且這回東蘭路過溫哥華的消息也事先在電話中通知過她，她表示歡迎東蘭到時到她公寓去見她。爲了怕她臨時外出不在公寓，明德於出發之前又打了一通電話給她，才知道她事前已有約，下午兩點要去「撒馬利亞人療養院(Samaritan Sanatorium)」去探金姑娘的病。因爲從前明德與妙妙在淡水結婚時，東蘭與金姑娘已有一面之緣，所以雅信也就建議不如他們兩點也到療養院去，在那裡不但大家可以會面，又同時可以探金姑娘的病，豈不是一舉兩得的事？東蘭欣然同意了，於是明德就帶東蘭搭公共巴士一路往「撒馬利亞人療養院」來。

東蘭、明德、雅信與金姑娘四人，在療養院二樓金姑娘的私人病房見面，多年重逢，驚喜與快樂自不必說，東蘭發現滿房間掛著台灣的彩色風景照片，桌子上高高疊了一堆貼台灣郵票的信封與卡片，據金姑娘說都是台灣的教友與學生寄來的，然後在一只小几上放了一本黑皮燙金的大字聖經，另外還並排放了一本精裝本拜揚(Bunyan)的「天路歷程」，書頁裡有一葉古老的書籤，籤上印著「純德女中」的黑白照片。

金姑娘靠窗坐在輪椅上，雅信與她面對坐在房間裡唯一的一只塑膠椅上，東蘭與明德無椅可坐，只好立著斜倚在鋪白被單的病床上。東蘭首先開口問起金姑娘的病況，金姑娘毫無忌諱，徐徐說了起來：

「日本時代我——在『淡水女學』教書教直欲三十年才給㑑——日本人趕轉來加拿大，但是日本一下投降，我——就隨復轉去台灣，以後『淡水女學』改名叫做『純德女中』，我——也做到十七年的校長，漸漸我——發覺四肢行動不便，有時關節會紅會腫，早時睏起來，𣍐行𣍐捧物件，經過眞久才會慢慢仔振動，上𡢃的是手忽然間會奇奇掣，有時正手，有時倒手，連腳也會掣。我——感覺奇怪，才去台北『馬偕醫院』檢查，醫生加我——檢查了後，面仔憂憂，目眉結結，對我——講：『金姑娘，你這病可能是關節炎，也可能是巴金生病，我希望是關節炎，不是巴金生病，但是暫時我猶沒誠確定，著愛抽血做復較詳細的檢查。』彼醫生就加我——抽血，叫我——過一禮拜才復轉去看伊。一禮拜後我——復去病院的時陣，彼醫生看著我——，面色誠沉重，對我——講：『金姑娘，阮詳細檢查的結果，發現你得著的是巴金生病，即款病到目前猶原因不明，孤知影病會愈來愈嚴重，藥仔是暫時控制病徵而而，沒法度根治。』我——開始心頭有一點仔肝苦，但是想講人總是會死，上帝既然安倪安排，倆只有是歡喜接受啊。因爲行動愈來愈沒方便，我——最後向『純德女中』辭職，轉來加拿大住在親戚厝裡，但是在親戚厝裡定定仆倒，給人眞多麻煩，才決定來療養院，規氣給這院內的護士照顧。」

金姑娘說罷，對大家曠然而笑，東蘭見她年近九十，白髮稀疏，儘管行動不便，可是臉色和語氣，仍然不減當年的紅潤與豁達，一絲也沒有消沉悲觀之狀，不禁令東蘭暗暗驚奇，感到宗教力量的神秘與雄渾……

既已聽完了金姑娘的敘述，東蘭轉問雅信的近況，於是雅信便回答道：

「自從吉卜生牧師過身了後，有一陣我眞想欲復開業看病人，但是戰後做醫生的手續眞麻煩，我最後猶是放棄𣍐復做ㄚ。雖然是退休，一日也沒閒到暗，日時我也猶復去各間病院看人手術，暗時報名參加各種的民眾補習班，插花、盆栽、料理、翕相、園藝、裁縫……什麼我都學，感謝上帝，賜我有看得有聽得，給我會行會走，雖然我是全班上老的學生，但是每個先生攏謳樂❶我是上認眞的學生。」

東蘭看雅信得意地微笑，忽然轉話題問她說：

「你來加拿大即倪久ㄚ，敢曾轉去台灣？」

「哪會沒？舊年才復轉去一遍，每遍攏想欲復加住一久仔，但是三個月一下到，彼管區的警

❶謳樂：台語，音(o-lo)，意(讚美，褒獎，稱讚)。

察就來我住的所在，對我講：『丘雅信，你簽証期限已經到了，你可以回你的加拿大去了！』倆是列台灣出世的，列台灣大漢的，偏偏仔台灣𣍐使住，著給人趕來加拿大。」說到這裡，雅信深深嘆了一口氣，換成一種悲哀的語調說：「唉！倆一生都上𣍐插政治，但是政治偏偏仔欲來插你，插你一生！」

下去輪到明德發言，他不必等東蘭發問，就自動對大家說了起來：

「我每日早起攏著去教日本佮越南移民的英語，下晡我攏去BC大學的圖書館看書，暗時大部分去大學聽人演講，上愛聽的是文學佮宗教方面，其他若有趣味的也去聽。」

聽了明德的話，金姑娘興致大發，眼睛亮了起來，關懷地問道：

「你——講彼越南移民，偲敢不是坐船仔偷走出來的越南難民？」

明德不語，只點頭做答，金姑娘緊迫著又問：

「聽講偲的遭遇眞悽慘？」

「確實眞悽慘，」明德點頭同意道：「我隨便舉一個例給您聽您就會了解，我教的彼班學生，有一家六個人，父母以外有兩個子佮兩個查某子，彼查某子一個是十二歲，一個是八歲，偲欲出海進前就先集合幾家人，每個人出三條黃金，大家合資先去買船，船到欲出海的時，著復給守衛的共產兵，每個人五條黃金才欲放行，以後在海上抵著泰國海賊，爬起來偲船頂，將身軀有價值的金條、披鍊、手只❷搶搶去，將偲認爲沒價值的目鏡、鋼筆、手錶擲擲落海，了後才將所有的人分做兩堆，查甫人一堆，攏趕趕去船尾，查某人一堆，攏趕趕落去船艙內面，一個仔一個強

---

❷手只：台語，音(chiu-chi)，意(戒指)。

姦，彼老母免講，連彼兩個十二歲佮八歲的查某子也走𣍐去，等鼠治❸到眞飽丫，彼海賊才將船頂的馬達損給伊歹，驚伊修理好會駛走，復將伊的汽油攏倒落去海，了後，才倒轉去伊彼海賊船，做伊駛去，放給伊即割越南難民在海上漂流，好運的才給美國海軍救起來，歹運的不是白白餓死就是船沉落海底飼鯊魚。」

眼看大家都爲明德說的故事搖頭慨歎，明德於是總結地說道：

「講起來，即割越南難民攏也是流浪在越南的華人，親像所有的華人，無論伊去到嘟，攏是仝一款悲慘的命運。」

最後輪到東蘭說話時，他只簡短向大家說，他要先到莎城參加女兒的婚禮，然後到美國哥倫比亞大學進修一年，話也就完了，四個人的互相報導暫時告了一個段落。

一時，病房岑寂了片刻，金姑娘的眼光投射在她對面牆上的一張台灣日月潭的彩色風景照片，慨然興起了一片鄉愁，感歎地說：

「唉！離開台灣即倪久丫，不知東時才會得通復轉去迌迌？」

「彼不較簡單！」東蘭笑道：「明年即個時陣，明德佮我都攏已經在台灣丫，您兩位女士才轉來台灣，大家才復親像頂擺做陣，看欲來去嘟遊山玩水，哪著在即丫列怨歎？」

果然一經東蘭提議，大家便立刻熱烈贊同，當下就決定第二年「中秋節」先在「淡水長老教會」集合，在尤牧師家團圓賞月，隨後要到哪裡，到時再決定。金姑娘有病在身，又得坐輪椅才能行動，所以決定了之後卻又猶豫起來，被雅信再三鼓勵，說有她這位特約醫生一路照顧，服侍

❸鼠治：台語，音(chhu-ti)，意(凌辱，欺負)。

湯藥，推車看護，一切都不成問題，金姑娘最後才欣然答應了。

從「撒馬利亞人療養院」走出來，明德又帶東蘭來BC大學遊覽，他先帶他去參觀這大學著名的「東亞研究所」的圖書館，告訴東蘭這原是幾年前蒙翠峨(Montreal)世界博覽會的日本館，會後贈給這大學，於是整幢搬來這裡充做研究院的圖書館，東蘭發覺裡面藏有無盡的中文書與日文書，每天下午明德便來這裡消磨美好的時光。

參觀過圖書館，明德與東蘭便在那樹木蓊鬱花卉井然的校園徜徉起來，明德開口問東蘭說：

「你離開日本那麼多年，又重回日本，有什麼感想？」

「感想太多了，一時也說不盡。」東蘭回道。

話雖這麼說，但東蘭還是絮絮說了起來，他先說在那兩次「同窗會」與「學生會」上日本人對台灣人態度的改變，然後在「上野公園」看到「大東亞戰爭」的傷兵行乞的淒滄，以及在「淺草觀音寺」的五重塔前見到長谷川大佐盤坐餵鴿的感動，最後才說到高橋幸男在東京投河遇救而終於當到大木材行董事長的故事，只是與秋子二十五年後重逢幽會一事隻字不提。

聽到新竹中學時代好友的美滿結局，明德笑口大開，道：

「幸男也夠幸運了！沒出生就被日本人救了一次命，到東京又被日本人救了第二次命，而且居然還跟日本人結婚生子，又當了日本木材行的董事長，眞是名副其實的『幸運男兒』呢！」

說完了這話，明德又問起長谷川大佐來，被他在大佛救了九個英國俘虜的行徑大爲所動，及聽到他在軍中就開始打坐，明德便順口說道：

「其實我每天夜裡也在打坐。」

「你也在打坐嗎？」東蘭大感驚異地問。

「不但每天夜裡自己打坐，每個禮拜六還到『溫哥華禪協會中心』去參加集體打坐，這個月主持打坐的是一位美國禪師，他到日本參禪十二年之久，開了悟，回到美國開禪堂傳授禪佛教，每半年還到各處巡迴指導參禪，這個月剛好來到這裡。」

聽了明德的話，東蘭興致大起，忙問道：

「這位美國禪師叫什麼大名？」

「也不知他的大名，只知他的法名叫『熹微』。」

「哪兩字『熹微』？」

「就是陶淵明『歸去來辭』裡面『恨晨光之熹微』的『熹微』。」

東蘭頻頻點頭吟哦起來，也不知怎地，這兩字「熹微」竟叫他聯想起另兩字「空歸」來……

「咦？」東蘭突然記起什麼：「今天禮拜五，明天就是禮拜六，你明天不是要去參加集體打坐嗎？」

「原來有這個打算，但先生這回來，我只好取消了。」明德笑道。

「你怎麼可以取消？你還是照樣去，我倒想隨你去禪堂，看看你們如何打坐。」

「何必只看看呢？你也可以來參加打坐啊。」

東蘭有些躊躇，經不起明德的慫恿，也就答應了。

第二天早上明德果然帶東蘭坐巴士來到溫哥華市裡的『溫哥華禪協會中心』，這禪中心是一幢五六十年的加拿大老木房闢成的，一進玄關就看到一個大匾，用毛筆草書寫了一個大「瀑」字，禪堂設在鋪地毯的客廳裡，廳裡裝有一只壁爐，爐頂的大理石擱板上安置了一尊銅鑄的佛像，因年代久遠而變得烏黑發亮，在佛像的一旁才放了一架定時的自鳴鐘。

在打坐還沒開始之前，大家都著便服互相寒暄道安，東蘭才發覺除了明德與他，其他全部都是洋人，男女各半，顯得十分熟稔親熱的樣子。打坐的時間一開始，大家都到壁櫥找了各自的黑色袈裟來穿，然後到隔室拿了一個個座蒲團墊在臀上，做起打坐的坐姿來，東蘭奇怪明德竟也披上了一襲黑色袈裟走來坐在他的旁邊，大家一一緣客廳四壁而坐，那叫「熹微」的五十多歲美國剃髮禪師一旦知道東蘭是初來的學生，就親自來教導他打坐的姿勢與呼吸的方法，看看一切都就緒了，熹微才去坐在他那壁爐前的主位，輕手往那定時的自鳴鐘一按，大家便鴉雀無聲，半閉起眼睛，認眞打坐起來……

二十分鐘後，自鳴鐘噹地一聲，熹微就開口叫大家暫停，每個人伸腿撫腰了一番，讓痲痺的肢體恢復知覺，便由熹微領頭，魚貫而列，在禪堂裡經行起來，約走了十分鐘，大家又各歸原坐，熹微一個手勢，又開始進行另二十分鐘的打坐……

一個上午的打坐會終於結束了，大家脫了袈裟，重新收拾好，男學生去搬來一只長形茶几放在堂中，女學生去廚房燒茶，沒過多久，大家便圍繞著長几飲起香噴噴的熱茶來了，熹微坐在長几的主位，就在佛像之下，對大家微笑，無拘無束地閒談起來……

東蘭是新客，熹微就把他拉到他旁邊坐，隨便談著話。有一陣，東蘭瞥見壁爐上那尊佛像的眼睛與鼻子都已磨損得辨認不清，便不經心地對熹微說：

「這尊佛看起來也眞奇怪，眼睛鼻子都沒有了。」

聽了這話，熹微露出神秘的微笑，意味深長地回答道：

「你想，佛本來就有眼睛鼻子嗎？」

東蘭一時啞口無言，心頭突然感到無法形容的「豁朗」與「震撼」，遂轉了話題，好奇地問起熹微來：

「老師，是不是可以請問你，你是怎麼當起禪師來的？」

聽了東蘭的話，熹微驟然變得十分嚴肅，換成可以長久持續的坐姿，絮絮對在下的所有學生敘述起來：

「是什麼使得一個中年男子放棄可靠的工作和可觀的收入，乃至親戚朋友，去接受嚴酷的禪門鍛鍊而過一種無住的出家生活？才到日本就被問了成打的次數，回到美國，幾乎也被問了同樣的次數，到底爲了什麼？有時似乎是渴望解除令人難受的緊張和使人衰竭的不安之感，有時我又覺得是一種需要——需要瞭解第二次世界大戰後我在德國、日本、以及中國所目擊的那種慘不忍睹的現象，最後我終於明白過來，上述的問題歸結起來只有一個字：『業(Karma)』。

在我還是一個毛頭小子的時候，我就拒絕跟我母親到她的教堂去上主日學或聽任何正式的宗教訓示了。由於私下研讀聖經的結果，終於產生了一個使我著迷多年的熱切問題：『耶穌基督說他推行猶太宗教，可是猶太人爲什麼要否定基督？基督徒口口聲聲自稱敬愛基督，可是他們爲什麼要中傷他的猶太同胞？』

爲了要爲這個問題找到答案，我參加了新教、天主教以及猶太教的儀式，並向牧師、神父、以及猶太法師請教，可是沒有一個神職人員能夠給我一個滿意的答覆。對於從猶太教到基督教這個系統的宗教感到絕望之後，我首先變成一個自由思想家，接著又成一個不可知論者，最後變成一個無神論者。在讀高中的時候，我組織了一個『無神論者俱樂部』，自兼它的主席。我們的校長對於無神論這一類反成規的活動不表贊同，因此向我警告說：『除非你解散這個俱樂部，否則我要把你開除。』

在第二次世界大戰期間，我在美國的各級法院擔任記者之職，由於體格欠佳而被緩征，這次被淘汰並沒給我什麼不快，因爲我既不想殺人，也不想被殺。然後到了一九四五年年中，歐戰正式結束，新聞報導說，佔領德國的美、英、法、蘇四強，計劃在紐倫堡設立『國際軍事法庭，起訴軸心國罪行』，不久就要開始徵調執行審判所需要的人員。我向華府申請一個法庭記者的職位，經過一系列的體格、心智、以及實務測驗之後，我被錄用了。不久，到了十月，我便上了飛機飛往紐倫堡。這時的紐倫堡，經過聯軍的連番轟炸之後，已經成了一片廢墟，這是德國人盲從希特勒而嘗到的重大苦果，但從各種跡象看來，大多數的德國人似乎仍然沒有感到悔悟。

審判的證詞是一篇說明納粹背信和侵略的連禱文，一份記述無比殘酷和羞辱人類的大事年表。一天又一天諦聽納粹犧牲者敘述他們所親自遭受或目擊的暴行，使人震驚得心智痲痺，幾乎無法想像那樣令人髮指的罪行。人類殘害人類的這種令人齒冷的證言，加上德國群眾顯然沒有悔悟的誠心，使我陷入極度憂鬱的深淵，我開始自問，一個產生新教、產生路德和歌德、產生貝多芬、海涅、黑格爾、以及康德的國度裡，宗教、藝術、以及哲學，何以未能發揮教化的作用？尼采所說的一句話在我心中映現了：『宗教、藝術、以及哲學，都是人類揑造的幻象，而被做爲戰勝自己及其同類的武器加以運用。』

這場審判到了第九個月時，已經接近尾聲，就在此時，東京方面亦在爲審判諸如東條英機一些甲級戰犯而做準備了。我從未到過亞洲，這正是一個機會，除了參與這個世界另一個地區的戰犯審判之外，同時也可以看看日本以及亞洲其他國家。我到東京時，遠東國際軍事法庭已開始作業了，令人髮指的證詞又在這裡抖了出來——像日軍所幹的『南京大屠殺』、『巴丹死亡行軍』、以及其他許許多多暴行。可是籠罩東京的審判氣氛已經鬆弛下來，它已經成了熱烈緊張的紐倫堡大審的遙遠的呼聲了。無可避免的是，被佔領國人民的心情，已經在佔領軍的行爲上反映出來了，並且，由於全國日本人皆以相當的自制與鎮定接受了戰敗的後果，這種氣氛也在東京的軍事法庭當中呈現出來。

日本人接受戰後的苦果，態度與德國何以如此不同？它的背後因素究竟是什麼？毫無疑問的是，日本人面對逆境的傳統精神，與此必然具有不少關係，但這種態度的基礎是什麼呢？某些日本友人對我說是：『因果報應的法則』，這種因果法則發生在道德方面的作用，與在德國時常聽到的自以爲是的辯解，恰好成鮮明的對比，因此引發了我探究的興趣，例如在日本的報章或談話中，時常聽到的一句話是：『因爲我們日本人害苦了人家，所以現在我們嘗受苦果了。』我請問日本友人，到哪裡去求教『業果』的道理？有人就對我說：

『那是佛教的基石之一，你必須研究佛教，才能明白。』

『你看我該拜誰爲師呢？』

『鈴木大拙博士，他不但是佛教的權威學者，同時又會說英語。』

結果我發現鈴木博士住在鎌倉的一座大禪寺裡，我於是去採訪這位國際馳名的哲人，他對佛教哲理所做的非正式談話，不時在我腦際迴響，使我一而再、再而三地叩訪他那簡樸居處的，既非想去探測他那微妙的講述，亦非想去多吸收一些關於業力的學問，而是想去體驗那種深切的澄明之光。

除了法庭的裁判之外，東京甲級戰犯的審訊已經告終，與其坐等法庭的宣判消息，我想不如前往中國一遊，那是我嚮往已久的地方，於是向上級請了三個星期假，結果照准了。我於一九四八年春天到達中國，那時中國人正處於水深火熱之中，到處是一片殘敗之象，通貨膨脹相當嚴重，從上海搭飛機到北京，要一手提箱鈔票才行，日軍的八年佔領，蘇俄的侵略與由此而來的戰鬥，以及國共之間的不斷爭戰，使得中國人的命運陷入貧窮而悲慘的絕境。我的中國之行雖然不是出於想去學佛法的動機，但我在那裡所見到的悲慘與絕望，卻迫使我領悟到佛教的第一聖諦：人生原是一片苦海！

回到美國之後，我不但無法重新安下心來過日常的生活，而且更難在法院工作下去了，數以千計的印象和未決的思想懸掛在心靈之中，我那種空洞的生活已經失去意義，但是還沒有另一種生活可以取而代之。我開始搜羅鈴木大拙的所有著作以及任何有關禪學的書籍來讀，我努力研究禪宗哲學，我對禪學的知識領域是擴大了，但這種知識領域的擴大卻沒有使我的精神穩定增加，事實上，我的不安、焦慮、以及內在的不滿，反而更加厲害了。我發覺我最需要的是坐禪，而非哲學，這種內在的需要驅使我去尋找一位已開悟的禪師，可是這樣的禪師要到哪裡去找呢？查問的結果，美國沒有禪師，因此，只好再去日本，這是一種既愉快又可怖的前程，說它可怖是因爲我已明白，我的禪學摸索已經告一段落了，假如我眞的想轉化我的生活，我必須開始接受既嚴格而又艱苦的禪門鍛鍊了。

對於這個前程，我煩惱了幾個月之久，最後終於放棄我的工作，處置了我的財產，踏上前往日本的行程，並且打定主意，除非開悟，絕不回來。」

熹微的一席話，聽得東蘭感動得無以復加，連忙向他拜謝了一番，眼看時間已近中午，來參加坐禪的學生也一個個離去，東蘭才在走廊角落的一只奉獻箱投下一張大鈔，在玄關又瞥了一眼那壁上的草書大「瀑」字，然後跟隨明德步出「溫哥華禪協會中心」。

明德帶東蘭到溫哥華的中國城，特別找了一家叫「蓮花齋」的素食館，兩人各吃了一碗清淡的素麵，便一路往市北邊三面瀕海的「史坦利公園(Stanley Park)」來，他們在那保持原始狀態的大紅檜木林中漫遊，時而在海邊佇立，凝望出入溫哥華碼頭的巨大郵輪，天南地北隨便談著話，驀然熹微的影像又來到東蘭的心中，於是他便轉了話題，對明德說：

「早上的集體打坐給我十分深刻的印象，我很想對禪有更深一層的認識，也想有機會能經常打坐，只可惜不得其門而入，而且此去也沒有這種機會了。」

說罷，東蘭兀自歎息起來，明德見了，立刻微笑地回答道：

「有一本書叫做『禪門三柱』，是一個叫『開卜羅(Kapleau)』的美國人編著的，這人也像熹微禪師一樣到日本參禪開悟的，這本『禪門三柱』是專為禪的入門學生寫的，深入淺出，當初我也沒參加『溫哥華禪協會中心』，還是自己從這書摸索出來的，不但介紹禪的一般知識，而且有圖片教人如何打坐，我覺得對初學的人太好了，所以我買了好幾本放在家裡，遇到對禪有興趣的人，就免費贈送他一本，回家我就拿一本給先生，也算是我送先生到美國進修的隨伴禮物。」

「那眞太謝謝你了，再沒比這書更好的禮物了。」

「有一點我想附帶提提，這本書早先我讀的是英文原本，後來偶然才讀到中譯本，結果發覺中譯本比英文本好得多，原來禪是中國發展出來的獨特宗教，也難怪譯回中文後，禪的韻味畢露無遺，比用英文表達傳神得多。在幾乎所有書的翻譯中，翻譯本比原文本好的，我看唯獨這本『禪門三柱』了。」

因為東蘭第二天就要離開溫哥華，所以這晚明德全家四口就在中國城的一家飯館請了東蘭一頓豐盛的晚餐，然後驅車回到Coquitlam的家裡，等東蘭洗澡完畢準備就寢的時候，明德早拿了一本嶄新的「禪門三杜」坐在客廳裡等他，一當東蘭在他的對座坐下來，他就把書遞給他，然後順便對他說：

「明天禮拜日，我們這裡的台灣人長老教會剛好要舉行例行聖餐，我是教會的長老，必得先到教會準備，所以先生明早十點的飛機我就沒能親自送別了，我叫光宇送你到機場，回來他還來得及趕十一點開始的禮拜。這事十分失禮，就請先生原諒了。」

東蘭聽了明德的話，覺得原諒還在其次，倒是對他是教會的長老大大感到驚異，遂破口問道：

「你既到禪堂參禪，還上禮拜堂做禮拜嗎？」

明德微笑地點點頭。

「容我冒昧問你一句，你這樣做心裡不覺矛盾嗎？」東蘭鎖眉地問。

明德經東蘭這一問，笑得更加開朗了，於是慢條斯理地回答道：

「本來我是一個基督徒，當初開始參禪的時候，心裡確實覺得矛盾，不但十分不安，而且還有一種犯罪感，一直等到有一天讀了『百合一教(Bahaism)』的教冊，才坦然安靜下來，因爲那教冊裡有一句話說：『上帝只有一位，只因異時異地，才派了不同的先知來這世界。』他們認爲耶穌基督、釋迦牟尼、穆罕默德都是來自同一個父親的兄弟，因此在他們的教堂裡有聖經、佛經、可蘭經、還有其他宗教的經典。我的犯罪感是消失了，可是世界上宗教如此紛紜，別的不說，單是用同樣一本聖經的基督教就有兩百多種教派，這事叫我困擾萬分，終於有一天讀到老子的『道德經』才恍然大悟，這疑難也就渙然冰釋了。」

「『道德經』到底給了你什麼樣的啓示？」東蘭好奇心起，緊逼著問。

「『道德經』開宗明義就說：『道可道，非常道，名可名，非常名，無名天地之始，有名萬物之母。』可見名字是世界分派紊亂的開始，因爲同一個名字，一千個人有一千種不同的意象與詮釋方法，如何叫他們統一？叫他們不亂？只有等到有一天，基督教、佛教、回教這些名字都沒有了，連耶穌基督、釋迦牟尼、穆罕默德這些先知也被人忘了，那時自然百流歸海，萬教也就統一了。」

東蘭頻頻點頭，頗以爲是。只聽明德又繼續說了下去：

「我常常在想，即使最不同的東西，只要名稱一致，歸根結底還是同樣一物，就拿佛教與基督教來說吧，外表看起來，這兩種宗教相差簡直不可道里計，可是仔細想想，如果把佛教的『見性成佛』的『本性』與基督教的『全能上帝』的『上帝』之間劃一個等號，那麼，佛陀在菩提樹下參禪六年抬頭看見東方一顆大星而開悟就與摩西在西奈山上看見燃燒的荊棘聽見上帝呼喚他的名字是同樣的一件事情了。總之，我現在已經到達天人合一萬物和諧的境界，我讀聖經歡喜、讀佛經歡喜、讀可蘭經也歡喜，我現在無論走進基督教堂、佛教禪堂、回教清眞寺，都感到同樣的喜悅與安寧，這都是『百合一教』與『道德經』的恩賜。」

東蘭聽完明德的話，喜而笑道：

「我曾經想過：『同中求異，戰爭之始；異中求同，和平之祖。』今天聽到你在宗教上得到同樣的結論，而且親身實踐，令我佩服得五體投地。論英文，我曾是你的老師；論宗教，我可要當你的學生了。」

「豈敢？豈敢？先生請別那麼說。」

於是師生兩人互相謙遜推讓了一番，道完晚安，各自回房去睡了。

翌日東蘭的飛機由溫哥華起飛，越過終年冰封的洛磯山，兩個小時後在莎城降落，眞寧的準女婿早在機場迎候了。第二天，參加了女兒在教堂舉行的婚禮以及當晚在一家中國餐館舉辦的喜筵，第三天便搭機飛往美國的紐約，進紐約市裡的「哥倫比亞大學」去了。

東蘭在「哥倫比亞大學」的一年裡主修的兩門課是「英國十九世紀浪漫文學」與「美國新英格蘭文學」，前者他在「早稻田大學」的時候已多少接觸過，但後者對他是一門全新的課程，唸起來興趣盎然，特別幾個像愛默生、霍桑、索羅的作家給他很深的印象，以至於次年的春天，他還特地跑到波士頓西郊一個叫「Lexington」的地方，去瞻仰愛默生的故居，這故居還曾是霍桑夫婦新婚的香巢，完了又去漫遊離故居不遠索羅寫「湖濱散記」的「華倫湖(Walden Pond)」。在大學的閒暇時間，他讀完了明德贈送的「禪門三柱」，並且每天睡前夜闌人靜的時候，還認眞學起打坐來。

六

自從周明圓由台灣回福州與唐佮訂婚後，周明德經常都與他的父母有魚雁往返，以後明圓離開福州上美國加州大學柏克萊分校唸碩士，才不到一年，中國就完全變色，既然不能直接通郵，此後只好請香港的朋友代轉信件，只是通信的次數變少了，由這些香港轉來的信裡，明德得知明圓得了碩士後，決然回到中國去與唐佮完婚，因爲在「北京大學」獲得一個教授的職位，就一家連同父母，搬到北京去住了。明德與他們還依然保持書信的聯絡，一直到中國爆發了「文化大革命」，姚倩才在最後一封信中寫道：「除非我們去信，否則千萬別再來信。」爲了怕危害父母一家的安全，明德只好與中國斷絕了好幾年信息，一直到他整理行李要來加拿大的前夕，才又收到母親的來信，說明中國「四人幫」已經倒台，以後又可以恢復往日的通信了。

來到加拿大後，明德就不必再經香港朋友轉遞，直接與北京的家人通起信來，這時他才知道明圓在長期的下放之後，終於恢復舊職回「北京大學」當教授，而唐伶竟然於「文化大革命」期間過世了。中國對外開放後，明圓到日本參加過一次國際工程會議，因爲看見許多外國旅客到北京旅遊，他們也就邀明德夫婦到中國去探訪他們，明德計劃了一年，終於在來加拿大第二年春天回台灣之前，搭了「加拿大太平洋航空公司」的飛機，與妙妙兩人悄悄到了北京。

明圓分配到的住宅是在一幢公寓的四樓，一共只有兩個十二尺見方的小房間，一間當臥室，一間當客廳兼廚房，當明圓領明德與妙妙進屋參觀時，明圓看到明德臉色，立刻扮笑地說：

「房子雖小，但現在只有爸媽與我三個人住，比起其他一般人家，算夠寬敞的了。」

這天晚上，爲了慶祝周家團圓，姚倩準備了半生以來一頓最豐盛的晚餐，桌上除了各類蔬菜，甚至還添了一條大黃魚與一隻大螃蟹，明圓驕傲地對明德說：

「這黃魚和螃蟹是特別爲了歡迎大哥大嫂來北京，才去跟人排隊買回來的，一大早就去排，站了五個鐘頭才買到，所以大哥大嫂，請伸長筷子，好好享用啊！」

周台生與姚倩這許多年來才能看到明德又跟全家一起用餐，而且又第一次看到賢淑溫柔的大媳婦，心裡的愉快自是不可言喻的，於是在一陣歡啖之後，姚倩開懷自動對明德暢談起來：

「明德你知道嗎？現在全家呀，你爸最好命了，明圓得到大學教書賺錢，我得在家裡洗衣煮飯，只有他一個人三不管，每天一早就去跟人打太極拳，中午就睡午覺，下午就騎腳踏車到處去溜逛，找老朋友講天說皇帝，整天儘忙他自己的，誰比他更好命？」

周台生儘啃著一隻又一隻螃蟹的膀子，笑而不答，卻見明圓意猶未足，還替母親補充道：

「說來大哥不相信，爸還曾經騎他的腳踏車到東北繞了一大圈，整整兩個多月，直到有一天被紅衛兵把他連人帶車給押了回來。」

「眞的嗎？」

明德張眼詫異地問，只見周台生更認眞地啃著蟹膀，臉上添了一層紅潤，依舊笑而不答。也不知怎地，明德驀然憶起從前在馬尼拉王兵街時他父親每晚抱洞簫去「雅樂社」的往事，便順口問道：

「爸現在還吹洞簫嗎？」

周台生聽了，把滿口蟹殼往桌上一吐，啐道：

「早丟了！還吹什麼洞簫哪？」

周台生這麼一說，把大家都樂開了，連姚倩也忍不住笑彎了腰，明德看見已上了八十的父母仍然精神矍鑠，中氣十足，心底感到十分安慰，便轉向姚倩說：

「媽儘說爸好命，我看你也跟爸一樣好命。」然後回頭轉對明圓：「你說是不是？明圓。」

明圓點頭答是，於是姚倩只好說：

「我得承認，活了這大把年紀，與同齡的老媽子相比，我命也算不錯的了，因爲第一我還健康，第二我有兒子在身邊，第三我可以讀書寫信，這老人的三大幸福我都還有，一樣也不缺。」

聽完了姚倩的話，明德與明圓兄弟倆連忙向母親祝賀了一番，萬沒料姚倩的臉色突然一沉，換了語調感傷地說：

「今晚算是我們全家四十年來的大團圓，唯一遺憾的是缺了明勇、唐伶和小乖。唉，假如他們三人也能跟我們同桌共享，那不知要多快樂呢！」

明勇自從二次大戰後就一直行蹤不明明德是知道的，唐伶在「文化大革命」期間過世姚倩也在給明德的信中提起過，只有小乖一人卻未曾知悉，於是明德便問道：

「小乖是誰呢？怎麼從來沒聽過？」

「小乖呀，是明圓和唐伶領養的女兒，」不等明圓開口，姚倩就搶著回答：「從兩歲就抱來家裡，一直養到二十二歲，哪裡曉得在唸『北京外語學院』的時候竟跟她的西班牙講師鬧戀愛，後來結婚，跟她的愛人一起回到西班牙去了。從開始明圓就叫我不必在信中提起，所以這許久你也就不知道了。」

小乖的問題既已得到圓滿的回答，明德便又回歸到明勇的問題上來，又繼續問道：

「明勇到現在還依然行蹤不明嗎？」

「戰後我曾經叫馬尼拉的朋友在菲律賓的幾家大報登了幾個月尋人廣告，但始終也沒有消息，明勇確實是失蹤了，恐怕已經死了。」周台生平淡地說。

「失蹤是事實，死倒未必。」姚倩堅決地說：「我想是在深山叢林裡跟原始土女結婚了，從此不願再回到社會來。」

大家也沒有異議，因為與其明勇死亡，他們寧可他跟土女結婚隱居在深山叢林裡來得令人感到安慰。

這一晚，周台生與姚倩把他們唯一的雙人床讓給明德與妙妙睡，而他們與明圓都從臥房移到外面客廳打地鋪睡覺。妙妙眼快心靈，首先就注意到明圓為他們擺在床頭的那對枕頭套子，她發現一只繡著「新婚燕爾」四字，字下有一隻鴛鴦與一隻水鴨，另一只繡著「白頭偕老」四字，字下有一株古松與一朵靈芝，那繡線的光澤仍彩麗如新，只是那白色綢布已因年代久遠而變黃了。

看了這些，妙妙立刻把明德拉到一邊，輕輕對他耳語道：

「看樣子，這好像是從前高千慧送給他的那一雙繡枕套子。」

聽了妙妙的話，明德這才對他經手的送別禮物仔細端詳起來……

明圓拿了一張老照片進來臥房，未等他開口，明德就先問他說：

「明圓，想問你一句，床上的那對枕頭套可是往日高千慧送你的禮物？」

明圓聽了，立刻裂嘴笑道：

「是啊，這禮物一直藏在身邊，從來都沒拿出來，剛好你們來，市面也買不到像樣的枕頭套，而我看大哥大嫂你們倆感情和好老而彌篤，再適合枕頭上寫的字不過了，所以才特別拿出來給你們用。」

「你的禮物，自己不用，反而給我們用，這怎麼好？」明德說。

「我現在即使想用，也沒資格用了。」明圓黯然地說。

於是明德也只好隨緣不再說了，明圓看明德和妙妙都不再執意，這才把手中的那張照片遞給他們看，淡淡對他們說：

「這是唐伶的最後一張照片，是她過世前一年拍的，立在她旁邊的便是小乖。」

明德和妙妙各執照片的一端，合看那照片中的母女。唐伶坐在一張竹椅上，著一套深藍粗布毛裝，黑包子鞋，一臉皺紋，全頭白髮，看去像七八十歲的老嫗，與當年照片裡穿蟬翼紗拖地花旗袍，踩蝴蝶結酒杯跟白鞋，豔如上海電影明星的美人恍若天淵之別！小乖立在唐伶的一旁，雙手斜搭在唐伶的肩上，她穿一件紅格子花布短襖，梳兩條及腰的長辮子，十五六歲的笑靨，一臉聰明，逗人喜愛。

「唐伶究竟是患什麼病過世的？」把照片交還給明圓時，明德不經意地問。

「憂鬱病，在我下放的期間過世的。」明圓沉重地回答。

一整夜，明德與妙妙躺在床上爲唐伶的鉅變而感歎唏噓……

第二天明德醒來，明圓見了，第一句話就問他：

「大哥今天想到哪裡去玩？」

「長途坐飛機，疲勞還沒完全恢復過來，只想到僻靜有樹木的地方散散心。」

「那我們就到『頤和園』去吧，這園子在市郊，依山傍水，樹木茂盛，但遊人分散，所以十分僻靜。」

因爲周台生早上必須去打太極拳而下午又得去找老朋友閒聊，所以他從缺，只有明圓與姚倩陪明德與妙妙去，本來明圓還不敢勞母親大駕，但她堅持要陪兒子媳婦遊逛，明圓也只好順她的意了。

坐巴士約一個多鐘頭終於來到「頤和園」，明德才知道這曾經做爲元、明、清三代行宮的著名林園，雖經「英法聯軍」與「八國聯軍」兩度焚燬，可是事過境遷，秀麗依舊。那園子佔地廣闊，背依「萬壽山」，面臨「昆明湖」，在全園的布局上，既有山水的天然之勝，又有宮殿的園林之美，幽雅壯麗兼而有之。

妙妙環住姚倩的胳膊走在前頭，婆媳親熱依偎，一路由姚倩爲妙妙指點說明，繪聲繪影，極盡天倫之樂，明德與明圓則跟在後面，望著她們的背影，隨意談著興到的話頭。他們緣著小階爬過「排雲殿」、「佛香閣」、「智慧海」以及許許多多參差錯落的亭閣樓館，然後沿著「萬壽山」與「昆明湖」的交接處，走過那一條曲折而又整齊的玉石欄干，那山麓築有一條千尺共兩百七十三間的彩色繽紛富麗堂皇的「長廊」，把「萬壽山」的建築連成一氣，將山湖巧妙組爲一體。

從「萬壽山」瞭望「昆明湖」，南有「蓬萊仙島」，由一座「十七孔橋」與東岸相連，西有仿杭州「西湖蘇堤」的「長堤」，堤上有六座形式各異的拱橋，遠處湖面碧波無痕，與蒼翠的平原相接，彷彿是令人嚮往的仙境……

他們在遊山玩水之際，有一回周台生踩腳踏車到東北繞一圈的往事不期然在明德心中浮現，明德於是漫不經心地說：

「爸也眞有旅行的雅興，獨騎漫遊了關外那麼大片的地方。」

「雅興固然不錯，只是給我後來的『歷史罪行』多添了一條罪狀。」明圓淡淡地說。

「什麼『歷史罪行』？」明德不解地問。

「就是『文化大革命』鬧得天翻地覆的時候，紅衛兵拿來控告我犯的罪名，一共有四條：第一條，我籍貫上是台灣人，所以我犯了替日本天皇殺害中國人民之罪。第二條，我在抗戰勝利後當過國民政府的官員，所以犯了幫蔣介石迫害共產黨員之罪。第三條，我到美國留學回來，所以我犯了爲美國做間諜之罪。第四條，我派父親到東北收集資料，所以我犯了爲劉少奇反革命修正集團做間諜之罪。」

明圓一口氣說了，然後望著那一塵不染的湖水興起無限的慨歎，明德不敢插嘴，只斜過頭去望明圓那歷盡滄桑的側臉，等他又繼續說了下去：

「起初他們把我關在『北大』的教室裡，一共關了十個月，每天除了審問，就是命令我『坐噴射機』……」

聽到這裡，明德馬上打斷明圓的話，插嘴問道：

「什麼叫『坐噴射機』？」

明圓看看附近沒有其他遊人，就把上身向前傾側，將頭仰起，雙臂往背後直伸，雙掌向上，做出噴射機起飛時仰頭垂尾的形狀，說道：

「這種姿勢就叫『坐噴射機』，坐十分鐘二十分鐘，還受得住，但坐上一個鐘頭兩個鐘頭，大便都想拉出來。」

「後來怎麼樣呢？」明德開始迫不急待地問。

「後來才把我判刑，下放勞改。在十個月審問當中我十分擔心，一旦判刑反而放了一顆心。只怕保不住性命，至於下放勞改，其實是司空見慣了的。」

「他們把你下放到哪裡去？」

「到陝西去。」

「你在陝西到底做些什麼呢？」

「什麼都做，上自測量繪圖，下至養豬下田，樣樣都來，只有一樣我做不來，就是蓋房子的時候叫我到屋頂搬磚瓦，因爲我有懼高症，一到屋頂就全身發抖，所以監督的紅衛兵老罵我：『你怎麼這麼怕死？軟骨頭！』發抖儘管發抖，還是要你搬，才不放過你。」

「你一共勞改了幾年？」

「十年，去時唐伶還活著，回來已經死了。」明圓又深深歎息起來。

有好長的一段斜坡，兩個兄弟都不再說話，一直等到斜坡爬完，開始下坡時，明德才又開口問道：

「你當初從美國回來的時候，不是已經知道中國的情況了嗎？」

「你說的一點兒也不錯，我回來的途中還在馬尼拉停留了幾天，那裡的老同學都警告我，叫我不要回中國去，但我還是毅然決然回來了，一半是爲了履行與唐伶的婚約，一半是起於強烈的愛國心。」

聽了這些話，明德把聲音壓低，輕輕問道：

「現在你後悔嗎？明圓。」

沒料明圓卻笑了起來，大聲地回答：

「大哥，世上最該後悔的是後悔本身，坦白而言，我一點兒也不後悔，因爲這是當初自己選擇的路，儘管後來受了不少苦，但現在比以前好多了，人總要學習往前看，不必往後看，你說不是嗎？」

明德一時找不到話好回答，而明圓也把想說的話都說完了，所以剩餘的路上，兩人便沉默著，儘把目光望向那遙遠蒼茫湖水的盡頭……

明德和妙妙在家裡好好休息了三天，等他們的疲勞完全恢復過來，明圓才又帶他們去遊「萬里長城」，這回知道長城陡斜崎嶇難行，所以姚倩也就留在家裡，不陪他們去了。

他們自北京搭巴士北行來到「居庸關」，由「居庸關」登上「萬里長城」的城牆，那長城由東邊的「南口」，橫亙「居庸關」，逐漸爬昇，到達西邊的「八達嶺」，整座長城攀匐在波浪起伏的崇山峻嶺之巔，像條蜿蜒的銀龍，從天而降，莽莽蒼蒼，與白雲比高，與天涯比長，讓明德深深感動，歎爲觀止。

他們對著「八達嶺」的方向緩步而行，已爬了幾截陡坡，更登了幾段石階，這時妙妙已疲倦萬分，可是他們兄弟倆還想往上攀登，要登上前頭山巔的那座烽火台去望四野的風景，所以妙妙只好請他們自去，她只想坐在石階上喘氣休息，明德眼看妙妙確實累不成形，也只好諄諄向她關照一番，暫時跟她分開，與明圓繼續往前爬去……

兩個兄弟終於登到山巔的烽火台，在台上城堞的間隙迎著習習的山風傲視群峰，讓視覺盡情陶醉在天地的雄渾與和諧之中，有一刻之久，他們到達了忘我之境，等他們慢慢恢復知覺，話意也來了，於是明圓就打開話匣子，開口對明德說：

「眞羨慕大哥大嫂，我看你們的感情實在很好。」

「你跟唐伶當初的感情不也很好嗎？」

明圓臉色驟變，搖搖頭說：

「一點兒也不好！她嬌生慣養，脾氣又強，一結婚就合不來，以後不能生育，感情就更冷了，不但怒目相向，而且經常吵架。」

「從當初的照片，一點也看不出來。」明德沒話找話說。

明圓苦笑起來，啐道：

「若看得出來，我也不會回福州去跟她訂婚，更不必說以後美國回來跟她結婚了。所以我就常常怪母親，有一回跟唐伶吵架過後，我終於忍不住對母親說：『你說台灣女人不好，我看大嫂好好的，有什麼不好？是你跟婆婆不和，便以爲台灣女人都不好，婆婆不好，連媳婦也不好，看你給我娶的福州女人有什麼好？整天吵架，又不會生……』母親無言以對，只有暗暗地哭，我看她流了眼淚，才沒再說下去。」

「唐伶沒有生，不過你們終究領養了小乖……」明德吱唔地找些話來說。

「領養小乖是唐伶堅持的，因爲她嬌氣太重，呑不下不能生育這口氣，我倒以爲不能生就算了，何必去領養別人的孩子？我的原意是孩子若非親生骨肉，將來教育不但不易，而且閒話也多。」

「倒想問你一句，現在在中國，領養孩子是容易的事情嗎？」

「說起來實在不是容易的事情，不過小乖是例外，她是唐伶嫂嫂的女孩，兩歲把她抱來的時候，唐伶對她嫂嫂說：『你這女孩暫時由我撫養，五年之內你若不再生小孩，我就把她送還給你，否則就留在我家裡。』果然不久，她嫂嫂又生了一個男孩，所以小乖就在我們家留下了。這女孩十分聰明，就是有點任性，唐伶死後，有時也會跟我意見不合，向我耍脾氣，我就對她說：『當初撫養你主要是你媽的意思，如今她已過世，你若不想留在我家，願意回娘家，我聽你自由，你可以回去。』儘管我這麼說，終究她也沒回去。她要跟她的西班牙講師結婚之前，我剛好到日本去開會，我就把身上政府給我的零用錢全數湊起來，買了一只『精工牌』的小腕錶，拿回來送給她當禮物，也算是我能給她的全部嫁妝了，然後到機場送她跟西班牙女婿離去。現在我又落單，跟我沒結婚前完全一樣了。」

「明圓，你年紀還不大，地位也不低，難道不曾動過再娶的念頭嗎？」

「這茫茫世界，要找個合適的對象，談何容易？」

明德頓覺語塞，也就沒再接腔說下去，只見明圓瞇著眼睛遙望長城盡頭浮起的一朵白雲，沉默了好一會，悠然自言自語地說：

「她還在中學教書嗎？」

「誰？」明德一時抓不到頭緒地問。

明圓猛然轉過身來，把背靠在城牆，一雙目光烱烱地凝住明德，清晰地說：

「高千慧。」

「呃，我離開『成功中學』已經好多年了，不過我離開時，她還在學校裡教書。」

「她已經結婚了吧？」

「在我離開時還沒聽說她結婚。」

「但現在總該結婚了吧？」

「看她孤高的個性，我想倒未必。」

明圓深深歎息起來，把頭垂下，愀然地說：

「我感覺十分內疚。」隔了良久，才把頭抬起，說了下去：「大哥，你回去後，我是不是可以拜託你到『成功中學』，特別爲我向她問候，說不定還請你帶一點小禮物送給她，那時也太匆忙，只收了她的禮物，卻來不及還送她。」

明德聽罷，當即一口答應了。

往後的日子，明圓還帶明德與妙妙遊遍了北京近畿的名勝古蹟，諸如「故宮博物院」、「北海公園」、「天壇」、「先農壇」、「玉泉山」、「西山」……甚至「北京大學」、「清華大學」等幾所全國聞名學府，最後還帶他們排長龍去吃北京著名的北京烤鴨與涮羊肉。

幾乎每天晚上，總有左鄰附近的朋友來探望來自台灣四十年不見的周家大兒子與大媳婦，明德發覺這些來訪的朋友當中，不少是獨眼的、缺牙的、斷臂的、瘸腿的。明德心中狐疑，立刻便被眼利的明圓看出來，於是附在明德的耳朵，細聲說道：

「這些都是『文化大革命』時被人逼害的。」

有一位七十多歲的老太婆頗引起明德的注意，因爲她矮小佝僂，圓臉細眼，很像小時在台灣經常見到的日本老太婆，於是便把心中的意思告訴明圓，沒料明圓猛然把頭一點，回他說：

「正好被你猜中！她就是日本人，她先生年輕到日本留學時娶回來的。原來她先生和一個兒子都是醫生，在『文化大革命』時都被紅衛兵逼死了，『四人幫』倒台後，她曾回過日本一陣子，住不慣，又逃回來，現在跟她的小孫女一起住。」

聽完了明圓的敘述，明德趨前用日語對那老太婆說：

「奧樣，不知你已經在北京住多少年了？」

萬不料那老太婆聽了明德的問話，一時滿臉通紅，萬分尷尬地搖搖手，用中國話說：

「實在對不起，我日本話已經忘記，而中國話又說不好。」

明德與她的談話也就到此爲止，沒再繼續下去了。

本來明德只計劃在北京呆三十天，不覺歸期漸近，離別之情也油然而生。有一個晚上，周台生終於忍不住對明德說：

「明德，你跟父母四十年不見，爲了補償這久別，你就把一年算成一日，跟我們多呆十日，湊足四十天再走吧。」

明德無奈，只好依了，也就在北京多呆了十日，最後才跟周台生與姚倩依依惜別了。

明德回台灣的行程是坐火車到上海，然後由上海搭國內民航到香港，由香港再轉機到台北。爲了能多陪明德與妙妙幾天，又能沿途當他們的嚮導，明圓便隨他們夫婦坐「京滬線」的火車南下，由北京經天津、濟南、徐州到浦口，渡過長江來到南京。

在南京時，明圓帶他們去參觀「紫金山」上的「中山陵」，明德發現那陵園秀麗堂皇，完好無缺，明圓於是對他說：

「『文化大革命』時，『蘆溝橋』上的獅子都被砸碎了，『岳王墓』也被毀了，唯獨這『中山陵』沒受到一點損傷，據說是周恩來特別派軍隊來保護的。」

來上海之前，明圓又帶他們繞道，先到杭州遊了「西湖」，又到蘇州遊了「寒山寺」，最後才到上海。

在上海機場的候機室，兩個兄弟又談了許多話，然後有一段長久的時間，兩人默默無語，明德幽然憶起抗戰勝利後明圓初到台灣當工礦副主任時的那副驕矜高傲目空一切的得意相，與此刻謙謙君子手足情深的模樣，前後判若兩人，不覺脫口而出：

「明圓，我覺得你變了，變得跟從前完全不一樣了。」

「我變了嗎？變好還是變壞？」明圓側頭瞇眼問道。

「當然是變好，變壞還用說？」

明圓苦笑起來，自我解嘲地說：

「年輕時聽人說：『人心彎彎曲曲水，世事重重疊疊山。』當初不甚了解，現在才知道是怎麼一回事。其實我沒變好，說得更正確一點，只是經過這許多年磨圓罷了。」

這時，旅客已開始排隊，擴音機在呼喚旅客上飛機了。明圓陪兄嫂隨隊徐徐走了一段，只有依依之情，再也找不到一句話好說，已快到登機口了，明圓突然想到什麼，便把明德拉到一旁，怕他嫂嫂聽見，低聲對他說：

「你還記得在長城上託你回台灣爲我辦的事情嗎？」

「我沒忘記，一回到台灣，我立刻就去『成功中學』……」

「大哥……」明圓打斷了明德的話，囁嚅想說些什麼，卻又說不出來。

「怎麼樣？明圓。」

明圓躊躇了半晌，才終於破口而出：

「我想……你不用去向她問候了。」

「爲什麼？」明德大感驚訝地問。

「唉……反正已經過去，徒然加添雙方的痛苦而已。」

妙妙已走到登機口，在叫喚明德了，剎那之間，兩兄弟情不自禁地擁抱在一起，互拍肩膀，然後毅然分開，揮手而別。

餘音

東蘭、明德與雅信於探望了在溫哥華「撒馬利亞人療養院」養病的金姑娘後，他們四人果然如約，於第二年中秋節來「淡水長老教會」的尤牧師家裡集合，東蘭帶了陳芸來，明德帶了妙妙來，而金姑娘則是由雅信一路由溫哥華推輪椅上飛機，風塵僕僕越過太平洋而來的。

這天下午，一到淡水，金姑娘就領大家回「純德女中」參觀，重溫教了五十年學生的舊夢，看完了教室與校園，自然而然又來到馬偕博士的墓園，時間對永眠的亡靈似乎沒有留下任何痕跡，園裡除了樹木長得比從前茂密，所有墓碑都依然如故，就像雅信剛進「淡水女學」第一次來看時一樣，只不過在舊墓碑的外頭又立了幾塊新墓碑，雅信一塊又一塊巡視過去，猛然在一塊新墓碑前大叫起來：

「啊！關馬西埋在即丫！伊東時過身，我攏不知！」

大家都圍攏來看，只見那塊沙石磨光的墓碑上刻了關馬西的生日與死期，墓碑的頭頂刻了「與神同在」四個大字，墓碑的兩旁刻了兩行白話字，道是：

倆天頂的父

主耶穌基督

彷彿關馬西往日引導眾人祈禱一般，不免叫大家感慨唏噓起來……

「我——後日若死，也愛埋在即丫，佮伊——大家做陣。」

金姑娘兀自發起願來，大家垂頭，默默無語。

這個晚上，尤牧師和尤牧師娘準備了一頓豐盛的晚餐爲大家洗塵，然後搬了椅子到教堂的後院，叫大家一邊吃月餅，一邊共賞天上的明月……

第二天，陳芸與妙妙留下來跟尤牧師夫婦做伴，東蘭、明德、雅信與金姑娘四個人共租了一部計程車，打算繞台灣北岸一圈，沿途欣賞美麗的海景。

計程汽車於早上九點由淡水出發，繞過台灣最北端的「富貴角」，然後在「石門」休息午餐。那計程車司機年輕力壯，一路都由他單獨爲金姑娘上下推輪椅，一點都不用勞其他三人的駕，一個上午大家都玩得十分愉快。

下午，他們繞過「野柳岬」，經過基隆而不停，一直沿海岸蜿蜒小路，開到「澳底」的海灘，這時已近傍晚，雅信才賞錢遣回計程汽車，領大家進了一家瀕海的旅館，打算就在這裡過夜。

四個人在旅館一間套房的客廳暫時坐下來休息，從那客廳的落地窗前外望便是太平洋，四五株蒼勁的古松，像墨潑的大字，貼在海天的藍色中，海與天分隔只有一條線，線上面淡淡點了幾朵白雲。窗的右方是一個海灣，灣裡的水是安靜的，與世無爭，水上飛著幾隻愛和平的白鷗。浪一波波湧向迤邐的海岸，打在黑色的礁石上，激起千堆雪，可是湧進海灣的，卻怕驚動灣裡的安寧，都收斂了威勢，愈推愈小，最後悄然匿跡，化做一面鏡子……

爲了要欣賞黃昏的海景，他們草草吃過晚飯，就離開旅館，走下沙灘。有一段坎坷的亂石路，金姑娘不能坐在輪椅上，必得由明德推空車，由東蘭與雅信攙扶她走，終於扶到平坦的沙灘，才把金姑娘安置在輪椅上，雅信就埋怨起來：

「金姑娘，你實在尙躼❶，連欲扶你都沒方便。」

❶尙躼：台語，音(siü-lo)，意(個子太高)。

沒想金姑娘也點點頭，自嘲地回答說：

「我——也有安倪想，免講即馬破病，人扶沒方便，早前人好的時陣，連坐巴士都沒方便，未曾爬巴士就先磕著門，入去巴士內面頭殼就去抵著巴士頂。」

大家聽了，不覺都笑了起來，連金姑娘最後也跟著一起笑了……

他們沿著海水浸濕的沙灘漫步前行，有一群海鷗在海中浮起的一塊礁石上打盹，一點也不把石下的怒濤當成一回事，有三四隻野鴨隨浪載浮載沉，逍遙自在，只有當大浪滔起白沫席捲而來，牠們才不慌不忙把頭一栽，鑽到海底去，等大浪過了，才又悠閒地浮出水面，拍拍翅膀，甩掉身上的海水，繼續戲水弄潮去，他們四人注視了好一會，都會心微笑起來……

他們來到一堆亂礁之前，有一隻巨大的海鷗悠哉悠哉沿著海岸低空飛翔，那礁石的凹處突然沖起一股漫天的浪花，嚇了那海鷗一跳，趕緊高揚起來，等那些珍珠落地，才又低空向前飛行，他們見了，又開心地笑了……

海風一陣又一陣往岸上吹，送來了潮濕的水霧，使雅信的眼鏡模糊起來，最後不得不脫下來用手絹擦拭，金姑娘在旁注視，忽然捧腹大笑起來……

「金姑娘，你列笑什麼？」雅信戴好了眼鏡，開口問道。

「我——看著你——的目鏡，突然想起有一個叫做杜姑娘的代誌，眞好笑，已經五、六十年丫，即馬也猶會記得，若昨方咧。」

「你也講來給大家聽看覓。」雅信懇求道。

於是金姑娘就說了起來：

「彼陣仔杜姑娘才由加拿大來淡水沒外久，伊——也親像你——近視，戴一對眞深的目鏡，有一日行過淡水街仔的一欉榕樹腳，彼樹仔頂有人飼一隻猴猻仔，用鍊仔鍊在樹仔，忽然間，杜姑娘的目鏡遂去給彼隻猴猻仔提去，彼猴猻仔做伊爬去樹仔尾頂，任杜姑娘較安怎加伊——叫都不落來，急到杜姑娘直直欲哭出來，到尾仔才有人出來對伊——講：『彼猴猻仔上愛吃芎蕉，你去買一條芎蕉來佮伊換，伊不才會還你的目鏡。』結果杜姑娘才去果子擔仔買一條芎蕉來給彼猴猻仔，果然彼猴猻仔提著芎蕉才將目鏡擲還杜姑娘。杜姑娘轉來『淡水女學』講給大家聽，笑到大家彼日攏膾吃飯。」

聽了金姑娘說的故事，大家也一樣笑得前俯後仰，合不攏嘴……

「金姑娘，」笑了一會，雅信終於說：「我想這是你來台灣感覺上好笑的代誌，我即馬想欲問你一句，你來台灣感覺上快樂的代誌是什麼？」

金姑娘低頭想了一會，說道：

「有一回，我——佮『淡水女學』的學生到阿里山旅行，透早去看日出，彼陣仔山腳是一片雲海，山若海上的小島咧，忽然間，日由海中浮起來，誠美，誠清爽，給我——的印象眞深，這是我——來台灣感覺上快樂的代誌。」

大家都點頭同意金姑娘的感覺，於是金姑娘便一個個問大家說：

「換我——問你——咧，雅信，你——一生感覺上快樂的代誌是什麼？」

「是在『淡水女學』彼段時間，每日除了讀書，無憂無愁，佮朋友迢迌、講古、猜謎……誠快樂。」雅信不加思索地回答。

「阿你——咧？東蘭。」

「我感覺上快樂的是家己一個人關在書房內面看書，將世界的代誌攏膾記得了了。」

「阿你——咧？明德。」

「我一生攏沒快樂過，所以想繪出來有什麼快樂的代誌，我所求的是清靜而而，若有法度清靜，一日過一日，我就誠滿足。」

夕陽一落到海背後的「獅球嶺」，天立刻暗了下來，海也褪成鉛色，礁石失去立體形象，化做一團黑影，這時天上的月亮才逐漸明亮起來，遠遠可以望見在沙灘上屹立的紀念碑，他們便朝那紀念碑的方向走去……

他們邊走邊談，突然金姑娘心血來潮，轉頭對走在輪椅旁的雅信說：

「雅信，抵才你——提起『淡水女學』的生活，你——感覺眞快樂，我——也感覺眞心色，但是我——當初管您——尙過嚴，特別是定定罰您——去隔壁『淡水中學』的教室頭前舉牌仔遊行，即馬想起來，實在尙過殘忍，我——誠反悔。」

「講起來，彼陣仔阮也眞沒規矩，大家攏眞沒禮貌，特別是叫你『虎姑婆』，實在眞沒應該。」雅信也回憶地說。

「敢會？」金姑娘自嘲地說：「彼陣仔您——叫我『虎姑婆』，我——確實眞受氣，但是即馬我——提鏡照家己，頭毛白白白，面仔皺皮皮，目睭倒塌，嘴沒嘴齒，愈看愈像『虎姑婆』，才發覺您——當初叫我『虎姑婆』，一點仔都沒不著。」

金姑娘娓娓道來，不慍不怒，引得其他三人哄笑了起來……

笑了一陣後，雅信轉話題說：

「金姑娘，你患著巴金生病，你知影最近的醫學發現一種新的治療法，即種病醫會好，你敢知？」

「我——欲哪會知咧？」

「就是將個腹肚內的腎上腺細胞移放在腦內面，彼病人就自然會慢慢好起來。」

「唉呀，都吃到即倪老直欲死丫，復試彼新的治療法欲創什麼？」

「但是金姑娘，人活在世間，總是需要一個希望，否活欲創啥❷？」

「呃？」金姑娘瞪著雅信佯裝惱怒地說：「我——早前來台灣是專門列加學生傳教，沒想即回轉來台灣顛倒列給學生加我——傳教。」

說得大家又哈哈大笑，不可終止……

他們來到紀念碑前，藉著月光可以清晰讀出光面石上的碑文，雅信讀了一會，兀自說了起來：

「五十外年前，我欲去日本讀書的時陣，即仔我有來過一遍。彼陣仔彼紀念碑是用炮彈栽的，即馬是用大理石起的。彼陣仔彼碑文刻的是日本征台的豐功彪勳，即馬刻的是中國抗日的英雄偉績。早前用的是『明治』的皇號，現在用的是『中華』的國號。紀念碑的地點攏像款，但是形式佮內容完全沒像款。」

大家頗有同感，便相對唏噓了一番，又沉默下來。

女士們大概覺得話說夠了，便不再說，於是男士們才開始交談起來，首先由明德問東蘭道：

「你即回去哥倫比亞大學進修一年，大部分是研究什麼？」

「主要是研究美國新英格蘭的文學，像愛默生、霍桑佮索羅的書讀𣍐少。」

❷否活欲創啥：台語，意（不然活著幹嘛）。

「有什麼心得？」

「心得眞多。」

「敢不是會使講一割來分大家聽？」

「也不知欲由嘟講起？」東蘭說，想了一會，終於莞爾笑了一下，說下去：「應暗倆四個人在這海邊做陣同遊，給我想起霍桑一篇相當出名的短篇小說，叫做『海德格博士的實驗（Dr. Heidegger's Experiment）』，彼小說內面眞抵好有四個主角，也有查甫也有查某，所以我才會突然間聯想起來。」

「你也較緊講來給阮聽。」雅信催促道，學生時愛聽人「講古」的童心又復萌了起來。

東蘭沉吟了半晌，才徐徐說了下面的故事：

「海德格博士有一日邀請四個老朋友，來伊的實驗室看伊做一項非常稀奇的實驗。這四個人中間有三個是查甫，一個是查某。彼三個查甫，有一個過去是生理人，一個過去是軍人，一個過去是議員，阿彼查某過去是一位絕世美人。怹三個查甫過去攏愛過即個查某，但是現在四個人的頭毛攏白，已經眞老丫，三個查甫攏死某，彼查某也守寡，怹大家不但行路著愛拄枴仔，而且規身軀全是病，已經離墓仔埔眞近丫。

海德格博士由書架仔頂頭抽一本黑皮的舊書出來，掀開彼舊書，忽然間在兩頁書的中間出現一蕊玫瑰，彼玫瑰已經變做土色，復乾復脯❸，稍摸一下就會碎糊糊。

『即蕊玫瑰已經五十年丫！』海德格博士先喘一個大氣才對伊的四位老朋友講：『是結婚前

❸復乾復脯：台語，音(koh-ta-koh-po)，意(又乾又癟)。

一日，我的未婚妻送我欲上教堂結婚時戴的，沒疑伊彼一暗遂突然間破病來死去，我自安倪將即蕊玫瑰夾在即本舊書內面，應暗才頭一遍加伊掀開來看。我現在想欲問您，您想即蕊玫瑰敢有可能恢復五十年前的新鮮佮美麗？』

『沒可能！』彼老寡婦一聲就回答：『你不膾輸在問阮老查某的皺面皮是不是有可能恢復查某囝仔時代的幼綿綿？』

『您大家看！』

海德格博士講了，將彼蕊玫瑰擲落實驗桌頂的一塊燒杯內面，彼玫瑰在燒杯的水頂開始沒什麼變化，但是吸收彼水了後，慢慢展開，變紅，發出芳味，沒一霎仔久，完全恢復五十年前的新鮮佮美麗，宛然像初開的玫瑰彼一款！

『這實在是眞稀奇的魔術。』彼三個老查甫朋友不相信偲所看的，所以才講：『阿你到底是安怎變的？』

『您曾聽見「青春之泉」否？彼泉是在佛羅里達半島南旁的一個山礦濆出來的，有一個由佛羅里達半島轉來的朋友帶一矸來給我，彼燒杯內面的水就是！』

『哇！阿這「青春之泉」人飲落去不知會變安怎嚄？』彼老軍人問。

『您家己會使做實驗飲看覓，這便是爲什麼應暗請您來的原因。』

海德格博士若講若將彼『青春之泉』倒在四塊香檳酒杯內面，彼酒杯底當列冒泡仔的時陣，海德格博士便向偲四個人行一個禮，講：

『大家請！我眞歡喜有您四個人來參加即個實驗。』

偲四個人拄枴仔來到實驗桌仔前，先你看我我看你一下仔，同時伸手提杯起來，慢慢仔開嘴飲落去，然後大家轉去坐在原來的椅仔頂，等候「青春之泉」發生作用。誠實沒外久，偲的目睭攏金起來，面色攏紅起來，忽然間感覺百病攏除，精力增加，上奇怪是偲發覺四個人的頭毛慢慢由白變花，由花變黑，「青春之泉」確實在伊的身軀頂發生奇妙的作用，四個人同時將枴仔擲掉，行來實驗桌仔邊，向海德格博士要求：

『復給阮飲較多「青春之泉」！阮已經感覺較少年丫，但是猶是尙老，拜託咧，復給阮較多咧！』

『隨您方便。』

海德格博士復加偲倒四杯『青春之泉』，伊沒復再相等，一聲就將杯仔搶去，一嘴就飲落腹肚內，沒幾分鐘後，彼三個查甫恢復二十外歲時的緣投佮勇壯，阿彼查某也復變做十八歲時的絕世美人，偲開始唱歌跳舞，又蹌又跳，談情說愛，若起猶彼一款。

因爲有三個查甫，才一個查某，三個人攏想欲將彼美女獨佔，加伊攬列跳舞，沒愛別個查甫親近伊，所以三個人就互相爭風吃醋，起先開嘴相嚷，續落去遂動手相打起來，不但拳打腳踢，舉椅仔相摼❹，到上煞尾連彼實驗桌仔也掀掀倒，將桌頂的燒杯掃落土腳，杯摔破去，春得的「青春之泉」潑落土腳，海德格博士趕緊將土腳彼蕊玫瑰撿起來，行去坐在遠遠的一塊交椅，看伊手中的玫瑰慢慢退色，龜縮，最後復變乾變脯，恢復未浸『青春之泉』以前的仝款模樣。

這同時，彼實驗室也漸漸安靜落來，因爲彼四個人也慢慢失去精力，已經沒力通相打，偲目睭開始起濁，面仔失色，頭毛又復白起來，偲在土腳四界爬，在找偲抵才擲掉的枴仔……

❹摼：台語，音(khien)，意(丟，擲)。

『阮復變老ㄚ是否？即倪緊❺？』彼老寡婦問海德格博士，開始哭。

『是啊，就親像我手中即蕊玫瑰像款。』海德格博士靜靜回答：『我即馬才知影，原來「青春之泉」的作用是一時而而，若想欲保持永久的青春，需要隨時飲「青春之泉」，早起飲，中晝飲，暗時也飲，一日二十四小時，一年三百六十五日攏著飲，但是您看！您已經將我彼春得的「青春之泉」掃潑落地，一滴都沒ㄚ。』

彼四個人聽了，開始有一點仔悲傷，但是沒外久，伊就認眞參商起來。彼一暗四個人就合租一台馬車，快馬加鞭，連夜趕落佛羅里達去ㄚ。」

東蘭把故事說完，休息片刻，然後依序問大家說：

「金姑娘，若誠實有即款『青春之泉』，你敢有想欲落去佛羅里達找？」

「我——才嬡咧，即世人已經活去有夠久ㄚ，才沒想欲復由頭仔重來。」

「阿你咧？雅信。」

「我佮金姑娘仝款，苦已經吃眞夠額ㄚ，沒想欲復再重吃一遍。」

「明德咧？」

「免講我會走到彼倪遠的佛羅里達去找，就準講你捧一杯『青春之泉』來我面前，我也𣍐想欲去嘗一下。」

東蘭頻頻點頭，微笑起來，說道：

「我跟明德頗有同感。」

❺即倪緊：台語，音(chia-ni-kin)，意(這麼快)。

這時，月亮已隨著夕陽落到「獅球嶺」去了，風止了，浪也平了，白鷗都麕集在亂礁之下依偎酣眠，野鴨也拐到岸上不見蹤影，萬籟俱靜，一點聲音也沒有，只有天上的星星，熠熠閃爍著……

「即倪安靜，即倪和平，給我想起德國大詩人歌德一首叫做『遊子夜吟(Wanderes Nachtlied)』的詩來。」

東蘭說罷，兀自用德文吟哦起來：

Über allen Gipfeln
Ist Ruh',
In allen Wipfeln
Spürest du
Kaum einen Hauch;
Die Vögelein schweigen in Walde,
Warte nur, balde
Ruhest du auch.

「沒文才就是沒文才，雖然過去在『女子醫科』的時陣有讀過德文，但是東蘭抵才讀的德文詩，一句都聽沒。」雅信埋怨地說。

東蘭笑了笑，又說了起來：

「有一位新英格蘭時代的美國詩人朗菲羅(Longfellow)，伊眞愛即首詩，所以有將即首詩翻譯做英文。」

說罷，東蘭用英文又吟哦起來：

Over all the hill tops
Is quiet now,
In all the tree tops
Hearest thou
Hardly a breath;
The birds are asleep in the trees,
Wait, soon like these
Thou too shalt rest.

「猶是聽沒，你哪不用漢文翻譯給人聽看覓？」雅信向東蘭抗議道。

「我漢文沒好，而且這詩眞歹翻譯，不過當初看著即首詩的時陣，我心內有一點仔感慨，家己用漢文寫了一首『四絕』。」東蘭回答道。

「否你也吟即首『四絕』來給阮聽看覓。」雅信懇求道。

東蘭又笑了笑，於是又再次吟了起來：

千山空寂，萬鳥歸絕。
禪燈孤影，幾時安歇。

吟罷，四個人似乎都有所感，卻是沉默，不發一聲……

終於海霧降了下來，紀念碑的砌石欄干都沾了厚厚一層露水，夜已經很深，金姑娘驀然叫了起來：

「啊！俑——緊轉來去旅館歇睏，看這露水即倪厚，明仔再絕對是大好天，大家較早起來這海邊看日出！」

全文完

一九八〇、三、十六——一九八九、十、二十二

《浪淘沙》的背後

鄭瓊瓊

很多人叫東方白寫創作《浪淘沙》的辛酸經過，他已經寫得太倦了，一直沒能動筆，只好由我來寫，因為除了他自己，可能我是最了解他的了，於是我寫了這篇文章。

1 初識東方白

一九六三年的暑假，他和他的妹妹到我工作的地方來看我，他站得遠遠地，他妹妹是我妹妹的同學，她靠近來對我說：「我跟我哥哥來重慶南路書店買書，順道來看妳。」我只跟他禮貌地點點頭，覺得他有一雙厲害的眼神，回家告訴我母親，我大概不能跟這個人相處，母親卻說厲害才是一個人成功的要訣，母親不斷地向我遊說。九月他去當兵，透過他妹妹帶來一封信，於是我們開始通信。剛開始總覺得他的信太驕傲，老是談他在文學上的看法，與我過去多少個朋友的信眞有天淵之別，於是忍無可忍，寫了一封信罵他太驕傲。這次他的回信倒很謙虛，才知道他的驕傲是有緣由的，他說：「我看到謙虛的人會比他更謙虛，看到驕傲的人會比他更驕傲。」相信他意識到我對他有成見，所以才比我更驕傲吧！他語調的變化，眞叫我驚奇。

他退伍的前一個星期，我父親因車禍住進台大醫院，我每天下班就到醫院接替母親看護父親，到十點才回家，他退伍後也來看我父親，我們從台大醫院走回大龍峒，一路上都是他在講故事，而每天都有不同的故事，他眞有講故事的才能。兩個月後我父親出院，在家養病，這時東方白沒有上班，他到處找不到工作，要出國又沒錢，加上母親多方面的阻擾，他心情非常沉悶，而我每天上班之後，又得去夜校上課，看他那樣沮喪，只好叫他來跟我吃晚飯，等我下課後再來跟我從金華街走回大龍峒。他找不到職業的原因是他太坦白，每次去面談，人家覺得他的英文能力不錯，就問他留考沒有，他總說已經通過，半年後就要出國，誰要請他半年？所以我叫他以後不要說留考通過，他不但不肯，反而說他一生不說假話，還是要說到底。他就是不眞不說的人，出國前整整一年，他一直都失業。

2 留學加拿大

一九六五年九月他出國到加拿大留學，來信除了思家之外，最叫他痛苦的是他與人相處一房，他笑聲之大，叫別人無法睡眠，連房東都怕，在我去之前，已搬了五次家，加上不眞不說的個性，也叫朋友受不了。一九六八年我到了莎城(Saskatoon)，多少個朋友對我私議，但我承認這就是他。

一九六九年夏天我們的大兒子出生，兩個月後我父親去世，我哭得很傷心，連最後一面也見不到，他安慰我，等他博士論文改完，趕快去找一份事來做，第二年我們就可回台看家人了。但五個月後，看他指導教授還沒改他論文，而天天忙於開會或改外校送來的論文，他天天去看，天天沒改，終於有一天氣得回來告訴我：「我的指導教授是大牌有名的，找事沒問題，但天天忙，把論文一放就半年！」他嘆一口長氣，當晚一夜睡不著，第二天還去學校，回來還是沒睡，第三天又去學校……我第一次看到有一個人，三個禮拜不睡覺，還能每天上學校，眞是奇蹟。到了第三個禮拜，我叫他去看醫生拿了藥回來吃，一星期才恢復正常。我問他何不跟指導教授談他的心事，再忙也總要找機會說呀！他答說好，但還是不敢說，有一天指導教授開心找他談話，他又拿到一批很大的研究金，才把他的論文給誤了，叫他放心，從今以後就可在他手下做研究員。他非常高興，回來告訴我：「可能明年我們可以回台灣了！」

一九七一年我們坐了黃偉成辦的第一次留學生回國包機回台，在舊金山國際機場集合時，剛好白先勇也要坐同班包機，他告訴我：「那是白先勇，我去跟他打招呼！」我看著我們的大兒子，望他遠遠去跟白先勇打招呼，這是我第一次看到白先勇。與家人團聚是非常快樂的，尤其東方白的父母見到孫子更是高興，他和父母、姐姐去旅行，而我跟我母親及弟妹也相聚，唯獨我兒子五個星期裡，四個星期在生病中度過，爲他發高燒急死了眾人。在回程的機場上，東方白姨媽大哭道：「下次回來，我再見不到你們了！」這種心情，加上旅途的疲勞，使回來後的東方白整整一個月精神消沉，無法睡眠。

3 巧遇《露意湖》男主角

一九七四年二月東方白找到亞伯大省政府的工作，於是全家搬來愛城（Edmonton），在人地生疏的地方，他開始又覺得心情不愉快，工作又不像他的指導教授手下那麼自由自在，只是這份工作與研究相較是鐵飯碗，我說：「與人相處總是有磨擦，能忍就忍。」

愛城公園很多，到了夏天，他經常去公園散步，同鄉會也開始活動起來，這時東方白開始感到心情愉快，他大談闊論，聲音之大，根本不用麥克風。他的朋友愈來愈多，大家都喜歡找他聊天，第二年他就當了同鄉會會長，《露意湖》的男主角就在這時出現的，他看東方白能說能寫，就請他爲他寫小說，好在林鎮山教授在旁鼓勵，東方白才答應下來，開始與男主角開車訪遍了他跟女主角從前共遊的地方。回來後，不久就動筆，這期間《露意湖》男主角經常來我家談述他的心境，與女主角相處時，她母親如何如何？我在場聽了沒什麼，但經東方白寫成小說就是那麼動人，也難怪小說完成後兩年，女主角看完《露意湖》又回來跟男主角結婚。在《露意湖》快結束時，東方白又病倒了，因爲最後寫的是男主角最悲哀的段落，他也就比他更悲哀而無法睡眠，幾天後又開始緊張說頭不行，工作有問題，越緊張脊椎骨越痛，不但不能睡，也無法坐，最後只好請假躺在床上，對上天嘆息。想勉力完成，心有餘而力不足，經醫生給他兩個星期的鎮靜劑，他才勉強完成最後的《露意湖》。完成後一再告訴別人，太痛苦了，從此不再寫了，但我在旁冷笑他，我不相信這個創作狂，過一陣子，心血來潮，可能越寫越厚也說不定。《露意湖》經隱地先生的介紹，在中華日報登了七個月，拿了稿費帶孩子去迪斯奈樂園玩，回來又開始籌劃寫東西，到處跟人辯論文化、社會與政治，很多朋友認爲他思想有問題，甚至於痛罵他，這一來更加添了他的沉省的機會，他們不斷地罵，東方白就不斷地寫，有些好心朋友叫我阻止他不要亂講話，我只有回答他們：「他是作家呀！並不是政治家，如果硬阻止他，恐怕連我也要被他寫進小說裡去了。」這朋友好像似懂非懂，我也無法解釋太清楚。一九七九年我們第二次回台時，他已寫了兩大本厚厚的沉省錄，登在台灣時報，後來被隱地先生精選印成了《盤古的腳印》，成了他最暢銷的一本書。

4 濫觴《浪淘沙》

大約在一九七九年的春天，有一位陳姓朋友來電話，叫東方白去他家聊天，有位從溫哥華來的教授談起在溫哥華有一個八十二歲的台灣女醫生，她一生歷盡滄桑，希望有人能替她寫故事。東方白聽了很受吸引，於是這位教授回溫哥華告訴那女醫生，她表示歡迎東方白去訪問她，之後東方白覺得需要看她東京的學校，及台灣幾個發生故事的地方，於是一九七九年十二月我們決定途經日本回台。回台第二天上午我跟東方白去見隱地先生，一見面隱地先生就說：「東方白，你的寫作前途非常光明！」我們參觀了爾雅出版社的書店，下午去看鍾肇政先生，然後計劃帶孩子環遊台灣一週，帶著英文台灣地圖，每到一站就叫孩子劃圈記地名，以讓孩子知道什麼是台灣，從台北而新竹而台中，在東海花園見了楊逵與洪醒夫，他們正在喝酒話家常，我替他們三人拍了一張照片，這張竟成了歷史照。我們繼續南下，由鹿港而台南而高雄而屏東而台東而花蓮，再回台北。這次環島旅行，給孩子無限回憶，給東方白的《浪淘沙》無限靈感。回台北之後他不斷見文友，請吃飯，我也找我的朋友，最後臨走回加前一天，他弟弟結婚。我們兩個孩子賺了不少紅包，第二天準備上機場，孩子還說他們是不是可以多留一天，多拿幾個紅包？這次我們回台旅行算是最爲愉快，東方白回來一點都沒倦意，休息一天就上班了。

經過幾個月的構思，《浪淘沙》終於要動筆了。我聽東方白跟林鎮山教授討論小說的情節，不再是一位女醫生的故事，而是三個家族的故事，女醫生只是其中的一個家族而已，心想這樣一來，東方白一定會大病的，也不能阻止他叫他不寫，只好好言勸他要小心，不要病倒，他對我說一天只寫一兩小時，他也知道自己要小心。想到他小說的三個家族，我心裡就怕，也不能講，不如去找份工作來做，以免替他過份擔心而不好過日子。於是我找到了一份工作，我每天上班，而他每天上班後晚上寫作。

一年平靜過去了，兩個孩子回台去跟祖父母過暑假，而我們則去西雅圖他同學家度假。他同學向朋友介紹他說：「這位是我大學同學，他是工程師，但專業是寫作。」我心想這位同學眞是他最知心的朋友了。這同學還希望他能幫他解決工程問題，要付他錢，可是他一概拒絕，他要專心寫這部大河小說，無心去做別的工作，更不想多賺錢，可見《浪淘沙》本身不但不賺錢，連意外收入也給謝絕了。

5 全心全意只為《浪淘沙》

旅行回來，東方白繼續努力，他生活很有規律，每天下班回來，吃完晚飯，開始看一小時報紙與雜誌，之後躺在床上聽一小時古典音樂，然後才洗澡，這時大約晚上九點鐘，他便往他地下室書房去寫《浪淘沙》，他電話一概拒絕聽，除非不得已，全心全意在寫小說。我有時打開書房，看他攤一地台灣地圖與世界地圖，躺在書房的沙發上發呆，問他幹嘛不寫？「瓊瓊，有時寫不出來很痛苦呀！」我答：「這既不是父親逼你寫，又不是母親要你寫，自甘情願，又有什麼怨言？」我也不理他，把書房門關好，上樓做我自己的事，明天我又得上班，我必須準備中午的三明治。

東方白不分寒暑，每遇週末或例假，都到我們家附近叫「白溪」的原始林去散步。他常常散步回來對我說：「好在有白溪的樹林讓我散步，不然我這顆頭就不知道要怎麼辦了？散步使我的頭腦恢復疲勞，而同時又可構思我小說的情節，就像托爾斯泰一樣，他也每天到樹林去散步，樹林對我實在太重要了！」他邊吃我煮給他的蝦湯麵邊說，我沒回應，只是靜靜地聽，我在想這種感覺大概只有作家才有吧！

6 遍遊歐洲作家之家

有一天東方白下班回來告訴我，他的一位同事從歐洲旅行回來跟他說：「你對歷史文學這麼感興趣，應該去歐洲走一趟。」然後他對我說：「瓊瓊，妳已工作兩年，把那些錢拿到歐洲去玩吧。」最先我不答應，後來他一再說明這對他寫小說會有幫助，而且從加拿大去錢會省一點，我只好答應了。我們先在倫敦住三天，第一天就去看「迭更斯之家」，看他寫作的書房，以及外面的庭院，東方白最欣賞他的書桌，桌上刻印了很多字，他的手稿擺在玻璃櫃裡。東方白一直不停地看，好像作家看作家的作品，有無限吸引力似的，已經要關門，他還不停地看，看門的人只好對他說：「很對不起，明天再買門票來看吧。」這一天就過去了。第二天一早我們得買車票去莎士比亞的故居，坐大約兩小時的車才到那兒。那屋裡沒燈，只靠窗光，裡面只有幾本老書和幾張舊椅，看起來就知道莎士比亞比迭更斯更古老，吃完午飯我們又坐車返回倫敦的旅館。第三天到倫敦市中心去，看議會大廈、威士敏大寺，寺裡面全是名人石棺，東方白就一一點名，走出教堂他告訴我：「能躺在那兒眞是了不起！」但我心想他覺得了不起，我卻看得好怕。再走過一條街，又有另一座教堂，那是聖保羅教堂，一年前英國王子在此舉行婚禮，裡面還是很多石棺，我沒進去，只在外面看看。然後我們沿著都市街道走，看到新奇的東西想進去買，東方白就對我說：「我們不是來這兒買東西的。」於是拖著我就走。回到旅館，我躺在床上嘆息，我好像是隨他來跟班洗衣的人。

第四天一早我們就準備加入了旅行團，坐上英國航空公司的飛機飛往希臘，快到雅典已是晚上十點，駕駛員在廣播，下面便是希臘最有名的神殿，東方白立即探頭向窗外看，飛機下面燈光燦爛，他看得就像進入神宮似的。遊完希臘我們就來到義大利，歷史地理對他來說如數家珍，來到羅馬的聖彼得教堂廣場，前面有什麼，後面有什麼，他比導遊說得還快。在聖西絲汀教堂裡看了米開蘭基羅畫在穹頂的「創世紀」，他久久不肯離去，對他來說，三十年前念的歷史，今天全部呈現在眼前，又高興又興奮，以至夜裡無法入眠，便坐起來看電視，但我已疲倦不堪，倒頭便睡了。第二天趕車往翡冷翠去，那教堂裡有加俐略和羅西尼的石棺，但我只在外面，而他又是一一點名。其後又到威尼斯，這一切無一不叫他驚奇而難於入眠。從義大利開始他就因睡眠不足而喉嚨發痛，還好我帶了藥，才能繼續我們的行程。經奧地利到德國法蘭克福的旅館，我先進房間整理，而他則在門前看廣告，不意發現歌德年輕時就住在這城裡，立刻跑來對我說：「今晚不要吃晚飯了，快坐計程車到『歌德之家』去！」趕到時人家已五點關門，只好叫司機爲我們在「歌德之家」前面拍照，再帶我們去中餐館吃一頓眞正中國飯。這種瘋狂似地一路想訪盡偉大作家之家，我想是我們這次旅行最大的特色，連那位司機都禁不住要微笑。在萊茵河的船上，他跟船伴大唱「羅蕾萊」之歌，整船的人都說他歌聲既好又響亮，晚上又興奮得睡不著覺。以後又跟旅行團到荷蘭、比利時，最後到法國，除吃一頓兼看脫衣舞的法國餐，以後全部自由活動，他想盡量到處去看，只因我腳痛不能走遠而作罷。我們法語雖不通，倒是看了羅浮宮不少名畫。巴黎聖母寺每個觀光客只進去走一下，可是東方白以探討歷史的眼光，每塊玻璃與石頭，樣樣都看得仔仔細細，一直在嘆息一天半的巴黎實在不夠，很多值得看的都沒來得及看，只好等著退休後才回來完成宿願了。旅行團回到英國，我們還有一天半時間，看了一整天大英博物館裡的名作家手稿，以及裡面圓形圖書館，他告訴我：「這就是馬克思花了二十六年寫《資本論》的地方！」本來想進去參觀，可是館方只限每人站在門前向裡面望十分鐘，對東方白來說，他恨不得把所有圖書館的書都瀏覽一番，不時想往前邁一步，但看門的說他的時間已經到了，我們只好依依不捨地離開，剩下的半天，東方白還拉我再到「迭更斯之家」長坐一個下午，一直到晚上我們才搭飛機返回加拿大。

7 他又想回台灣了

歐洲回來之後，東方白不時鬧喉嚨痛，而加拿大秋涼更使他的病加重，接著是重複的感冒，令他的氣管不舒服。到了這年冬天，他終於去看氣管專科醫生，醫生告訴他以後不能在冬天出外散步，這話一時讓他無法接受，從這天起，東方白一夜也無法入眠，每晚都像白天，而白天到辦公室也無法辦公。有一天我問他爲什麼不能入眠？他說：「我就像失去一位情人。」我說：「但醫生只說你冬天不能到樹林去散步。」他說：「這就是我不能睡的原因呀！今天我非去不可，你陪我去好嗎？只在結冰的溪上走走。」我點點頭，只好陪他去了。我們走在凍硬的溪上，正如他在〈白溪與我〉那篇散文上描寫的，樹林裡空氣十分新鮮，溪兩岸風景極端幽美，也難怪不能出來散步會令他那麼痛心。我陪他到白溪散步，他該是滿足了，可是回來後他氣管炎加劇，一直說加拿大太可怕了，想回台灣，要我也陪他回去。我有工作，怎麼可以跟他即刻離開？一個月過去依然如此，聽他跟家庭醫生說：「我心情很壞，好像親人過世。」我不得已向我的工作單位請了一個月留職停薪的假，帶他回台，見了他父親，才知道他父親的身體已經相當不好，渴望見他一面。我們在台灣與他父親相處了一個月，這同時東方白也在台北看了心理醫生，吃了藥，漸漸好轉，等我們離開台灣回到舊金山，在友人家睡了一晚，第二天醒來，東方白告訴我說：「今天我好像完全恢復了。」他心情又開始愉快，也可以大聲笑了，老天呀！他的變化怎麼這麼明顯，我對他的病眞不了解。回到加拿大的第十二天，他的家人突然自台灣打來長途電話：他父親已安詳過世。兩星期後，我們又趕回台灣參加他父親的葬禮，等葬禮完畢，他跟朋友到淡水去做文學演講，我則在家裡陪他母親。可能這就是所謂作家的第六感吧，預感父親即將去世，不但趕回來看他最後一面，而且還跟他廝守了一個月！

8 寫《浪淘沙》是時代的使命

從台灣回來之後，東方白又繼續寫《浪淘沙》，每天還是寫兩小時，開始還十分注意健康，到了聖誕節，加拿大這時候假期最多，大概是想次日不用上班，多寫幾個小時才睡也沒關係，東方白常常到了深夜三點才上床，我被他吵醒，我問他：「爲什麼要寫得這麼認眞？寫到這麼晚才睡？」他回答我：「瓊瓊呀！這是時代的使命，年輕一點的幾乎日據經驗不足，年老一點的大都中文能力不夠，只有我們剛好夾在兩個時代的中間，你不認眞寫，誰寫？」我沒精神去跟他論使命，大概是老祖宗找到了他，要他負起這使命吧，只要不生病他總忘了自己。

一九八四年夏天、東方白第一次到芝加哥去開「台灣文學研究會」，他很高興，回來對我說大家因已刊出的《浪淘沙》對他十分鼓勵，他邀請會上的鍾肇政先生來愛城玩。過了一個月鍾先生果然來了，我和東方白一起帶他去露意湖玩，一路上他們不停地談文學與音樂，東方白也介紹風景，我只當司機而無心去聽他們在說什麼。到了露意湖，鍾先生已知道我開車技術不錯，就問東方白：「你開車嗎？」東方白回答：「我開，只是現在眼睛不好了，不常開。」其實能推盡量推，他腦子裡都堆滿他的小說，哪裡還有心開車？在洛磯山中住一晚，第二天我們就回愛城了，回來已經很晚，過了一夜，隔天鍾先生就離此回台了。鍾先生走後，東方白又照常爲他的《浪淘沙》繼續努力，這時我家房子正在翻修前面，對東方白來說，一切由太太負責，似乎與他全然無關，工人私下在閒談，好像這家只有女主人，他們哪裡知道男主人心中只有《浪淘沙》。

過了年他開始對我說上次到文學研究會很有趣，今年的文學研究會是不是全家去參加？順便到美東旅行。我們的錢才修完房子，還剩下多少錢可以全家走呢？我來加拿大快二十年，美東從來沒去過，他又不斷地遊說，只好把我幾年來儲蓄的加拿大公債拿出來賣，才實現了全家美東旅行的計劃。除租車到處走外，在文學研究會上東方白用全套台語講《浪淘沙》裡的幾個前輩的眞人實事，與會的人無一不靜聽而感動，會後大家聚在一起閒聊，問起東方白爲何能用全套台語演講？尤其在我們這種年齡，我回答他們，東方白在念建中時，在校當然說國語，在家一定要說全套台語，因爲他父親是在永樂市場裡擺攤子的鐘錶修理匠，沒念什麼書，母親也只有念日本時代的公學校，幾個姐妹也是念國小，即使他的外省弟媳婦嫁進門也要用全套台語跟他父母交談，因此他的台語是他們的「家學淵源」，沒有什麼稀奇。散會之前，他還邀請所有的會員來加拿大看露意湖，會後我們也到朋友親戚及華府名勝之地玩，很愉快地回來。

9 許多留傳後世的文章都沒得諾貝爾獎

有一天，東方白的一位忠實又富有的讀者，叫陳宏正先生，寄了一套諾貝爾文學獎全集的中譯本來給他，他非常高興，只要一有空，就拿出來翻閱，我對他開玩笑說：「你的《浪淘沙》已寫了一百萬字了，還要繼續寫下去，是不是想拿諾貝爾獎？」他則對我說：「許多留傳後世的文章都沒得諾貝爾獎，如《戰爭與和平》、《尤力西思》、《飄》，這些書當年都參加候選，都沒被選上，但現在卻還有人在看，而當年被選上得獎的許多書，你還能說出來嗎？我不是想得獎，我只是希望《浪淘沙》以後還有人看而已。」他這話讓我有種感覺，評審員與讀者的觀感是有所差別的。

從一九八六年起，由於朋友對《浪淘沙》的期許與鼓勵，使東方白延長每日寫作時間，由本來的晚上十一點延到深夜一點，這樣過了半年，他漸漸承受不住了，但一時既有的步調又沒能緩慢下來，因爲用腦過度，終於在一九八七年的三月，有一天他突然不知道今天是禮拜幾？怎麼坐車回家？整個頭已無法運作了，他開始心慌，如果無法上班，整個家庭怎麼辦？孩子快上大學，他們的學費怎麼辦？加上我自己也因關節痛，不能上班，這麼多「怎麼辦？」跟隨而來，他幾天不能睡眠，然後感冒、脊椎痛、氣管炎……接二連三都來了。這時候齊邦媛教授從舊金山打電話來問東方白，她能來露意湖玩嗎？東方白心裡更加著慌，因爲他每年在聖誕卡上都邀請她來，難得她能來時，他卻因病而不能陪她上露意湖，我安慰他說就由我陪她去，還是請她來吧。我和我的大兒子就輪流駕車帶齊教授上露意湖去，去時風雨交加，我們一路上都在談東方白，起先齊教授不了解為何東方白不陪她遊露意湖，後來才知他病了，怕山上的冷風，所以才由我帶她。她還問東方白是不是客家人？聽說在台灣寫長篇小說的都是客家人，我說：「不是，他純粹是出生在台北的河洛人。」齊教授又問：「他喜歡文學，怎麼還會搞工程？」我說：「他對數學很感興趣，尤其在水文數學方面更是不錯，在整個辦公室裡所有數學問題都由他解決。」齊教授就說：「他眞是奇才！」我說：「對呀！他白天做數學，晚上做文學，一部機器長年不眠不休，總會有故障的一天吧！」這時快近露意湖，天已開始放晴，露意湖之美慢慢展現了。我們在山中住了一晚，又往回路走，這時山頂已不蓋雲，露出美麗的雪冠，恍如仙境，齊教授拍了不少照片。回到愛城，東方白已在家等我們，他告訴我，他因為怕冷風，到商場裡散步，差點昏倒在商場的走道上。第二天齊教授離愛城到紐約去了，他又忍住病埋頭去寫他的《浪淘沙》，而我則因關節痛而辭職在家。

10 苦寫十年終告完成

到了十一月，有一天他老闆勉強要他做一件他不願意做的事，當天回來就對我說：「我又開始有憂鬱之感，整個人生已無樂趣可言。」他工作不下去，他又想回台灣了。三天後，他跟辦公室的人請了四個星期假，我們就回到台灣，一些文友一個個來看他，都覺得他人已大變，那過去朗朗的笑聲已不掛在他嘴上。我們再也找不到一九八三年的那位心理醫生，他已出國了。四個星期除了與母親姐妹相聚，他什麼地方也沒心情去，假期完了，我們只好又回到加拿大來。回到了加拿大，他每星期都去看心理醫生，每星期都增加藥量，他對我說：「我頭昏得沒法工作，快被老闆辭職了。」無論他如何說，我總是傾耳恭聽，有時他忍受不了呆坐辦公室的痛苦，打電話叫我去接他回家，我就立刻開車去接他。天呀！還好現在我辭職在家沒上班，可以全天候地照顧他，否則這種日子他不知要如何過？有時他半夜起來，告訴我日子過得眞是可怕，問他爲什麼？他總是搖搖頭不說什麼，有一天我下樓到他的書房想看他的《浪淘沙》到底寫到哪兒？一看原來在寫南京大屠殺，每個中國人都被殺得血淋淋的，難怪他覺得人生如此可怕。有一回他告訴我：「川端康成得諾貝爾獎，四年之後，跟我一樣，得這種病而自殺。」我說：「他沒吃藥，但你在吃藥，終究會好的。」儘管他這麼意氣消沉，但他每天還是提著手提包去上班。這樣過了一年半，到一九八九年三月十九日那天，兩個兒子請他到餐館吃他的生日晚餐，當晚回來就告訴我他已有恢復之感，於是又到書房重新去寫他停筆已久的《浪淘沙》。到六月，在電視上見到中國大陸六四天安門屠殺，別人也許只是心情不好，而東方白則心情沉重到要增吃一個月的藥，正如心理醫生對我說的：「這是他的病，也是他的天才，只有吃藥，沒有其他辦法。」

感謝上天！《浪淘沙》終於在一九八九年十月二十二日脫稿，儘管努力十年的《浪淘沙》已經全部完成，東方白產後的餘痛仍在繼續中，叫他封筆是不可能的事，但少寫總是少病，不寫則更好。

東方白台語文學的心路

陳明雄

> 用台語寫出一篇好作品，比寫一百篇論文來鼓吹台語更有效力。
>
> ——王育德

那天我們夫婦到東方白的「綠屋」作例行性的拜訪，臨走時，他拿了說是他太太鄭瓊瓊第一篇也是最後一篇的文章手稿「《浪淘沙》的背後」給我們回家看，還說將來出書後要我寫一篇有關《浪淘沙》的台語台文的文章。我一時受寵若驚，未敢一口答應，由於他是我在愛城唯一最親密的「戰友」，在所有他的創作中，我都額外享受了一般讀者所不能得知的許許多多有關創作過程中的祕辛，於是我最後才拿起這枝禿筆，也試寫這篇有關東方白台語台文部分的《浪淘沙》。

1 「浪」——台灣字的無知與意見

起先東方白也跟大多數台灣人一樣，從來未曾對台語台字用過心，由於對中文的習慣性，難免對一些第一次看到的台字有所排斥。記得他一九八〇年剛開始創作《浪淘沙》時，我一再聽他埋怨說：「噢！眞夭壽！俑祖先眞含慢，攏沒加俑台灣字留落來，才給俑即倪肝苦，攏無字通用。」看了一些未成熟的台文中，都以中文的同音字加上口字旁來充數起相當反感，說那眞是狗屁不通。接著不久，他說台灣字有些實在很美麗、很文雅，例如「心色」——心中著了色彩表示「有趣」，「生分」——因生疏而分離表示「陌生」，這都是中文所無法倫比的。又如「迫迌」——日、月在太空中遊來遊去表示「遊玩」，多麼逍遙！多麼詩意！

八十年代的前期，我開辦了一間台語學校，以羅馬字拼音來傳授台語給我們的第二代。那時我已熱衷於拼音方式的完美，因它完全符合了「我手寫我口」的原則，眞想有一天能取代殘缺不全的台語文字，也就不曾對台語的漢字動過腦筋，正因爲東方白的熱心，我也隨之開始留意起台字來。

有一次讀了他第一部〈浪〉的原稿，在註腳的地方他創造了他自己一套台文寫法（《台灣文藝》連載部分刊登過），叫我看了，覺得又可愛又有意思。一九八二年我返台收集台語資料以便編寫台語的教科書，路經東京在一家書店買到了一本日本天理大學研究所用日文寫的《現代閩南語辭典》回來，那是日本人採用在台灣長老教會通用的羅馬字，依ABC順序編排並附有漢字，整理得有條有理，凡遇有漢字缺失的地方都一一加以□□或打問號。我借給東方白看了，他讚嘆不已，要我幫他向日本書店買一本。誰知書到手一個月後，他已把那字典從第一頁到最後一頁，每個字都徹底研究過了，更在每頁的空白添上無數紅筆的批註。

2 「淘」——台灣字的創造與創作

北美洲第一本英文的台語初級教科書由楊雅雯女士與我編寫，經東方白取名爲《LAI OH TAI GU（來學台語）》，這書終於在加拿大政府的補助下出版，我送了一本給東方白，沒想到他也加以研究了。有一回他來電話說，羅馬字在拼音上是好用的，但有些地方如〝ian〞應改為〝ien〞較合理，再說台語台字的將來還是少不了用漢字，漢字本來就是台灣文化的生命根，即使有些台語找不到適當的漢字，到時該創字就要創字，千萬不要把中文的同音字另加口字旁來濫竽充數，那樣既拙笨又難看。就這樣他為了台語用字開始絞盡腦汁找字、創字，有的只花幾天，有的可能幾星期，有的甚至幾個月或幾年。他以科學的方法、文學的藝術加上哲學的邏輯，一一加以推敲，終於陸陸續續有了斬獲。從代名詞的「我」、「你」、「伊」延伸到複數的「⿱我心」、「您」及「⿱伊心」是多麼合理。「即個(這個)」，「彼個(那個)」；「即丫(這兒)」，「彼丫(那兒)」和「即倪(這麼)」，「彼倪(那麼)」是多麼順口。還有用連音的「古子意(ko chui)」來表示小孩子的「可愛」，用「思奶(sai nai)」來形容孩子對母親的「撒嬌」，「鼠母鼠子(chhi bu chhi chhu)來描述人在細聲「評論是非」等是多麼逼眞。在創字方面的「⿺辶取(chhoa)」表示「帶領」以及「跙(toe)」表示「跟隨」更是他的精心傑作。

有一回我接到鄭穗影先生寄給我的一本限定本台語著作，我認為內容相當精彩合理，於是也順便提供東方白參考，他提出一些批評，我相當尊重他，只求他看了好好保管它不要丟了。以後經過一段時間，他終於因用腦過度，兩度病倒，台文台字不用說，連《浪淘沙》都跟我說寫不完了。本來計劃四、五年就可以脫稿，因為在台語文字上多花了三年，所以第八年了，離完成之日遙遙無期。那時剛好「台灣文學研究會」來愛城舉行，他勉強支撐起來，在會中發表了「《浪淘沙》中創造的幾個台灣字」，之後，他眞的癱瘓了，《文學界》雜誌也因《浪淘沙》的絕稿而告停刊了。我感到無限惋惜，看他的心病如此嚴重，似乎除了等待「死亡的來臨」外，已沒有什麼了，交待後事可能就是當時他的日課。我實在不忍心去催他再繼續寫，只求他看開一點，好好養病，春天就快來了。

記得有一天正當春天剛來臨，他來電話說他已開始寫了一星期了，一切安好。我正爲這突來的消息也爲台灣人慶幸不已，可是一星期後他又病倒了。一直到一年後林衡哲先生說要將他那未完稿的《浪淘沙》出版，他才吩咐我到時候要我幫他做校對工作，尤其台語的部分只有靠我，他自己連校對的氣力都沒有了。

3 「沙」——永恆的台語文學

一九八九年春天剛過的時候，他來電話說他病已開始恢復，又要重新執筆寫那未完稿的《浪淘沙》，預計半年要寫完它，果然在十月二十二日那天晚上十點多，來電話說他終於寫完了《浪淘沙》的最後一個字，我即刻回答他說：「東方白！辛苦了!!」我的眼淚已快要掉下來了。

不久他就將最後的一百八十頁原稿給我看，還說他決定把苦思了差不多十年表示「稱讚」的「謳樂(ㄛ一ㄌㄛ)」定形寫進《浪淘沙》裡。以後，校樣厚厚重重一批一批源源而來，一校時，他只要看我曾修改過的部分而已，二校時，他非把台語台文部分從頭細校一遍不可，諸如「要」與「欲」，虛字的「阿」與感嘆的「啊」，再則表示過去式的「丫」，更非前後一致不可。

我想在台灣作家中，東方白是第一位貫徹實踐了已故台灣語文專家王育德博士說的一句名言：「用台語寫出一篇好作品，比寫一百篇論文來鼓吹台語更有效力」。東方白也常說台語的台字不能只靠語言專家的考古，還要文學家的創作，然後由廣大的台灣群眾去取捨定論，如此他原先的「悉」，也因多數台灣人已用慣了「阮」而揚棄，又改回來用「阮」了。我非常同意東方白的看法，我希望讀者看了他的《浪淘沙》中的台語文學後，繼續以同樣的熱忱再去把可愛的台灣字發揚出來，使台灣字能有盡善盡美的一天。

人本主義的吶喊

——試論東方白的《浪淘沙》

林鎮山

愛倫·拉斯高曾經說：「重要的文學作品都不套成規(defy formula)」，所以要從既有的敘述模式中爲《浪淘沙》這一部具有史詩性的大河鉅著追尋、定位，是一項跟創作它一樣艱苦的使命。我自己才疏學淺，自然力有未逮。只因十年來親身見證這一部作品的孕育成長，在《浪淘沙》即將付梓出版之際，爲這段歷史公案和作品主題提出一種自己的讀法，毋寧是合宜的吧?!

綜論《浪淘沙》如能一言以貫之，我私自以爲貫穿整部作品的創作和主題的是：人本主義的吶喊。從作者的創作信念，到人物的塑造，甚至主題的發揮，莫無豐富的人本主義的軌跡可尋，卻又企圖昇華、光大。

1 承繼「人本主義」的精神

牛津聖凱撒林學院的愛倫·伯拉克在他的西方人本主義的傳統(一九八五)一書中曾經提及：「人本主義並不是一套哲學思想，也不是信條，只不過是一場爭論紛紜的論辯，至今猶未稍息」。既然如此，他還是爲人本主義下了定義。他認爲人本主義以人爲中心，自人類的經驗出發，堅持以人的尊嚴爲重要的信念，並強調教育與個人的自由。伯拉克指出人本主義者重視理解其他民族的思想與感情，不管這個民族是希臘人、中國人，或西班牙人，更不論古今。最特殊的是：人本主義者擁有積極的人生觀，努力克服命運，與邪惡對抗而不屈從。

美國愛荷華大學的菲德烈．麥杜握教授在普林斯頓詩學百科全書（一九六三）中指出：文藝復興時代的人本主義原來爲人類的福祉而奉獻，反對超自然主義，肯定人類的尊嚴與價值，確認人類可以透過理智的運用和科學的方法，達到自我的發揮，並呼籲在基督教的架構下達成人類的願望。美國的「新人本主義」與文藝復興時代的「人本主義」並無明顯的直接關係。基本上它是從一九一五年發軔到一九三三年爲止，可是它跟古典的人本主義同樣強調：人類的尊嚴、道德的勇氣、理智的運用，和意志的發揮。雖然新人本主義者極度依賴基督教的道德傳統，但是反對教條和形式神學。

從這些人本主義的精神面貌來看，東方白本人和作品《浪淘沙》一方面繼承了這些基本的精神價值，可是作者也努力爲「人本主義」增加豐富的內涵。

2 「緣」起：只為了文學

一九七三年秋天我抵達加拿大的雅柏達大學攻讀冷冰冰的實驗語言學博士課程。初抵校園不久，幾陣秋風兼秋雨，一夜之間就把滿山、滿城、滿校園染成颯紅慘黃。每天從儀器、電腦滿室的系裡回到埋在地下室的公寓，總是不見原鄉的星斗月光，就在我這個鄉愁糾結的時節，東方白結束了博士後研究從莎省大學來到雅省環境廳擔任觀察水文的工程師。當時我姐夫在莎省做博士後研究，偶爾提起唸過英國文學，現在正在雅省大學攻讀人文學科的我，東方白及夫人（瓊瓊）就在一個週末的下午來造訪滿室只有一桌四椅的我們；這是我們第一次見面。初次相識，東方白劈頭就談文學，而且談個沒完沒了，一直等到瓊瓊喊：「林文德！該走啦！吃飯時間到了！」他還意猶未盡，而他們兩位公子才三、四歲不到，還不能席地久坐，早已躲入我們空無一物的衣櫥捉迷藏。有生以來，這是我們第一次結交兄長輩的朋友，而且是他們折節相交——一切只爲了文學。

3 「燭淚」的故事

當時我們是一窮二白的留學生，僅靠菲薄的獎學金度日，連電話費對我們都是多餘的負擔，所以東方白一家必須冒昧無約來訪。可是一到我們陋室，談起契訶夫、芥川龍之介，他總是一躍而起、長袖生風、舞之蹈之。而且只要談興一濃，即使是在開車前往公園的路上，他那輛後窗洞開的漫九里(Mercury)也會在高速公路的雙線道上跳起探戈來。我自己雖因語言、文學而生，可是冷冰冰的實驗語言學訓練，絕不足以說服自己擁抱東方白那副爲文學而犧牲的胸懷；所以坐東方白開的車，又坐在前座上跟他談文學，就覺得好像在惡夢中眼睜睜地看著他把車子開向懸崖那般恐怖、緊張。在那千鈞一髮的剎那，瓊瓊往往會失聲大叫：「林文德！你要把車子開到那裡去?!」聞聲之後，東方白就會馬上會意地長笑一聲，把車子開回慢車線上來。

一九七五年一月，我因爲撰寫「音韻學專題討論」的報告過勞，患支氣管炎入院。出院那天，北國的深冬雪花紛飛、落地成冰。我全身覆蓋著厚厚的毛毯(還是東方白備置的)躺在他的漫九里後座，癱瘓無力。東方白開著車子照樣談笑風生，一股暖流迴蕩在寬敞的古典漫九里車內。

車子進入雅省大學校園，忽地戛然而止。他推門下車檢視，回來笑說輪胎因爲天冷——洩氣抗議。只聽他從後艙取出工具和輪胎，一陣鋏然旋轉敲打，不一會兒又侍候好了漫九里，上路後依舊談的是契訶夫，彷彿沒事一般。

《浪淘沙》開筆的時候，我已經論文完稿，畢業留校教書，過著典型的北美學究生涯，家中還增添了兩個寶貝，因此，以文會友的時間頓時減少許多。爲了寫作、研究的需要，東方白逐漸擴增他的藏書，文學作品當然最多，其他不但上至天文，下至地理，而且旁及音樂、歷史、宗教、繪畫……不一而足。他能直接閱讀英文、日文、法文，還兼德文、俄文。我自己偶然因爲缺乏資料，臨時扣門，多半不會敗興而歸。不管是週末的下午，或是週日的晚上，我登門借書，總是見到他在地下室的書房裡，埋首寫作。書籍、雜誌、地圖攤滿一地，中文、英文、日文、法文都有。地下室淒冷，陰氣襲人，他多半加披睡袍取暖，沙發上又橫置著毛毯——都因獻身文學，長年如此。書房中一燈的暈然，使我不禁聯想起煖煖的燭淚，悄然慢慢地滴下。

一九八七年的三月，一個還很冰冷的夜晚，我正在準備第二天專題討論課的教材，都十點半了，突然電話鈴響，那頭傳來東方白頹然低沉的聲音，說他頭痛欲裂，不能再寫下去了，《浪淘沙》只好絕筆……。一時之間，悲懺湧起，我似乎見到先前看過的燭淚，現在滴盡了，癱淤於桌角，餘溫一息。那個週末他邀我過去小坐，告訴我《浪淘沙》原稿放在家中的什麼地方。我默默點頭記在心底，心裡不免猜想，他大概不希望像曹雪芹的《紅樓夢》那樣，原稿最後流失吧?!

以後幾次會面，總是由瓊瓊開車，載著東方白到我家來小坐，偶爾我們四人一起出外，也是由瓊瓊開車，反而東方白與我默然留在後座。這在通常總由先生充當司機的我們愛城慣例來看，非常突兀。東方白的不再開車，就有如江湖豪俠，被廢了功夫——又是爲了文學。那時刻，我自然想起十多年前，文學談興一起，東方白就會把車子開往懸崖的往事，當時，我雖然常常被嚇壞了，總比現在看著出奇沉默的他，好上許多。

一九八九年三月，已經進入雅省大學的之偉和士偉——東方白的兩個公子，爲他點燃生日蛋糕上的「新燭」，從嶄新的燭光中閃出新機和新的希望。於是東方白重續意志的發揮、理智的運用，以他那種人本主義的精神，繼續創作，當年十月二十二日《浪淘沙》終於完稿。我身爲語言、文學的工作者，當然很高興做爲這部作品的一個見證人，爲這段艱辛的歷史見證。

4 豐富人本主義的內涵

美國當代批評家蘇珊．蘭瑟曾經在她的敘述學：小說中的敘事觀點（一九八一）中提出：小說中的主要人物往往影射作品中的主題含意，傳達作者的基本信息（ideology）。這一個論點，我想，的確可以從《浪淘沙》中的三個主角：丘雅信、江東蘭和周明德身上得到印證。

如果說：文藝復興時代的人本主義和美國的人本主義都涵蓋了基督教的道德精神架構，偏重於西方的傳統，那麼《浪淘沙》中的三個主角因爲時代所趨，也難免受到西方浪潮的衝擊。畢竟雅信是受過洗的基督教徒，受過教會辦的中學教育，又再嫁給一位加拿大籍的傳教士吉卜生牧師。可是，正如新人本主義者，她並沒有受到教條的約束，從來不談形式的神學，也不像隨時隨地都要祈禱的關馬西，她只是默默地爲人類謀幸福，正如二次大戰前主持東京世界主日學大會的老牧師所說，不問他是誰，只把援手默默地伸過去，這就是愛。

江東蘭和周明德兩位同是教英文的教授，自然對西方傳統都有極爲深刻的體會和認識。可是，他們或因漢學淵源，或因深思好學，或因特殊經歷，都在西潮的浪濤洶湧中深受洗禮，不過，最後超拔而出。

透過明德的內在觀點，我們讀者最後理解：《浪淘沙》在論斷風情世事的時候，已經超越了人爲的界線，例如種族、國籍。所以，明德才說：「世上只有善人與惡人之別，豈有國籍種族之分，孟子說人性本善，善人固然可愛，惡人也不外是患了喪心病狂……需要的是醫療……需要的是教育。」這兒所顯示的人本主義的重視教育、儒者的人性本善，和基督教的悲憫胸懷——當然說明了明德的慧根見性，不過他與東蘭在小說結束時，最後的禪悟，則又是融和東西文化於一爐的昇華。因此對明德而言，上帝只有一位，各個宗教的創教主不過是異時異地的同父手足。換句話說，得自道德經的啓示，明德認定信仰應該是：「百流歸海，萬教統一」。簡言之，世界人類的福祉可以是有賴於一種認識，就是東蘭所說：「同中求異，戰爭之始；異中求同，和平之祖。」正是驗證了伯拉克（一九八五）所指出的：人本主義者重視理解其他民族的思想與感情，不計種族、無論古今。

總之，雅信、明德、與東蘭肯定了人本主義那種以基督教道德爲架構的西方傳統，而明德與東蘭卻又超乎「定於一尊」的俗世制限，於是東方的磅礴正氣也充溢於天地之間，證之於此，誰還能說台灣的文學常有島國習氣？

5 為人類的福祉而奉獻

雅信在東京聖瑪格麗特女學念大學預科，女學的校長德姑娘帶她們去參觀東京的貧民窟，讓這些長年生活於日本花園宿舍的女學生，見識一下社會中不幸的另一個黑暗面。而雅信她們工讀之餘，德姑娘也給她們精神的鼓勵：請她們去看雨果的《悲慘世界》改編的電影。在雅信的人格成長期中，因此養成了悲天憫人、行醫濟世的慈愛天性。此後，無論她浪跡海角天涯，總爲人類的福祉而奉獻。不論是台灣人、大陸人、上海人、日本人、加拿大人、南洋人，無一不是她虔誠奉獻的對象。當年主持東京世界主日學大會的老牧師也說過：政客在伸出援手的時候，總是先問你是誰？仁愛的雅信卻是不問性別、年齡、種族、地域，只是默默地伸過手去。

當日本軍閥的罪愆波及被殖民的台灣人的時候，雅信羈旅於溫哥華，手持毫無抉擇的日本護照而動彈不得，不管是同樣身爲教徒的加拿大人，或同樣身爲漢族的中國駐溫哥華領事，都不願想清楚：雅信是怎樣的一個人？只是因爲她是一個被日本殖民的台灣人，一個爲全人類奉獻而不顧念對方的國籍、種族的台灣人，而拒絕給予協助。透過這個實例，東方白也許要指出：雅信所面對的戰爭前後，絕對是沒有人性尊嚴和價值顚倒的世界，不管她是不是一個道德上的世界公民，她的出身就是個原罪。台灣文學先行者所記述的亞細亞的孤兒，那一種孤憤因爲雅信的謙和，壓縮在字裡行間。可是，雅信後來輾轉抵達紐約，受到中國駐紐約總領事的全力協助，終於回到了原鄉。東方白還是前後一致地強調了：人類並不全然都有偏見（包括政客在內），這個世界並非全黑或者全白。

人間的眞善美長久以來存在於人類的詩歌居多，理想國的追尋也都刻劃在各國的文學。東蘭研究英國文學，也受浪漫餘韻薰陶，並且旁及中、日經典之作。透過東蘭這個纖弱、敏感的恂恂君子，以他爲意識中心，運用全知的觀點來闡釋日本軍閥何等暴虐地殘害人類的生機，踐踏人類的尊嚴，效果是令人震驚的，對比是非常強烈的。的確，東蘭在南洋第一次親眼目睹日軍殘殺無辜的百姓，甚至以戕害爲謔，非但他立時忍受不了而嘔吐，甚且開始懷疑：日本詩歌中的淒婉有情，竟然還會誕生如此凶暴的日本兵，豈非不可思議？

其實，我們所處的世界並不完美，可也不全然皆惡，於是東方白再透過好奇、理性的東蘭，觀察、記述一個在軍國主義與禪心愛物之間游移掙扎的日本軍官長谷川大佐，用以指出道德上的黑白，當然跨越國籍、種族，再度印證人類只有善惡之分，並無種族之別。正如艾文·白壁德在他的『文學與美國大學』（一九〇八）一書中所說：人本主義者總是在同情與紀律之間冥想、徘徊，最後在兩極間，傾向於平衡的悲憫。所以，當東蘭和長谷川分別看到菩提樹下，溪中一隻螞蟻掉入漩渦中掙扎的時候，於心不忍，就拾起菩提樹葉，投入水中。對螞蟻尤且仁愛如此，何況人類？長谷川雖沒回答東蘭：到底他特赦了英、澳俘虜的連坐死罪沒有，東方白也不肯明白告訴我們讀者，可是，禪語所蘊含的玄機也就不言可喻了。長谷川應該不會不是前頭白壁德所謂的人本主義者。「生之尊嚴、死之悲愴」充分流露在東蘭的南洋經驗中。

從小說的結構上來說，明德所扮演的另一個角色和東蘭類似——是一個觀察者、戲劇化的敘述者。透過這個中心人物，我們才了解明德的同事遠山明代表著少數具有良心的反戰的日本人。遠山明是目睹日軍在南京大屠殺的朝日新聞記者之一。因著他的敘述，日軍在中國慘絕人寰的殘暴行爲，又留下一個見證，也由於遠山明的敘述，我們才驚悉他的日本小學老師，因著他不敢解剖青蛙而認定他長大後，自然就不敢去殺害支那人，而責罰仁愛的他。的確，人類之間的相互殘害和罔顧彼此的共同福祉，眞是莫此爲甚。反諷的是：後來遠山明愛上台北靜修女學的一位台灣女學生，卻遭女方家長拒死地反對。他不禁感嘆：「我愛台灣人，台灣人卻不愛我。」

明德和遠山明最後被徵調入日本空軍，在轟炸中國大陸的一項任務中，機毀被擒。明德因是被認爲台灣人即是漢人即是中國人，幸而不久被釋。遠山明卻一直被囚，終至自殺身亡。透過遠山明的遭遇，東方白恐怕暗示著：一個熱愛漢族文化，鍾情台灣的異族，而下場如此，人世的寃孽豈非遠跨國界、種族？難怪明德聽到遠山明的死訊，不禁對著包公的神像怒吼：「光明何在？公正何在？」誠然，我們掩卷嘆息，不禁也要質疑：人類的福祉何在？

6 人本主義的吶喊

一九四一年十二月七日早上八點，日本偷襲珍珠港。那天早上雅信在溫哥華的長老會教堂做禮拜，戰爭惡耗傳來，教堂中個個靜默無言，只聽到牧師慈善地禱告：「我們只循著自私與貪婪，從事無窮無盡的搏鬥與戰爭……主啊！賜給統治者智慧，以了解戰爭的無益與殘酷……願天下的人不再以自己的觀點去看世界，而用別人的觀點……願我們的地球有如天國，沒有地域與膚色的區別，大家相處有如兄弟姐妹，大家和平共處永無戰爭……」

用牧師的這個禱告做爲我讀《浪淘沙》的結語，我以爲是適合的。血淚斑斑的台灣近代史是一面鏡子，台灣文學一直給我們提供一個反思。我的一種讀法可能是偏執的，可是《浪淘沙》給我個人的「人本主義」的啓示，卻是永恆的。

（於加拿大雅省大學）

冰湖雪山和南國鄉夢

——賀《浪淘沙》七版問世

齊邦媛

第一次看到《浪淘沙》的原稿，好似一匹瀑布由東方白的書架上流瀉而下。那一大張一大張雪白無格的紙上寫滿了龍飛鳳舞，自成韻律的字。他將它們一疊一疊地捧下來，漸漸地飄瀉滿地。在那極北城市的小書齋中，東方白索性坐在這些稿紙中間，興奮地說：「你看看，這些年我這麼一張一張地寫著，這是我每天活著的最好見證！」

他幾乎不喘氣地告訴我故事的基礎和發展，取出一些照片指給我看那些確實存在的書中人物。那時書中的主要人物丘雅信已經快九十歲了，仍然健在，住在不遠的地方，他眞希望能帶我去看看她，聽她親口說她奇妙的一生……我也陪他坐在地上，片片斷斷地在瀑布中拾讀幾頁，問一些問題。書齋外面是龍捲風剛過境後怪異的寂靜，室內簡單的書架，小枱燈，和引發他寫〈鍾靈〉那篇散文的小石英鐘，地上坐著作者和讀者。在進入傑克倫敦《野性的呼喚》的荒寒極地之前最後一座城市裡。在加拿大的地圖上再往北走已不設省，只稱之爲冰域(ice Territory)了。那一天是一九八七年八月五日。

我專程北飛去看望東方白原是爲了他另外一本書——《露意湖》。此書於一九七八年爾雅出版社初版時已引起相當重視。那時文壇已不常見有份量的好小說了。《露意湖》寫兩個留學生的戀愛故事，分分合合寫得鉅細靡遺，但它可能仍只是又一本愛情小說而已。不同的是，它四百三十頁中至少有五十頁寫了台灣少有人見的洛璣山奇偉的湖山，隨著這對情侶的遊蹤，處處是令人驚喜讚羨的人間仙境，譬如：

「……這丘陵長著綠色密密的松林，輕柔而服貼，就像微微起縐的天鵝絨……

我們正驚羨於那一地天鵝絨的蔥翠與柔軟，洛璣山脈豁然在丘陵的盡頭出現了！那紫色的山巒連綿橫亙西半天，彷彿是滔天的巨浪。對著我們洶湧而來，山頂的那一系列白雪，就像浪頭上的白沫……」（《露意湖》209頁）

這樣的寫景文字合成一種氣勢，將作者相當平淡的敘事文字突然精緻起來，自人間的瑣事陡然拔高至山巔雲霄，慢慢再降回人間，產生了對立情景奇瑰的融合。未曾親臨這境界是無法寫出這樣文章的，更何況作者並不自囿於山景，他魂縈夢牽的是山外的世界，包括他生長的台灣故鄉，所以書首他引述在阿沙巴斯加冰河(Athabaska Glacier)展望台下用英文和法文刻著的豪壯的銘文：

「全世界中，從同一塊冰融解的水最後流到三個不同海洋的情況並不多見，眼前的哥倫比亞冰原卻是其中一例。水從這裡分別流向太平洋、大西洋與北極洋。你正站在北美洲的巔峰。」（《露意湖》227頁）

這種在台灣本土書寫中不常見到的宏觀景物，加上書中人物的本土性格與心態合成一種極端複雜的吸引力。東方白多年的知音林鎮山先生在書序〈在水之湄〉中從命運觀進而分析《露意湖》一書所承負的錯綜複雜的深層內涵，認為東方白作品中尋求的「也許是一己生命在宇宙中的地位，及其在無限的時空中的掙扎性質。」我讀後所思索的是小說雄偉的佈局和作者伸展的視野。

一九八〇年夏天，東方白回台省親，《露意湖》出版人隱地知道我對這本書評價頗高，邀我們小作餐敘，首次聽到他那高分貝的爽朗笑聲。我問了許多相關問題，尤其是湖山對他構思佈局的影響方向。以後每年至少通一次聖誕訊息，其間我們曾將他短篇小說〈黃金夢〉和〈奴才〉英譯刊載在中華民國筆會英文季刊上。他每信來必力邀我去洛磯山一遊。支持鼓勵他最有力，後來結集出了《台灣文學兩地書》的鍾肇政先生，一九八四年秋天在〈永恆的露意湖〉一文中詳盡精美地記述了他們湖山之遊，結語說東方白是看過了露意湖之美才會立意寫這本書的。（我去過之後，亦支持這個看法。）

等我終能親自看到那千里蒼莽的奇景，已是一九八七年了。我曾因車禍斷腿而自嘆今生無緣，但是東方白來信說推著輪椅也要帶我一遊。我下了輪椅一年決心前往，原想看看壯麗的湖山於願已足，誰知那一趟北飛竟成了我終生難忘的經驗，也因此使我對東方白的世界有更深入的認識。在他僑居三十年的那片土地上，大自然不僅伸展向無限的空間，更時時以不可置信的威力君臨其上！我的飛機在午後兩點到達愛城時突然開始搖擺起伏，在眾人驚恐萬狀中穿過黑黃色翻騰不已的濃雲降陸。坐上了東方白和瓊瓊的車才在廣播中得知該州有史以來最大的龍捲風正橫掃三里外的愛城！街道上已難辨路，眞正親見了「正午的黑暗」！在飛沙走石及冰雹擊打之下，瓊瓊以寸進的速度終于開回了家。（臨行去看風捲過的災區，令我想起轟炸後的重慶。）肆虐於大平原上龍捲風和台灣熟悉的颱風對一個作家敏感的心情該有相當不同的震撼吧！

如果說是龍捲風之翼開啓了我訪問的序幕，接下的幾天確都充滿了意外與震撼，驚魂甫定之後，我才發現東方白的憔悴與失神，爲了那流瀉如瀑布似的《浪淘沙》他的精神已到了崩潰的邊緣！我只知他信中興高采烈的邀請，沒想到卻在他生命的低潮時踐約！這時他已精神衰頹得不能持續寫作了，那一夜坐在滿地的稿紙中間的他充滿了焦慮與不寧，不知能不能寫完這本耕耘了多年，寄望良深的作品。和他對坐在稿紙之中，勸慰和鼓勵的話都不知由何說起了。露意湖由瓊瓊帶兒子開車仍是去了，那遙遠漫長的近千里車程中我雖是飽覽了湖光山色的驚人之美，內心卻是不安的。想著人生的種種無常變幻，理想與現實間人力拉不攏的距離，想著文學坎坷之路，不知東方白能否早日身心健康地回到他的書桌上去？

離開愛城到紐約時迎我的是父親遽逝的越洋電話。在趕回台灣的飛機上，望著窗外白雲升騰，瞬息萬變，首次眞感到渺小的自己離上帝很近。生命似又得更深啓示。生與死既是如此無情莫測，人在世間的努力，像東方白那瀑布似的寫作自有它不服輸的尊嚴在，病困中它必有其超越之道吧。

不久後我在台北一家中醫診所看望就診的東方白，又不久在《台灣文藝》上讀到他寫兒子給他的鼓勵的「忍耐，千萬別放棄……」，讀到瓊瓊在聯副上寫的〈走在結冰的溪上〉，知道他漸漸地戰勝了。

一九九〇年秋天書出版了，在盛大的《浪淘沙》新書發表會上又看到神采奕奕的東方白了，尤其爲他高興的是這樣大篇幅的巨著已經印到第七版了。書出版後已有許多評論，一致認爲它是一部成功的大河小說，以史詩的氣魄寫百年來台灣三個家族的悲、歡、離、合。歷史中有故事，故事中有歷史。許多人將它歸類爲政治小說，卻侷限了它關懷的層面。它記錄了一個奇異的政治支配人生的時代，感喟於政治浪潮沖刷下命運的擺盪。政治小說至少須有一些確切的政治信條，但《浪淘沙》中似乎看不出東方白遊子思鄉深情外持何政治立場，甚至連今日流行的統獨立場亦不明顯，而處處彰顯的只是人本的關懷和對台灣鄉土的眷戀。

《浪淘沙》以一八九五年五月日本軍艦駛入淡水河口作爲序幕，確是極好的佈局，以〈清國奴〉作第一章，寫拿著筆、墨、硯、紙和水罐去與日本兵「講和」的澳底村民之死，也是極耐人深思的開始。也因此，讀到陳芳明的〈寒風裡過澳底——雜記東方白〉（收在《荊棘的閘門》中，自立晚報出版社，一九九二年初版），精湛的文字呼應著內心強烈的感情，令我分外感動，他記述與東方白到澳底「鹽寮抗日紀念碑」前，面對「遠處是霧氣迷濛、蒼茫遼闊的太平洋」時深沉的思考。鄭瓊瓊在〈浪淘沙之旅〉文中記他們在碑下散步時，陳芳明說：「如果這碑文最後還添上一句『欲知詳情請讀《浪淘沙》』該多好！」

在澳底的太平洋彼岸是東方白居留了三十年的加拿大。在那個遙遠的異域（至今應是第二故鄉了吧。）他得以騁馳於純文學的思考，可以在幽美的莎河上構思、默想，沒有在台灣的政治圈中被「消耗」、磨損。週遭的崇山峻嶺和冰川、湖泊都已漸漸融入他胸懷之中。《浪淘沙》印行七版之際，他的下一部書，《眞與美——詩的回憶》第一部已問世，《露意湖》第五版也剛上市。當台灣的政治搏鬥、街頭抗爭、競選口號都成了幾筆帶過的往事時，這些厚重的小說，仍會穩穩地坐在許多書架上，在各式燈下被取下來，津津有味地讀著。

一九九六年五月台北

滾滾大河天上來

——序東方白《浪淘沙》

鍾肇政

答應東方白爲他的《浪淘沙》寫序，不知過了多少個年頭——起碼有三、四年以上了吧。記得當時我應許的是這篇序我一定寫，無論如何都要寫，不過時機應當是在這部巨著完成、即將付梓的時候。

那該也是《浪淘沙》的執筆進入順境、佳境之際，想必他已有了可以順利完成它的前瞻，才會向我提出寫篇長序的要求吧。我這該死的老腦筋，甚至也想不起他是當面向我提起，抑在信中說的。印象裡，不管是信中或當面，我都只記得他那一片熱情洋溢——即令只是在信中提起，看過他的字跡的人必會恍然而悟，他那龍飛鳳舞、伸拳踢腿般的字體，總給人那種不由你不爲之振奮起來的樣子。而那麼奇異地，東方白本身正也是「字如其人」，聊起來總是那麼眉飛色舞，永遠不知消沉爲何物，也永遠是那麼樂觀、進取，尤其他對文學創作的信心與肯定，該可以說到了虔誠的地步。因此與他相處，或者看他的信或稿，滿腦子對人生的憂苦都會頃刻間化爲烏有，即令正在灰心喪志的時候，也會被他鼓舞起來。他的人、文、字，就有這種人世間罕有的魔力。與東方白相識十幾年來，我不知沮喪了多少次，灰心了多少次，很多都是靠他有形無形中的激勵而重新拾起了信心的。

先說說短篇小說〈奴才〉

是的，十年十幾年，在東方白的諸多文友之中，相交十來年的恐怕算不上「老」——事實上，他出國前即在早期的《現代文學》上發表了不少精緻的短篇小說，出國後也偶有作品寄回來發表，尤其長篇小說《露意湖》，連載時轟動遐邇，單行本更在國內外不脛而走。

接觸到東方白來稿，應該就是那篇也是發表後轟動一時的短篇〈奴才〉，記得他是向《台灣文藝》投稿的。我看過後，由於題材特殊，寫得又絲絲入扣，確屬難得的佳構，我便回了他一信，表示我對這篇作品的衷心推崇之意，並透露即可在《台灣文藝》上發表出來。

走筆至此，不禁想起了我那一段老編歲月。吳濁流先生逝世於一九七六年秋間，隨即由我接辦《台灣文藝》，並自次年元月起推出革新一號，算是正式由我手上出版的首期。又次年，我承接遷往高雄市的民眾日報副刊編務，手上有了這兩份刊物，編起來調配上更能得心應手，於是我以振興台灣文學自期，辭去了一切其他工作，全力投入，日夜埋在稿堆裡忙得不亦樂乎。每遇可視的作品，便手之舞之、足之蹈之，急著寫信要與作者連繫，或者表示敬佩，或者通知約略何時刊露，逢到需退稿時，也不免寫寫信，或者表示何以不刊的意思，或者提供一些意見。那也正是鄉土文學論戰打得如火如荼之際，兵燹處處，流彈四射，我原則上還是保持一份創作第一、作品爲先的態度，絕少參與戰事，但以力事耕耘爲務。

我念茲在茲的，毋寧更以突破現況爲急務。幾十年來，文壇上一副銅牆鐵壁，這不能寫，那不能碰，沒有人敢輕易去挑戰，尤其從事編輯工作的人，禁忌特多，有時幾句話也可能惹來莫大的麻煩。林海音因爲刊了一首小詩而引起偌大風波，是人人耳熟能詳的故事，其他種種怪事、異事，指不勝屈，簡言之就是所謂「戒嚴文化」裡的一種怪現象，造成人人自危的狀況。還記得一個留有深刻印象的事：當時手下一個年輕朋友告訴我，某報副刊的一位資深編輯就極具政治警覺性，有次投來的稿子裡有「北京」一詞，他立即改成「北平」，這就是一例。我聽了深覺驚詫。世界通用的一個地名在此間竟也成了禁忌！真是豈有此理。

〈奴才〉寫的是一個退役老兵被派到一所小學當工友，憑他當兵前侍候主人，當兵時侍候長官的傳統奴才性格，在學校裡和校長建立了「主奴」關係的故事，文中不乏溫馨動人的場面。我長年居住鄉間，又在國小服務了一段漫長歲月，這種情形我也頗爲熟悉，是一篇寫實之作。然而，客觀形勢上，我倒覺得事涉敏感，大有考慮餘地。因爲在官方幾十年來的宣傳下，軍人是負有光復大陸神聖使命的階層，個個都是「現代聖人」，退役後則是「榮民」，依然不脫神聖身份。這樣的人豈可寫成奴才呢？何況台灣人是二、三等國民，出現在小說裡無非是「幹幹幹」與檳榔不離嘴的粗鄙小人物，否則是阿花、罔市等「下女」之流，在無日無之的電視劇裡，更永遠是操著蹩腳的「台灣國語」的低三下四的三八角色。〈奴才〉把幾十年來的習慣性表現一下子倒轉過來了！

這樣的一篇作品，算不算「敏感」呢？是否干犯了禁忌呢？

我把這樣的顧慮很快地就甩掉了。一方面是希望此篇快些面世，另一方面則是基於有心「突破」的念頭，我在給東方白去了一信之後很快地自我食言，把這篇「問題作品」發表在民眾副刊上。記得東方白在信裡說過，見面時也提過，說：才接了信沒幾天後忽然又接到剪報，〈奴才〉竟然已經發表出來了！他朗朗笑著，我也打從心底笑開了。這好像就是我與東方白建立深厚友誼的開端，至今想起這一幕，猶不免私底下莞爾一笑。

歷史性巨著的醞釀

我把這麼一個芝麻綠豆大小的陳年舊事細數起來了，而且還這麼洋洋得意，眞是貽笑大方。然而，十年前我以爲這事非同小可。那是鄉土文學論戰戰火方熾的風聲鶴唳的當口，並且編輯人與操觚者動輒得咎的往事，斑斑在人眼目，以今日視之固不值一哂，但當年確實有著這麼一種客觀情勢存在的。

事實上，我在「突破」方面已然做了不少嚐試。例如陳映眞出獄後，第一篇作品是在《台灣文藝》上發表的，不用說是我強拖硬拉逼他寫，才有他文壇上東山再起之作〈夜行貨車〉之完成。宋澤萊抨擊農業政策的〈打牛湳村〉，我不只在《台文》上揭露，還爲此篇做了一場「對談評論」同時發表出來，以示對此篇特別推崇與重視。當然，這方面我也有過失敗的經驗。記得是民眾副刊接編不久，我看中了一篇也是宋澤萊的作品(篇名已忘)，文中以光復後初期爲背景，隱隱觸及了二二八。我覺得背景既未顯現出來，當不致有問題，何況這樣的禁地正是我急於一闖的。不料手下幾個編輯們對此篇竟是談虎色變，紛紛以報紙本身的存廢來反對此篇的刊露。在這頂大帽子下，而且又是眾寡懸殊的情勢下，我只好退讓，撤下了這篇作品。如今回想，「人人心裡有個小警總」的戒嚴心態，竟然到了這步田地，眞令人感慨之至!

話說回頭。與東方白建立了友誼後，彼此雖然隔著一個太平洋，但魚雁往返密邇，從未間斷。在來信中我得悉他正準備寫一部巨型長篇，爲了印証地理背景，不但回台一趟，還到南洋繞了一圈，把故事發生的地點看了幾遍。

我知道了他這部巨著裡有個主要人物，就是我所熟悉的鄰鎮人張棟蘭，是早稻田大學畢業，光復後歷任新竹縣教育局長、師大教授的英文學者。多年前曾過訪舍間，談起他半生事蹟，包括太平洋戰爭時期被日閥徵去南洋當翻譯官的經歷，是要提供資料讓我來寫長篇小說的。他已寫就了相當詳細的英文自傳，表示即可交付給我。可惜以我可憐的英文能力，自覺實在無法消化，何況如果我要寫太平洋戰爭，日人的資料要多少有多少，因此沒敢接受這項差使。其後這位張老前輩旅居加拿大，與東方白有了交情，於是他畢生心血的資料便悉數歸到東方白手上。記得東方白還告訴我另一位書中要角台灣第一位女醫生——這位可敬的女士也就成了書中的「丘雅信」。

我想不起當初東方白有沒有一個比較具體的預定字數，不過僅初步輪廓，已經可以猜到份量不輕。當時的台灣文學，論長篇小說我們只能舉出吳濁流的《亞細亞的孤兒》《無花果》及鍾理和的《笠山農場》等有限幾部篇章，差堪稱爲「大河小說」的，恐怕只有我的《台灣人三部曲》《濁流三部曲》而已。至於李喬的《寒夜三部曲》則還只能算是開了個頭不久——第一部《寒夜》自《台灣文藝》革新第四號（總號爲57期，一九七八年元月）開始連載，這一年秋間我接編民眾副刊，又以打鴨子上架的硬逼方式，要李喬寫第二部（實則爲三部曲裡的第三部）《孤燈》，距離全書完成還有好一段日子。而東方白的另一部巨著，看他不惜遠渡重洋，跋涉南洋，著手的決心十分堅固，我歡欣之餘，自不免多方鼓勵一番。

《浪淘沙》堂堂登場

這就是東方白的《浪淘沙》！

我也想不起怎樣提出我願意提供園地的意願，但牢牢記得《台灣文藝》經營十分艱困，從接辦初期的象徵性稿費之後，稿費支出成了難以負荷的擔子，而東方白竟然那麼痛快地表示：稿費分文不收！

《台灣文藝》在吳濁流手上的十三年間，一直都是不發稿費的。吳氏死後，我接辦時想到的第一件事是一定要發稿費。很多朋友爲了《台灣文藝》苦苦耕耘了那麼多年，得不到分文報酬，雖然有其不得不然的客觀因素，是十分無可奈何的事，但是我希望能夠付付稿費，即使是象徵的也好。而事實上，《台灣文藝》在我手上面目確實煥然一新，尤其小說方面堪稱豐收，然而即令有公認的好作品發表，甚至出現了普受讚揚、轟動一時的作品，她依然打不開銷路。我不憚於提出一個數字，那段期間，她每期零售只有兩百來冊，偶爾超過三百本便足夠我這個負全責的可憐人雀躍三日。總之，加上六七百份長期訂戶，《台灣文藝》每期銷路不到一千。在本土的、尤其冠以「台灣」兩字的東西，註定只有淒淒慘慘沒落的命運！這兒禁不住順便一提：近幾年來台灣本土意識經各方努力，加上時代精神的激盪，漸漸高漲起來了，對這種慘況應該稍有改善，但是到能夠使若干本土性強烈的刊物安穩生存，仍似乎有一段距離，這是值得有心人深思的。

一九八一年年初，《浪淘沙》的第一批原稿越過重洋飛到。那是令人激動的一刻。厚厚的一疊，是用普通的白信紙寫的，仍是那種龍飛鳳舞、拳伸腳踢的字跡。

一八九五年五月二十七日薄霧朦朧的早晨，有一艘叫「橫濱丸」的日本軍艦由台灣海峽悄悄駛向淡水河口。當那軍艦駛近淡水港外的沙灘，它的速度慢慢減低下來，隨著，艦尾那懸著鉛錘的測深器也轆轆地沉入海中，當那鉛錘重新露出海面，在旁監測的艦長發現那鉛錘線在無意之中曳上來兩塊石頭。他認爲這是很好的兆頭，於是把那兩塊石頭拿去獻給在艦橋上正用望遠鏡眺望淡水港的一位留有魚尾髭滿胸動章的將軍，恭恭敬敬地說：

「稟將軍閣下，這便是閣下要赴任的大日本帝國新版圖的初獲之土。」

這便是這部巨著的開頭幾行字，這麼平淡無奇，這麼若無其事，但仔細品味，卻會發現出這裡頭蘊含了無盡的玄機，正是山雨欲來前的那一番境界。

我感動的，不只是這字跡、這開頭以及即將展現出來的波瀾而已，而是東方白那一份擁護台灣文藝的心意——同時也是感動於那麼多的朋友，都把最苦心經營、最得意的作品，給銷路最低、稿費最低（甚至也有不少像東方白那樣聲明不受酬的——後來還完全發不出來了）的雜誌的心意。

於是一九八一年三月出版的台灣文藝革新第十八號（總號第71期）上，《浪淘沙》登場了。而在這第一回，我一口氣刊出了五萬餘字——我們約定，他交來多少我便刊登多少，他也每兩個月（台灣文藝爲雙月刊）寄一疊厚厚的稿子來，都在三～五萬字之間，從未失誤。

從此，我們之間書信往返更勤。他的信是最使人激動的，他渾身是火、是熱，並且還是最純最摯的，每每使我熱血沸騰，無能自已。這時，我已被剝奪了民眾副刊編輯權——從一九七七年秋間上任到七九年年初，我實際負責民副編務大概一年半不到，不久還正式被調離副刊崗位，我只好一走了之了。幾年後才聽報社內部的人透露，我是在「有關方面」的壓力下，報社才不得不把我攆走。這一來，我是更能把精力投注在台灣文藝上了，然而事實卻是台灣文藝的景況越來越窘迫，雖有美麗島事件及軍法大審後民間力量及本土意識之抬頭，無奈我經營不得其法，仍然落得個叫好不叫座的窘境。因此，東方白的信總是適時地給我激勵，使我享受到一份難言的溫慰。

榮耀歸《浪淘沙》

我這麼說東方白，應該抄一些他的信爲證才是，不過這裡爲免煩瑣，只抄錄於次（一九八一）

年《浪淘沙》僅以連載一期，還只能算是開完了一個頭的狀況下輕易奪獲吳濁流文學獎後寫來的「得獎感言」全文，以見其爲人及心跡：

期待開放世界的花朵

東方白

感謝諸位評選員把今年的「吳濁流文學獎」頒給我，我深信這文學獎不只是給我一個人，也同時給了其他台灣的千萬人，因爲——沒有這一百年來千萬人血與淚的經驗，不會有今天的《浪淘沙》；沒有這一百年來千萬人辛苦寫下的珍貴資料，不會有今天的《浪淘沙》；沒有三十年前吳濁流先生與其他文學先進開闢的這塊文學園地，不會有今天的《浪淘沙》；沒有現在這千萬愛好文學的讀者群，也不會有今天的《浪淘沙》。因此，我如果獲得這文學獎，我的榮譽也不過是千萬分之一而已，其他千萬分之九百九十九萬九千九百九十九的榮譽應歸諸台灣的千萬人。

台灣的歷史是苦悶的歷史，而台灣的文學則是苦悶的文學。好幾年來，我屢屢在自問：難道這媳婦的血管擠不出一滴公主的血液？難道這邊疆的土壤開不出一朵京城的玫瑰？難道這自卑的怨嗟聽不到一聲歡笑的歌聲？難道這奴才的心胸育不出一絲英雄的情操？我不相信！所以我開始往歷史的資料中去發掘，結果，我不但找到苦的，也找到甜的；不但找到哀的，也找到樂的；不但找到怒的，也找到喜的；不但找到醜的，也找到美的。我不只要把台灣的『苦哀怒醜』寫下來，我也同時要把台灣的『甜樂喜美』寫下來，讓我們大家把台灣文學根植在故鄉現實的土壤裡，加以灌溉，加以施肥，期待有朝一日開放出世界美麗的花朵！我的《浪淘沙》就是抱著這遠大的憧憬寫的，我彷彿才開始起步，離完成之日還相當遙遠，但我會繼續努力寫下去，鍥而不捨地寫下去，也不去管何年何月才能完成，只要我多寫一日，我又在台灣的歷史多活一天……

我只留下獎金的一部份做爲往後《浪淘沙》的影印與郵寄的費用，而把其他部份捐給《台灣文藝》做爲未來的出版基金。我的理由有二：

1.我認爲文學獎最大的功能在於把好的作品推介給廣大的群眾，但偉大文學作品的誕生卻有賴於一塊自由開放純潔清淨的文學園地。因此我就用「吳濁流文學獎」給我的泉水來灌溉『台灣文學』的園地吧。

2.我認為「錢」不是為「收藏」；而是為「流通」存在的。像水一般，特別是應該由「高」流到「低」的。我固然窮，但《台灣文藝》比我更窮。因此，我就用這獎金的一點錢來拉平我與《台灣文藝》的差距吧。

一九八二．四．二十

我不想說這番吐屬有多少廉頑立懦的力量，也不擬猜測世上讀此文而不激奮鼓舞的人究竟有多少個，這裡我只想說：我雖然胸無大志，然而因文學而有了這麼一位可以披肝瀝膽、心靈契合的朋友，那麼為文學而付出的大半輩子血淚與辛酸，也都有了代價。

未釀成的查禁風波

有關《浪淘沙》的發表，我還有一件往事似不可不在這裡一提，以明此篇的寫作固然備極艱辛，即發表經過也是暗潮洶湧，並且還命途坎坷。

是年五月間，我應邀到日韓兩國訪問了一個月，於月底返抵國門。當時有位年輕朋友陳君，是個新聞記者，向來極關心台灣文藝，經常為她鼓吹、拉訂戶等，是個極具熱忱的青年，聽到我出國回來，馬上趕到鄉下來看我，向我透露了一個重大消息：這一期台灣文藝要查禁了！

陳君說明這個消息是這樣來的。某日，他照例到政府機關去跑新聞，不料在走廊上聽到兩名官員在辦公廳裡交談。他不是存心偷聽，而交談的兩位官員雖是閒聊，卻也那麼若無其事，而且肆無忌憚，所以交談內容自然就透過窗子傳出來，讓他聽得一清二楚。這內容就是查禁這一期台灣文藝的事，出了問題的正是東方白的《浪淘沙》。他們認為這篇作品「思想有問題」，所以必須查禁。但是，由於這篇小說寫的是乙未日軍侵台、台灣義軍起來抵抗的故事，所以未便以這篇爲目標來查禁。而剛好這一期還有另一篇小說林邊的〈虛應故事〉，嚴厲批評政府，所以可以用這篇來做爲查禁的藉口，而且還要趁我出國的時候動手。

我幾乎嚇呆了，但次一瞬間無名火勃然而起。查禁台灣文藝，這眞是天大的笑話。純文學刊物也要查禁，天下還有這樣的道理嗎？陳君不會向我撒這種謊，他還說這消息已傳遍了整個台灣，不知道的恐怕只有我一個人。我幾乎不加思索就下定了決心：我要抗爭到底。如果眞有查禁令下來，我馬上要提出控告，不管是警總也好，或者哪個單位也好，一定告，還要請尤清當我的律師。當下我就把這個意思告訴了陳君，算是放出了空氣。

我重加檢討，《浪淘沙》查禁的理由絕對不能成立，此文描寫了台灣人在毫無外援的情形下抵抗外來侵略的英勇，有關方面應該給予表揚才是。至於林邊的〈虛應故事〉，寫的是一位被央請回來的「歸國學人」給放了鴿子——結果那個職位讓一個大官的兒子給搶去了，只因他沒有「有影響力的官員」的推荐。這種情形是人人耳熟能詳的事，在台灣早已司空見慣，文中即令含有若干批判，也根本算不上「嚴厲」，更不是大逆不道的事。若以此篇爲查禁目標，我更非抗爭到底不可，即令此舉無萬一勝訴可能。

這件「查禁風波」就到此爲止沒有了下文，既未見查禁公文下來，也沒有慣常的那一類「約談」情事發生。只有聽到這消息的遠近多位朋友或者親來垂詢，或來信問起，我都在答覆裡強調我上述的決心而已。至於這個「案子」何以會無疾而終，我實在懶得去想、去查，因《浪淘沙》是一部純正的文學作品，不容任何有形無形的「黑手」來加予玷污。

不錯，它是寫台灣人的不顧身家性命來保衛土地的崇高英勇的故事——正確地說，是從這一場戰爭寫起的。它正是歷史爲證、鄉土爲懷的雄渾磅礡的民族史詩。

一座輝煌的金字塔

東方白在這部巨著裡，爲我們展現了台灣自淪日時起直到當代的歷史風貌，並以三個家族裡的三代人的人事滄桑與悲歡離合，來印證時代巨輪的運轉。

這三個家族中之一的人物「江東蘭」即以前文裡所提到的張棟蘭爲藍本，那位台灣第一位女醫師成了文中另一家族的「丘雅信」，尙有最後一個家族的人物「周明德」，當然在東方白筆下亦有所本，可以說東方白正是以得自這三位人物的或則筆錄或則口述，或兩者兼而有之的資料，以藝術家的匠心穿插，交織而形成這部作品。故事發生的地點則除了台灣本土之外，日本、中國大陸，菲律賓、馬來亞、緬甸，以及太平洋彼岸的美國、加拿大，大半個地球都在東方白筆下曲曲傳神地被描繪出來。

這兒我實在無法一一舉證，然而印象所及，例如雅信在太平洋彼岸以日僑身份，在第二次大戰時的遭遇，是十分精采而獨特的。我猜想，這是這種場面第一次在台灣文學裡出現，故而彌足珍貴。又如江東蘭以日軍通譯身份轉戰南洋各地，也有令人意想不到的呈現，逼眞而動人心魄，令人擊節。這方面，我們也只能看到陳千武的《獵女犯》系列作品是親身經歷爲本的優秀作品外，李喬的《孤燈》（《寒夜三部曲》第三部），以及我的《戰火》（《高山組曲》第二部）均是靠蒐集而得的資料，尤其我的這部作品，在眞實度方面，恐怕只有自嘆弗如了。

走筆至此，我必須趕快告罪。介紹這部如滾滾長河、一瀉千里的巨篇的內容，實在不是我這枝禿筆所能濟事。開始拜讀這部卷帙浩繁的作品，已是七、八年前的事，其後斷斷續續地看，除了整個輪廓性印象之外，許多細節都已模糊了。可憐我這副老朽退化的腦筋，老來還得爲稻粱謀，實在沒有精力與時間重讀，雖然勉強執筆寫這篇序，但很明顯我是失職的。只有在這裡請罪了！

不錯，《浪淘沙》不折不扣是部「大河小說」！就像一條長江大河，它源遠流長，奔騰過無其數的山谷原野，匯聚無數的支流，水量豐盈、滔滔不絕。

東方白爲台灣文學，豎立了一座輝煌的金字塔！

前文裡，我已提到李喬開始寫《寒夜三部曲》的情形。其後，他順利完成了這部百萬言巨著，寫的是台灣淪日五十年歷史爲經，苗栗一帶客家部落的形形色色人物爲緯，構成這部具有凜然不可侵犯的台灣人正義感的深刻作品。

去歲，我們又看到了姚嘉文的《台灣七色記》上梓，洋洋灑灑達三百萬言之巨。姚氏在這部巨篇裡，把台灣人的歷史上溯到一千六百年前的「河洛」的時代，一路下來，台灣人的冒險犯難的基本精神躍然紙上。

這些作品，都是我們台灣文學作品裡的大河小說，也是最珍貴的收穫，如今我們又看到《浪淘沙》的出版，我們又怎能不爲此欣喜雀躍呢？

我還記得大約兩年前，有個朋友到舍間來做了個專訪，其中有一段是談了大河小說的寫作後這麼問的：「在這繁忙的社會中，有時間去讀長篇小說的人不多，大河小說是否有存在的必要？」東方白看到後寫信說：「這眞是廢話，根本多此一問。」在東方白來說，大河小說不僅是必須存在的，也是永遠存在的，其價值根本不容否認。而他之毅然著手寫這部作品，其對文學的情眞意摯，由此亦可見一斑。毋怪他會孜孜矻矻花了多年的業餘時間來經營這部作品。

流淚的播種者

在結束這篇蕪文之際，我不知該不該再提這部作品產生經過裡的諸多坎坷情形。前文裡，我提過李喬寫《寒夜三部曲》，是兩部同時執筆，同時發表。他本身是位高中教師，僅能利用公餘時間來經營作品。姚嘉文還是在坐政治黑牢的七年間完成了他的《台灣七色記》的，他們寫作過程裡的艱辛困頓，簡直可以用血淚交迸這個字眼來形容。東方白的情形也類此。在加拿大，他是一名政府機構裡的公務員，不用說也只有業餘的時間可供他執筆。在漫長的九年歲月裡，夜夜拖著下班後疲憊的身子，分出寶貴的睡眠時間來苦苦寫作。在我們歡呼台灣文學的豐收之際，我們又怎能知道這播種的人流下了多少血淚，付出了多少犧牲？

即使是這部稿子的發表情形，也算得上幾歷辛酸。一九八二年冬，當我再也無法支撐台灣文藝，決定交給年輕一代接辦以後，它頓時失去了依恃。到這時爲止，它在台灣文藝已經連載了兩整年，以字數言約五十萬，以當時估計還不到三分之一。這樣一部作品如此腰斬，實在是令人傷感的事。所幸後來商得《文學界》諸君同意，這才又覓得了歸宿，從次年秋間，才又和讀者見面。還好兩刊都是純本土的文學雜誌，大概只有關心本土文化的人才看，所以我相信她們的讀者多數是重覆的，因此影響還不算太大。

除了這一點以外，還有一件更嚴重的事，就是東方白的健康受到損害了。這九年間，東方白回來台灣兩次（近一次還是去年秋間的事），都是爲了「醫病」。據稱他得的是憂鬱症。他向來神經就很纖細易感，這固然也是原因之一，但我相信更可能是因爲多年來苦心經營這部作品所造成的。他常說：從事文學是一種奉獻，像他這種以宗教般的虔誠來寫，身體又焉得不受到影響。

今年開春後不久，他還在給我的信中說，預料到年底以前即可連載完畢，不料最近傳來消息，表示無法續寫了，只好先找個出版社替他印行，未完部份待身體狀況允許時再執筆。

這個消息使我難過了好久好久。眞的，這部作品命運竟是如此坎坷啊。而「斯人而有斯疾」，東方白的健康更使我憂急萬狀，五內如焚——唉唉，這麼說，好像我這位可愛可敬的老弟病得多麼嚴重似的。我知道他當然不是，只不過是一時性的精神不穩而已。何況他還春秋鼎盛。他雖然說過此書寫完，此生願望已足，但我知道他還會有好多好多作品待寫——再寫個二三十年，絕對不會有問題的。這些都暫且不必管，但願東方白那朗朗的笑聲，再次越過太平洋傳到我的耳畔來。這也是我寫這篇不成序的序文最大的願望。

一九八八年六月　寫於九龍書室

（編按：《浪淘沙》全文於一九八九年十月二十二日完成。）

銘謝

除了供給本書原始材料不可計數的男女角色，我還想對下列先生與女士表示我由衷的感激：

鍾肇政，陳宏正，林鎮山，林衡哲，鄭炯明，葉石濤，彭瑞金，李喬，許達然，陳芳明，洪銘水，黃娟，陳紀培，張美麗，陳明雄，林文欽，宋澤萊，翁漢義，高辛勇，鄭瓊瓊……

如果把《浪淘沙》比做一座山，以上諸君便是這山的基石，而我不過是因爲造山運動偶然被推到山頂的尖石，沒有他們的承托，這座山也不可能憑空從大地矗起，而且那麼龐大，又那麼高。

東方白 一九九〇、五、二十九

東方白作品書目

一、臨死的基督徒（水牛出版社，一九六九）
二、黃金夢（學生書局，一九七七；爾雅出版社新版，一九九五）
三、露意湖（爾雅出版社，一九七八）
四、東方寓言（爾雅出版社，一九七九）
五、盤古的腳印（爾雅出版社，一九八二）
六、十三生肖（爾雅出版社，一九八三）
七、浪淘沙（前衛出版社，美國台灣出版社，一九九〇）
八、夸父的腳印（前衛出版社，一九九〇）
九、ＯＫ歪傳（前衛出版社，一九九一；草根出版公司新版，二〇〇〇）
十、台灣文學兩地書（前衛出版社，與鍾肇政合著，由張良澤編，一九九三）
十一、東方白集（台灣作家全集之一，前衛出版社，一九九三）
十二、父子情（前衛出版社，美國台灣出版社，一九九四）
十三、芋仔蕃薯（草根出版公司，一九九四；新版收入《魂轎》，草根出版公司，二〇〇二）
十四、神農的腳印（九歌出版社，一九九五）
十五、雅語雅文（前衛出版社，一九九五）
十六、眞與美（一）（前衛出版社，美國台灣出版社，一九九五；前衛出版社新版，二〇〇一）
十七、迷夜（草根出版公司，一九九五）

十八、眞與美(二)(前衛出版社，美國台灣出版社，一九九六；前衛出版社新版，二〇〇一)
十九、眞與美(三)(前衛出版社，美國台灣出版社，一九九七；前衛出版社新版，二〇〇一)
二十、眞與美(四)(前衛出版社，一九九九；前衛出版社新版，二〇〇一)
二十一、眞與美(五)(前衛出版社，二〇〇一)
二十二、眞與美(六)(前衛出版社，二〇〇一)
二十三、眞與美(全套六冊，前衛出版社，二〇〇一)
二十四、魂轎(草根出版公司，二〇〇二)
二十五、小乖的世界(草根出版公司，二〇〇二)
二十六、眞美的百合(草根出版公司，二〇〇四)
二十七、台灣文學兩地書(續)(桃園縣文化局，與鍾肇政合著，錢鴻鈞編，二〇〇四)
二十八、浪淘沙之誕生(前衛出版社，二〇〇五)

東方白寫作年表

一九三八年 1歲 三月十九日生於台北市。本名林文德。

一九四九年 11歲 台北市太平國民學校畢業，考入台北市建國中學初中部。

一九五二年 14歲 建國中學初中畢業，考入同校高中部。

開始讀大仲馬、狄更斯、托爾斯泰、屠格涅夫、庫布林等人之長篇巨著，著迷。

一九五三年 15歲 初讀莫泊桑之短篇小說，驚歎。

初讀芥川龍之介之短篇小說，喜歡。

完成散文〈野貓〉（九月十日）。

完成散文〈盲〉之初稿。

一九五四年 16歲 完成短篇小說〈臨死的基督徒〉之初稿。

完成散文〈獵友〉。

一九五五年 17歲 因頭痛不止，休學。

一九五六年 18歲 繼續休學。

一九五七年 19歲 完成短篇小說〈烏鴉錦之役〉（八月），後發表於《聯合報》（九月十四日），處女之作。

一九五八年 20歲 完成二十八萬字之長篇小說〈雪麗〉，不成熟，始終未敢發表。

八月，入台北市私立延平中學夜間部繼續讀高三，後轉日間部。

一九五九年 21歲 延平中學高中畢業，考入國立台灣大學農業工程系水利組。

一九六〇年 22歲 完成短篇小說〈忌妬〉，後發表於《青年雜誌》（一九六四年一月）。

一九六一年 23歲

完成短篇小說〈母親〉，後發表於《台大青年》（一九六二年五月）。
完成短篇小說〈早晨的夕陽〉，後發表於《青年雜誌》（一九六四年三月）。
精讀叔本華《意志與表象之世界》，十分感動。
經花蓮同學之介紹認識同校外文系的王禎和，又經王禎和之介紹認識其同班同學鄭恆雄。
初讀契訶夫之短篇小說，沉醉。

一九六二年 24歲

完成短篇小說〈重逢〉。
完成短篇小說〈幽會〉（二月十七日），後發表於《創作》（一九六五年）。
完成散文〈噢！可愛的天使〉，後發表於《台大青年》（一九六三年四月）。
完成短篇小說〈波斯貓〉（八月十三日），後發表於《聯合報》（十月一日）。
完成短篇小說〈少女的祈禱〉（十月十八日）。
完成短篇小說〈線〉（十二月十三日），後發表於《青年雜誌》（一九六三年十二月）。
完成散文〈盲〉之定稿，後發表於《青年雜誌》（一九六三年十月）。
完成短篇小說〈臨死的基督徒〉之定稿，後發表於《現代文學》（一九六三年十月，第十八期）。
經宜蘭同學之介紹認識黃春明，友情頻濃。

一九六三年 25歲

完成短篇小說〈錢從天上飄下來〉（二月），後發表於《大學論壇》（五月）。
完成散文〈第一千零一個「雨、雨傘與女人」的故事〉（三月十八日）。
完成短篇小說〈中秋月〉（三月二十七日），後發表於《聯合報》（十二月二、三日）。
完成短篇小說〈把船漂到台灣海峽去〉（五月一日），後發表於台灣大學《綠濤》（十一月）。
完成散文〈迎上前去〉（五月二日），後發表於《台大青年》（六月）。
完成短篇小說〈勝利的敗仗〉（十月二十五日）。
完成散文〈老樹、麻雀與愛〉（十一月），後發表於《現代文學》（十二月，第十九期）。
台灣大學畢業，入軍中服役。

一九六四年 26歲

經黃春明之介紹認識朱橋，開始爲朱橋主編之《青年雜誌》投稿。

經鄭恆雄之邀，開始爲《現代文學》投稿，後同訪白先勇於台北市松江路。

完成短篇小說〈兩朵白玫瑰〉（二月六日），後發表於《青年雜誌》（四月）。

完成短篇小說〈天堂與人間〉（三月十四日），屢經退稿，始終未能發表。

完成中篇小說〈□□〉（四月），後發表於《現代文學》（六月，第二十一期）。

初識七等生於嘉義市。

介紹黃春明給七等生，邀約黃春明與七等生計議自費出版《三人短篇小說集》，因無資金，終未實現。

應鄭恆雄之請，介紹黃春明與七等生投稿《現代文學》。

對文學發生冷感，寫信告訴鄭恆雄說〈□□〉乃東方白最後之作，決心以後不再寫作。七月，自軍中退役，因失業無聊，應黃春明之邀，前往宜蘭同住多日，遊山玩水，遠棄囂塵。

一九六五年 27歲

繼續失業。

八月，獲加拿大莎省大學(University of Saskatchewan)之獎學金，於九月中旬赴莎城(Saskatoon)攻讀工程碩士。

一九六七年 29歲

獲莎大工程碩士學位，論文題目："Physical Simulation of The Infiltration Equations"。

繼續於同校攻讀工程博士學位。

一九六八年 30歲

五月，與鄭瓊瓊結婚。

初遊佳碧與冰府公園，見露意湖，驚爲仙境。

翻譯散文〈一個雨天快樂的週末〉（八月十二日），後發表於《聯合報》（十一月）。

完成短篇小說〈夢中〉（九月十二日），後發表於《聯合報》（十月十五日）。

翻譯伏爾泰之短篇小說〈一個善良的婆羅門的故事〉（九月）。

翻譯《伏爾泰筆記》（九月）。

一九六九年　31歲　短篇小說集《臨死的基督徒》出版！(三月，水牛出版社)

一九七〇年　32歲　寫中篇小說〈異鄉子〉的初稿。

一九七一年　33歲　獲莎大工程博士學位，論文題目："Hydrodynamics and Kinematics of Overland Flow Using A Laminar Model"。

完成散文〈學生不老〉(二月二十四日)，後發表於《中央日報》(三月十九日)。

六月，首次回台灣省親。

就職於莎大水文系，從事莎省融雪之觀察與研究。

一九七三年　35歲　完成散文〈麗〉(八月六日)，後發表於《聯合報》(八月二十二、二十三日)。

中篇小說〈OK歪傳〉於《台獨》月刊連載(第十五~廿八期)。

一九七四年　36歲　離開莎城，移住亞伯大省愛城(Edmonton)。

就職於Alberta Environment Department，從事亞省水文之觀察與分析。

完成散文〈莎河與我〉(五月二十五日)，後發表於《聯合報》(六月)。

完成短篇小說〈草原上〉(六月十八日)，後發表於《聯合報》(十月十五、十六日)。

完成短篇小說〈房子〉(十一月二日)，後發表於《聯合報》(十一月二十四、二十五日)。

完成短篇小說〈熊的兒子〉(十二月九日)，後發表於《聯合報》(一九七五年一月十五日)。

一九七五年　37歲　完成短篇小說〈黃金夢〉(一月二日)，屢遭退稿，後經劉紹銘先生之介紹發表於《中央日報》(十月八日)。

完成短篇小說〈飄〉(二月二十日)，後發表於《聯合報》(三月三十一日，四月一、二日)。

完成短篇小說〈復活〉(三月三十一日)。

翻譯托爾斯泰短篇小說〈上帝知道一切，等待吧！〉(五月二日)。

長篇小說〈露意湖〉發軔(五月中旬)，開始蒐集有關資料並瀏覽類似之文學作品。

為〈露意湖〉之景色描寫，特地開車赴西雅圖、溫哥華，並重遊佳碧與冰府公園，即景即興作隨筆錄。
完成散文〈白溪與我〉(六月二十五日)，後發表於《中央日報》(一九七六年十二月三十日)。
完成短篇小說〈孝子〉(七月二十四日)，後發表於香港《七十年代》(十月，第六十九期)，又被宏文譯成日文刊於日本《台灣省民報》(一九七六年二月一日)。
八月，遍遊美洲東部及華府。
〈露意湖〉落筆！(九月十五日)
十月，爲〈露意湖〉中佳碧公園之秋景描寫，特地又重遊佳碧公園。
完成〈露意湖〉第一部(十一月七日)。
完成論文〈大文豪與小方塊〉(十二月二十五日)。
重新與黃春明取得書信聯絡。

一九七六年　38歲

因用腦過度，頭痛又開始。
完成〈露意湖〉第二部(一月二十一日)。
父母來愛城共住數月，寫作暫停。
完成〈露意湖〉第三部(七月二十八日)。
趁參加於溫哥華舉行「美加西區棒球友誼賽」之便，又重遊西雅圖與溫哥華，作更多的隨筆錄。
九月參加「愛城台灣同鄉運動會」，因運動過激，脊椎受傷，在床上靜養兩個多月，不能坐，更不能寫，〈露意湖〉完全擱置。
十二月，黃春明歸台灣之前夕，由溫哥華打長途電話來愛城，互勉「愛較打拚寫」！

一九七七年　39歲

忍住頭痛與背痛，勉強完成〈露意湖〉第四部(四月七日)，〈露意湖〉初稿全部完成！
五月，《筆匯》劉克端先生來信通知要將〈黃金夢〉譯成英文發表。
〈□□〉被歐陽子女士編入《現代文學小說選集》(六月，爾雅出版社)。與歐陽子取得書信聯絡，相知恨晚。

〈露意湖〉修定稿完成，由邱文香女士代為謄寫，後寄給爾雅出版社審閱，發行人隱地先生決定出版。

完成短篇小說〈東東佛〉（八月二十六日），後發表於《現代文學》（一九七八年六月，復刊號第四期）。

短篇小說集《黃金夢》出版！（十月，學生書局）

〈黃金夢(The Golden Dream)〉由徐張瑞基女士譯成英文，刊於"*The Chinese Pen, Summer, 1977*"。

〈露意湖〉經隱地先生介紹，開始於《中華日報》連載（十一月十七日）。

完成短篇小說〈道〉（十二月二十日），後發表於《聯合報》（一九七八年一月二十七日）。

一九七八年 40歲

完成散文〈父子情〉（一月二十八日），後發表於《中央日報》（三月十二、十三日，被更名為〈父子情深〉）。

完成短篇小說〈尾巴〉（三月十七日），後發表於《中國時報》（九月十九、二十日）。

〈露意湖〉在《中華日報》連載結束（六月十三日）。

《露意湖》出版！（九月，爾雅出版社）。

〈莎河與我〉(Saskatchewan River and Me)由胡耀恆先生譯成英文，刊於"*Seacademy*, Sept. 1978"。

完成短篇小說〈池〉（九月七日），後發表於《中國時報》（一九七九年四月二十八日）。

完成短篇小說〈島〉（十一月十日），後發表於《現代文學》（一九七九年三月，復刊號第七期）。

完成短篇小說〈阿姜〉（十二月九日），後發表於《民衆日報》（一九七九年六月二、三日）。

一九七九年 41歲

完成短篇小說〈奴才〉（一月四日），後發表於《民衆日報》（二月二十、二十一日）。

二月，與鍾肇政先生取得書信聯絡，如逢久別兄長，開始為他主編的《民衆日報》副刊與《台灣文藝》投稿。

一九八〇年 42歲

完成短篇小說〈☯〉(三月十二日),後發表於《中華日報》(六月二、三、四日,被加上副題「合唱交響曲」)。
完成短篇小說〈船〉(四月七日),後發表於《亞洲人》(一九八一年,第一卷第四期)。
完成短篇小說〈十二生肖〉(七月二十三日),後發表於《中國時報》(一九八〇年一月二十八日)。
《東方寓言》短篇小說精選集出版!(九月,爾雅出版社)
完成散文〈大學之美〉(十二月九日),後發表於《中華日報》(一九八〇年一月三日)。
完成短篇小說〈普陀海〉(二月五日),後發表於《中外文學》(五月,第八卷第十二期)。
完成短篇小說〈棋〉(二月十七日),後發表於《聯合報》(十一月二十八日)。
大河小說《浪淘沙》落筆!(三月十六日)
《浪淘沙》第一部「浪」完成!(五月五日)
完成散文〈寂寞秋〉(五月十九日),後發表於《中華日報》(七月五日)。
抄完一九六九年之舊作中篇小說〈異鄉子〉,後發表於《中外文學》(一九八一年八月,第十卷第二期)。
〈奴才〉被選入《六十八年短篇小說選》。
〈奴才〉被選入《一九七九年台灣小說選》。
〈奴才(The Slave)〉由Rosemary Haddon譯成英文,刊於"Canadian Fiction Magazine, 1980, TRANS 2"。
〈父子情〉被選入《中副散文選》。
〈父子情〉被選入《豆腐一聲天下白》(爾雅出版社)。
〈父子情〉被選入《親親》(爾雅出版社)。
《盤古的腳印》(一九七〇~一九七五之部份)開始在《台灣時報》連載(八月二十日),自九月起開始在海外版的《遠東時報》轉載。

一九八一年　43歲

完成散文〈銀像〉(十月二日)，後發表於《中華日報》(十一月十四日)。

《盤古的腳印》(一九七五～一九八〇之部份)開始在《台灣文藝》連載(復刊號第十六期)。

完成散文〈自畫像〉(十一月二十八日)，後發表於《聯合報》(十二月二十八日)。

完成短篇小說〈長城〉(十二月二十五日)，後發表於《暖流》(一九八一年，第一卷第五期)。

完成短篇小說〈太子〉(十二月三十一日)，後發表於《暖流》(一九八一年，第一卷第五期)。

完成短篇小說〈鳥語花香〉(二月十九日)，後發表於《現代文學》(復刊號第十五期)。

〈奴才〉被宏文譯成日文刊於日本《台灣省民報》(五月一日)。

《浪淘沙》開始在《台灣文藝》連載(復刊號第十八期)。

短篇小說〈船〉發表於《亞洲人》(八月份，第一卷第四期)。

一九八二年　44歲

完成散文〈我的畫〉(一月二十一日)，後發表於《中華日報》(二月十一日)。

散文〈十分快樂〉發表於《文學界》(第一、二期)。

完成短篇小說〈如斯世界〉(二月二十三日)，後發表於《文學界》(第三期)。

《盤古的腳印》出版！(五月，爾雅出版社)

《浪淘沙》之「浪」獲「吳濁流文學獎」。

歐洲旅行(七月～八月)。

〈奴才(The Slave)〉由葛浩文(Howard Goldblatt)譯成英文，刊於"The Chinese Pen, Winter 1982"。

一九八三年　45歲

《十三生肖》出版！(九月，爾雅出版社)。

〈黃金夢〉被選入《寒梅》(爾雅出版社)。

《浪淘沙》轉到《文學界》連載(第八期)。

病重回台灣(三月)。

奔父喪再回台灣(五月)。

一九八四年　46歲　《浪淘沙》第二部「淘」完成！(三月二十五日)。
一九八五年　47歲　《浪淘沙》第三部「沙」繼續完成中。
一九八六年　48歲　〈作家守則〉發表於《台灣文藝》(一〇〇期)。
一九八七年　49歲　病重回台灣(十一月)。
一九八八年　50歲　病繼續中，《浪淘沙》寫作完全停頓。
一九八九年　51歲　《浪淘沙》停筆一年半後又重新落筆(三月十九日)。
《浪淘沙》全部完成!!(十月二十二日)
〈寄《浪淘沙》讀者〉發表於《台灣文藝》(一一九期)。
一九九〇年　52歲　《浪淘沙》轉回《台灣文藝》連載(一一九期)。
《浪淘沙》出版！(十月，前衛出版社)
回台灣為《浪淘沙》巡迴演講並參加「《浪淘沙》文學座談會」(十二月)。
〈《浪淘沙》菁華摘要〉發表於《中國時報》(十二月二十九日)。
《夸父的腳印》出版！(十二月，前衛出版社)
一九九一年　53歲　《浪淘沙》獲《中國時報》——「開卷好書」第二名(中譯馬克思《資本論》第一名)。
完成散文〈慈眼寺〉(六月十五日)，後發表於《聯合報》(八月二十、二十一日)。
台文小品〈上美的春天〉與〈學生沒嫌老〉發表於《自立晚報》(十月十一日)。
台文小品〈青盲〉發表於《自立晚報》(十月十一日)。
《ＯＫ歪傳》出版！(十一月，前衛出版社)
《浪淘沙》在《台灣文藝》(一二六期)連載完畢，前後十一年！
完成散文〈忍耐，千萬別放棄〉(九月十五日)，後發表於《台灣文藝》(一二七期)。
《浪淘沙》獲「吳三連文藝獎」(第十四屆)。回台灣領獎(十一月)。
一九九二年　54歲　台文短篇小說〈黃金夢〉發表於《自立晚報》(一月六、七日)。

一九九三年 55歲

完成短篇小說〈鐘靈〉(二月一日),後發表於《聯合報》(三月二十五日)。
《眞與美》文學自傳落筆!(二月十五日)。
完成短篇小說〈百〉(五月十八日),後發表於《聯合報》(六月二十日)。
完成散文〈神韻〉(十一月二十八日),後發表於《自立晚報》(十二月十七、十八日)。
完成散文〈魔法學徒〉(四月二十六日),後發表於《聯合報》(七月八~十日)。
完成散文〈從世界大河小說到台灣大河小說〉(五月十八日),後發表於《自立晚報》(六月二十三~三十日)。

一九九四年 56歲

完成極短篇〈古早〉(七月二十六日),後發表於《聯合報》(十一月十七日)。
《台灣文學兩地書》出版!(與鍾肇政合著,由張良澤編,二月,前衛出版社)
完成散文〈迷夜〉(八月三十一日),後發表於《自立晚報》(十月十二~十四日)。
《東方白集》出版!(《台灣作家全集》之一,十月,前衛出版社)
《浪淘沙》獲「台美基金會人文獎」。
完成散文〈建中二白〉(三月五日),後發表於《聯合報》(五月一~十一日)。
完成散文〈寒舍清音〉(五月十七日),後發表於《自立晚報》(六月二十五~二十七日)。
《父子情》散文選集出版!(八月,前衛出版社)
完成中篇小說〈芋仔蕃薯〉(九月十六日),後發表於《自立晚報》(十月十六日~十一月四日)。
《芋仔蕃薯》出版!(十一月,草根出版公司)

一九九五年 57歲

《神農的腳印》出版!(一月,九歌出版社)
《黃金夢》重排再版!(一月,爾雅出版社)
完成散文〈櫻花緣〉(三月十四日)。
奔母喪回台灣(四月)。
《雅語雅文》台語文選出版!(六月,前衛出版社)

一九九六年 58歲

《眞與美(一)》出版！(前衛出版社，十月)

《迷夜》出版！(草根出版公司，十一月)

一九九七年 59歲

《眞與美(二)》出版！(前衛出版社，十二月)

《眞與美(三)》出版！(前衛出版社，五月)

完成散文〈瘂弦與我〉(九月十八日)。

〈瘂弦與我〉發表於《聯合報》(八月二十二～二十四日)。

一九九八年 60歲

人生首度住院手術(三月五日)。

完成短篇小說〈魂轎〉(五月二十六日)，後發表於《聯合報》(七月三十～三十一日)。

完成精短篇〈生日卡〉(八月二十八日)，後發表於《聯合報》(十二月四日)。

一九九九年 61歲

完成短篇小說〈所羅門的三民主義〉(十二月六日)。

《眞與美(四)》出版！(前衛出版社，十二月)

《ＯＫ歪傳》重新再版！(草根出版公司，五月)

二〇〇〇年 62歲

完成散文〈卅年雪窗〉(一月七日)，後發表於《文訊》(一七二期)。

〈魂轎〉被收入《八十八年小說選》(四月)。

〈□□〉被收入《爾雅短篇小說選》(五月)。

〈莎河與我〉被收入《爾雅散文選》(七月)。

〈所羅門的三民主義〉發表於《自由時報》(六月二十～二十六日)。

〈魂轎〉被陳玉玲編入《台灣文學讀本》(十一月)。

二〇〇一年 63歲

《眞與美》全部完成！(一月六日)。

《眞與美(五)》出版！(前衛出版社，四月)。

《眞與美(六)》出版！(前衛出版社，四月)。

完成精短篇〈我〉(五月二十六日)，後發表於《聯合報》(八月七日)。

完成精短篇〈空〉（六月五日），後發表於《聯合報》（七月十二日）。
完成短篇小說〈跪〉（八月二十日），後發表於《文學台灣》（第四十期）。
〈黃金夢(Dream of Gold)〉由Lynn Miles譯成英文，刊於《TAIWAN NEWS》（一月二十～二十一日）。
〈魂轎(Soul Palanquin)〉由周素鳳譯成英文，刊於"The Chinese Pen, autumn 2001"。
〈最美的春天(The Most Beautiful Spring)〉由葛浩文(Howard Goldblatt)譯成英文，刊於"Taiwan Literature, English Translation Series, No. 10 December 2001"。

二○○二年　64歲

完成中篇小說〈小乖的世界〉（三月三十一日），後連載於《文學台灣》（第四十一～四十三期）。
完成散文〈春之聲〉（四月十日），後發表於《自由時報》（四月二十二日）。
完成短篇小說〈髮〉（五月八日），後發表於《聯合報》（六月十九～二十日）。
完成精短篇〈殼〉（七月七日），後發表於《聯合報》（十月）。
《魂轎》短篇小說集出版！（十一月，草根出版公司。）
《小乖的世界》中篇小說出版！（十一月，草根出版公司。）

二○○三年　65歲

完成短篇小說〈黃玫瑰〉（三月十八日），後發表於《聯合報》（七月二十八～二十九日）《眞美的百合》長篇小說落筆！（四月十一日）。
獲「台灣新文學貢獻獎」（八月）。
完成散文〈漫步〉（九月二十六日），後發表於《自由時報》（十月二十五日）。
「台灣文學館」於台南開幕！（十月）。

二○○四年　66歲

《浪淘沙》（丘雅信部份）電視連續劇正式開鏡！（四月）。
《浪淘沙》與《眞與美》手稿由彭瑞金夫婦來加拿大運回台灣永久收藏（七月）。
〈奴才〉被彭瑞金編入《國民文選》（七月）。
《眞美的百合》完成！（七月十九日）。

二〇〇五年 67歲

完成論文〈文學淘汰論〉(八月七日)，後發表於《文學台灣》(五十二期，二〇〇四)。

《眞美的百合》出版！(十一月，草根出版公司)。

《台灣文學兩地書(續)》出版！(與鍾肇政合著，由錢鴻鈞編，編入《鍾肇政全集(三十四)》，十一月，桃園縣文化局)。

《浪淘沙之誕生》出版！(二月，前衛出版社)。

完成短篇小說〈頭〉(一月二十九日)，後發表於《聯合報》。

國家圖書館出版品預行編目資料

浪淘沙 / 東方白著. -- 修訂新版. -- 台北市 :
前衛, 2005 [民94]
2128面；15×21公分

ISBN 978-957-801-464-0(全套 : 精裝). --
ISBN 978-957-801-465-7(平裝)

857.7　　94004648

浪淘沙

著　　者　東方白
責任編輯　陳金順
出 版 者　前衛出版社
10468 台北市中山區農安街153號4F之3
Tel: 02-25865708　Fax: 02-25863758
郵撥帳號：05625551
E-mail: a4791@ms15.hinet.net
http://www.avanguard.com.tw
出版總監　林文欽
法律顧問　南國春秋法律事務所 林峰正律師
出版日期　2005年05月修訂新版一刷
2009年12月修訂新版三刷
總 經 銷　紅螞蟻圖書有限公司
台北市內湖舊宗路二段121巷28.32號4樓
Tel: 02-27953656　Fax: 02-27954100
定　　價　新台幣2000元(精裝)
新台幣1500元(平裝)

Printed in Taiwan　ISBN 978-957-801-464-0(精裝)
ISBN 978-957-801-465-7(平裝)